KB264723

아들이 기록한 어머니의 회고록

나, 조계진

일러두기

1. 이 책은 이종찬 광복회 회장이 어머니 조계진 여사에게 전해 들은 이야기를 바탕으로 구성한 아들이 쓴 자서전(子敍傳)입니다.
2. 이 책은 사실의 기록이긴 하지만 학술서가 아니므로 각 내용에 모두 출처를 적지는 않고, 타 출판사에서 발간한 책이거나 기술한 내용의 근거를 밝혀야 할 경우 출처를 적었습니다.
3. 외래어 표기와 관련해 일본어와 영어 등은 외래어표기법대로 표기했으나, 중국어는 우리 식 한자음으로 읽는 것을 원칙으로 했습니다. 단, 대화나 일부 용어의 경우에는 원지음으로 표기한 부분도 있습니다. 대화의 경우에는 표기법에 어긋나더라도 지은이가 기억하는 상해식 발음으로 적었습니다.
4. 서적 제목은 『 』, 신문·잡지 제목은 《 》, 상소나 성명 등 글이나 논문은 「 」, 신문에 실린 글은 " ", 공연 제목은 〈 〉 등으로 각각 표기했습니다. 그 밖의 강조 및 간접인용은 ' ', 직접인용 및 대화는 " "로 각각 표기했습니다.

아들이
기록한
어머니의
회고록

나, 조계진

이종찬 지음

한울

차 례

/

/

부끄럽지 않은 자서전子敍傳을 엮고자

우리 형제와 우리 부부는 어머니 조계진 여사께서 백수白壽(1897~1996년)를 누리시는 동안 수많은 말씀을 들었다. 때로는 넋두리같이, 때로는 자식들의 질문에 답변으로 하시던 말씀이었다. 연세가 드서서도 옛일들의 사실 관계와 그런 일들을 보는 당신의 시각이 분명하셨다. 그것이 역사적 사건에 대한 것이건, 어떤 인물에 대한 추억담이건 마찬가지였다. 그래서 어머니 말씀을 들을 때면 늘 '아하, 그랬군!' 하고 깨우치는 바가 있었다.

두 세기에 걸쳐 역사의 고빗길을 단 하나의 예외도 없이 모두 거쳐 오셨으니 오죽 할 얘기가 많으셨을까? 역사의 파도를 수동적으로 겪기만 하신 게 아니었다. 1960년 4월 혁명 중에 4월 19일 학생 시위 때는 그저 '어머니도 호응 세력이신가 …' 싶었는데, 4월 26일 시민이 가세한 결정적 시위 때는 환갑, 진갑 다 지난 어머니께서 뛰쳐나가 직접 시위 대열에 참여하셨다.

깜짝 놀랄 일이었다. 그러나 우리 형제는 어머니의 그런 행동이 우발적인 충동 또는 타고난 성향만으로 설명될 수 없는 것임을 잘 알고 있었다. 평소 이승만 대통령에 대해 "교지狡智가 있는 정치인"이라고 평가하시고, 광복 후 대한민국임시정부가 승계되지 못한 점을 못마땅하게 생각하시던 것의 연장선상에서 일어난 일이었다. 우리 형제는 이때 일을 두고 "어머니야말로 '4·19 혁명 주체'"라고 놀리곤 했다.

매일 듣는 어머니 말씀을 일일이 기록해 두는 자식은 없다. 그 말씀은 자식들의 기억 속에 전승되고, 그 뜻이 자식들의 삶을 통해 구현될 뿐이다. 그러나 어찌 안타깝지 않겠는가. 수명이 다해가는 조선 왕조의 그늘에서 태어나 식민지와 전쟁을 겪고 자식들의 일거수일투족에 가슴을 쓸어내리며 가시밭길을 헤쳐오신 어머니의 행적과 생각과 말씀을 왜 기록해 두지 않았는지 어머니 생각이 날 때마다 송구스러웠다.

그런 세월이 어머니 돌아가시고 30년 가까이 계속됐다. 어느 날 아내와 대화 중에 아내가 어머니의 회고담 일부를 기록해 두었다는 사실을 알게 됐다. "어머니는 무심코 하신 말씀일지 모르지만 그게 나에게는 '역사의 한 조각'으로 느껴졌기 때문"이라는 것이 아내의 설명이었다. 그때부터 나도 뒤늦게나마 나의 기억을 바탕으로 어머니의 행적을 모으기 시작했다. 처음에는 그저 메모 수준으로 정리한다는 생각이었지만 시간이 가면서 '이게 혹시 한 권의 책이 될 수도 있지 않을까?' 욕심이 났고, 그러면서 현대사의 맥락에 대한 공부를 병행했다.

나는 최대한 어머니의 육성을 있는 그대로 소개한다는 생각이었음에도 이야기의 빈칸을 메우다 보면 나의 설명이 길어지고 그 과정에 나의 판단이 들어가지 않을 수 없었다. 그럴 때마다 아내에게서 가차 없이 "그건 당신 생각이에요!"라는 비판이 날아왔다. 이 책은 그렇게 쓰고, 다시 읽고, 지우고, 고치기를 수없이 반복한 결과물이다. 말 그대로 아들이 어머니를 대신해서 쓴 '자서전子敍傳'이라는 표현에 부끄럽지 않은지 끊임없이 자문해 가며 작업을 했다.

그 결과로서 이 책은 『나, 조계진』이라는 제목을 갖게 됐다. 내가 할 수 있는 한도 안에서 어머니의 말씀과 생각에 최대한 다가간 내용들이다. 어머니의 삶을 특별히 미화하거나 과장하지 않았다고 나 스스로 고백한다. 독자들도 그렇게 읽어주기를 기대한다.

이 책에도 일부 드러나 있지만 어머니는 자존심이 강했다. 거기에 친정과 시가 모두 독립운동하는 가문이었으니 명분과 소신에 대한 존중도 체화되어 공적인 인물들에 대해서는 평가가 아주 분명했다. 외사촌 올케인 순종비 윤씨를 일생 동안 면대하려 하지 않은 게 바로 그런 이유였다. 그 아비와 백부가 모두 '골수 친일 매국노'이고 그의 결혼 자체가 '정략적'인 것이었다면서 그들 모두를 경멸했다.

그런가 하면 이런 일도 있었다. 우리 형제가 영문법 책 펴놓고 끙끙거릴 때 들여다보시고 한마디 하셨다.

"영어 공부는 상해 시절 여운형 선생처럼 해야 한다. 그분이 영어를 조금 깨친 다음에 영국 사람 만나 대화하다가 상대가 잘 알아듣지 못하면 '이놈아, 내가 너희 나라 말을 하는데 왜 못 알아듣느냐?'고 호령하곤 했다."

그렇게 배짱으로 공부해서 여운형 선생이 곧 영어에 능통하게 되었다는 얘기는 나의 머리에서 일생 동안 지워지지 않고 있다.

그런 얘기들 가운데 일정 부분을 이 책에 소개했다. 보기에 따라선 조금 과하게 느껴질 부분이 없지 않겠지만 나로서는 역사적 인물과 사건들에 대한 동시대인의 솔직한 관찰과 평가를 남긴다는 차원에서 최대한 조심해서 정리한 것임을 밝혀둔다.

이 책의 내용들 가운데 1907년 이회영 선생의 어새御璽 위조 문제를 포함해 헤이그 밀사 사건의 진행 과정, 1910년대 말의 고종 황제 망명 시도, 1945년 광복 후 김구-이시영의 의견 분화 과정 등은 우리 집안에 전하는 이야기를 바탕으로 자료를 추가 섭렵해 정리한 것들이다.

그 내용을 일일이 어머니께서 말씀하시지는 않았지만 어머니의 판단과 다르지 않을 것이다. 나아가 다른 곳에서는 이렇게 정리된 형태로 찾아볼 수 없는 내용이라고 생각한다. 우리 격동기 역사를 천착하는 이들의 질정을 기대한다.

이 책에 쓰인 용어에 대해서도 한마디 하고 싶다. 대부분 독자들이 이해하기 쉬운 용어, 입말로 쓰이던 표현들을 그대로 살리고자 노력했지만 지금의 독자들이 이해하기 어렵다고 생각되는 곳에는 한자를 달아두었다. 다만, 우리나라와 민족의 권위 또는 격조에 맞지 않는 용어는 의도적으로 피했다. 예컨대 '명성황후'에 대해 상황에 맞게 '민왕후' 또는 '민중전' 등을 혼용했지만 일본 제국주의자들이 일관되게 사용한 '민비' 표현은 피했다.

어른을 호칭할 때는 되도록 그분의 호를 쓰고자 했다. 나의 할아버지이자 어머니의 시아버지인 이회영 선생을 '우당友堂' 또는 '우당장友堂丈'이라고 하는 식이다. 나의 아버지의 성함은 '이규학李圭鶴'이지만 집안에서 성장 시에 사용한 자字가 '주명周鳴'이고 어머니의 친정에서도 그렇게 부르곤 했기에 이 책에서는 그 호칭을 따랐다. 어머니도 그 호칭에 익숙했다.

어머니 시대에는 물론이고 중국 태생인 나의 어린 시절에도 중국의 인명과 지명은 모두 우리의 한자음으로 읽고 썼다. '원세개袁世凱'라고 말하고 썼지 요즘처럼 '위안스카이'라고 하지 않았다는 얘기다. 당시의 말과 글이 모두 '상해上海'였는데, 이를 모두 '상하이'로 고치려면 그 일이 만만치 않을 뿐 아니라 오히려 맥락상 어색할 수도 있다고 보았다. 이 글은 어머니의 구술과 나의 기억을 바탕에 둔 것이므로 그렇게 익숙한 표현을 취했다.

이 책을 내는 데 여러모로 빈 곳을 메워준 김창희 선생에게 고마운 마음이고, 출판계의 불황에도 출간을 흔쾌히 허락해 준 한울엠플러스(주) 김종수 대표와 여성의 입장과 세심한 편집자의 시각에서 의견을 제시해 준 최진희 팀장에게도 감사한다. 이런 노력들이 한데 모아져서 만들어진 이 책이 한 시대를 증언하는 의미 있는 회고록이 되기를 소망한다.

2025년 5월
필운대로10길 자택에서

이종찬

/

회한과 행복과 꿈
어머니의 말씀

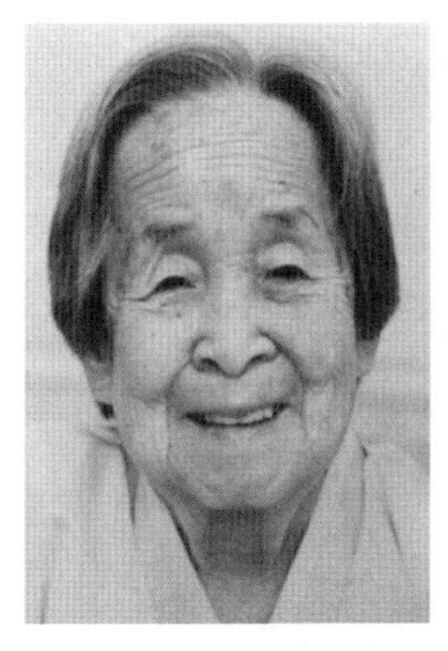

나의 지난 삶(1897~1996년)을 돌이켜 보니 만감이 교차한다. 그 100년 세월이 꿈결 같기도 하다. 이 책은 나의 기억이 허락하는 범위 안에서 기회 닿을 때마다 나와 나의 아버지와 나의 시아버지의 삶에 대해 막내아들(이종찬)과 며느리(윤장순)에게 이야기해 준 내용들이다.

그걸 들은 막내가 이것저것 기록해 두었다가 하나의 글로 엮으면서 전후좌우 사정과 자료들을 조사해 설명을 덧붙이기도 했다. 그런 점에서 이 글은 자서전自敍傳이라기보다는 아들이 나를 대신하여 써준 자서전子敍傳이라고 할 수 있겠다.

이 책은 픽션이 아니고 어디까지나 사실의 기록이다. 내가 직접 겪고, 보고, 듣고, 생각한 내용들이 솔직하고 정확하게 담겨 있다. 그중에는 어떤 일에 대해 내가 생각했던 내용도 있지만 내가 미처 앞뒤 사정을 다 헤아리기 어려웠던 일들에 대해서는 그 당시 친정 또는 시댁의 어른들이 판단했던 내용들도 포함되어 있다. 그 모든 것을 내가 기억하는 대로 아들에게 일러주었고, 그런 것들이 다 합쳐져 한 권의 책으로 엮였다.

나는 정말 평범한 여성으로 살고 싶었다. 나를 사랑하는 남편 만나서 아이 낳고, 가정 꾸미고, 남편과 아이들을 위해 저녁밥 짓고, 가족들이 밥상에 둘러앉아 함께 즐겁게 저녁을 먹는 작은 가정의 행복, 그것이 나의 꿈이었다. 그 이상의 소망은 없었다.

그런데 그런 작은 소망을 나는 나의 인생 초반에는 이루지 못했다. 태어나서부터 시대의 커다란 태풍 속에서 살았다. 나의 친정은 우리나라 수난의 현장 그 자체였고, 그 한가운데에서 격동을 직접 겪으며 하루하루 살아갔다.

내가 태어난 것은 조선 왕조가 막 기울어가던 무렵이었다. 나라의 운명이 풍전등화일 때, 외세는 무자비하게 침탈해 오고, 우리 민족은 저항했지만 결국 나라의 주권은 다른 나라 손에 넘어가고 말았다. 그 뒤 망명과 일제 감시하의 삶은 결코 평범하고 평온할 리 없었다. 가정은 이리저리 풍파에 차이고 깨졌으며, 아이들은 죽거나 불행했다. 작은 가정을 이루려던 나의 희망과는 완전히 상반된 현장이었다. 한때 나는 내 삶에 실망하여 불가佛家의 귀의할 생각도 했었다.

그런 연후 상해로 가서 다시 남편과 새 가정을 꾸몄고, 쫓기는 생활과 빈곤과 감시 속에서도 다섯 아이를 두었다. 숨도 크게 쉬지 못했고, 상해 중국인들 틈에서 생활이랄 것도 없이 연명하는 가운데 '아이들만 자라면 무엇이든 이뤄질 것!'이라고 믿고 살았다. 아니, 가정을 지키는 것을 나의 자존심으로 알고 살았다.

지긋지긋한 압제와 속박에서 벗어나 해방되었지만 이번에는 나의 소망과는 딴판인 또 다른 인고의 운명이 기다리고 있었다. 귀국, 빈곤, 전쟁, 파괴, 혼란, 그리고 재건하는 동안 아이들은 모두 나의 품에서 떠나 자기들의 길로 갔다.

그 가운데 늦게 본 막내아들과 그 며느리가 나를 끝까지 지켜주었다. 어느덧 내가 증조할머니가 되고, 아들과 며느리는 할아버지와 할머니가 되는 사이에, 손자·손녀와 그 며느리·사위들이 또 아들·딸을 낳아 대가족이 되어 저녁밥을 함께 먹는 가정의 꿈이 이렇게 느지막이 이루어졌다.

&

미리 말해두고 싶은 게 있다. 나는 이 세상에 태어난 지 얼마 되지 않아 어머니를 잃었다. 아버지는 사랑하는 아내를 잃었고, 딸인 나를 얻은 것이다. 내 생각에는, 나를 출산하느라 어머니가 세상을 뜨신 것만 같았고, 그런 나 때문에 아내를 잃은 아버지에게 항상 미안했다.

나의 아버지 조정구(1860~1926년) 대감은 조선 왕조의 사실상 마지막 임금 고종을 지키려다 실패해 많은 한을 남겼다. 나는 나의 생전에 아버지의 이야기를 남기고 싶

▲ 관복을 입은 조정구 대감.

었지만 이루지 못했다. 다행히 2019년 나의 막내아들이 자료를 모아 정부에 제출하여 아버지에게 건국훈장이 추서되었다.

그 과정에서 아버지의 기록들이 얼마간 모아졌기에 그런 계제에 기록들 사이사이의 빈칸에 기억들을 채워 넣어 이렇게 한 권의 책을 엮게 되었다. 기쁘기 그지없다. 그뿐 아니라 내가 아버지에게 가졌던 미안한 마음을 이렇게 조금이나마 덜 수 있게 된 것도 감사한 일이다.

▲ 중국인 복장의 우당 이회영 선생.

나의 일생의 또 한 분의 기둥은 시아버지 우당 이회영 선생이다. 돌이켜 생각해 보니, 살아 계셔서 우리 가족과 동지들을 직접 인도하실 때는 물론이고 불의에 세상을 떠나신 뒤에도 우리는 늘 우당장과 함께 있었다. 그런 점에서 그분은 나의 영원한 등불, 우리의 향도자였다.

이 글에 나의 기억에 남은 우당장의 일화들, 내가 아는 우당장의 생각의 변화 과정 등을 많이 담아보려고 노력했다. 대부분 가족으로서 옆에서 보고 느낀 모습과 느낌 같은 것들을 바탕에 둔 이야기들이다. 이런 이야기들이 피와 살을 가진 우당장의 실제 모습을 찾아가는 데에 도움이 되면 좋겠다.

나의 친정 이야기

01

어머니의 쓸쓸한 마지막 날들

1899년 초였다. 그 겨울엔 추위가 유난히 일찍 찾아왔고 혹독했다. 서울 묘동廟洞[1]의 90칸 큰 집 안방은 외풍이 심했다. 사방에 돌아가며 두루 방장을 쳤지만 한기를 막기에는 부족했다. 초저녁부터 장작을 듬뿍 넣어 아궁이를 덥혔음에도 아랫목만 따끈할 뿐 온기가 방 안에 퍼지지 않았다.

그 안방 아랫목에는 나의 어머니, 그러니까 조정구趙鼎九(1860~1926년) 대감의 정경부인 완산 이씨完山李氏(1861~1899년)[2]가 몸져누워 계셨다. 그러길 어언 1년이 넘었다. 1897년 6월, 만 서른여섯의 늦은 나이에 막내딸인 나를 보셨기 때문인가, 아니면 나를 낳은 뒤 산후조리를 잘못하신 것인가? 하여간 기력이 다 빠져나간 것 같았다. 도저히 일어나서 살림하기 어려웠다. 어지럽고 다리가 풀려 몸의 중심을 잡기도 힘들었다. 그렇다고 자리보전하고 있자니 위로 시어머니 보기가 민망한 것은 또 다른 문제였다.

---

1 서울 종묘(宗廟) 서쪽 지역 일부의 이름. 지금도 법정동으로 존속하고 있으며, 지하철 3호선 종로3가역 일대다. 조계진의 경성여자고등보통학교 학적부(1914~1917년)에 당시 거주지의 주소가 '경성부 중부 묘동 1통8호'로 기재되어 있다. 이 주소는 나중에 '돈의동 44번지'로 변경되었다.

2 '완산 이씨'는 '전주 이씨'와 사실상 같은 표현으로서, 조정구 대감의 집안에서는 처가인 대원군 가계를 다른 전주 이씨들과 구별하여 이렇게 불렀다.

어머니 완산 이씨, 친정 부모를 동시에 잃다

그렇게 어머니가 앓고 계신 사이에 어머니의 친정아버지와 어머니가 모두 돌아가셨다. 나에게는 외할아버지와 외할머니였다. 한때 권력의 중심으로 서슬 퍼렇던 흥선대원군과 여흥 민씨 부대부인驪興閔氏 府大夫人이 그 두 분이셨다. 대원군이 1898년 2월 22일에, 부대부인이 그보다 한 달 반 앞선 1월 8일[3]에 각각 세상을 떠난 것이다. 모두 내가 첫돌이 되기 전의 일이었다.

어머니에게는 청천벽력 같은 일이고 도저히 믿어지지 않는 현실이었다. 나의 외할머니 부대부인께서는 부덕을 내세우는 전형적인 조선의 여성이면서도 깊고 강한 내공을 간직하고 계셔서 부군 흥선대원군의 풍운아적 삶을 줄곧 뒷바라지해 오셨다. 그렇지만 오죽했을까. 그 고통을 마음속으로 삭이느라 속이 탈 대로 다 타신 분이었다. 오죽하면 부군이 그토록 싫어하던 천주학에서 마음의 위로를 받았을까. 내면의 고통을 자신의 삶에 새기는 것은 당시 권력 주변 여성들의 운명이었는지도 모르겠다.

정말 나의 외할머니의 일생은 특별했다. 권력 투쟁의 중심에 선 흥선대원군을 아내로서 내조하면서 동시에 그와 적대적 위치인 임금(고종)의 친모로서 꿋꿋함을 보여주셨다. 그러고도 향년 80세로 수를 다하고 세상을 뜨셨다. 그러자, 정말 잘 이해되지 않는 일인데, 그토록 건강하고 세상일을 도맡아 휘두르던 대원군마저 공덕리 별저에서 한 달여 만에 부대부인의 뒤를 따라 돌아가셨다. 부인께서 돌아가신 것을 보고 의기가 한꺼번에 꺾였던

---

3 흥선대원군과 여흥 민씨 부대부인의 별세 일자는 『조선왕조실록』에 기록된 것으로 모두 양력 일자다. 『실록』은 1895년(고종 32년)까지는 음력으로, 1896년(고종 33년, 건양 1년)부터는 양력으로 기록되었다. 이 책에 등장하는 일시는 되도록 이 기준에 따랐다.

것일까?

나의 어머니는 이렇게 한꺼번에 부모를 잃고 천애 고아처럼 남게 되었다. 그 전해에 나를 낳고 이내 병석에 누운 데에다 뒤이어 부모를 잃은 고통까지 겹쳐 병환은 더욱 위중해졌다. 그뿐인가? 나의 아버지께서는 아내의 병간호도 못 하고 계셨다. 장인과 장모의 장례식을 사실상 도맡아 치르셨기 때문이다.

아버지 조정구 대감, 고종의 최측근 역할

고종 임금께서도 부모님이 거의 함께 돌아가셨으니 침통할 수밖에 없었다. 아버지 대원군 덕에 왕위에 올랐으면서도 그 아버지와 평생 권력 투쟁을 할 수밖에 없었던 삶, 아버지의 권력욕으로 인해 부인 명성황후까지 무참하게 희생된 비극, 또 그 권력욕 때문에 위태로워진 왕위를 보위하기 위해 아버지와 대결할 수밖에 없었던 상황 등 필설로 다할 수 없는 기구한 세월을 고종 임금은 지나오셨다. 그런 부자지정父子之情과 부자지한父子之恨이 이제 끝난 것이다.

임금께서는 부친 대원군을 만나려 하지 않았다. 대원군은 눈을 감는 마지막 순간까지 "주상을 보고 죽겠다"고 했지만 끝내 뜻을 이루지 못했다. 대원군은 그간 맺혔던 한을 풀기 위해서였겠지만, 임금은 잔인했던 지난날을 다시 떠올리고 싶지 않았을 것이다. 이렇게 대원군은 한을 안고 세상을 하직했다.

이 때문인가? 고종은 부모의 장례를 국장國葬 수준으로 모신다는 각오로 장례 기간을 장장 두 달로 정했다. 고인 대원군의 사위인 동시에 상주 고종의 매제였던 나의 아버지는 두 분의 장례를 치르느라 2개월 이상 집에 가서 어머니를 돌보지 못하고 운현궁에서 지냈다. 병중에 있는 나의 어머니도 불평할 수 없었다. 당신의 친정 부모 장례를 치르느라 남편이 눈코 뜰 새 없이 바쁜 마당에 무엇을 탓할 수 있었을까?

고종 임금은 이 긴 장례의 실무를 전적으로 아버지께 맡기셨다. 그만큼 아버지를 믿으셨다. 상감 자신이 상주이면서도 국가의 군주로서 사가私家 부모의 장례에 나설 수 없는 일이었다. 친가의 장형인 이재면李載冕(1845~1912년)이 있었지만 그도 명목상의 상주에 불과했다. 고인의 큰사위이며 나의 이모부인 조경호趙慶鎬(1845~1914년)는 당시 벼슬이 종1품까지 올랐다가 한직으로 가서 은퇴했다. 따라서 대원군의 둘째 사위이고 고종으로서는 둘째 매부인 나의 아버지 조정구 대감이 만만하여 믿고 장례 실무를 맡겼던 것이다. 고종 임금은 대원군이 돌아가신 날 이렇게 교지를 내렸다. "흥선대원군 장례는 여흥 부대부인과 합설合設하여 거행"하고 "상사喪事는 장례원 소경 조정구를 당상堂上으로 삼아 치르게 하라".[4]

조선 왕실의 장례 예식과 절차는 대단히 복잡했다. 중국 예식을 가져왔다고 하지만 중국보다 원형에 가깝게 지키느라 훨씬 복잡했다. 아버지께서는 조금도 소홀함이 없도록 중요한 결정을 일일이 임금에게 주청하여 결정했다. 이를테면 "우제虞祭의 경우, 사가처럼 삼우三虞만 지내서는 안 될 것 같고, 그렇다고 신이 감히 마음대로 할 수 없기에 삼가 성상의 재결을 상주합니다"라고 올리면 상감께서 "오우五虞로 정하라"는 칙지를 내려 그대로 실행하는 식이었다.

이처럼 아버지는 장례의 책임을 충실하게 다했으니 임금도 크게 만족하여 장례 후인 5월 24일 "장례원 소경 조정구에게 가자加資[5]하라" 했다. 그렇

---

4 『조선왕조실록』, 고종 35년(1898년) 2월 22일 기사.

5 '가자(加資)'는 품계를 올리는 일이다. 즉, '가자하라'는 '승진시키라'는 말이다.

게 하여 아버지는 양주군수가 되셨다.

나와 영친왕의 첫 대면

그 긴 장례가 진행되는 동안 어머니의 병환은 더욱 위중해졌다.

"내가 아무리 생각해도 이제 명이 얼마 남지 않은 것 같아요."

모처럼 집에 들어온 남편 조정구 대감에게 부인은 원망인지 한탄인지 한마디 했다.

"괜한 말이로군. 오래 살아야지. 이제 쾌차할 거요."

"아니에요. 내 명은 내가 알아요. 그러니 걱정이에요. 큰애만 장가들였고 나머지는 아직 상투도 올리지 못했으니 말이에요."

어머니는 한숨을 쉬었다. 나의 부모님은 오 남매를 두셨다. 내 위로 큰오빠 조남승趙南升(1882~1933년)은 어머님이 돌아가실 때 불과 열일곱 살이었고, 동갑내기 한산 이씨 윤규李允珪 새색시를 얻어 장가든 상태였다. 둘째 오빠 조남익趙南益(1885~1924년)은 열네 살, 셋째 조남복趙南復(1887~?년)[6]은 열두 살, 그리고 마지막으로 넷째 조남진趙南晋(1889~1904년)은 열 살이었다. 넷째 오빠는 일찍부터 병약하여 그 뒤 만 열다섯 살에 별세했다. 그리고 1897년 6월 22일 나 조계진趙季珍(1897~1996년)이 오 남매의 막내이자 고명딸로 태어난 것이다.

어머님이 시집와서 보니 시댁은 누대의 청빈한 선비 가문이라 재산이 없었다. 그래서 남편을 등과시키고도 주변머리 없는 남편을 의지하지 않

---

6   조계진의 셋째 오빠 조남복은 미국으로 이주한 뒤 편지를 주기도 했으나 연락이 끊어졌다.

고 악착같이 재산을 모아 경기도 양주 사릉[7] 인근에 땅마지기와 서울 묘동에 큰 집을 장만하셨다. 그런 끝에 나를 낳고 건강을 해치셨던 것 같다. 그때부터 어린 자식들을 남기고 세상을 떠나면 차마 눈을 감지 못할 것이라면서 걱정이 태산 같았다. 그래서 어머니는 돌아가시기 전, 그해 영친왕(1897년 10월 20일~1970년 5월 1일)을 낳은 올케 엄후嚴后에게 은밀히 메시지를 보냈다.

중전마마, 제가 이제 살날이 얼마 남지 않은 것 같습니다. 그러나 슬하에 애들이 줄줄이 남았으니 죽어서도 여한을 남기게 되었습니다. 마마께서 이들을 친아들, 친딸처럼 돌보아 주시옵기를 ….

이런 눈물 나는 사연을 읽은 엄후께서 그해 돌잡이인 나를 데리고 대궐로 들라 해서 우리 부모님이 나를 안고 왕비전에 가서 보였다고 한다. 이게 동갑내기인 나와 영친왕의 첫 대면이었다. 그리고 1년 남짓 지나 어머니는 돌아가셨다.

---

7   지금의 행정 지명으로는 경기도 남양주시 진건읍 사릉리에 해당한다.

02

어머니 덕에 공무원 생활한 아버지

나는 한평생 어머니의 모습을 모른 채 살았다. 내가 가장 부러워한 것은 자애로운 어머니의 따뜻한 품속에서 '엄마!'라고 부르며 사는 일이었다.

내가 두 살 때 큰오빠(조남승)가 첫딸을 보았는데 나와 숙질간이지만 우리는 자매처럼 함께 성장했다. 그런데 나의 할머니(서씨)는 이 증손녀에게 자기 모친(나의 올케언니)에게 절대로 '엄마'라고 부르지 못하게 했다. 그 대신 나와 똑같이 '큰언니'라고 부르도록 했다. 혹시나 엄마 없는 내가 엄마에 대한 그리움을 느낄까 봐 걱정한 배려였다.

그렇긴 하지만, 나는 성장하는 내내 나의 어머니는 어떤 분이었을까 궁금했다. 내가 아기였을 때 나를 두고 가셨으니 그 궁금증은 평생토록 나를 따라다녔다. '어머니는 40년 평생을 어떻게 사셨을까?' '어떻게 아버지를 만나 결혼하게 되었을까?'

세도가의 고지식하고 청빈한 집안

나의 아버지 조정구 대감은 풍양 조씨 가문에서 태어났다. 선대로는 이조 판서를 지낸 조득영趙得永(1762~1824년) 대감이 5대조이시다. 이분은 조대비[1]의 아버지 풍은부원군豐恩府院君 조만영趙萬永(1775~1846년)과 더불어 풍양 조씨 가문을 세도가로 올린 분이다. 풍양 조씨 가문에는 세도 권력을 누리면서도 대쪽 같은 가풍이 있었다. 이 두 분 모두 나중에 높은 벼슬에 오르기는 했지만 조득영 할아버지는 나라의 삼정三政 문란을 임금(순조)에게 직소하다 안동 김씨들에게 역습을 당해 불행한 최후를 맞았다.

나의 고조부 조병현趙秉鉉(1791~1849년) 할아버지 역시 그런 가풍 속에 있었다. 역시 안동 김씨에게 불충으로 몰려 유배되었을 뿐 아니라 유배지인 전라남도 지도智島에서 사사賜死되셨다. 선대의 이런 불행을 겪었기 때문인지 증조부 조봉하趙鳳夏(1817~1891년) 할아버지는 고종의 즉위, 대원군의 섭정, 그리고 다시 고종의 친정 기간에 조대비 덕분으로 한성부 부윤, 이조 판서 등 고관을 지냈으나 청백리로 존경받고 조용히 은퇴하셨다.

그런 현직顯職에 있으면서도 고지식한 성격 때문인지 자식의 벼슬자리 하나 챙기지 못해 할아버지 조동석趙東奭(1839~1877년)은 공조 정랑工曹正郎, 요새로 따지자면 산업자원부 또는 과학기술부 과장으로 공직을 끝냈다. 집안은 입에 풀칠할 정도였다.

이런 일화가 있다. 흥선대원군은 조대비의 비위를 맞추느라 "신에겐 딸이 하나 남았습니다. 이 애를 풍양 조씨 가문에 시집을 보내려 하는데 좋은 배필을 정해주시옵소서"라고 청을 넣었다. 조대비는 기뻐하며 일가 조카로 조봉하의 손자인 나의 아버지 조정구를 신랑감으로 소개했다. 그래서

<hr>

1 통상 '조대비'로 불린 인물은 '신정왕후 조씨(神貞王后 趙氏, 1808~1890년)'로서 추존 국왕인 익종(순조의 아들인 효명세자)의 아내이며 헌종의 어머니다. 세자빈으로 입궁한 그는 남편의 요절로 왕비가 되지 못했지만, 헌종 재위기에 친정 풍양 조씨 일족이 국정을 주도하도록 했고, 철종 대에 대왕대비가 되었다. 철종이 다시 후사 없이 세상을 떠나자 흥선군의 둘째 아들 명복(고종)을 양자로 입적해 즉위케 하고 수렴청정을 했다. 조선의 왕비 가운데 가장 장수했다.

운현궁에서 신랑감을 살피기 위해 사람을 보내 몰래 관찰하니 가난한 집 툇마루에서 할머니가 10대 소년인 아버지의 머리를 빗기며 이虱를 잡고 있더라고 했다. 그만큼 벼슬을 하면서도 빈한했다는 얘기다.

그렇게 해서 나의 아버지 조정구 대감은 17세 때인 1877년, 대원위 대감의 막내딸과 결혼했다. 당시 세도가 자제들은 공물을 바치고 병역을 면제받았지만 아버지는 결혼 전 병역 의무를 꼬박 마쳤다. 아버지께서는 대궐의 수문장 노릇도 했고, 오위五衛의 초급 장교로도 있었다. 그렇게 병역을 다 마치느라 제대로 공부할 기회를 놓쳐 학식이 변변치 않았다. 어머니는 결혼 후 서울에 집칸도 마련하지 못하고 친정어머니 부대부인의 도움으로 어렵게 신접살림을 하면서 우선 아버지가 학습에 전념하도록 내조에 성의를 다했다. 그 결과 아버지는 3년 후 20세가 되어서야 증광문과增廣文科에 급제해 규장각 대교奎章閣 待敎로 관직을 시작할 수 있었다.

대원군과 고종·민중전 사이의 세월

아버지가 문과에 합격한 시기는 외할아버지 대원위 대감께서 이미 10년 간의 섭정을 끝내고 양주 직곡에 은퇴해 계실 때였다. 그러니까 시기적으로 나의 아버지는 장인 대원군의 덕도 볼 기회가 없었다. 큰이모부 조경호와 큰외삼촌 이재면, 외갓집 일가 어른 조성하趙成夏, 조영하趙寧夏 등 네 분은 대원군의 10년 섭정 기간 동안 모두 판서급으로 초고속 승진을 했다. 그래서 1845년(을사년) 동갑내기 네 사람의 벼락출세를 두고 세상 사람들은 '사을사四乙巳'라고 부르며 부러워했다.

하지만 아버지는 그분들보다 15년이나 연하라 그런 기회도 누리지 못했다. 말단 공무원에서 시작해 1886년 승정원 동부승지承政院 同副承旨, 1887년 홍문관 부제학弘文館 副提學, 1888년 성균관 대사성成均館 大司成, 1893년 이조 참의吏曹參議까지 허덕이며 공직 계단을 밟아 올라갔다.

이렇게 아버지께서 관직을 한 계단씩 오르는 동안 정정은 불안의 연속이었다. 나의 아버지는 한편에 장인 대원군이, 다른 한편에 처남 고종과 민중전이 각각 맞서서 대립하는 폭풍의 계절에 어느 편으로도 기울어선 안 되는 아슬아슬한 시기를 보냈다.

03

아버지, 정부 요직을 사양하다

우리나라의 근현대사 연구자들은 갑신정변이 실패로 끝난 1884년부터 청일전쟁이 일어난 1894년까지의 10년 기간이 조선 왕조가 소생할 수 있는 마지막 기회였다고 대체로 평한다. 그러자면 왕권이 중심 세력이 되고 부국강병을 목표로 일치단결하는 개혁 시스템이 작동되어야 했을 터인데 왕권을 강화할 만한 기회조차 없었다. 이유는 나의 외조부 대원군에게 있었다.

돌아온 대원군, 칼을 갈다

대원군은 1864년 1월 고종 임금이 소년으로 등극할 때부터 1873년 11월까지 10년간 섭정을 했다. 임금의 보령實齡('나이'라는 뜻)이 20대가 되어도 섭정을 끝내려 하지 않았다. 이런 비정상적인 왕권을 시정해야 한다는 상소가 쇄도하고 궁내의 최고 어른 조대비까지 나서서 섭정을 끝내라는 명을 내리자 대원군은 할 수 없이 권력을 내놓긴 했지만, 여전히 권토중래의 기회를 엿보았다. 그사이에 별별 흉변이 다 일어났다.

1874년 민중전의 생모와 의붓오빠 민승호가 외부에서 보물을 가장해 전달된 폭발물을 열어보다 터지는 바람에 일가족이 모두 숨지는 사건이 일어났다. 이 폭발 사건으로 시아버지 대원군과 며느리 민중전 간의 감정은 돌이킬 수 없게 악화됐다. 대원군은 어떻게 해서든 임금을 로봇으로 만들고 실제 권한은 자신이 장악하려 했고, 대원군의 이런 권력욕에 가장 큰 걸림돌은 민중전이었다. 1882년 임오군란이 일어나자 대원군은 반군을 동원해 민중전을 제거하고 아들의 왕권을 빼앗으려다가 민중전 측 반격으로 청국에 납치되었다.

대원군이 1885년 청국 유폐에서 풀려나 귀국길에 올랐다. 청군에게 납치된 지 3년 2개월 만의 귀환이었다. 그것도 청국이 민중전을 견제하기 위해 풀어준 것이었다. 대원군은 청국군 지휘관 원세개와 함께 위풍당당하게 남대문까지 도착했지만 고종 임금이나 민중전은 탐탁할 리 없었다. 누가 동원하지도 않았는데 7,000~8,000명의 군중이 환호하는 가운데 대원군은 제물포에서 내려 서울로 들어왔다.

"숭례문에서 거행된 대원군 환영 식전에는 성상께서 직접 임석하셨소. 3년여나 상면하지 못한 부자간 아니오. 그런데도 외면하시고 본척만척하여 좀처럼 화가 풀리지 않은 광경이었소."

당시 아버지는 부교리副校理라는 미관 직위에 있었지만 장인 대원군을 영접하는 자리라 배석했다. 대원군도 분위기를 알아차렸는지 운현궁으로 직행했다. 임금의 지시로 운현궁은 다시 출입이 통제되었다.

계속되는 왕위 교체 시도

운현궁 칩거 중에도 대원군의 권력욕은 여전했다. 청국으로 납치되기 전에는 고종을 왕좌에 그대로 둔 채 민중전만 제거하고 권력을 장악하려 했다면, 청국에서 돌아온 뒤엔 한 발짝 더 나아가 아예 왕위 교체를 염두에 두었다. 왕권 계승자로는 당시 16살에 불과한 맏손주(이재면의 아들) 이준용 李埈鎔(1870~1917년)을 점찍어 놓고 있었다.

그 무렵 대원군은 민중전이 청국과 소원한 관계임을 알고 원세개를 가까이했다. 서울 주둔 청국군 사령관이던 젊은 원세개는 변덕스럽고 무례했다. 그는 노골적으로 우리 임금 앞에서 함부로 행동했다. 아버지는 그런 원세개를 몹시 못마땅해했다. 대원군이 그를 이용해 왕위 교체를 할 속셈인 것도 알고 분개하셨다.

"원세개란 놈이 무엄하게 왕권 교체를 꾀하고 있음을 아시고 상감은 대원군 주변 인물들에게 경고까지 하셨어요."

원세개도 고종 임금을 교체하고자 몇 차례 청국 조정에 품신했지만 그때마다 그의 상관인 노회한 이홍장의 반대로 뜻을 이루지 못했다. 왕권은 언제든 뒤집어엎을 수 있는 취약한 상황이 계속됐다. 원세개의 위세는 날로 거세지고 그에게 아첨하는 조선 사대부들의 숫자는 더 많아졌다. 그들은 임금을 감시하는 청국의 사냥개들이었다.

어느 날 대원군이 원세개의 후원 아래 추진하던 '이준용 추대' 음모가 발각됐다. 아버지께서는 비록 처가로 숙질간이지만 이준용을 일벌백계로 다스려야 한다고 주장했다. 그리하여 1886년(고종 23년) 이준용에게 반역 음모로 사약을 내리라는 명이 내려졌다. 하지만 대원군은 이 소식을 듣고 펄펄 뛰어 사약은 면했다. 사실 상감께서는 부친 대원군보다 청군 사령관 원세개의 눈치를 보느라 이준용을 용서한 것이었다. 그뿐 아니라 그에게 관직까지 내렸다.

그리하여 이준용은 그해 3월 규장각 대교待教직을 시작으로 4월에 부수찬副修撰, 이듬해 6월 시강원 설서侍講院 設書직을 잇달아 맡았다. 더욱이 놀란 것은 누구나 부러워하는 중책인 승정원 동부승지同副承旨에 올라 세자를 측근에서 모시게 된 점이었다. 아무리 세자와 사촌지간이라 해도 임금의 권좌를 노렸던 자가 어떻게 세자를 모신단 말인가? 마음만 먹으면 얼마든 세자에게 위해를 가할 수 있는 자리 아닌가? 하지만 임금은 이준용의 사람됨을 알고 있었다. 용기를 내어 자기 의사대로 음모를 획책할 정도의 그릇은 아니고 다른 사람에게 휘말리는 작은 그릇小器에 불과하다는 것을. 그래서 오히려 궁내에 잡아놓는 것이 안전하다고 생각하셨다. 그 후에도 임금께서는 그를 주로 예문관 등의 한직에 두면서 계속 감시했다.

일부러 지방관으로 나가다

1886년 2월 아버지께서 형조 참의가 되셨다. 요즘 세상의 법무부 국장 또는 대검찰청 부장쯤이라고 할까? 위로는 판서(장관)와 참판(차관)이 있지만 참의는 모든 실무를 담당하는 중요한 자리였다. 삼권분립이 안 되었던 그 시절에 형벌을 직접 다루는 역할이므로 사회 곳곳에 숨은 범죄와 비리를 찾아내고 이를 척결하는 역할이었다. 아버지처럼 착한 분에게는 적당한 직책이 아니었다.

그 자리에 부임하자 아버지는 곧 실망하셨다. 대어大魚는 손도 못 대고 송사리만 다스리는 상황에 실망하지 않을 수 없었다. 대어란 민씨 척족을 가리키는 말이었다. 당시 아버지께서 모시는 형조 판서는 강직하기로 유명한 홍철주洪澈周(1834~1891년) 대감이었다. 두 분은 나라의 기강이 무너지고 과거 제도까지 타락한 현실을 개혁하고자 불철주야 노력했다. 곳곳에 도사린 범죄의 그늘을 타파하고자 했다. 하지만 힘이 부족했다. 그래도 홍 판서께서 많은 사정을 이해하고 지도해 주셔서 아버지는 참의직을 묵묵히 수행할 수 있었다.

1887년 아버지는 형조 참의직에서 풀려났지만 뜻하지 않게 홍문관 부제학으로 올라서게 되었다. 홍문관에서는 정1품 영사領事, 정2품 대제학, 종2품 제학 등이 아버지의 상관이긴 했지만 그들은 명예직으로 다른 직을 겸하고 있었다. 실무 책임자는 부제학인 아버지였다. 그래서 보통 부제학을 홍문관의 장관이라고 불렀다. 부제학은 홍문관의 업무를 총괄할 뿐 아니라 경연 참찬관經筵 參贊官, 춘추관 수찬관春秋館 修撰官, 지제교知製教 등을 당연직으로 겸직하게 되어 국왕의 학문 연찬과 역사 편찬, 교서 제찬 등의 일을 도맡아야 했다. 또 삼사三司 장관의 일원으로서 홍보 활동도 담당해야 했다.

이런 중책을 맡게 되어 본격적으로 일을 하겠다고 나섰는데 다른 어려움이 있었다. 바로 처조카인 이준용이 부제학의 바로 아래 부응교로 임명됐다. 이준용은 당시 모친상을 당해 상중인데도 동학농민군이나 정변 이후 불평이 많은 개화파 인사들과 꾸준히 접촉하고 있었다. 박영효의 측근 유길준 등도 이준용과 자주 만났고 늘 무엇인가 임금을 반대하는 그림자가 따라다녔다. 민중전 측에서 이들을 경계하는 것은 당연했다.

항상 비밀 음모만 생각하는 이준용이 홍문관 부응교로 오자 아버지는 마음이 편치 않았다. 항상 그를 경계해야 하고, 언제든 역모에 휘말릴 수 있는 인간들과 함께 있는 게 거북했다. 참다못해 아버지는 상감께 상소했다.

신은 우매하고 학식도 없는데 명을 듣고 마음을 잡지 못하였습니다. 홍문관은 가장 중하고 지위와 명망이 뛰어난 자리인데 신은 그 적임자가 아닙니다. … 차라리 명을 어긴 죄로 벌을 받을지언정 명에 응하지 못하겠습니다. 성상께서 헤아려 신이 맡게 된 부제학을 체차遞差하여 주옵소서.[1]

성상께서는 다음 날 아버지의 상소문을 읽고도 그대로 직을 수행하라 하명했다. 그런데 이준용도 고모부 되는 아버지와 상하 관계로 있기가 거부했던지 별도로 상소문을 올리는 것 아닌가?

1   『승정원일기』, 고종 24년(1887년) 6월 21일 상소.

신의 고모부 조정구가 부제학으로 계셔서 상피해야 하므로 아랫사람인 저를 체차하여 주옵소서.

그럼에도 고종은 인사 명령을 바꾸지 않았다. 6월 29일 홍문관에 봉직하게 된 사람들이 모두 임금 앞에 임석하라는 패초牌招 명령이 내려졌다. 아버지는 그날 임금 앞에 나가면 부제학직을 지속하는 결과가 될 것 같아 나가지 않았다. 이렇게 되면 불공不恭이 되어 처벌 대상이 된다. 7월 1일 "부제학 조정구가 패초에도 나오지 않았다"는 이유로 추고推考하라는 전교가 내려졌다. 아버지는 사랑에 머물면서 이게 진정한 충성이라며 오히려 만족해하셨다.

그러나 고종은 해가 바뀐 1888년 2월 아버지를 성균관 대사성으로 임명하더니, 다시 9월에는 황해도 곡산谷山 부사로 나가도록 배려했다. 이어서 다음 해 3월에는 황해도 평산平山 부사로 자리를 옮겨주셨다. 평산은 곡산보다 군세가 크고 평산 신씨의 관향이기도 한 교통의 요지였다. 아마도 지방의 장관으로 있으면서 심신을 단련하라는 임금의 뜻이었을 것이다. 아버지께서 평산에 계시는 기간이 어머니께도 일생 중 가장 행복한 기간이었다고 회고하시곤 했다. 그 무렵 어머니는 넷째 오빠 남진南晋을 낳으셨다. 이렇게 연거푸 2년 터울로 아들 여럿을 낳은 걸 보면 우리 부모님의 금슬도 남다르셨던 것 같다.

아버지께서 지방 장관으로 계신 시기에 재산도 늘어갔다. 특별히 가렴주구 하지 않아도 자연히 직무에 따라 재산이 늘었다. 어머니께서 가장 행복한 시기였다는 말이 이해할 만했다.

'이조 참의' 요직도 사양

아버지께서 이렇게 지방 장관으로 계실 때 권력을 탐하는 이준용은 무슨 일인지 계속 바빴다. 그는 1889년 탈상 직후 서둘러 홍문관 부응교로 복직하더니 10월에는 절충장군으로 임명되었다. 1890년 9월 승정원 동부 승지로 진출했고 그 뒤 형조 참의, 성균관 대사성大司成 등을 거쳐 1892년 드디어 이조 참의의 요직을 맡게 되었다. 연속해서 고속 승진한 것이었다. 게다가 이런 황금 직위 주변에는 으레 흉물들이 꼬이는 법! 몇 년 동안 잠잠하던 이준용 추대 세력이 서서히 결집했다. 이조 참의는 인사를 주무를 수 있는 자리였다. 더욱이 그는 대원군의 기대를 한 몸에 모으고 있었다. 자연 민씨 일족의 감시도 더욱 엄중해지고 그를 제거하려는 기도도 여러 번 있었다.

아버지는 평산부사로 1년 재직하고 이내 서울로 돌아오셨다. 그리고 일종의 명예직인 정삼품 돈령부 도정敦寧府 都正의 업무를 수행했다. 그런데 1893년 7월 갑자기 이조 참의로 임명되었다. 사실 갑신정변 이후 세상이 조용한 것 같았지만 민씨 척족이 날뛰는 가운데, 나라 안팎의 질서가 문란해졌고, 부패에 대한 원망의 소리가 끊이지 않았다.

함경도 영흥, 강원도 정선·인제·통천, 그리고 전라도 광양 등지에서 민란이 꼬리를 이었다. 대부분 지방 장관들의 수탈이 원인이었다. 그런 문란한 시기에 아버지께서 이조 참의라는 중책을 맡게 된 것이었다. 게다가 그 자리에는 직전에 이준용이 있던 터라 상감께서 문제가 있을 것으로 보고 수습하라는 뜻이 담긴 인사인 게 틀림없었다. 상감의 의도를 뻔히 알면서 거부할 수도 없었다. 어머니에게 고민을 털어놓으셨다.

"내가 이조 참의직을 맡으면 칼을 뽑고 인사 문란 적폐를 일소해야 하지 않겠소? 그러면 필연적으로 민씨 척족들과 부딪쳐야 하고, 그뿐 아니라 전직 참의였던 이준용의 잘못된 인사도 바로잡아야 해요. 그러면 매관매직으로 지방 현감 자리를 차지한 놈들의 인사까지 모조리 칼을 대야 하는데, 필연적으로 민씨들과 운현궁의 협공을 받게 될 것이오. 그렇다고 적당히 눈 감고 허수아비처럼 시간만 보낼 수도 없지 않겠소?"

다음 날, 임금 앞에 패초되어 인사 정책 전반에 걸친 문제를 토의하는 자리가 마련되었다. 아버지는 크게 호흡하고 '성상께서도 현재 문란한 인사 사정을 아시고 이를 바로잡으라는 뜻으로 알고 명하신 대로 개혁할 각오'라고 상주할 결심을 단단히 하셨다.

이렇게 결심하고 대궐로 나가셨는데, 어찌 된 일인지, 막상 심상훈沈相薰 이조 판서, 권응선權膺善 이조 참판 등 상관 두 사람이 나오지 않았다. 말하자면 장·차관이 불출석한 것이었다. 그들은 임금의 조카가 참의직에 있었던 것도 불만인데 이번에는 임금의 매부가 그 자리를 차지한다니 불만이 쌓였던 것 같다. 더구나 심상훈은 민중전의 최측근이었다. 임오군란 때 장호원으로 도피해 있던 민중전에게 일일이 정보를 제공한 공이 있는 자였다. 그날 회의는 자동 연기되었다. 아버지는 허탈하게 귀가해서 어머니와 말씀을 나누셨다.

"심 판서가 패초에도 않은 것은 나를 버겁게 생각했기 때문인 것 같아요."

"그분은 중전을 충실히 모신 충신이죠?"

"중전을 위해 임오군란 때부터 헌신하셨죠. 척족들이 아마 나를 국태공의 사위라고 의식해서 당신 수하 참의 자리에 앉는 것을 못마땅하게 생각했는지도 몰라요."

민중전 측근들은 정부의 인사를 자기들 마음대로 할 수 있는 자가 그 자리를 맡아야 한다고 고집했다. 아버지는 민씨 일파 측에서 보면 마음대로 주무르기에 만만치 않은 존재였다. 아버지도 이런 사정에서 요직을 놓고 다투는 것이 도리가 아니라 생각하고 이 기회에 물러나겠다고 결심했다.

해직 상소를 준비했다. 다음 날 아침, 임금의 부름에 나아가지 않고 상소문
을 올렸다.

신이 정신이 혼미하고 몹쓸 병까지 번갈아 더하여 … 병으로 요양하는 자리
로 만든다면 그 죄가 클 것이므로 바라건대 성상께서 살피시어 속히 신이 맡
고 있는 이조 참의 직임을 체차하심으로써 공기公器가 오래도록 잘못되게 하
지 마시고, 신의 병도 치료할 수 있게 해주신다면 매우 다행하겠습니다.[2]

상소를 올리자 임금께서는 그 뜻을 짐작했는지 아버지께서 이조 참의직
을 맡은 지 보름 만에 사의를 받아들이셨다. 아버지는 8월 6일 홍문관 부제
학 자리로 다시 돌아갔다. 아버지의 불편함을 알고 배려해 주신 것이다. 어
머니도 성상의 배려를 크게 고마워했다.

---

2 『승정원일기』, 고종 30년(1893년) 7월 17일 상소.

04

동학농민혁명과 청일전쟁의 소용돌이 속에서

아버지께서 어느 날 이렇게 말씀하셨다.

"삼남 지방에 서학西學 대신 동학東學이 새로 일어났다는 소문이야. 그런데 운현궁에선 그들과 몹시 친하다는군 …."

대원군과 동학교도는 연결

아버지는 동학의 움직임에 대해 상세히 알지 못하셨다. 그런데 이상하게도 운현궁에서는 그 진상을 알고 있는 것 같은 느낌이 들었다. 1892년 10월 충청도 공주에서 동학도들이 대규모 집회를 열었다. 모두가 놀랐는데 그때도 운현궁은 뜻밖에 담담했고 별로 걱정하는 눈치가 아니었다. 운현궁 측 설명은 동학에 매우 호의적이었다.

"첫째, 동학은 우리의 전통인 유불선儒佛仙의 가르침을 합한 것인데 이단으로 보아서는 안 된다. 둘째, 서학이 들어와 많은 해독을 끼치고 있는데 이에 대해서는 무방비하면서 동학에 대해 각 지역에서 이단으로 몰아 투옥하는 것은 부당하다. 셋째, 교조 최제우의 억울한 죽음을 신원伸寃해 달라는 청원을 왜 조정에서는 못 본 체하는가?"

대원위 대감이 동학에 상당히 동정적이라는 말은 헛소문이 아닌 것 같았다. 운현궁과 공덕리 별저의 식객들 중에는 상당수의 동학 무리가 끼어 있다는 소문도 들렸다. 아버지는 대원군의 움직임을 예사로 보지 않았다.

1892년 11월, 동학도들은 전라도 삼례參禮에서 다시 대규모 모임을 가졌다. 이제는 교조敎祖를 신원해 달라는 요청뿐 아니라 "서양 오랑캐의 학學과 왜놈 우두머리의 독毒이 날뛰고 있다"고 정부의 개화 정책을 정면 비판했다. 이것은 대원군이 늘 주장하던 그대로였다.

이에 대해 조정에서 아무런 반응이 없자 이듬해 2월 동학교도들 40여 명이 대담하게도 광화문 앞에 사흘 동안 엎드려 교조 신원을 상소했다. 심상치 않았다. 그저 무시한다고 될 수준이 아니었다. 그 배후에 대원군같이 힘있는 후원이 없이는 이런 대담한 행동을 할 수 없다는 말이 돌았다. 드디어 성상께서 "집에 돌아가 생업에 힘쓰고 있으면 소원대로 시행하겠다"고 농성하는 무리에게 답신을 내려보냈다.

동학의 '척왜양창의斥倭洋倡義' 목소리는 점점 커지고 각지에서 집회가 거듭됐다. 그때마다 조정에서는 선무사를 보내 달래기를 반복했다. 선무사를 보내면 무엇 하나? 그놈이 그놈이다. 선무사가 오히려 돈을 요구하고 민심을 이반시키고 있었다. 민심은 더욱 흉흉해졌다. 이런 긴장된 시점에 고부古阜에서 조병갑趙秉甲 군수가 사고를 쳤다. 그는 세상 물정 모르고 재물을 거둬들이는 데에만 혈안이었다. 전봉준全琫準의 친아버지인 시골 선비까지 데려다 재물을 바치라고 강요했고, 이에 불응하니 곤장을 쳤다. 조병갑은 매관매직으로 모처럼 군수에 부임했는데 언제 다시 바뀔지 모르니 단시간에 돈을 모아야 한다는 사고방식을 가진 전형적인 부패한 관리였다.

1894년, 동학교도들이 더 이상 참고 견딜 수 없어 봉기했다. 산불이 바람을 타듯 봉기의 불길은 삽시간에 옮겨붙었다. 전봉준은 대원군의 뜻을 미리 알았다는 게 중론이었다. 봉기는 수습될 기미가 보이지 않았다. 왕권을 다시 대원군에게 넘겨 섭정을 해야 국사가 바로잡힌다는 뜬소문부터 임금을 이준용으로 갈아치우자는 반정론까지 말들이 돌고 민심은 흉흉했다.

동학농민군을 진압하고자 파견된 관군 홍계훈洪啓薰 장군이 역마 편으로 급히 보고서를 보내왔다. 내용인즉, 노획한 동학 문서에 "국태공께 올립니다"라는 구절이 있었다는 것이다. 틀림없이 대원군과 내통이 있었다는 보고였다.[1]

청·일 양국군 진주와 동학군 해산

임금은 깜짝 놀라 병조 판서 민병준을 불러들였다. 병조 판서는 민란 수습에 책임이 있었지만 권세만 부렸지 천하에 무능하다는 평을 받고 있었다. 그에게는 다른 재주가 있었다. 원세개에게 아첨해 고속 승진을 하는 데에는 능했다. 임금은 민병준에게 의외의 의견을 제시했다.

"원세개가 직접 전주로 내려가 선무초토사 자격으로 병력을 지휘하면 어떻겠는가?"

민병준은 성상 말씀의 진의를 알아차리지 못했다. 사실 외국군 지휘관이 우리 관군을 지휘한다는 말 자체가 어불성설이었다. 그럼에도 원세개를 초토사로 삼는다는 말 그 자체가 동학농민군에게 외국군이 다시 들어올 수도 있음을 암시하는 효과가 있을 것으로 기대한 것 같았다.

민병준이 이런 진의도 모르고 원세개에게 의사를 물었다. 진의가 잘못 전달됐는지, 아니면 원세개가 이 말을 청군을 불러들이라는 메시지로 잘못 알아들었는지 분명치 않지만, 결과적으로 임금의 말은 '청군 출동 요구'로 변질됐다. 원세개와 민병준은 '청군 출동' 계획에 비밀리에 합의했다. 아마 그 과정에는 민중전의 뜻도 있었을 게다. 왜냐하면 과거 두 차례나 청군이 중전을

1　황현, 『역주 매천야록 상』, 임형택 외 옮김(문학과지성사, 2005), 340쪽.

구해주었기에 이번에도 청군 출동을 은근히 기대했는지 모른다. 더욱이 동학의 배경에 대원군이 있으니 청군의 도움을 요청할 가능성도 충분했다. 하여튼 6월 2일 어전회의에서 청병안請兵案이 부결되었음에도 6월 3일 밤 좌의정 조병세趙秉世의 이름으로 '출병 요청' 조회서가 원세개에게 전달됐다.

한편 일본 측은 조선 정부의 움직임을 예의 주시하고 있었다. 일본공사관에서는 병조 판서 민병준의 심복 안경수安駉壽를 매수해 그를 간자間者(스파이)로 활용했다. 그래서 민병준과 원세개의 동향을 손바닥 보듯 파악하고 있었다.

6월 6일 엽지초葉志超가 이끄는 청군 1,500명이 아산에 상륙한다는 첩보가 일본공사관에 전해졌다. 6월 9일 기회만 엿보던 일본군도 '교민 보호'를 구실로 4,000여 명의 군인을 부산과 인천으로 올려 보냈다. 그중 420명은 서울 용산까지 진출해 진영을 구축했다. 청군과 일군이 이처럼 빨리 진주할 수 있었던 것은 사전에 '조선 진주'에 대비하고 있었기 때문이다. 동학군이 지방에서 세를 불리고 있을 때, 이미 일본 간자들은 동학 측과 밀통했다. 그리고 대원군과도 통하고 있었다. 우리 조정만 까맣게 모르고 있었을 뿐이다.

6월 10일, 우리 동학농민군은 청·일 양국 군대가 진입했다는 소식을 듣고 즉시 공세를 멈추었고, 정부에서 보낸 대표와 전주에서 서둘러 화약을 맺었다. 이때 농민군은 물러나는 명분으로 '폐정개혁 12개조'를 정부 측에 제시했다. 노비제도를 없애고, 탐관오리들을 숙정하라는 등의 요구였다. 동학농민군은 현명했다. 외국군 진주의 빌미를 주어선 안 된다는 생각에서 무장을 풀고 고향으로 돌아간 것이었다. 이런 농민군의 움직임을 보고 감명받은 이사벨라 비숍[2]은 나중에 "조선 어딘가에 애국심이 고동치고 있다

---

2   이사벨라 버드 비숍(Isabella Bird Bishop, 1831~1904년)은 영국 출신의 여행가이며,

면 그것은 바로 이들 농민 속이었다"고 할 만큼 농민군은 애국적이었고 정
치적으로 성숙했다.

일본군에게 놀아난 대원군

동학농민군이 물러나자 조선 정부도 6월 11일 즉각 청·일 두 나라 군대
의 철병을 요구했다. 그러나 일본군은 조선에 진주할 때 이미 청국과 일전
을 각오하고 물러나지 않을 방침이었다. 철군 요구에는 청국이 먼저 조선
에 진주했으므로 먼저 철수하라고 주장했다.

조선 정부는 오랫동안 청국을 대국으로 보아왔다. 얼마 전 임오군란과
갑신정변을 수습하는 과정에서도 청국군이 원군으로 나서 일본군을 축출
했다. 이로 인해 정부는 청국군을 크게 보고 감히 청국군의 철수를 먼저 요
구하지 못했다. 사실 당시 일본 정부도 청국과의 대립을 원치 않았다. 총리
였던 이토 히로부미伊藤博文도 청국과 일전불사를 주장하는 주전파가 아니
었다. 그렇지만 조선에 상륙한 일본군은 강경했다. 어렵게 진주했는데 물
러날 태세가 아니었다. 조선의 조정은 정보에 어두웠다. 그동안 일본의 군
비가 어느 정도 발전했는지 가늠조차 못 했다. 민씨 일족은 오히려 청국 측
에 기울어져 있었다.

일본군은 청국군이 조선에 진주해 부패분자와 한패가 된 것이 조선 정치
불안의 원인이라고 지적하며 자기들은 오히려 이를 혁파하기 위해 진주한
것이라고 큰소리쳤다. 일본이 우리나라 내정 개혁까지 요구하다니 겁도 없

지리학자, 작가다. 한국을 여행하면서 동학농민혁명과 청일전쟁을 직접 지켜보았고
『조선과 그 이웃 나라들(Korea and Her Neighbours)』을 저술했다.

었다. 일본군은 벌써 대원군을 끌어들여 고종과 중전을 견제하려는 계획까지 세웠다. 일본공사관의 스기무라 후카시杉村濬 서기관은 오랫동안 대원군과 대화해 온 창구였다. 그를 앞세워 대원군에게 조선의 개혁을 설득했다. 부패한 민씨들이 청국군과 한패가 되어 있다는 점을 들어 설득한 결과 대원군도 현혹됐다. 권력욕에 눈이 어두운 노인 대원군은 어느새 일본이 외세임에도 사양치 않았다. 일본군은 대원군을 이용해 쿠데타를 일으켜 권력을 장악한 뒤 개혁을 추진한다는 시나리오까지 대원군에게 알렸다. 청국군이 물러날 태세가 아니란 점을 간파한 일본군은 청국군을 압도할 만한 군세를 준비했다. 일본에서 육군 병력과 해군 함정을 증파했다.

일본군은 조선에서 원세개의 제거를 첫 목표로 잡았다. "원세개란 놈, 10년 전 갑신정변 때 일본군을 타도해 조선에서 축출시켰다고 큰소리 친 놈! 이놈부터 제거하자"는 것이었다.

원세개에게 원한을 갖는 것은 일본군뿐이 아니었다. 한국 여론에서도 그는 공적公敵 1호였다. 눈치 빠른 원세개는 이를 곧 알아차렸다. 북경의 상관 이홍장 총리아문에게서 내락을 받고, 어느 날 온다 간다 말도 없이 변장하고 서울을 빠져나가 도망쳤다. 나의 아버지도 원세개가 도망쳤다는 소식을 듣고 쾌재를 불렀다.

"젊은 놈이 10년간이나 성상을 우습게 보고 조선 총독처럼 행세했다. 그놈이 조선을 중국의 속국이라고 했지? 그놈이 상감에게 무례했고 사사건건 간섭했지 …. 정말 못된 놈이었어."

7월 23일, 일본군은 조선 정부의 철군 요청을 들은 체 만 체 경복궁을 점령하고 경회루에 본부를 설치했다. 민씨 일족이 훈련시켰다는 허약한 조선군은 힘도 쓰지 못하고 무장해제를 당했다. 그 가운데 아버지께서 놀란 것은 오토리 게이스케大鳥圭介 일본 공사의 요청으로 대원군이 공식적으로 등장했다는 사실이었다.

"대원위 대감이? 외국에 개방을 반대하던 어른이 일본군과 함께 등장 했다고?"

이런 기괴한 사실을 난센스라고 생각한 것은 아버지뿐이 아니었다.

"오로지 임금의 폐위와 민중전의 제거만을 생각하신 것이로군. 여기에 이준용은 같이 춤을 추겠지 …. 쯧쯧."

일본이 주도하는 내정 개혁?

아버지는 분노를 참지 못하셨다. 역사가들은 일제강점기를 1910년 일본과 합병된 뒤의 36년간이라고 말하지만 그게 아니었다. 사실은 일본군이 1894년 7월 경복궁을 점령하고 '내정 개혁'을 앞세워 '정한征韓 계획'을 진행한 때부터 조선은 실제로 침탈당한 것이었다.

일본의 오토리 공사는 오만방자했다. 그는 교활한 간자 안경수를 통역으로 앞세우고 칼을 빼 들어 조정을 겁박했다. 대신들이 입장할 때 그가 일일이 점검했다. 김홍집, 조병세, 정범조鄭範朝까지 통과되었으나 심순택은 제지하며 돌아가라 했다.

"너는 친청파야!"

일본군은 사전에 조선의 인맥을 상세히 파악하고 있었다.

일본군의 힘으로 대원군이 권력을 장악했다는 소식이 전해지자 민씨들은 종적을 감추었다. 민영주閔泳柱는 양주로, 민영준閔泳駿은 관서로 달아났다. 민응식閔應植과 아들 민병승閔丙昇은 삿갓 쓰고 맨발로 교군꾼처럼 꾸미고 남대문을 지나다가 군중에게 모욕을 당했다. 민중전도 일시 피신했다.

얼마 후 청국군을 끌어들인 병조 판서 민영준은 임자도로, 민형식閔炯植은 녹도로, 강화 유수 민응식은 고금도로, 민치헌閔致憲은 홍원으로 각각 유배되었다. 이들은 자칭 개혁 주체라고 했지만 모조리 숙청됐다.

일본군의 힘을 빌려 다시 집권한 대원군은 겉으로는 일본에 협조하는 척하면서 자신의 속셈인 왕권 찬탈을 꿈꾸었다. 유폐되다시피 한 임금으로 하여금 이준용에게 양위토록 하는 음모를 꾸몄다. 6월 25일, 일본은 개혁 프로그램의 첫걸음으로 군국기무처를 설치하고 총재로 김홍집을 내세웠다. 그 틈에 대원군도 27세의 이준용을 내무아문 협판內務衙門 協辦과 병권을 행사할 수 있는 통위사統衛使를 겸직토록 추진했고, 측근인 이태용李泰容, 박준양朴準陽을 군국기무처 의원으로 임명코자 했다. 일본 측은 대원군의 야심을 모를 리 없었다. 슬그머니 대원군을 견제하기 시작했다.

7월 3일, 오토리 공사는 흉중에 감춰두었던 내정개혁안을 내놓았다. 이것이 이른바 역사에서 말하는 갑오경장甲午更張의 서막이다. 갑오경장이란 개혁을 내세웠지만, 실은 조선 지배를 위한 프로그램이었다.

아버지는 '경장更張'이라는 용어부터 싫어하셨다. 우리 스스로 개혁을 준비하고 있었는데 느닷없이 왜놈들이 들어와 조선의 것을 모두 부정하고 경장한다는 말 자체에 모멸감을 느끼셨다. 정부 조직도 종전의 육조六曹를 8개 아문衙門의 행정 체계로 개편했다. 이런 정부 조직 개편은 사실 친일 세력을 공직에 앉히기 위한 포석이었다. 그런데도 대원군은 어떻게든지 아문 자리에 측근 세력을 심고자 분주했다.

갑오경장은 일본군이 내세운 내정 개혁이었기에 제대로 먹혀들 리 없었다. 참다못한 일본 공사 오토리는 세 차례나 민영익의 별저인 노안정에 대신들을 불러놓고 내정개혁안 5개조를 시행하라고 협박했다. 하지만 조선 정부는 이미 동학농민군과 약속한 개혁을 내세우면서 일본 측 요구를 참고해서 교정청校正廳을 두고 스스로 개혁해 나가겠다고 버티었다.

고종과 민중전의 버티기

7월 19일, 고종 임금은 보란 듯이 육조의 인사를 단행했다. 이용원李容元을 예조 판서로, 조희일趙熙一을 공조 판서로, 신기선申箕善을 호조 참판으로, 이건창李建昌을 공조 참판으로, 나의 아버지 조정구趙鼎九를 예조 참판으로, 김승집金升集을 강원도 관찰사로, 이준용李埈鎔을 이조 참판으로, 엄세영嚴世永을 한성부 판윤으로 각각 임명했다.[3]

임금은 대원군이나 일본군이 요구하는 개혁을 순순히 따르지 않았다. 오히려 임금을 보위하고 군주제를 강화할 만한 인재를 측근으로 등용코자 했다. 그때 뽑힌 분들이 어윤중, 이용구李容九, 조희일, 김가진, 김종한金宗漢 등 판서급과 한기동韓耆東, 이건창, 신기선, 조정구 등 참판급[4]이었다. 이들이 왕정의 실질적인 중심 세력이었다.

이때 아버지께서는 예조 참판이 되셨는데 국장급에서 차관급으로 승진한 것이다. 그러나 예조란 허수아비 직위에 불과했다. 육조 체제에서 예조는 학무와 외무를 담당했는데, 이때 외무란 외교라기보다 외국과의 의전, 문서, 총무 등을 담당하는 직무였다.

한편 권력 장악을 놓고 영리한 민중전도 가만히 있지 않았다. 일본을 업고 나선 대원군을 견제하기 위해 갑신정변 때 일본으로 망명한 박영효, 서광범 등을 다시 불러들였다. 사실 이들은 민중전과 상극인 '원조 친일파'였지만 이들을 이용코자 소환한 것이다. 반역자로 낙인찍힌 것도 사면했다. 민중전은 그들이 갑신정변 때 빼앗긴 재산까지 환원해 주어 환심을 샀다.

---

3 『조선왕조실록』, 고종 31년(1894년) 7월 19일 기사.
4 황현, 『역주 매천야록 상』, 379쪽.

그해 12월, 김홍집 2차 내각에서 박영효는 내무아문, 서광범은 법무아문에 각각 진출했다. 철종의 사위인 박영효는 태생적으로 대원군과는 거리가 있었다. 이렇게 민중전의 치밀한 대비로 이준용의 왕위 찬탈 기도는 물 건너갔다. 일본 측도 반대했고, 민중전과 가까워진 개화 세력을 포함한 각계의 견제로 대원군은 헛물을 켠 격이 되었다. 일본에 실컷 이용만 당한 대원위 대감은 다시 뒷방 신세가 되고 말았다. 아버지도 실망했고 부대부인께선 마음의 병으로 며칠 앓으셨다.

마침내 청일전쟁 터지다

일본이 조선을 청국의 영향권에서 떼어내 독립국으로 만든다는 것은 한반도 지배의 첫걸음이었다. 하지만 청국군은 국내 민씨 일족과 밀착하면서 일본의 정한征韓 계획이 제대로 추진되지 못하도록 견제했다. 이에 반발한 일본은 청국과의 일전이 불가피하다고 판단했다. 일본의 국력이 청국을 만만하게 볼 수 있는 정도는 아니었지만 당시 일본 정치는 군부가 권력의 핵이었다. 조선에 군대를 파견하는 것부터 총리는 사후에 알고 재가했을 뿐이었다. 그런데 청국은 무능하고 부패한 서태후 섭정하에 있었다. 북양해군을 강화할 막대한 예산을 이화원[5]이라는 정원 짓는 데에 탕진했다.

드디어 6월 23일, 선전포고도 없이 일본군은 경기도 안산 앞 풍도豊島에

5　이화원(頤和園)은 북경 서북부에 위치한 궁전 정원이다. 60m 높이의 만수산(萬壽山)과 곤명호(昆明湖)가 조화를 이룬 이 정원은 막대한 예산으로 건조됐다. 이화원의 면적은 2.9km²이고, 그중 곤명호가 2.2km²로 4분의 3에 해당한다. 인력을 동원해 인공 호수를 만들고, 거기서 파낸 흙으로 만수산을 쌓았다. 7만 m² 공간에 고전적인 궁궐을 지었다. 지금은 북경의 관광 명소가 되었다.

서 청국군 북양함대를 기습해 일시에 무력화했다. 7월 29일에는 아산에 주둔 중인 청군에 일본군이 야습한다는 거짓 정보를 흘렸다. 이 정보를 접한 청군은 기선을 제압하려고 북상하다가 성환成歡에 매복했던 일본군의 기습을 받아 혼비백산 무너졌다.

이렇게 해전과 육전에서 초전에 승기를 잡은 일본군은 사기가 올랐다. 이때까지도 일본 정부는 전면전을 주저하고 있었다. 하지만 군을 지휘하는 대본영과 현지 사령부는 긴밀하게 내통하며 독단으로 일으킨 전쟁에서 연거푸 승리했던 것이다.

일본은 8월 1일에서야 공식 선전포고를 했다. 러일전쟁이나 제2차 세계대전이나 일본이 감행한 전쟁을 보면 모두 기습전으로 먼저 승기를 잡고 나중에 선전포고하는 방식이었다. 비겁한 방식이었다.

아무튼 전면전에서 분수령이 된 전투는 평양전투였다. 선전포고한 지 보름 만인 8월 중순, 일본군은 평양 주둔 청국군을 소탕했다. 말 그대로 파죽지세였다. 청국군이 이처럼 허약한 줄은 나의 아버지도 몰랐다. 일본군이 속도전으로 평양까지 진격한 시점에 평양의 조선 민중은 반대로 청국군이 승리하기를 은근히 바라기도 했다. 왜냐하면 임진왜란 때 명나라 군대가 왜군을 저지한 곳도 평양이었기 때문이다. 그래서 청국군이 일본군의 진격을 막고 버텨주는 사이에 고종 임금은 남쪽의 동학군에게 밀서를 보내서 이들로 하여금 평양으로 이동해 청국군을 도와 일본군과 싸우라는 전지를 내렸다는 미확인 정보도 있었다. 사실 상감에게는 일본의 일방적인 승리가 조선의 운명을 악화시킬 수 있다는 불안감이 있었다. 하지만 청국군은 위낙 능력이 부족했다. 너무 부패하고 허약했다. 일본군의 피해는 '162명 전사'인 데 반해 청국군은 2,000여 명이 전사했다. 청국군은 사기도 엉망이었고 장비도 형편없었다. 9월 15일 청국군은 압록강 너머로 패주했다. 일본군은 6월 20일 서울에서 전투를 시작한 지 불과 석 달이 채 못 되어 조선 전역을 완전히 장악했다.

한편 일본군이 북상하면서 대두된 가장 큰 문제는 병참 지원이었다. 이와 관련해 일본의 오토리 공사는 조선의 외무대신 김윤식에게 압력을 가해 8월 26일 '조일양국맹약朝日兩國盟約'을 체결했다. 그 내용은 3개조였다.

1. 청국군을 철퇴해 조선을 독립국으로 한다.
2. 일본은 전쟁에 임하고 조선은 식량을 제공한다.
3. 이 조약은 평화조약을 맺을 때까지 철폐하지 않는다.

이 조약으로 우리 농민들은 일본군의 병참 지원을 위해 이중고를 겪어야 했다. 이 조약에서 보는 것처럼 일본의 속셈은 조선의 독립이 아니라 조선의 지배였다. 일본은 조선의 관군도 자기편으로 만들려는 속셈이었다. 남쪽의 동학농민군은 일본의 흉계에 저항해 다시 봉기했다.

동학군 재봉기와 '대한 남아'의 기개

조선의 무장 세력이 둘로 갈라진 셈이었다. 한편은 농민군이고, 또 한편은 농민군과 대적한 친일 관군이었다. 일본군이 조선의 관군을 앞세워 농민군을 공격하는 내전 상황이 된 것이다. 농민군의 지휘관 전봉준이 11월 관군에게 보낸 호소문에 이런 구절이 있다.

조선 사람끼리라도 … 척왜와 척화하는 마음은 같다. … 충국·애국하는 마음이 있거든 곧 이리로 돌아와서 상의하고 함께 척왜·척화하여 조선으로 왜국이 되지 않게 하고, 동심·협력하여 대사를 이루게 할 것이니라. [6]

이렇게 전봉준을 비롯한 농민군의 의지는 순수했지만 일본군에 비해 장비는 형편없었다. 일본군은 최신식 무기로 무장한 반면 농민군은 죽창이나 기껏해야 화승총으로 이에 대응했으니 상대가 되지 못했다. 동학 의병은 일시 공주를 점령하기도 했지만 10월 우금치 전투에서 1만 명 가운데 500명만 살아남을 정도로 대패하고 뿔뿔이 흩어졌다. 전봉준은 붙잡혔고, 김개남은 전주 감영에서 효수되었다.

일본 측은 전봉준을 서울로 압송해 대원군이 배후라는 의심을 밝히기 위해 혹독한 고문을 가하며 추궁했다. 그러나 나중에 밝혀진 전봉준의 공초供草(진술 조서)를 보면 전봉준은 이를 끝까지 부인했다. '대한 남아'다운 당당한 모습이었다.

---

6 조광환 엮음, 『전봉준과 동학농민혁명』(살림터, 2014), 218~219쪽.

05

을미왜변과 고종의 아관이어

청일전쟁, 그것은 늙고 병든 청나라 군대와 선진 장비로 무장한 신진 일본군 간의 전쟁이었다. 이렇게 불균형한 전쟁은 전쟁사에서도 찾아보기 어렵다. 왜 이렇게 청국군은 무능한 군대가 되었을까? 고종 임금도 청국군이 이처럼 맥없이 유린당한 데 대해 한편 놀랐고, 또 한편 우려했다. 그래서 승정원 부승지로 있다가 궁내부 참의가 된 이시영李始榮을 관전사觀戰使로 임명해 격전지로 급히 파견했다.

"도시 이해가 안 된다. 청국군이 이처럼 전투다운 전투를 한 번도 못 하고 일본군에게 쫓기고 있으니 그 이유가 무엇인가? 관전사는 전지로 가서 전쟁 상황과 양국군의 형편을 상세히 살펴 보고토록 하라."

이시영의 청일전쟁 관전 보고와 그 후

이시영은 당시 26세의 유망한 관료였다. 그분은 내가 결혼한 후, 나의 시숙부가 되신 분이다. 그리고 조선이 일제에 강점되자 형제들과 함께 중국으로 망명해 신흥무관학교를 세운 분들 중 한 분이다. 또 대한민국임시정부를 수립해 끝까지 항일 투쟁을 하셨고, 광복 후에는 새로 수립된 대한민국정부에서 초대 부통령을 지내셨다.

그분이 관전사로 샅샅이 전쟁 현장을 찾아 청국군 패전의 원인을 분석했다. 그가 귀국해서 고종 임금께 보고한 내용은 역사에 남아 있지 않다. 하지만 그분은 당시 친형님인 이석영, 이회영, 그리고 이상설李相卨, 이동녕李東寧, 여조현呂祖鉉 등 여러 분을 이석영의 홍엽정紅葉亭에 모시고 청국군의 형편없는 전쟁 준비와 일본군의 서구식 전술·전략 등을 비교해 가며 청일전쟁의 진상과 청국군의 몰락 과정을 상세히 보고했다. 이 보고는 오랫동안 우리 시집에서 구전으로 전해왔다. 내가 결혼한 후에도 그분으로부터 기회 있을 때마다 들었다. 그 이야기를 종합하면 대략 이렇다.

청국이 중국 역사에서 왕조를 이뤘지만 원래 소수민족인 여진족이 세운 나라였다. 시조 누루하치는 용감한 상무정신으로 팔기군八旗軍을 주력군으로 하여 청대를 창조創朝했다. 청족은 원래 말타기 좋아하고 활 잘 쏘는 대표적 동이족東夷族이었다. 청나라는 당시 200만밖에 되지 않은 소수민족이었지만 용맹하여 근 1억에 이르는 명나라의 한족漢族을 제압했다. 청나라를 세운 후에도 대대로 왕들이 여름이면 고향 열하熱河 지방의 하궁夏宮으로 옮겨 가 여름휴가를 보냈다. 그러나 휴가는 대외 명분이고 사실은 왕부터 솔선하여 강도 높은 단련의 시간을 보냈다. 이런 정병精兵 무장을 갖춘 기풍이 있었기에 소수의 만주족이 왕조를 근 300년 지켜올 수 있었다. 중국 역사상 청 왕조의 전성기에 강역이 가장 넓었던 것도 이렇듯 강력한 군사력으로 주변 민족을 제압했기 때문이다. 마치 칭기즈칸의 몽골 같은 기세를 유지했다. 그러나 근세에 이르러 발전하기는커녕 상무정신은 타락하고, 왕조는 사치하고 방탕하여 결국 이처럼 무력한 청나라가 되고 말았다.

성재장은 이어서 중간 결론을 내렸다.

"압록강 너머 요동반도에서 벌어지는 전투를 통해 두 가지 현상을 확인했다. 첫째, 일본은 명치유신에 성공하여 탈아입구脫亞入毆 방식으로 제국주

의 서양 선진국 모양으로 바뀌었다는 점, 둘째, 일본은 임란 이후 계속되어
온 정명차도征明借道 정책으로 우리나라를 대청 확전에 필요한 교통로이자
전쟁의 병참기지로 만들 것이라는 점이다. 이를 막지 못하면 우리도 결국
일본의 지배하에 들어서게 될 것이다. 이 두 가지 사실에 대응하기 위해서
는 자주독립의 길에 우리가 확고하게 서야 한다."

압록강을 건너간 일본군은 한걸음에 여순旅順으로 진격했다. 거칠 것이
없었다. 11월 21일, 여순항이 일본군에게 점령됐다. 일본군은 여순에 거주
하던 2만 명의 시민을 학살했는데, 이를 '여순 대학살'이라 했다. 그리고 12월
10일 요동의 건양建陽을 일본군이 점령했다.

한편 청국이 자랑하는 북양함대는 일본 해군을 피해 여순항에서 위해威
海로 옮겼으나, 일본 육군이 남하해 이듬해인 1895년 1월 20일부터 2월
12일까지 23일간 육·해 양면으로 벌어진 '위해 전투'에서 청국 해군은 괴멸
했다. 일본에 항복하기 직전 북양함대를 이끌던 정여창 제독은 "군인으로
서 항복이란 최후다. 나로서는 (항복)문서를 만들겠지만 도장은 찍을 수 없
다"는 유서를 남기고 자결했다.

일본군이 청국군을 한반도에서 완전히 몰아내면서 청국 쪽에 연계하던
민씨 척족도 권력의 중심에서 쫓겨났다. 친일 개화당 김홍집을 대표로 하
는 혁신 내각이 출범해 내정 개혁에 착수했다. 고종 임금은 이노우에 일본
공사와 박영효의 권고에 따라 대원군, 왕세자, 종친 및 군신을 거느리고 종
묘에 나아가 본의는 아니지만 '독립서고문獨立誓告文'과 '홍범 14조'[1]를 선포

---

1 '홍범 14조'는 14개 조목의 강령으로, 자주독립의 확립, 왕위세습제, 후빈(后嬪)과 척
   신의 정치 불간여, 조세 법률주의와 예산 편성, 지방 관제의 개혁과 지방 관리의 권한
   제한, 선진 외국의 학예와 문화 수입, 입법과 국민의 생명·재산 보호, 징병과 군대의
   양성, 광범위한 인재 등용 등이 그 내용이다.

했다. 그 내용 중에는 청국의 속국이 아니라 '자주독립국가'라는 점이 눈에
띈다(제1조). 일본의 요구에 따른 것이었는데 '청국으로부터의 독립'은 분명
했지만 '자주독립'은 아니었다. 그리고 척신들의 정치 간여 제한, 왕실 예산
의 축소·절제 등이 포함되었다. 일본의 요구로 신권臣權 정치가 본격적으로
등장했다는 것이 정확한 평가다. 그동안 민씨 척족이 얼마나 날뛰었으면
홍범의 큰 줄거리 중의 하나가 척족이 권력 근처에 얼씬거리지 못하게 하는
것이었겠나? 왕조는 마땅히 부끄러움을 알아야 했다.

　연전연승 일본군은 이제 수도 북경으로 진격했고, 마침내 4월 17일 이른
바 '시모노세키下關 조약'이 체결됐다. 천하를 호령하던 청나라는 굴욕적인
불평등 조약을 받아들일 수밖에 없었다. 청나라는 조선을 지배하던 모든
권리를 내놓아야 했다. 그뿐인가. 막대한 배상금을 일본 측에 내놓아야 했
다. 배상금 2억 냥은 당시 화폐로 3억 2,000만 엔에 이르는 거액이었다.

　이 조약이 체결됐다는 소식이 전해지자 일본 전국은 광란의 축제로 뒤덮
였다. 도요토미 히데요시豊臣秀吉 시대부터 명나라를 침공하고자 열망했던
꿈이 이제 명치유신으로 실현된 셈이었다. 미국의 흑선黑船이 들어올 때 일
본은 후진국에 불과했지만 이제 일약 선진국 반열에 올라서게 된 것이다.
도쿄 거리의 모든 상점, 주점과 식당은 축하 인파로 인산인해를 이루고 모
두 공짜였다.

　이런 영광의 시간은 오래가지 않았다. 러시아가 주도하고 독일과 프랑
스가 이에 호응해 3국이 일본이 차지한 요동반도를 도로 내놓으라고 압력
을 가했다. 3국의 호령 한 마디에 일본은 울며 겨자 먹기로 요동 지역을 토
해냈다. 이 지역은 러시아가 오랫동안 눈독을 들인 지역이었다. 일본은 이
제 선진국이 되나 보다 좋아했지만 중도에 일격을 당했다.

다시 요동치는 한반도 … 민중전 시해

이렇게 청일전쟁에서 승리하고서도 3국의 압력으로 요동 지역을 토해 낸 일본 국민은 자존심이 상했다. 이를 무마하기 위해 일본 각의는 청국이 물러난 조선을 본격적으로 지배할 태세였다. 이미 3월에 2차 개혁안을 조선 정부에 제시하면서 그간 전쟁으로 주춤했던 조선의 내정 개혁을 본격적으로 추진하고자 서둘렀다. 모든 시나리오는 장차 조선을 보호국으로 만들려는 전략에 집중되어 있었다. 사실 김홍집 내각은 전승으로 달라진 일본의 위상을 감안해 일본과 적당히 타협하면서 내정 개혁의 내실을 기하자는 속셈이었다. 하지만 박영효같이 일본을 업고 행동하는 급진개혁파는 생각이 달랐다.

삼국간섭으로 일본이 꼬리 내린 모습을 보면서 조선의 조정에서는 일본의 지배에 대해 조금씩 거부하는 움직임이 태동했다. 이 틈새로 친러파와 친미 정동파에 속하는 이범진, 이완용 등이 등장해 고종 임금께 일본 외에 구미 열강도 있음을 강조했다. 민중전도 일본의 위세에서 벗어나려면 러시아에 의존하는 것이 상책이라 생각했다. 어쨌든 고종 임금과 민중전은 청국이 물러나도 '외국 세력들이 조선에서의 이해 균형으로 서로 견제하는 틈에 조선의 안전을 보장한다'는 기본 틀을 유지하고 싶었다. 그런 뜻에서 본다면 러시아는 조선 왕조와 같은 전제군주국가요, 그 나라 외교 정책은 유럽을 우선시하므로 조선의 내정 개혁 따위엔 관심이 없고 조선 내의 이권만 챙기면 만족할 것이라고 타산했다. 영민한 민중전은 이이제이以夷制夷식으로 러시아를 끌어들여 일본을 견제하는 방식에 중점을 두게 된다. 즉, 인아거일引俄拒日2 정책을 택할 것을 명하고 나섰다. 러시아 공사 베베르Karl Ivanovich Weber와 그의 부인에게 접근했다.

민중전의 정치 감각은 누구도 따르지 못할 만큼 뛰어났다. 행동도 민첩

했다. 청일전쟁에서 일본 세가 강해지자 냉큼 박영효를 불러들였다. 박영효도 만만치 않은 교활한 인물이었다. 그의 정치 감각과 집념은 타의 추종을 불허했다. 박영효는 내무대신이 되자 곧 김홍집-박영효의 연립내각이라고 대외에 과시했다. 얼마 후 김홍집이 실각하자 박영효는 총리대신으로 올라섰다. 그러나 러시아가 주도해 이른바 '삼국간섭'으로 일본의 기세가 주춤하자 민중전은 재빨리 '인아거일' 정책으로 선회해 일본의 개혁 요구를 거부했다. 자연히 박영효와의 관계도 냉각됐다. 이를 알아차린 박영효는 1895년 7월 민중전을 시해하려다 미수에 그치고, 가담자 신응희申應熙, 이규완李圭完, 우범선禹範善 등 20여 명과 함께 일본으로 도주했다.

민중전은 이렇듯 정권의 쟁취와 살해 음모가 계속되는 고달픈 삶을 살았다. 번번이 위기에서 벗어나 끈질기게 생명을 유지했다. 그러나 천려일실千慮一失이라고 일본 정부가 직접 칼을 든 마지막 한 수에서 벗어나지 못했다. 일본인들은 을미사변乙未事變이라고 하지만 나는 이를 을미왜변乙未倭變이라 고쳐 부르고 싶다. 왜냐하면 이 사건은 왜구倭寇들의 폭력성과 잔인성을 그대로 이어받은 일본 정부가 직접 나선 조직범죄이기 때문이다. 일본이란 나라가 아무리 구미 열강과 어깨를 나란히 하는 일등 국가가 됐다고 선전했지만 아직 멀었다. 어떻게 문명한 나라의 공관장[3]이 직접 폭력단을 지휘해 주재국 왕궁에 침입해 왕비를 시해할 수 있단 말인가?

이는 중대한 사건이므로 좀 더 자세히 설명한다. 1895년 8월 20일(양력

---

2 '인아거일(引俄拒日)'은 아라사(俄羅斯, 러시아)를 끌어들여 일본을 견제한다는 뜻이다.

3 을미왜변은 일본 국왕의 묵인 아래 이토 히로부미 총리와 오야마 이와오(大山巖) 육군대신의 비밀 지령에 따라 일본군 대본영이 미우라 고로(三浦梧樓) 공사에게 행동하도록 하명한 사건이다.

10월 8일), 새로 부임한 미우라 고로三浦梧樓 일본 공사[4]를 비롯한 일본의 공사관원, 주재 경찰, 군인, 언론인, 낭인, 그리고 조선의 친일파 훈련대 간부 등이 왕궁을 습격했다. 일당 중엔 외국에 유학한 일본의 대표적 지식인도 끼어 있었다. 그중에서도 나의 마음을 가장 아프게 한 사실은 대원군이 이들과 한패가 되어 왕궁을 야습한 점이었다.

일본이 선진국 문턱에 들어서면서 가장 먼저 한 짓이 이웃 나라 왕비를 무참하게 살해한 범죄행위였다. 이 사건은 단순히 일본 폭력배들이 저지른 범행이 아니었다. 일본 정부의 계획에 의한 조직적 범죄였다. 일본 왕실도 이를 사전에 알고 있었다. 왜놈들의 폭력 행동은 오랫동안 한국의 자존심을 침해한 사건으로 기억되었다. 뮤지컬 〈명성황후〉가 첫선을 보인 지 30년이 넘도록 관객들이 계속 찾는 이유가 무엇인가? 명성황후가 당대에 그리 인기 있는 왕비는 아니었지만 그를 시해한 것은 우리나라를 무시한 무도한 행위였다는 사실 때문이었다. 독립운동 기간 중 일본 황실도 내내 잠자리가 그리 편안하지만은 않았을 것이다. 김지섭(1924년), 이봉창(1932년) 의사 등이 계속해서 왕궁에 폭탄을 던졌던 것도 우연이 아니었다.

대원군의 추한 말년 … 아버지의 궁내부 근무

일본 정부와 대원군, 그리고 왕비 시해에 협조한 친일 내각은 시해 뒤 서둘러 왕비의 위상을 서인庶人으로 격하했다. 얼마나 미웠으면 숨 돌릴 사이도 없이 이런 무리한 조치부터 강행했을까? 물론 얼마 안 가서 다시 빈嬪으

---

4 미우라 고로 전 육군 중장을 공사로 이토 히로부미 총리에게 추천한 배후 인물은 이노우에 가오루(井上馨) 전임 공사와 박영효였다는 사실이 나중에 밝혀졌다.

로, 그 후 비妃로 복원되기는 했지만 말이다.

그 무렵 아버지께서 특히 한탄하신 것은 왜놈의 농간에 놀아난 대원군의 어리석음이었다. 일생을 통해 민중전을 제거하지 못해 급급한 나머지 중국 힘도 빌리고, 또 일본 힘까지 빌려 민중전 제거에 성공했다. 하지만 그러한 말년 모습은 추하기 짝이 없었다.

을미왜변 이후 고종 임금은 식음을 전폐할 정도로 충격을 받았다. 아버지는 급히 대궐로 들어갔다. 고종 임금께서는 근처의 누구도 믿지 못하고 외롭게 계셨다. 왕세자도 왜놈들에게 피격당해 얼이 빠져 있었다. 왕세자궁 첨사로 재직 중인 아버지는 세자를 보호해야 하는 몸인데 이런 광경을 보고 아무런 방어를 못 해드린 점을 반성하고 후회했다. 하기야 야습이니 사전에 알 수도 없었다. 다행히 알렌 미국공사 내외, 평소 가까이 지낸 미국인 언더우드와 헐버트 등이 입궐해 임금을 보호하고 있었다. 그날 아침까지만 해도 성상을 지켰던 홍계훈, 정범조, 이경일 등 근신들은 모두 살해되었다. 아버지는 어머니와 의논한 후 그날부터 대궐에서 지내기로 하셨다. 아버지는 궁내부 근무를 자원하셨다.

왕비가 살해된 이후 친일 정권이 등장했다. 일본의 미우라 공사는 대원군으로 하여금 이완용, 이범진, 이윤용 등 친러파 대신들을 해임하도록 했다. 그리고 해임된 자리에 조희연趙羲淵, 정병하鄭秉夏, 유길준俞吉濬, 이재면 등을 채우도록 했다. 친일적인 김홍집 총리, 김윤식 외부, 박정양 내부대신 등은 그 자리에 그대로 있으면서 일본의 방침을 따르기로 했다. 고종 임금은 국정에서 배제되었다. "왕비를 시해한 사건은 훈련대 해산에 따라 군인들끼리 싸우다 일어난 사고였다"는 거짓말을 내각 훈령에 넣어 발표했다. 민중전은 일본인 손에 희생된 것이 아니라 대원군을 비롯한 조선 사람들 간의 권력 쟁탈 과정에서 희생되었다는 이야기를 꾸며낸 것이다. 하지만 왜놈들이 꾸민 천박한 연극을 조선 백성 가운데 믿는 사람은 하나도 없었다.

백범, "민황후를 뵈온 적이 있소?"

백성들은 마음속으로 부글부글 끓었다.

"왜놈들 칼에 우리 왕비가 죽다니!"

어떤 일 있어도 복수해야 한다는 마음이 대세였다. 김구 선생도 그중 한 분이었다. 내가 1927년 상해로 간 뒤 남편 따라 처음 그에게 인사드리러 갔었다. 그때 백범 선생의 질문에 당황했던 기억이 있다.

"민황후를 뵈온 적이 있소?"

졸지에 엉뚱한 질문을 받고 나는 당혹스러웠다. 그 순간 명성황후가 나의 외숙모라는 사실을 백범 선생이 사전에 파악하고 있다는 느낌이 들었다.

"제가 태어나기 직전에 돌아가셨습니다."

"그렇군. 사실은 내가 국모 살해한 자를 보고 복수했었지. 그때 왜놈들을 보면 전부 원수로 생각했거든 ….''

인사를 드리고 돌아오는 길에 남편은 나에게 백범 선생이 민황후의 한스러운 죽음에 대해 복수하고자 왜놈을 살해하고 사형선고 받은 뒤 탈옥했다는 영화 같은 이야기를 들려주었다. 그리고 그 후 『백범일지』를 읽고 나서야 그게 '치하포 사건'이었다는 사실도 알게 되었다.

안중근 의사도 이토를 총살한 뒤 재판 과정에서 그 의거 이유를 묻는 질문에 첫 번째로 우리 황후를 살해한 죄를 묻기 위해서라고 당당하게 밝힌 바 있다.

아버지와 오빠들, "상감이 단발했으니 우리도 …"

을미왜변 이후 일본 측의 사주를 받은 김홍집 내각은 그동안 지지부진한 개혁 조치를 다시 강행하려 했다. 가장 상징적인 개혁은 단발령이었다. 역대로 "신체발부는 수지부모身體髮膚 受之父母(사람 몸의 터럭과 피부는 부모님이 물려주신 것)"이라고 철석같이 배워온 유가의 원칙이 무너졌다. 국민 모두 삭발하라는 명령이 내려져 강제로 머리를 깎이게 되었다.

임금 자신이 정병하의 가위질에 상투를 잘랐다. 유길준은 세자의 머리를 깎았다. 서울 장안은 분노로 들끓었고, 지방에서 의병이 일어났다. 지금 생각하기에는 상투 머리보다 단발이 훨씬 편하고 좋지만 우리 생각에 반해 강제로 집행된 정책이 환영받을 리 없었다.

우리 집에서 아버지와 오빠들도 "상감마마께서 단발했는데 우리도 따라야 한다"는 아버지의 당부로 대청마루에서 상투가 잘리는 엄숙한 촌극이 벌어졌다. 마치 옛날 임금을 따라 충신들이 동반해서 죽는 순장殉葬 행사 같았다.

엄상궁을 불러들인 뜻은 …

고종 임금은 단발령으로 인한 국민의 분노가 치밀어 오른 상황을 활용해 한동안 연금되다시피 한 왕궁에서 벗어나고자 꿈틀거렸다. 이게 소위 춘생문春生門 사건이었다. 임금에게 충성하는 정동파[5] 인사들, 그리고 그들과 밀통한 시종들과 시위대 장교들이 모의해 경복궁 뒤편 후원의 춘생문을 통해 임금을 경복궁에서 탈출시키는 계획을 세우고 1895년 11월 28일(양력) 행동에 옮겼다. 임금께서 을미왜변을 당한 지 40여 일 만에 벌어진

---

5 친미·친러파 인사들이 주로 정동에 소재한 미국과 러시아공사관 주변에 모여 시국을 논하고 있어서 이들을 세칭 '정동파'라고 불렀다. 대표적 인사는 이범진(李範晉), 이윤용(李允用), 이완용(李完用), 윤웅렬(尹雄烈), 윤치호(尹致昊), 이하영(李夏榮), 민상호(閔商鎬), 현흥택(玄興澤) 등이었다.

일이었다.

하지만 춘생문을 통해 임금의 탈출을 실현하려던 장교들은 이진호李軫鎬 대대장의 배신으로 계획이 탄로 나서 일본군에게 모두 잡히고 말았다. 이 시위대 장교들은 처형되거나 극심한 고문으로 희생되었다. 배후 세력으로 지목된 친미·친러 정동파 인사들은 대부분 외국 공사관이나 해외로 피신했다. 이 사건으로 임금은 궁중에 더욱 고립되었다. 그 뒤 임금께는 외국 대사관 사람들 이외에는 접근조차 허용되지 않았다.

한편 궁궐 내에 고립된 임금은 10년 전 자신을 모시다 쫓겨난 엄상궁을 다시 불러들여 시중들게 했다. 을미왜변이라는 충격적인 사건이 벌어진 지 닷새 만에 임금께서 엄상궁을 궁중으로 불러들였다 해서 지나친 여성 편향이라고 비판하는 사람도 있었다. 하지만 아무도 고종 임금의 내심을 알지 못했다. 엄상궁은 체격이 크고 외모가 단려端麗하지도 않았다. 작은 체격에 당차고 총명했던 민중전과는 딴판이었다. 아마 이 때문에 일본공사관이나 친일파들의 경계가 그리 심하지 않았던 것 같다. 하지만 엄상궁은 지극 정성으로 임금을 모셨다. 외모와는 달리 지혜롭고 과묵하고 용기가 있었다.

엄상궁에게서 은밀히 임금의 뜻을 전달받은 친러파 이범진은 러시아 베베르 공사와 접촉해 계획을 짰다. 마침 베베르 공사의 임기가 끝나 후임 스페이에르 공사가 도착한 상황이었다. 선후임 공사가 인사차 고종 임금을 알현하는 기회를 틈타 임금께서 탈출 의사가 있음을 확인했다. 공사는 본국 정부에 보고했다. 그리고 지방에서 일어난 의병들이 언제 공사관을 공격할지 모른다는 구실로 공사관 호위 장병도 120여 명 증원받았고 중무장으로 대포까지 준비해 공사관 수비를 강화했다.

1896년 2월 11일 새벽, 궁녀들 가마에 탄 고종 임금과 세자, 엄상궁 일행이 경복궁을 빠져나와 러시아공사관으로 피신하는 데 성공했다. 이를 두고 역사에서는 '파천播遷'이라고 하지만 이는 일본 측이 지어낸 용어이고 치외법권 지대인 공사관으로 망명Asylum한 것이라는 주장이 적절하다.[6] 하여튼 고종 임금이 러시아공사관으로 '이어移御'하여 일본의 압력에서 벗어났다. 고종은 그곳에서 그동안 박탈되었던 왕권을 되찾고, 우선 김홍집 내각 각료들을 '역적'으로 지목하고 포살령을 내렸다. 그리고 대원군을 엄격하게 운현궁에 유폐했다.

임금이 러시아공사관으로 옮겨 자리 잡았다는 소식이 전해지자 서울 장안은 일시에 환호와 흥분으로 뒤덮였다. 러시아공사관으로 가는 정동길은 임금을 뵙고자 몰려든 시민들로 인산인해였다.

아버지도 가셨다가 발 디딜 틈이 없어서 몇 시간 걸려 겨우 공사관에 당도할 수 있었다고 했다. 김홍집 총리와 정병하 대신도 임금께 전후 사정을 변명하고자 갔다가 흥분한 군중에게 잡혀 맞아 죽었고, 외부대신 김윤식은 피신했다가 얼마 후 잡혀 제주도로 유배되었다. 어윤중魚允中도 고향으로 피신하려다가 용인 어비리魚肥里에서 타살되었고, 유길준은 일본공사관으로 도망쳤다. 이렇게 각료들이 희생 내지 잠적하자, 새 내각이 급히 구성되었다. 처음엔 김병시를 총리로 지명했으나 그는 신변 안전이 안 된다고 사양했다. 부득이 박정양으로 바꿔 총리대신을 임명했다. 이완용은 외부와 학부대신, 이범진은 법부대신을 맡는 등 친러파 세상이 되었다.

---

6   고종이 러시아공사관으로 망명한 일은 흔히 '아관파천'으로 불린다. '아관(俄館)'은
     러시아공사관의 한문 표기이고 '파천(播遷)'은 임금이 도망간다는 뜻이다. 당시 일본
     정부와 일본 언론이 이 고종의 망명을 '파천'이라고 깎아내렸다.

일본의 '새 왕비' 흉계를 뚫고

아버지는 일단 러시아공사관으로 이어한 사실을 다행스럽게 생각했다. 사실 임금이 궁에 갇혀 있으면 무슨 흉변이 일어날지 모르는 상황이었다. 대원군이 임금을 폐하고 이준용을 국왕으로 올리려던 속셈도 엿보였다. 그래서 부대부인은 사위인 나의 아버지에게 "성상을 잘 모시라"는 말씀을 되뇌었다. 이처럼 조선의 정정이 불안한 가운데 아버지는 궁내부 특진관으로 발령받아 임금을 가까이 모시게 되어 다행스럽게 생각하셨다.

한편 일본 측은 크게 당황했다. 아직 러시아와 정면 대결할 만큼 국력이 크지 못했다고 스스로 판단해 자중하는 것 같았다. 러시아에 의해 삼국간섭도 당했고 이번에는 조선의 '인아거일' 정책을 중단시키기 위해 왕비까지 제거하는 무리수를 썼지만 그 결과는 고종 임금이 러시아공사관으로 망명하고 조선 내정은 친러파가 장악하게 된 것이었다. 닭 쫓던 개 격이었다. 국가 위신도 추락해 러시아 정부와 조선 문제에 대해 외교적 타협을 하지 않을 수 없었다.

5월 14일, 베베르 러시아 공사와 고무라 주타로小村壽太郎 일본 공사 간에 제1차 러일협정이 체결됐다. 일본이 마지못해 임금의 아관이어와 친러정권을 인정하는 내용이었다. 그뿐 아니라 그동안 발뺌하던 을미왜변의 진상도 밝혀져 일본이 책임을 시인했고 주동자를 재판에 회부한다고 했다.

러시아공사관의 형편이 궁중과 같을 수는 없었지만 엄상궁의 주관 아래 금세 안정을 찾아갔다. 엄상궁은 수라뿐 아니라 의관이나 침소까지 궁내에 계실 때보다 더 따뜻이 지내도록 보살폈다. 불편한 장소지만 엄상궁의 솜씨로 임금은 큰 불편을 느끼지 않는 것 같았다.

임금의 삶이 안정된 지 얼마 지나지 않아 마흔 살 넘은 엄상궁에게 태기가 있다는 소식이 들렸다. 10년 만에 입궁하여 또 승은承恩하신 것이다. 엄상궁의 인생도 어지간히 질기긴 질겼다.

사실 을미왜변 직후 8일 만인 10월 16일 일본 측이 배후에서 짜고 궁내부 대신 이재면을 앞세워 새 왕비 간택을 서둘렀었다. 그때 등장한 여성이 안동 김씨 댁 규수였다. 왜 하필 대원군이 거세한 가문 안동 김씨 중에서 선택하려 했을까? 친일파들은 민씨 척족의 뿌리를 자르기 위해 안동 김씨 가문이 적격이라고 계산했던 것 같다.

그런데 고종 임금은 엄상궁을 바로 궁중으로 불러들인 데 이어 새 왕비를 맞기 전에 러시아공사관으로 이어하고 말았다. 일본 측과 친일파들의 계획이 좌절된 것이다. 공연히 안동 김씨 댁 규수만 평생 독신으로 수절守節하게 되었다.

06

러시아공사관에서 구상한 자주독립

고종 임금께서 러시아공사관으로 이어한 뒤 아버지는 임금을 가까이 모시면서 충성을 다했다. 임금께서도 궁에 갇혔을 때와는 다른 모습이었다. 하지만 임금이 자기 나라 궁궐에 있지 못하고 외국 공관에서 국사를 보는 것은 망국 그 자체였다. 박은식은 『한국통사韓國痛史』에서 이렇게 비판했다.

우리의 임금을 우공寓公으로 만들고 말았다. 이로써 스스로 나라의 체면을 더럽히고, 스스로 나라의 권리를 팔아넘기고, 스스로 나라의 앞날을 어둡게 만들었음이라.

국제 정세에 캄캄했던 우리 정부

그때 우리가 신세 지고 있던 러시아의 사정은 어떠했나? 선황제 알렉산드로 3세가 1894년 11월 석연치 않은 기차 사고로 부상을 당해 치료 중 사망하고, 맏아들인 현 황제 니콜라이 2세가 갑자기 즉위했다. 국상을 치르고도 러시아 정정이 불안해 신정부가 출범하는 데 다소 시간이 걸렸다. 러시아 정국이 안정을 되찾자 1896년 5월 26일 대관식을 거행하기로 하고 세계 여러 나라에 초청장을 보냈다. 우리 정부도 초청장을 받았다.

1896년(건양 원년) 3월 10일 임금은 궁내부 특진관 민영환을 축하 사절 특명전권공사로 임명했다. 수행원으로 학부협판 윤치호尹致昊를 지명했다. 그는 미국에 유학해 영어에 능통했다. 그 외에 김득련金得鍊 중국어 통역관, 김도일金道一 러시아어 통역관 등으로 대표단을 편성했다. 거기에 민영환의 개인비서 손희영, 그리고 러시아공사관에 부탁해 스테인 서기관을 파견토록 해 대표단은 모두 6인이 되었다.

"조선 역사에서 처음으로 공사를 구라파(유럽)에 보내어 자주독립한 나라로 세계 각국에 광고를 하게 되었으니 나라의 경사"라고 《독립신문》에서 보도했다. 그러나 민영환 공사는 니콜라이 황제를 알현하긴 했지만 막상 대관식에는 참석하지 않았다. 그 이유는 대관식장에서 모든 나라 사절단은 모자를 벗어야 했는데 우리의 예법에 머리에 쓴 관을 벗고 맨머리가 되는 것은 죄인뿐이었다. 그만큼 우리가 국제관례에 어둡고 촌스럽던 시절이었다.

대관식 후 민영환 사절단은 러시아 황제를 알현하고 임금의 친서를 전했다. 그 뒤에도 황제의 배려로 두 차례 알현할 기회가 있었다. 그 자리에서 황제는 국가 간에 협의할 사항은 배석한 외무대신 로바노프, 재무대신 비데를 가리키며 긴밀히 상의하라고 배려했다.

그 당시 민영환 공사가 받아 간 정부의 훈령은 다섯 가지였다. 임금의 신변보호를 위한 러시아 경호 요원 200명 파견 요청, 그리고 조선의 군사 양성을 위한 교관의 파견, 내정과 산업을 지도할 고문의 초빙, 300만 원의 차관 제공, 한러 간 전신선의 건설 등이었다.

임금은 을미왜변이라는 일본의 폭력적 궁궐 침공을 경험한 이후 그 트라우마로 인해 자신의 신변 안전 문제에 신경질적으로 집착했다. 그러나 조선은 이를 해소할 무력을 갖추지 못했고, 또 일부 호위 간부들까지 배신해 일본 측 앞잡이가 된 쓰라린 기억도 있었다. 새 호위군을 양성할 필요가 절실해 훈련교관 파견을 요청한 것이었다. 러시아 측이 훈련교관 파견 문제만은 즉석에서 수락했지만 여타 문제에 대해서는 확답을 미룬 채 얼버무리고 있었다.

그동안 우리 임금에게 공사관의 공간을 내주고 치외법권 지대에서 자기들 보호 아래 정사를 보도록 배려해 왔는데 왜 이리 갑작스럽게 냉담해졌을까? 서울에서 베베르 공사에게 들은 바와는 판이했다. 사실 그동안 모스크바에서 러-일 간에 무슨 일이 벌어졌는지 우리 정부는 아무런 정보도 없이 깜깜했다.

니콜라이 황제 대관식에 일본은 총리급 야마가타 아리도모山縣有朋 원수를 대표로 하는 대규모 축하사절단을 파견했다. 야마가타는 일본 육군을 창군한 원로이고 청일전쟁 때 일본군을 지휘해 대장에서 원수로 승진한 실력자였다. 이 사람이 5월 28일부터 6월 9일까지 러시아에 머물면서 로바노프 외상을 비롯한 요인들과 긴밀히 접촉했고, 로바노프와 비밀협상을 통해 이른바 야마가타-로바노프 의정서(6월 9일)를 이미 채택한 바 있었다. 비밀회담에서 조선을 북위 39도선으로 분할, 점령하는 방안까지도 협의했던 것으로 나중에 알려졌다. '39도 분할안'은 채택되지 않았지만, 양국이 그 정도로 깊숙하게 조선을 공동 관리하는 방안을 검토했던 것이다. 이런 상황에서 로바노프가 민영환의 요구를 선선히 들어줄 수 있었겠는가?

민영환은 몸이 달았다. 현지 신문에는 러시아와 일본이 조선을 공동보호Joint Protectorate하는 데에 합의한 것으로 보도되었다. 민영환은 로바노프에게 회담을 요청해서 "우리가 바라는 것은 일본의 개입이 아니라 러시아가 단독으로 조선의 독립을 보장해 주는 것이다. 그래서 일본에서 얻은 차관 300만 원을 갚기 위해 러시아로부터 신규 차관을 얻으려는 것"이라고 누누이 설명했지만 로바노프-민영환 간에 작성된 각서Memorandum(6월 30일)를 읽어보면, 분명한 합의가 이뤄지지 않았다. '혹시 조선의 재정이 취약하다고 상환 능력을 의심하는 것은 아닐까?' 별별 추측을 다 해보았지만 러시아 측은 답이 없었다. 얼마나 실망했으면 수행한 윤치호가 그의 일기에서 "민영환 공사의 한숨 소리가 천지에 진동했다"고 썼을까? 단 하나 합의된 훈련교관 파견 문제에 따라 그해 10월 푸차타 러시아군 대령과 훈련교관 13명이 조선에 와서 장교 25명, 하사관 67명, 병사 800명을 훈련시키고 새롭게 호위군을 편성했다. 이들 호위군이 임금께서 환궁한 후 궁궐을 지키는 역할을 맡았다.

민영환은 귀국길에 영국, 미국을 돌아보고 10월 21일 서울에 도착했다. 사실상 빈손으로 돌아온 것이다. 임금은 러-일의 공동 관리를 받아들일 수 없다는 의지가 확고했다. 오히려 처음으로 조선의 자주독립 환경이 조성되었다고 역발상을 하고 있었다. '이제 청국은 빠졌지만 러·일 두 강자가 2인 3각 형태로 균형을 이룬다면 그 틈바구니에서 조선의 안전과 독립을 도모할 수 있다'고 생각했던 것이다. 《독립신문》도 임금의 의견을 대변이라도 하듯 논평을 냈다.

근일 일본 신문들에 의하면 러시아와 일본이 조선을 같이 보호한다는 말이 많이 있으되 우리 생각에는 이 말이 실상이 없는 것 같거니와 우리가 이런 일은 원치도 않노라.[1]

서재필의 해괴한 행태

《독립신문》은 임금이 아관으로 이어한 후인 1896년 4월 7일 처음 발간되었다. 《독립신문》은 갑자기 발행된 것이 아니었다. 김홍집 내각 때부터

---

1 《독립신문》, 1896년 5월 16일 자.

유길준, 윤치호 등이 추진해 왔다. 이때 이미 개화파 인사들은 사면되어 정사에 참여하고 있었다. 서재필에게는 외부협판을 제의했지만 그는 자신이 미국 시민이라 공직을 맡을 수 없다며 거절했다. 그리고 그해 12월 서재필은 귀국해 중추원 고문직에 있으면서 독립신문 사장으로 취임했다.

그런데 해괴한 것은, 그가 모국에 도착한 날부터 일체 한국말을 잊었다고 하면서 영어로만 말하고 신문에 보도된 이름도 영어명인 필립 제이슨 Phillip Jason으로 일관했다는 점이다. 심지어 멀쩡히 서재필이라는 본명이 있는데 굳이 영어명의 한자 표기인 '피제선皮堤仙'을 사용했다. 그뿐 아니라 갑신정변으로 인해 그의 삼족이 멸족되다시피 했는데 남은 가족을 일절 만나지 않고 생모의 산소에도 가기를 거부하며 완전히 미국인으로 행세했다.

이런 서재필에 대해 우리 집에서는 "미국에 갔다 오더니 완전히 쌍놈이 되었군!"이라며 비난했다. 사실 임금께서는 일찍부터 서재필을 사갈시했다. 갑신정변 때 그는 갓 스무 살로 사관士官에 불과했는데 성상 앞에서 아버지뻘인 한규직韓圭稷(1845~1884년), 이조연李祖淵(1843~1884년) 대신을 단칼에 살해했고, 또 민씨 일족이라고 민태호閔台鎬(1834~1884년), 민영목閔泳穆(1826~1884년)을 처단했다. 임금 앞에서 무엄하게 칼자루를 잡고 망언도 서슴지 않았다.

그런 서재필이 10여 년 만에 귀국하더니 미국인 아내를 데리고 완전히 미국인 티를 내면서 임금과 악수하자고 하고 맞담배질을 하는 꼴을 보고 아버지는 괘씸하게 여겼다.

"나는 미국 시민이라 조선의 공직을 맡을 수 없습니다. 나를 외신外臣으로 대접해 주세요."

이 말도 통역을 통해 임금께 진언했다.

"나라의 운명이 위태롭다고 하니 이제 별꼴을 다 보는군, 퉤퉤."

주변에서 모두 이런 욕설을 퍼붓는데 임금은 어지간히 참고 있었다.

고종, 백성에게 고마움 느껴

한편 임금은 러시아공사관에 계시면서 동학과 그 뒤의 의병들에게 내심 감사한 마음을 갖고 있었다. 이들은 영화를 누려온 사대부들과 달리 미천하게 살아온 민중이었다. 아무 혜택도 없이 목숨 바쳐 군왕과 나라를 지킨 순박한 백성들이었다. 사람이 외로우면 온갖 생각이 떠오르듯 임금도 백성에게 고마움을 느끼고, 백성의 힘을 처음 느낀 것 같았다. 그리고 이런 민중의 에너지를 동원해야 '자주독립'이 가능하다는 생각도 했던 것 같다.

그래서 민중의 힘으로 독립협회를 조직한다는 데 기대를 걸었다. 설립 자금으로 내탕금을 내주었는데 그 액수가 총액의 17%나 되었고, 나머지는 범국민 모금으로 충당했다고 한다. 독립협회는 처음에 임금을 떠받드는 충신들, 정동파, 개화파 인사들이 힘을 모아 함께 출범했다. 이범진, 이완용, 김가진, 이윤용, 박영효, 서재필 등이 그 면면이었다.

독립협회는 대외적으로 조선이 청국의 속방이 아니라 엄연한 독립국이라는 사실을 알리는 사업을 가장 우선시했다. 실제로 현저동에 있는 영은문迎恩門을 헐고, 그 자리에 독립문을 세웠다. 또 청국의 상전들을 숭모하며 모신다는 모화관慕華館을 헐고, 독립관을 건립했다.

이 모든 일은 오랫동안 청국을 대중화大中華로 떠받들고 우리 자신을 소중화小中華로 낮추던 사대주의 시대를 끝내고 독립한다는 뜻을 과시하는 상징적 사업이었다. 하지만 청일전쟁 후 새로운 상황이 전개됐다. 청국 세력은 퇴조했지만 새로운 위협, 즉 일본의 압박에서의 독립이 절실했다. 일본은 왕비를 시해한 뒤 조선을 강점하려는 야심을 공공연히 드러냈다. 그 무렵 임금은 모든 외세로부터의 '자주독립'이라는 그림을 그리고 싶었다. 독립협회나 만민공동회를 후원한 데에는 백화제방百花齊放을 통해서 만백성이 자주독립으로 무장하자는 뜻이 담겨 있었다.

열강에 이권 나눠 주면 평화가 보장되나?

임금께서는 러시아공사관에 이어하고 계실 때부터 러시아 측에 군사고문단의 파견, 차관의 제공 등을 요청했지만 러시아 측은 이에 대해서는 응답하지 않고 함경도 경원군과 경성군의 채굴권과 압록강·두만강 및 울릉도의 채벌권, 인천 월미도 저탄소貯炭所[2] 설치권 등의 이권을 확보하려 했다. 임금이 러시아공사관으로 이어했으니 그들의 요구도 들어주어야 했다.

러시아에 이런 이권을 주게 되자 다른 나라도 달려들었다. 1896년 3월에 미국인 모스가 경인철로 부설권을, 7월에 프랑스인 가리유가 경의선 부설권 달라고 각각 손을 내밀었다.

조선은 이미 여러 나라와 수호통상조약을 맺고 있었기에 러시아에 하나 내주면 다른 나라에도 똑같이 최혜국 대우를 해주어야 했다. 어쩌면 임금은 이렇게 여러 나라가 균형을 이루어 조선에서 이권을 챙기고 투자하는 것이 오히려 독립 유지에 이롭다고 판단했던 것 같다.

임금께서 갑신정변 직후 미국인 알렌에게 "조선이 청나라의 간섭에서 벗어나려면 어떤 방도가 있나요?"라고 넌지시 물어본 일이 있었다. 그때 알렌은 열강에 이권을 주라고 권유한 바 있다. 성상께서 알렌의 말을 심중에 두고 있다가 러시아공사관으로 이어한 뒤 이권을 차례로 외국에 넘겨주었던 것이다. 달리 말하면 미국, 영국, 프랑스, 독일 등 열강에 이권을 나누어

---

2 저탄소란 석탄 창고를 말한다. 당시 선박의 동력은 석탄이었기 때문에 저탄소는 지금의 주유소와 같았다. 러일전쟁 당시 러시아의 발트 함대가 수에즈 운하를 통과하려 했으나 영국이 거절해 할 수 없이 아프리카를 돌아 운항했고, 그나마 홍콩에서 석탄을 공급받고자 했으나 영국이 석탄 공급마저 거부해 쓰시마 해전에서 패했던 게 사실이다. 그만큼 저탄소는 중요한 전략 기지 중 하나였다.

줌으로써 일본의 위협에 대한 방패를 만들려 했던 것이다.[3] 사실 독립협회
도 초기에 이런 주장을 펼친 바 있었다.

'자주독립'의 프로그램 구상

그러나 의도와 달리, 조선의 이권이 계속 외국으로 넘어가자 《독립신문》
은 지속적으로 비판 기사를 실어 정부에 경종을 울렸다. 1896년부터 1900년
까지 서양 열강의 이권 쟁탈에 대한 비판 기사가 집중적으로 실렸다. 이는
내부적으로 국민들을 정신 차리게 하는 효과도 있었다. 그러나 당시 조선
의 정치 상황은 그 정도로 성숙하지 못했다. 언론의 순기능을 이해하지 못
하는 속 좁은 근황파들이 임금에게 《독립신문》의 비판 기사를 열심히 고자
질해 바쳤다.

임금이 러시아공사관에 머무는 동안 자주독립은 점점 멀어지고 외국에
이권이 계속 넘어간다며 독립협회는 물론이고 위정척사파까지 조속한 환
궁을 요구하고 나섰다. 1897년 초 고종 임금은 환궁을 서둘렀다. 하지만 그
는 경복궁이 아니라 경운궁(지금의 덕수궁)으로 돌아갈 것을 고집했다. 경운
궁은 경복궁보다 작고 경호상 유리하다고 판단했던 것이다. 아마 주변에
외국 공관들이 가까이 있어 도움받기에도 용이하다고 느끼신 것 같다.

임금께서는 환궁하게 되면 이를 계기로 무엇인가 국민에게 국정 개혁의
신선한 모습을 보여주어야 한다고 생각하셨다. 일본인들이 갑오개혁을 통
해 문서상으로만 '조선은 독립국'이라고 명시해 놓고 뒤에서 딴생각을 한

---

3 청국도 아편전쟁 이후 열강에 골고루 이권을 나눠 주어 열강 상호 간의 견제를 통해
특정 국가의 식민지로 전락하는 것을 면했다.

데 대한 불신도 있었다. 그래서 진정한 자주독립을 이루는 계기를 만들어 조선이 스스로 부국강병의 길로 나아가는 프로그램을 구상하고 계셨다. 또 불행하게 서거한 민중전의 국장을 추진하자는 말도 진작 있었지만 임금은 서두르지 않았다. 민중전의 국장을 통해 일본으로부터 독립의 의미도 부각시켜야 한다는 생각을 심중에 두고 계셨다. 이런 뜻은 섣불리 밝힐 수 없는 법, 계속 인산因山 준비는 하라면서도 정작 국장 시행은 연기해 왔다.

07

대한제국의 야심 찬 출범, 안타까운 실패

1897년 2월 20일, 고종 임금이 1년 9일 만에 경운궁으로 환궁하셨다. 임금 일행은 새로 훈련받은 호위대에 에워싸여 보무당당하게 행진했고, 국민들은 임금의 환궁을 환호하며 반겼다. 이 장면을 지켜보신 아버지께서는 우리도 이제 자주독립의 길로 들어섰다며 기뻐하셨다.

고종의 환궁, 그리고 나의 출생

임금께서 환궁하시고 넉 달 남짓 지난 6월 22일, 내가 태어났다. 어머니는 당시 만 서른여섯이셨다. 지금 생각하면 한창나이였지만 넷째 오빠를 낳을 무렵부터 건강을 해치셨다. 내가 태어나면서 건강이 한층 더 악화되었다. 자연히 나는 유모 젖을 먹으며 자랐고, 엄마 품에서 그리 오랜 시간을 보내지 못했다. 하지만 우리 집안에서는 아들만 있었는데 첫딸을 낳았다고 나를 공주 모시듯 귀하게 여겼다.

임금께서 환궁하신 지 반년쯤 될 무렵인 8월 1일, 노대신 심순택沈舜澤을 불러올렸다. 충신 중의 충신인 심순택을 의정대신으로 임명했다.

첫 번째 과제는 새출발을 하자는 뜻에서 연호를 바꾸는 일이었다. 당시 사용하던 건양建陽 연호는 1895년 을미왜변 직후인 11월에 채택한 것이었다. 갑오개혁의 첫 사업으로 양력을 사용하기로 하고 1896년 1월 1일을 기해 '건양' 연호를 쓰도록 했던 것이다. 그러나 임금은 건양 연호를 기피했다. 그리고 환궁 후 첫 번째 사업으로 연호를 바꾸라고 하명하셨다. 심순택 의정을 중심으로 여러 중신이 모여 '광무光武'와 '경덕慶德', 두 안을 채택해 상주한 결과 임금께서 '광무'를 최종 낙점하셨다. '상무정신'을 강조한다는 뜻이라고 했다.

사실 임금께서 옥좌에 올라선 것은 1863년이었지만 대원군의 섭정으로 10년 동안 임금 노릇을 못 했다. 1873년에 가서야 친히 왕권을 행사하게 되었다. 그러나 뒤이어 닥친 내우외환, 그리고 아버지 대원군의 집요한 권력 쟁탈극으로 끝내 왕비까지 잃고 외국 공관에 피신했다가 환궁했다. 그러느라 고종 34년이 되었으니 이제 마지막 기회로 삼고 왕조를 다시 시작하는 마음가짐으로 출발하려 했던 것이다.

그러므로 길일을 택해 "즉조당卽阼堂에서 연호를 세운 것을 진하陳賀하는 의식을 갖고" "조서詔書를 반포"하고자 했다. 길일은 7월 19일, 그날 원구圜丘, 사직社稷, 종묘宗廟, 영녕전永寧殿, 경모궁景慕宮에서 연호를 세운 것에 대해 고유제告由祭를 지냈다. '광무' 연호가 시행되면서 새 나라의 외양을 갖췄으니 다음 순서는 독립된 황제국으로 가는 길이었다. 이른바 칭제상소稱帝上疏가 무려 716통이나 쌓였다.

9월 25일 임금께서는 원구단을 만들 절차를 확정했다. 10월 1일, 지관을 시켜 원구단의 설치 장소를 물색해 "남서南署의 회현방會賢坊 소공동 계小公洞契의 해좌사향亥坐巳向이 길하다"는 답을 얻었다. 지금의 조선호텔 자리다.

대한제국의 출범

마침내 1897년 10월 12일 황제께서 면류관을 쓰고 황룡포를 입고 즉위식을 거행했다. 그리고 다음 날 서양 예복으로 갈아입고 훈장까지 패용해서 위엄을 갖춘 가운데 대한제국을 선포했다.

황제께서 내린 반조문頒詔文(일종의 취임사) 가운데 중요한 부분은 나라의 자주독립을 수호하기 위해 황제가 되었고, 이는 상하귀천 구분 없는 국민적 합의임을 강조한 것이었다.[1]

십일일 밤에 장안 안 사사 집과 각 전에서들 색등들을 밝게 달아 장안 길들이 낮과 같이 밝으며 가을 달이 또한 밝은 빛을 검정 구름 틈으로 내려 비치더라. 집집마다 태극 국기를 높이 걸어 인민의 애국지심을 표하며 ….[2]

좋은 일은 겹쳐서 오는 것인가. 10월 20일 황제를 모시는 엄궁인이 태자를 순산했다. 이름은 이은李垠, 나중에 영친왕이 된 아기였다. 다음 날로 엄궁인은 귀인으로 승격했다.

대한제국 선포에 대해 여러 나라가 환영하고 승인해 주었다. 러시아의 니콜라이 2세는 1897년 12월 23일 대한제국을 가장 먼저 승인했다. 이어 일본, 프랑스, 미국, 영국도 1898년 3월께 일제히 대한제국을 승인했다. 이처럼 세계의 대세는 대한제국이 자주독립국이라고 인정한 것이다.

실제 자주독립국으로 인정하는 조약이 체결되기도 했다. 1898년 4월

---

1 『조선왕조실록』, 고종 34년(1897년) 10월 13일 기사.
2 《독립신문》, 1897년 10월 14일 자 기사.

▲ 1902년 고종 등극 40주년 기념장 받은 날의 가족 기념사진. 앞줄에 앉은 두 소녀 가운데 왼쪽이 조계진 (趙季珍)이고, 그 옆은 조카 조정완(趙貞完)이다. 다른 사람들도 조계진과의 관계를 중심으로 살펴보면, 가운 뎃줄의 왼쪽부터 조남직(趙南稷)의 부인 이씨, 조남복(趙南復)의 부인 이남종(李南鍾), 조남익(趙南益)의 부 인 김씨, 할머니 서씨, 큰오빠 조남승(趙南升), 둘째 오빠 조남익(趙南益), 셋째 오빠 조남복. 뒷줄의 왼쪽부터 육촌 오빠 조남철[趙南鐵, 호 사승(沙僧)]의 부인, 조남승의 부인 이윤규(李允珪), 조경구(趙經九)의 부인 한씨, 넷째 오빠 조남진(趙南晋)의 부인 이씨, 아버지 조정구(趙鼎九), 숙부 조경구.

러·일 간에 이른바 로젠-니시 협정(일본 주재 러시아 공사 로만 로마노비치 로젠 Roman Romanovitch Rosen과 일본 외무대신 니시 도쿠지로西德二郞 간의 협정)이 체결되었다. 그 협정에서 두 나라는 대한제국의 내정에 간섭하지 않기로 합의했다. 대한제국이 제대로 독립을 유지하도록 돕는다는 합의였다. 속마음은 따로 있었겠지만 일단 겉으론 러·일 두 나라와 대한제국이 대등한 독립국으로 관계를 맺는다는 뜻이었다.

아버지께서는 이제 조선 왕조가 대한제국으로 새롭게 출범하고 임금의 칭호도 '전하殿下'에서 '폐하陛下'로 올려 모시게 됨을 다행스럽게 생각하고 기뻐하셨다. 하지만 불안한 출범인 게 사실이었다. 당시 제국주의가 판치는 정세로 볼 때 자위력을 갖추지 못한 제국이 과연 오래갈지 의문이 많았다. 독립협회 내의 개화파는 대한제국이 자주독립국으로 출범하게 됨을 일단 환영했지만 서재필, 윤치호 같은 이는 자주독립이 주제넘은 일이라고 비아냥거렸다. 또 골수 위정척사파, 이를테면 최익현崔益鉉, 류인석柳麟錫 같은 이들은 중국을 대중화大中華로 모셔야 한다는 고집스러운 수구 세력으로서 자주독립이란 청국의 지존至尊을 버리는 결례라고 반대했다.

명성황후의 장례에 담긴 뜻

임금께서는 을미왜변을 당한 그날부터 마음속에 응어리진 한을 갖고 있었다. 무참하게 시해된 중전의 희생이 헛되지 않았음을 국장을 통해 확인하고 싶어 했다. 그리하여 대한제국을 선포한 다음 날인 10월 13일, 황제께서는 민중전을 명성황후로 추존하면서 국장 거행 문제를 제기했다. 그리고 장례 날짜를 11월 21일로 확정했다. 을미왜변이 일어난 지 2년 2개월 만에 장례를 치르게 된 것이다.

민중전은 시해된 직후 불살라진 유골을 수습해 경기도 양주의 숙능肅陵

에 모셨었다. 명성황후의 국장 행사는 양주 숙능에서 청량리 밖 홍릉으로 모셔 오는 이장례였다. 어머니는 건강상 참석하지 못했고 아버지만 참석하셨는데 국장 행사가 어마어마했고 상여를 따라가는 수행원만 수천 명이었다고 전하셨다. 후일 왕실은 이 행사 전체를 『명성황후국장도감의궤』라는, 상세한 도면이 포함된 아름다운 책자로 남겼는데, 지금 봐도 과거 어느 왕 때보다 거창한 국장이었음을 알 수 있다.

돌이켜 생각해 보면, 황제께서 이 국장 행사를 대한제국의 국정과제 제1호로 추진한 데에는 여러 가지 이유가 있었다. 능멸당한 황후에 대한 유한이 가슴에 맺혀 있었음은 두말할 필요도 없다. 그러나 그뿐 아니었다. 을미왜변 이후 황제가 왜군과 친왜 무리에 의해 유폐幽閉되었을 때 전국에서 의병으로 일어나 격렬히 싸운 민초들에게 황제는 한없이 고마워했다. 이제 황제의 권리를 회복하고 나라를 다시 자주독립국으로 끌어올려 대한제국을 출범시키는 마당이니, 황제께서는 이 시점에 민초들에게 새출발을 다짐하고 싶었던 것이다.

'자위 능력'은 자주독립의 기본이거늘 …

대한제국이 출범하면서 진행한 광무개혁 중에서 가장 시급한 과제는 부국강병이었고, 이를 풀면 다시 두 가지 과제로 대별할 수 있었다. 하나는 내정 개혁이고, 다른 하나는 군비 증강이었다. 이 두 과제를 전담하기 위해 궁내부宮內府와 원수부元帥府를 두었다.

군비증강을 위해 러시아에서 훈련교관을 초빙해 우선 약 1,000명의 1개 대대를 편성했고, 1897년 9월 시위대 1개 대대를 확충해 2개 대대로 편성했다. 이 2개 대대를 정병精兵으로 육성하면서 장비도 신식 병기로 충당했다. 황제께서는 이에 그치지 않고 『조선왕조실록』에 언급된 것처럼 육군 10개 대대와 충무공 이순신의 정신을 따르는 강력한 해군 전력까지 확보하고자 고심했다.

자주독립의 기본이 자위 능력에 있다는 것은 만고의 진리다. 아버지는 이 문제와 관련해 황제와 한 치도 생각이 다르지 않았다. 아버지는 조선 왕조 500년의 역사가 숭문천무崇文賤武에 빠져 비극적인 현실을 맞았다고 여러 번 말씀하셨다. 내가 결혼할 때, 아버지 입장에서 장차 사돈이 될 우당 이회영 선생의 신흥무관학교 설립을 높이 평가한 것도 같은 맥락이었다.

황제께서 심혈을 기울이고 있는 자위력 증강에 친일 세력들은 반대했다. 청일전쟁 중 승세를 잡은 일본의 이노우에 가오루井上馨 공사는 1894년 10월 23일 국왕을 알현하는 자리에서 오만하게 '제2차 내정 개혁'을 요구했다. 그 가운데 조선의 군비를 '내란을 진정할 만한 병력' 수준으로 제한하라고 요구했다.[3] 조선의 강한 군대 보유에 이의를 제기한 것이다. 그런데 《독립신문》에서 서재필은 덩달아 "조선에서는 해군과 육군을 많이 길러 외국이 침범하는 것을 막을 까닭도 없고 다만 궁중에 육해군이 조금 있어 동학이나 의병 같은 토비나 진정시킬 만했으면 넉넉할지라"[4]고 일본의 요구에 맞장구를 쳤다. 서재필은 일찍이 개화파로 일본에 무관으로 유학까지 한 인재였다.

이뿐 아니었다. 황제께서 군을 양성하고자 고심하고 있을 무렵 《독립신문》은 또 한 번 찬물을 끼얹었다.

대한에서 양병養兵하기는 외국과 싸우려 함도 아니요, 다만 대한 국내를 보

---

3   『승정원일기』·『일성록』, 1894년 10월 23일 기사.
4   《독립신문》, 1897년 5월 25일 자 기사.

호함이라.[5]

이때는 윤치호가 서재필의 후임 사장이 되어 주장한 글이었다. 윤치호는 무관 출신으로 군부대신을 지낸 윤웅렬尹雄烈의 아들이었는데도 이렇게 국방의 중요성을 부인했다.

황제께서 부족한 예산을 짜내가면서 강군 확보에 애를 쓰는 마당에 그런 사정을 알 만한 사람들이 앞장서 반대한 것이다. 독립협회는 만민공동회와 더불어 군중대회를 통해 군비 증강을 비판하면서 "러시아 훈련교관을 쫓아내라", "훈련단을 해체하라"고 외쳐댔다. 독립협회가 자주독립을 유지하기 위해서는 국방력이 우선순위이고 최소한의 군비 유지가 필요하다고 주장해도 시원치 않을 터인데 정반대로 나가고 있었다.

그런데 황제께서는 이들의 주장을 받아들여 1898년 3월 러시아 교관들을 돌려보내고 자체적으로 훈련 계획을 짜서 군력을 늘려나가라고 지시했다. 그 결과 1901년 초까지 육군 병력은 근 3만 명에 이르렀다. 궁궐을 지키는 시위대가 약 5,000명, 국왕이 행차할 때 경호하는 호위대가 750명, 친위대가 4,500명으로 왕궁을 지키는 병력만 약 1만 250명에 이르렀다. 여기에 지방의 진위대 병력이 근 2만 명에 이르렀으니 이를 다 합치면 약 3만 명, 즉 대략 2개 사단 병력이 되는 셈이었다. 이는 어느 정도의 병력이었을까? 당시 일본은 이미 세계 8위의 군사 대국이었다. 게다가 청일전쟁에서 승리해 한창 상승하는 기세였다. 전쟁 경험이나 군비 면에서 대한제국은 상대가 되지 않았다.

---

5 《독립신문》, 1898년 5월 24일 자 기사.

'동갑내기' 고종 황제와 명치 국왕의 길

아버지께서 가장 아쉬워했던 점은 광무개혁이 방향도 옳았고, 그것이 우리나라가 자주독립을 찾을 마지막 기회였던 것도 분명했는데 시기적으로 너무 늦었다는 점이었다. 다 알다시피 우리 황제와 일본의 명치明治 국왕은 나이도 같고 등극 시기도 비슷했다. 그런데 저쪽은 근대화에 성공했고, 우리는 실패해 그들에게 강점당했다. 가장 큰 이유는 실기失機했다는 사실에 있었다. 황제께서 1863년 즉위할 때부터 개방·개혁을 추진했더라면 훨씬 유리했겠지만 기회를 놓쳤다. 그래도 1873년 대원군의 섭정이 끝날 무렵부터라도 국정 개혁을 단행했더라면 발전의 계기를 잡을 수 있었을 터인데 그마저도 놓치고 말았다.

이유는 또 있었다. 일본 명치유신의 '폐번치현廢藩置縣'과 같이 봉건제를 극복하고 중앙집권의 개혁을 이룩하기 위해서는 황제 한 사람이 아니라 그 시대의 영웅들이 함께 힘을 모아야 했다. 그러나 우리 황제와 그 주변 세력들은 뿔뿔이 흩어졌다. 독립협회도 초기에는 자주독립을 위해 국민의 의지를 모아 나갔으나 끝내 황제와 대립하는 구조로 바뀌었다. 황제도 의병이나 동학까지 포함해 민중의 애국 의지를 믿고 의지하기는 했으나 이를 부추겨 통합된 힘으로 만들어내는 데에는 미숙했다.

대한제국 선포 이후 일찍이 친일 밀정 노릇 하던 안경수가 독립협회 회장이 되면서 논조가 완전히 달라졌다. 처음에는 외국이 조선의 이권을 챙기는 행동을 두루 비판했다. 그러나 얼마 후 미국, 영국의 세를 업은 일본이 러시아의 남하를 견제하자 독립협회도 일본의 이해에 따라 '반러시아'로 돌아섰다. 독립이란 어떤 외세도 편 가르지 않고 비판할 것은 비판해야 할 터, 그러나 독립협회는 '반러시아'에 치우쳐 있었다. 황제가 초빙해 온 러시아 군사고문관의 철수도 주장했고, 한러은행 설립도 방해했다. 사실 황제는 이때 나서서 러시아 측을 달랬어야 했는데 그대로 방관했다. 이게 큰 실책이었다.

왜 황제께서 러시아와 일본 간에 균형을 잡지 않았을까? 러시아공사관에 이어해 신세 졌던 일들을 벌써 잊었던 것일까? 이게 지금까지 미스터리다. 러시아와의 우호 분위기가 깨지면서 독립협회는 일본의 사주를 받아 갑자기 아시아 중심주의를 주장하기 시작했다. 황인종끼리 단합하자는 종족주의로 바뀌었다.

독립협회는 일본의 주문에 따라 청국으로부터 독립을 주장했듯이 민권 신장과 입헌군주제를 내세웠다. 1898년 3월 종로에서 만민공동회 측 연사들은 1만 명의 집회를 열어 '자유민권'을 위해 열변을 토했다. 1898년 7월 독립협회 안경수계 인사들은 '민회'의 소집을 요구하는 상소를 올렸다.

그해 10월, 만민공동회 인사들의 철야 농성이 있었고 헌의 6조를 결의해 황제에게 제출했다. 처음엔 황제도 민중의 애국적인 힘이야말로 대한제국을 강화하는 것이라 믿었다. 특히 헌의 1조에 명시된 "대외적으로 국가의 자주독립을 확고히 지켜 외국인에게 의뢰하지 않고 관민이 단결하여 대한제국의 황제로 하여금 열강의 황제들과 동렬에 서게 함으로써, 자주국권을 확고히 할 것"이라고 한 점에 크게 만족하셨다. 또 2조에 명시된 광산, 철도, 석탄, 산림 등 이권 및 차관, 차병借兵, 그리고 외국과의 조약 체결은 정부와 중추원이 합의하에 하라는 이야기도 황제에게 결코 불리하지 않았다. 11월 4일 박정양 내각은 중추원의 민선 의원 25명을 독립협회에 의뢰해 선정하기로 했다. 여기까지는 아슬아슬했지만 관민이 잘 타협해 나갔다.

이렇게 개화파는 민중의 힘을 빌려 하나씩 민권을 신장해 나갔다. 하지만 반발도 만만치 않았다. 수구 근황파들은 황제가 민권 측으로 기울어진 데 대해 이의를 제기했다.

"지금 독립협회의 궁극의 목표는 군주제를 폐하고 미국식 대통령제로 가자는 것이다. 벌써 인선도 다 됐다. 박정양이 대통령, 윤치호가 부통령 ….”

이런 식의 가짜뉴스가 버젓이 광화문에 방으로 붙었다. 황제는 이를 판단할 만한 여유가 없었다. 독립협회 간부 17명을 체포했다.

11월 5일 수천 명의 시민이 다시 몰려나왔다. 가게들은 철시하고 시위에 가담했다. 그러자 수구파 황국협회가 앞세운 보부상들이 독립협회를 습격했다. 그리해서 서울은 난장판이 되었다.

독립협회는 자주적이고 독립적이었나?

황제께서는 11월 26일 경운궁 이화문에 직접 나아가 칙임관 이상 및 각국 공사, 영사들이 배석한 가운데 담화를 발표하며 호소하셨다.

“오늘부터 임금과 신하, 상하 모두 한결같이 믿음을 가지고 일해서 서로 의리를 지키고 온 나라에서 어질고 능한 사람을 구하여 나가자”는 호소였다.

황제의 지시로 중추원이 의관 50명을 새로 구성키로 했다. 독립협회와 만민공동회 17명, 황국협회 16명, 황제 직속 17명 등 당시로서는 균형을 맞춘 원 구성이었다. 그러나 내각을 다시 구성하는 데에서 이견이 생겼다. 독립협회는 내각 명단을 제출했는데 하필이면 모든 소요의 주동 인물로 오해받고 있는 말썽쟁이 박영효가 포함되었다. 그러자 황제께서 ‘협회’가 무소불위로 행동하는 것을 금하는 조령詔勅을 내렸다.

황제는 더 이상 무질서를 방치하면 대한제국의 존립 자체가 위태롭게 된다고 판단하여 군을 동원해 협회를 강제 해산시키기로 결심했다. 각국 공사의 의견을 구하니 영국과 미국은 반대했지만 러시아는 찬동했다. 황제가 특히 유의한 점은 일본의 가토 마쓰오加藤增雄 공사가 동의했다는 점이다. 독립협회의 기세가 점점 커지자 일본도 버겁고 위협감을 느꼈던 것 같다.

황국협회, 독립협회, 만민공동회 모두 해산됐고, 《독립신문》도 폐간됐다. 모처럼의 민주화 분위기가 냉각됐다.

아버지께서는 신하들이 황제의 절실한 마음을 헤아리는 가운데 점점 커져가는 국민의 소리도 적절히 수습했어야 하는데 그렇지 못함을 원망하셨다. 황제의 주변 사람들은 모두 자기의 이익에 눈을 팔 뿐이었다. 나라의 장래에 대해 진실로 걱정하는 충신은 찾아보기 어려웠다. 일본의 명치유신은 존왕양이尊王攘夷 운동과 막부 타도 운동을 거쳐 천황제 근대국가를 수립하는 길로 나아갔다. 그 과정에서 요시다 쇼인吉田松陰이나 사카모도 료마坂本龍馬 같은 걸출한 인물들이 목숨을 내놓고 국왕 중심의 구심력 역할을 했다. 그러나 우리 황제에게는 이런 구심력 노릇을 하는 인물이 없었을 뿐 아니라 많은 측근들이 저마다 외국에 줄을 대고 그 영향 아래 황제의 권위를 분산시키는 원심력으로만 작용하고 있었다.

"보아라. 을미년에 왕후가 왜놈 폭도들에게 시해당하고 황제가 인질로 잡혀서 부득이 러시아 공관으로 일시 망명하지 않았느냐? 수치스럽지만 다른 방법이 없었다. 그렇게 혹독하게 일본에게 당하고도 일본인에게 붙어서 정치하는 자가 하나둘이 아니지 않느냐?"

"독립협회가 자주독립을 위해 설립된 단체라고 했지? 청일전쟁 후 청국 세력이 물러났고 이제 러시아와 일본이 이웃 나라로 남았는데 진정한 자주독립을 주장한다면 군사적으로나 경제적 판도로도 가장 큰 위협은 일본인데도 독립협회나 《독립신문》의 논조는 왜 일본을 빼고 말하는지 이상하구나."

아버지는 대한제국 출범 후의 상황을 설명하면서 대단히 흥분하셨다. 아버지께서 독립협회의 안경수, 박영효, 윤치호, 서재필 등을 모두 친일 인사로 보고 있었다. 대한제국은 이런 혼란상 속에서 부국강병을 향한 의지와 그에 토대를 둔 희망을 점차 잃어가고 있었다.

08

대한제국의 마지막 길

1899년 2월 초, 어머니의 병세가 갑자기 악화했다. 고종 황제께서 이 사실을 알고 급히 궐내의 태의원을 보내 완쾌될 때까지 계속 보살피라 명하셨다.

어머니의 별세와 그 후

그런 배려도 소용없이 어머니는 2월 6일 별세하셨다. 황제께서 몹시 슬퍼하셨다.[1] 일찍이 황제께서는 일곱 살 터울의 막내 누이동생인 나의 어머니를 무척 귀여워하셨다. 어머니를 '복뎅이'라고 부른 데서 알 수 있듯이, 어머니가 태어날 때부터 외가의 가운家運이 트여 당신이 국왕으로 등극한 것도 우리 어머니 덕분이라고 생각하셨던 것 같다. 그런 누이를 일찍 보내는 마음이 오죽했을까. 제문도 직접 쓰셨다.

그러나 강직한 우리 아버지는 황제의 뜻이 고맙긴 하지만 그대로 받을 수 없다 하여 청원 상소를 냈다.

"예장을 지내도록 조칙을 내려보낸 것은 신의 분수에 맞지 않으므로 환

1 　『조선왕조실록』, 고종 36년(1899년) 2월 6일 기사.

수해 주십시오."

황제께서는 아버지의 뜻을 이해하고 예장은 거둬들이되 장례를 위한 모든 경비는 지원하도록 배려했다.

그런가 하면 장례 이후엔 조카인 나의 오빠들에 대해 특별히 관심을 갖고 지근거리에 두셨다. 17살에 불과한 큰오빠 조남승을 내부 주사로 임명해 궁내의 대소사를 처리하게 하셨다.

그 무렵 대원군의 별세(1898년 2월 22일) 이후, 황제께서 가장 심려하신 것은 일본으로 유배 보내다시피 한 조카 이준용의 존재였다. 그는 일찍이 대원군과 일체가 되어 왕권 찬탈을 꿈꾸었으며 사실 을미왜변에도 가담했었다. 그 뒤 모반 음모가 들통나 일본에 쫓겨 간 것이었기 때문에 대원군 장례에도 참례하지 못했다. 그런가 하면 귀국하지 못하는 데에 불만을 품고 일본에 망명 중인 반왕정 인사들과 작당해 권토중래를 기도하고 있었다.

1901년 11월 황제께서 큰오빠 조남승에게 명하시기를, 일본에 가서 이준용을 단단히 타이르고 오라 했다. 조남승은 일본에 갔으나 이준용이 피하여 만나지 못했다. 박영효의 측근 이규완李圭完을 통해 자중하라는 말만 남기고 돌아왔다. 황제는 다음 해 1월 양주군수로 있는 아버지 조정구와 오빠 조남승을 함께 다시 일본으로 보내 이준용에게 경고하라 했다.

'대한국국제'의 반포와 광무개혁

황제는 민民이 세운 협회, 즉 독립협회와 황국협회를 해산시키고도 민의가 존중되는 구본신참舊本新參의 새로운 체제를 갈망하셨다. 그래서 약 반년 동안 고심한 끝에 1899년 8월 17일 '대한국국제大韓國國制'를 반포했다. '국제'란 오늘날의 헌법을 가리킨다.[2] 이 국제를 근거로 광무개혁을 진행했다.

아버지는 광무개혁 몇 년 만에 서울이 눈에 띌 정도로 달라졌다고 말씀하셨다. 1899년 인천 가는 철로의 개통, 1900년 한강철교의 개설, 덕수궁과 인천 간의 전화 100회선 개통 등이 그것이었다. 종로에서 청량리까지 전차가 다니기 시작했다. 경복궁에 전등이 환히 밝혀졌고, 1900년에는 서울 종로 거리에도 가로등이 켜졌다.

왜 진작 이런 속도로 개혁이 추진되지 못했을까? 모든 사람이 희망에 차 있을 때 한반도에 다시 먹구름이 드리우고 있었다.

한반도의 먹구름 '러일전쟁'

우선 일본은 대륙 팽창을 위한 교두보로 한반도의 지배가 필요했다. 일본의 국내 사정은 명치유신으로 산업은 발달했으나 더 많은 자본과 자원이 필요했다. 그리고 항藩이 해체되고 왕정이 회복된 뒤 그 항에서 길러냈던 무사들이 마땅히 갈 곳이 없었다. 이들은 대부분 일본군에 편입되었지만 나머지는 고향에 남든가 아니면 도시로 몰려나와 곳곳에서 사회질서를 문란케 하고 불안의 씨앗이 되었다. 일본 정부는 이들을 대륙진출의 첨병으로 유도했다. 이들은 한국에 상륙해 곳곳에서 정보원이 되어 친일 정치 세력과 결탁했다.

---

2 '국제' 제1조는 "대한국은 세계만방에 공인되어 온 바 자주독립한 제국이다"고 분명하게 규정했다. 중국이 '대중화'이고 우리 자신을 '소중화'라고 하는 사대주의에서 벗어나 '자주독립'을 선언한 것이다. 그다음 제2조는 "대한제국의 정치는 과거 500년간 전래되었고 이후에도 만세불변할 전제정치다"라고 명시했다. 이는 '신존왕주의'를 뜻했다. 요즘 기준으로는 잘 이해가 되지 않겠지만, 당시는 미국만 빼고 모두 존왕주의 시대였다. 독일은 빌헬름 2세, 프랑스는 나폴레옹 3세, 이탈리아는 움베르토 1세였고, 영국, 러시아, 중국, 일본 모두 황제 시대였다. 즉, 왕정이 기본이고, 거기에 덧붙여 권력을 내각에 얼마나 위임하느냐에 따라 그 나라 주권의 성격이 결정되었다.

둘째, 일본은 구미 열강과 외교관계를 수립하면서 동양의 거점 역할을 하는 친밀한 우방이 되었다. 한때 김옥균은 "일본이 구미 국가에서 동양의 영국으로 대접받고 있듯이 우리는 프랑스 같은 역할을 하자"고 한 바 있었다. 그의 말처럼 일본은 충실하게 동양의 영국 역할을 하는 데 성공했지만 대한제국이 프랑스 역할을? 어림없는 이야기였다. 일본은 탈아입구脫亞入歐라고 하여 구미 열강 틈에 들어가고자 모든 노력을 집중했다. 당시 구미 여러 나라들은 러시아의 남하를 공통적으로 견제하고 있었다. 일본 역시 러시아가 부동항不凍港을 찾고자 남하하는 정책을 견제하고 있어서 쉽게 영국과 동맹을 맺을 수 있었다. 태프트-가쓰라 비밀 협약(1905년)이 맺어진 것도 미국이 아시아에서 일본의 역할과 능력을 평가했기 때문이었다.

셋째, 청일전쟁 후 러시아가 주동이 되어 삼국간섭이 이루어지는 바람에 일본은 요동에서 울며 겨자 먹기로 후퇴할 수밖에 없었다. 이로 인해 일본은 언제나 러시아와 일전불사 복수심에 불타고 있었다. 그뿐 아니라 일본은 만주의 이권을 차지하기 위해서는 러시아와의 대결이 불가피했다.

그렇지만 일본의 국력이 과연 러시아와의 전쟁이 가능한지 의문이 없지 않았다. 승산이 불투명한 전쟁에 대해 일본의 의회나 관료들은 주저했다. 그러나 군부가 주도권을 갖고 선제적으로 일격을 가했다. 1904년 2월 8일 여순과 대련 앞바다에서 러시아 극동함대를 기습해 기선을 장악했다. 다음 날인 9일, 인천 앞바다에 있던 러시아 함선을 침몰시키고 10일 선전포고했다.

일본은 육전과 해전에서 기습을 성공시킴으로써 전쟁의 주도권을 장악할 수 있었다. 1905년 3월 벌어진 봉천奉天 대회전에서 러시아군 36만 명과 일본군 25만 명이 맞붙었다. 전쟁의 승패가 걸린 결정적 한판에서 일본군 노기 마레스게乃木希典 대장은 돌격전을 감행하여 무려 7만 명을 희생시키고 승리를 쟁취했다. 세계 전쟁사에서 이처럼 무모한 작전은 흔치 않았다.

1905년 5월 스시마對馬島 해전은 더 극적이었다. 러시아 발트 함대는 무용을 자랑했지만 영국이 수에즈 운하 통과를 불허하는 바람에 아프리카 대륙을 돌아서 무려 7개월간 긴 여행 끝에 동양에 도착했다. 피로할 대로 피로해진 함대는 쓰시마 해협에 들어서자마자 강력한 도고 헤이하치로東鄕平八郞 제독이 이끄는 일본 함대와 맞붙었다. 초전에 38척 가운데 21척이 침몰해 동해로 도망가다가 독도 앞바다에서 항복하고 말았다.

일본이 러시아와 겨루어 승리해 아시아의 맹주가 되면 어떤 사태가 올지 예견해야 했지만 '아시아주의'에 한눈을 판 중국의 손문이나 인도의 네루도 일본 측에 찬사를 보냈다. 한국의 친일 세력이야 오죽했을까? 친일이 아니더라도 이준, 정순만 같은 분도 일본의 승리를 기원했다. 아마 유일하게 고종 황제만 일본이 승리하면 무엇이 닥칠지 알고 계신 것 같았다.

넋이 빠진 '동양평화론'

대한제국은 전쟁에 직접 개입하지 않고도 가장 큰 피해를 봤다. 황제께서는 그래도 국제 정세에 대한 판단이 가장 앞섰다. 전쟁 직전에 전격적으로 '전시중립'을 선언했다. 그리고 은근히 러시아가 승리하기를 바라면서 우리가 일본의 지배에서 벗어나게 되기를 기대했다. 사실 러시아 측에 몰래 친서도 보냈다고 했다.

하지만 중립도 자체적으로 국방력이 있어야 지켜지는 것. 러일전쟁이 개전하자마자 2월 9일 일본군 11사단이 남대문에 도착해 서울을 완전히 장악했다. 하야시 곤스케林權助 공사는 황제를 알현하는 자리에서 일본이 전쟁할 수밖에 없는 사정을 설명하고 한일동맹을 요구했다. 중립 선언한 것을 뻔히 알고도 이를 무시한 채 동맹을 맺자고 강요하고 나온 것이었다.

황제는 시간을 벌기 위해 대신들 간의 논의가 필요하다고 했다. 이용익을 중심으로 한 친러 세력이 동맹조약을 적극 반대했다. 그러나 찬동하는 쪽이 더 많았다. 그들이 내세운 명분으로 바로 아시아주의, 즉 한·중·일이 협력하는 3국의 동양평화론까지 나왔다. 가장 적극적인 자는 왕족인 이지용李址鎔 외부대신이었다. 그를 중심으로 일본과 동맹해야 한다는 쪽으로 대세가 기울었다. 이지용은 임오군란 때 희생된 대원군의 형 이최응의 손자였다. 그가 나서서 2월 23일 일본의 하야시 공사와 악수하고 한일조약을 체결했다.

친러파 이용익은 일본군이 모셔갔다. 납치였다. 이근택 군부대신은 반대하다가 일본 측 협박에 투항했다. 나중에 들으니 이지용은 1만 엔을 뒷돈으로 받고 양심을 팔았다고 한다. 이들이 황제에게 조약을 체결해야 한다고 압력을 가했다.

일본과 체결된 조약은 제1조부터 동양평화를 위해 '시정 개선'이 필요하다고 되어 있었다. 이를 근거로 일본으로부터 자문을 받기 위해 외교, 재정 등 고문관, 참여관 등을 파견받게 되었다. 일본이 우리의 내정을 장악하여 보호국이 되는 근거가 이때 이미 마련됐다.

3월에 이토 히로부미 특파대사는 황제를 알현하는 자리에서 러시아에 대항하기 위한 한일동맹만이 동양평화와 대한제국 국권 보전을 기약한다고 역설했다. 동양평화? 이들이 말하는 동양평화란 무엇인가? 일본이 동양의 패권을 거머쥔 평화였다. 이미 《독립신문》을 비롯해 당시 넋이 나간 지식인들이 이구동성으로 부르짖는 동양평화론에 숨은 뜻이었다. 얼마나 그 말에 미혹되었던지 안중근 의사가 이토를 처단하고 사형 언도를 받은 뒤 유언처럼 쓴 글도 내용은 다르지만 '동양평화론'이었다.

포츠머스 조약, 그리고 대한제국의 운명

1905년 9월 5일 드디어 포츠머스 조약이 체결됐다. 사실 내막으로 보면 일본은 더 이상 전쟁을 지속할 힘이 달려서 미국에 사정하여 서둘러 맺은 조약이었다. 시어도어 루스벨트의 중재로 러시아와 일본이 맺은 이 조약에서 우리가 가장 관심을 가져야 할 조항은 제2조 "러시아는 한국에 대한 일본의 지도·보호·감리 조치를 승인한다"는 내용으로, 이 조항이 장차 을사늑약의 근거가 되었다. 대한제국의 운명이 결정되는 이런 조약이 체결되는 현장에 우리 대표는 한 사람도 참석하지 못했다. 이 조약 체결에 중요한 역할을 했다는 공로로 시어도어 루스벨트 대통령은 노벨평화상까지 받았다. 대한제국이 주권을 일제에 빼앗기는 것이 평화이고, 그게 공로라는 이야기였다.

사실 황제는 이런 사태가 벌어질 것을 예견하고 노심초사했다. 동양의 세력 균형이 깨지고 일본의 단독 영향권으로 들어가면 대한제국의 존재는 무너진다는 상황을 황제께서 이미 예측하셨다. 그래서 부랴부랴 '조미수호통상조규'에 언급된 마지막 중재국 미국이 나서주기를 바랐다. 미국에 가서 이런 교섭을 할 수 있는 인물로 누가 있었을까? 친미파였던 이완용은 이미 친일로 넘어갔다. 민영환과 한규설이 고심 끝에 찾아낸 인물이 이승만이었다. 그는 독립협회에서 활동하다가 국가 변란 혐의로 유죄 언도를 받고 한성감옥에서 복역하고 있었다. 그를 사면하여 출옥시켜 미국에 보내기로 했다. 출옥 이후 신분을 성직자로 만들기 위해 상동교회 학감으로 잠시 있게 한 후, 1904년 11월 4일 미국으로 출발시켰다.

이승만은 1904년 11월 29일 하와이에 기착했다. 하와이 이민 1세대 목사 윤병구尹炳球는 하와이에서 교회 활동을 하면서 미국인 감리교 목사와 가까이 지냈다. 이승만은 사탕수수밭 노무자로 이민 간 교민들의 열렬한 환영을 받고 미국의 사정도 자세히 파악할 수 있었다. 하와이에서 준비를 갖추고 12월 6일 배편으로 샌프란시스코로 간 뒤 12월 30일 다시 기차로 워싱턴에 도착했다. 이승만은 우선 딘스모어Hugh A. Dinsmore 하원의원을 찾아가 민영환과 한규설의 서신을 전했다. 딘스모어는 1887~1888년간 한국에 공사로 재직한 바 있어 친절하게 대해 주었다. 그의 주선으로 존 헤이John Hay 국무장관을 만날 수 있었다. 그러나 얼마 지나지 않아 헤이 장관이 별세하여 국무성 외교 라인은 중단되었다. 이제 루스벨트 대통령을 직접 만날 수밖에 없었다.

루스벨트와 김윤정에게 당하다

1905년 7월 천신만고 끝에 오이스터베이에서 휴양 중이던 대통령과의 면담이 이뤄졌다. 이승만은 하와이에 있는 교민들의 청원서를 갖고 온 윤병구 목사와 함께 루스벨트 대통령을 만났다. 그때 이승만은 겁도 없이 미국과 조선이 맺은 '조미수호통상조규' 제1조에 명시된 '거중조정'을 일본과 대한제국 간에 행사할 것을 요청했다. 루스벨트 대통령은 정치인이었다. 그는 이미 비밀리에 한국을 따돌리는 밀약을 일본과 추진 중이었다. 그럼에도 '조미수호통상조규'에 명시된 조항의 이행을 거부할 수는 없었다. 그는 이승만 일행에게 보기 좋게 사기를 쳤다.

"귀하들이 제기한 문제는 당연히 미국 정부가 수용해야 합니다. 하지만 귀하들의 말만 듣고 행동할 수 없으니 공사관을 통해 정식 문서로 국무부에 접수시켜 주시오."

이승만 일행은 흥분했다. 이런 긍정적인 반응이 나오리라고 기대하지 않았는데 뜻밖의 큰 수확을 거둔 것으로 알았다. 그들은 뛸 듯이 공사관으로 달려갔다. 그리고 김윤정金潤晶 대리공사에게 면담 결과를 설명하고 공관 명의의 공문 작성을 요청했다. 그러나 의외로 김윤정은 냉담했다. 그는 이미 서울 외부가 일본의 영향 아래 있음을 알고 있었다.

"미안하지만 본국에서 훈령이 없으면 공문을 작성하여 국무부에 보낼 수 없습니다."

한 발도 물러서지 않았다. 이승만은 펄펄 뛰었지만 김윤정은 그럴수록 냉정했다. 김윤정은 누구인가? 이승만이 민영환에게 부탁하여 대리공사까지 오르게 한 인물 아닌가? 그런데 이렇게 면전에서 배은망덕하다니 …. 김윤정은 그 후 일제하에서 충북도지사를 지내면서 친일 행위를 했고, 해방되어 이승만이 귀국하자 조선호텔로 가장 먼저 찾아온 후안무치한 인물이었다.

사실 김윤정보다도 더 기본적인 문제는 미국의 이중 플레이였다. 이승만이 미국에 머물던 시기에 일본은 대한제국 외부에 고문으로 있던 친일 미국인 스티븐스Durham White Stevens를 미국으로 오게 했다. 스티븐스는 일본인 이상으로 한국인을 멸시하고 부일附日 악행을 서슴지 않던 인물이었다. 그의 죄행은 해외까지 알려졌다. 1908년 샌프란시스코에 도착했을 때 재미교포 장인환張仁煥, 전명운田明雲 두 의사에게 저격당해 사망했다.

그뿐 아니었다. 시어도어 루스벨트 대통령이 이승만을 만나던 무렵인 1905년 7월 29일, 미국의 육군장관 태프트William Howard Taft와 일본의 가쓰라桂太郎 총리 간에 비밀 협정이 체결되었다. 미국은 일본의 한국 지배를 양해한다는 내용이었다.

막후에서 이런 짓을 서슴지 않으면서 미국은 계속 한국을 따돌렸다. 1905년 9월 루스벨트 대통령은 딸 앨리스Alice Lee Roosevelt와 약혼자 롱워스Nicholas Longworth 하원의원 등 10여 명의 사절단을 한국에 보냈다. 해외에서 무슨 일이 벌어지는지도 모르면서 황제는 미국 대통령을 군왕과 같다고 생각해 '미국의 공주'가 방문한다고 국빈 대접을 했다. 모두가 보기 좋게 대한제국을 놀려먹은 것이다. 서울에선 고종 황제가 '미국 공주' 모시느라 헛발질, 이승만은 미국에서 대통령 만나고도 헛발질 ….

이런 가운데, 이토 히로부미는 대한제국의 외교권을 완전히 빼앗고자 황제를 협박할 목적으로 한국에 도착했다.

제2부

항일 투쟁의 시작

우당장 형제들, 새 시대를 향해 나서다

지체 높은 소론의 충신 집안

나의 시아버지 우당 이회영友堂 李會榮(1867~1932년)은 임란공신壬亂功臣 1호로 꼽히는 백사 이항복白沙 李恒福 대감(1556~1618년)의 10대손이다. 소론 댁으로서 조선 사회의 비주류였지만 이 댁만큼 충신을 많이 낸 가문도 찾 아보기 어렵다. 대충 살펴봐도, 7대조 구천 이세필龜川 李世弼(1642~1718년) 은 조선조에서 지조 있는 선비의 대표 격으로 추앙받고 있다. 그분은 소론 에 속하면서도 노론의 거유巨儒 송시열宋時烈이 권력 중심에서 밀려나 제주 도에 유배되고 사사되는 시점에 이에 항의하여 상소를 올렸다. 이로 인해 5년간 영광에 유배되었다. 지금도 강원도 동해에 가면 그분의 문하생들이 존숭하여 세운 용산서원龍山書院이 남아 있다. 5대조 오천 이종성梧川 李宗城 (1692~1759년)은 추상같은 암행어사였고, 영의정까지 역임하고도 퇴임해서 는 보리밥으로 끼니를 이었다는 대표적 청백리였다. 그에게는 영조 다음 에 정조로 왕통을 잇게 한 유명한 일화가 있다.[1]

---

1   사도세자가 죽은 후 영조가 후사가 없어 고심하던 상황에서 문숙의는 임신한 것처럼 위장하고 궁 밖에서 아기를 들여다 왕자 탄생극을 꾸미려 했다. 이를 알아차린 오천 대감이 들여오려는 아기를 궐문에서 차단하여 왕통을 가짜로 이으려는 음모를 밝혀

우당장의 부친은 고종 때 이조 판서를 지낸 이유승 효정공李裕承 孝貞公 (1835~1906년)이시고, 모친은 승지를 지낸 정홍양鄭弘陽의 따님(1832~1899년) 이시다. 우당의 둘째 형님인 영석 이석영潁石 李石榮은 당대의 거부 이유원 영상댁에 양자로 들어가 그 댁의 막대한 재산을 물려받아 그 돈으로 독립운 동을 했다는 이야기로 유명하다.

시아버지 우당장 형제들이 태어난 곳은 서울 남산자락의 명례방明禮坊 저동苧洞이었다. 지금은 서울에서 지가가 가장 높은 명동 일대지만 1800년 대 중반만 해도 한양의 변두리였다. 이 지역의 명소로는 명동성당이 꼽힌 다. 이곳도 역관(중인)을 지낸 초기 천주교 신자 김범우의 집터였고 성당을 건립하는 데 어려움이 많아 1898년 5월 겨우 완공되었다. 시아버지 육 형제 의 본가는 바로 성당 앞인데, 그분들이 태어난 1850~1860년대 당시, 세도 가라면 대개 북촌에 자리 잡고 살았다. 우리 시집은 대대로 소론 댁이어서 아무래도 권력의 중심에서 벗어난 변두리 지역에 거주했던 것 같다.

시조부 이유승 대감께서는 7남 4녀를 두셨는데 정경부인 동래 정씨 는 5남 2녀를 낳았고, 상처한 후 재혼하여 후부인에게서 2남 2녀를 더 두 셨다.[2]

냈다. 그 후 영조는 왕손인 정조에게 왕통을 넘겼고, 정조는 즉위한 뒤 오천 대감에게 감사하여 시를 지어주었다고 한다.

2　이유승의 아들은 우당 이회영을 포함해 모두 '칠 형제'였으나, 1910년 형제들이 모두 중국으로 망명하는 시점에 막내 소영이 사망해 통상 '육 형제'로 일컬어진다. 독립운 동 전선에 나선 것이 육 형제였다.

▼ 이유승 대감의 7남 4녀

관계	이름	배우자	약력
장남	이건영(李健榮) 1853~1940년 자 백순(伯純)	반남 박씨 1853~1869년 칠원 윤씨 1856~1875년 장수 황씨 1855~1885년 안산 김씨 1868~1927년	1888년 사마시(司馬試) 급제, 1890년 숭릉(崇陵) 참봉 1891년 익위사 부봉(翊衛司 副奉) 1905년 통정대부 비서원 비서승 1910년 형제들과 동반 망명 1924년 선영 관리를 위해 귀국
차남	이석영(李石榮) 1855~1934년 자 중건(仲建) 호 영석(潁石)	동래 정씨 1855~1875년 밀양 박씨 1857~1936년	1885년 영상 귤산 이유원의 양자로 입적 　　　　증광문과 급제해 예문관 검열, 장례원 소경, 승정원 　　　　좌부승지, 이조·예조 참의 역임 1910년 망명
장녀	1858~? 년	풍산 홍승학(洪承學)	
차녀	1860~? 년	풍양 조병홍(趙秉弘)	
3남	이철영(李哲榮) 1863~1925년 자 성빈(聖賓)	풍양 조씨 남양 홍씨 1865~1885년 밀양 박씨 1866~1840년	현륭원(顯隆園) 참봉 1910년 망명, 신흥무관학교 교장
4남	이회영(李會榮) 1867~1932년 자 성원(聖遠) 호 우당(友堂)	달성 서씨 1866~1907년 한산 이씨 은숙 1889~1979년	1902년 일본 사신 힐책, 탁지부 주사 특채 1906년 신민회 조직 1910년 망명, 신흥무관학교 설립 1919년 광무황제 망명 시도 좌절, 대한민국 임시의정원 의원 1932년 대련 수상경찰서 피체, 여순감옥에서 고문으로 사망
5남	이시영(李始榮) 1869~1953년 자 성옹(聖翁) 호 성재(省齋)	경주 김씨 1870~1894년 반남 박씨 1880~1916년	1891년 증광문과 급제, 동벽 삼사 1894년 통정대부, 승정원 우승지 1905~1910년 외부 교섭국장, 평안도 관찰사, 한성재판소장 1910년 망명, 대한민국임시정부 법무 총장, 재무 총장 1948년 대한민국 초대 부통령
6남	이호영(李護榮) 1875~1933(?)년 자 은경(殷卿)	연안 이씨 1877~1933(?)년	주사 1910년 망명, 노학당(老學堂) 초대 교장 1933년 즈음 두 아들 포함해 일가족, 일제에 의해 몰살
3녀	1880~? 년	문화 류씨	장남 류석범(柳錫範)
7남	이소영(李韶榮) 1885~1903년 자 순경(舜卿)	반남 박씨 1887~1948년	
4녀	1891~? 년	평산 신재희(申宰熙) 1891~1943년	일제강점기 언론인. 해공 신익희의 형

우당장은 일찍이 양명학에 심취

우당도 당연히 조선 왕조의 기본인 유학을 바탕으로 하는 가문에서 성장했다. 그러나 그는 유학 중에서 주류 성리학보다 이단시되던 양명학에 더 관심이 많았다. 왜 그랬을까? 우당의 조모(이계선李啓善의 부인)가 영일 정씨여서 양명학의 태두 정제두鄭齊斗(1649~1736년) 가문과 연이 닿았다. 그래서인지 양명학을 이단시하던 당시 분위기와 달리 일찍부터 이理를 가까이 했다.

간단히 설명하면, 주자의 성리학에서는 내 마음心과 사물의 이치理는 따로 있는 것이었다. 즉, 군왕에 대한 충성이나 부모에 대한 효도는 하나의 이치理로서 존재하는 것이며, 나의 마음이 이를 따르게 함으로써 나름의 질서가 유지된다고 보았다. 그러나 양명학에서는 심心과 이理가 따로 있는 것이 아니라 내 마음이 이치를 결정한다고 했다. 다시 말해, 충성심이나 효도는 모두 내 마음이 결정함으로써 비롯된다는 것이다.

조선조 성리학에서는 사대부의 계급적 이익을 절대시했지만, 양명학은 사대부의 계급적 우월이나 사민四民, 즉 사농공상士農工商의 우열도 인정하지 않았다. 사민은 각자에게 주어진 역할에 의해 같은 도道를 수행하는 것, 즉 '이업동도異業同道'일 뿐이라고 보았다.

그래서 조선의 성리학자들은 사대부 계급이 하늘에서 받은 선천적인 것이며 이 계급이 정치를 독점해야 한다고 보았지만, 양명학은 타고난 자질에 의해 힘쓰면 누구나 정치를 할 수 있다는 것이었다.

나의 시아버지 우당장友堂丈은 일찍부터 기존 질서를 혁파하는 기질이었다. 관직을 멀리하는 가운데 세상을 더 넓게 보고 싶어 하신 분이었다. 그래서 성리학 공식대로 살지 않고, 양명학적 사고에서 시작해 외래 개화사상의 영향까지 받은 개혁적 선각자였다.

우당장은 저동 이웃에 사는 이상설李相卨과 일찍부터 의기투합해 밀려오는 신문명에 심취하셨다. 그래서 아우인 이시영을 비롯해 이동녕李東寧, 여조현呂祖鉉(일명 여준呂準, 1862~1932년), 이강연李康演 등과 어울려 변화하는 시대에 대해 각성하고 외래 문물을 학습했다.[3]

관직보다 사업을

1894년 정부에서 인삼을 관삼官蔘으로 계획, 재배하는 제도를 도입했다. 우당장은 이에 착안하여 형님 이석영을 찾아가 자신의 계획을 설명했다. 이미 말한 바와 같이 우당장의 중형인 영석장穎石丈은 1888년 양부인 이유원의 서거로 막대한 재산을 물려받았고, 1896~1898년 기간에는 양부의 뒤를 이어 승지와 비서원승의 관직을 역임하면서 임금을 모시고 측근으로 소임을 다하고 계셨다.

'고려삼'은 중국에서도 알아주는 특산물이었다.[4] 개성 교외 풍덕군(지금의 개풍군) 화곡禾谷 일대의 5대조 오천 대감의 선영 지역을 인삼밭으로 개간한다는 것이 우당장의 구상이었다. 그리고 기왕 시작한다면 과학적인 재배 방식을 선택하겠다는 생각도 분명했다. 그래서 양삼학교養蔘學校부터 건립해 인재를 양성하면서 삼포蔘圃도 동시에 개발한다는 계획을 세웠던 것이

---

3 우당 이회영이 이상설 등과 함께 공부한 이야기는 그의 후손들에게 줄곧 구전되어 왔으며, 그런 이야기가 글로 남은 것은 이정규가 쓴 『우당 이회영 약전』(을유문화사, 1985) 중 「이상설과의 의기투합」, 「홍엽정의 동지들」 등의 장이다.

4 1910년 무렵 중국 시장에서 판매되는 각국산 최상급 인삼 1근의 가격은 만주산 20원, 미국산 50원, 일본산 18원인 데 비해 개성산은 200원에 이르렀다. 《중앙일보》, 2022년 12월 9일 자 보도 중 오항녕 전주대학교 교수의 설명 참조.

다. 문제는 자금이었다. 지금까지도 그랬지만, 영석장은 아우 우당장이 추진하는 일이라면 무조건 지원하셨던 터, 이번에도 그렇게 하셨다.

이럭저럭 땅 사들이고, 농부農部에 허가받고, 학교 건물 짓는 등 준비하느라 막상 삼포에 인삼을 심은 것은 1896년 초였다. 정성 들여 개발한 삼포에 양질의 삼목蔘木 5,000근을 심었다. 이를 5년근으로 가꾸어 '일등품 고려삼'을 수확하는 사업이었다. 우당장은 한 달이면 이삼일은 시험장을 찾아 학생들을 격려하고 삼포를 돌아봤다. 사실 인삼을 재배한다는 것은 장기간 노력이 들어가는 힘든 사업이었다. 자본도 만만치 않게 뒷받침돼야 했다. 형님의 도움 없이는 언감생심 꿈도 꿀 수 없는 사업이지만 우당장은 그분의 성격대로 큰일을 저지른 것이었다.

'5년근'이 크는 동안 생긴 일들

1896년 2월 우당장의 차남 이규학李圭鶴, 즉 나의 남편이 태어났다. 바로 그 시점에 나라 안에 큰 격동이 일었다. 상감께서 러시아공사관으로 이어하시고, 그 바람에 친일내각이 무너지고 이들에 대한 포살령이 내려지는 등 하루도 조용할 날이 없었다. 이런 격동기에 이유승 대감은 아들 우당장에게 서울을 떠나 있으라고 권하셨다. 아들의 성격상 정치적 격랑에 휩쓸릴 것을 걱정하셨던 것이 아닐까 생각된다. 그래서 우당장은 아예 짐을 싸서 풍덕으로 내려가 한동안 양삼 사업과 양삼학교 운영에 전념했다.

삼이 어느 정도 숙성할 무렵, 서울에 올라오니 세상은 바뀌어 있었다. 《독립신문》이 발간되기 시작해 《황성신문》과 경쟁적으로 뉴스를 전하고 있었다. 조선 왕조 내내 족쇄처럼 채워졌던 청국의 영향에서 벗어나 독립문 세우는 작업이 진행되는가 하면, 독립협회에도 사람들이 몰려들었다. 우당장은 이상설과 더불어 동지들을 소집해 달라진 세상에 대해 의견을 결집하는 모임을 갖느라 바빴다. 저녁 무렵이면 창동倉洞[5]에 사시던 영석장이 저동苧洞으로 올라와 형제들 간에 세상 돌아가는 정보를 공유하고 살피는 일도 자주 있었다.

이 무렵 시조부 이유승 대감은 예조 판서, 성균관 대사성, 공조 판서, 이조 판서를 차례로 역임하시고 고종 31년(1894년) 우찬성으로 옮기셨다. 이 직위는 우의정, 좌의정 되기 직전에 공직 전반을 가다듬는 자리였다. 그런데 정세가 급변해 1896년 정부 조직이 개편되면서 의정부와 중추원으로 행정과 입법 기능이 분리되었다. 그리하여 이유승 대감은 종1품으로서 입법 부문에 해당하는 중추원 일등의관中樞院 一等議官으로 옮기셨다. 그 어른은 일찍부터 조정에서 가장 모범적인 행정 관료이셔서 어느 자리에 가든 흔들림 없이 정부를 지키셨다.

그 무렵은 조선이 대한제국으로 국호를 바꾸고 나라의 자주독립과 개혁을 위해 마지막 몸부림을 치는 시기였다. 그런데 이웃 일본의 기세로 인해 나라의 운명은 묘하게 꼬여갔고, 한반도엔 암운이 몰려오고 있었다.

나라에만 그런 게 아니었다. 우당장 개인에게도 일본인의 악행이 닥쳐왔다. 1899년 우당 형제들은 모친상으로 한동안 향리인 경기도 장단長湍에 내려가 빈소를 지켰다. 삼포 사업을 챙기는 일도 소홀할 수밖에 없었다. 이런 시기에 사고가 터졌다. 1901년 10월 5일 한밤중에 칼과 몽둥이로 무장한 일본 낭인 70~80명이 풍덕으로 몰려가 삼포의 일꾼과 훈련생들을 마구 구타하고 포박한 뒤 삼포에서 수확을 앞둔 5년근 인삼을 몽땅 캐어 마차에 싣고 사라져 버렸다.

---

5 여기서 '창동(倉洞)'은 지금의 서울 도봉구 창동(倉洞)이 아니라 서울 중구 남창동(南倉洞)과 북창동(北倉洞) 지역을 가리킨다.

우당장은 보고를 받고 부랴부랴 풍덕으로 쫓아갔다. 현장에 당도해 보니 전쟁을 치르고 난 뒤의 황량한 전쟁터 그대로였다. 삼포를 지키던 직원과 학생들은 저마다 폭행을 당해 성한 사람이 없었다. 전후 사정을 물어도 실성한 사람들처럼 제대로 대답조차 하지 못했다. 우당장은 부상당한 양삼학교 교사 두 명을 대동해서 서울로 돌아왔다.

"왜놈이 아니고서야 누가 감히 이런 대담한 강도 짓을 할 수 있겠나?"

짐작이 갔지만 아직 증거를 잡지 못했다. 인삼은 사실상 개인이 재배하더라도 관삼官蔘인 것이다. 개인 마음대로 처분하는 것이 아니라 내장원 삼정과蔘政課의 통제를 받아야 했다. 그간 양삼하면서도 일일이 점검받고 보고해 왔는데 이런 사고가 터졌으니 당연히 보고해야 했다.

우당장은 내장원경 이용익을 찾아가 상세히 보고하고 그 삼은 틀림없이 일인들이 본국으로 수출하고자 할 것이라고 알렸다. 이용익 내장원경도 역정이 나서 삼의 소재를 찾으라고 명령을 내렸다. 얼마 후 용산 전환국典圜局에서 일인들이 대량의 삼포蔘包를 수출하고자 일본인 순찰병까지 붙여 감시하면서 수속을 밟고 있다는 정보를 입수했다. 내장원에서는 즉각 전통으로 그 삼포를 모조리 압류하라고 지시했다.

11월 9일 우당장은 한성법관양성소 출신으로 일본에 유학하여 법학을 전공한 이면우李冕宇를 대언인代言人으로 정하고 함께 일본영사관으로 갔다. 삼을 매수했다는 자는 일본 여인이었다. 그를 상대로 일본 영사 입회 아래 진행한 약식 재판에서 이 물품이 도적질한 장물임이 보기 좋게 드러났다. 그 결과에 따라 우당장은 즉시 전환국에 압류된 인삼을 찾아 내장원에 납품하고 사건을 일단락했다.

그렇지만 모욕당했다고 생각하는 일본 측이 그냥 넘어갈 리 없었다. 11월 11일, 하야시 공사가 나서서 다시 문제를 제기했다. 일본의 인삼 담당 고미와大三輪 검시까지 나서서 내장원과 막후 접촉해 원만히 타협하자고 제안해

왔다. 우당장은 "나는 도적맞은 피해자"라며 일언지하에 타협을 거부했다. 일본 측은 "일본 여인 하야시 마루林丸(하야시 공사와 관계가 있다는 설도 있다) 도 피해자"라는, 말도 되지 않은 논리를 내세웠다. 일본의 위력이 여기서도 작용했다. 그런 주장이 부당한 줄 알지만 속수무책이라 내장원에서 오히려 우당장에게 양보를 권유하는 형편이 되었다. 결과는 내장원에서 우당장에 게 지급하는 인삼 납품비 중 일부를 일본 여인에게 주는 선에서 타협하고 끝낸다는 것이었다. 우당장은 불만이었지만 일본군이 이미 서울에 진주한 분위기에서 자기 고집만 내세울 수도 없는 형편이었다.

우당장, 별입시 되어 민심의 소재 살피다

삼포 사건이 대충 마무리된 뒤 고종 황제께서 상황을 보고받고 비서원승 인 영석장에게 "가제家弟가 일인에게 그처럼 당당하게 흑백을 가려 의사를 개진했다 하니 과연 백사공의 후손답군. 한번 들라 하라"고 명했다. 다음 날 영석장은 우당장을 대동하고 황제 앞에 부복했다.

"얼굴을 들라. 이름이 회영이라고? 짐에게는 일인에게도 할 말을 할 사 람이 필요하다."

우당장은 그 자리에서 고종 황제야말로 가장 격렬한 반일反日 입장에 서 있음을 느꼈다. 우당장은 어전임에도 기죽지 않고 말했다.

"소인이 이번에 당한 일은 미사微事에 불과하지만 황제 폐하께옵서 일상 감득感得하신 바대로 일본인에 대한 백성들의 마음은 소인의 느낌 이상으 로 혐오하고 있음을 아뢰옵니다."

이 말을 들은 황제는 조용히 고개를 끄덕이며 동의하는 빛이 역력했다. 얼마 후 조정에서는 우당장에게 관직을 받들라는 명이 내렸다. 1902년 9월 20일부로 '탁지부 주사 겸 판임관'으로 임명[6]되었고 '별입시別入侍'[7]로 한다는 단서가 달려 있었다. 우선 부친이신 이유승 대감이 크게 만족하셨다. 아드님이 일본에 맞서 굽힘없이 싸우는 그 기개도 가상하거니와 이를 알고 황제께서 찬탄하셨다니 대견한 마음을 숨길 수 없었다.

"성원聖遠(우당의 자字)이가 드디어 큰일을 맡게 되었군!"

우당장은 즉각 홍엽정으로 가서 이런 사실을 이상설, 이동녕, 여준 등 동지들에게 알렸다. 모두 쾌재를 불렀지만 일본 측에 이런 사실이 알려지면 또 어떤 해괴한 복수전이 벌어질지 모르니 전부 쉬쉬하자고 다짐했다. 그 뒤 우당장은 전국을 돌며 민심의 소재를 파악하는 별입시 역할을 했다. 우당이 지방에서 파악한 민심의 소재는 이러했다.[8]

첫째, 지방 곳곳의 많은 백성들이 동학의 정신을 지주로 삼고 있다. 일제는 이들을 '동학 잔당'이라고 불렀지만 그렇게 볼 것만은 아니다. 동학 교리를 통해 많은 사람이 인내천人乃天(사람이 곧 하늘이다)과 같은 천부인권과 평등사상에 심정적으로 큰 영향을 받고 있다. 그런 뜻에서 노비 해방, 적서 타파, 지방색 일신 같은 주장이 크게 호응을 얻고 있다.

둘째, 동학의 '척왜양창의斥倭洋倡義' 정신, 일종의 극단적인 민족주의, 일본이나 외세를 배격하는 생각이 백성들 심중에 크게 자리 잡고 있다. 비록 몇 번에 걸친 의병 투쟁이 실패한 뒤여서 당장 다시 궐기하거나 행동으로 나서기는

---

6   《관보》, 2301호 광무 6년(1902년) 9월 10일 "임 탁지부(度支部) 주사 판임관(判任官) 6등(9월 20일부)".

7   '별입시'는 임금에게 직보하는 직책을 말한다.

8   오영섭, 「한말의병운동의 발발과 전개에 미친 고종황제의 역할」, 《동방학지》, 제128집(2004), 57~128쪽; 노대환, 「19세기 후반 고종의 국정운영과 별입시(別入侍)」, 《한국문화연구》, 제44호(2023), 150~199쪽.

어렵지만 외세 배격의 심리가 마음속에 감추어져 있는 것만은 틀림없다.

셋째, 많은 사람이 고종을 실패한 군왕이라고 비판하지만 일반 백성에게 임금의 교칙敎勅이나 칙어勅語는 여전히 절대적 영향력을 행사하고 있다. 임금의 밀지密旨가 있으면 의병이 기병할 수 있을 만큼 존왕 의식이 철저하다.

넷째, 부패에 대한 저항심이 어느 때보다 높다. 그 연장선상에서 민씨 척족에 대한 증오심이 대단히 크다. 임금에 대한 신뢰가 절대적인 만큼 민씨 척족에 대한 거부감은 그와 비례한다. 일견 모순되어 보이는 이런 성향이 대원군에 대한 그리움으로 많이 작용하기도 한다.

다섯째, 우리나라가 일본에 비해 발전이 지지부진하고 뒤처진 데 대한 실망과 울분이 잠재해 있다. 이런 심리는 자기 자식이나 후진들에 대한 높은 교육열로 나타나고, 또한 도처에서 나타난 학교 설립 의욕에서도 엿볼 수 있다.

여섯째, 관념적인 성리학에 대한 비판이 일어나고 있다. 그 대신 양명학, 서학, 기독교, 외래 사상이 서서히 자리를 넓혀가고 있다. 무엇보다 실사구시實事求是 하자는 소리가 높다.

상동교회를 찾아 민중 속으로

우당장은 민심의 소재를 파악하기 위해 민중 속으로 들어가면서 처음 상동교회를 찾게 되었다. 상동교회와 정동교회 모두 미국의 감리교 선교사들이 개척한 교회다. 그러나 정동교회는 조선 사회 중상층 이상의 기득권층이 주류였다면 상동교회는 남대문시장을 중심으로 생활하던 중인, 양인, 천민 등 민중이 주류를 이루고 있었다. 그 가운데서도 전덕기, 김진호 같은 청년들이 성직자로 자리 잡고 있었다.

우당장이 전덕기 목사를 처음 만난 것은 1903년경이다. 당시 전덕기는 20대 약관으로 안수받고 정식 목사가 되기에 앞서 전도사로 교회 일을 열

▲ 상동교회.

심히 하며 전국적인 청년 조직 구성에 열중하던 때였다. 전덕기는 연령으로나 사회적 신분으로나 당시 우당장과 교유하기 쉬운 처지는 아니었다. 하지만 그는 목회자로서 민중과 거리낌 없이 애환을 나누고, 양반 출신이 아니면서도 나라를 지켜야 한다는 애국적 열정이 넘쳐난다는 것을 한눈에 알아볼 수 있었다. 호방한 성격의 우당장의 눈에 그는 하느님의 명령을 수행하는 충직한 일꾼으로 보였다. 두 분은 금세 모든 격차를 뛰어넘어 동지가 되었다.

전덕기 목사는 조실부모하고 고아가 되어 숯 장사하는 숙부 집에서 성장했다. 17세 때 상동교회를 개척한 스크랜턴William Benton Scranton(1856~1922년) 목사 집에 요리를 돕는 사환으로 취직했다. 그는 처음에는 외국인에 대한 거부감이 있었지만 스크랜턴 목사의 온화한 인품에 감화되어 점차 세계 전체를 볼 수 있는 균형감각을 갖게 되었다. 스크랜턴 목사나 그의 노모는 당시 조선의 격식으로 본다면 그 집의 머슴이나 다름없는 전덕기를 직접 식탁으로 불러 함께 겸상해서 식사하는 등 상하 구분 없이 평등하게 대해 주었다.

이런 기독교 정신에 감동한 전덕기는 1896년 신앙의 길로 들어섰다. 그리고 열심히 믿음으로써 이듬해 감리교 속장이 되었고 동시에 상동교회 엡워스청년회[9] 창립회원이 되었다. 엡워스청년회는 청년들의 신앙운동을 고취하는 조직인데 YMCA와 달리 각각의 교회를 중심으로 한 청년 조직이었다. 전덕기는 청년 조직에 성의를 다해 조직 활동을 전개해 단시일에 그 지도자로서 실력을 인정받았다. 그는 몸소 장례를 치르지 못하는 불우한 가정을 찾아 직접 염을 해주는 등 봉사활동을 마다하지 않았다.

그리고 청년회에 청년들이 모이면 설교만 하지 않고 시국 강연도 같이 했다. 때로는 이동녕, 이준 같은 외부 인사도 초청해 청년들에게 애국심을 고취하는 강연회도 개최했다. 그 결과 청년 조직이 계속 확대됐고, 자연히 상동교회 청년신자 수도 나날이 늘어갔다. 그리하여 상동을 중심으로 한 청년 조직은 인천과 황해도, 평안도까지 그 세를 넓혀갔고, 그런 과정에서 우당도 상동교회의 주요 간부로 자리 잡았다.

▲ 상동교회 전덕기 목사.

9 '엡워스청년회(Epworth League)'란 1884년 미국 감리교 창시자인 존 웨슬리(John Westley, 1703~1791년)의 고향 마을 이름(Epworth)을 딴 조직이다.

02

을사늑약과 신민회

1905년 9월 5일, 미국 뉴햄프셔주의 군항 포츠머스에서 시어도어 루스벨트 대통령의 중개로 러시아의 비테와 일본의 고무라 주타로 간에 러일전쟁 강화 조약이 체결됐다. 우리나라에 심대한 피해를 준 조약이었다. 이 조약으로 우리의 주권이 일본의 보호·감독 아래 들어가고, 황제께서 그처럼 희망하던, 국제적 세력 균형 속에 주권을 사수하겠다는 꿈도 물거품이 되었다.

'루스벨트'는 '누적별통'

미국의 역대 대통령 중에 루스벨트라는 이름을 가진 사람이 둘 있는데 모두 우리나라에 대해 크게 잘못을 저질렀다. 시어도어 루스벨트(제26대, 1858~1919년)는 일본이 우리나라를 지배하도록 허용한 사람이고, 프랭클린 루스벨트(제32대, 1882~1945년)는 미국에선 최초로 4선까지 한 영웅으로 치켜세우고 있지만 우리 입장에서는 미국과 소련 양측에 한반도를 분할 점령하도록 허용해 오늘날 분단의 비극을 초래한 장본인이다. 그래서 나와 나의 남편은 한자음을 이용해 이 두 사람을 '누적별통屢敵別通(계속해서 적과 내통한 자)'이라고 불렀다. 두 사람 공히 자기들 정치를 위해 이웃 팔아넘기는 일을 예사로 생각하는 정상배라고 본 것이다.

이 두 사람 모두 'Korea란 나라의 국민은 무능하여 자기들 스스로 독립이 불가능하다'는 잘못된 인식을 갖고 있었다. 시어도어는 "(한민족은) 자신을 지키기 위해 어떠한 조치도 제대로 취할 수 없는 민족"이라고 단정하여 일본의 지배를 허용했다. 또 프랭클린은 1943년 11월 30일 테헤란 회담에서 "(Korean은) 아직 독립된 정부를 운영하고 유지할 능력이 없으며 그들은 40년간 후견 아래 두어야 한다"고 처칠과 스탈린에게 공공연히 신탁통치의 필요성을 역설했다. 오늘의 한국이 겪고 있는 고통은 이 두 사람에게서 비롯된 것이 크다. 일제 통치로 인한 고통이나 분단의 비극으로 인한 고통 모두 그들의 무지의 산물이었기 때문이다.

포츠머스 조약 이후 서둘러 보호국화 시도

포츠머스 조약을 체결하는 과정에서 보면, 일본은 전승국인데도 제 밥을 제대로 찾아 먹지 못했다. 1개월이나 걸린 긴 협상 과정에서 러시아는 느긋하게 시간을 끌며 "러시아는 여력이 있다. 다시 전쟁을 할 수도 있다"는 태도였다. 오히려 일본이 "더 이상 이 전쟁을 버틸 수 없다"는 초조감에 사로잡혀 있었다. 사실 일본이 얻은 것은 조선의 지배와 사할린 남쪽 땅뿐이었고, 배상금은 한 푼도 받아내지 못했다. 자연히 일본 조야에서는 "이런 강화회담을 왜 해야 하나?"라고 여론이 악화되었다. 일본은 서둘러 회담을 끝냈다.

전쟁으로 인해 세금이 크게 늘고 물가도 엄청나게 오른 상황을 감내하던 국민은 '전승 배상금만 받아내면 만사 해결된다'고 믿었다. 그러나 강화회담에서 빈손으로 돌아온 외교관들에게 항의 시위가 잇따랐다. 시위는 대규모 폭력 사태로 번졌다. 그렇게 포츠머스 강화회담의 후유증으로 몸살을 앓던 일본 정부는 서둘러 조선을 보호국화함으로써 악화된 여론을 무마하려고 생각한 것 같다. 그래서 이토 히로부미라는 거물 정치인을 서둘러 조선에 파견했다.

제국주의자들의 수법은 모두 비슷했다. 사전에 현지의 주구走狗를 앞세워 정지 작업을 한 뒤 상전들은 나중에 등장한다. 11월 5일 송병준, 이용구 등이 주도하는 일진회一進會가 '보호독립선언'을 결의하고 이를 국민에게 알렸다. 독립국이면 당당한 독립국이지 '보호를 받는 독립국'이란 말부터 어불성설인데 그들은 거짓을 진실처럼 주장했다.

그리고 11월 9일, 이토는 서울에 도착한 뒤 일본공사관에 여장도 풀지 않은 채 바로 정동의 손탁호텔로 직행했다. 거기서 하야시 공사 등과 전략회의를 가졌다. 이토가 급히 왔다는 사실은 우리 조정은 물론 많은 사람에게 불길한 예감을 주었다. 가장 민감하게 반응한 것은 상동교회 측이었다. 전덕기 목사, 양기탁, 이동녕, 우당장 등이 모여 과연 이제부터 무슨 일이 일어날지 짚어보았다.

"일본 조야가 조선을 완전히 자기네 지배 아래 두는 조치를 행동에 옮기기로 한 것 같소."

《대한매일신보》의 주필로서 뉴스에 밝은 양기탁의 발언이었다.

"올 것이 왔군!"

모두 신음을 뱉었다. 그리고 모두 침묵! 그때 우당장이 입을 열었다.

"우선 여기 있는 우리부터 상황에 대비하는 뜻에서 역할 분담을 합시다. 이를테면 각부 대신들을 만나서 일본의 의도를 알리고, 일본이 어떻게 나오든 대한제국이 독립국의 위상을 그대로 유지하도록 단단히 그분들에게 촉구합시다."

그리고 우당장은 한마디 보탰다.

"나의 아우가 외부의 교섭국장직에 있으니 일러놓을 것이고, 직속 상사인 박제순 외부대신에게도 사전에 다짐을 받겠습니다."

우당장의 아우인 성재 이시영은 바로 그해 1월 외부 교섭국장에 임명됐다. 만약 일본이 불평등조약이라도 맺으려 한다면 실무를 총괄하는 길목에 버티고 있는 격이었다.

"무어니 해도 계정桂庭[1] 대감이 국제 사정을 가장 잘 알고 계십니다. 그 어른이 직접 나서서 폐하와 내각에 두루 대비하도록 해야죠, 그러자면 계정 대감과 가장 가까운 보재[2]가 직접 계정을 찾아가야 합니다."

이에 이동녕이 나서서 "내가 오늘 중 보재에게 전하겠다"고 역할을 맡으면서 "보재가 기왕에 나선다면 계정뿐 아니라 다른 대신들에게도 단단히 일러놓도록 하겠습니다"라고 덧붙였다.

운명의 날

그날 밤부터 조정 대신들을 상대로 설득 작업에 들어갔다. 가장 중요한 사람은 외부대신 박제순이었다. 성재 이시영은 황제가 직접 임명한 외부 교섭국장이기도 하고 또 개인적으로 박제순 집안과 혼담이 오갈 때였다. 성재장은 일본의 의도와 지금 이토 히로부미가 조선을 방문한 이유를 열심히 박제순에게 설명했다. 그런데 그는 성재장의 말을 귀담아듣기는커녕 하필 이러한 때에 외부대신이 된 것을 불운하게 생각하는 듯 말했다.

"이전부터 나는 어려운 때마다 꼭 해당 직책을 담당해 왔네. 청일전쟁이 끝난 뒤 퇴조기에 청나라를 상대로 한청통상조약을 마무리해야 했고, 충청 감사로 가자마자 관군과 일본군을 동원해 동학군과 대적하는 직책을 담당

---

1 '계정(桂庭)'은 민영환의 아호다. 그가 자결한 뒤 충정공(忠正公)이라는 시호가 내려졌다.
2 '보재(溥齋)'는 이상설의 아호로, 그의 직위는 의정부 참찬이었다.

▲ 이토 히로부미(왼쪽)가 1905년 11월 서울에 도착해 하세가와 당시 일본군 사령관과 함께 시내를 지나는 모습.

했고, 이제는 일본과 씨름해야 할 처지가 됐네."

11월 11일 이토 히로부미는 직접 황제를 알현했다. 황제에게 조약문을 내놓으면서 반협박조로 "이 조약이 두 나라의 발전을 도모하고 동양평화도 보장하게 될 것"이라고 말했다. 이때 황제는 눈만 껌벅일 뿐 별다른 반응을 보이지 않았다.

그 시간에 박제순이 일본공사관으로 불려 가서 하야시 공사와 함께 조약문을 사전 검토했는데, 이때 박제순의 태도가 완강했다는 소식이 전해졌다. 상동교회에 모였던 사람들은 "그러면 그렇지 …"라며 다행스럽게 생각했다.

11월 15일, 이토가 황제를 다시 알현해 조약 체결을 설득했다. 하지만 황제는 중대사인 만큼 대신들과 의논해야 한다고 했다. 이토는 황제가 절대 권자이니 결심하면 된다고 고집했지만 아무런 합의를 보지 못하자 화를 내고 퇴궐했다. 이 소식은 시종으로 있는 둘째 오빠 조남익이 아버지와 큰오빠에게 전해주어 알게 되었다. 무엇인가 일이 점점 심각해지는 것 같았다.

11월 17일, 드디어 하세가와 요시미치長谷川好道 주둔군 사령관이 한성에 주재한 일본군에 출동 명령을 내렸다. 그날 오후 중무장한 일본군이 경운궁을 봉쇄했다. 아버지께 수시로 소식을 전해주던 둘째 오빠와 연락이 딱 끊겼다. 평소에 침착하던 아버지도 안절부절못했다.

이튿날 새벽, 궁궐을 포위했던 일본군이 장비를 수습해 철수했다. 아버지는 재빨리 경운궁으로 향했다. 궁내로 들어가 보니 황제는 피로해서 용상에 반쯤 누워 계셨다. 시종 조남익이 눈에 띄었다. 그를 붙잡고 말을 들어 보니, 일본군이 궁궐을 포위한 상태에서 무력으로 위협하고 대신들도 우왕 좌왕하는 가운데 끝까지 버티던 한규설 참정대신을 일본군이 끌고 나갔고, 결국 새벽녘에 박제순 외부대신이 외부에서 관인을 갖고 와서 조약문에 날 인함으로써 상황이 일단락됐다는 것이다.

"이놈아! 일본군이 위협하는 것을 알면 즉각 담을 뛰어넘어 외국 공관에 왜군이 무력 침입했다고 알렸어야지!"

아버지는 아들 조남익을 꾸짖었다. 그런데 조남익의 몰골을 보니 일본 군에게 발로 차이고 개머리판으로 어깨도 맞았는지 기가 죽어 있었고, 입 고 있던 관복도 헝클어져 있었다. 그래도 황제를 지키느라 동분서주 애쓴 흔적이 역력했다.

"폐하께서 홀로 계시는데 제가 어떻게 ….."

오빠는 말을 잇지 못하고 결국 울음을 터뜨렸다. 도둑맞은 것처럼 '을사 보호조약'(이하 '을사늑약'이라 한다)이 두 나라 간에 서명되어 대외적으로 발 표되었다. 이제 외교권은 완전히 일본이 행사하는 반쪽짜리 대한제국이 되 었다.

원인 무효의 을사늑약

그날부터 상동교회 청년회가 바빠졌다. 전국의 회원들에게 서울로 집결 하라는 지시를 내렸다. '아, 이런 일을 대비해 전덕기 목사가 전국 조직을 서둘렀던 것인가!' 우당장은 그렇게 생각했다. 우선 대책회의가 열렸다. 사 태 파악이 필요했다.

"도대체 일이 어떻게 벌어진 것인가?"

우당장이 아우 이시영에게 물었다.

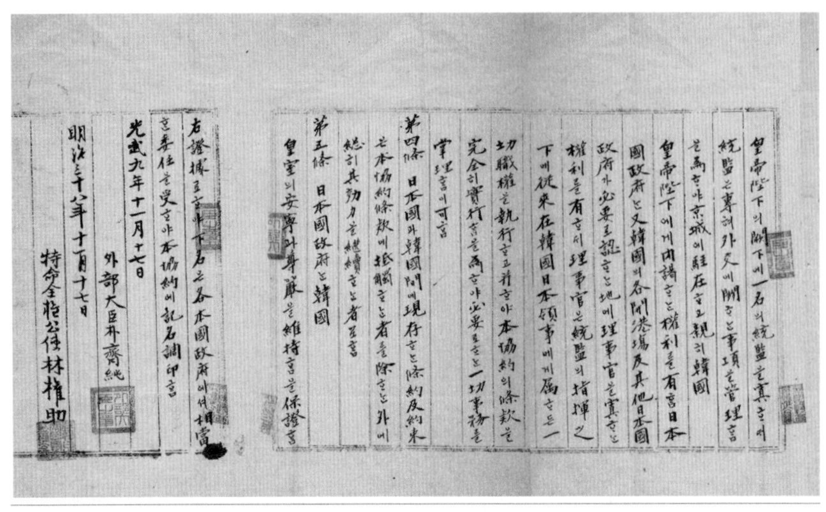

　"저도 어제 오후 겨우 조약문을 입수했어요. 원래 조약문은 교섭국장인 제가 작성해야 하는데 이건 일본에서 작성해 온 겁니다. 외교 관례에 어긋난 조약문이기 때문에 박제순 대신에게 그 부당성을 설명하기 위해 찾았는데 대궐에 들어가 계신다고 해요. 그래서 급히 경운궁으로 갔는데 왜군이 완전히 포위하고 한 발짝도 들어가지 못하게 막았습니다. 책임자인 장교를 불러 '내가 외부 국장이다. 들어가야 한다'고 했더니 누구도 들여보내지 말라는 명을 받아 안 된다고 막무가내입니다. 아무리 달래도 안 되기에 다시 외부로 와서 전화를 이용하려는데 경운궁 교환대도 왜놈들이 접수했는지 일절 전화가 통하지 않았습니다."

　전덕기, 이동녕, 양기탁, 김진호, 조성환 …. 차츰 사람들이 몰려들었다. 정황 설명은 계속됐다.

　"할 수 없이 외부 사무실에서 대기하고 있었는데 … 동이 틀 무렵 전화가 울리기에 받았죠. 박제순 대신의 전화였습니다. 외부 관인을 갖고 궁으로 빨리 오라는 거예요. 내가 '도대체 어떻게 된 겁니까? 제가 일전에 말씀드린

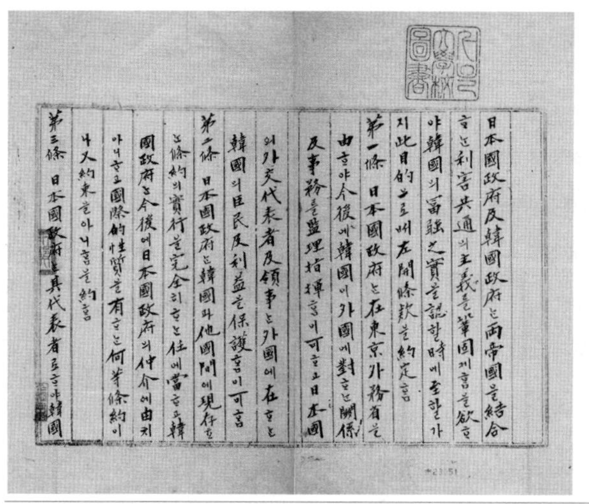

日本國政府及韓國政府는 兩帝國을 結合호는 利害共通의 主義를 鞏固케홈을 欲호야 韓國의 富强之實을 認홀時에 至호기꾀지 此目的으로뻐 左開條款을 約定홈

第一條 日本國政府는 在東京外務省을 由호야 今後에 韓國이 外國에 對호는 關係 及 事務를 監理指揮홈이 可호고 日本國의 外交代表者及領事는 外國에 在호는 韓國의 臣民及利益을 保護홈이 可홈

第二條 日本國政府는 韓國과 他國間에 現存호는 條約의 實行을 完全히 호는 任에 當호고 韓國政府는 今後에 日本國政府의 仲介에 由치 아니호고 國際的 性質을 有호는 何等條約이나 又約束을 아니홈을 約홈

第三條 日本國政府는 其代表者로호야 韓國

사태가 벌어진 것이죠?' 다그쳐 물어도 답이 없습디다. 답도 안 하고 관인만 갖고 오라는 거예요. 저는 '그런 명령을 따를 수 없습니다'라고 했죠. 그러니 전화를 뚝 끊는 겁니다. 조금 있었더니 왜놈 군인이 우르르 몰려들어 오는데 나를 외부대신 방에서 나가라고 합디다. 그리고 박제순 대신이 보낸 주사主事가 따라 들어와서 관인을 챙기고 우르르 몰려 나갔습니다."

이런 설명을 듣고 모두 "이 이야기를 들으면 절차상으로도 불법입니다. 왜놈 군인들이 불법 점거해서 이뤄진 조약은 당연히 반대해야 합니다"라고 누군가 발언하고. 삽시간에 "옳소!", "옳소!" 하는 소리와 함께 늑약 반대운동을 벌이자는 합의가 이뤄졌다. 그리고 우선 모두가 상소문을 들고 대안문3 앞으로 나가기로 했다. 그날로 지방에서 청년 대원들이 몰려오기 시작

---

3 '대안문(大安門)'은 경운궁(慶運宮) 정문의 원래 이름이다. 경운궁은 현존하는 조선 시대 궁궐들 가운데 가장 나중에 지어진 것이나 대한제국 시절에 황궁으로 사용되면 서 고종 황제가 주로 머무는 처소였다. 1907년 순종 황제의 즉위 이후 이름이 덕수궁

◀ 을사늑약 체결 소식이 알려지자 경운궁(덕수궁)의 정문 대안문 앞에 몰려든 민중이 항의 상소를 이어갔다.

했다. 김구의 『백범일지』에도 자신이 진남포 엡워스청년회 총무로 상동교회 모임에 참석했다고 기록되어 있다.

시아버지 우당장은 상동교회를 중심으로 벌어진 늑약 반대운동이 자칫 농성·시위 속에 구호만 외치다 끝나는 것 아닌지 걱정되어 형님 영석공을 찾아가 당장 필요한 돈 1만 원을 구해 전덕기 목사에게 전했다. 그리고 이상설을 찾아가 장차 활동 방안을 의논하려 했으나 행방을 찾을 수 없었다.

피 끓는 상소, 계속되는 자결

대한제국의 관료로서 항의 상소의 첫 테이프를 끊은 분은 이근명李根命 궁내부 특진관이었다.

"한밤중 대궐에서 그 누가 알까 두려워하면서 부랴부랴 회의를 열어 이

(德壽宮)으로 바뀌었다. 대안문이라는 정문 명칭은 경운궁 대화재로 인한 대규모 중건 공사를 1906년 마무리하면서 대한문(大漢門)으로 바뀌었다.

렇듯 일을 크게 그르쳤습니다."

용서할 수 없으니 그 자리에 있던 대신들을 처벌하라는 상소였다. 이어 상소가 밀려들었다. 이우면 비서원경, 박기양 서사관, 신성균 규장각 직각, 강원형 경북 칠곡 유생, 안병찬 법부 주사 …. 모두 들고일어났다. 나의 시할아버님 이유승 판서도 상소를 올렸다. "박제순은 외부대신으로 책임을 져야 할 장본인인데 조약에 반대해 파직된 한규설의 후임으로 참정대신이 됐다니 천부당만부당하다"는 직소였다.

항의의 열기는 점점 고조되었다. 드디어 중추원 의장인 민종묵이 중추원 의견을 듣지 아니하고 한밤중에 합의된 조약은 부당하다고 지적했다. 황제의 가장 큰 신임을 받아온 이상설 의정부 참찬과 민영환 시종부 무관장은 "역적 박제순 외부대신을 교체해야 조약이 폐기된다"고 핵심을 들어 상소했다. 그러나 황제는 "경들의 충성스러운 말을 왜 모르겠는가? 속히 물러가라"고 괴로운 심정을 내비쳤다. 그래도 민영환, 조병세, 이상설 등은 궁에 남아 연좌 항의를 계속했다. 황제는 그들을 평리원에 가두었다가 강제로 귀가시켰다. 이들은 자결로써 항의의 뜻을 관철하고자 결심했다. 이렇게 해서 민영환은 자살에 성공했고, 이상설은 자살 미수로 피투성이가 된 채 병원에 실려 갔다.

큰오빠 조남승은 비서감승으로 황제의 명을 받아 민영환 댁으로 급히 가서 조문했다. 민영환의 모친 서 씨는 담담한 음성으로 말했다.

"신첩의 아들이 보잘것없어 국가의 위급함을 지탱하지 못하였으니, 한 번 죽음으로 어찌 그 죄를 갚을 수 있겠습니까? 원하건대 폐하는 중흥의 결심을 굳게 도모하여 위로는 종묘사직을 안정시키고 아래로는 영환의 한을 씻어주소서."

오빠는 '아! 자식의 시신 앞에서 슬픔을 이기고 저처럼 의연하시다니 …. 과연 조선의 어머니로다' 감탄했다. 오빠는 그 집을 나와 이상설의 집을 찾았다. 이상설은 종로 종루에서 "망하게 된 나라의 신하로서 응당 죽어야 할 의리"4라고 부르짖고 몸을 던져 머리가 깨지는 큰 부상을 입었다. 조남승은 겨우 정신을 차린 이상설에게 위로가 아닌 뜨거운 여한을 퍼부었다.

"죽음으로 만사가 해결되겠습니까? 충신들이 다 죽고 나면 황제는 누가 보위합니까? 그리고 일제의 침탈이 더 악랄해질 터인데 남은 일은 누가 처리합니까?"

오빠는 비서감승으로 황제를 대리해 문병 왔지만 나이로 10년 이상 연상인 선배에게 원망의 소리를 했다. 보재가 젊은 후배에게 "죽은 자가 아니라 산 자로서 충성을 다하라"는 따끔한 충고를 받은 것이다. 보재는 자리에서 벌떡 일어나 조남승의 손을 잡고 사과했다. 이상설은 그 풍모가 어딘가 달랐다. 보재는 그날로 항일 운동의 큰 별이 되어 후진들에게 길을 가르치고 몸소 뛰었다.

"나라가 확실한 독립국 되기를 …"

민영환의 자결, 이어 조병세의 자결 …. 상동교회 모임에서도 이를 두고 비판의 소리가 높았다. 자결을 허용하지 않는 기독교 교리에 따른 비판이기도 했지만 그보다 오빠의 말대로 "살아서 싸워야지 죽음은 책임 회피"라는 주장이 더 강했다.

물론 그분들의 죽음에는 또 다른 의미가 있었다. 그분들의 '순국 자결' 소문이 장안에 자자해지면서 을사늑약 반대 투쟁은 더 극렬하게 일어났다. 이런 결사 투쟁이 계기가 되어 우리의 항일 독립운동은 좀 더 체계화되었

---

4 황현, 『역주 매천야록 상』, 275쪽.

다. 이게 신민회의 탄생 배경이다. 전국에서 모인 엡워스청년회 인사들이 씨앗이 되고, 그들의 신앙이 애국하는 마음을 더욱 견고하게 만들었다. 당시 모인 투사들의 기도문은 이렇다.

"만왕의 왕이신 하느님이시여! 우리 한국이 죄악으로 어려운 지경에 빠졌으매 오직 하느님밖에 빌 곳이 없어 우리가 일시에 기도하오니 한국을 불쌍히 여기사 예레미야, 이사야와 다니엘이 각각 나라를 위하여 간구하였을 때 들으심같이 한국을 구원하사 전국 인민이 자기 죄를 회개하고 모두 천국백성이 되어 나라가 하느님의 영원한 보호를 받아 지구상에 확실한 독립국이 되게 해주시기를 예수의 이름으로 비옵나이다. 아멘"

이 기도문을 외우며 청년들이 경운궁 대안문 앞에서 이른바 도끼상소[5]를 올리고 연좌데모를 계속했다. 시일이 지날수록 점점 단단해지고, 신념이 가득 찼다. 시아버지 우당장은 이런 운동이 좀 더 조직화되기를 기대하는 한편, 을사오적을 처단하는 암살대를 조직했다. 나인영羅寅永, 기산도奇山度도 이때 지원했다.

신민회의 시작

오늘날 역사학계에는 신민회가 언제 시작되었느냐는 문제를 두고 여러 설이 있지만 나는 상동교회에서 1906년 시작되었다고 생각한다. 신민회의 전신은 '엡워스청년회'라고 보는 게 적절하다.

일본공사관은 상동교회를 중심으로 을사늑약 반대운동이 시작되어 그

5　'도끼상소'는 '지부상소(持斧上疏)'를 뜻하는 말이다. 이는 '도끼(斧)를 지니고(持) 대궐 앞에 꿇어 엎드려 상소(上疏)한다'는 뜻으로 자신의 뜻이 받아들여지지 않으면 부월(斧鉞)이라는 도끼로 머리를 쳐달라는 각오로 임금에게 올리는 상소를 가리킨다.

곳이 항일 운동의 중요한 거점이 되는 것을 주시하고 있었다. 일본의 압력을 가장 먼저 몸으로 느낀 스크랜턴 목사는 전덕기를 불러 교회가 정치에 휘말리지 않도록 완곡히 만류했다. 하지만 항일 의지로 뭉친 전덕기는 그 스스로 움직임을 중단하지 않았고, 청년들의 반대운동도 만류하지 않았다. 상동교회는 오히려 항일 의지의 구심점으로 더욱 강해지고, 그중에서도 엡워스청년회가 조직적 반대운동에 나서게 되자 세가 더욱 커졌다. 이 청년회는 애국정신으로 굳게 뭉쳐갔던 것이다.

그 무렵 통감부 고문이던 스티븐스는 일본에 있는 동아시아 지역 감리교회 총감독인 해리스Merriman Colbert Harris(1846~1921년)에게 항의했다. "상동교회가 항일 활동의 거점이 되어 매일 청년들이 모이고 일본을 규탄하는 것은 미국의 외교 방침에도 어긋나는 것"이라고 주장했다. 해리스는 원래부터 친일 인사였다. 그는 스크랜턴 목사에게 엡워스청년회의 활동을 중지하라고 지시했다. 이 명령이 제대로 이행되지 않자 끝내 해체하도록 압박했다.

중간에 낀 스크랜턴 목사의 입장이 난처해졌다. 더욱이 당시 미국은 일본 편에 서 있었다. 을사늑약이 발표되자마자 가장 먼저 조선과 외교관계를 끊고 짐을 싸서 철수한 것도 미국공사관이었다.

하지만 청년 조직을 담당해 온 전덕기 목사는 해체 명령을 들은 체도 하지 않았다. 오히려 이 조직을 다른 방법으로 살리고자 했다. 그 무렵 전덕기 목사 옆에서 분신 같은 역할을 한 김진호 목사의 증언이 있다.

"(엡워스 조직이 해체된 뒤) 상동교회 지하실에 따로 모여 결사 구국을 목적으로 무형無形한 회를 조직하니 곧 신민회新民會이다. 간부는 전덕기, 이동녕, 이회영, 양기탁 씨 등이고, 신민은 비밀에 속하고, 회로는 (상동)청년회가 있고, 기관지로는 매일신보가 있고, 교육으로는 (상동)청년학원이 있었다."[6]

이 증언을 토대로 생각해 보면, 이 시기는 을사늑약이 체결된 직후인

▶ 상동교회 전덕기 목사가 세운 상동청년학원의 일제강점기 제7회 졸업식 모습. 일제강점기임에도 사진 왼쪽에 단군 연호인 '단기'를 붙여 4246년이라고 써넣은 것이 눈에 띈다.

1906년으로 추정된다. 엡워스청년회가 상동청년회로 바뀌면서 많은 유력 인사들이 모여들었다. 이 모임이 바로 신민회로 발족하게 된 것이다. 엡워스청년회가 간판을 내리자, 이제 상동파 독립운동가들은 신민회 지하활동을 통해 본격적으로 그 세를 넓혀갔다.

신민회 초기 회원들의 면면을 살펴보면 그 광범위함에 놀라지 않을 수 없다. 전덕기 목사를 중심으로 이동녕, 양기탁, 이회영, 이상설, 이동휘, 이준, 김구, 노백린, 안태국, 남궁억, 신채호, 최광옥, 이승훈, 최남선, 주시경, 이상재, 김진호, 유일선, 이필주 …. 그리고 감옥에서 풀려나온 이승만도 신분 세탁을 위해 상동청년학원에 적을 두었다.

1907년 미국에서 귀국한 안창호는 즉각 이 청년 조직을 찾아왔다. 양기탁이 동향 사람인 안창호를 안내했다. 안창호는 이 조직의 이름을 자신이 미국에서 조직한 '신민회'의 이름과 같이 하자고 제안해 채택되었다. 무명 조직이 이름을 갖게 된 것이다.

---

6   김주황, 『민족운동과 삼일운동: 애산 김진호 문집에서』(월드북, 2019), 163~164쪽.

아무튼 이분들이 상동교회 안에 상동청년학원을 만들어 주로 성경과 국어, 역사를 가르치는 교육 사업도 병행했다. 이때 우당장은 아들 규룡, 규학을 비롯해 조카 규봉, 규면, 규훈, 규준을 모두 이 학원에 입학시켰다. 나의 시어머님은 『서간도 시종기』에 이렇게 기록했다.

우당장은 남대문 상동청년학원 학감으로 근무하시니, 그 학교 선생은 전덕기, 김진호, 이용태, 이동녕 씨 등 다섯 분이다. 이들은 비밀독립운동 최초의 발기인이시니, 팔도의 운동자들에겐 상동학교가 기관소機關所가 되었다고 해도 과언이 아닌지라.[7]

신민회는 없어지지 않았다

우당장은 이 시기에 상동청년학원의 학감이라는 대외 직명을 사용하며 전덕기 목사 주도 아래 이동녕, 양기탁 등과 함께 비밀리에 조직을 확대해 나갔다. 대한제국의 외교권은 박탈됐지만 이에 항거하는 민중의 의지는 청년 조직을 통해 더욱 기세를 넓혀갔다. 우당장은 청년학원의 운영을 위해 자금을 동원했으며, 별입시라는 직분을 이용해 고종 황제에게 비밀리에 정세를 보고했다. 이 과정에 황제가 신임하는 조카, 즉 나의 큰오빠 조남승도 같은 별입시로 상동교회의 움직임을 거의 매일 보고했다.

황제께서도 신민회 활동에 만족하여 적극 후원하고자 했다. 큰오빠에게 단성사團成社[8]를 청년학원에 제공하라는 명을 내리기도 했다. 그러나 상동

7　이은숙, 『서간도 시종기: 우당 이회영의 아내 이은숙 회고록』(일조각, 2017), 53쪽.

8　단성사(團成社)는 지금의 서울 종로3가 묘동(廟洞) 지역에 있던 왕실 소유의 큰 한옥으로서 소리꾼들이 모여 활동하던 집이었다. 조정구와 조남승 부자의 권농동 집에서

교회 사람들은 이런 혜택을 받으면 오히려 일제의 감시선에 드러나게 된다고 판단해 이를 사양하기로 결정했다.

신민회 조직을 지하에서 확대하는 데에 얼마나 비밀을 철저히 지켰는지 실례를 들어보자. 우선 자격 심사를 하고, 합격하면 그제야 면담을 통해 입회하도록 권유하고, 본인이 이에 응하면 간부 두세 명이 지켜보는 가운데 선서하고 신상 고백을 하게 하는 등 철저한 지하당식 조직 절차를 밟았다.[9] 오늘날 신민회에 대한 글을 보면 대개 코끼리의 일부분만 만지고 전부를 아는 척 증언하는 격이다. 누구도 본체 전체를 파악하는 사람은 없었다. 왜냐하면 일제의 간악한 감시를 피하고자 횡적으로 철저한 차단의 원칙 아래 운영됐고, 각 지방에서 독립적인 조직 운영을 했기 때문에 중앙에서도 알 수 없는 경우가 허다했다. 그리고 일체의 문서나 사진을 남기지 않았다.

사실 나의 시가, 즉 우당장 일가 육 형제가 망명한 것도 신민회의 결의를 따른 것이었다. 그리고 흔히 '105인 사건'으로 신민회가 일망타진된 것처럼 역사에서 기술하고 있으나 그것도 빙산의 일각에 불과했다. 그리고 그 사건은 일본총독부와 고등계 경찰이 상당히 과장해 발표한 것이었다. 왜냐하면 데라우치 마사타케寺內正毅 총독 암살미수 혐의로 신민회원 600여 명을 검거했는데, 만약 정말 암살을 모의했다면 두세 명만 가담했을 터인데 저인망식으로 몽땅 잡아들였고 그중 105인을 기소했다는 사실 자체가 암살 사건과 무관했음을 보여주는 것이다. 내가 짐작하건대, 이는 상동교회에 출입하는 모든 사람을 일단 검거하고, 그 가운데 105인에게 죄를 뒤집어씌

멀지 않은 위치였다. 1907년 이 집이 헐리고 우리나라 최초의 본격적인 상설영화관 단성사가 들어섰다.

9 김진호 목사가 자신이 문집에 남겨놓은 그의 입회 경위와 절차 등을 통해 이와 같은 신민회 운영 방식을 알 수 있다. 김주황, 『민족운동과 삼일운동』 참조.

운 사건이었다. 이로써 신민회 활동이 드러났거나 중지된 것은 결코 아니
었다.

그 무렵 신민회가 가장 역점을 두었던 사업은 헤이그에 밀사를 파견하는
일이었다. 황제는 을사늑약이 군대를 동원해 위협하는 가운데 체결된 조약
이므로 원천적으로 무효라는 생각을 갖고 있었다. 그래서 기회만 있으면
외부에 신호를 보내 무효화 투쟁을 시도했다. 외국의 국왕이나 국가원수에
게 친서를 보냈고, 의병들에게 밀지를 보내 궐기하도록 했으며, 을사오적
처단 의욕도 고취했다. 황제는 끝까지 을사늑약 자체를 인정하지 않았다.

03

을사늑약의 무효화 운동과 헤이그 특사 파견

1907년 헤이그 만국평화회의에 특사를 파견한 일을 해방 후 우리나라에서는 '해아海牙 밀사 사건'이라고 불렀다. 그 사건의 진상은 아직 확연하게 밝혀지지 않고 있다. 역사학자들의 노력으로 사건의 진행 과정은 대체로 정리됐지만 완전한 진상은 일본의 비협조로 여전히 오리무중이다. 왜냐하면 특사 파견과 관련된 문건들을 당시 조선총독부가 압수한 뒤 일절 공개하지 않고 있기 때문이다.

'조남승의 비밀 상자'를 찾아라

《황성신문》 1910년 5월 27일 자에 "조남승趙南升과 밀상密箱"이라는 제목의 기사가 실렸다. '밀상'이란 '비밀 상자'라는 말인데, 그 기사의 내용은 이런 것이었다.

즉, 태황제(고종) 폐하가 비서원승인 조남승에게 일본을 위시한 외국과 맺은 조약 원문 등을 맡겨 이를 두 개의 오동나무 상자에 넣은 뒤 철제 트렁크에 담아 보관해 왔으며, 최종적으로 이 철제 트렁크를 천주교 조선교구장 뮈텔Mutel 주교에게 부탁해 은밀히 보관해 왔다는 것이다.

당초 일제 경찰은 이런 비밀 상자의 존재를 알지 못했다. 그 무렵 경찰은 최소 두 건의 옥새 위조 문제를 추적하고 있었다. 첫째는, 헤이그 밀사들의

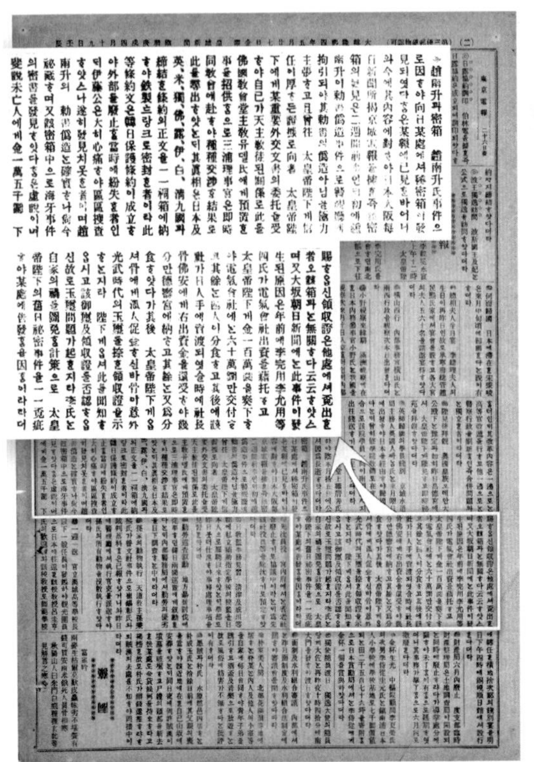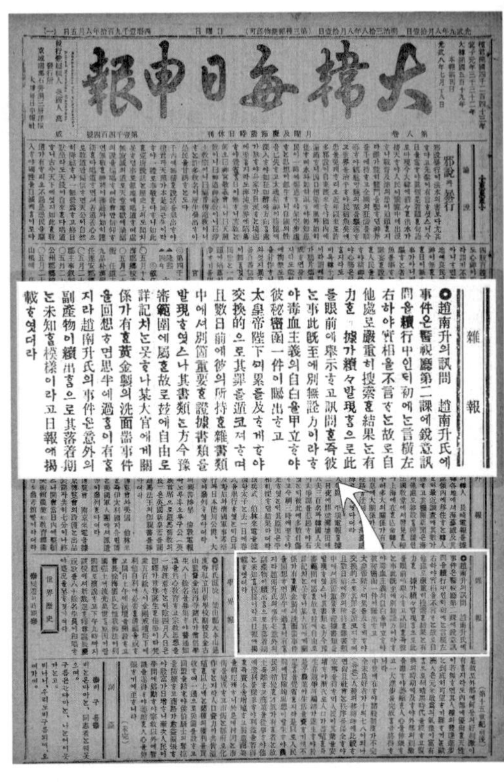

▲ '조남승의 비밀 상자'를 보도한 1910년의 《황성신문》과 《대한매일신보》.

신임장(칙서) 또는 거기 찍힌 옥새를 누가 어떻게 위조했느냐는 것이었다. 당연히 조남승도 혐의를 받고 있었다. 둘째는, 1904년 한성전기회사가 한미전기회사로 개편될 때 고종 황제가 이완용·이윤용 형제 등의 제안으로 거금을 출자한 일이 있었는데 이 회사가 1909년 일본인에게 매각되어 그 출자금을 회수할 때 누군가 옥새를 위조해 내탕금 회수분 일부를 빼돌렸다고 이완용 측에서 고발함에 따라 조남승이 조사를 받은 일이다.[1]

이런 옥새 위조 사건들을 조사하는 과정에서 비밀 상자의 존재가 드러났다. 뮈텔 주교가 이 비밀 상자를 일제 경찰에 갖다 바쳤기 때문이다. 이 비밀 상자의 존재는 조남승이 고종의 두터운 신임을 받고 있다는 사실을 상징적으로 보여주는 사례였다. 통감부는 조남승을 구속하고 이를 중대시하여 압수한 비밀 상자와 그 내부의 문건 일체를 일본으로 보냈다. 그래서 그 뒤 우리 집에선 뮈텔 주교를 여러 면에서 일본에 아부한 '친일 주교'로 보고 있었다.

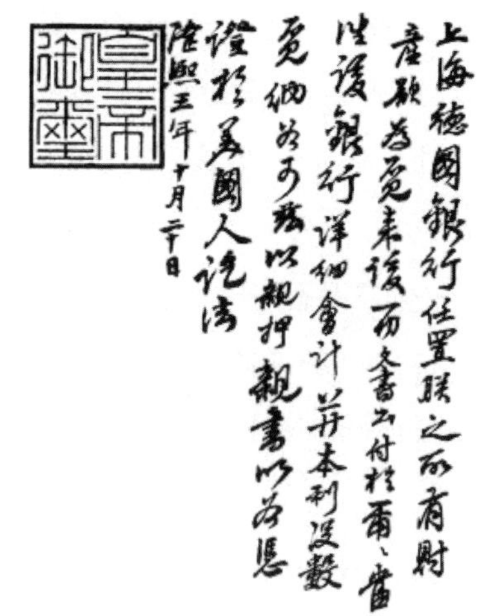

▲ 고종의 내탕금 영수증.

그 비밀 상자가 어디로 갔는지 해방이 되고 나서도 찾지 못했다. 그러던 차에 최서면崔書勉 씨가 일본 국회도서관의 외무성 자료실에서 비밀 상자에 들어 있는 문서의 목록을 찾아내서 내 아들 종찬에게 제공한 일이 있다. 물론 이 목록은 1910년 일본 경찰이 비밀 상자를 압수한 뒤

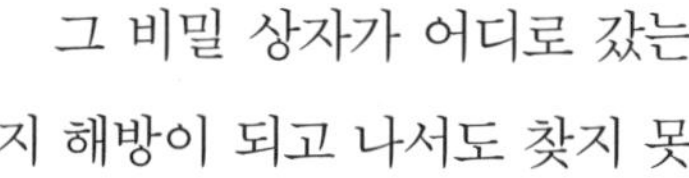

---

1   오진석, 『한국 근현대 전력산업사, 1898~1961』(푸른역사, 2021), 100~101, 138쪽 등 참조. 1904년의 한미전기회사 출범 상황과 관련해, 과거 《황성신문》은 고종 황제가 100만 환을 출자하기로 되어 있었으나 이완용·이윤용 형제 등이 60만 환만 출자하고 나머지를 '나눠 먹었다'고 보도한 반면, 오진석의 최근 연구에서는 고종이 자본금 150만 엔의 절반에 해당하는 75만 엔을 출자하기로 한 뒤 이용익 내장원경을 내세워 40만 엔은 현금으로, 35만 엔은 약속어음으로 각각 지불했다고 달리 설명했다. 또 1909년 한미전기회사의 매각에 따른 출자금 상환 문제와 관련해, 《황성신문》에는 고종의 환수액을 명확하게 적시하지 않고 '해당분만 덕수궁에 바쳤다'고 기술한 반면, 오진석은 '매각 대금 120만 엔의 절반이 반환되어야 했으나 7만 5,000엔 만 지불됐다'는 취지로 정확한 금액을 명시해 설명했다. 이 같은 차이는 향후 후속 연구를 통해 규명되어야 할 부분이다.

통감부에서 일본어로 작성한 것이다. 큰 제목으로 된 문건만 갑1호에 43건, 갑2호에 26건, 을호에 83건 등을 모두 합하면 151건이나 되는데 그 가운데 헤이그 특사 건과 관련된 것들은 다음과 같다.

• 갑1호 문건

17. 海牙密使出發ノ際國權回復ノ聲援ヲ露皇ニ賴ミタル書

   (헤이그 밀사 출발에 즈음하여 국권 회복에 대한 성원을 러시아 황제에게 의뢰하는 서한)

22. 趙南升ヲ露國ニ使セシムルノ書

   (조남승을 러시아에 사절로 보내는 서한)

十六	國權回復ニ關スル上奏書
十七	海牙密使出發ノ際國權回復ノ聲援ヲ露皇ニ賴ミタル書
十八	獨立協會撲滅ニ關スル件
十九	皇帝ト改稱サレタル際臣下竝佛公使等ノ意見ヲ窺ヒタル書
二十	露韓密約書
二一	礦山及航海ニ關シ諸外國ト契約ノ件
二二	趙南昇ヲ露國ニ使セシムルノ書
二三	韓皇ト在露京閔泳煥ト往復シタル
二四	日韓第一協約后露佛獨皇帝ニ國權回復ノ聲援ヲ請ヒタル書
二五	平和克復后露皇ニ送タル書
二六	日露開戰前露皇ニ送リタル書
二七	日露戰爭中露皇ニ送リレ書
二八	右仝件
二九	右仝件
三十	京釜鉄道布設ニ關スル件
三五	閔泳煥が駐米公使タラント奏請シタル書

（電報一束　統監府）

• 갑2호 문건

12. 趙南升ヲ密使トシテ露國派遣計劃

(조남승을 밀사로서 러시아에 파견하는 계획)

甲號ノ二

御親書ニ基因セル調査事件目録

番號	事件
一	御親書原文綴
二	電氣會社事件
三	南韓御巡幸前李完用宋秉畯殺害陰謀事件
四	米國御潛幸陰謀事件
五	金塊放賣事件
六	膠州灣ニ買収ノ家屋事件
七	露淸銀行預金事件
（統監府）	
八	金櫃及靴ヲ外國人ニ預置キセル事件
九	ベセル及朴容奎等金五千圓ヲ詐取セントセシ事件
十	スチーブン殺害ノ加害者ヘ賞與ノ件
十一	間島、趙南昇旅行計畫事件
十二	趙南昇ヲ密使トシテ露國ヘ派遣計畫
十三	韓一銀行增資株事件
十四	ベセル弔慰金ノ件
十五	大韓毎日申報社ノ建物ニ關スル件
十六	子龍植上納洋食原料代價ノ件

조남승이 고종 황제의 비밀 활동 창구 역할을 했던 기록은 조선총독부에서 펴낸 『일한합병비사日韓合併秘史』의 제5장 「韓皇廢立及日韓新條約の成立(한국 황제 폐위 및 일한신조약의 성립)」에 자세히 기록되어 있다.

고종은 생질인 조남승을 시켜 을사조약 무효화에 대비한 문서들을 프랑스교회에 숨겨놓았는데 통감부 관헌에 의해 모두 압수됐다. 그 가운데 고종이 러시아 황제에게 보낸 친서를 비롯해 해아특사海牙特使(헤이그 만국평화회의에 보낸 사절) 관계 문서 등이 있었다.

하여튼 앞으로 그 비밀 상자를 찾아와야 헤이그 특사와 관련한 진실이 정확하게 밝혀질 것이다.

만국평화회의에 초청장 받은 대한제국

신민회 인사들은 네덜란드 헤이그에서 제2회 만국평화회의가 개최된다는 정보를 1906년 4월 무렵, «대한매일신문»의 양기탁을 통해 입수했다. 이 정보를 접한 우당장이 앞장서서 헤이그에 특사를 파견하는 방안을 추진했다.

만국평화회의는 오늘날의 국제연합UN이나 제1차 세계대전 이후 결성됐던 국제연맹에 앞서 세계 각국 간에 전쟁의 폐해를 최소화하고 이를 미연에 방지하기 위해 소집됐던 국제회의다. 제1회 만국평화회의는 1899년 헤이그에서 처음 개최된 바 있다. 이 회의에서는 '육상전 법규와 관례에 대한 조약Convention Respecting the Laws and Customs of War on Land'에 합의했고, 국제분쟁의 평화적 해결을 위한 국제사법재판소를 헤이그에 두기로 결정했다. 제1회 회의는 개최국 네덜란드와 러시아의 주도로 소집되었고, 러시아 황제 니콜라이 2세의 생일인 5월 28일에 맞춰 개회했다.

제2회 회의는 미국 시어도어 루스벨트 대통령의 요청으로 1904년 열릴 예정이었으나 러일전쟁의 발발로 1906년으로 한 차례 연기되었고, 러시아 황제 니콜라이 2세가 러일전쟁으로 실추된 위상을 만회하고자 개최를 서둘렀지만 준비가 미흡해 1년 더 연기됐다. 1899년 제1회 회의를 주최한 경험이 있는 네덜란드 정부는 제2회 회의를 준비하면서 각국에 충분한 시간을 제공하고자 1905년 10월 초청장을 발송했다. 을사늑약(1905년 11월 17일)이 맺어지기 전의 시점이었다. 대한제국도 초청 대상이어서 당연히 초청장을 접수했으며, 고종 황제에게 보고도 되었다. 1994년 말 헤이그에 있는 이준 열사기념관 관장 송창주 씨는 네덜란드 국립문서보관소에서 발견한 초청국

명단에서 대한제국이 12번째로 올라 있음을 확인했다.[2] 1905년 7월 궁내에서 만국평화회의에 관해 논의하는 대신 회의가 있었던 점을 보면 고종 황제는 이를 사전에 알고 꽤나 공들여 대표 파견 등을 준비하고 있었던 것 같다.

당시 대한제국이 처한 정세를 보면 러일전쟁 개전과 동시에 제1차 한일의정서가 강제로 체결되면서 황제의 중립선언은 유명무실해졌다. 러일전쟁 이후, 일본이 한반도를 노골적으로 지배할 것이라고 예견한 황제는 만국평화회의에 기대를 걸고 있었다. 그래서 측근 친러파 이용익을 러시아로 파견한 것 아닌가 짐작된다.

이용익은 6월 황제의 밀지를 갖고 상해를 경유해 파리로 가던 도중 본의아니게 산동성 연대煙臺 근방에서 조난됐다. 그리고 그곳에 피난하던 중 불운하게도 일본 측에 발각됐다. 황실에서는 이용익 파견 사실을 숨기고자 이용익이 육군 부장副將인데 무단이탈했다고 징계 처분했다.

그러나 9월 29일 이용익은 다시 파리로 갔고, 그해 11월 27일 러시아 페테르부르크에 도착해 외교 활동을 벌였다. 하지만 뚜렷한 성과를 거두지 못한 상태에서 김현도라는 괴한에게 총격을 받고 중상을 입었다. 밀정의 소행인지, 아니면 이용익의 돈이 탐나서 일어난 사고인지 그 진상은 밝혀지지 않았다. 다만, 충격을 받은 상처 부위가 심각해 서둘러 블라디보스토크로 가서 치료받다가 1906년 3월 8일 사망한 것만은 분명하다.

이용익이 해외를 떠돌던 무렵, 국내에서는 을사늑약이 체결됐다. 이런 때에 제2회 만국평화회의의 개최 소식이 서울에 전해진 것이다. 이 정보를 들은 황제는 조남승 비서감승에게 별입시 이상설, 이회영을 은밀히 만나 대책을 강구하라고 지시했다. 세 사람이 상동교회에 모여 의논한 결과, 이

---

2   "1907년 「헤이그 평화회의」 대한제국 초청장 있었다", 《국민일보》, 1996년 9월 3일 자.

상설이 직접 블라디보스토크로 가서 이용익과 협의해 대표단을 구성하고 만국평화회의에 참석하기로 했다.

그사이 국제 무대에서 지워진 대한제국

이상설은 누구인가? 그는 의정부 참찬으로 황제의 두터운 신임을 받는 인물이었다. 1904년 6월 그는 일본인들이 부당한 압력으로 전국의 황무지 개척권을 요구하는 데 대해 불가하다는 취지의 「일인요구전국황무지개척권불가소日人要求全國荒蕪地開拓權不可疏」를 올린 바 있다. 황제는 이 상소를 받아들여 일본의 요구를 물리쳤다. 이를 계기로 전국에서 일본인의 행패를 고하는 상소가 잇달았다. 황제는 이때부터 이상설의 굳은 항일 의지를 알았다. 이미 앞에서 말한 바와 같이, 을사늑약 체결 소식을 듣고 그가 자결을 기도한다는 말에 조남승이 찾아가 만류한 것도 황제의 뜻에 따른 것이었다.

1894년 8월 이상설은 보안회輔安會를 대한협동회大韓協同會로 확대 개편하고 회장에 선임됐다. 이 단체는 사회지도자들을 망라해 일본에 대항하려는 결사체였다. 부회장 이준李儁은 이미 그때부터 이상설과 깊은 인연을 맺고 있었다. 총무 정운복鄭雲復, 평의장 이상재李商在, 서무부장 이동휘李東輝, 편집부장 이승만李承晚, 지방부장 양기탁梁起鐸, 재무부장 왕산 허위旺山 許蔿 등 당대의 쟁쟁한 인사들이 모두 참여했다. 이들은 그 후 여러 방면에서 큰 역할을 해 역사에 이름을 남겼다. 더구나 이준과 이상재는 이상설보다 10~20년 연상이었다. 그럼에도 이상설은 30대 청년 지도자로 카리스마가 있었고 황제도 그의 지도력에 남다른 관심을 가졌었다.

을사늑약이 체결된 뒤 이상설은 의정부 참찬 자리를 사임하고, 무효화 투쟁을 벌이는 데 열중했다. 이상설의 활동 기반도 역시 상동그룹, 즉 신민회였다. 그도 헤이그평화회의 개최 정보를 듣고 이것이 호기라고 생각하던

▶ 서전서숙의 옛 모습.

터였다. 이상설은 이회영, 이동녕 등과 비밀리에 몇 차례 회합을 거듭한 끝에, 1906년 4월 20일 고향(충북 진천)에 선친 제사 지내러 간다는 구실로 이동녕, 장유순張裕淳, 유완무柳完懋 등과 함께 서둘러 서울을 떠나 블라디보스토크(당시 이곳을 해삼위海蔘威라 불렀다)로 갔다. 이상설이 이때 조국을 등진 것이 마지막이었다는 사실을 아무도 알 수 없었다. 이때 우당장도 같이 떠나기로 했으나 마침 부친 효정공 이유승 옹이 별세해 상중이라 동행하지 못했다.

그런데 그들이 블라디보스토크에 도착하는 시점에 하필이면 1906년 6월 개최 예정이던 제2회 만국평화회의가 다시 1년 연기되어 1907년에 개최하게 되었다. 이상설 일행은 진퇴양난에 빠졌다. 이상설은 동행한 일행과 현지의 정순만鄭淳萬, 김우용金禹鏞 등 신민회 동지들을 모아 의논했다. 그 결과 귀국하지 않고 다음 해 열리는 회의를 준비하며 현지에 대기하기로 했다. 그들이 현지에 머무는 동안 이상설은 용정龍井 지역에 이동녕, 정순만, 박정서朴禎瑞, 김우용, 황달영黃達永 등과 함께 서전서숙瑞甸書塾을 세우고 인재 양성을 위한 교육 사업도 시작했다. 대외적으로는 교육 사업이지만 실질적으로는 독립운동의 거점을 하나 확보한 것이었다.

이런 은밀한 활동이 모두 일본의 정보망에 포착됐다. 통감부 간도파출

소장 사이토齊藤季治郞가 작성한 「서전서숙 조사보고서」에는 이상설이 이용익을 찾아다닌 동향이 상세히 기록되어 있다. 후일 한국의 역사가들이 일본 외무성 문서를 살피는 과정에서 이 자료를 읽고 놀랐다. 이처럼 물샐틈없이 감시하고 있었다니 ….

그러던 차에 1906년 러시아와 네덜란드 두 나라는 제2회 회의를 1907년 6월에 개최하기로 합의하고 1906년 9월 각국에 초청장을 재발송했는데 이때 대한제국은 초청 대상에서 제외됐다. 물론 을사늑약으로 외교권이 박탈된 상태임을 주최국에 알린 일본의 방해 때문이었다. 1년 사이에 국제적인 외교 무대에서 대한제국이라는 존재가 사라졌다는 이야기다.

이용익 죽자 이상설·이준을 특사로

고종 황제는 상동파이자 매일신문 주필인 양기탁으로부터 제2회 만국평화회의가 헤이그에서 1907년 6월 25일부터 10월 18일까지 개최된다는 정보를 듣고 신민회에서 은밀히 대책을 지시했다. 신민회 지사들은 부친상으로 향리에 내려간 이회영까지 불러올려 상동교회 지하 회의실에서 대책을 숙의했다.

이번 평화회의에서 논의될 의제는 제1회 회의 때 논의됐던 세계평화 문제가 될 수밖에 없다고 보았다. 러일전쟁 이후 식민지 약탈을 둘러싸고 국제분쟁이 곳곳에서 일어나 세계평화가 위협받고 있는 현 상황을 중심으로 의제가 정해질 것으로 예견했다. 그런 논의 과정에서 을사늑약이 일본에 의해 부당하게 체결되어 동양 평화가 위협받게 된 점을 제기하면 성과가 있을 것으로 판단했다. 그동안의 을사늑약 무효화 투쟁은 '이불 속에서 활개 친 격'이고 이제 국제 여론을 환기할 필요가 있다는 데에 의견을 모았다. 일본의 강압적인 이웃 나라 침략 행위를 처음으로 우리 스스로 국제 분쟁의 측면에서 세계 여론에 호소하게 되었다. 한국이 외교적으로 다시 활로를 찾는 기회가 될 수 있다는 점에서 모두 찬동했다.

우당장은 황제를 직접 알현할 수 있는 별입시였지만 당시 궁금령宮禁令으로 인해 단독으로 궁에 출입하면 의심을 받을 수 있어 다른 방법을 모색했다. 비서감승인 조남승과 같이 궁에 들어갔다. 황제에게 1907년 평화회의가 개최된다는 사실과 이 기회가 을사늑약의 불법성을 국제 무대에서 폭로하고 무효화 투쟁을 전개하기에 호기라는 사실 등을 상주上奏했다.

그런데 변고가 생겼다. 대표단의 정사로 잠정 결정한 이용익이 사망했다는 소식이 전해져 왔다. 대책을 논의한 끝에 신민회에서 대표를 다시 선발해 보내기로 했다. 이용익은 황제의 내탕금을 관리해 온 인물이라 경비 문제는 걱정하지 않았는데 정사로 다른 사람을 임명하면 경비 문제가 새롭게 대두할 수밖에 없었다.

이때 우당장은 대표단 인선 방안을 제시했다. 우선 이용익 대신 이상설을 정사로 하고, 추가로 파견할 사람은 함경북도 북청 출신으로 한국, 러시아, 만주 일대 사정에 밝고 신민회 주요 멤버인 평리원 검사 이준을 선택하자고 제안했다. 이준은 법학 공부를 위해 일본 유학도 했던 터라 일본어도 능통하고 법리에도 밝으니 일본 측과 논쟁해도 손색이 없을 인물이었다. 비서감승 조남승을 통해 황제에게 보고했다. 그 밖의 외국어에 능통한 인물로 대표단을 추가 보강하는 문제는 일단 러시아로 가서 이범진 공사와 협의해 결정하기로 했다. 국제 사정에 밝고 외교 능력도 있는 사람이 더 필요하면 이것도 현지에 가서 해결하기로 했다.

황제는 신민회에서 건의한 한국 대표단 파견안을 그대로 윤허하면서, 미국인 한 사람을 특사로 추가로 파견하는 보충안을 제시하셨다. 그는 누구인가? 황제가 신임하는 미국인 헐버트Homer B. Hulbert 박사였다. 황제는 조남승에게 헐버트를 대한제국의 특명전권대사로 임명한다는 신임장과 각국 원수에게 보내는 친서를 준비하라 명하셨다.

당시 황제는 엄중한 감시 속에 있었다. 주변에는 이미 밀정이 깔려 있어 누가 밀정이고 누가 충성파인지 분간하기 어려웠다. 황제의 지령은 둘째 오빠인 시종 조남익을 통해 큰오빠 조남승에게 은밀히 전해졌다. 황제는 특사 파견에 필요한 경비도 마련해 주셨다. 조남승은 성격이 호방하고 대담했다. 그는 그동안도 이상설을 비롯한 상동파 및 이회영과 연결하는 창구였다. 그러면서 신임하는 상궁이나 내관들을 앞세워 위장했고 그 채널은 쥐도 새도 모르는 비밀 루트로 유지했다.

헤이그 특사 신임장의 비밀

지금도 논쟁거리로 남은 문제가 있다. 특사들이 그 삼엄한 일제의 감시망을 뚫고 황제의 신임장을 어떻게 확보했느냐는 문제다. 궁금증을 풀어보자. 지금까지 정설처럼 역사에 기록되어 있는 주장은 이렇다. 우선 1907년 4월 20일 황제가 수결手決(서명)하고 국새가 찍힌 백지 신임장과 각국 황제 및 평화회의에 보내는 친서가 신임하는 내시 안호형安鎬瀅의 손을 거쳐 조남승에게 전달되고, 조남승은 이를 이회영을 통해 신민회 동지들에게 극비리에 전달했다는 것이다. 그리고 대표단 구성은 이회영이 주청奏請한 대로 정사 이상설, 부사 이준·이위종으로 결정되어 궐 밖에서 백지 신임장에 기재해 넣고 그 신임장을 이준이 휴대해 서울을 떠났다는 것이다.

그러나 내가 아는 것은 이와 다르다. 고종 황제는 신임장에 들어갈 황제 어새皇帝御璽와 수결을 궐 밖에서 준비해 실행해도 된다고 윤허했다. 그 이유는 궁내에서는 감시의 눈길 때문에 어새를 찍는 신임장을 작성하기 어려웠다. 그러나 외부에서 신임장을 만들면 혹시 사후에 문제가 되어도 황제는 "모르는 일!"이라고 발뺌하기 용이했다. 신민회에서도 황제의 뜻이 담긴 신

▼ 우당의 전각 작품과 보소당인존 비교

번호	우당 전각 작품	보소당인존
1. 장유천지간 (長留天地間)	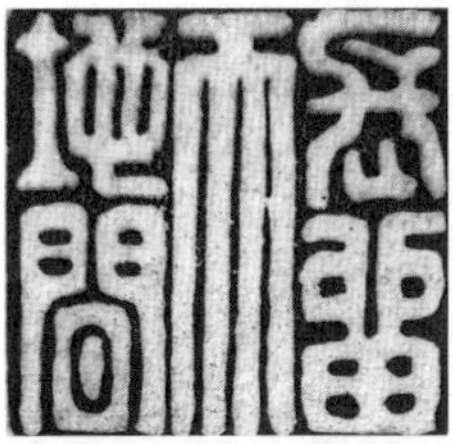	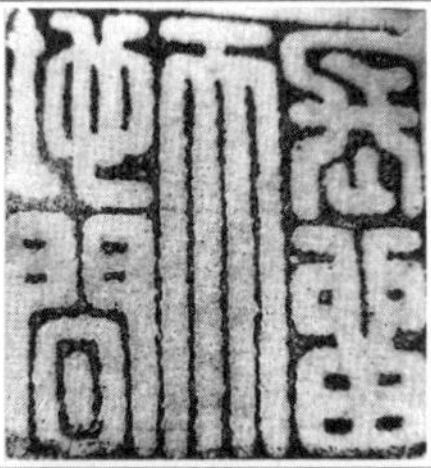
2. 명창비범 개권숙연 (明窓棐凡 開卷肅然)	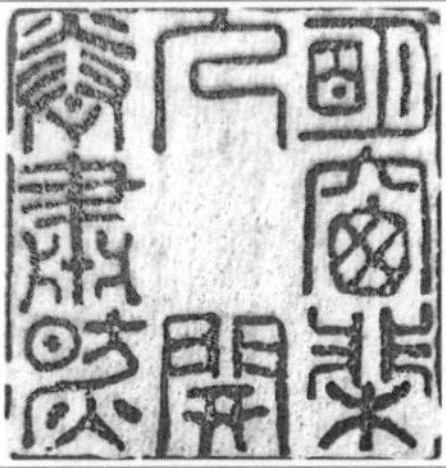	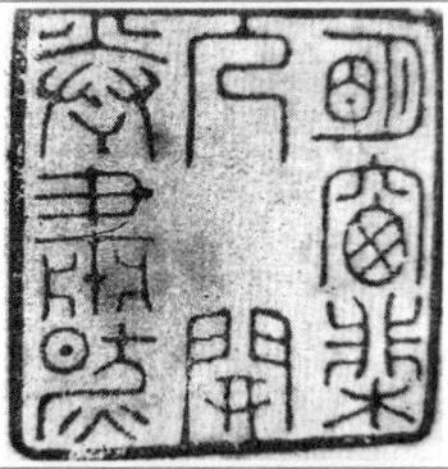
3. 부앙인간금고 (頫仰人間今古)	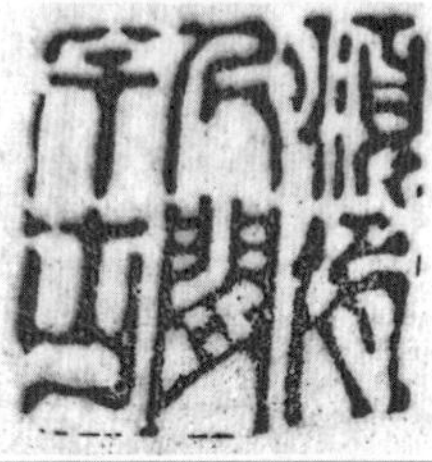	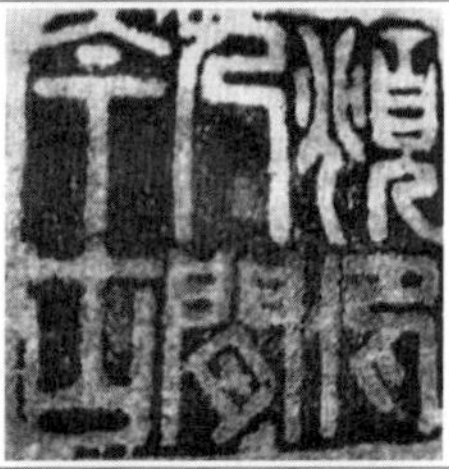
4. 녹창홍운 (綠窓紅雲)	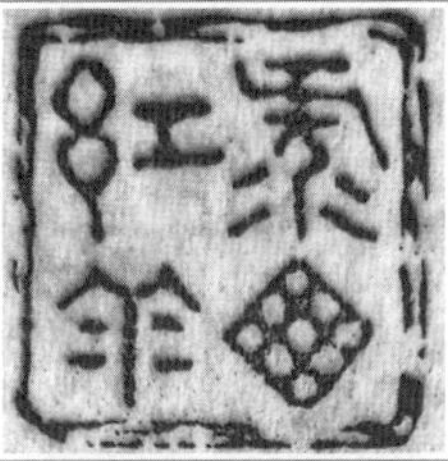	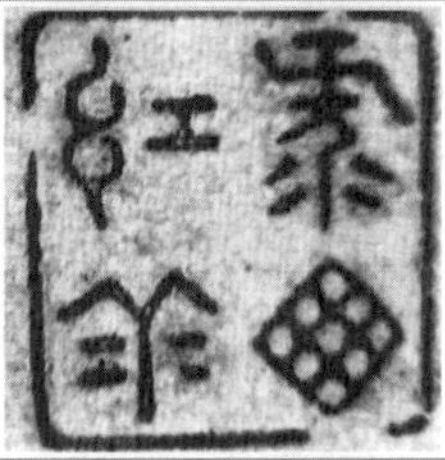
5. 황제 어새와 우당 제작 어새	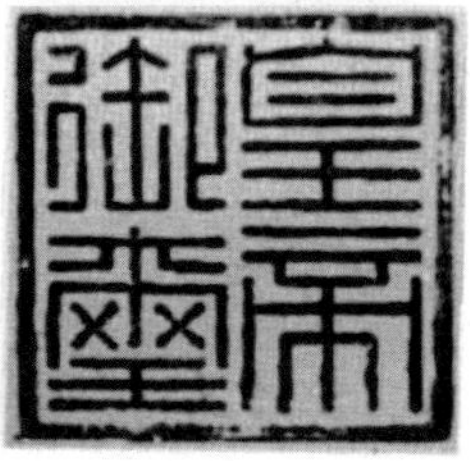	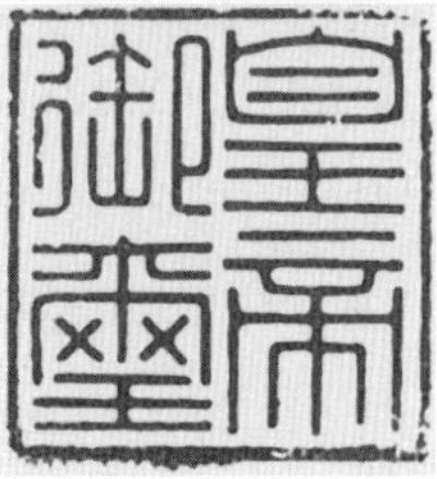

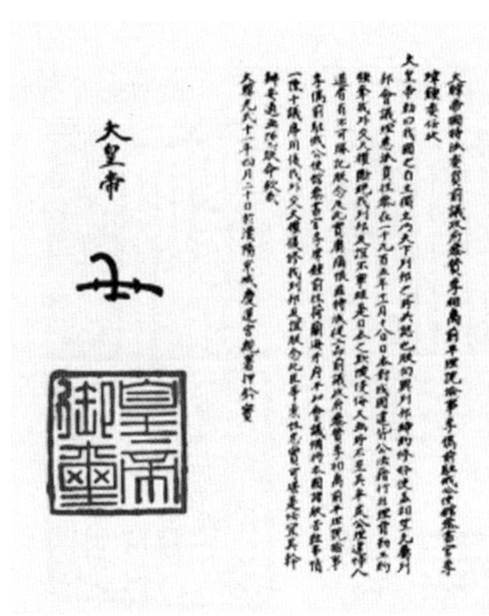

▲ 헤이그 특사의 신임장. 원본은 지금까지 확인되지 않았다. 이 사진은 당시 신문에 게재된 이미지다.

임장을 작성하는 작업을 우당장이 책임지고 전담하라고 했다. 우당장이 이 일에 책임을 맡게 된 것은, 다 아는 바와 같이 그가 전각篆刻에 전문가 수준으로 일가견이 있었기 때문이다.

우당장은 평소에 전각 예술에 심취하여 궁궐 안에 보관 중인 전각의 인영만을 모은 『보소당인존寶蘇堂人存』을 열람했고, 이 작품들을 모작하는 작업에 많은 시간을 보내기도 했다. 실제로 우당장의 모작 결과물들을 보면 언뜻 보아서는 진품과 구별할 수 없을 정도의 숙련도를 보여주었다. 실제 헤이그 밀사 신임장 모작과 관련해서는 여러 증거가 있다.

《황성신문》 1910년 6월 5일 자에 '조남승 기소' 제하에 "옥새玉璽 위조범 조남승은 약림若林 경시총감의 귀임을 대待하여 기소하기로 결정했다더라"라는 보도가 있었다. 이 사건은 6월 24일, 7월 31일 등에 연거푸 보도됐다. 그러나 이상하게도 '옥새 위조'라는 이 어마어마한 사건은 그 뒤 자세한 내막이 공개되지 않은 채 끝났다. 8월 경술국치 이후 흐지부지되었고, 결국 구속되었던 조남승은 풀려났다.

내가 아직 어렸던 1907~1908년 무렵의 일이다. 당시 일본 관헌이 묘동의 우리 집에 들이닥쳐 큰오빠의 소지품들을 뒤지면서, 특히 옥새를 감추었다며 내놓으라고 우리 가족을 닦달한 일이 있었다. 큰오빠 조남승은 체포 구금됐고, 집에는 둘째 오빠 조남익만 있었는데, 그들은 집을 샅샅이 수색하며, 장판까지 뜯어 파헤쳤다. 그들은 둘째 오빠의 목을 쥐고 "죽기 전에 내놓지 못할까?" 소리쳤다. 나는 너무 무서워 할머니 품속에 숨어서 그 뒤에 무슨 일이 벌어졌는지 몰랐다.

그때 오빠들이 비밀리에 무엇인가 꾸민 게 틀림없었다. 지금 생각하면 신임장 문안의 작성 방법이나 수결, 옥새의 날인 등 의심해 볼 대목은 하나둘이 아니다. 1907년 4월 20일 자로 돼 있는 이 신임장에는 세 명의 특사를 보내 우리의 외교권을 되찾도록 한다는 내용이 기재되어 있다. 왼쪽에는 '대황제'라는 글자 아래 수결이 있고, 그 밑에 '황제어새皇帝御璽'라는 인장이 찍혀 있다. 이 신임장 사진은 그 뒤 언론이나 교과서 등에 많이 실렸지만 원본은 아직 찾지 못했다.

옥새 위조의 진실, 밀사 비용의 출처

이 신임장에 찍힌 황제의 어새는 위조라는 설이 근래 학계에서 제기됐다. 서지학자인 이양재(이준열사순국백주년기념사업추진위원회 총무이사) 씨는 "신임장에 찍힌 황제 어새御璽는 진품이 아닌 것이 분명하다"고 주장했다. 그는 "황제의 다른 친서와 비교해 볼 때 전각의 글자체가 크게 다르고, 도장을 찍은 게 아니라 붓으로 그려 번진 것이 드러난다"고 말했다. 전각 전문가인 정병례 고암전각예술원장도 사진을 본 뒤 "'제帝' 자 윗부분의 획 길이나 간격이 고르지 않고, '새璽' 자 역시 가운데 뚫린 부분이 없는 것으로 볼 때

다른 문서에 찍힌 어새와는 완전히 다르다"고 감정 의견을 제시했다.

역사학자도 이에 가세했다. 이태진 전 서울대 교수는 "내가 보기에도 신임장의 어새와 수결 모양이 이상하다. 그러나 황명皇命 없이 특사 활동을 할 수는 없기 때문에 신임장에 고종의 의중이 들어 있었을 것이고, 임무를 구두로 전달하고 나중에 적게 한 '백지 위임장'으로 봐야 한다"고 말했다.

이는 어새나 수결 모두 우당장이 궁 밖에서 만든 '공인된 가짜'라는 얘기로 모아진다. 그 이유는 이렇게 설명된다.

"일본군이 궁궐을 에워싼 채 물샐틈없이 황제를 감시하고 있었기에 신임장을 궐내에서 작성하기는 불가능했다. 또 신임장 작성 작업이 발각되거나 그르칠 경우 뒷감당을 할 수 없던 고종으로선 이렇게 백지 위임장을 주는 것이 최선의 방책이었을 것이고, 촉박한 만국평화회의 일정에 발을 구르던 밀사들도 다른 선택지가 없었을 것이다."[3]

신임장을 받은 헐버트는 1907년 5월 8일 일단 가족을 모두 데리고 일본으로 떠났다.[4] 벌써 이런 사실을 알아챈 일본은 해외 주재 공관에 헐버트가 거쳐 가는 기착지마다 감시하라고 지령을 내렸다. 그러나 헐버트가 일부러 일본을 경유하는 공개적인 행로를 선택한 것은 일종의 양동 작전이었던 것 같다. 일본의 감시망이 자기에게 쏠리는 동안 한국의 특사단은 비밀리에 한국을 떠나 러시아로 향할 수 있었기 때문이다.

이준이 3월 24일 밤 황제를 은밀히 알현해 밀명을 받았다는 주장이 있지만 당시 황제는 철통같은 감시 속에 있었으므로 그 주장도 믿기 어렵다. 우

---

3 "급조한 '황제의 밀서' 내밀지도 못하고 …", 《조선일보》, 2007년 6월 23일 자.
4 일본 외무대신이 네덜란드 주재 사이토(佐藤) 공사에게 보낸 극비 전문, 메이지(明治) 50년(1907년) 5월 16일 자.

당장은 이준이 갈 때 여준呂準을 동행하도록 했다. 이상설이 헤이그로 간 뒤 중요한 거점인 서전서숙을 비워놓을 수 없기 때문에 여준에게 관리를 맡겼던 것이다. 서전서숙은 겉으로는 후진 양성하는 기관이지만 동지들의 연락을 중개하는 해외 거점이었기 때문이다. 이상설은 그곳에서 전 러시아 공사 이범진李範晉의 육촌형인 전 간도관리사 이범윤李範允과 만나 무장 독립 투쟁 방안에 대해 협의한 기록이 있다. 이범윤은 연해주 일대에서 독립군을 조직해 활동하고 있었다. 이상설은 이범윤으로부터 그의 조카이자 이범진의 아들인 이위종李瑋鍾의 능력과 어재語才가 뛰어나다는 소개도 받았다.

마지막으로 헤이그 특사 일행은 국제회의에 참석하는 비용을 어디서 어떻게 조달했을까? 황제가 직접 조남승에게 명하여 마련했다. 황제는 얼마 전 이완용, 이윤용 등의 주청으로 미국인 콜브란Henry Collbran(한국명 골불안骨佛安)과 한성전기회사를 한미전기회사로 개편하면서 거액을 출자한 바 있었다. 그 뒤 콜브란은 대한제국 시기에 한때 고종 황제의 주권수호 외교를 도우면서 헤이그 밀사의 운동 비용(20만 엔)도 제공했거나 한미전기 주식을 담보로 대여했을 가능성이 크다.[5]

고종은 조남승 등 측근들을 통해 자신의 출자금을 인출해 국내가 아닌 상해에 보관토록 하고, 만국평화회의에 참석하는 대표단의 경비를 이 돈에서 충당했던 것이다. 이에 관한 자세한 내막은 조남승이 일본에 빼앗긴 비밀 상자에 들어 있다. 그것을 되찾아야 확실한 진상이 밝혀지게 될 것이다.

---

[5] 오진석,『한국 근현대 전력산업사, 1898~1961』, 124, 138, 460쪽 등 참조. 오진석은 이렇게 콜브란이 초기에는 고종의 주권 수호 외교를 도왔으나 1909년 회사를 매각하는 과정에서 신의를 저버리고 터무니없는 액수만을 고종에게 상환해 1911년 고종 측에 의해 매각 대금 청구 소송으로 피소됐다고 부연했다.

백지 신임장에 내용을 기입하다

이렇게 만반의 준비를 마친 이준 일행은 1907년 4월 22일 서울을 출발한 뒤 23일 부산을 경유해 선편으로 26일 블라디보스토크에 도착했고, 그곳에서 이상설 일행과 합류했다. 현지의 교민 대표 김학만金學萬과 정순만鄭淳萬 등이 일행을 영접했고, 교포들도 성금 1만 8,000원을 모아주었다. 이상설 일행은 헤이그에 도착하면 일손이 절대적으로 필요하다는 점에 유의해 해외에서 필요한 인력의 도움을 받고자 했다. 이를 위해 정순만은 친구인 미국의 박용만朴容萬에게 연락해 영어에 능통한 사람의 지원을 요청했다. 그리해서 윤병구尹炳球와 송헌주宋憲澍 두 사람이 헤이그로 직행하게 되었다. 또 유럽에 체재 중인 윤진우尹鎭祐와 민영돈閔泳敦도 헤이그에서 합류했다.[6]

이 시점에 이상설은 여러 인사의 의견을 들어 대표단 구성을 결심했다. '정사 전 의정부 참찬 이상설正使 前 議政府 參贊 李相卨, 부사 전 평리원 검사 이준副使 前 平理院 檢事 李儁, 전 주아공사관 참서관 이위종前 駐俄公使館 參書官 李瑋鍾' 등 세 사람이었다. 부사 이위종은 서울에서 결정된 것이 아니라 러시아로 가서 이상설이 이범윤, 이범진 등과 의논해 외국어에 능통한 인재로 충원했다는 얘기다. 사실 이위종은 주러시아공사관의 참서관도 아니었지만 러시아 공사인 이범진이 임의로 직책을 허용한 것이다. 그 시점은 이상설이 젊은 이위종을 만나기도 전이었다. 그의 능력을 알 수도 없었다. 그러나 그는 동지들의 추천을 믿었다. 그 결과 이위종은 자신이 일당백의 유능한 외교관이요 투사임을 만국평화회의 시기에 스스로 증명했다. 훗날 이상설은 "이범진 공사는 정말 아들 잘 두었어!" 부러운 듯 말하곤 했다.

6　《대한매일신보》, 1907년 7월 7일 자.

이상설과 이준 일행은 5월 21일, 고려인 2세 차고려車高麗의 안내를 받아 블라디보스토크에서 열차 편으로 출발했다. 극비리에 대표단이 출발했는데도 일본의 정보망에 걸렸다. 1907년 5월 24일, 블라디보스토크에 근무하는 노무라野村基信라는 무역주재관이 이 정보를 서울 통감부의 총무장관 쓰루하라鶴原定吉에게 보고한 기록이 남아 있다.

만국평화회의에서 활약

1907년 6월 이후의 대표단 상황을 일지식으로 정리한다. 그동안 국내에 잘 알려지지 않았던 내용도 많이 찾아 종합한 것이다.

• **6월 4일, 페테르부르크** 일행은 이범진을 만나 가장 중요한 작업을 했다. 즉, 서울에서 갖고 온 '장서長書'를 각국어로 번역하는 작업이었다. 이 작업은 이위종이 맡아서 진행했다. 이상설은 이위종의 외국어 실력과 능숙한 문서 작성 능력을 처음 알게 되었다. 그 자리에서 백지 신임장에 정사 이상설, 부사 이준·이위종의 이름을 적어 넣은 위임장을 작성하고 그 번역본도 이때 준비했다.

그다음 니콜라이 2세 황제에게 고종 황제의 친서를 전하고자 했다. 하지만 이미 러시아 측의 태도는 예전과 달리 냉담했다. 일행이 러시아 외상을 만나 황제

▲ 헤이그 특사 3인(왼쪽부터 이준, 이상설, 이위종), 이상설(가운데), 이위종(오른쪽).

의 친서를 전달하면서 협조를 요청했지만 외상은 오히려 "한국의 대표단 파견은 비상식적인 행동"이라고 지적하며 협조를 거절했다. 훗날 이상설은 자신의 일기에 이 상황을 "막연무망漠然無望"이라고 표현했다. 러시아의 태도로 미루어 만국 평화회의의 분위기도 대충 알게 되었다.

• 6월 19일, 베를린   회의가 이미 15일 개회되었다는 사실을 잘 알고 있지만 장서를 다량 인쇄하기 위해 베를린 기착.

▲ 대한제국의 만국평화회의 대표단 활동을 소개한 《평화회의보》.

• 6월 25일, 헤이그   마침내 목적지에 도착. 드용De Jong 호텔 2층에 여장을 풀고 한국 대표단 소재지임을 대외에 알리는 태극기를 게양했다. 이날 《오사카 마이니치大阪每日신문》의 헤이그 특파원이라는 다카이시 신고로高石眞五郎[7] 기자가 찾아왔다. 그러나 특사 일행은 그에게 다음에 만나자고 하고 돌려보냈다.

• 6월 27일, 헤이그   이상설, 이준, 이위종 등 세 명의 특사 명의로 된 공고서를 이위종 부사가 만국평화회의 기자실에서 발표했다. 이 회의에 참석하려는 한국 정부의 입장을 밝힌 문서였다. 1905년 11월 17일 을사늑약을 통해 일본이 불법적이고 폭력적인 위협으

7   다카이시 신고로(高石眞五郎) 기자는 후일 마이니치신문의 회장을 거쳐 일본 올림픽 위원회 위원도 역임했다.

로 한국 외교권을 강탈한 경위를 소상히 설명했다. 일본 대표는 그 공고서를 보고 기겁했을 것이다.

- 6월 28일, 헤이그　특사들은 공고서의 부속 문서로 '일인 불법행위'를 추가해 프랑스어판 소책자를 제작한 뒤 일본을 제외한 40여 개국 참가자들에게 배포했다. 헤이그 신문에 특사 세 사람의 활동상이 소개됐다. 헐버트의 주선으로 영국의 스티드William T. Stead 국제협회Circle International 회장이 자신이 편집장으로 있는 《평화회의보Currier de la Conference》에 '장서' 전문을 게재했다. 네덜란드 주재 일본 대사 쓰즈키 게이로쿠都築馨六의 보고에는 한국 특사의 이름과 직책이 '전 부총리 이상설', '전 고등법원 예심판사 이준', '전 재러시아공사관 서기관 이위종'이라 기록됐다.

- 같은 날 오전 10시, 서울　이토 히로부미 통감이 준명전瀋明殿에서 황제를 알현했다.

　　"폐하! 이게 무슨 짓입니까?"

　아무리 통감이지만 어전에서 무엄하게 큰소리로 힐난했다.

　　"무슨 짓이라니?"

　황제는 이토를 노려보았다. 이토는 신문을 황제 앞에 던지듯이 내려놓았다.

　　"폐하! 차라리 보호조약이 싫으면 일본에 선전포고를 하시지요."

　일본이 이제 강대국이라는 사실을 모르냐는 듯한 태도였다.

　　"짐은 모르는 일이오."

　　"헤이그에 간 패거리가 신임장을 갖고 있는데요?"

　　"그거야 짐이 어찌 알겠소?"

　이토는 약간 빈정대듯이 말했다.

　　"그러면 저들이 마음대로 위조한 거란 말이오?"

　　"그랬는지도 모를 일이지."

“그렇다면 그들이 국법을 어긴 죄인이죠?”

그날부터 일본 정부와 통감부는 신임장의 실체를 확인하고자 혈안이 됐다. 헤이그에 와 있던 일본 외교관들은 백방으로 신임장의 사진이라도 얻고자 노력했지만 특사 일행은 이를 네덜란드 측이나 러시아 외교관에게 보이기만 할 뿐 내놓지는 않았다. 더욱이 일본 측 인사에게는 신임장을 황제로부터 받았다고 언급할 뿐 보여주기조차 거부해 일본인들은 몸이 달았다.

• 6월 29일, 헤이그　특사 세 사람은 이번 만국평화회의 의장인 러시아 수석대표 넬리도프Aleksandr I. Nelidov 백작을 방문했으나 면회를 거절당했다. 대한제국 황제로부터 신임장을 받은 공식 대표라고 아무리 강조해도 넬리도프는 회의 참석자는 네덜란드 정부의 초청 명단에 들어 있어야 하며, 그 명단에 없으면 참석할 수 없다고 전해왔다.

• 6월 30일, 헤이그　특사 일행은 영국, 미국, 프랑스, 독일 대표에게 대한제국의 황제로부터 신임장을 받은 공식 대표단임을 강조하고, 그들 나라와 통상우호조약을 체결한 사실을 상기시키며 협조를 요청하고자 면담을 신청했으나 구미 나라들은 사전에 일본 측 요구를 받아들이기로 했는지 하나같이 면담조차 사절했다. 네덜란드 외무장관 테츠M. van Tets에게도 서한을 보내 면회를 신청했다. 그러나 테츠 장관은 면회를 사절하고 비서관을 통해 평화회의 참석과 발언이 어렵다는 사실을 알려왔다.

• 7월 1일, 헤이그　만국평화회의 부의장이며 네덜란드 외교관인 드 폼트De Popt는 일본이 한국을 강점한 것이 오히려 자국 이익에 유리하다는 궤변을 늘어놓았다.

“일본이 조선과 만주 모두를 지배하는 것이 우리에겐 좋은 일 아닌가요? 만일 일본이 조선과 만주에서 일이 제대로 되지 않으면, 네덜란드가 차지하고 있는 동인도 제도에 눈길을 돌릴 터인데 그렇게 되지 않도록 일본과 우호 관계를 맺어야 합니다.”

이처럼 구미 나라들은 당시 일본에 대해 오히려 겁을 먹고 있었다. 그럴수록 일본은 어깨에 힘을 주며 더 우쭐댔다. 이렇게들 일본의 눈치를 보는 판국에 일본의 피보호국으로 전락한 대한제국 대표단이 제대로 활동할 수 있었을까?

• 7월 2일 낮 12시, 헤이그　　네덜란드 주재 일본 대사 쓰즈키가 본국 외무성에 보고했다.

　헐버트가 헤이그에 도착했다. 헐버트는 “서구 나라들이 한국에서 사업을 못 하도록 일본이 방해하고 독차지하고 있는 데 대하여 항의하지 않으면 언젠가 후회하게 될 것이다”라고 하면서 구미 나라들에 조선에서 벌어진 일을 과장하여 비난했다.

• 같은 날 오후 9시, 헤이그　　일본 대사, 이번에는 한국 대표단의 동향을 외무성에 보고했다.

　한국 대표들을 면담한 자로부터 얻은 정보에 의하면, 이들은 한국 황제로부터 전권 위임장을 갖고 있다 함.

　이런 대사 보고를 받은 도쿄의 외무성은 당혹했으며, 분노가 치밀었다.

　대한제국 황제가 옥새를 찍은 신임장을 분명히 봤다고 강대국 대표들은 이구동성으로 말하고 있는데, 헤이그에 나가 있는 일본 대표들은 무엇을 하는지 신임장 유무의 파악조차 못 하고 있으니 한심한 일 아닌가?

• 7월 3일 오전 5시 20분, 도쿄　　일본 하야시 다다스林董 외무대신, 쓰즈키 대사에게 훈령.

　이토 통감으로부터 직접 요청을 받았다. 대사는 한국 대표를 직접 만나도 좋으니 헐버트가 이들 한국 대표들을 배후에서 지휘하고 있는지, 한국 황제의 칙명을 받아 활동하고 있는지를 확인하여 보고하라.

그리고 "헐버트도 신임장을 갖고 있다는 정보가 있는데 이것도 확인하여 보고하라"고 했다.

- 같은 날 오후 7시 30분, 헤이그　쓰즈키 대사가 하야시 대신에게 보고했다.

  헐버트는 외부에 나타나기를 꺼리고 있으며, 배후에서 지휘하는 것이 확실함. 한국 대표단의 경비는 직접 본국에서 갖고 온 것임. 그들은 한국을 떠나기 전 황제를 직접 알현했고, 신임장도 받았다 함. 본인은 그 신임장의 복사본을 얻기 위해 계속 노력하고 있음. 이 시기에 한국 대표단을 직접 면담하는 것은 자칫 큰 파문을 일으키게 될 것이므로 자제하고 있음.

- 7월 6일 오후 9시 40분, 도쿄　하야시 대신이 쓰즈키 대사에게 재차 전문을 보냈다.

  헤이그에 한국 대표단이 등장한 것은 큰 충격이다. 황제는 대표단 파견을 부인했고, 신임장은 조작된 것이라고 했다. 그러나 황제의 묵인하에 이루어진 일이 아닌지 의심하고 있다. 언론에서는 "이토 백작이 대한 정책에 대해 협공을 당할 것이다"라고 보도했다.

- 7월 7일 오전 9시, 서울　이토 히로부미 통감은 사이온지西園寺 총리가 자신에게 보내온 서한을 하야시 외무대신에게 참고로 보냈다. 그리고 전문에는 다음 내용이 포함되었다.

  1. 헤이그에 간 사람들은 신임장을 갖고 있으며, 일본의 정책에 대한 악의적인 비난을 언론에 쏟아내고 있다.
  2. 한국 황제가 이들을 파견한 사실은 분명하다.
  3. 정부는 한국 황제에게 사태의 중요성을 알리고, 앞으로 신조약(을사늑약 이상의 조약을 말함) 체결도 불사하겠다는 사실을 통보할 것을 요구한다.
  4. 총리의 서한에 담긴 뜻은 아마 앞으로 일본 정부가 고종 황제의 양위를 생각하고

있다는 것 같다. 본인은 한국 정부 측에 황제의 거짓 계략을 중단시킬 방도가 없
으니 사후 대책을 한국 정부 내에서 충분히 논의하라고 통보했다.

5. 한국 정부 대신들은 의견을 모으기 위해 아마 일본으로 건너가 탐문할 것 같으니
궁내성, 원로들에게 이번 만국평화회의를 둘러싸고 벌어지는 여러 사실에 대해
충분히 전모를 알려주고, 저들과 만나면 통감의 의견과 다르지 않도록 주지시키
기 바람.

이토 통감이 사이온지 총리의 개별 지시 내용을 외무대신에게 참고로 보낸 이
유는 헤이그 사건을 계기로 고종 황제의 황제권을 빼앗을 것이라는 의도를 사전
에 알려 헤이그에 있는 한국 대표단의 활동을 위축시키려는 의도였던 것 같다.

• 같은 날 오전 10시, 헤이그　쓰즈키 대사의 보고.

한국에서 온 특사 세 명에게 오라고 했지만 응할 것 같지 않음. 신임장을 보이라고 하
여도 불응할 것임. 네덜란드 정부에 저들이 신임장도 없이 대표 행세를 한다고 통고
하였음.

• 7월 8일 오후 11시, 헤이그　쓰즈키 대사가 하야시 대신에게 보고.

미국에서 보도된 "황제가 한국 대표단에게 신임장을 준 사실이 없다"는 기사에 대하
여 한국 대표단은 《평화회의보》에 반박하여 말하기를 "신임장은 진본이며 황제의
서명과 어새가 찍혀 있다"고 하면서 "지금 황제는 이토의 손안에 있으므로 물어보면
당연히 부인할 것이다"라고 했다.

• 7월 9일, 헤이그　이위종이 본격적으로 실력을 발휘했다. 국제협회 회합에 이
상설 등 특사 세 명이 함께 도착했고, 이위종이 침착하게 등단했다. 프랑스어
로 '한국을 위한 호소A Plea for Korea'라는 제목 아래 열정적으로 연설했다. 장내
에는 회원국 대표도 있었고, 대표단의 보좌 요원이나 실무자들도 있었다. 이위
종은 공개적으로 구미 회원국 대표들의 태도를 비난했다. 그는 대표들이 일본

의 눈치를 보면서 한국을 소외시킨 데 대하여 유감의 뜻을 표했다.

"이것이 당신네 기독교 국가의 정의인가? 일본은 당신들을 만국평화회의의 허수아비에 불과한 존재로 만들고 있다."

1시간 동안 막힘없이 일본이 부도덕하며 세계평화의 암적 존재임을 지적했다. 청중은 감동했다. 연설이 끝나자 몇몇이 일어나 지지 발언을 했고, '한국을 돕자'는 결의가 채택됐다. 이런 내용들이 빠짐없이 회담 소식지 《평화회의보》에 실렸다. 그날부터 이위종은 대표단 가운데 가장 주목받는 인사가 되었다. 그의 일거일동과 연설 내용이 헤이그 발행 《하흐스허 쿠란트Haagsche Courant》에 상세히 소개됐다.

연설장에는 일본인들도 끼어 있었다. 그들은 고개를 들지 못했다. 외국어에 서투른 그들은 어떻게 저처럼 유창한 언어 실력을 가진 사람이 한국 대표단에 포함되어 있는지 놀랐을 것이다. 이위종이 외교관 이범진의 아들이고 방년 20세의 청년이지만 7개 국어에 능통할 뿐 아니라 분명한 독립 의지를 가진 청년이라는 사실을 본국에 보고했다. 이위종의 연설은 비록 장외에서 이뤄졌지만 큰 성과를 거뒀다. 하지만 그는 부인의 병이 위중해서 연설이 끝난 뒤 부랴부랴 페테르부르크로 돌아갔다. 그날 밤 하와이에서 윤병구, 송헌주 두 사람이 도착해 한국 대표단에 합류했다.

• **7월 10일, 도쿄**　하야시 대신이 이토 통감에게 보낸 전문.

원로 제공諸公 및 각료들이 신중히 숙의 끝에 다음과 같이 결정했다.

1. 제국 정부는 이 기회에 한국에 관한 전권을 장악할 것을 희망함.

2. 제국의 지위를 확립하는 방법은 한국 황제의 칙서나 칙명에 의하지 않고 양국 정부 간 협의로 결정한다.

3. 본 건은 중요한 사안이므로 외무대신이 직접 한국에 가서 통감에게 설명한다.

4. 외무대신은 15일 출발한다.

이때 비밀리에 다음과 같은 두 가지 방안이 검토되었다.

제1 방안: 황제를 그대로 유임한 채 정부를 통제하는 방안.

1. 한국 황제는 그 자리에 있되, 그의 권한, 즉 내각과 정부의 행정집행권을 통감에게 위임한다.
2. 한국 정부는 중요 사항은 모두 통감의 동의를 얻어 시행할 것이며, 시정 개선 사항이 있으면 통감의 지도를 받도록 한다.
3. 군무대신, 탁지부대신은 일본인으로 임명한다.

제2 방안: 황제를 황태자에게 양위시키는 방안.

이 두 가지 방안을 검토한 결과 제2 방안으로 결정했고, 추진 방법은 한국의 각료들이 황제를 설득하여 실행하도록 하며 황태자에게 양위되더라도 일체의 정무는 통감의 부서副署가 없으면 실행하지 못하도록 한다고 못 박았다.

특사 세 사람의 헤이그에서의 활동, 특히 이위종의 연설과 그에 대한 현지의 반응이 의외로 일본에 불리한 여론을 형성하는 기미를 보이자 일본 정부는 더욱 흥분했고, 이번 특사 파견 건은 한국 황제의 용서할 수 없는 배신행위라고 입을 모았다.

• 7월 12일, 헤이그　헐버트는 집요한 일본의 감시와 견제로 인해 활동을 중단하고 페테르부르크로 간다고 말하고 일단 철수했다. 이준 부사는 며칠에 걸친 끈질긴 요청에 따라 이날 일본 《마이니치신문》의 다카이시 기자와 회견했다. 기자의 관심사는 아주 명료했다. 대표단이 직접 황제로부터 명을 받고 나온 것인가? 신임장은 있는가? 이 부분에 집중했다. 얼굴에 부스럼이 나서 약간 부은 상태에서 이준은 일본말로 그와 1시간 이상 회견했다. 이준은 황제의 명을 받고 특사로 파견되어 나왔음을 분명하게 밝혔지만 신임장은 자신이 갖고 있지 않다고 하며 보여주지 않았다. 그리고 내내 일본이 을사늑약을 체결토록 불법적으로 강제했고, 그 부당성을 국제 사회에 알리는 것이 자신들의 임무임을 강

조했다.

다카이시 기자는 이준과 회견한 후 본사에 기사를 보냈는데, 만국평화회의
에 임하는 일본의 입장을 옹호하면서도 "그들 세 명은 진실로 애국지사라고 하
지 않을 수 없다. 궁핍해 보였으나 기품이 있었고 대화, 거동을 보면 나라
가 패망하게 됨을 고민한 나머지 자진해서 임무를 수행차 나온 것 같다"고 칭
찬하는 내용도 있었다.

• 7월 13일, 헤이그   이준은 일본 기자와의 회견도 간신히 했지만 그 뒤 얼굴 부
위의 부스럼이 악화되어 신열이 나고 기동조차 할 수 없었다. 활동을 중단하고
호텔 방에서 식음을 전폐한 채 앓았다.

• 7월 14일, 헤이그   부스럼 때문에 이준이 별세했다. 『이상설일기초李相卨日記
抄』에는 "각국 신문이 매일같이 한국 사정을 논의하여 '억일부한抑日扶韓'의 여
론이 일어남에도 불구하고 각국 위원은 소위 공례公例를 권탁權托하여 막연히
응하지 않았다. 그러므로 이준은 우분울읍憂憤鬱悒하여 음식을 끊기에 이르렀
고, 그로 말미암아 병이 생겨 7월 14일 불행자정不幸自靖했다"고 그의 순국을 기
록했다. 그의 시신은 현지 공동묘지에 가매장되었다.

이준의 '할복자살설'은 어떻게 해서 나오게 된 것일까? 당시 통신 상태가 미
비한 상황에서 "이준이 불행자정不幸自靖했다"는 전보가 상동교회 지하의 신민
회에 전달되었다. 헤이그로부터 소식을 고대하던 전덕기, 이회영, 이시영, 양
기탁 등은 이 말을 자살 순국한 것으로 단정했다. 그런데 분개하여 자살했다는
소식이 한 입 두 입 건너다 보니 할복설까지 비화된 것이다. 이는 고의적인 조
작은 아니나, 당시 외교권까지 빼앗긴 전 민족의 염원이 항일 독립이었고, 이
를 위한 충신의 출현을 갈망하던 때였다는 점을 염두에 두고 봐야 할 것이
다. 이준의 할복자살설도 민영환 자살 후 혈죽설血竹說의 연장선상에 있을 것
이다.

• 7월 16일, 헤이그　쓰즈카 대사는 하야시 대신에게 전문을 보냈다.

> 한국인 이준의 얼굴 종기를 절개한 결과 단독丹毒에 걸려 사망했다고 하며, 오늘 아침 매장하였음. 장지에 모인 사람은 호텔 종업원과 동행한 한국인뿐이었음. 자살했다는 풍문이 있기도 하지만 앞에서 기록한 사실이 세상에 알려지면 진실이 판명될 것이라 믿음.

• 7월 17일, 헤이그　헐버트 박사가 영국에서 다시 헤이그에 도착했다. 이상설은 헐버트 박사 및 미국에서 온 윤병구, 송헌주 등과 모여 사후 수습책을 논의하는 가운데 이상설의 미국 방문 문제를 본격적으로 논의했다. 이상설이 헤이그에 더 이상 머물러도 평화회의 참석은 무망하고, 오히려 여기서 전개했던 을사늑약 반대운동, 그리고 일본이 앞으로 세계평화의 암적 존재이며 다른 나라를 침략할 위험이 크다는 점을 국제 여론으로 형성할 필요가 있다는 데에 의견의 일치를 봤다. 미국 방문 때 루스벨트 대통령에게 직접 호소하는 방안도 논의했지만 이미 이승만이 실패한 전력으로 볼 때 효과가 의문시되었다. 오히려 미국 의회와 유력 인사들을 중심으로 호소하는 것이 상책이라고 결론 내렸다. 이상설은 미국으로 가기로 결정했다.

• 7월 18일, 헤이그　이위종이 페테르부르크에서 헤이그로 다시 왔다.

• 같은 날, 서울　그 무렵 이토는 이완용과 송병준에게 어떤 일이 있더라도 황제의 양위 결정을 받아내라고 지령을 내렸다. 헤이그 특사 파견의 책임을 둘러싸고 며칠째 어전 회의를 계속했지만 결론이 날 턱이 없었다. 어제까지 충신인 척하던 자들이 이제 노골적으로 반기를 들었다. 두 사람은 황제가 어전 회의장에서 퇴장하지 못하도록 막으면서 무엄하게 막말을 퍼부었다. 경운궁 밖에서도 이런 사정을 알아차렸는지 군중의 시위가 일어났고, 이를 진압하려고 일본 헌병들이 궁을 에워쌌다.

이완용은 냉정한 목소리로 말했다.

"폐하! 보위에 오르신 지 44년이 되었습니다. 황태자 전하도 성년이 되었습니다. 양위하심이 나라와 백성에게 더 이상 부담을 드리지 않는 길이옵니다."

이렇게 말하는데도 대신들 가운데 '아니 되옵니다. 저 역적을 처단하옵소서'라는 소리가 나오지 않았다.

고종 황제는 "짐이 양위 문제를 생각하지 않는 바는 아니나, 지금 같은 시기에 양위하면 큰 혼란이 오게 될 것이다. 짐이 알아서 할 터이니 물러들 가라"고 했다.

이완용은 그래도 양반이랍시고 무릎을 꿇은 채 물러가지 않겠다는 태도였다. 하지만 송병준은 달랐다. 원래 출신이 무엇인지도 모르는 자로서 아부, 아첨, 뇌물로 농상공부 대신까지 올라선, 막되어 먹은 자였다. 그에게 체면이나 위신 따위는 안중에 없었다.

"폐하께서 양위하시든가, 아니면 이번 일로 일본 천황을 찾아가 빌든가, 둘 중 하나를 선택하십시오."

기가 막힌 황제는 허탈한 채 앉아 있었다. '나라가 망했군! 이런 자가 날뛰니 ….' 그를 쏘아봤다. 송병준은 칼까지 빼 들고 불측한 행동을 할 태세였다. 이완용은 말리는 시늉을 했지만, 최고 권위의 어전회의가 폭도들이 협박하고 날뛰는 회의처럼 되었다.

황제는 더 이상 버텨봐야 이미 끝장난 상황이라고 생각했다. 이들이 일본과 내통하지 않고서는 이런 불측한 행동을 감히 하지 못할 터, 황제는 "태자에게 대리청정하도록 하겠다. 궁내부 대신은 조서를 쓰라"고 지시했다. 당시 궁내부 대신은 친일 거두 박영효였다. 황제는 분명히 '대리청정'이라고 했지만 이들은 '양위'라고 우기며 이를 기정사실로 만들었다.

• 7월 19일, 서울　　못난 황태자는 벌벌 떨면서 경운궁 중화전에서 새 황제로 즉위했다. 자랑스러워야 할 행사에 황제는 참석하지 않았다. 아니 못한 것이다. 주인공이 된 황태자도 끝까지 참석하지 못했다는 설이 있는데 확인되지 않았다.

• 7월 20일, 헤이그   이상설과 이위종, 윤병구, 송헌주 일행은 미국행 선편을 이용하기 위해 런던으로 떠났다. 이날 이위종이 《평화회의보》에 이준 열사의 죽음에 대해 언급한 것이 게재되었다. 이위종은 이준의 죽음을 애국적으로 승화시켰다.

> 이준을 잃은 것은 내게 큰 손실이지만 그보다도 우리나라로서 아주 큰 손실이다. 그는 강철 같은 체력의 소유자였다. 그러나 일본의 무도無道함이 그의 애국혼을 너무나 상하게 해서 더 이상 목숨을 유지할 수 없었다. 종기를 앓기는 했으나 그것은 별로 중요하지 않다. 이준은 죽기 전까지 여러 날 동안 아무 음식도 들지 않았다. 그러다가 갑자기 벌떡 일어나더니 부르짖었다.
> "우리를 도와주십시오. 일본이 우리나라를 짓밟고 있습니다!"
> 이것이 그의 유언이었다.

• 7월 24일, 서울   드디어 이토 통감과 이완용 총리는 제3차 한일협약('한일 신조약'이라고도 하고 '정미7조약'이라고도 한다)을 체결했다. 통감부에서 한국 내정을 다 맡아 하겠다는 것과 다를 바 없는 조약이었다. 을사늑약에서 외교권만 박탈했던 것을 이제는 법령 제정 및 행정 처분, 관리 임명까지 통감부 승인이나 동의하에 이뤄지도록 했고, 일본인을 정부 관리로 임명할 수 있게 했다. 내각 각부 차관에 일본인을 임명해 차관이 실제 내각을 운영하도록 했다.

• 8월 1일, 서울   대한제국 군대가 해산됐다. 이날 해산된 각 곳의 진위대가 해산에 항거하여 의병으로 들고 일어났다. 아버지의 분노와 한탄은 극에 달했다. 하루 종일 방에 들어가 있고 식음을 전폐하셨다. 가족들은 아버지 눈치 살피느라 정신없었다.

이 무렵 우리 시가는 어떠했나? 시아버지 형제들은 부친상 중이라 그간 서울과 선영 장단을 오르내리고 계셨다. 우당장은 조남승에게서 황제가 궁내에 유폐되다시피 한 정황, 일본의 관헌이 포위하고 있는 사실, 그리고 친일 내각이 주동이 되어 황제 양위가 이뤄진 사실 등을 상세히 전해 들었다.

상동교회를 찾는 사람들 중에는 헤이그에 특사를 파견한 것이 졸견拙見이었다고 비판하는 사람도 없지 않았다. 하지만 우당장의 생각은 확고했다. 일본이 한국 병탄 계획을 짜놓고 순차적으로 한국 황제의 권한과 지위를 빼앗아 가고 있는 마당에 이를 앞당겼을 뿐이라는 것이었다. 그러므로 황제가 허수아비처럼 무장해제 당하느니 차라리 항일 의지라도 분명하게 밝혀놓는 것이 후일 항일 독립 정신의 원동력이 될 것이라고 보았다. 결국 황제의 특사 파견은 불장난이 아니라 일본의 민낯을 우리 백성과 세계에 알리는 좋은 계기가 되었다. 다만 걱정되는 것은 이제 황제의 신상 문제였다. 일본은 틀림없이 황제에게 무슨 방법으로든 위해를 가하거나 그를 제거하려 할 것이다. 이를 피하기 위해 황제의 해외 망명도 고려해야 할 문제였다. 그리고 을사늑약과 이번 황제 양위, 그리고 정미7조약 체결 등에 일본의 충견 노릇을 한 놈들을 제거하는 일이야말로 국민에게 보답하는 길이라고 우당장은 생각하고 있었다.

• **같은 날, 뉴욕**　영국의 사우샘프턴에서 마제스틱호 선편으로 출국한 이상설과 이위종이 이날 미국 뉴욕의 엘리스 아일랜드에 도착했다. 이들은 입국 심사에서 "고종 황제의 특사로서 미국의 시어도어 루스벨트 대통령과 면담하기 위해 왔다"고 말한 것으로 확인됐다.

그 뒤 《뉴욕타임스》는 한국의 특사가 본국에서 사형 선고를 받았다고 보도하면서 이들은 "조국을 일본의 폭압적 지배로부터 해방하기 위해 미국에 협조를 요청하기 위해 온 것"이라고 했다. 이위종은 사형 선고에 대해 우리는 이미 죽은 것이나 다름없다고 하면서 우리는 지금 죽거나 나중에 죽거나 개의치 않는다고 말했다.

이들은 미국 각계를 돌며 일본의 잔인한 침략 근성을 알리고 일본이 장차 이웃 나라를 해치는 암적인 존재가 될 것이라고 경고했다. 미국 국민은 진주만 기습이 있을 때까지 이들의 경고에 귀 막고 있었다. 이상설과 이위종이 루스벨트 대통령을 만난 흔적은 없다.

• **8월 8일, 서울** 약식 재판 결과, 법부대신 조중응趙重應이 '거짓 특사를 사칭한 죄로 이상설은 교형絞刑,[8] 이준·이위종은 종신징역형으로 처분'할 것을 청하여 융희황제의 윤허를 받았다.[9]

나는 이 기회에 오늘날 대한민국 정부의 서훈 행정이 사실에 근거를 두었는지 묻고 싶다. 당시 일제는 '이상설 사형, 이준과 이위종 종신형'을 언도했다. 일제는 특사들이 해외에서 일제에 준 타격의 경중, 일제가 느끼는 증오심의 정도를 가려서 궐석 재판에서 언도한 것이었다. 그런데 오늘날 대한민국 정부에서 수여한 건국훈장의 훈격은 이준 '1등 대한민국장', 이상설과 이위종은 '2등 대통령장'이다. 이 기회에 세 분 특사에게 공히 대한민국장을 수여함이 마땅하다고 주장한다.

역사 기술에도 오류가 있다. 헤이그 특사 사건을 기술하려면 당연히 이상설, 이준, 이위종의 순으로 기록해야 정확하다. 그런데 현실은 이준 열사 위주로 서술하고 있다. 이런 오류는 북한도 마찬가지다. 북한은 아마 이준이 함경도 사람이라 지방색을 고려한 것인지도 모르겠다. 그러나 적어도 한국의 근현대사를 서술하는 역사학자나 언론에서는 헤이그 특사 사건을 기술할 때 누가 정사이고 누가 부사인지, 또 헤이그 사건 전후로 누가 어떤 활약을 했는지 분간할 줄 알아야 한다.

• **9월 초, 다시 헤이그** 이상설은 윤병구 목사와 이준의 동생인 이윤을 대동하고 프랑스 파리를 경유해 헤이그에 다시 도착했다.

---

8 '교형(絞刑)'은 교수형을 가리킨다.
9 『조선왕조실록』, 순종 즉위년(1907년) 8월 8일 기사.

- 9월 5일, 헤이그　　이상설은 102달러 75센트를 지불하고 그의 이름으로 이준 열사를 위한 영구 묘지 사용 계약을 체결했다.

- 9월 6일, 헤이그　　이상설과 이위종은 가매장했던 이준 열사의 시신을 뉴에이크 엔두이넨Nieuw Eik en Duinen 묘지에 안장하고 장례식을 거행했다.

- 9월 중순, 페테르부르크　　이상설과 이위종은 페테르부르크로 가서 이범진과 향후 대책을 논의했다. 그리고 유럽 여러 나라를 순방하며 계속 을사늑약 무효화는 물론이고 일본이 강제로 황제권을 이양하도록 협박했다는 사실을 국제 여론에 환기하고자 미국 순방 외교를 계획했다.

- 10월 30일, 런던　　이상설과 윤병구, 송헌주 일행은 일단 런던에 도착했고, 그 뒤 다시 미국으로 건너가 순방 외교를 거듭하며 을사늑약과 정미7조약의 부당성, 한국의 중립화론 등을 미국 조야의 인사들에게 설명했다.

헤이그 밀사들의 마지막 날들

- **이상설**은 런던을 경유하여 다시 미국으로 갔다. 만국평화회의 지원차 하와이에서 헤이그로 온 윤병구 및 송헌주와 동행했다. 이상설 일행은 지난 1차 방문 때 비록 짧은 시간이지만 미국에서 동포들을 만난 경험과 국제 무대에서의 미국의 위상 등으로 볼 때 미국에서의 활동이 더 큰 효과를 얻을 수 있을 것으로 기대했던 것이다. 1908년 2월부터 1909년 4월까지 이상설은 미국에 체재하며 활동했다. 그리고 연해주로 돌아와 1917년 그가 서거할 때까지 꾸준히 세계의 한민족을 대동단결토록 하는 가운데 십삼도의군을 조직하고 연해주 의병 세력을 총집결하여 무장 투쟁을 준비하는 한편, 세계 여론에 한국의 자주독립을 호소하는 등 동분서주하다가 병을 얻어 마침내 1917년 3월 서거했다. 1919년에 일어난 3·1 독립운동과 임시정부 수립의 거족적 운동의 씨앗만 뿌린 채 안타깝

게 그 성과도 보지 못하고 일생을 마감했다. 그의 마지막 활동은 다음 장에서 조금 더 소개한다.

- **이위종**은 러시아 항일 투쟁의 현장인 블라디보스토크로 가서 1908년 4월경 최재형, 이범윤, 안중근 등과 함께 의병 조직 동의회同義會를 조직해 국내 진공 작전 등을 벌였고, 아버지 이범진이 1911년 자결한 이후에는 러시아 사관학교에서 1년 반 교육을 받은 뒤 러시아군에서 장교로 복무했고, 1917년 러시아혁명 이후의 내전에서는 혁명군 편에 서서 큰 공을 세웠다. 그 뒤 1920년경 시베리아 전선에서 한인적위대 조직의 책임을 지고 활약하다 전사한 것으로 추정된다.[10]

---

10 반병률, 「이위종의 항일 혁명운동」, 이태진 외, 『백년 후 만나는 헤이그 특사』(태학사, 2008), 155~156쪽.

04

고종 황제의 지시로 조남승이 확보한 철상_{鐵箱}

시계를 조금만 앞으로 돌린다.

을사늑약 체결 이후, 고종 황제는 어떻게든 이 조약의 불법성을 국제 공론에 제기해 이를 무효화하고 주권을 회복하려 절치부심했다. 그러나 1906년 2월 일본 측은 서둘러 통감부를 설치하고 한국을 강점하는 태세로 돌아섰다.

초기에 통감부는 내각에 해당하는 의정부를 어느 정도 장악할 수 있었지만 황제 중심의 궁내부는 단시간에 무력화할 수 없었다. 궁내부는 황제가 왕권 강화를 위해 설치한 특별한 부서였기 때문이다. 황제는 바로 이 궁내부를 중심으로 주권 회복을 기도했다.

고종 황제, 아버지 조정구와 큰오빠 조남승을 중용

고종 황제는 당신의 매제이자 그에게 충성을 다하는 나의 아버지에게 궁내부 기능을 계속 살리라고 지시했다. 당시 아버지는 궁내부 협판을 거쳐 기로서 비서장_{秘老署 秘書長}이 되었다. 황제는 일본 측 비위만 맞추는 궁내부 대신 이재극李載克을 믿지 않았지만 일본 측이 반발할까 봐 그를 경질하지는 않았다. 그런 상황을 아는 아버지도 황제와 팔촌 간인 이재극을 은근히 밀쳐놓으며 실질적으로 궁내부 업무를 관장하고 있었다. 그러면서 셋째 오빠 조남복을 황제의 시종관으로 넣었다.

황제는 아버지뿐 아니라 큰오빠 조남승도 궁내부의 요직을 두루 거치도록 배려했다. 1906년 종2품으로 승진시키면서 상방사장尙方司長[1]에서 태복사장太僕司長[2]으로 옮겨 황제의 측근에 두더니 그해 4월에는 영선사장營繕司長[3]을 담당하게 했다. 그뿐인가 특별히 4등에 서훈하고 태극장을 하사하는가 하면, 곧이어 봉상사奉常司[4] 제조提調를 맡겼다. 이런 인사는 무엇을 뜻하는가? 처음에는 궁내부에서 임금의 물품관리직으로 시작하여 차츰 사무직으로 옮겨갔고 마침내 조선 왕조에서 가장 중요시하던 나라의 제사를 책임지는 직위로 단숨에 승진한 것을 보면 누구나 조남승은 궁내부에서도 황제의 신임을 한 몸에 받고 있음을 알게 되었다.

그해 10월 황제는 "기로서 비서장 조정구는 가까운 반열에서 직임을 수행하면서 공로가 많았다"고 치켜세우면서 훈2등 태극장을 수여했다. 이렇게 고종 황제가 아버지와 큰오빠를 연달아 서훈하고 특별히 측근에서 옹위하도록 한 까닭은 무엇 때문이었을까? 아마도 이들이 앞으로 자신의 측근으로서 어명을 받아 행할 사람임을 알리려는 뜻이 있었을 것이다.

---

1 '상방사(尙方司)'는 1905년 궁내부 관제를 개편할 때 상의사(尙衣司)를 개칭한 관청으로 어복(御服), 어물(御物)과 제실의 수용물품(需用物品)을 관장하고 피복(被服) 구매와 복지(服地) 직조 등도 담당하는 부처다.

2 '태복사(太僕司)'란 원래 임금의 수레와 말을 관리하는 부서였지만 1906년 황제의 측근인 이재완(李載完)이 임명된 것으로 보아 임금의 거동을 보좌하는 측근직이다.

3 '영선사(營繕司)'란 1895년(고종 32년) 왕실의 토목영선(土木營繕)을 관장하는 부처다.

4 '봉상사(奉常司)'는 1895년(고종 32년) 왕실 업무를 관장하는 궁내부 장례원 산하에서 제례(祭禮), 악공(樂工), 제사(祭祀), 시의(諡議) 등을 관장하는 부처다.

오리발 황제?

그 과정에서 큰오빠는 1906년 황제의 명을 받들어 중국 산동성 청도青島
의 교주만膠州灣에 있는 황제의 저택[5]을 서둘러 인수해 처분한 일이 있었다.
서두르는 이유는 을사늑약으로 외교권을 일본에 빼앗긴 마당에 황제의 해
외 재산도 일본 측이 그 존재를 알면 손을 댈 수 있어 사전에 처분해 내탕금
으로 갖고 있으려던 것이었다. 교주만 재산의 처분은 1910년이 되어서야
일본이 낌새를 채고 황제의 재산을 어떻게 오빠가 처분했는지 본격적으로
조사에 들어갔다. 통감부 소속의 한 사무관이 태황제(고종은 1907년 순종에게
양위해서 태황제였다)에게 사실 확인을 하기도 했다. 그때 작성된 보고서의
적힌 황제의 말을 보자.

조남승의 부친 조정구는 대원군의 사위로 가난하여 생계가 곤란하기 때문에
그의 외종형(정확하게는 처남, 고종의 친형) 이희李熹 공이 하루는 짐朕을 찾아
와 사정을 말하면서 2~3만 원만 변통해 달라고 했다. 짐이 거절하자 이희 공
은 "청국 교주만에 있는 가옥은 폐하께서 지금 필요가 없으므로 이것을 조정
구에게 하사하기 바란다"고 하므로 부득이 이를 승낙했다.

그 후 조정구가 재차 청원하기를, 하사한 가옥은 외국에 있으므로 이것을
매각하거나 처분해야 할 경우 자기 명의보다 외국인과 교분이 있는 장남 조남
승의 명의로 하는 것이 편리하다고 하여 조남승에게 하사서下賜書 작성을 약속

---

5 이 교주만의 황제 저택은 1902년 중국 상해에 있던 민병선(閔丙璇)이 황제에게 인삼
300근 수출을 상주하여 이를 받아 중국 내에 유통시켰는데 대금을 지불하지 못하자
그 대신 독일인이 소유했던 저택을 인삼 대금으로 받아 황제 소유로 넘긴 것으로 알려
졌다.

했다. 그 이후 이를 잊고 있었다.

그러나 얼마 후 조남승이 제출한 하사서를 보니 그 필적이 짐의 필적과 흡사하긴 하지만 짐이 직접 쓴 것은 아니었다. 또 화압畵押(사인)도 짐이 쓴 것이 아니었다. 짐은 화압을 쓸 때, 통상 붓끝에 침 한 개를 꽂아서 써왔다. 그런데 이 화압에서는 침의 형적을 확인할 수 없으므로 이것 역시 짐이 쓴 것이 아니었다. 그 가옥을 하사한 것은 수년 전의 일이므로 벌써 다른 사람에게 매각했거나 처분했을 것으로 생각한다. 지금 생각해 보건대 조남승은 가옥보다 금전을 얻으려 한 것이므로 만약 짐이 2,000~3,000원만 주었어도 가옥을 단념하였을 것이다.

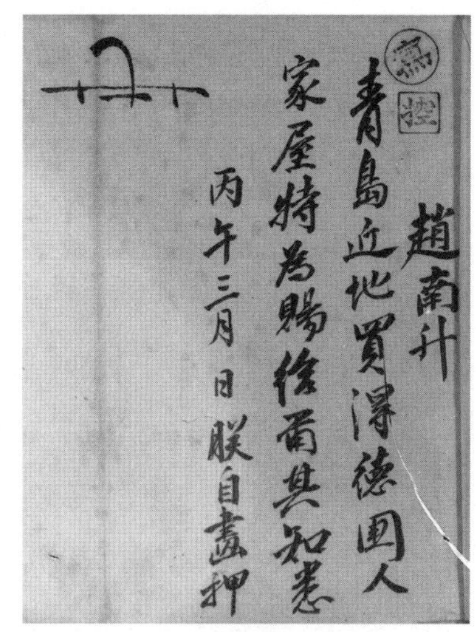

▲ 교주만의 가옥을 조남승에게 하사한다는 고종 황제의 하사서. 물론 고종은 일본인들의 문의에 이 문건은 자신이 작성한 것이 아니라고 오리발을 내밀었다.

이 교주만 가옥 하사 문제는 하사 서류에 문제점이 있음에도 불구하고 원소유주인 태황제가 문제를 제기하지 않았다는 설명이다. 그리고 이렇게 결론을 내린다.

당시 조남승이 승후관承候官으로 있었으므로 궁중에 수시로 출입했고, 그 아우 조남익趙南益은 시종으로 상시 어명을 받들고 있던 자였으므로, 직접 전하께 아뢰어 하사된 것으로 본다.

조사를 맡았던 서기관도 직접 조남승에게 확인해 "그 가옥은 지난해 태황제로부터 하사된 것이고 외국인 마르탱에게 매각했다"고 모든 일을 기정사실화해 버렸다.[6]

보고서의 결론은 간단하다. 황제는 저택을 매부인 조정구에게 하사했고, 조정구의 아들 조남승이 이를 처분했다는 것이다. 게다가 조남승은 그 저택의 소유권을 태황제로부터 넘겨받았다는 증빙 서류까지 갖추어 매각해 버렸다. 이 보고서에서 태황제가 자신이 작성하지 않았다고 오리발을 내민 바로 그 서류다. 총독부로서는 입맛이 쓰지만 이미 처분이 끝났다고 하니 더 이상 추궁하기도 어려웠다. 그 저택은 청도의 독일 조차지 안에 있었다. 당시는 독일과 일본의 관계가 원활하지 않을 때였으므로 더 이상 조사하기 어려웠다.

이 보고에는 오고 간 금전의 액수까지 들어 있다. 시가 6만 원인데 2만 8,000원을 선금으로 받았으며, 나머지 3만 2,000원 중에서 수수료 및 세금 등으로 5,000원을 떼고 잔액 2만 7,000원을 챙긴 뒤 1908년 등기 이전 완료했다는 것이다. 오빠는 그 거금을 어디다 썼는지 일절 밝히지 않았다. 하지만 내가 시집와서 들은 이야기로는, 오빠는 그 자금을 빼돌려 우당장과 의논하여 만주에 망명 중인 이상설, 즉 황제께서 가장 신임하는 그분에게 보냈다는 것이다. 이상설은 그 자금의 일부로 용정에 서전서숙瑞甸書塾을 설립했고, 나머지는 연해주 의병 활동을 돕는 데 사용했다고 한다.

6   『통감부문서』 제5권, 메이지 44년(1911년) 10월 9일 "교주만(청도 부근) 소재 이왕직 소유 가옥 소유권 분의(紛議)에 관한 건".

황제의 밀지 … 거듭되는 의병 항쟁

이런 내용으로 미뤄볼 때, 황제는 언제나 일본의 의중에 반하는 조치를 취하고 난 뒤 일본인들이 추궁하거나 확인하려 하면 으레 오리발을 내밀곤 했다. 이번에도 조남승에게 교주만 가옥을 주기로 약속은 했지만 하사서는 조남승이 임의로 태황제의 화압까지 위조해 작성한 것이라고 발뺌했다. 그 뒤에도 여러 차례 황제는 "짐은 모르는 일"이라고 시치미를 뗐다. 통감부도 이런 태황제의 능청스러움을 알고 있어서 사건의 주역인 조남승을 괘씸하게 생각하면서도 어쩌지 못했다.

황제가 민중 세력에게 끊임없이 밀지를 보내 주권 회복을 시도하거나 을사늑약 체결에 협조한 을사오적을 응징하라는 분부를 내린 것도 마찬가지였다. 황제는 조약 체결 당시 외부대신이던 박제순이 당연히 반대할 것으로 생각했는데, 그가 어전에서 돌아섰다. 거기다 조약 체결 후 일본은 그를 총리 격인 의정대신으로 임명하도록 압력을 가해왔다. 황제께서 겉으로 표현은 안 했지만 더럽게 자리를 차지한 박제순이 암살 대상 1호가 된 것을 알고 계셨다.

을사늑약 체결 이후 허탈해진 황제는 누구도 믿지 못했다. 자연히 조카들을 마지막 충신으로 여겼다. 우리 오빠들, 즉 20대 초중반의 조남승, 남익, 남복 등 세 젊은이가 마지막 충신이 된 셈이다. 그런가 하면 황제가 특별히 임명한 별입시들이 있었다. 이분들은 지방 유생들과 소통하면서 임금의 참뜻을 전달하고 때로는 밀지도 전했다. 밀지는 읽은 후 반드시 소각토록 지시했다. 이들이 동학을 비롯한 지방의 항일 세력과도 꾸준히 연락했다. 별입시로 있던 이상설과 이회영이 나인영羅寅永, 기산도奇山度 등 우국 청년들을 통해 을사오적을 암살하는 계획도 은밀하게 추진했던 것이다.

1906년 2월 기산도는 을사오적의 한 사람인 이근택의 집을 야반에 습격해 자고 있던 이근택을 칼로 여러 차례 난자하고 피신했다가 나중에 잡혔다. 그런 암살 행동대의 수가 100명 이상이었다. 이들은 모두 지방에서 의병을 일으킨 민중이었다.

오빠 조남승는 황제의 명을 받아 신민회 사람들과도 긴밀히 접촉했다. 내가 결혼 후 들은 이야기지만, 나의 시아버님 우당장은 나인영과 기산도를 특별히 눈여겨보아서 자금을 마련하여 주었고, 그분들의 비밀 이야기를 황제에게 보고했다고 한다.

1906년 3월 2일 이토 히로부미가 통감으로 부임한 뒤에도 황제의 항일 운동은 계속됐다. 더구나 이토는 통감으로 와서도 도쿄 정계의 움직임에 더 관심이 많았다. 그래서 조선에 머무는 시간보다 도쿄에 가 있는 시간이 더 많았다. 실제로 이토는 부임 한 달여 만인 4월 21일 일본으로 돌아가 6월 23일까지 두 달간 자리를 비웠다.[7] 통감 공석 시에는 하세가와 주차군사령 관이 통감을 대리했다. 그 무렵 지방에서는 끊임없이 의병이 일어나고 있었다.

민종식閔宗植이 일으킨 홍주洪州(지금의 충남 홍성) 의병은 5월 19일 홍주성을 점거했고, 경찰과 헌병대는 성내로 진입하지 못했다. 서울의 일본군 사령부는 현지 헌병대에 소탕하라고 다그쳤지만, 쉽사리 평정되지 않았다. 그러는 사이에 5월 28일 강원도 정선旌善에서 또 의병이 일어났다.[8]

그 뒤 일본군 부대가 본격적으로 동원되면서 홍주 등의 의병은 수많은 전사자를 내고 세가 한풀 꺾였지만, 그럼에도 조선의 민중은 거듭 봉기했다. 6월 6일 큰 유학자인 최익현 선생이 거느린 의병 300여 명이 담양潭陽에

---

7   春畝公追頌會 編, 『伊藤博文傳』下卷(統正社, 1940), p.714.

8   《황성신문》, 광무 10년(1906년) 6월 11일 자.

서 또 봉기했다.[9] 그는 위정척사파의 입장에서 「창의토적소倡義討賊疎」를 올리고 의병 항일전에 나선 것이다.

그 밖에도 각지에서 유생들과 민중이 합세해 의병을 일으켰다. 그때마다 일본 주차군과 헌병대가 출동해 무력으로 진압했고, 나중에는 의병을 일으킬 만한 지방 유생들을 무차별 연행했다. 이들은 대부분 을사늑약 반대 상소의 주역들이었다. 민형식閔炯植, 민병한閔丙漢, 민경식閔京植, 이봉래李鳳來, 큰오빠 조남승도 이때 연행되었다.

조남승이 구속되자 아버지께서 노심초사해 각 방면으로 알아보았다. 이때 일본 헌병대의 관심사는 과연 황제께서 배후에서 이들에게 밀지를 보냈는지, 또 자금을 제공했는지 등이었다. 하지만 증거를 잡을 수 없었다. 결국 의심은 가나 증거 불충분으로 큰오빠는 방면됐다.[10] 그런데 기이한 것은 이분들이 헌병대에 끌려가 조사받은 뒤 오빠만 빼고 모두 친일파로 돌아섰다는 사실이다.

황제의 외부 통로는 조남승

6월 말 이토가 서울로 귀임해 황제를 알현했다. 그는 무엄하게도 자신의 부재중 각지에서 의병이 봉기한 것은 두고 황제에게 책임이 있다고 항의했다. 무엇인가 문서를 내놓으면서 그것이 황제께서 의병에게 자금을 제공한 증거라고 주장했다. 그러나 황제는 조금도 굽히지 않고 일본 헌병들이 조작한 것이라고 반박했다. 그 뒤 이토는 궁내부 고관 등을 잡아들여 닦달했

---

9   《황성신문》, 광무 10년(1906년) 6월 8일 자.

10   황현, 『역주 매천야록 상』, 340쪽.

지만 증거를 찾을 수 없었다. 그렇다고 가만히 있을 이토가 아니었다. 황제의 행동을 제약하기 위한 음모를 꾸미고 있었다.

통감부 요구에 의해 황제는 이른바 '궁궐숙청宮闕肅淸'이라는 조칙을 발표할 수밖에 없었다. 누구든 대궐을 출입하려는 자는 사전에 허가받으라는 것이었다. 설령 황제에게 공무로 재가를 받으려는 경우에도 임의로 출입할 수 없다는 것이었다. 그리고 7월 6일에는 '궁금령宮禁令'을 발포했다. 궁궐에 출입할 때는 누구나 출입증, 즉 문표門票를 소지해야 한다는 규정이었다.[11] 황제를 궁궐 속에 고립시키자는 수작이었다. 시종인 오빠들은 그럴수록 대궐에서 더 많은 시간을 보내며 황제를 위로했고, 외부와 소통하는 역할을 더욱 부지런히 했다.

이처럼 황제는 궁궐 안에 유수幽囚되다시피 했지만 아버지와 큰오빠를 수시로 불러 자세한 지시를 내렸다. 그중에는 을사늑약으로 빼앗긴 외교권을 찾는 밀명도 있었다. 큰오빠에게는 우선 국제 사회에 을사늑약의 부당성을 알리는 일이 중요했다. 그래서 연일 상동교회 그룹, 즉 신민회와 긴밀히 연락했다.

그러던 차에 헤이그 특사 문제가 일어난 것이다. 큰오빠는 비서원승이라는 직책을 이용해 궁내를 비교적 자유롭게 출입할 수 있었다. 제2회 만국평화회의가 네덜란드 헤이그에서 개최된다는 정보를 황제에게 전달하고, 특사 파견 계획을 상동교회 쪽에 전달한 것도 큰오빠였다. 교주만 저택 건을 처리할 때 하사 문서를 제작했듯이 신임장을 '외부'에서 제작한다든가, 헐버트를 특사에 포함시킨다는 방침 등도 모두 큰오빠가 어명에 따라 상동교회 신민회로 전달했다.

---

11 송병기·박용옥·박한설, 『한말근대법령자료집 5』(국회도서관, 1971), 3~4쪽.

이때 주목할 만한 황제의 지시가 있었다. 황제는 만국평화회의에서 을 사늑약의 강제성이 폭로되면서 국제 공론의 힘으로 이것이 무효화되고 우리가 외교권을 되찾게 될 때를 대비해 우리나라가 외국과 체결한 각종 조약 문서, 외국 기업과 체결한 이권 계약서 등을 미리 모아 별도로 보관하라고 큰오빠 조남승에게 하명하셨다. 그래서 큰오빠는 조선 왕조의 각종 조약 문, 외교 문서, 헤이그 특사 파견 관련 문서 등을 의정부에서 빼내어 별도의 철제 상자鐵箱에 보관했다.

이런 작업을 통감부에서 알 리 없었다. 그러나 헤이그 특사 사건이 터지자 통감부는 긴장했다. 황제가 쓰는 어새御璽도 확인해 보니 이상이 없는데 도대체 신임장을 어떻게 작성했는지 알 수가 없었다. 통감부에서는 혈안이 되어 조사에 나섰다. 황제에게 수시로 불려 가 하명을 받곤 하던 조남승이 수사선상에 오를 수밖에 없었다.

그때 큰오빠는 이 철제 상자를 경운궁에 보관했다가 궁 밖으로 끌어내 묘동 집에 숨기기도 했고, 또 양주 사릉의 시골집에 보내기도 하는 등 일제 감시를 피해 여러 차례 장소를 옮겼다. 그러다 마침내 평소 가깝게 지내던 약현성당의 뮈텔 신부에게 요청해 철상을 은밀히 성당으로 옮겨놓았다. 그러나 "믿는 도끼에 발등 찍힌다"고 뮈텔 신부는 조남승을 보기 좋게 배신했다. 그는 철상을 자기가 보관하고 있다고 통감부에 밀고했던 것이다.

마침내 드러난 비밀 상자

앞 장에서도 언급했지만, 《황성신문》 1910년 5월 27일 자 "조남승趙南升과 밀상密箱"이라는 기사 내용을 정리하면 이렇다.

조남승씨 사건으로 인하여 향일 모처에서 비밀상이 발견되었다 함은 기히 보도한 바 있다. 비밀상에 대하여 오사카 매일신문이 경성전으로 게재한 바에 의하면 밀상은 2주 전에 발견하였는데 조남승이 칙서勅書 위조 사건으로 경시청에 구인되어 조사한바 칙서 위조를 극구 부인하면서 자신이 태황제로부터 두터운 신임을 받고 있어서 태황제 폐하로부터 외교 문서를 확보하라는 지시를 받아 자신이 천주교도인 만큼 뮈텔 주교에게 맡겨놓은 것이라고 했다. 그리하여 즉시 삼포三浦 이사관을 교회 측과 협의하여 밀상을 찾아오도록 했다. 그 결과 밀상에 보관된 내용을 확인한바 일본을 비롯하여 미국, 독일, 프랑스, 러시아, 이탈리아, 벨지움, 그리고 청나라 등과 체결된 조약 등이 들어 있었고 상자 두 개를 확보했다.

철상에는 '조일수호조규朝日修好條規' 등 각국과의 통상조약 문서, 해외 파견 외교관에 대한 임명장, 경인철도 부설 계약 문서 등 공식적인 외교 문서 외에도 황제께서 이탈리아 황제에게 '국외중립局外中立'을 선언한 친서, '한일의정서' 이후 러시아·프랑스·독일 황제 등에게 국권 회복을 청원한 친서, 러일전쟁 중 러시아 황제에게 보낸 친서 등 총 87건의 문서를 몰래 감춰 두고 있었던 것이다.[12]

일제는 뮈텔 신부가 보관 중인 철궤를 압수해 갔고, 큰오빠를 연행해 엄하게 조사했다. 물론 큰오빠는 더 이상의 내용에 대해 함구했다. 조사의 끝은 황제가 되겠지만 그들이 황제를 조사할 수는 없었다. 할 수 없이 큰오빠

---

12 1910년 6월 조남승은 고종의 밀명으로 미국인 헐버트에게 고종이 상해의 독일계 은행에 예치한 비자금을 인출해 달라는 신임장을 전달한 혐의로 일본 경시청의 취조를 받았는데, 이 과정에서 일제는 조남승이 감추고 있던 이 대외 관계 비밀문서들을 찾아낸 것으로 설명되기도 한다. 『주한일본공사관기록』 20, No.93-95, 188~192쪽 참조. 이 문서들은 아직 대한민국 정부에 반환되지 않았다.

를 방면한 뒤 엄중 감시했다.

그런 고초를 당했어도 큰오빠의 대일 항쟁 의지는 꺾이지 않았다. 그는 사실상 대궐 출입이 금지되었다. 그렇지만 그 이후에도 상동교회를 중심으로 한 신민회와의 연계, 황제의 망명 계획 등이 추진되었고, 스스로 중국을 방문해 서전서숙에 망명 중인 이상설과도 만나 향후 계획 등을 논의했다.

이상설의 큰 꿈과 좌절

보재 이상설은 해삼위로 돌아오자마자 무장 투쟁 역량을 기르고자 동분서주했다. 당초 약속대로 박용만은 1909년 미국 네브래스카주에 한인소년병학교를 설립했고, 1910년 이회영, 이동녕, 이상룡李相龍(1858~1932년) 등은 만주 유하현 삼원포에 신흥무관학교를 설립하고자 준비했다. 무관 양성과 무장 투쟁의 준비가 미국과 만주에서 동시에 진행됐다는 사실은 결코 우연이 아니었다. 나의 생각으로도, 이는 큰 방략 속에 함께 묶인 사업으로 진행된 것이 틀림없다.

보재는 여기서 끝나지 않았다. 그는 의병들을 모으고 통합 군단을 조직했다. 1910년 십삼도의군을 편성하고 이범윤李範允, 이남기李南基와 함께 의병 대장이던 류인석柳麟錫(1842~1915년)을 도총재都總裁(총사령관 격)로 추대했다.

그리고 러시아와 북만 일대의 독립운동 세력을 규합해 대한광복군정부를 세운 뒤 보재는 정도령正都領에 당선됐다. 이는 공화주의식 행정 수반이 아니라 독립군을 양성하고 통솔하는 직책이었다. 이어 1915년에는 독립운동의 중심부를 설치하고, 운동의 범위를 전 세계로 확대하기 위해 상해까지 갔었다. 상해에 있던 박은식, 신규식申奎植, 조성환曹成煥, 시베리아에 있던 유동열柳東說, 국내에서 건너간 유홍열劉鴻烈 등을 규합해 신한혁명단新韓

革命團을 조직했다.

그러나 뜻하지 않은 사건으로 보재의 '한민족 대동단결' 활동은 금이 가고 말았다. 1910년 1월 그의 측근 정순만이 평안도 출신 양성춘과 그의 공금 횡령 문제를 두고 시비를 벌이다 총격을 가해 살해한 혐의로 구속됐다. 정순만은 혐의가 풀려 석방되었으나 1911년 6월 양성춘의 형 양덕춘이 양성춘의 아내와 합세하여 정순만을 도끼로 살해하고 말았다.

이 싸움은 서북파와 기호파 간의 싸움으로 번졌다. 이상설은 갈등을 수습하기 어려웠다. 수사가 시작되면서 서북파의 안창호, 정재관, 이강, 김성무 등이 소환되었다. 서북파에서는 이상설이 러시아 하바롭스크 헌병대의 정탐원이 되어 자기들을 공격하는 것이라는 소문을 퍼뜨리며 수사에 응하지 않았다. 안창호는 미국으로, 나머지는 바이칼호 지방으로 피신했다. 이런 두 집단의 싸움은 그가 심혈을 기울여 온 '세계 한민족 단결'의 꿈을 허사로 만들었다.

싸움의 발단은 지극히 개인적인 불화였지만 그 바탕에는 근본적인 갈등의 요인이 있었기 때문에 점점 확대되었다.

첫째, 조선 왕조를 개창한 태조는 자신이 서북 출신이면서도 서북인 불중용西北人 不重用 정책을 강조했다. 이런 인사 원칙이 대대로 이어져 조선 왕조 500년 동안 서북파는 등용이 제한되었다. 그에 따른 지역감정과 불만이 갈등의 근저에 깔려 있었다.

둘째, 이상설의 보황파保皇派 성향이 문제가 됐다. 보재가 민족의 대단합이 이루어지면 고종 황제를 모셔다 총수령으로 추대할 계획을 세운 것도 사실이었다. '고종 망명' 계획이 바로 그런 것이었다. 이런 주장은 우리나라가 독립한 뒤 왕정을 이어가자는 복벽론復辟論과 이어지는 측면도 있었다. 그러나 서북파는 나라를 망친 사람이 바로 고종 임금이라며 이에 반대하는 기류가 강했다. 특히 안창호와 그를 따르는 사람들은 이미 미국식 대통령제의 공화정부를 맛본 사람들인지라 '왕정은 이제 그만!'이라는 의식이 강했다.

셋째, 기호파는 한민족의 단결을 위해 대종교를 숭상하는 경향이 강했다. 국조 단군을 모심으로써 민족의 단결을 도모하자는 대종교의 발상이 이들의 근거지의 지역적 특성과 잘 어울렸다. 즉, 이들이 독립운동의 발판을 두고 있는 옛 고조선 및 고구려 영역과 발해 유적지를 차지한 러시아와 북만 일대는 자연스럽게 단군 신앙에 좋은 근거를 제공했다. 그에 반해 한반도의 서북 지역은 일찍이 이 땅에 기독교가 들어오는 입구였다. 자연히 종교적 갈등도 넘기 어려운 갈등 요인이 되었다.

이상설로서는 처음 당하는 저항이었다. 그는 출중한 지도력과 해박한 세계 정세 인식, 나아가 일찍이 수학 이론 등 외래문화에 대한 깊이 있는 이해력까지 갖추었지만 임금에 대한 자신의 충성심이 오히려 장애가 될 줄은 미처 몰랐다. 그의 지도력을 두고 안중근 의사도 "그분은 존숭할 만한 인물이다"라고 했지만 그의 지도력은 큰 도전을 받았다.

특히 미국에서 안창호의 지시를 받고 있던 서북파의 정재관鄭在寬(1880~1930년), 김성무金聖武와 이강李剛(1878~1964년)은 세계 한민족을 모으는 이상설의 조직에 대해 노골적으로 반대했다.

이상설 주변에서는 나의 당숙 우천 조완구藕泉 趙琬九(1881~1954년) 선생도 함께 활동했다. 우천장은 큰오빠(1882~1933년)와 숙질간이지만 나이는 한 살 터울이어서 친구처럼 지냈다. 우천과 오빠는 이 시기에 이상설의 반대파를 설득하기 위해 노력했다. 그러나 이견은 좁혀지지 못했다. 심지어 "보재가 서울에서 큰 벼슬 해먹었는데 여기 와서 또 해먹으려 한다"고 비난하는 사람까지 있을 정도였다. 망명 와서까지 지역감정을 노골적으로 드러내는 데에는 실망하지 않을 수 없었다.

1916년 큰오빠가 연해주로 보재를 찾아갔던 무렵, 그는 실의에 빠지고 이미 노쇠해 보였다. 무엇이든 적극적이고 지도력이 출중하던 보재는 환갑도 채 안 된 나이였지만 의욕을 상실했고 고독해 보였다. 세계를 손바닥에 그려 보이던 그의 혜안도 힘을 잃고 있었다.

"이것 보오, 일운一雲(조남승의 호)! 나라부터 찾아야 할 것 아니겠소?"

"그게 우선이죠, 황제께서도 일루의 희망은 해외에서 모두 단결해 조선의 혼을 보여주는 것이라 했습니다."

"황제를 뵈올 면목이 없소이다."

이상설은 큰 한숨을 내쉬었다.

"내가 대종교를 주장하는 것도 모두가 일치된 마음을 갖자는 취지였습니다."

대종교에서 민족의 저력을 찾자는 것은 우천의 일관된 주장이기도 했다. 큰오빠가 떠나온 뒤 연해주에서는 우천만이 이상설을 지키고 있었는데 서울에서 신민회를 대표해 이동녕이 현지에 도착했다. 그러나 이상설은 얼마 못 가서 1917년 3월 운명했다. 한국 역사에 큰 별 하나가 또 사라진 것이다. 큰오빠도 그 소식을 듣고 며칠 동안 식음을 전폐하다시피 망연자실했다.

조남승의 러시아행과 공산주의관

1917년 일어난 러시아혁명은 엎치락뒤치락하다가 10월 볼세비키의 집권으로 마무리됐다. 그러면서 1918년 황제 일가가 유형지에서 집단살해됐다. 고종 황제는 필요할 때마다 친서를 나눴던 황제 니콜라이 2세 가족의 총살 소식에 대단히 울적해했다는 소식을 큰오빠를 통해 전해 들었다. 아마 황제께서도 세상이 바뀌었음을 실감했을 것이다.

사실 나의 큰오빠가 일찍부터 독립운동에 가담한 것은 고종 황제의 뜻에 따른 것이었다. 오빠의 활동 근거지는 역시 북간도와 연해주 방면이었다. 우선 그곳에 황제께서 가장 신임하는 이상설이 망명해 있었고, 이범진 러시아 공사, 류인석 의병 대장, 이용익의 손자 종호鐘浩, 이준 열사의 아들 종승宗勝 등이 있어서 뜻이 통했다. 그러면서 큰오빠는 중국 관내의 북경도 드나들었다. 고종 황제가 생존해 계시던 1916년 12월 16일 중국 주재 일본의 하야시林權助 전권공사가 본국의 외무대신 앞으로 북경에서 활동 중인 불령선인不逞鮮

▲ 중국 망명 시절(1922년) 조남승.

人으로 이우영李宇榮(일명 이책), 김병만金秉萬, 조남승趙南升, 김방金芳, 변영만卞榮晩, 유동열柳東說, 조성환曹成煥, 전병훈全秉勳 등을 꼽아서 보고했다.[13]

큰오빠는 러시아 제정이 혁명으로 끝났지만 그 후에 들어선 혁명정부에 대해 궁금해했다. 그리하여 1921년 4월 용감하게 혁명으로 어수선한 러시아를 방문하기도 했다. 이런 오빠의 폭넓은 활동에 대해 보수적인 독립운동가들은 조선의 왕족에 속한 사람이 공산혁명에 공감했다고 비난하기도 했다. 이런 소문에 깜짝 놀란 조선총독부는 오빠가 제3인터내셔널(코민테른) 대회에 참석했다는 불확실한 정보 보고를 하고 법석을 떨었다.

사실 오빠는 코민테른 대회에 간 것이 아니라 러시아에서 개최되는 '세계청년회'에 한국 대표로 장건상張建相(1883~1974년), 배달무裵達武와 함께 참석했다.[14] 하지만 그곳에서 고려인 공산주의자들이 조선의 왕족이 참여했

---

13 일본 외무성 문서 기밀 제377호 '不逞團關係雜件: 朝鮮人의 在支那 各地' 발신 1916년 12월 18일.

다고 소비에트 러시아의 공산당국에 알리는 바람에 하마터면 체포될 위기에 처하기도 했는데, 다행히 사전에 이런 사실을 알고 북경으로 돌아왔다.

이 시기에 큰오빠는 상해에서 대한민국임시정부 수립에 참여했다가 실망하고 북경으로 돌아온 우당장을 다시 만나 의기투합하기도 했다. 우당장은 오빠가 전하는 혁명 이후 러시아 현실에 대한 설명을 듣고 공산주의 사회가 실제로 이루어지기 어렵겠다고 판단했다.

"공산주의는 자유와 평등을 보장하고 인간의 기본적인 권리를 신장하는 강령이자 혁명 이론으로는 훌륭하지만 현실 정치에서는 독재를 벗어나지 못한다"고 단정하고 선을 그었다. 오빠도 이 부분에 동감했다.

중국에서 다양한 활동

1921년 3월 1일 독립선언 기념일을 축하하는 모임이 북경 박정래朴貞來의 집에서 있었다. 그 자리에는 신채호를 비롯해 십여 명이 참석했다. 참석한 이들이 이구동성으로 말했다.

"어떤 경우에도 3·1 독립선언의 정신을 이어나가자. 다시 분열되어 일본의 노예가 되어서는 안 된다. 상해임정이 다소 미흡해도 이를 개조해 나가자. 그리고 임정에서 요구하는 활동을 북경에서도 추진해 나가자."

---

14 1921년 4월 15일 모스크바에서 개최된 국제공산청년회 대회에 조선청년연합회 주중국 대표 박용만의 추천으로 조남승, 장건상, 배달무 3인이 대표로 파견되었다. 박용만은 서신에서 조남승을 "2년 전 일본인들에 의해 독살된 우리 전 황제의 조카로서, 우리의 과거 정부에서 고위직에 있었습니다. 귀족 출신인 데에다 국왕과의 관계가 있음에도 불구하고 그는 실제 민주주의 지도자이며 사회운동가입니다. 내가 보기에, 그는 러시아 소비에트 정부의 원칙과 체계를 매우 공부하고 싶어 합니다"라고 소개했다.

큰오빠는 이 모임에 이어 1923년 6월에는 상해에 본부를 둔 조선인과 중국인의 결사 단체인 중한호조사中韓互助社에서 활동했으며, 1924년 7월 24일 북경한교동지회北京韓僑同志會를 조직할 때 규칙기초위원, 집행위원으로 참여했다. 1924년 8월 중국에서 유럽과 아시아 각국의 반제국주의 단체와 개인이 참가하는 반제국주의운동대연맹회反帝國主義運動大聯盟會가 결성될 때 대한통의부大韓統義府 전권대표로 이세영李世永과 함께 참여했다. 1925년 러일협약이 체결되자 북경한교동지회 실행위원으로서 조약 성립에 대한 선후책을 마련했다. 같은 해 6월 북경에서 영일동맹 배척운동에 참여해 보도사導報社 동인으로 「중국 국민의 구국구족운동救國救族運動에 당하여 우리 2천만 형제자매에게 고함」이라는 인쇄물을 제작 배포하기도 했다.

1926년 10월 16일 안창호가 제안한 '대독립당大獨立 결성'을 위해 한국유일독립당 북경촉성회韓國唯一獨立黨 北京促成會를 창립할 때 집행위원으로 참여했다. 그러다가 1932년 2월 중국에서 귀국하던 중 인천경찰서에 체포되어 같은 해 3월 경성지방법원에서 이른바 '치안유지법' 위반으로 징역 2년, 집행유예 3년의 형을 받았다.

종합적으로 볼 때, 큰오빠는 고종 임금의 신임을 받은 충신이었다. 따라서 고종이 승하한 뒤에는 어떤 활동을 해도 현실에 적응하기 어려웠다. 그래서 북경에서도 지원 세력으로 남아 있었을 뿐 적극적인 무장 투쟁으로 나아가지 못했다.

05

경술국치와 이에 저항하는 사람들

조선 왕조의 마지막 임금은 누구인가? 순종, 즉 융희황제로 보는 게 상식이다. 하지만 융희황제는 1907~1910년의 3년 재위 기간 동안 황제로서 한 일이 아무것도 없다. 모든 일은 통감부에서 집행했고, 대신들도 자리에 앉아 있었을 뿐 통감이 임명한 차관들이 행정을 도맡았다. 1910년 강제 합병으로 총독부가 생겼다고 하지만 실제로는 이미 1907년부터 일제 통감부에서 대한제국을 통치한 셈이다. 그러니 조선 왕조와 대한제국은 1907년 광무황제의 양위와 함께 숨이 넘어갔고, 융희황제 시기는 그저 인공호흡으로 생명을 유지했을 뿐이라고 봐야 한다.

황제의 조카 사랑, 그것은 외로움의 표시

황제는 대한제국을 선포하고 늦게나마 나라를 다시 세우려 발버둥 쳤지만 시대는 이를 기다려주지 않았다. 제국주의 나라들이 벌써 국제질서의 틀을 잡아가고 있는 시기에 부국강병을 위해 국정 개혁을 한다니 40년 늦은 셈이었다. 황제에게는 시대의 운이 없었다. 황제께서 이미 기울어진 나라의 운을 붙잡고 있을 때, 사실 나의 아버지나 우리 집도 똑같이 운이 기울었다. 황제는 주변에 기회주의자들이 득실거리는 상황에서 조카인 오빠들을 곁에 두고 일을 맡기셨지만 그들은 너무 어려 황제를 제대로 보필하지

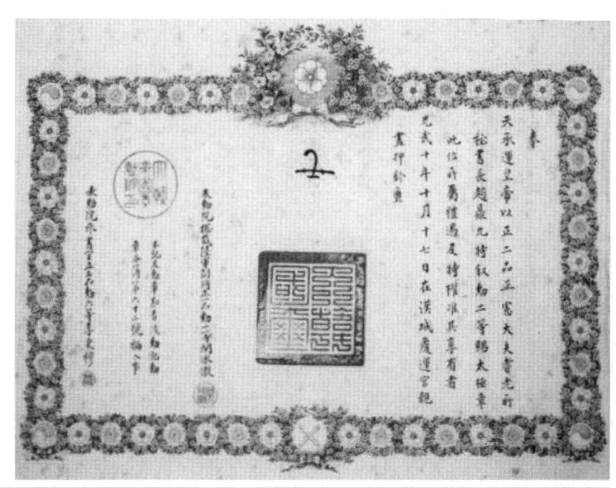

▶ 조정구의 훈장증

못했다. 황제는 큰오빠에게 이미 서훈을 하여 힘을 실어주었듯이 아버지와 작은오빠에게도 분에 넘치는 훈장을 수여했다.

황제는 '짐이 이들을 신임한다'는 뜻을 내외에 알리기 위해 1906년 아버지와 둘째 오빠에게 훈장을 내렸다. 아버지는 오랫동안 황제를 모셨기에 훈장을 받는 것이 당연했지만 오빠 조남익에게는 너무 높은 훈격의 훈장이 수여됐다.

"시종원 시종 조남익은 직무에 근면하였으니 특별히 훈4등에 서훈하고, 태극장太極章을 하사하라" 하셨다. 그리고 11월 이를 다시 "조남익은 기록할 만한 공로가 있으니 특별히 훈3등에 올려 서훈하고 팔괘장八卦章을 하사하라"고 고치셨다. 궁내부에서 의아하게 생각하고 주저했지만 황제가 특별히 '기록할 만한 공로'가 있다고 강조하니 그대로 할 수밖에 없었다. 오죽했으면 이완용도 훈3등 훈장을 내려준 데 대하여 "내가 어떻게 시종 조남익과 같은 훈격으로 받겠느냐"고 이의를 제기해 궁내부에서 훈2등으로 훈격을 높이는 소동이 벌어졌다.

큰오빠 조남승은 이미 1905년 4월 20일 훈4등 태극장을 받았다. 그럼에

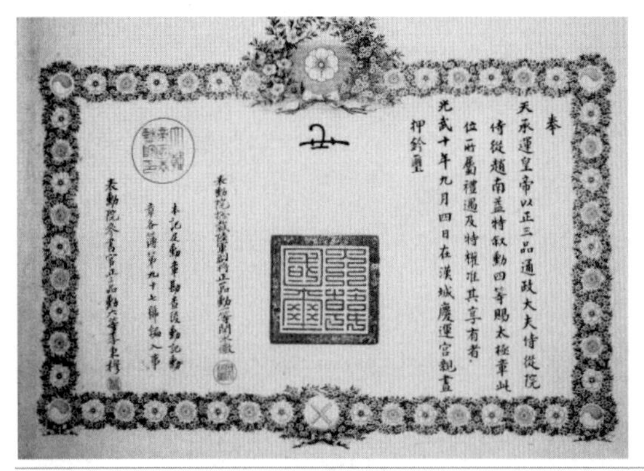

▶ 조남익의 훈장증

도 1907년 1월 22일 재차 "비서감승祕書監丞으로서 훈4등에 서훈된 조남승은 나를 가까이 섬기는 벼슬에서 직무에 충실한 공로가 있으니 특별히 훈3등에 올려 서훈하고 팔괘장八卦章을 하사하라"고 정정하셨다.

이렇게 형제분들이 똑같이 "황제를 가까이 보필하며 직무에 충실했다"고 하는데 그 공로란 무엇일까? 이는 황제의 마지막 항일 의지를 보인 그 은밀한 사업에 전력으로 보좌했다는 뜻일 게다. 오빠들은 헤이그 특사 파견은 물론이고 유폐된 황제의 독립 의지를 외부에 알리고 밀지를 보내는 일에 생사를 초월한 활동을 했기 때문이다.

이처럼 나의 오빠 형제들이야말로 황제를 성심껏 모시는 데에 충성을 다했다. 이미 기울어진 대한제국이었지만 마지막 권토중래의 안간힘을 쓴 측근들이었다. 청일전쟁과 을사늑약을 전후해서 충신보다는 양다리 짚은 신하들이 더 많았다. 황제께서는 쓰디쓴 인간적 배신을 많이 겪었다. 그래서 한층 더 오빠들을 신임했다. 1907년 12월 셋째 오빠 조남복趙南復이 미국 유학길에 오르자 황제는 1909년 정초에 손수 헐버트 박사에게 편지를 써서 그를 잘 보살펴 달라고 부탁하기까지 했다.

이 편지에서 주목할 점은 연호를 '조선 개국 518년'이라고 했다는 대목이

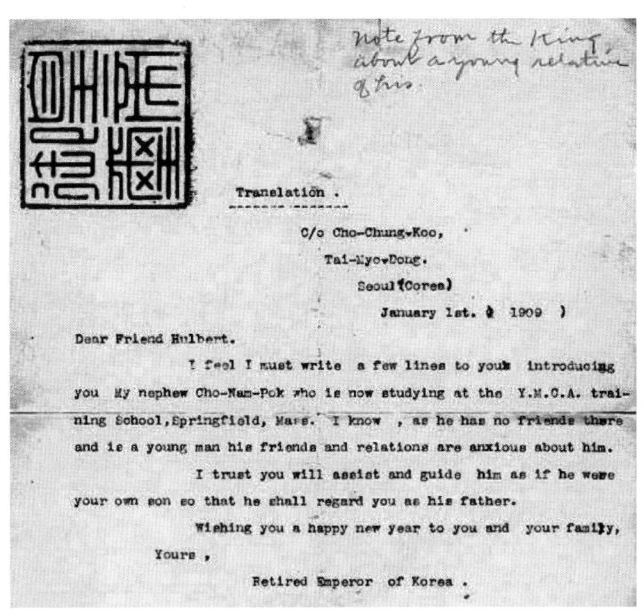

▲ 고종 황제가 헐버트 박사에게 보낸 서신은 2007년 8월 4일 헐버트 박사 57주기 행사에 참석하기 위해 방한한 외손녀 주디 애덤스가 가져온 헐버트 박사의 유품 중에 포함되어 있었다. 고종의 어새가 찍힌 이 친서는 조계진의 셋째 오빠 조남복(趙南復)을 보살펴 달라는 요지였다.

다. 일본이 강제로 퇴위시켜 아들이 황제가 된 상황이니 아마도 그 융희 연호를 쓰기 싫었기 때문일 것이다.

영친왕과 소꿉장난, 그리고 술래잡기

이렇듯 나의 친정인 풍양 조씨 조정구 대감 일가는 광무황제의 마지막 충신으로 남아 있었다. 1897년 내가 태어난 후 얼마 지나지 않아 영친왕도 태어나 나와 동갑내기가 되었다.[1] 나는 4~5세 시절 경운궁으로 불려 가 영친왕과 소꿉장난을 하곤 했다.

하지만 이런 기회도 잠시였다. 나라는 기울었지만 엄귀비는 자신의 친자인 영친왕을 세자로 책봉하려는 욕망을 갖고 있었다. 1906년 10월 황족과 귀족 자제들을 위한 수학원修學院이 경운궁 안에 문을 열었고, 12월 돈덕전惇德殿에 황족 등의 남자아이 10여 명과 영친왕의 수업이 시작됐다. 물론 일본 측에서는 이런 황태자 수업에 대해 내심 실정 모르는 일이라 비웃었을 것이다.

그다음 해인 1907년 가을쯤 영친왕의 거처가 경운궁에서 창덕궁 낙선재로 옮겨졌다. 나는 그때 낙선재로 가서 영친왕을 만난 일이 있다. 웬일인지 영친왕은 수업도 받지 않고, 뜰에서 나와 함께 술래잡기하고 놀아도 시간의 제약을 받지 않았다. 나중에 알고 보니 이런 즐거운 시간은 그의 모국에서의 마지막 시간이었다.

"영친왕이 황태자로 책봉된들 …"

그사이 황실에는 많은 변화가 있었다. 1904년 11월 황태자(순종)의 비, 즉 민태호의 따님인 순명효황후가 세상을 떠났다. 경운궁 안에서는 후임 황후를 서둘러 간택한다고 분주했다. 전 황후의 삼년상도 치르기 전, 황태자의 계비로 윤택영의 딸을 선정했다. 삼간택까지 가는 엄격한 절차도 단축해 속성으로 결정했다.

1905년 1월 24일 황태자가 재혼했다. 그러자 후문이 많이 돌았다. 새로 결혼해 입궐한 황태자비 윤씨(1894~1966년)는 13살인 데 반해 황태자는 33세, 즉 20년 차이였다. 더욱이 장인 윤택영은 황태자보다 나이가 두 살이나 아래였다. 이런 무리한 결혼은 분명한 정략결혼이었다. 뇌물이 힘을 썼다

---

1   조계진은 1897년 6월 22일생이고, 영친왕은 그해 10월 20일생이다. 모두 양력 일자다.

는 루머도 있었다.

또 다른 소문이 있었다. 엄귀비는 지밀나인으로 있다 고종에게 승은을 입었지만 그 사실을 민중전에게 들키는 바람에 상궁직을 박탈당하고 쫓겨나 서인이 될 뻔했던 일이 있었는데, 당시 의정議政으로 있던 윤용선尹容善의 진언으로 서인만은 면했다. 엄귀비는 이 사실을 두고 일생에 가장 큰 신세를 윤용선에게 진 것으로 여겼다. 이제 엄귀비가 다시 권력의 중심이 되면서 윤용선은 자기 아들 윤덕영을 승지로 밀어 넣었고, 황태자의 혼담이 있을 때 그 윤덕영이 엄귀비에게 아우 윤택영의 딸을 천거했던 것이다.

윤덕영은 본래 돈과 권세라면 지조 따위는 쉽게 팔아먹을 인물이었다. 벌써 친일로 돌아서서 황제를 은밀히 감시하고 있었다. 윤택영의 딸이 천거되는 데에는 일본의 힘도 보태졌을 것이다. 그 뒤 윤덕영, 윤택영 형제가 벌인 매국 행각과 권력·금력 추구 악행은 말로 다 하기 어렵다. 이런 연유로 우리 집에서는 윤비와 그의 아비 형제들을 철저히 경멸하고 적대시했다.

황태자의 재혼은 이처럼 상궤를 벗어나서 진행됐다. 그러나 엄귀비는 자신의 친자인 영친왕의 가례만은 처음부터 신중하게 진행했다. 자신은 비록 궁인 출신이지만 아들 영친왕만은 정통파 가문의 규수를 맞이하게 하고 싶었다. 그래서 자신이 황태자의 계비 윤씨 가문보다 우월하다고 생각한 여흥 민씨 가문에서 며느리를 맞기로 결심했다. 대상이 된 규수는 동래 부사와 영국 공사를 지낸 민영돈閔泳敦의 딸 민갑완閔甲完(1897~1968년)이었다. 엄귀비는 영친왕의 결혼을 서둘렀다. 하지만 통감부에서는 이 결혼에 제동을 걸면서 딴 계략을 꾸미고 있었다.

1907년 7월 19일, 황제가 이토 히로부미와 친일파 이완용·송병준에 의해 반강제로 퇴위되면서 황태자(순종)가 황제로 올라섰고, 황태자 자리가 비었다. 엄귀비는 하루빨리 영친왕을 황태자로 책봉하려 했다. 당시 경쟁

자는 황제의 또 다른 아들 의친왕 이강李堈과 일본에 체류 중인 조카 이준용이었다. 이 가운데 특히 이준용은 일본에 비위를 맞추며 끊임없이 황제의 후계 자리를 노리고 있었다. 통감부는 이를 교묘하게 이용하기 위해 이들을 조기 귀국시켰던 것이다.

일본은 광무황제를 퇴위시키자마자 한국의 내정을 장악할 목적으로 7월 24일 정미7조약을 체결했다. 이토 통감이 총리 이완용을 통감 사저로 불러 체결한 조약이었다. 이는 조약이 아니라 일제의 한국 통치 명령서나 다름없었다.[2] 이제 광무황제는 궁내라고 하지만 사실상 요양원에 갇힌 노인 신세였고, 그를 계승한 융희황제는 왕좌에 앉은 허수아비에 불과했다.

통감부에서는 모든 권한을 장악하고도 모자라 각종 조치를 추가했다. 7월 24일 '신문지법'을 통과시켜 언론을 완전히 장악했고, 7월 25일 치안 목적이라며 일본군 1개 사단을 추가로 한국에 진주시켰다. 그리고 7월 31일 밤 통감부는 융희황제에게 강요해 대한제국 군대를 해산한다는 칙령을 발표토록 했다.

다음 날인 8월 1일 오전 8시, 훈련원에서 군대 해산식이 있었다. 이어 각 지방에 주둔하던 진위대를 차례차례 해산토록 했고, 마지막으로 9월 3일 함경북도 북청의 진위대가 해산했다. 군대가 해산되고 군인들이 무기를 반납하는 것은 남자가 거세되는 것과 마찬가지였다. 제1연대 1대대장 박승환朴昇煥이 참다못해 자결했다. 이 소식이 전해지자 부대 전체가 웅성거렸고, 장병들이 남대문과 창의문 일대에서 봉기했다. 이를 신호로 각 지방 진위

2　1904년의 제1차 한일조약이 한국을 러일전쟁 중 일본군의 군사 기지로 이용하는 조약이었고, 1905년의 제2차 한일조약(을사늑약)이 대한제국의 외교권을 박탈한 조약이었다면, 1907년의 제3차 한일조약(정미7조약)은 한국의 내정을 일본이 완전히 장악하는 조약이었다.

대에서도 봉기가 잇따랐다. 서울에서 봉기한 진위대는 남대문에 집결해 일본군과 일전을 벌였다. 그러나 일본군의 신식 무기를 당해낼 수는 없었다.

사회 분위기도 흉흉했다. 통감부에서는 우선 황실부터 안정시키고자 9월 영친왕을 황태자로 책봉하는 절차를 강구했다. 고종 황제는 그야말로 울분을 삭이며 일체의 침묵으로 지내던 차에 영친왕이 황태자로 책봉된다는 사실이 다소 위안이 되었던 것 같다. 하지만 아버지의 말씀은 "그게 무슨 소용이 있나? 영친왕이 황태자가 된들 나라가 이미 일제에 강점됐는데 황제권이 무슨 소용이 있나?"라는 것이었다. 황제권을 물려받는다는 보장도 없고, 설령 황제로 올라서도 다스릴 나라가 일본에 점령당했기 때문이었다. 엄후는 어리석은 모정으로 아들의 황태자 책봉에 만족했지만 다 부질없는 욕망이었다.

일본의 지배하에 황실의 질서도 깨졌다. 아버지는 일찍이 황실의 질서를 정상화한다는 뜻에서 엄귀비가 비록 출신은 낮지만 황후의 빈자리를 채우도록 상소한 적이 있었다. 황제께서 아버지의 상소는 대부분 들어주었지만 '황후 칭호'만큼은 윤허하지 않았다. 아마 을미왜변 때 무참하게 희생된 명성황후에 대한 인간적 의리 때문이었을 것이다. 또 엄귀비를 황후로 삼으면 순종과의 관계가 미묘해질 수 있다는 점도 고려했을 것이다. 황제는 엄비의 칭호를 엄귀비로 한 단계 높이는 것으로 일단락했다.

외교 관례도 무시한 일본 황태자의 방한

1907년 황제가 강제로 퇴위한 뒤 큰오빠 조남승은 상동파 신민회 조직을 통해 태황제의 해외 망명을 처음 시도했었다. 10여 년 전 러시아공사관으로 피신했던 경험 때문이었는지 첫 후보지는 러시아 블라디보스토크로 정했다. 그곳에 머물던 헤이그 특사 이상설에게 연락해 망명 계획을 타진했다. 그런데 일본 측이 이를 어떻게 알아차리고 사전에 러시아 측에 황제 망명 동향을 통보했다. 궁정 내의 일본 간자들이 태황제의 거동을 일일이 살피고 있었던 것이다.

이런 감시로도 부족했던 모양이다. 능구렁이 이토 히로부미는 또 다른 계략을 꾸미고 있었다. 황태자 간택 문제가 무르익어 갈 무렵 황태자의 일본 유학 문제가 언론에서 터져 나왔다. 태황제도, 엄귀비도 대경실색했다. 이런 소문의 진원지가 어딘지 헷갈렸다. 황태자는 이미 궁내에 설립된 수학원에서 열심히 공부하고 있는데 유학은 또 무슨 해괴한 소리인가? 필시 태황제의 행동을 제약하기 위해 황태자를 인질로 삼으려는 음모라는 의심이 갔다. 이토는 이에 대해 쓰다 달다 말 한 마디 없이 일본으로 떠났다. 후작이던 자기 작위가 한 등급 높아져 공작으로 오르는 예식에 참석하기 위한 것이라고 했다.

10월 3일 경성으로 귀임한 이토는 일본 최고의 귀족 '공작'이 되어 근엄한 표정이었다. 이토는 도착하자마자 경운궁으로 융희황제를 알현했다.

"10월 16일 대일본제국 황태자[3] 전하께서 대한제국을 친선 방문하게 되었습니다. 정중히 맞아주시기 바랍니다."

아무런 예고 없이 일본 최고 국빈의 방문을 통보한 것이다. 외교권을 빼앗아 간 마당에 외교 격식을 따질 필요가 없다고 생각했던 것일까? 황제와 배석했던 백관들이 모두 아연했다.

그렇게 10여 일 만에 급작스럽게 맞닥뜨린 일본 황태자 일행의 한국 방문 일정도 주목할 필요가 있다.

---

3 이 황태자(1879~1926년)는 1912년 메이지(明治) 천황에 이어 즉위한 다이쇼(大正) 천황을 가리킨다.

▶ 1907년 일본 황태자의 한국 방문. 앞줄의 키 작은 이가 우리 황태자 영친왕이고, 그 왼쪽이 일본 황태자다.

• 10월 16일　융희황제는 일본국 황태자가 인천항에 도착할 때 인천으로 거둥하여 그를 맞았다. 황태자도 따라가서 만났으며, 동반하여 서울로 돌아왔다.[4] 융희황제는 1874년생이므로 일본국 황태자와 다섯 살밖에 차이가 나지 않았다. 그러나 우리 황태자는 1897년생이어서 당시 만 10세에 불과했으므로 어른들 틈에 낀 소년 같았다.

• 10월 17일　일본국 황태자는 일본 황실에서 갖고 온 최고훈장 국화장菊花章 경식頸飾을 융희황제에게 증진贈進했다. 같은 날, 우리 황태자가 이현泥峴[5]의 여관을 찾아 일본국 황태자를 예방했다. 우리 황태자는 10세 소년이어서 당시 28세 청년인 일본 황태자를 대함에 있어서 연령의 차이로 어색할 터인데도 의외로 의젓했다.

• 10월 18일　우리 황태자는 다시 여관으로 일본국 황태자를 예방했다. 같은

4　『조선왕조실록』, 순종 즉위년(1907년) 10월 16일~10월 20일 기사를 종합했다.
5　'이현(泥峴)'은 진고개를 말한다. 과거 예장동 일제 통감부가 있던 자리 일대다.

날, 대한제국 황제는 답례로 조령詔令을 내려 "일본국 아리스가 와노미야有栖川宮 다케히토 신노威仁親王를 특별히 대훈위大勳位에 서훈하고 금척대수장金尺大綬章을 하사하라"고 했다. 이와 함께 일본국 황태자의 수행원들에게도 전원 훈위勳位를 줌으로써 친애의 뜻을 보였다.

- 10월 19일 일본국 황태자가 관광차 나서는데 우리 황태자가 동반하여 창덕궁과 경복궁을 둘러보았다.

- 10월 20일 융희황제가 황태자를 대동해 직접 남대문역까지 가서 귀국하는 일본국 황태자를 전송했다. 그 자리에서 일본 측은 예정에도 없던 요구를 했다. 우리 황태자가 일본 황태자를 인천까지 동행해 전송해 달라는 것이었다. 황태자를 모시는 시종무관 조동윤趙東潤은 당초 계획에 없던 일이라고 이의를 제기했지만 묵살됐다. 한일 간 친선을 도모하는 일본 최고 국빈의 방문 행사는 그렇게 마무리됐다.

영친왕의 일본 유학? 인질!

그 뒤에 진행된 일은 더욱 황당했다. 일본 황태자는 입경한 다음 날 이토 통감의 안내로 경운궁으로 태황제(고종)를 알현하는 자리에서 우리 황태자의 일본 유학을 진언했다는 것이다. 사전 예고도 없는 갑작스러운 제안이라 태황제는 묵묵부답이었는데, 이토 통감은 태황제가 윤허했다고 발표했다. 태황제와 일본 황태자 간의 대화에서 결정된 일이라고 하니 다른 사람이 부정할 수도 없는 일이었다. 설령 잘못 전달되었다 해도 그대로 기정사실이 되었다. 이토 통감이 파놓은 함정에 조선 황실이 몽땅 빠진 셈이었다. 그날부터 황태자의 일본 유학 문제로 정국이 떠들썩했다.

"어린 황태자가 유학을 간다고?"

"유학은 무슨 유학? 인질로 잡혀가는 거지."

"일본 역사에서는 전쟁에 승리하면 적측 후계를 인질로 잡아둔 일이 다반사라는군."

"우리도 옛날에 그런 일이 있었어. 고려 때 왕세자가 원나라에 잡혀갔고, 병자호란 때도 왕세자가 청나라에 인질로 잡혀갔지 ⋯."

"그때에 비하면 좋은 대접이군, 유학이라니 말일세."

"유학도 유학 나름이지 ⋯. 나중에 봐야 알겠지."

이런저런 이야기가 시중에 도는 가운데 황태자 이은의 일본 유학 문제는 부정할 수 없는 사실로 굳어갔다. 세상이 이처럼 급속히 변해가는 가운데 정신을 차릴 수 없었다. 이 일로 인해 가장 슬픈 사람은 엄귀비였다. 어떻게 낳고 기른 아들인데 불과 열 살에 헤어지게 되다니 ⋯. 세상이 무너지는 것만 같았다.

"황태자 전하께서 이런 역경을 딛고 일어서실 거라고 굳게 믿사옵니다."

나이가 지긋한 측근 나인들이 엄귀비를 위로했다.

"역사적으로 왕세자든, 황태자든 순탄하게 왕권을 계승한 일은 거의 없었지요. 모든 풍파를 겪고서야 임금이 되는 것 아닙니까?"

이런 말들도 엄귀비에게 위안이 되지 않았다. 황태자 본인도 출국 준비로 부산했다. 그때 어린 나도 이번에 황태자가 고국을 떠나면 아마 다시 돌아오기 어려울 것이라는 예감이 들었다. 나도 슬펐지만 누구에게도 말하지 않았다.

1907년 12월 5일, 어린 황태자는 철든 어른처럼 슬픔을 속으로 삭이며 태연한 모습으로 나타났다. 슬픔을 감출 줄 아는 것이 더욱 슬펐다. 대한제국 장교복 차림으로 부모 곁을 떠나 유학길에 올랐다. 이토 통감은 자신이 직접 태자대사太子大師가 되어 수행한다고 능청을 떨었다. 66세의 할아버지가 손주뻘 되는 어린이를 앞세우고 떠나는 막막한 여행길이었다.

12월 7일 시모노세키항下關港에 도착했을 때 일본 황태자를 모시고 왔던 추밀원 고문관 이와쿠라 도모사다岩倉具定 공작이 직접 나와 정중히 영접했고, 한국에서 어린 황태자를 데리고 왔다는 소문에 구경나온 사람들로 항구가 인산인해를 이뤘다.

황태자 일행은 시모노세키 조약을 체결했다는 유명한 춘명루春明樓에서 하루를 묵었다. 다음 날 특별열차 편으로 도쿄로 향했는데 중간에 경유하는 역마다 구경꾼들이 몰렸다. 도쿄역에서는 공식 환영 행사가 열렸다. 예포까지 쏘았다. 왜 이 난리일까? 포츠머스 조약 때, 러일전쟁에서 승리했다면서도 빈손으로 돌아온 데 대해 비판 여론이 들끓었는데, 이제 시선을 돌려 대한제국을 일본 지배하에 두게 되었음을 국민에게 알리는 효과를 노렸던 것이다. 그런 의미에서 대한제국 황태자를 인질로 잡아 왔다는 뉴스는 일본 국민을 홀리는 데 충분했다. 이런 정치극을 연출한 이토는 속으로 웃으며 만세를 불렀을 것이다.

황태자를 수행한 궁내부 대신 이윤용은 흥선대원군의 서서庶壻(서녀의 남편)였다. 황태자의 입장에서 보면 서고모부였고, 이완용 총리의 이복형이기도 했다. 황제에게 양위하라고 칼부림까지 한 비굴한 친일파 농상공부 대신 송병준도 수행했다. 이런 자들이 귀국해서 이렇게 보고했다.

"황태자 전하께서 대일본제국으로부터 어마어마한 국빈 대접을 받았습니다."

입에 침이 마르도록 일본 측의 대접을 찬양했다. 그러나 이를 듣고 있는 태황제도, 엄귀비도 입을 다물고 있었을 뿐이다. 당상에서 나의 아버지도 저들의 보고를 듣고 있었다. '인질로 잡혀간 어린 황태자의 불행한 신세를 놓고 어찌 저렇게 왜놈들 편을 들어 아첨을 할까?' 아버지는 이를 갈았지만 당신이 나설 수 있는 자리는 아니었다.

이 시기에 대궐 밖에서는 무슨 일이 벌어지고 있었을까? 황태자가 이토 통감을 따라 출국한 다음 날인 12월 6일, 일본에 저항하는 의병 1만여 명이 양주에 집결했다. 경기도 허위許蔿, 황해도 권중희權重熙, 충청도 이강년李康年, 강원도 민긍호閔肯鎬, 경상도 신돌석申乭石, 전라도 문태수文泰洙, 평안도 방인관方仁寬, 함경도 정봉준鄭鳳俊 등 13도 의병 대장들이 보낸 군사였다. 이들은 연합부대를 결성하고 총대장에 이인영李麟榮을 모셨다. 일본군과 일전을 벌일 태세였다. 하지만 얼마 안 되어 진정되었다.

이런 의병 투쟁이나 태황제의 해외 망명 계획은 황태자가 인질로 끌려간 뒤 한풀 꺾였다. 엄귀비는 황태자를 빼앗겼지만 그래도 황태자비를 세우겠다는 의지에서 12월 24일 민영돈의 딸 민갑완을 약혼녀로 삼고 예물까지 보냈다. 하지만 엄귀비의 이런 항거도 공허한 것일 뿐이었다. 황태자가 일본의 인질이 되어 떠난 뒤 태황제의 반일 움직임은 확실히 둔화됐다. 자신의 일거수일투족이 황태자의 안위에 영향을 미치지 않도록 조심 또 조심했다. 자연히 항일 활동도 지리멸렬해졌다. 이토의 술책이 큰 성과를 거둔 게 사실이었다.

오히려 황태자 이은은 10세 소년답지 않게 괴로운 심정을 인내하며 일본에서 자리를 잡아가고 있었다. 어느새 1년이 지났지만 이토는 당초 엄귀비에게 했던 약속, 즉 방학 때 귀국시킨다는 약속을 어기고 왕도를 익히기 위해 일본을 주유하며 견학해야 한다는 이유로 보내주지 않았다.

안중근의 하얼빈 의거, 합병의 디딤돌

1909년 새해가 되자 일본 상층부는 러일전쟁 이후 미뤄온 합병 문제를 본격적으로 거론했다. 가쓰라 다로桂太郞 총리는 태프트-가쓰라 밀약의 주인공이었고 고무라 주타로小村壽太郞 외상은 포츠머스 조약의 대표로서, 두 사람 모두 한국 병탄의 주역이었다. 이들은 어중간한 통감 시대를 끝내고 병합을 강행하자는 데에 합의했다. 그리고 이에 대한 이토 통감의 의견을 듣고자 도쿄에 체류 중인 그를 사저로 방문했다. 이토는 처음엔 신중론을 폈으나 이내 찬동했다. 그리하여 일본 각의는 비밀리에 합병안을 채택했다.

그 직후 이토는 통감직을 사임했다. 우선 그는 합병에 따른 난제를 떠안고 싶지 않았다. 아니, 그보다 그는 을사늑약 체결 때부터 내내 우리 황제를 속여온 게 있었다. "대한제국의 독립을 보장한다"고 역설해 왔는데 그 말이 거짓이었음이 백일하에 드러나게 됐다. 즉, 그가 위선자였음이 알려지게 되었다. 그는 비겁하게도 자신의 거짓과 위선이 드러나는 현장을 피하고 싶었던 것이다. 1909년 5월 통감직을 부통감이던 소네 아라스케曾禰荒助에게 넘겨주고 한국을 떠났으며, 일본에서는 추밀원 의장직을 수행하며 황태자 이은의 보육총재 노릇만 유지했다. 그러다 그해 10월, 또 다른 일본제국의 먹잇감인 만주를 순회 여행 하는 길에 하얼빈역에 들렀다가 안중근 의사가 쏜 총탄 세 발을 맞고 쓰러졌다.

항설에 그는 절명하기 직전 "나를 쏜 자가 누구냐?"고 물었다고 한다.

"조선의 청년입니다."

옆의 수행원이 대답했다.

"바보로군!"

이토는 이 한 마디를 남기고 절명했단다.

이 말은 나중에 많은 의문을 남겼다. '내가 죽으면 동양평화가 멀어지는데 나를 쏜 그놈은 바보로군!'이라는 뜻으로 해석하며 죽은 이토를 치켜세우는 사람이 많았다. 대부분의 일본인과 친일파들은 그렇게 해석했다. 그러나 나의 생각은 다르다.

'한국을 병합시키려고 한 사람은 내가 아니야. 나보다 더 나쁜 놈이 있는데 나로 오해한 거야. 바보로군!' 이토의 취지는 이런 것이었다고 나는 생각한다. 그는 죽을 때까지 거짓말을 했던 것이다. 그러나 그런 거짓말이 안 의사의 시선을 피할 수는 없었다. 그래서 세 발이 명중했던 것이다.

이토 히로부미, 그는 일본 명치유신에는 최고 공훈을 세웠다지만 결코 거인이 아니었다. 일본 제국주의 책략의 명수였을 뿐이다. 그의 제국주의적 이중성을 몰랐는지 일본 국민은 얼마 전까지도 1만 원짜리 일본 화폐에 그의 초상을 올렸었다.

이토가 안 의사의 총탄에 쓰러지자 가장 크게 놀란 사람 중의 하나는 일본에 유학 중이던 이은 황태자였다. 자기를 보호해 온 보육총재가 없어지면 자신의 운명이 어떻게 될까 불안한 마음이 있었을 것이다. 그래서 급히 본국의 융희황제에게 전보로 알렸다.

이토 태사太師가 오늘 오전 9시 하얼빈哈爾賓 역에 도착하여 우리나라 사람의 흉악한 손에 의하여 피살되었으니 듣기에 놀랍기 그지없습니다. 세상을 떠났다는 보도는 아직 하지 않고 있는데 영구가 돌아온 뒤에 공포한다고 합니다. 일본 황실에서 시종무관과 시의侍醫를 파견하기 때문에 신도 김응선金應善[6]을 파견하려고 합니다. 황실에서 일본 황실에 직접 전보를 보내어 위문하기 바랍니다.[7]

유감스럽지만 너무 일본 측에 기울어진 의사 표시였다.

---

6   김응선(1881~1932년)은 황태자의 일본 유학 중 동궁무관으로 파견된 대한제국군 참령(소령에 해당)이었다. 고아 출신으로 일본의 우쓰노미야 다로(宇都宮太郎) 장군이 데려다 키워 일본 육사를 졸업했다. 이토 히로부미가 직접 선발해 유학 중인 황태자를 모시도록 했다.

7   『조선왕조실록』, 순종 2년(1909년) 10월 26일 기사, "이토 태사가 안중근에게 피살되다".

이토가 안 의사 손에 쓰러진 뒤 합병 작업은 가속도가 붙었다. 그동안 통감부는 일본 내각이 결정한 병합의 실천 방법과 시기를 재고 있었다. 그들은 그동안 몇 차례에 걸쳐 일본을 상전으로 모시는 충견들을 앞세워 언론에 합병의 필요성을 역설토록 했다. 일종의 분위기 조성을 위해 군불을 때기 시작했다.

속전속결 한일병합 … '불복종 속의 찬성'?

일본 측은 이토 암살을 합병의 결정적인 계기로 삼았다. 안중근 의사가 1910년 3월 26일 항소심을 거부하고 장중한 죽음을 선택한 뒤 일본의 고위층들은 합병을 서둘렀다. 그리하여 1910년 5월 일본의 대표적 강골인 데라우치 육군대신을 제3대 통감으로 임명했다.

데라우치는 7월 서울에 오기 전 이미 한국병합위원회를 통해 병합과 관련된 법령 제도를 모두 확정하고 그 문서를 휴대하고 부임했다. 과연 육군대신답게 한국에 도착하기 전 헌병과 헌병 보조원 약 5,000명을 먼저 상륙시켜 합병에 따른 민중 소요에 대비했다.

1910년 7월 조선을 완전히 먹어치우는 연극이 개막됐다. 이토는 생전에 친일 괴수들에 대해 "배추에 소금 뿌려놓은" 것처럼 일본인이 집어먹기 좋게 협력하는 놈들이라고 경멸했다. 과연 충견 노릇 하는 자들이 나섰다. 이완용뿐 아니었다. 이완용과 합병 작업을 놓고 경쟁해 온 송병준이 있었고, 이완용의 통역 노릇을 한 이인직李人稙도 있었다. 그는 합병이 당연한 일이라고 정당화하는 소설, 연극 등 문화 활동을 자행한 지능범이었다. 아직도 그가 우리나라 문학사에서 신소설의 선구자라고 소개되는 것을 보면 그의 교묘함이 대단하다고 해야 할지, 우리 역사의식이 한심하다고 해야 할지 모르겠다. 문학이라는 것은 한 나라의 영혼을 소화하고 소개하는 작업인

데, 이렇게 나라 팔아먹은 사람을 버젓이 소개하는 것은 문학에 대한 모욕
이 아닌가?

이들은 빨리 합병 조치를 단행하라고 촉구하고 나섰다. 8월 22일 드디어
이완용 총리는 데라우치로부터 건네받은 문서를 그대로 임금의 조령詔令
형식으로 발표했다.

조령詔令을 내리기를, "짐朕이 동양 평화를 공고히 하기 위하여 한·일 양국의
친밀한 관계로 피차 통합하여 한집으로 만드는 것은 상호 만세萬世의 행복을
도모하는 까닭임을 생각하였다. 이에 한국 통치를 들어서 이를 짐이 극히 신
뢰하는 대일본국 황제 폐하에게 양여하기로 결정하고 이어서 필요한 조장條章
을 규정하여 장래 우리 황실의 영구 안녕과 생민의 복리를 보장하기 위하여
내각 총리대신內閣總理大臣 이완용李完用에게 전권위원全權委員을 임명하고 대일
본제국 통감統監 데라우치 마사타케寺內正毅와 회동하여 상의해서 협정하게 하
는 것이니 제신諸臣 또한 짐의 결단을 체득하여 봉행하라" 했다. [8]

사전에 이완용과 데라우치는 통감부 관저에서 합병 조령에 서명했다.
그리고 1910년 8월 29일, 이름도 없고 조문도 달랑 하나뿐인 희한한 법령이
일본 칙령 제318호로 공포됐다. 전문全文은 "한국의 국호를 고쳐 지금부터
조선이라 한다"는 것이었고, 부칙은 "본령은 공포일로부터 시행한다"고 되
어 있었다. 어지간히 급했던 모양이다.

왜 일본은 '한韓' 자를 그토록 혐오했을까? 일본은 대한제국을 싫어했다.
자주적인 나라가 되고자 마지막으로 시도했던 대한제국이 다시 살아날까

---

[8] 『조선왕조실록』, 순종 3년(1910년) 8월 22일 기사, "한일합병조약을 맺도록 하다".

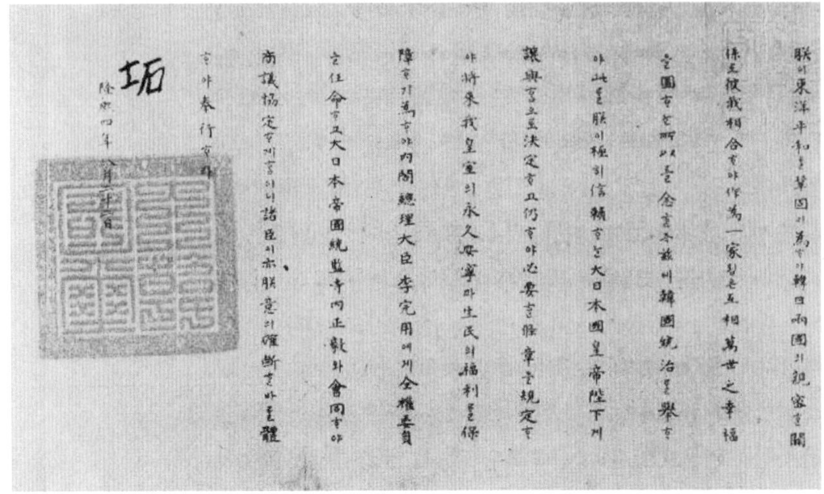

▲ 합병 조령. 융희황제의 수결이 '척(坧)'으로 되어 있다.

봐 서둘러 국호를 조선으로 되돌려 놓았다. 그래서 1919년 4월 대한민국임시정부를 세우는 초대 임시의정원에서 국호를 '조선'으로 하자는 주장이 있음에도 불구하고 긴 시간 토의 끝에 '대한민국'으로 확정한 것이다. 그런데 고집스럽게도 공산주의자들은 국호 '조선'을 지금껏 유지하고 있으니 괴이한 일이다.

한일합병조약은 체결 당시 이미 국제법적으로 무효였다. 왜냐하면 조약 문서에 융희황제의 정식 수결이 없기 때문이다. 원래 황제의 수결은 '일심一心'이라는 글자를 교묘하게 조합한 서명이었다. 그런데 조약문에는 그런 수결이 없다. 다만 그의 이름인 '척坧' 자가 들어갔다. 이는 본심에서 우러나온 수결이 아니라는 뜻이다.

조약을 체결하고 막상 옥새를 찍어야 하는 순간에 황후 윤씨가 옥새를 치마 속에 감추었다는 말도 있다. 누가 감히 황후의 치마를 들춰보겠는가? 그러나 친정아버지 윤택영이 내전으로 들어가 딸의 치마 속에 감추어진 옥새를 끄집어내어 국새의 마지막 날인을 했다는 것이다.

"아무리 애비라 해도 어찌 감히 황후의 몸에, 설령 황후가 아니더라도 여인의 몸에 함부로 손을 대는가? 참으로 쌍놈 집안이로군 ⋯."

혀를 끌끌 찼다. 이렇게 불법적인 한일합병은 융희황제의 불복종 속의 찬성으로 이뤄졌다.

겁이 많고 유약한 융희황제에게 일본의 총칼 앞에 더 이상 용기 있게 거부하기를 기대할 수는 없는 노릇이었다. 황제의 최소한의 용기였을까. 세월이 한참 흘러 1926년 나의 아버지 조정구 전 궁내부 대신이 중국에서 망명 생활을 하다가 병환 치료를 위해 부득이 귀국했던 때였다. 융희황제는 그해 4월 26일 붕어하기 직전 아버지를 병상으로 불렀다. 그리고 마지막 유조遺詔(황제가 유언으로 남기는 조칙詔勅)를 남겼다. 이 유조는 그해 7월 8일 자 미국 샌프란시스코에서 발행되는 교포 신문 《신한민보》에 실렸다. 이 유조의 내용과 그것을 빼돌린 이야기는 다음 장에서 밝힌다.

죽음으로 저항하는 사람들

한일합병조약은 1910년 8월 22일 체결됐다. 하지만 그날 발표할 수 없었다. 동정을 살피다가 일주일 후인 8월 29일 발표했다. 그 무렵 일본 측은 헌병을 풀어 시내 곳곳을 순찰했고, 경찰이 골목골목 진을 치고 반대 활동이 일어나기만 하면 즉각 진압할 태세였는데 의외로 조용했다. 왜놈들은 이렇게 조용한 것을 이상하게 생각하고 경계를 한층 더 강화했다. 중국의 지성 양계초梁啓超는 이런 조용함에 실망하여 "조선이 망한 것은 당연하다"고 글을 쓰기도 했다.

오히려 소란한 것은 조선의 정사를 좌지우지하던 친일파 귀족들이었다. 서로 훈격이 높은 훈장, 넉넉한 은사금을 탐내고 환호하느라 소란스러웠다. 합병 발표가 있던 8월 29일, 일본은 '조선귀족령朝鮮貴族令'(일본황실령 제 14호)을 발표했다. 그 제1조는 "짐은 이왕李王의 현존하는 혈족으로서 일본 국 황족의 예우를 받지 아니한 자, 문지門地[9] 또는 공로 있는 조선인에게 조 선 귀족을 수여한다"고 규정했다.

합병과 함께 황실의 지위는 격하됐다. 태황제는 이태왕이 되었고, 황제 는 이왕이 되었다. 황후는 이왕비, 황태자는 왕세자로, 의친왕은 이강 공으 로 각각 격하됐다. '폐하'라 호칭하던 것도 '전하'로 다시 낮춰졌다.

이와는 반대로 왕족들과 합병에 공이 큰 사람들은 모두 귀족 칭호와 두 둑한 은사금을 받았다. 76명에게 혜택이 돌아갔는데 노론 계열이 대부분이 었고 소론은 약간 명 끼어 있었다. 나의 아버지 조정구 대감도 그 명단에 왜 놈들이 올려놓았다. 그날부터 아버지는 고민에 빠졌다. 이를 어떻게 거부 할지 고심하던 끝에 '죽음을 택하자'고 결심하셨다. 그래야 임금과 나라에 충성을 바쳐 한평생 살아온 명분에 맞는다고 굳게 다짐하셨다.

나의 아버지만 그런 생각을 하신 게 아니었다. 작위받기를 거부한 판돈 령判敦寧 부사 김석진金奭鎭도 스스로 목숨을 끊었다. 나의 이모부(고종 황제의 큰매부) 조경호 전 한성판윤도 작위를 거부했다. 왕족들이 모두 수치스럽게 작위를 받은 데 반해 아버지를 포함해 태황제의 매부 두 사람은 공히 거부 했으니 그나마 천만다행이었다. 그 밖의 아버지께서 존경하는 한규설, 민 영달 대신을 포함해 모두 8명이 작위받기를 거부했다.

그뿐인가. 지조 높은 많은 선비들이 줄줄이 항의의 뜻으로 자결했다. 공 조 참의工曹參議 이만수李晚壽, 사헌부司憲府의 이중언李中彦, 의병장 이근주李根 周 등이었다. 그리고 금산군수 홍범식洪範植은 아들 홍명희洪命熹에게 유서를

---

9 '문지(門地)'는 '문벌(門閥)'을 말한다.

남기고 목매어 순절했다. 이런 모습들을 듣고 보는 아버지의 마음은 더욱 비장해졌다.

10월 7일 일제는 고종의 매부이자 준왕족이고 의정부 찬정, 궁내부 대신을 역임했다는 이유로 아버지에게 남작 작위와 은사금을 하사한다고 통보했다. 이를 두고 아버지는 "나를 욕되게 하는 짓"이라며 모욕감에 치를 떨었다. 동봉해 온 합방 조서와 고유문을 찢어버리고 "살아서 욕되느니 죽어서 의를 찾자不可辱而生 寧可義而死"라는 유서를 남기고 뒷방에서 칼로 목을 찌르고 쓰러지셨다. 아버지를 모시려던 집사 김 서방이 가장 먼저 발견하고 소리를 질렀다. 큰오빠는 피가 낭자한 아버지를 홑이불로 감싼 채 인력거로 대한의원으로 모시고 갔다.

그 순간 이제 아버지마저 잃었다는 생각에 나는 앞이 캄캄했다. 너무 놀라고 경황이 없어 울지도 못했다. 한밤중에 4경(오전 1~3시)이나 되었을까, 큰오빠가 집에 당도했다. 다행히 아버지의 생명은 무사하다는 것이었다. 그때야 나는 눈물이 왈칵 쏟아졌다. 얼마나 울었는지 …. 나만 운 것이 아니었다. 모두 함께 울었다. 그래서 나를 달래는 사람은 아무도 없었다.

아버지는 병원에서도 재차 자결을 시도했으나 주변의 감시로 뜻을 이루지 못했다. 그러는 사이에 태황제 폐하는 아버지에게 시종을 보냈다. 간곡한 태황제의 뜻을 밀지로 전했다고 한다. 아버지께서 오빠 두 분을 불러 태황제의 밀지를 보여주고 그 자리에서 불살라 버렸다고 하는데 '아직 할 일이 남았으니 짐을 도우라'는 취지였다고 한다. 아버지께서는 태황제의 뜻을 받들어 건강을 회복하고자 할머니를 모시고 향리인 양주 사릉리로 내려가 상처가 완쾌될 때까지 정양하셨다.

나의 학창 생활

나는 어릴 때부터 아버지를 어려워했다. 아버지는 말씀이 별로 없는 분이셨다. 과묵하고 엄격하셨다. 그래서 나는 소녀 시절에 아버지 면전에서 감히 대화를 나누지 못했다. 항상 나를 보호하시는 할머니(대구 서씨, 1839~1915년) 품에 숨어 있었고, 아버지께 드릴 말씀이 있으면 할머니가 대변해 주곤 하셨다.

나는 열 살이 될 무렵, 남들처럼 학교에 가서 공부하고 싶었다. 남자 유력 자제들을 위해 궁내에 설립된 수학원修學院에 가서 공부하고 싶었지만 여자인 나에겐 그런 기회도 없었다. '나는 이제 시대에 뒤떨어진 존재로 남게 되지 않을까?', '왜 여자에게는 공부할 기회도 주지 않는가?' 내 머리에서 떠나지 않은 의문들이었다.

어찌나 공부가 하고 싶던지 …

그러던 차에 묘동의 우리 집에서 멀지 않은 승동교회가 그 안에 소학교를 세우고 학생들에게 공부할 기회를 준다는 소문을 들었다. 나는 유모를 졸라서 그 학교에 가보자고 했다. 우리 둘은 어렵사리 틈을 내서 장옷으로 얼굴을 가리고 승동교회 안에 있다는 소학교를 찾아갔다.

승동교회는 본래 미국인 선교사 새뮤얼 포먼 무어Samuel Forman Moore(한국명 모삼율毛三栗)이 1893년 곤당골에 세운 교회였다. 곤당골은 지금의 롯데호텔 건너편 옛 미문화원 근방에 개천이 흐르는 동네였다. 그 뒤 무어 목사는 퇴임하고 후임으로 의욕적인 곽안련Charles Allen Clark(1878~1961년) 목사가 부임했다. 그는 신도 수가 늘자 1904년 말, 지금의 인사동 입구에 해당하는 승동으로 교회를 옮겼고, 1905년 교회 안의 작은 학당을 100명 정원의 6년제 소학교로 확장해 개교했다. 내가 찾아간 학교가 바로 여기였다.

내가 찾았을 때는 이미 수업이 제대로 이뤄지고 있었다. 나는 부러움과 공부하고 싶은 욕망에 어느덧 얼굴을 가리던 장옷을 벗었다. 유모가 기겁해 다시 장옷으로 나의 머리를 감춰주었다. 나는 집에 돌아와 그날부터 아버지께 직접 말하는 대신 할머니를 졸랐다.

"할머니, 나 공부하고 싶어요, 학교 가서 공부하면 안 돼요?"

"아가, 여자가 공부는 무슨 공부를 한다고 그래? 집에서 언문만 깨치면 됐지 …."

"아니에요, 여자도 공부하는 세상이 됐어요. 아버지에게 말해주세요."

할머니는 내가 원하는 것은 무엇이든지 들어주었지만 학교 가는 것만은 반대였다. 여자가 외출하면 위험하다는 것, 할머니의 고식적인 생각이었다. 며칠 두고 졸라도 움직임이 없었다. 할 수 없이 단식투쟁(?)에 들어갔다. 밥도 안 먹은 채 이불 쓰고 드러누웠다. 할머니는 급했던지 삼촌(조경구趙經九)을 오라 불렀다. 사촌오빠 조남직趙南稷도 따라왔다. 그 오빠는 나보다 세 살 위였지만 일찍부터 의젓하고 어른스러웠다. 나를 굉장히 아끼고 사랑했다.

"저 애가 저렇게 학교 보내달라고 떼를 쓰는군. 천경天卿(숙부 조경구의 자字)이, 너는 어떻게 생각하냐?"

할머니가 물었다. 삼촌이 대답을 못 하고 입맛만 다시고 있는데 남직 오빠가 나섰다.

“할머니! 쟤 이제 학교 보내야 해요. 이제 여성들도 자기 이름 갖고 활동하는 세상이 되었어요.”

사실 그때까지 나는 제대로 된 이름도 없었고 그저 ‘아기’로 통했다. 할머니는 남직 오빠를 끔찍이 생각하며 믿고 계셨다. 막내 아드님의 외아들인데에다 인물이 준수했다. 그런 귀염둥이 오빠의 거침없는 진언에 할머니는 기가 꺾였다. 나는 속으로 박수를 쳤다.

다음 날 할머니의 명에 의해 아버지는 이의도 제기하지 못하고 내가 학교에 가는 것을 허락했다. 나는 할머니를 껴안고 뺨에 뽀뽀했다. 이제 드디어 학교에 가게 되었다.

승동소학교 시절

1909년, 나는 만 12살이었다. 학교에 가기로 결정되면서 나는 드디어 ‘조계진趙季珍’이라는 이름을 얻었다. 호적에는 여전히 ‘아기’라는 뜻의 ‘조악이趙岳伊’로 되어 있었지만 이때부터 내가 다닌 모든 학교의 학적부에는 ‘조계진’으로 기재됐다.

그때까지 학교 다닌 경력은 없었지만, 그렇다고 1학년으로 들어갈 수는 없었다. 3학년에 편입했다. 학교에서 가르치는 국어나 역사, 가사 과목은 쉽게 따라갔다. 산술(수학)이 어려웠다. 그렇지만 이미 소학교 과정을 모두 마친 남직 오빠가 부지런히 나의 가정교사로 가르쳐주어서 그것도 문제없었다.

1910년 일제가 한국을 병합하는 격동기, 아버지와 오빠들은 모두 왜놈들에게 저항하느라 집안이 어수선했고 시도 때도 없이 일본 순사들이 우리 집을 드나들었다. 벌써 어디서 정보를 입수했는지 “손녀가 학교에 가게 되어 얼마나 기쁘십니까?” 할머니에게 접근해 넉사래를 부렸다. 웃는 순사 낯에 침을 뱉지는 못하고 오빠들은 외면하거나 딴청을 했다. 그래도 비위가 좋은 그들은 모든 일에 참견했다. 그런 분위기 속에서도 나는 학교에 다니느라 약간이라도 위안을 받을 수 있었다.

정식으로 학교에 가니 눈에 거슬리는 것들이 많았다. 1911년 나는 소학교 과정을 마치고 정식으로 경성여자보통학교에 입학했다. 경성여자고등보통학교의 부속학교였다. 수업 시작 전에 명치교육칙어明治敎育勅語를 외워야 했다. 일제가 아버지에게 작위와 은사금을 주었다는 신문 기사를 읽고 선생이나 학생들 모두 축하한다고 했다. '도대체 무얼 축하한다는 거야? 우리 집은 작위받는 것을 모욕으로 생각하고 있는데 ….' 얼마 후 아버지께서 자결하려다 미수에 그치고 나도 이 사건으로 학교 가기를 일시 중단했다. 그렇지만 나는 어떤 일이 있어도 학업만은 계속하고자 마음먹었다.

아버지께서 할머니 모시고 서울을 떠나기로 결심하셨다. 아버지께서 자결하려던 행동이 할머니께 엄청난 충격을 주었다. 그로 인해 할머니도 급격히 쇠약해지셨다. 아버지께서 불효 막급함을 깨닫고 노모를 모시겠다는 일념으로 양주 사릉 시골집으로 내려가셨다. 나는 학교를 다녀야 했으므로 할머니를 따라갈 수 없었다. 태어나서 그때까지 한 번도 할머니 곁을 떠나지 않았는데 이제 헤어지게 되어 그 섭섭함은 이루 다 말로 표현할 수 없었다. 작별하는 날 할머니는 슬픔을 참고 나의 뺨을 쓰다듬으셨다.

아버지께서 양주 향리로 떠나신 뒤 서울에 남은 큰오빠는 지하활동을 더욱 활발히 했다. 태황제는 1907년 말 황태자가 일본으로 유학인지 인질인지 떠난 뒤 해외 망명 생각을 사실상 접었는데도 오빠는 끊임없이 해외로 모시는 일에 열중했다.

경성여고보에서

1914년 나는 보통학교를 졸업하고 경성여자고등보통학교로 진학했다. 당초 대한제국 정부는 융희황제 즉위 이듬해인 1908년 순정효황후純貞孝皇后의 여성교권학칙어女性校勸學勅語에 의거해 우리나라 최초의 관립 여학교로 '한성고등여학교'('경성여고보'로 약칭)를 세웠는데, 그만 나라가 일본에 병합되고 한성의 명칭도 경성으로 바뀌면서 학교 이름이 '경성여자고등보통학교'로 바뀌고 말았다. 당시의 경성여고보는 3년제였다.

원래 이 학교는 재동(지금의 헌법재판소 자리)에 있었으나 1913년 그곳을 부속 보통학교에 물려주고 인근의 경운동(지금의 교동초등학교 일대)에 새로 교사를 마련해 나가 있었다. 나중에 1920년대 들어 재동에 아주 번듯하게 교사를 지어 다시 돌아오지만 그건 내가 졸업한 뒤의 일이고, 나는 보통학교 3년은 재동에서, 고등보통학교 3년은 경운동에서 각각 마쳤다.

내가 보통학교와 고등보통학교 과정에 다니던 무렵의 조선 총독은 데라우치와 하세가와였다. 두 사람 모두 장군 출신으로 억압적인 무단통치의 장본인들이었다. 모든 분위기는 무인 일색이었고, 학교에서도 남자 교사들은 모두 군복 차림에 칼을 차고 수업에 임했다.

학생들은 흰 저고리에 검정 통치마를 교복으로 입었다. 머리는 대개 길게 땋았다. 하지만 내가 상급생으로 올라가고 졸업할 무렵에는 대부분 당시 유행하던 똬리처럼 올리는 일본 여인들의 머리형, 즉 일본말로 '히사시가미庇髮'를 하고 다녔다.

나는 키는 크지 않은 편이었지만 건강에는 자신 있었다. 2학년 때 조금 아파서 며칠 결석한 것 외에는 사실상 개근으로 졸업했다. 학과 성적도 좋은 편이었다. 모든 과목이 재미있었다. 소학교 때는 처음에 산술이 조금 어려웠지만 첫 고비를 넘기자 그것도 별문제가 없었다. 성적은 거의 대부분 10점

▲ 1914년 경성여자보통학교 졸업사진. 가장 뒷줄의 왼쪽에서 세 번째가 조계진이다.

▲ 1917년 경성여자고등보통학교 제7회 졸업사진. 둘째 줄 오른쪽에서 여섯 번째가 조계진이다.

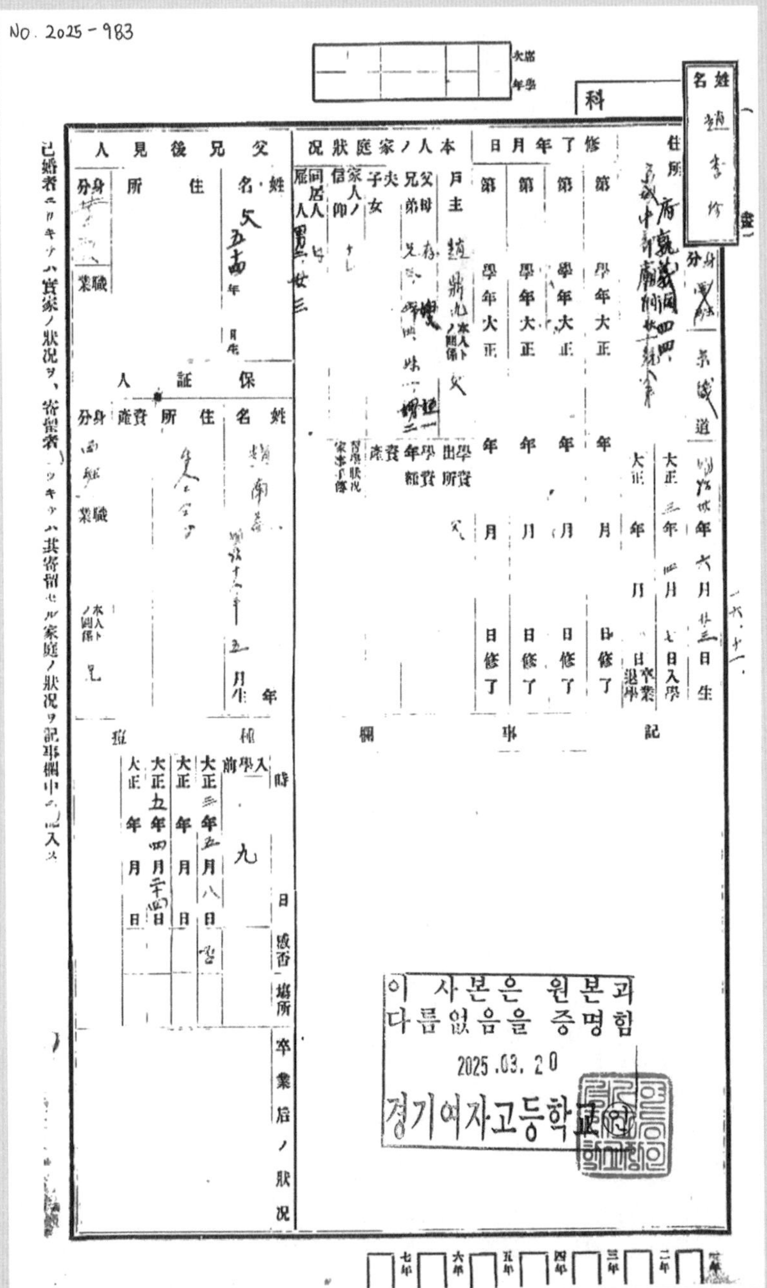

姓名　趙李修
住所　京畿道京城府竟裁洞四十四番地
本人ノ家庭ノ狀況
修了年月日
保証人
父兄後見人
科
常火
學年
大正
イ この 사본은 원본과 다름없음을 증명함
2025.03.20
경기여자고등학교

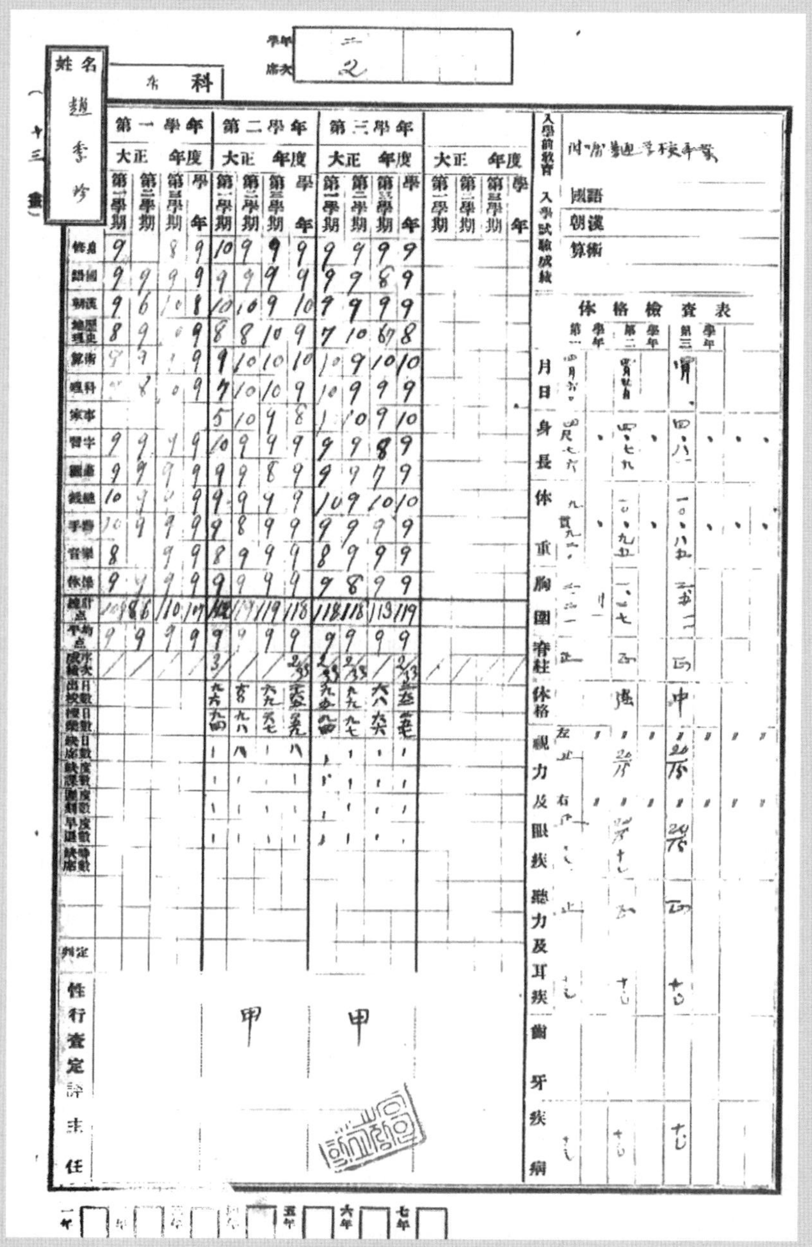

◀▲ 조계진의 경성여자고등보통학교 학적부(1914~1917년).

만점에 9~10점이었다. 그렇게 10개가 넘는 각 과목의 점수를 합산해서 평균을 내자 최종적으로 마지막에 10점 만점에 9점이었고, 졸업할 때 본과 33명 중에 내가 2등이었다. 지금 돌이켜 생각해 봐도 학교 다니고 공부하는 일 자체가 즐거웠다.

나는 이 학교를 1917년 봄에 제7회로 졸업했다. 그때 함께 졸업한 동급생은 본과가 33명이었고, 재봉·수예 등 실업 교육만 하는 기예과 18명을 합치면 모두 51명이었다. 졸업사진을 보면 우리 동급생 가운데 일부는 일본 의상을 입었지만 나와 상당수 동급생들은 한복을 고수했다.

할머니의 별세 … 나라도, 집안도 흔들리고

내가 여고보에 다니는 동안 우리 집은 계속 일제에 협조하지 않는 가문으로 찍혀 있었다. 자연히 집안의 경제 사정은 내리막길이었다. 그런 영향으로 모두가 서울을 등지고 지방으로, 해외로 뿔뿔이 흩어졌다. 가장 먼저 셋째 오빠 조남복이 YMCA 운동을 하다 미국 유학을 지망해서 1907년 결혼 4년째인 신부를 남겨둔 채 미국으로 훌쩍 떠났다.

1910년의 불행을 이겨낸 아버지는 할머니 모시고 양주로 하향하신 후, 약 5년간 지극정성으로 할머니께 밀렸던 효도를 다 하셨던 것 같다. 1915년 9월 30일 할머니가 돌아가셨다. 그날 나는 양주로 내려가 할머니 장례를 한 모퉁이에서 지켜보았다.

너무 슬펐다. 할머니가 내내 나를 보고 싶어 하셨다는 말을 듣고, 가슴이 쥐어뜯기는 아픔을 느꼈다. 할머니 말년에 함께 살며 모시지 못했음을 일생을 두고 후회했다. 자식이나 손자녀나 모두 어렸을 때만 품속에 있는 것 같다. 자라고 나면 모두 둥지를 떠난 동물 같은 존재들이다. 나는 벌써 학교에 다니느라 할머니를 생각하지 않았던 것이 사실이다. 할머니의 그 크나 큰 은덕을 나는 외면했던 것이다. 큰 죄를 지었다.

아버지는 노모마저 돌아가시자 향리에 남아 있기를 싫어하셨다. 그래서 1915년 금강산 반야암般若庵으로 자리를 옮기고 불경 공부에 열중하셨다. 큰오빠는 여전히 바빴다. 일제의 감시를 피하며 낮에는 친구들과 어울려 마치 바람난 양반 자제로 위장해 술판을 벌이고 주색에 빠진 듯이 했다. 마치 외할아버지 대원군의 흉내를 내는 것같이 자신을 위장했다. 겉으로 가장하고 속으로 은폐하며 은밀하게 동지들을 규합하면서 상동교회에 남은 신민회 동지들과 접촉했다. 가능한 대로 자금을 모아 만주 독립운동 기지에 보내기도 했다.

그러나 총독부의 무단통치는 빈틈이 없었다. 벌써 토지조사사업을 준비하고, 가구 조사 등을 통해 『범죄인 명부』와 같은 불령선인不逞鮮人들의 블랙리스트를 만들고 감시를 강화했다. 교회나 학교에도 감시원을 파견해 일일이 활동을 살폈다. 그 가운데 상동교회는 중요한 표적의 하나였다. 상동교회에서 활동하던 신민회 간부들은 1910년 대부분 해외 망명 기지로 떠났다. 나의 시아버님 우당장도 육 형제 모두의 가솔을 이끌고 떠났고, 유하현에 신흥무관학교를 세워 간부들을 양성했다. 이 학교는 무관만 양성한 것이 아니라 일종의 독립운동 기지로서 해외 망명 혁명가들이 모이는 중심지였다. 이곳에서 무장 투쟁을 본격적으로 준비하고 있었다.

일제는 만주와 국내에서 서로 연락하고 활동하는 기반을 발본색원하려 했다. 1912년 데라우치 총독 암살 사건을 모의했다는 이유로 상동교회를 집중 수색해 600여 명의 명단을 찾아내고 그들을 체포해 그 가운데 105인을 재판에 회부했다. 그 과정에서 상동교회를 지키던 전덕기 목사가 악랄하게 인간 이하의 힘든 고문을 당했다. 풀려난 전 목사는 1914년 후유증으로 38세 한창 일할 나이에 별세하셨다. 하지만 그분이 진행해 온 많은 사업들, 특히 신민회 조직이 독립운동에 미친 영향은 대단히 컸다. 그분은 큰오빠보다 여섯 살 위였지만 행동은 훨씬 노련했다. 그래서 큰오빠는 그분의 서거를 특별히 아쉬워했다.

"참 애국자였고 훌륭한 지도자였을 뿐 아니라 기독교 목회자로도 앞선 분이셨는데 …. 우리는 그분을 잃었다."

상동교회는 그분이 돌아가신 뒤에도 일제의 집중 감시를 당했다. 큰오빠는 그분이 없는 상동교회를 통해서는 독립운동 사업을 계속 지원하기 어렵겠다고 판단했던 것 같다.

1916년 큰오빠는 가족들도 모르게 신의주, 안동을 거쳐 중국 북경으로 떠났다. 그때 오빠를 인도한 분은 중국 사정에 밝은 청년 변영만卞榮晚이었다. 그는 법관으로 활약하다가 일제가 한국을 병탄하자 법복을 벗고 중국으로 망명해 기자로 필명을 날리고 있었다. 큰오빠는 그의 안내를 따라 북경에 도착해 유동열柳東說(1877~?), 조성환曹成煥(1875~1948년) 등을 만나 해외 독립운동 현황을 상세하게 파악한 뒤 돌아왔다.

07

나의 결혼, 그리고 고종 황제의 망명 계획

이렇게 우리 집이 항일 운동으로 어수선하던 때에도 나는 단단히 마음을 잡고 공부해 줄곧 우리 반에서 1, 2등을 다투었다. 그러던 중에 1916년, 그러니까 내가 열아홉 살에 여고보 3학년 졸업반이던 어느 날이었던 것으로 기억된다. 큰오빠가 아버지를 뵙고자 금강산 반야암에 다녀오더니 나를 불렀다.

"이제 너도 혼인해서 가정을 이룰 준비를 해야지?"

느닷없이 나온 말이라 나는 당황했다.

"나는 아직 결혼하는 문제를 생각해 보지 않았어요."

"이제 학교를 졸업할 것 아니냐? 그래서 미리 생각을 해보라는 것이다. 너도 천천히 앞으로의 네 인생에 대해 생각해 두라는 것이야. 안 그러냐?"

나는 큰오빠보다 둘째 오빠가 좀 더 온화하고 자상해서 좋았다. 그런데 둘째 오빠도 거들고 나왔다.

"우리 집은 대대로 노론 댁이지만 소론 댁 중에서도 아주 유명한 경주이씨 집안이 있다."

오빠들이 벌써 무엇인가 말을 맞추었다는 눈치가 보였다. 그래서 대답은 하지 않고 두 분의 말씀을 듣기로 했다.

아버지와 오빠들은 이미 마음을 굳히고 …

"이조 판서(이유승)를 지낸 집안이다. 가오실嘉梧室(이유원) 대감댁이기도 하다. 그 집은 전 재산을 처분하고 일찍 중국 동삼성으로 망명 나갔다. 어려운 일이지. 그런데 그중 한 분이 아들을 데리고 일시 귀국을 했다. 내가 그 청년을 만나보니 인물도 준수하고 무관학교를 나왔다고 하더군. 그 댁은 철저하게 항일 가문이다. 우리 집같이 일제에 항거하는 뜻이 내 마음에 들었다. 우리는 어쨌든 왜놈 치하에서 벗어나야 하겠지. 이게 아버지의 뜻이고 태황제의 뜻 아니겠냐?"

그런 집안의 내력까지 얘기하는 것을 보니 오빠들은 이미 마음을 정한 것 같았다. 나는 갑자기 나의 일생을 결정하는 큰 파도가 밀려오고 있음을 느꼈다. 이를 감내하기 어려워 눈을 감고 오빠들의 설명만 들었다.

"갑작스러운 설명에 네가 미망迷妄에 빠진 것 같구나. 오늘은 이만하고 네가 조용히 생각할 말미를 주겠다. 네 일생을 결정하는 중대한 문제이니 신중히 생각해 봐라."

오빠들이 있는 사랑에서 빠져나온 나는 깊은 생각에 빠졌다. 정말 나의 일생을 결정하는 기로에 서게 되었다. 그동안 나는 가족들이 모두 나를 떠받드는 삶을 살았고, 내가 원하는 대로 학교도 다니며 자유로웠는데 …. 이제 진로를 결정해야 할 시간이 닥친 것이다.

얼마 후 둘째 오빠가 웃는 낯으로 내 방으로 오더니 묻는다.

"오늘 신랑 봤지?"

나는 당황해서 되물었다.

"무슨 말씀이에요?"

"오늘 네 신랑 될 사람이 너 학교 가는 길을 따라갔다는데?"

나도 모르는 이야기였다. 먼발치에서 살펴봤다는 것인가? 여하튼 오빠의 말투는 이미 결정된 것처럼 '신랑'이라고 부르는 것이었다.

그로부터 보름이나 되었을까. 반야암에 계시던 아버지께서 서울에 오셨다. 집안 식구들 모두가 부산했다. 오빠들이 계속해서 안방에 들어가 아버지와 숙의를 이어갔다. 집안이 긴장 상태이고 올케들은 서로 눈치를 보며 수군수군 말들을 옮겼다. 그런 후 아버지께서 나를 부르셨다.

"그래, 학교가 재미있더냐?"

"네."

아버지는 항상 나에겐 어려운 분, 나는 기어들어 가는 목소리로 겨우 답했다.

"말 듣자니 그동안 네 혼담이 있었다고 하더구나. 나도 잘 살펴 들었다. 귤산 이유원 대감은 내가 오래전부터 아는 분이고, 또 이유승 문정공 어른도 내가 존경해 왔다. 기품 있는 가문이다. 임란공신 1호 백사 이항복 대감 댁 후손 아니더냐. 그래서 소론 댁이지만 전혀 생소하지 않다. 그 댁 손인데 망명 가서 군관학교를 나왔다더라. 그것도 내 마음에 든다. 그래서 일간 내가 보자고 했다. 네 마음은 어떠냐?"

아버지는 우리 집에선 최고의 존엄이었다. 그분이 어려운 결정을 하신 것이니 당연히 따라야 했다. 나도 오빠들이 말했을 때 큰 이견이 있는 것은 아니었다. 특히나 저물어가는 조선 왕조의 마지막 충신 가문과 새로운 시대를 열겠다고 독립운동에 나선 혁명가 이회영 가문의 결혼이라는 점도 어렴풋하나마 가슴에 묵직하게 다가왔다. 다만 신랑 될 당사자를 한 번도 보지 못한 점이 마음에 걸렸다. 그렇다고 외간 남자를 무작정 볼 수도 없는 것.

"네! 소녀는 아버님 분부대로 하겠습니다."

아버지 뜻에 따르겠다는 내 말을 듣는 순간, 아버지는 매우 흡족해하시며 망국 이후 처음으로 크게 웃으셨다. 오빠들도 덩달아 기뻐하셨다.

"일간 대궐로 가서 황제께 아뢰겠다. 너희들도 대비하라."

나는 속으로 두 가지 점이 기뻤다. 하나는 내가 아버지 뜻을 따른다고 한 것뿐인데 이렇게 내내 우울하던 아버지를 기쁘게 해드릴 수 있게 된 것이 좋았고, 또 나의 정혼을 태황제에게까지 상주하기 위해 대궐 출입을 하신다니 더욱 기뻤다. 시집을 가면 그 후 나의 삶이 어떻게 변화할지 미처 생각할 겨를도 없었다.

영친왕과 일본 황족의 강제 결혼

그 무렵 태황제는 큰 혼란에 휩싸여 있었다. 1916년 8월 3일 자 총독부 기관지 《매일신보》에 충격적인 기사가 났다. '이왕세자전하 어혼의李王世子殿下 御婚儀'라는 제목으로 이은 왕세자가 일본의 황족 나시모토노미야 모리마사梨本宮守正 왕가의 왕녀 방자方子와 결혼하게 되었다는 도쿄발 기사였다. 덕수궁과 창덕궁은 대경실색했다. 사전에 아무런 상의도 없이 일본 황실과 조선 황실의 혼인이 기정사실로 보도되다니 …. 이 혼인은 부정할 수 없는 사실이 되었다.

태황제는 그 충격으로 건강까지 해쳤다는 소식이 전해졌다. 틀림없이 여러 날 밤잠을 설치셨을 것이다. 애지중지하던 황태자가 일본 육군사관학교로 끌려가 엄한 훈련을 받는 사이에 어미인 엄귀비(1854~1911년)가 오매불망 아들 생각만 하다 급사했는데 일제는 장티푸스로 죽었다고 수선을 떨며 귀국한 황태자가 어미 시신조차 보지 못하게 통제하다 일본으로 되돌려 보내고 …. 그런데 느닷없이 황태자가 일본 왕족과 약혼한다고? 그것도 태황제에겐 한 마디 의논도 없이 먼저 보도해 기정사실화한 뒤 통보하고 …. '이게 다 이토가 짜놓은 계획이야. 내 아들 결혼을 내 마음대로 못 하고 일본인들이 정략으로 결정하다니 …. 일본 며느리가 들어서면 혈통까지 일본에 점령당해 황실은 자연히 소멸하는 것 아닌가 ….' 태황제에게는 우울한 나날이었다.

그러던 차에 또 한 가지 사건이 벌어졌다. 데라우치 초대 총독[1]의 후임으로 온 하세가와 총독은 자신의 공적으로 삼고자 융희황제를 일본으로 모셔가 자기 나라 황제와 마주 앉혀 사돈이 된 예를 갖추도록 할 계획이었다. 다시 말해 '황제 일본 여행 계획'이었다. 1차로 이완용에게 명해 황제를 설득하려 했지만 양처럼 온순한 황제도 벌컥 화를 내며 거부했다. 2차로 나선 자가 윤덕영, 즉 골수 친일파로 윤비의 백부였다. 그는 경술국치에도 공을 세운 흉악한 매국노였다. 그는 황제를 움직이려면 덕수궁의 태황제를 먼저 설득해야 한다는 간지奸智를 냈다.

그는 그날부터 덕수궁에 가서 태황제에게 일본 여행을 권하고, 거부당하면 며칠씩 연좌하여 떼를 썼다. "그놈은 수단과 방법을 가리지 않고 별별 짓을 다 할 놈"이라고 오빠들은 침을 뱉었지만 그는 특유의 집요함이 있었다. 태황제를 쫓아다니며 졸랐다. 총독부의 사주를 받은 터라 덕수궁 어디에도 태황제가 가는 자리에 거침없이 따라다니며 연좌하고 "폐하! 일본을 다녀오소서" 같은 말을 반복했다. 신경이 날카로워진 태황제가 역정을 내도, 귀를 막아도 같은 말을 반복했다. 드디어 태황제는 진이 빠졌다.

"나는 이미 늙은 몸이고 지척도 움직이기 어렵다. 꼭 방문이 필요하다면 황제에게 가서 일러라."

한마디 불쑥 한 것이 화가 되었다. 쌍놈 윤덕영은 그길로 궁내의 환관, 궁녀들 모두를 앞세워 창덕궁으로 갔다.

"태황제 폐하의 명입니다. 황제 폐하, 일본 방문을 준비하소서!"

---

1 데라우치 총독은 1910년 5월 30일 통감으로 부임해 총독이 된 뒤 1916년 10월 14일까지 재임했다.

그리고 기다렸다는 듯이 총독부가 나서서 6월 황제의 일본 방문 준비를 착착 진행했다.

태황제, 마침내 망명을 결심

이런 일을 당한 뒤 태황제는 더 이상 덕수궁에 머물면 무슨 모욕적인 일이 벌어질지 알 수 없다고 생각해 해외 망명을 다시 재고하신 것 같다. 사실 그동안 해외 망명을 주저한 것은 1907년 이후 일본에 인질로 잡혀 있는 이은 황태자의 안위를 걱정했기 때문인데 이제 그마저 일본화하는 상태가 되었으니 무얼 더 주저하겠는가? 결심하신 것 아닌가?

하루는 큰오빠가 우당장을 찾아서 무엇인가 깊이 논의하고 돌아왔다. 후일 알게 되었지만 큰오빠와 우당장은 그 무렵 이미 태황제의 해외 망명 계획을 추진하고 있었다. 그동안 우당장은 거처를 통인동의 제자 윤복영 집에서 백은 유진태白隱 俞 鎭泰 씨 댁으로 옮겨 기숙하고 있었다. 이사한 것도 동지들과 밀의 장소를 마련하기 위한 것이었다.

이 태황제 망명 계획은 극소수의 사람이 중심이 될 수밖에 없었다. 우당장이 가장 신임하는 이득년李得年(1883~1950년) 동지, 경기도 고양 분이시다. 도쿄 유학 시절부터 독립운동에 나섰고, 귀국해 보성전문 강사로 후학들을 가르치다가 우당장을 따라 망명했다. 워낙 유능하고 어재語才가 있어서 합니하와 서울을 제집 드나들 듯했고 중국 지리와 사정에 훤했다. 우당이 그분을 계획의 행동대장으로 불러들인 것이다. 그분은 말수가 적고 침착하며 무엇이든 일단 맡기면 끝장을 보는 성격이라 했다. 그리고 이득년은 손발이 맞는 후배를 한 분 천거했다. 보성전문 제자이며 그와 동향인 홍증식洪增植(1895~ 1959?)이었다. 행동이 빠르고 어찌나 민첩한지 그는 하나를 말하면 열을 지어낼 줄 아는 청년이었다. 그는 나중에 공산주의자가 되

었지만 그때만 해도 철저한 반일 청년혁명가였다.[2]

아버지는 태황제의 지시에 따라 큰오빠에게 우당장과 이득년 동지를 모시고 민영달閔泳達 대감을 찾아가라 하셨다. 민 대감은 민씨 척족 가운데 가장 충실하고 빈틈없는 행정가였다. 그는 황제를 모시면서 늘 곧고 올바른 처신을 지키셨다. 을미왜변으로 명성황후가 변을 당하자 그는 주변의 만류에도 불구하고 내무대신 자리에서 물러났다. 그런 꼿꼿한 몸가짐 때문에 황제는 그를 신임하셨고, 말년에는 그에게 개인금고도 맡겼다. 합병 이후 일제가 그에게 작위를 수여했지만 그는 정중하게 거절했다. 그리고 집에 은거하면서 황제를 도울 궁리만 했다. 황제가 그를 믿었기에 아버지에게 민영달과 계획을 의논하라고 지시한 것 같다.

그렇게 해서, 조남승과 우당장, 이득년이 민영달 대감댁에서 은밀히 회동했다. 이 자리에서 태황제 망명 계획의 대강이 정리됐다. 망명 노정路程은 육로보다 해로[3]가 안전하다고 판단했다. 태황제를 덕수궁에서 밖으로 은밀히 모시고 나와 곧바로 인천으로 가서 선편으로 중국을 향한다. 그 뒤 갑甲 계획은 천진으로 가서 북경으로 들어가는 길이다. 하지만 이는 누구나 선택하는 정상 경로여서 일본 관헌들이 당연히 이 길을 주목하고 경계를 펼 것이다. 을乙 계획은 인천에서 청도靑島로 간 뒤 거기서 북경으로 바로 들어가지 않고 일단 하남성 개봉河南省 開封으로 간다. 개봉은 송나라 수

---

2 1921년 1월 27일 이득년, 홍증식, 김한(金翰), 김사국(金思國), 최창익(崔昌益) 등이 서울청년회를 결성했다. 이 가운데 일부는 공산주의운동으로 돌아서면서 이른바 서울파의 중심 세력이 되었다. 이때 홍증식은 공산주의 운동에 가담했고, 이득년은 우당 이회영을 따라 아나키스트가 되었다. 홍증식에 대해서는 나중에 한국전쟁 무렵에 다시 한번 언급할 기회가 있다.

3 이정규, 『우관문존(又觀文存)』(삼지인쇄출판부, 1974), 37쪽(비매품).

도였고 조용한 문화도시다. 원세개가 한국에 주둔할 때 부관이던 왕광경
王廣慶(1889~1974년)이란 분이 시장으로 재직하고 있었다. 그는 그의 상관
과 같이 일본에 적대감을 갖고 있었고 청일전쟁 직전 원세개를 보좌하고
중국으로 피해 온 인물이었다. 일찍부터 한국의 독립운동을 돕겠다고 하
여 사전에 협조를 구해놓았다. 조남승은 이미 수년 전 상당한 자금을 마련
하여 그에게 맡겨 유사시 활용하도록 준비한 상태였다.[4] 개봉에서 주변의
여론이 약간 수그러들면 그때 북경으로 이동한다는 계획이었다. 1916년
조남승이 직접 중국에 다녀왔고 그 이듬해에는 이득년과 홍증식도 답사
하고 왔다. 이런 계획을 듣고 민영달 대감은 일단 5만 원을 착수금으로 내
놓았다.[5]

황제께서 망명을 결심하게 되는 또 하나의 요인이 있었다. 황제에게는
해외에 상당액의 비자금이 있었다는 점이다. 10여 년 전 러일전쟁이 일본
측에 유리하게 돌아가던 무렵, 황제는 독일 공사 잘데른von Saldern을 통해 상
해의 독일-아시아은행Deutsch-asiatische Bank, 德華銀行 책임자인 부제Buse를 불러
서 만났다. 황제는 그에게 18만 엔(엔화와 금괴 23개, 약 37만 마르크)을 주면서
예치해 줄 것을 요청했다. 또 몇 달 뒤 두 차례에 걸쳐서 1만 8,500엔과 5만
엔을 추가로 예치했다. 1907년 2월 독일로 귀국한 잘데른의 보고서에 따르
면 1906년 말 당시 고종의 예치금은 100만 마르크 이상über eine Million Mark이
었다고 한다. 황제께서 이런 비자금을 해외에 예치해 두었다는 사실은 언
제든 필요시 국외로 망명하고 싶은 심정이 있었다는 뜻이다.

---

4 조남승은 1910년 국권피탈 직후 중국 산동성 교주만에 있는 황제의 별저를 황제에게
　　서 직접 인수받아 처분한 바 있다. 그때 마련한 자금을 가리킨다.

5 이규창, 『운명의 여신(餘燼)』, 김영숙 엮음(클레버, 2004), 52~53쪽.

차일피일 미뤄지는 태황제 알현

처음엔 잘 몰랐지만 나의 결혼은 이런 거창한 그림과 연결되어 있었다. 태황제의 매제인 아버지께선 태황제의 고민을 똑같이 느끼면서도 황태자와 같은 해에 태어난 나를 꼭 그 시점에 태황제에게 보이고 싶으셨던 것 같다. 태황제께서 가장 아꼈던 누이동생의 딸이 장성해서 시집을 가게 되었다. 그것도 육 형제 일가족이 항일 운동을 위해 전 재산을 처분하고 합심 망명해 신흥무관학교를 세우고 일본에 대항해 싸우는 가문의 청년, 그 무관학교까지 나온 청년에게 시집가서 이제 나라를 되찾으러 나서게 되었다고 태황제께 보고하고 싶으셨던 것이다.

이런 아버지의 뜻에 따라 다음 날 둘째 오빠는 즉시 이왕직에 태황제 알현을 신청했다. 벌써 태황제는 경운궁에 유폐된 지 9년째였다. 일가친척들도 태황제를 마음대로 알현하지 못하고 이왕직의 허락을 받아야 했다. 당시 이왕직 장관은 병합 과정에서 나라 팔아먹은 주범 민병석閔丙奭이었지만 그는 실권이 없었고 차관인 일본인 고미야 미호마쓰小宮三保松가 실권자였다. 큰오빠는 처음부터 이왕직을 적대시하여 상종하지 않았다. 그래서 성격이 온화하고 누구에게도 친절한 둘째 오빠가 나섰다.

태황제의 조카 결혼을 상주하고자 알현 신청한 것을 거부할 명분은 없었다. 그런데 아무리 기다려도 알현 날짜가 통보되지 않았다. 이왕직이 작위와 은사금을 거부한 아버지를 탐탁지 않게 여겼기 때문일 것이다. 하긴, 아버지는 일본의 통감부가 총독부로 막 승격되는 시점에 일본의 작위 수여 등을 조용히 거부한 것도 아니고 자살 미수로 신문에 요란하게 보도되는 가운데 제1호 사건으로 그들을 난처하게 만들었으니 …. 알현 문제는 상당히 시간을 끌었다. 아무튼 집안의 경사를 태황제에게 보고하려는 것인데 그것마저 즉각 허가하지 않고 시간을 끈다니 기가 찰 노릇이었다.

결혼 준비, 망명 준비

그러는 사이에 해가 바뀌어 1917년 초. 우당장은 유하현에서 봉천으로 피신한 시어머님을 다시 서울로 불러들인 뒤 운현궁 옆 익선동에 작은 집을 장만해 살림을 시작하셨다. 이때부터 고종 황제의 망명 작업이 본격적으로 추진되었다. 그 무렵 아버지도 금강산 반야암으로 가지 않고 여러 날 서울에서 지내셨다. 그런 상황 속에 나의 결혼도 함께 준비되었다. 큰 물결과 작은 물결이라고 해야 할지, 표면적인 경사와 내면적인 공작이 섞여서 가게 되었다고 해야 할지 …. 아무튼 두 가지 일이 일면 분주하고 일면 긴장된 가운데 함께 굴러가고 있었다.

어느 날 아버지는 나의 시아버님 되실 우당장을 초대하셨다. 우당장은 아드님을 대동해 묘동 우리 집에 오셨다. 오빠들은 싱글벙글 좋아하고, 올케들도 흘끔흘끔 내 표정을 살폈다. 하인들은 부산하게 움직이면서도 집안 경사에 덩달아 신이 난 것 같았다. 나는 졸업식에 대비해 장만했던 옷들 가운데 예쁘게 보이는 것을 골라 입고 머리도 똬리형으로 따서 올렸다. 이렇게 내가 긴장하고, 예쁘게 화장하고, 옷을 찾아 입은 것을 보면 나도 시집가는 것이 내심 싫지 않았던 것 같다.

사랑에 손님을 맞은 아버지께서 나를 불렀다. 오빠들이 인도하는 대로 따라 들어갔다. 아버지와 장차 시아버지 될 우당장 두 분이 나란히 아랫목 보료 위에 앉아 계셨다. 아버지는 7년 연상이셨지만 깍듯이 예의 바르게 사돈을 대하셨다. 우선 나는 두 분께 함께 절을 올렸다. 초대면이었다. 가슴이 두근거렸고 눈을 내리깔았지만 흘끗 보니 우당 어른과 아들은 외양이 닮았다는 생각이 들었다. 신랑감은 흰 두루마기를 입었는데 오빠들과 나란히 앉은 품이 매우 똑똑한 인상이었다. '저 사람과 이제 일생을 함께하게 되는구나!' 다시 한번 곁눈으로 살펴보았다. 이렇게 상견례를 끝내자 그 방에는 아버지와 우당장만 남고, 오빠들과 신랑감은 사랑채 건넌방으로 옮겼다. 나는 안채로 다시 돌아와 내 방으로 돌아갔다.

큰오빠는 다시 사랑채 안방으로 들어가 아버지와 우당장을 모시고 무엇인가 논의했다. 그날 태황제 망명 논의 중에 큰오빠가 한 해 전 북경에 갔던 일을 중심으로 설명했다고 한다.

"1907년 양위 직후 망명지로 북간도나 서간도를 계획한 바 있지만 10년이 지난 지금 사정이 많이 달라졌습니다. 아경俄京[6]에 있다가도 해삼위로 달려올 수 있는 충신 이범진은 이미 한일합병 다음 해(1911년) 1월 자결했습니다. 북간도에 서전서숙을 세운 이상설도 올해(1917년) 4월 급사했습니다. 이제 그곳엔 태황제께서 믿을 충신들이 없고, 의병들이 독립군으로 편성되어 있긴 하나 일본군이 두만강 건너 쉽게 접근할 수 있어 안전에도 문제가 있습니다. 그래서 결국 북경을 제1 후보지로 생각했습니다."

아버지께서 이 말을 받아 우당장께 "북경도 상황이 만만치 않지요?" 물으셨다. 우당장께서 자세히 설명하시고, 이어 세 분은 북경의 상황을 길게 검토하셨다.

북경도 사실 망명에 꼭 적당한 장소는 아니었다. 1911년 신해혁명 이후 청나라는 끝장났고, 1912년 중화민국이 들어섰다. 그러나 중화민국의 대총통 손문이 물러난 뒤 새로 취임한 원세개는 남다른 권력욕으로 공화제를 무너뜨리고 1916년 3월 황제로 올라섰다. 역사의 반동이었다. 이런 무리한 권력 놀음에 중국인들이 반발해 원세개는 80여 일 만에 황제 자리를 내놓고 화병으로 죽었다. 그는 태황제의 입장을 이해할 수 있는 사람이긴 했으나 이미 이 세상 사람이 아니었다. 그 뒤 중국은 다시 중화민국으로 돌아갔

---

6 '아경(俄京)'은 아라사(俄羅斯), 즉 러시아의 수도 페테르부르크를 가리킨다.

고, 각지 군벌들이 지방 권력을 장악해 중앙정부는 무정부 상태나 다름없
었다. 그런 와중에도 원세개의 반동적인 왕정복고가 실패한 뒤 대부분의
중국인은 공화국을 지향하고 있었다.

이런 판국에 이웃 나라의 군왕이 존중받기는 어려웠다. 태황제의 북경
망명 생활이 순탄할 수 있을지 …. 걱정스러웠다. 여러 가지 정세 분석 속에
태황제의 망명 계획은 무모하다는 쪽으로 흘러갔다. 그러나 큰오빠는 이의
를 제기했다.

"지금 태황제 폐하는 옥에 갇힌 죄수나 다름없는 나날을 보내고 있습니
다. 이제 더 있으면 왜놈 손에 독살당하는 일만 남게 되었습니다. 태황제께
서도 이제 황태자마저 일본인과 결혼하면 모든 왕통, 혈통은 끊어질 것이
라 생각하고 최후의 일전을 각오하고 계십니다. 망명지가 아무리 혼란스러
워도 북경으로 갔다가 다시 국제도시 상해나 홍콩으로 이어하는 방안도 있
습니다."

이런 큰오빠의 말씀에 모두가 잠시 잠잠했다. 우당장이 입을 열었다.

"제가 귀국해 그동안 여러 사람을 은밀히 만났습니다. 대부분 경술년
(1910년) 우리가 나라 밖으로 떠날 때 합심해 나라 찾자고 맹약했던 사람들
입니다. 한데, 모두가 겁에 질렸는지 협조하기를 주저하고 있습니다. 우리
가 먼저 망명하면 뒤따라 가산 정리하고 따라오겠다던 사람들도 생각이 달
라졌습니다. 그런데도, 제가 이들에게 '태황제의 명이다'라고 하면 돈을 내
놓아요. 그러니깐 황제의 존재는 아직도 우리 국민에게 절대적입니다. 만
약 황제께서 망명하신다면 독립운동의 불길이 엄청나게 다시 일어날 겁니
다. 틀림없습니다."

큰오빠도 우당장의 말씀에 공감했다. 걱정에 싸였던 태황제 망명 계획
이 다시 살아나면서 추진하는 쪽으로 기울었다.

우리 집에서 살다시피 한 주명

며칠을 더 기다렸지만 이왕직으로부터 아버지의 태황제 알현 건은 아무 반응이 없었다. 오빠들은 초조한 반면 우당장은 태평했다. 그 아드님도 결혼한다는 사실로 행복해서 그런가, 태황제 알현 문제 같은 일은 알려고 하지도 않았다.

신랑감 이규학(자字가 주명周鳴. 우리 집에서는 그를 '주명'으로 불렀다)은 우리 집에 오는 빈도가 잦아졌고, 오빠들과는 무엇이 그리 죽이 잘 맞는지 점심, 저녁을 거의 함께했다. 한편 생각하면 측은해 보이기도 했다. 집에 가봤자 계모와 동생 남매만 있는데 무위도식하기도 어려웠을 것이다. 그래서 뻔질나게 우리 집에 오는 것 같기도 했다.

그런데 주명의 우리 집 왕래는 나를 보고 싶어 온 것이 아니었다. 태황제 망명 작업의 일환이었다. 그 작업의 주역은 시아버지 우당장이었고, 우리 오빠들은 조역이었으며, 주명은 심부름하는 전령傳令이었다. 무엇인가 사랑에서 결정되면 주명은 건넌방에 있다가도 서둘러 사랑으로 가서 지시를 받고 외출하는 그런 일이 반복되었다.

그러던 8월 말경, 내 결혼을 황제께 알리기 위한 알현 일시가 우리 집에 전해져 왔다. 아버지께서는 서둘러 준비하시면서 태황제를 알현하는 자리에 누가 수행하면 좋을까 숙고하셨다. 태황제와 은밀한 대화를 위해서는 큰오빠가 나서야 했지만 큰오빠는 일제의 감시 대상이라 둘째 오빠 조남익과 동행해 덕수궁[7]으로 입궐하셨다.

태황제를 알현하고 귀가하신 아버지는 희색이 만면하여 기쁨을 감추지

7　일제는 1907년 광무황제가 강제로 양위한 뒤 경운궁을 덕수궁으로 개명했다.

않으셨다. 태황제께서 먼저 나의 결혼을 화제로 올려 꽃을 피웠다고 했다. 태황제는 축하의 뜻으로 미리 준비해 놓았는지 여러 가지 패물을 담은 상자에 금일봉도 끼워 내리셔서 아버지께서 이를 받아 오셨다. 그 외에도 결혼식에 쓰일 여러 가지 물품까지 하사받아 청지기들이 광으로 짐 나르느라 분주했다. 아버지께서 처음으로 정색하며 나를 불러 그 기쁨을 전해주었다.

"아가! 나는 오늘처럼 기쁜 날이 없구나. 네 모친이 기세棄世한 후 너를 볼 적마다 '성혼을 시켜야지' 하고 걱정했었다. 이젠 나도 다리 뻗고 자겠다. 황제께서 황공하게 축하의 뜻을 여러 번 밝히시는구나. 이렇게까지 말씀하시더라. 황실은 외풍으로 인하여 황통皇統 유지조차 어려운데 너의 결혼은 떳떳하고 당당하게 보인다고 말이다."

마침내 결혼식

이제 결혼을 앞둔 모든 절차가 끝났다. 태황제 망명의 대강이 정해지면서 주명과 나의 결혼 시점과 장소도 정해졌다. 때는 1917년 말 즈음으로 하고, 장소는 묘동의 우리 집으로 하기로 했다. 오빠와 올케들은 나를 시집보내는 일에 최선을 다했다. 아마 장안에서 왕가의 결혼식 빼고는 가장 성대한 예식이 될 것이라는 소문이 돌았다. 나의 동창들도 나를 많이 부러워했다. 그러나 나의 마음은 이제 새로운 인생이 시작된다는 생각으로 긴장될 뿐이었다.

드디어 1917년의 동짓달 어느 날 결혼식을 올렸다. 그날은 그리 춥지 않았다. 하늘은 높았고, 날씨도 유난히 맑았다. 거북한 사모관대 차림의 신랑과 낭자, 족두리로 단장한 내가 대청마루에서 마주 서서 예식을 올렸다. 아버지와 시아버지가 동석하셨다. 오빠들과 일가들로 마루에 입추의 여지가

▲ 1917년 동짓달, 이규학과 조계진의 결혼 기념사진.

없었다.

눈을 감고 있다가 약간 뜨고 주위를 살피는데 희미하게 다섯 살짜리 어린 시동생 규창이 숙이고 있는 내 얼굴을 보고자 왔다 갔다 하는 귀여운 모습이 시선에 잡혔다. 웃음이 났다. 시아버님의 동지들도 오셨는지 규룡 시형께서 손님들을 모시고자 대청을 오르내리느라 수고하셨다. 젊은 시어머님은 위용을 갖추느라 건넌방에 나의 올케들, 운현궁에서 오신 손님들 틈에 한 치도 흐트러짐 없이 앉아 혼례 진행을 지켜보고 계셨다.

신랑은 두 번 절하고, 신부는 네 번 절하는 동안 낭자, 족두리가 걸려서 불편했다. 그래도 신랑은 익숙한 것 같았다. 돕는 집사들이 술잔을 들고 왔다 갔다 하고 그때마다 웃음꽃이 피었다. 아마 어색하게 서 있는 내 모습이 하객들 눈에 많이 띄었나 보다.

시부모님과 시집 친척들은 모두 사랑채에 모셔서 잔치를 따로 했다. 망명 중이라 했는데 웬 일가들이 그리 많이 서울에 남았는지 시고모 등 경주 이씨 먼 친척들도 모두 모였다. 모두가 부러워하는 그런 풍경이었다. 풍성한 결혼식을 위해 오빠들이 한층 더 많은 손님, 참관객을 동원했는가 싶다. 묘동 집 안채는 물론 이웃집까지 빌려 손님들을 모셨다. 마당에까지 멍석을 깔고 손님들의 술상이 차려졌다. 예식이 끝나도 나는 잠시 쉴 장소가 없었다. 신랑은 어디로 사라졌는지 보이지 않았다.

그런 큰 잔치가 폭풍처럼 지나갔다. 본래 나의 방에 신방을 차렸지만 한밤중이 되어 손님들이 모두 물러가고 나서야 첫날밤을 보낼 수 있었다. 다음 날 정신을 차리고 결혼 기념사진은 사진관에 가서 찍었다.

결혼하고도 나는 주명과 함께 묘동에 그대로 눌러앉아 살았다. 시댁이 인근 익선동에 집을 장만해서 시어머님도 와 계셨지만 뜨내기살림일 뿐이어서 며느리를 맞을 준비가 전혀 안 되어 있었다. 아버지와 오빠들은 내가 친정에 머무는 것을 반기셨지만 나는 하루빨리 시댁으로 가기를 원했다.

친정에 얹혀사는 것이 면구스러웠기 때문이다.

내가 시집으로 가는 초행길은 결혼식 몇 달 뒤였다. 이제 겨우 내가 유할 곳이 마련됐다. 그래서 신부례新婦禮를 그때 정식으로 시부모님께 드리게 되었는데 결혼식 때와 똑같이 족두리를 쓰고 예복을 입고 가마를 타고 시집으로 갔다. 내가 고명딸이라 오빠들이 정성껏 준비한 선물들, 그리고 덕수궁과 창덕궁, 운현궁에서 각각 보낸 패물과 필목 등 선물들이 마차 몇 대 분량이어서 짐꾼들이 이를 나르는 데에만 한나절이 걸렸다. 보는 이들이 모두 부러워했다. 하지만 시집에서 나를 가장 환영한 사람은 다섯 살 된 시동생 규호圭虎(해방 후 규창圭昌 개명)였다. 그는 결혼식 날 그랬듯 나를 보고서 앞에서 깡충깡충 뛰면서 나를 웃기려고 애를 썼다. 그 후 나는 친정에 갔다 올 때면 꼭 시동생을 위한 선물을 따로 준비했다. 그런 시동생을 상해에서 다시 만났을 때 그는 벌써 20대 청년으로 성장해 독립 투쟁의 헌신적이고 용기 있는 투사가 되어 있었다.

우왕좌왕하는 태황제

1918년 여름, 태황제를 모시는 환관 이교영李喬永이란 분이 아버지를 몰래 찾아와 뵈었다. 그 후 아버지께서 태황제께 나의 결혼식을 무사히 마쳤다는 보고차 덕수궁에 다녀오셨다. 귀가하실 때 아버지의 표정이 밝지 않았다. 나는 태황제께서 나의 결혼에 대해 추가적인 말씀을 하셨는지 궁금했지만 아버지는 아무 말씀 없이 곧장 사랑으로 가셨다.

나중에 들은 이야기다. 태황제께서 그동안 숙고를 거듭했지만 일제 군경의 감시망을 뚫고 망명하려면 상당한 어려움을 넘어서야 하겠기에 주저하고 계신다는 얘기였다. 아관으로 망명할 때만 해도 40대였지만 이제는 67세의 노인이었다. 태황제께서 심경 변화를 일으킨 배경에는 이런 일도 있었다. 얼마 전 태황제께서 항문 수술을 하고 궁에서 식음도 절제하고 가료 중이라는 소식을 듣고 일본에서 이은 황태자가 휴가를 얻어 귀국해서 일주일 동안 태황제를 간호한 일이 있었다. 이때 비로소 부자간에 처음으로 정이 담긴 긴 시간을 가질 수 있었다. 그 뒤로 태황제께서 마음이 약해진 것이 분명했다. 설마 망명 의사를 그에게 귀띔하고 반응을 떠보지는 않았겠지만 태황제 스스로 망명을 감행하면 또 다른 위해가 황태자에게 미치지 않을까 걱정했을 것은 쉽게 추측할 수 있다.

아버지께서 덕수궁에 다녀오신 뒤 우당장과 조남승, 조남익, 그리고 때로는 이득년까지 합세해서 숙의를 거듭했다. 이득년과 홍증식은 이미 중국에 가서 북경의 성재장과 의논해 태황제가 도착하면 들어갈 거처까지 마련했고, 개봉시에 가서 시장도 뵈었으며, 오는 길에 청도와 천진 일대도 둘러보고 왔는데 …. 귀국한 뒤에는, 더 구체적으로 덕수궁에서 잠적해 인천으로 급행 이동하는 계획, 교통편, 중간 거점, 승선 차비, 안전한 선박 등과 그에 따르는 복잡한 계획을 마련하느라 이득년은 몇 달을 고생했다. 그런데 이 모든 준비가 허사가 된다니 …. 모두가 허탈했다.

하지만 태황제께서 완전히 포기한 것 같지는 않고 우왕좌왕하는 것처럼 아버지는 느끼셨던 것 같다. 추진하는 분들에게 기다려보자는 말씀을 여러 번 하셨다. 이런 말씀이었다. 태황제는 황태자의 일본 황실 결혼에 분이 풀리지 않았다. 화제가 그리로 가면 "짐이 그대로 당하진 않을 거야!" 혼자 말을 하곤 했다. 더욱이 근자에 들어 일본 측은 결혼식을 일본에서 거행하며 태황제와 황제 일행도 모두 일본에 행차해 축하해야 한다는 점을 은근히 요구하고 있었다. 이런 곤욕스러운 요구에 태황제는 몹시 못마땅해 침묵의 시간이 길어졌다는 것이다. 이 기회에 다시 망명 의사를 굳히지 않을지 기다리셨던 것이다.

그동안 틈틈이 우당장은 아버지와 오빠들에게 국제 정세가 변하고 있음을 누누이 설명하셨다. 즉, 지난 1월 윌슨 미국 대통령이 연두교서에서 세계 평화를 위한 14개조를 발표했는데 그 가운데 '민족자결주의' 원칙이 있다. 제1차 세계대전이 끝나면 열강들이 이 원칙에 의거해 새로운 세계를 설계하게 될 것이다. 구체적으로 파리강화회의에 대비해 강대국은 물론 약소국이나 식민지 지배받고 있는 나라들도 이미 움직임이 활발해졌다. 지난 1907년 헤이그 만국평화회의보다 규모가 큰 회의가 될 것이다. 헤이그에는 특사를 파견했지만 이번에는 황제 폐하께서 직접 임석하시면 훨씬 큰 성과를 볼 수 있을 것이다. 해외에 망명하게 되면 이렇게 전 세계를 긴장시키면서 많은 선택지가 생긴다는 것이었다. 이런 말씀을 우당장은 마치 준비한 듯 아버지와 오빠들에게 설파했지만 태황제 폐하께 직접 전하지 못해 안타까워했다.

태황제 승하의 수수께끼

그런 중에 1918년도 저물어가던 12월 5일, 일본의 대정천황大正天皇은 이은 왕세자와 방자 여왕의 혼약에 관한 칙허勅許를 내리면서 결혼식을 1919년 1월 28일 아자부麻府에 있는 왕세자 저택에서 올린다고 공표했다. 이 예식을 축하하는 선발대로 윤택영, 조동윤, 이완용, 송병준, 민영찬 등 친일 거두들이 1월 20일 서울을 출발해 도쿄로 떠났다. 당연히 가야 할 것 같은 윤덕영은 빠졌다.

그런데 태황제께서 1월 21일 갑자기 승하하셨다. 승하 소식이 알려지면서 '도대체 무슨 일이 벌어졌기에 태황제가 이처럼 갑작스럽게 승하하셨느냐?'는 의문이 삽시간에 서울 장안에 퍼졌다. 가장 유력한 정보는 '틀림없는 독살'이라는 것이었다. 그러면 왜놈들이 왜 이 시기에 독살을 감행했을까? 더구나 양국 황가가 혼인하는 중요한 시기에 이런 일을 저지를 수는 없을 터인데 도대체 무슨 일일까? 이런 의문도 만만치 않았다. 여기엔 조금 숨은 이야기가 있다.

앞에서 설명한 바와 같이, '친일 악당 1호' 윤덕영은 태황제께 왕세자 결혼 축하를 위한 일본행을 강력히 주청했었다. 물론 태황제는 거부했다. 윤덕영의 수작이 다시 시작됐다. 그는 무슨 수를 써서라도 태황제를 모시고 가려고 서울에 남았고, 지근거리에서 태황제를 졸라댔다.

그 무렵 태황제의 생각은 이랬을 것이다. 일본 여성과의 결혼 자체도 인정하지 않고 있는데, 한술 더 떠 일본을 방문하라고? 그리고 일본 국왕에게 절을 하라고? 가당키나 한 소리인가? 몇 해 전 헤이그 밀사 문제로 이완용과 송병준은 일본 가서 일왕에게 사과하라고도 했지. 이 요사한 놈들! 이런 놈들의 강요에서 벗어나는 길은 무엇일까? 아예 이 어수선한 틈을 이용해 중단됐던 해외 망명을 감행하는 것이 적극적인 저항이다. 그러면 국내외 항일 세력이 결집하는 계기가 되고, 더욱이 파리강화회의가 열리는 이 시기에 망명이 성공하면 일제에 심대한 타격을 줄 것이다. 그뿐인가? 만백성도 그동안 쌓였던 한을 풀고, 황태자의 결혼도 중단될 것이다. 결행하자. 결행하다 발각되면 왜놈들이 우선 저지하려 할 것이고, 안 되면 암살도 불사할 것이다. 암살을 두려워하지 말아야지. 목숨 걸고 싸워야 훗날 종묘사직에 부끄럽지 않은 역사로 남지 않겠는가? 여기서 한발 물러서서, 일본까지 가서 황태자 결혼식에 참석하고 일본 왕에게 무릎 꿇는다면 조선 왕조 500년 역사를 망친 군왕으로 천추의 한을 남길 것이다. 이게 마지막 기회다. 아마 이런 생각으로 고민하지 않았을까 짐작된다.

그래서 가장 믿는 내관 이교영을 불렀다.

"조남승과 이회영을 찾아라. 해외 망명 계획, 그동안 미루다 꺼진 불이 됐지만 다시 살리도록 이르라."

이교영은 그날부터 부산하게 움직였다. 대궐 밖 자기 사가에 간다는 핑

계로 왕래하는 빈도가 잦아졌다. 그 무렵 이교영이 여러 차례 우리 집에 온 것이 사실이다. 무엇 때문인지 나는 몰랐지만 그가 오면 사랑에서 격론이 벌어졌다. 이런 어수선한 사이를 일제의 정탐꾼들이 그대로 지나치지 않았을 것이다.

그런데 태황제 승하 소식이 갑자기 전해졌다.[8] 정말인가? 1월 20일까지는 건강하시고 잠자리에 잘 드셨는데 그다음 날인 1월 21일 새벽에 돌아가셨다는 얘기였다.[9] 그러나 당장은 누구도 발설 못 하도록 입막음하고 있다고 했다. 서거하신 것만은 분명했다. 세상에 비밀이 어디 있나? 벌써 장안에는 대궐 내에 무슨 흉변이 일어났다는 소식이 퍼졌다.

그러던 차에 1월 22일 아침 8시 조선총독부에서는 "이태왕 전하가 22일 오전 6시 20분에 뇌일혈로 승하했고 장례는 일본 신도 의식을 따라 거행될 것"이라고 발표했다. 정확한 승하 일시부터 잘못된 발표였다.

사실 "황제께서 나인이 올린 식혜를 드시고 숨졌다"는 소문이 이미 급속도로 퍼지고 있었다. "20일 밤, 10시께 수라를 드셨는데 식후 나인이 올린 식혜를 마신 뒤 새벽 1시 30분께 황제는 혼수상태에 들어갔고 전신의 마비 증상과 경련이 일어났다"는 비교적 정확한 정보가 알려졌다. 그런데 "식혜를 올린 나인이 23일 사망했다. 이게 독살 사실을 은폐하기 위한 수작 아니면 무엇이냐?"는 것이었다. 가엾은 황제가 일제의 손에 독살됐다는 소문이

---

8   태황제의 승하와 관련된 설명은 상당 부분 윤치호,『물 수 없다면 짖지도 마라: 윤치호일기로 보는 식민지시기 역사』, 김상태 편역(산처럼, 2013)에 의존했다.

9   『조선왕조실록』, 순종(부록) 12년(1919년) 1월 20일 기사는 구체적인 병명을 적시하지 않은 채 "태왕 전하(太王殿下)의 병세가 매우 심해져 도쿄에 있는 왕세자의 별저(別邸)에 전보를 보냈다"고 기록하고 있다. 그다음 날인 1월 21일 기사는 "묘시(卯時)에 태왕 전하가 덕수궁 함녕전(咸寧殿)에서 승하하였다"고 기록했다.

일파만파 기정사실로 퍼져나갔다. 독살설을 부정할 수 없게 되었다.

총독부 발표가 하루 늦어진 데에는 이유가 없지 않았다. 태황제가 21일 새벽 승하했을 때 하세가와 총독과 이왕직 고위 간부들은 왕세자 혼례 참석 차 이미 20일 출발해 일본으로 가고 있는 중이었다. 이왕직 사무관이 '태황제 승하' 사실을 급히 총독부 야마가타 정무총감을 찾아가 보고했다. 정무총감은 공식 발표 시기, 발표문의 형식과 절차, 그리고 도쿄에서 진행 중인 왕세자의 결혼식 연기 문제 등을 결정하기엔 역부족인 관료였다. 그렇지만 총독부 제2인자로서 총독 부재중 긴급 사항은 우선 처리해야 마땅할 터인데, 모든 사항에 대해 일본에 체류 중인 총독과 궁내성 대신에게 "어찌하오리까?" 타전했다. 그러는 사이에 시간을 놓치고 말았다. 일본 궁내성에선 서둘러 발표하라고 지시했지만 그사이에 하루가 지나갔다. 그래서 승하 시점을 하루 늦게 발표한 것이 의문을 확산시키는 결과가 되었다.

또 일본 측은 "나인이 별세한 건 맞지만 태황제를 모신 나인이 아닌 노老 나인 김춘형(79세)이 별궁에서 돌아가신 것이 와전되었다"고 해명했지만 이것 역시 뒤늦은 발표였다. 나인의 죽음을 포함해 모든 게 독살설을 뒷받침하고 있었다. 이런 식으로 의심은 계속 증폭되어 갔다.

독살설의 진위는?

나의 시댁에서도 태황제 독살설에 대해서는 확신을 갖고 있었다. 그 내용은 대개 이런 것이었다.

태황제를 일본으로 모시려는 윤덕영은 그를 설득하고자 집요하게 따라다녔 는데 이에 반해 태황제는 딴생각을 품고 있으며 해외로 망명하려는 수상한 움직임을 보이고 있다는 사실이 계속 포착됐다. 윤덕영은 이왕직 장시국장

한창수韓昌洙로부터 태황제의 움직임을 전해 듣고 적지 않게 당황했다. 이를 공개적으로 저지하기는 어렵다고 판단했던 것 같다. 그리하여 두 사람은 태황제의 행동을 저지할 목적으로 시종관 한상학韓相鶴과 공모해서 미량의 수면제를 식혜에 투입하고자 했다는 것이다.[10] 그러나 황제는 식혜를 드시고 1시간 뒤 발작이 일어났다. 미량의 수면제로 행동을 일시 제지하려던 것이 그만 독약을 넣어 노쇠한 황제를 절명케 한 것이었다. 당황한 윤덕영 일파는 독살 사실을 밝힐 소지가 있는 궁녀를 처단했고, 증거를 완전히 없앤 뒤 황제의 시신이 있는 덕수궁 함녕전을 지키고 떠나지 않았다.

같은 낌새를 눈치채고 있던 아버지와 오빠들도 황제가 승하하신 뒤 궁궐에 들어가 그들의 일거일동을 계속 주시했다. 그리고 이교영에게서 상세한 정황을 들었다. 한편 황제 망명을 위해 물샐틈없이 준비하던 우당장과 이득년, 홍증식은 물론 유진태, 윤복영 등 동지들은 갑작스러운 상황 변화로 당황했다. 계획은 중단할 수밖에 없는 것이지만 앞으로 또 어떤 사태가 벌어질지 몰라서 여러 가지 가정을 놓고 대비했다. 틀림없이 황제가 급작스럽게 사망한 배경을 조사할 것이고, 그 이유를 조사하다 보면 수사망이 좁혀올 것을 예견하고 이득년과 홍증식은 그 길로 북경으로 급히 피신했다.[11]

10 《연합신문》, 1958년 12월 16~19일 자. "1918년 12월 19일(양력으로는 1919년 1월 20일) 밤, 두 한(한창수, 한상학) 씨가 독약이 든 식혜를 올려 고종을 독살했다"고 보도.

11 황제의 독살설은 여러 가지가 있지만 2009년 2월 서울대학교 이태진(李泰鎭) 교수가 찾아낸 자료가 가장 유력해 보인다. 1919년 당시 일본 궁내성의 회계심사국 장관이던 구라토미 유자부로(倉富勇三郎, 1853~1948년)가 쓴 일기에 이런 내용이 있다. "데라우치 마사타케(전 총독)가 하세가와 요시미치(현 총독)에게 뜻(意)을 전해 하세가와로 하여금 이태왕(李太王)에게 설명하게 했지만 태왕이 수락하지 않았기 때문에 그 일을 감추기 위해 윤덕영·민병석 등이 태왕을 독살했다는 풍설이 있다는 말

한편 황제는 뇌일혈로 자연사한 것이라고 공표됐지만 황제의 시신을 목격한 민영달은 그의 시신이 예사롭지 않다는 사실을 주변에 전했다.[12]

"황제께서 숨을 거둔 지 사흘 만에 시신이 완전히 부패됐고, 이가 빠져 있었으며, 수의를 갈아입히려는데 살점이 옷과 이불에 묻어났다."

이런 사실을 알게 된 우리 아버지는 주변에 있는 의료에 능통한 사람들에게 의견을 물었다. 그 결과 여러 가지 징후로 봐서 자연사한 것은 아니고 독살로 의심이 될 만한 징후가 여럿 있다는 말을 들었다.

나도 운현궁에서 들은 말은 윤덕영, 한창수, 한상학이 수라나인을 통해 독이 든 식혜를 황제에게 드려서 결국 승하하도록 한 범인들이고, 이런 사실이 발설되지 않도록 나인까지 처리했다는 이야기였다.

하지만 일본 측과 친일파들은 독살설을 부인하기에 바빴다. 먼저 "주검에 나타난 특이 사항은 없다. 일반적인 시신의 부패 과정과 다르지 않다. 뇌출혈로 인한 심장마비일 뿐 독살과는 무관하다"고 했다.

황제가 갑자기 승하하자 우리 집에선 마치 영화 필름이 돌아가다 끊어진 것같이 일체가 정지되었고, 모든 가족은 청천벽력과도 같은 놀라움으로 일제히 울음바다가 되었다. 하늘이 무너져 내린 듯한 비극이었다. 왜 갑자기 승하하셨을까? 온 집안이 슬픔에 잠겼고, 승하하신 사인에 대한 의문은 계속 깊어갔다.

을 들었다." 이태진, 「고종황제의 독살과 일본정부 수뇌부」, ≪역사학보≫, 제204집.

12 "완벽한 건강을 누리던 황제가 식혜를 섭취한 뒤 반 시간 만에 격렬하게 몸을 뒤틀면서 죽었다. 황제의 팔다리가 하루이틀 사이에 엄청나게 부풀어 올라서 통 넓은 한복 바지를 벗기기 위해 바지를 찢어야 할 정도였다. 혀가 닳아 없어지고 치아는 모두 빠져나왔다. 1피트(30.38cm)쯤 되는 검은 줄무늬가 목 부위에서부터 복부까지 길게 나 있었다"(『윤치호 일기』, 1920.10.13).

이런 비극 속에서 우리 집은 또 한 가지, 다른 긴장 요소를 안고 있었다. 혹시나 아버지께서 황제 승하를 깊이 슬퍼하신 나머지 당신도 자결을 결행하지 않을까 하는 걱정이었다. 둘째 오빠는 자신이 울음을 그치지 못해 전전긍긍하면서도 아버지 곁을 떠나지 않았다.

08

신랑 이규학의 결혼 전 이야기

이제 이야기가 1919년 1월 태황제의 서거까지 왔으니 그다음은 3월 3·1 만세운동과 우리 부부의 중국 망명을 이야기할 순서다. 그렇지만 그걸 잠시 미루고 내가 결혼하기로 결정은 되었지만 아직 혼례는 치르지 않았던 1917년, 주명周鳴(신랑 이규학의 자字)이 우리 집을 뻔질나게 드나들면서 남긴 자신의 성장담과 그 가문의 망명 초기 이야기를 소개한다.

열네 살 때 만주로 망명

어느 날, 사랑채 건넌방에서 신랑감과 이야기를 나누던 둘째 오빠가 나를 불렀다. 주명의 이야기를 듣도록 배려한 것이었다.

"내가 주명이 지나온 이야기를 듣다 보니 귀중한 이야기여서 너도 같이 듣자고 불렀다."

신랑이 자기 성장기 이야기를 오빠에게 하던 중에 나에게 다시 설명하는 자리가 되었다.

"가친께서는 1905년 을사늑약 때부터 본격적으로 항일 운동에 나서셨습니다. 1906년 신민회를 조직할 때, 보재 선생이 만국평화회의 참석차 해삼위로 출국하셨습니다. 그때 할아버지께서 돌아가셔서 가친께선 해삼위로 동행하지 못했습니다. 가친의 형제분들이 모두 장단 선영으로 가셨는데, 원래 3년상이지만 시국이 위중함을 아시고 가친께선 1년상을 치르고 1907년 상경하셔서 상동교회에 잠시 머물다 보재를 만나러 해삼위로 가셨습니다."

파란만장한 이야기를 주명은 아주 담담하게 풀어놓았다.

"그사이 1907년 정월에는 저의 친모께서 돌아가셨습니다. 그때 제 나이 만 11살, 아버지는 해삼위로 가셔서 어머니의 임종도 못 하셨습니다. 저는 상동교

▲ 조계진의 시어머니 이은숙 여사.

회의 공옥학교에 다니고 있을 때였습니다. 그때까지 어머니는 막내인 나를 유난히 애지중지했습니다. 어머니를 잃고 난 뒤 한동안 방향을 잡지 못하고 학교도 가지 않았습니다. 그다음 해 아버님이 해삼위에서 돌아오시고 상동교회 청년학원을 중심으로 활동하실 때 재혼하셨는데 당시 아버님은 41세셨고 새어머니(이은숙李恩淑)는 19세였습니다. 나보다 여덟 살 위이시라 처음에는 어머니라고 부르는 것도 어색했습니다. 그 후 그분이 아들딸을 낳으시고 나서야 나도 동생이 생겨서 기뻤습니다. 그리고 차츰 가정 분위기도 잡혔습니다."

이 말을 듣는 순간, 그보다도 더 일찍 어머니와 사별한 나는 어머니 없는 설움에 공감대를 가질 수 있었다.

"경술년, 일본에 강제로 합병되자 우리 집안은 '더 이상 왜놈 치하에서 살기 어렵다'고 보고 만주로 망명하기로 결정했습니다. 나는 학교도 그만두고 집안 정리를 하면서 망명 가는 준비에 바빴습니다. 그해 나는 만 열네 살이었는데 남보다 체격도 컸고 건장했습니다."

설명하는 그의 얼굴은 이미 흥분해 있었다.

"동지섣달 추운 겨울날 새어머니는 돌도 지나지 않은 딸을 업고 나섰습니다. 그분은 판단이 빠르고 생활력도 강해서 무엇이든 용단을 내리는 분이셨습니다. 아버지께서 항상 바쁘시다 보니 나에게 그런 어머니를 직접 도우라고 명하셨지요. 그래서 내내 그분과 젖먹이 동생을 보호하는 가운데 망명길에 올랐습니다."

이런 설명을 듣고 있자니 그의 삶이 측은해 보이기도 했다.

"압록강이 꽁꽁 얼어붙어서 뱃사공이 아니라 썰매 사공이 긴 썰매 여럿을 몰고 강을 건넜습니다. 왜놈 병사들이 국경을 지켜서 틈새를 엿보아 강을 건넜는데 젖먹이 동생이 울까 봐 가장 걱정이 컸습니다."

주명은 차를 한 모금 마시고 다시 말을 이었다. 그는 지나간 얘기들을 막힘없이 술술 풀어놓아 듣고 있으려니 재미도 있었다.

"강을 건너 안동에 들어서니 먼저 오신 둘째아버지 일행이 여관으로 안내해 찾아 들어갔는데 어찌나 짐이 많은지 나도 놀랐습니다. 어떻게 저 많은 짐을 여기까지 운반했나 신기했습니다. 동갑내기 사촌 규준圭駿이도 만나고, 그때부터 새어머니를 보호하는 일도 훨씬 수월해졌습니다."

주명의 중부仲父인 영석 이석영穎石 李石榮 선생은 육 형제 가운데 둘째이시고, 영상을 지낸 귤산 이유원 대감댁에 양자로 간 분이다. 귤산 대감은 장안에 손꼽히는 부자였다. 그런데 경술년 나라가 일제에 병탄되자 "나라가 망했는데 가문이 무슨 소용이냐?"라면서 형제들과 함께 망명하기로 마음을 정했던 것이다. 왜놈들 감시하에서 토지 등 재산을 몰래몰래 헐값으로 팔아 거금 40만 원[1]을 마련해 망명길에 오르게 된 것이었다.

---

1 1910년 당시 40만 원은 얼마나 큰돈이었나? 1969년 월간 《신동아》의 평가에 따르면 당시 가격으로 600억 원이라고 했다. 과거 귤산 대감 소유 토지의 소재지였던 남양주시에서는 2021년 그 토지의 가격만 계산해서 약 2조 원이라고도 했다.

안동에서 추가가까지 다시 900리

압록강 건너의 안동(지금의 단동)에서 출발해 우당장이 사전 답사한 삼원 포까지 가자면 약 900리 길(340km)이었다. 서울에서 부산까지 거리(325km)보다 더 멀었다. 그 먼 길을 마차 수십 대에 사람들이 나눠 타고 또 짐을 싣고 가는데 그 긴 행렬이 장관이었다. 이를 본 중국인들은 마치 군부대가 이동하는 것처럼 느꼈다고 했다.

그중에서 우선 안동에서 환인현 횡도촌桓仁縣 橫道村까지만 해도 500리 길이었다. 옛 고구려의 도읍지이기도 했던 터여서 접근하자면 산세가 험한 길을 따라가야 하는 곳이 많았다. 남자들은 대부분 말을 타고 행렬을 인도해 나갔지만 부녀자들은 덜컹대는 마차 안에서 시간을 보내야 했다. 시어머니는 돌도 안 된 시누이를 안고 젖먹이면서 마차 안에서 이동하느라 고생이 더욱 심했을 것이다. 드디어 칠팔일 만에 중간 기착지 횡도촌에 이르자 마차를 세우고 일행이 큰 집 대청을 얻어 휴식을 취했다.

이곳은 각지에서 온 망명객들이 한숨 돌리며 다시 노정을 잡는 중간 거점이었다. 이회영 일가 육 형제의 가족들과 따라온 일꾼들이 도합 59명으로 가장 많았다. 그리고 안동의 대표적 유학자 석주 이상룡 선생과 아우 이봉희李鳳羲 선생 등의 가족과 이상룡의 처남인 김대락金大洛 일가, 안동의 황호黃濩, 김동삼金東三 일가가 속속 도착했다. 이곳에서는 먼저 도착한 강화학파의 정원하鄭元夏, 이건승李建昇, 홍승헌洪承憲 등 일행이 우당 가족들을 기다리고 있었다.

이렇게 모인 사람들은 일제로부터 작위나 은사금을 받을 만한 귀족 수준은 아니었다. 대부분 소론으로 조선조의 상당 기간 권력 중심에서 비켜서 있던 선비들로서, 친일파 또는 일본의 노예가 되기를 거부하고 무장 독립 투쟁을 준비하기 위해 망명길에 나선 분들이었다.

▲ 이회영 일가가 망명하던 무렵의 추가가 마을 모습.

▲ 지금도 중국 현지에는 '추가(鄒家)'라는 마을 이름이 있다. 지금의 도로 표지판.

그 일부는 횡도촌에 남고 대부분이 최종 목적지인 유하현으로 다시 출발했다. 선발대가 와서 준비가 되었다고 기별하자 다시 마차를 달렸다. 횡도촌에서 유하현까지 역시 500리 길이었지만 여기서부터는 길이 평탄해 닷새 만에 유하현 삼원포의 추가가鄒家街 마을에 도착했다.

'추가가'란 추씨鄒氏 성을 가진 사람들의 집성촌이었다. 그곳에서 큰 옥수수 창고를 빌려서 갖고 온 짐들을 내려놓고 일행은 그 일대 여관과 민가에서 묵었다.

"까오리란이 마을을 점령하러 왔다"

그런데 그만 여기서 차질이 생겼다. 전혀 예상하지 못한 상황이었다. 지난 9월 이곳을 미리 방문한 우당장 일행을 만난 부락 촌로들은 우리 일가가 망명해 오면 환영할 것이며 중국 거주민들과 한국 망명객들이 함께 학교를 세우고 농촌을 발전시키기로 약속한 바 있었다.

그런데 막상 망명객들이 삼삼오오 오는 것이 아니라 대부대가 당도하니 이들이 당황한 것이다. 중국인들은 연일 회의를 했으나 결론이 나지 않았다. 그러자 촌로들이 지방행정기관을 찾아가 호소했다. "까오리란(고려인高

麗人, 한국인을 가리키는 중국어 호칭)이 와서 우리 동리를 점령하고 추씨들을 내쫓으려 든다"는 것이었다. 이런 오해 위에서 중국 지방공무원과 경찰이 합세해 우리를 본격 단속하면서 갈등은 점점 커졌다.

다행히 우당과 성재 두 분이 필담으로 그들을 타이르고 상황 설명도 했다. "우리는 일본인들의 핍박을 받아 이곳으로 피난 온 것이다."

그 뜻이 전달되면서 상황은 조금씩 진정됐다. 그러나 촌로들은 토지만은 결코 내놓지 않겠다는 것이어서 이곳에 무관학교를 세우려는 계획은 차질이 생겼다.

횡도촌에 있던 이상룡 선생 가족도 이곳 유하현에 속속 도착했다. 망명 지사들은 계속 오는데 근거지 마련 문제는 막연하기만 했다. 우당장은 처음에 유하현 현장縣長에게 해결책을 진정했으나 토지주가 불응하니 해결하기 어렵다는 반응이었다. 그는 "메유파쯔(沒有法子)"(중국어로 방법이 없다는 뜻)라고 연신 말하며 두 손을 들었다.

당시 만주 지역 행정은 1906년부터 동삼성 총독이 전역을 관할하고 있었다. 1911년 조이손趙爾巽이란 분이 동삼성 총독으로 부임한 지 얼마 안 되어 성도省都인 봉천奉天(지금의 심양)에 머물고 있었다. 그는 원래 산동성 출신으로 성격이 깐깐하기로 소문난 청나라 관료였다. 그를 만나 담판하고자 봉천으로 가서 여러 번 면회 신청을 했으나 거절당했다. 영석, 우당 육 형

▲ 1910년대 초 중국 동삼성 총독 조이손.

제와 이상룡 형제들이 모여 대책을 논의한 끝에 영석장이 단안을 내렸다.

"북경으로 가라. 가서 원세개 총통을 만나 해결책을 모색하도록 하자. 원세개는 나의 양부이신 가오실 대감 어른의 덕을 많이 본 분이다. 내가 그분에게 편지를 써서 사정을 전하면 무엇인가 해결책이 나올 것 같다."

▲ 1910년 무렵의 원세개.

원래 원세개는 이홍장 북양대신 휘하 오장경吳長慶(1834~1884년) 장군의 부하였다. 1882년 임오군란 때 원세개는 오장경 휘하의 장교로 서울에 진주했다. 이 부대가 장기 주둔 태세로 들어가면서 여러 가지 어려움을 당했다.

"그때 내가 이홍장과 숙친한 이유원 대감의 아들이라는 사실을 알고 찾아와 인사해서 친숙하게 왕래했다. 더구나 가친(이유승)께서 한성판윤으로 계셔서 원세개 부대의 여러 가지 애로를 해결해 주셨고 지원도 아끼지 않아 우리 가문에 특별히 감사하게 생각했던 관계가 있다. 나도 젊은 원세개와 여러 번 안면을 익혔다.[2] 내가 편지를 써주겠다."

1911년 1월 즈음 중국 사정은 어떠했나? 중화민국이 선포되었지만 남방의 손문 세력은 미약했다. 오히려 북양군벌을 배경으로 북방을 장악한 원세개가 대세를 형성하고 있었다. 원세개는 실제로 청 왕조를 무너뜨린 실력자이기도 했다. 이런 관계로 손문은 중화민국의 임시총통 자리에서 물러났고 북방의 강자인 원세개가 총통으로 올라섰다. 그래서 우당 형제들은 북경의 실력자 원세개에게 접근하기로 한 것이었다. 영석장의 서신을 받아서 우당장과 이상룡 선생의 아우 이봉희(일명 이계동李啓東) 두 분이 북경으로 떠났다. 석주 선생(1858년생)은 영석장(1855년생)과, 우당장(1867년생)은 이봉희(1868년생)와 각각 연배가 엇비슷해 서로 호형호제하던 사이였다.

---

2   이석영은 1855년생, 원세개는 1859년생이어서 연배도 비슷했다.

이석영-원세개 인연이 영향력 발휘

두 분이 북경에 도착해 보니 총통부의 경비가 어마어마했다. 우당장은 원세개 총통에게 접근할 방법을 이리저리 찾았다. '궁즉통窮則通'이라지 않던가? 인맥을 찾아냈다. 원 총통은 서울에 주재할 때 조선인 첩실을 세 사람이나 두었다. 안동 김씨, 이씨, 민씨 등이었다. 그 가운데 김씨를 가장 사랑했고 그 소생인 원극문袁克文(1889~1931년)을 후계자로 삼을 정도로 편애했다. 우당장은 우선 20대 청년인 원극문을 찾아서 그의 모친에게 "한국의 해외 망명 대표가 북경까지 와서 총통 면회를 희망한다"는 뜻을 전했다. 그런 의사가 전해지자마자 원 총통은 우당장 일행을 관저로 들도록 했다. 우당장과 이봉희 두 분은 쾌재를 불렀다.

중국식 의관을 잘 차려입고 두 분은 관저로 갔다. 원 총통은 반갑게 일행을 맞았다. 두 분은 그 자리에서 영석장의 서신을 전했다. 원 총통은 서신을 읽더니 표정이 밝아졌다. 웃는 낯으로 배석한 통역에게 말했다.

"내가 존경하는 귤산 선생의 자제로군요."

"네, 그렇습니다. 귤산 어른께서 총통 폐하를 존경하셨습니다."

"그렇죠, 하하 …. 그보다도 조선은 내 처가입니다."

그 말로 좌중에 웃음꽃이 피었다. 기회를 포착한 우당장은 원세개가 서울을 떠난 뒤 조선이 일본에 침탈당한 사정부터 요약해 설명했고, 이어 망명하게 된 이유와 경과를 설명했다.

"이제 우리는 동삼성에 독립운동 기지를 만들어 애국 청년들을 교육하는 일이 급선무입니다."

그의 입장을 고려해 무관학교 설립 계획을 직설적으로 설명하지 않고 청년들을 교육시킨다고 에둘러 말했다. 원 총통은 "그런데 무엇이 문제이냐?"고 물었고, 우당장은 "동삼성에서 외국인에게는 토지를 매매하지 않아

토지 확보가 어렵고 학교도 세울 수 없습니다"라고 당면한 애로 사항을 설명했다.

원 총통은 그런 사정을 세세히 파악하지 못했는지 잠시 궁리하더니 "비서를 딸려 보낼 터이니 동삼성 조이손 총독을 찾아가 해결책을 강구하라"고 말을 이었다. 그는 즉각 비서를 불러 명령을 내렸고, 우당장 일행은 원 총통에게 예를 갖추고 물러나 비서를 따라나섰다.

원세개 총통의 명을 받은 이는 호명신胡明臣이라는 비서였다. 그를 동반하여 봉천으로 가서 동삼성 총독 조이손을 만났다. 조 총독은 노관료답게 위엄과 공인다운 언행이 몸에 배어 있었다. 동삼성의 토지는 외국인에게 매도되지 않는다는 원칙을 분명하게 다시 설명했다. 그러나 총통의 명을 고려해 합법적인 방안을 제시했다. 우리 가운데 몇 사람이 대표 격으로 중국 국적을 신청하라는 것이었다. 그 신청서만 접수되면 즉시 토지를 마련해 주겠다고 약속했다. 크게 편의를 봐준 것이었다.

우당장과 이봉희 선생 일행은 추가가로 돌아오자마자 주어진 절차에 따라 즉시 국적 신청 수속을 진행했다. 우선 이회영·이시영 형제, 이동녕·이장녕 형제, 그리고 이봉희 등이 국적 취득 신청서를 제출했다.

마침내 신흥무관학교를 열다

조이손 총독은 이런 사실을 확인하고 즉시 명하여 토지 확보를 도와주었다.[3] 큰 고비를 넘었지만, 그렇지만 모든 것이 해결된 것은 아니었다. 당시 만주 지방에서는 일본인들이 발언권을 강화해 가고 있었다. 봉천에 총영사관을 두고 동삼성 곳곳에 마수를 뻗치고 있어 오히려 중국 관헌들이 그들의 눈치를 살필 지경이었다. 자연히 중국 지방정부 관리들은 조선의 망명지사들에게 조심조심 말썽 일으키지 말아달라고 신신당부했다.

그래서 처음엔 무관학교라는 이름도 쓰지 못하고 강습소로 허가받았다. 장소도 그들이 정해준 대로 통화현 회교보 합니하通化縣 懷敎堡 哈泥河라는 곳[4]

▲ 1912년 3월 20일 자 이회영과 이계동(일명 이봉희) 두 분의 중국 국적 입적 및 토지매입허가증. 두 분의 이름이 이 서류 오른쪽 첫 줄에 나란히 기재되어 있다.

---

3 일본 외무성 보고 중에 "明治 44年(1911년) 2月 李會榮ヲ代表トシテ奉天ニ派遣 東三省督 趙爾巽 旅費40元支給〔명치 44년 2월 이회영을 대표로 봉천에 파견, 동삼성(총)독 조이손 여비 40원 지급〕"이라고 언급되어 있다. 일본 측이 얼마나 철저하게 감시하고 있었는지 엿볼 수 있다. 여기서 여비는 조이손 총독이 아니라 총독의 비서 호명신에게 지급된 것으로 이해된다.

4 지금의 통화현 광화진(光華鎭)의 광화촌(光華村)에 속한 지역으로, 지금도 '고려촌'으로 불린다.

▲ 합니하의 신흥무관학교 터

으로 했다. 일견 보기에 작은 내를 건너 작은 언덕이 가리고 있는 지역이었다. 그 언덕에 올라서면 앞쪽으로 평지가 널려 있고, 산에 빙 둘러가며 막사를 지으면 외부에서 잘 보이지 않을 지형이었다. 영석장은 그 토지를 사들였다.[5] 여기에 신흥무관학교 교사를 세우고 본격적인 무관 양성 교육에 착수하기로 했다.

석주 선생과 함께 망명해 온 백하 김대락 선생의 『백하일기白下日記』에 "임자년(1912년) 음 2월 8일(양 4월 5일) 이동녕과 이철영李哲榮이 와서 학교 짓는 일을 말해주었다"라고 기록된 것으로 보아 이때 학교 교사를 완공한 것 같다.

이제 경학사를 조직하다

합니하 시절의 신흥학교 이야기로 가기 전에 1911년 말 삼원포에 망명객들이 몰려들기 시작하던 때의 이야기를 조금 더 하자. 이곳은 원래 작은

---

5 대정 원년(1912년) 9월 19일 자 일본 외무성 자료 '이시영 이동녕의 동정(李始榮 李東寧ノ動静)'을 보면 "明治 45年 移住經緯 詳細ニ記述サレテイル 支那人所有土地 陸田 約35日耕作, 水田ニスベキ 原野 25日耕作(메이지 45년 이주 경위를 상세히 기술하고 있음. 중국인 소유 토지 밭 약 35일 경작 규모, 논으로 만들 벌판 25일 경작 규모)"이라고 기록되어 있다.

촌락이라 그 많은 사람들을 수용하기 어려웠다. 그리하여 유하, 통화, 환인 일대에 분산해 일단 정착했는데 1912년 1월과 2월의 만주 겨울 날씨는 살인적이었다. 게다가 중국의 주택은 온돌이 아니고 컹炕이라는 난방 구조였다. 옛날 우리 군대의 내무반처럼 가운데 통로가 있고 양쪽에 석탄 화덕으로 열을 가하면 바닥이 따뜻해지는 구조였다.

신흥학교는 시작이 반이라고 벌써 젊은이들을 모아서 그런 엉성한 집에서 교육을 시작했다. 1기생으로 변영태卞榮泰, 성주식成周寔, 강한연姜翰演 등 11명이 임대한 옥수수 창고에서 교육을 받았다. 겨울을 난 뒤 2기생으로 주명과 동갑내기(1896년생) 종형제 두 사람 규준, 규훈圭勛을 포함해 약 20명이 일반 교육과 군사 훈련을 받았다.

신흥무관학교는 모든 교육 과정과 숙식을 제공했다. 서울에서 온 모든 여성들, 특히 양반댁 규수도 가리지 않고 모두가 나서서 음식을 장만했고 의복도 광목을 필로 사서 염색한 뒤 솜을 넣고 군복을 마련해 주었다. 염색 기술이 시원치 않아 얼룩덜룩했는데 결과적으로 지금의 위장 군복처럼 무늬가 생겼다.

우당장은 서울에서 따라온 일꾼을 따로 불렀다. "오늘부터 너희는 독립군이다. 과거 머슴처럼 행동하지 말라!"고 당부했다. 그럼에도 불구하고 어떤 이는 우당이 부르자 "네이!" 하고 뛰어와 앞에 부복했다. 우당이 "왜 머슴처럼 행동하느냐?"고 그들을 꾸짖었다.

이런 식으로 시작된 신흥무관학교 생활을 주명은 열심히 설명했다.

"엄청나게 추운 날씨에 솜옷 군복을 껴입고 산으로 들로 많이 옮겨 다녔습니다. 얼마나 배가 고픈지 산에 올라가 남의 옥수수를 몰래 훔쳐서 구워 먹기도 했죠. 고된 훈련을 받고 졸업한 뒤에는 아버지의 비서 격으로 수행하고 다녔습니다. 그때도 아버님은 망명해 온 동지들과 회합을 하고자 여기저기 이동하셨는데 아버지를 따라 만주벌판을 안 가본 곳 없이 누볐습니

▲ 1911년 삼원포 시절의 경학사의 농지 모습과 현재의 그곳 모습.

다. 무장도 했고 말 타는 법도 그때 처음 익혔죠. 말에서 떨어져 대퇴부 부위에 상처가 나서 곪았는데 아버지께서 인두로 지져서 지금도 상처가 남아 있습니다.”

서부영화에나 나올 법한 이야기들이었다. 그는 이런 설명을 미리 준비한 것처럼 줄줄 풀어서 이어나갔다.

“긴 겨울을 난 뒤 삼월 어느 날 추가가에 있었던 일을 잊을 수 없습니다. 대고산 밑의 넓은 평지에 그날 오후 동지들이 약 200명 모였습니다. 사전에 준비했는지 석주 선생, 석오 선생, 둘째 아버님 그리고 아버님이 차례로 임시로 만든 연단 위에 올라가 앞으로의 독립운동 방략을 설명하셨습니다. 사람들은 연단 밑에 옹기종기 모여서 모두 털모자 쓰고 솜옷 소매에 팔짱 끼고 열심히 들었습니다. 그 자리에서 장차 합니하로 옮겨 가 본격적으로 무관학교를 세우고자 교사 짓는 작업을 시작했다는 설명, 그리고 그곳에서는 농경지를 갈아서 농사를 짓는다는 설명도 있었습니다. 그런 뒤 ‘경학사耕學社’를 조직하기로 결의했습니다.

석주 선생이 손수 준비한 두루마리 경학사 취지문을 읽으셨는데 그 노인이 읽는 도중 한문으로 된 부분을 우리말로 설명하시다가 흥분하여 주먹 쥔 팔을 높이 올리면 모두가 이에 호응해서 박수를 쳤습니다. 그러면서 단상 밑 군중은 연설 내용에 호응해 “옳소”, “옳소”, “동의합니다”를 연발했습니다. 어떤 이는 품에서 손수건을 꺼내 눈물을 닦기도 했고 고개 숙이고 한숨 짓는 이도 있었습니다. 하여간 모두가 감동했고 결의에 찼습니다. 나는 항일 무장 투쟁이 그날 본격적으로 시작되는 것으로 느꼈습니다."

주명은 설명을 계속했다.

"추가가 시절 고생한 이야기를 좀 더 하겠습니다. 그 지역 창고를 빌려 교육을 시작했는데 급히 만든 교재로 역사, 한글 등 학과 공부를 했습니다. 그리고 대한제국 군대 부위副尉로 있던 이장녕李章寧(1881~1932년), 이관직李觀植(1882~1972년), 김창환金昌煥(1872~1937년) 등 장교들이 훈련 교관으로 속속 나섰습니다. 왕년의 장교 기질이 남아서 어찌나 엄격하게 훈련을 시키던지 몸은 고달프고 배는 고픈 고난의 행군이었습니다. 겨울에 은폐할 곳도 마땅치 않고, 밀림에 들어가도 불을 피울 수 없었습니다. 연기가 나면 적에게 노출된다고 맨몸으로 추위를 견디며 이삼일씩 산에서 지내다 내려오면 탈진해서 몸에 무리가 많이 갔습니다."[6]

결혼 후 들은 바로는 그런 훈련 중에는 씻지 못하다 보니 몸에 이가 많이 꾀어 가렵고 괴로웠다고 한다. 그래서 틈만 나면 집단으로 양지바른 곳에 나가 모두 웃통을 벗고 이를 잡곤 했다고 한다.

---

[6] 신흥무관학교의 훈련에 대해서는 님 웨일즈가 『아리랑: 조선인 혁명가 김산의 불꽃 같은 삶』(동녘, 2005)에서 구체적인 기록을 남겼다. "학교는 산속에 있었으며 18개의 교실로 나뉘어져 있었다. 18살에서 30살까지의 학생들 100명 가까이가 입학했다. 학과는 새벽 4시에 시작하고, 취침은 밤 9시에 했다. 우리들은 군대 전술을 공부했고, 총기를 갖고 훈련을 받았다. 가장 엄격하게 요구했던 것은 산을 재빨리 올라갈 수 있는 능력이었다. 게릴라 전술과 한국의 지세, 특히 북한의 지리에 관해 주의 깊게 공부했다. 봄이면 산이 아름다웠다. 다들 희망으로 가슴이 부풀어 올랐으며, 기대로 눈이 빛났다. 자유를 위해서라면 무슨 일인들 못하겠는가?"

그 많던 돈 다 떨어지고 … 국내 잠입

"그런데 그해(1911년) 만주에 흉년이 들었고 중국인들의 매점매석으로 식량 품귀 현상이 일어났습니다. 둘째아버지가 많은 돈을 지불해 식량 확보에 나섰습니다. 그리고 그다음 해에도 추수가 잘 안 되어 연거푸 식량이 부족했습니다. 이를 해결하기 위해 갖고 간 자금이 모두 소진되었습니다. 우리가 망명하기 전 신민회 동지들이 결의하기를 만주에 무관학교가 설립되면 자금 지원을 계속한다는 것이었습니다. 그러나 막상 자금이 필요하게 되었는데 국내에서 자금은 오지 않았습니다. 그래서 아버지께서 자금 마련을 위해 처음엔 사람을 보내더니 나중엔 직접 귀국하신다기에 제가 따라나서서 모시고 귀국하게 되었습니다."

우당장과 아들 주명이 서울에 당도해 보니 거주할 집도 없었다. 저동 집은 물론이고 창동에 있던 영석장의 큰 집까지 왜놈이 차지했다. 할 수 없이 제자인 윤복영尹福榮(1895~1956년) 집에 숨어 있게 되었다. 윤복영은 우당장의 상동청년학원 시절 제자였다. 그분은 1910년 망명길에 따라나서겠다는 것을 우당장이 깊이 생각해 만류했었다. 당시 그의 어머님이 독자인 그를 의지하고 살았었다.

"자네 자친慈親[7]께서 홀로 계시는데 자네가 나를 따라간다면 나야 좋지만 자친에게 자칫 불행이 닥칠지 모르지 않겠나? 그러니 그대로 여기 남아서 어머님을 잘 모시면서 상동교회를 중심으로 국내 거점에서 활동을 계속해 주기 바라네."

그리하여 윤복영은 망명을 단념하고 우당장이 망명해 있는 동안 국내에

---

7 '자친(慈親)'은 어머니의 존댓말이다.

서 지하활동을 하며 푼푼이 모은 자금이나 필요한 물품을 보내곤 했다. 더욱 중요한 것은 각종 정보였다. 총독부의 동향도 수집해 서신이나 인편으로 보내곤 했다. 윤복영은 우당장이 살아 계실 때는 물론 돌아가신 뒤에도 우리 시어머님까지 계속 후원한 성실한 동지였다.

하여튼 우당장은 국내에서 활동하는 것도 여의치 않았다. 망명한 지 불과 햇수로 4년인데 서울 인심이 확 달라져 있었다. 무단통치로 많은 애국지사들이 구속되는 바람에 활동하기도 매우 어려웠다. 교회, 학교, 사회단체 등 일제의 마수가 미치지 않은 곳이 없었다. 곳곳에 친일파 밀정들이 암약하고 있어 움쭉달싹하기 어려웠다. 그런 긴장된 환경에서 우당장은 옛 동지들을 찾아다녔고 여러 경로로 자금을 마련하면 아들 주명을 불러 이를 만주로 전달하곤 했다.

일제의 감시가 허술할 리 없었다. 1915년 8월 주명이 자금 전달차 만주로 간 사이에 우당장이 종로경찰서의 유명한 고등계 미와이三輪 형사에게 걸려들었다. 그리고 연행되어 구속되었다. 각종 증거 자료를 들이대며 이석영, 이시영과 함께 행동하지 않았느냐고 추궁했지만 우당장은 여유 있게 부인했다. 우당장은 평소 어디에도 자신의 흔적과 증거물을 남기지 않았고, 어떠한 감투도 피하셨다. 신흥무관학교 간부 명단에도 오르지 않았다. 그들이 형과 아우의 이름을 들이대며 얼러대도 우당장은 나는 그들과 뜻이 안 맞아 서울로 왔노라고 부인했다. 약 2주 꼬박 조사받았지만 꼬리를 밟히지 않았다. 그리고 석방되었다. 물론 불령선인으로 감시 대상에 오르게 되어 더욱 조심했다.

우당장이 만주를 떠나 일시 귀국한 뒤 시어머니는 1913년 아들 규호圭虎를 낳았다. 그리고 얼마 있다가 만주 마적들의 습격을 받았다. 시어머니는 마적단이 쏜 총알이 어깨를 관통하는 부상을 입었고, 영석장이 무관학교 생도 몇 명과 함께 마적단에 납치되었다. 시어머님이 크게 다쳤다는 소식을 듣고 성재장의 사위 박돈서朴敦緒가 주동이 되어 무관학교 생도 몇몇과 함께 통화까지 200리 길을 가서 세브란스 출신 개업의 김필순金弼淳을 모시고 와 치료했다.

문제는 당시 '만주왕'이라는 별명까지 갖고 있던 영석장의 납치였다. 마적들도 영석장의 정체를 알고 더 당황했다고 한다. 조이손 동삼성 총독까지 존경하는 인물이었으니 그럴 만도 했다. 동삼성 정부에서 관군 1개 중대를 보내 마적단에 납치된 영석장과 생도들을 찾아 모시고 돌아왔다. 그리고 관군이 시어머님을 마차에 태워 통화의 병원에 입원케 했다.

이처럼 빠른 시간에 사후 조치를 할 수 있었던 것은 뭐니 뭐니 해도 영석장의 금력과 평소 맺어온 인간관계에 힘입은 것이었다. 시어머님은 40여 일 입원 치료를 받고 퇴원했고, 그 후에도 영석장과 주변 동지들, 그리고 생도들의 극진한 간호로 완쾌하셨다.

그 뒤에도 마적단은 일본의 사주를 받았는지 두 차례 더 신흥무관학교를 습격해 분쟁을 일으켰다. 특히 성재장이 조선의 고관을 지냈기 때문에 일본 관헌은 그를 체포하고자 혈안이 되었다. 결국 성재장은 일시 봉천으로 피신했다. 큰형님이신 이건영 옹은 1914년 선영이 황폐했다는 소식을 듣고 경기도 장단으로 귀국하셨다. 따라서 합니하에 남은 이는 둘째 이석영, 셋째 이철영 형제뿐이었다.

어려운 중에 계속된 만주 생활

만주 지역이란 곳은 고약한 풍토병으로 인해 건강을 유지하는 일 자체가 어려웠다. 영양실조, 과도한 노동으로 병이 나면 대개 시름시름 앓다가 회복하지 못하고 쓰러졌다. 성재장은 이상설을 만나기 위해 북간도로 떠나 있던 사이에 홍역으로 일곱 살 난 손녀를 잃었고 그 충격으로 아들 규봉圭鳳

은 우울증에 걸려 식음을 전폐했다. 성재장의 박씨 부인도 아픈 것을 말없이 참고 견디다 1916년 3월 마침내 세상을 떠났다. 졸지에 시숙부 성재 옹은 40대 말에 홀아비가 되었다. 하지만 그 이후 새장가 들지 않고 망명 시기 내내 홀로 지내셨다.

이처럼 망명할 때는 굳은 결심으로 떠났지만 연거푸 흉년에 풍토병으로 부인과 자녀들이 희생되면서 사기가 많이 떨어지기도 했다. 일제의 감시가 점점 심해져 가는 상황을 타개하려면 중국인들 틈에서 그들의 환심을 사고 활동 영역도 넓혀야 했는데, 그러자면 자금이 필요했다. 가장이 그렇게 자금을 구하고 지하활동을 하러 집을 떠나 있다 보면 자연히 남은 식구들은 또 다른 고통을 당하는 등 어지러운 가정사로 가족이 해체된 경우도 많았다. 이런 어려움 속에서도 우리 시숙들은 신흥무관학교를 지켜야 한다는 일념으로 꿋꿋이 젊은이들과 한 가족이 되었고 독립군 간부들을 계속 배출했다.

그사이 조선을 강점한 일제는 토지를 차지하고 쥐어짜는 수탈을 감행하고 있었다. 그렇게 농토를 빼앗긴 농민들 중에서 만주로 이주해 오는 숫자가 점점 늘어났다. 총독부 강압정치, 약탈정치의 결과였다. 동삼성 가운데 길림성에 온 동포 수가 가장 많았다. 길림성의 환인, 유하, 통화, 홍경興京, 해룡海龍, 혼강渾江, 화순樺句 일대에 한인들이 자리 잡고 모여 살았다.

이들에게 가장 큰 문제는 자녀들 교육이었다. 그때나 지금이나 한국인의 교육열은 남달랐다. 이주한 사람들은 함께 모여 학교 설립하는 것이 가장 우선적인 과제였다. 이들은 창고 하나를 빌려서라도 학교를 세우려 했다. 늘 자금이 문제였다. 소문을 듣거나 알음알음 으레 영석장을 찾아와 도움을 청하곤 했다. 영석장은 자금이 떨어져 가는 형편이더라도 내색하지 않고 얼마가 필요한지 묻고 상당 부분을 해결해 주곤 했다.

그런 학교들이 모두 초기에는 교실 한두 개로 시작했지만 나중엔 제법

▲ 신흥무관학교 출신 교사 일곱 명의 희생을 기리는 비석.

규모를 갖췄다. 1913년부터 1918년까지 동명東明학교, 동광東光학교, 흥동興東학교, 배달倍達학교, 여명黎明학교 등이 잇따라 세워졌다.[8] 학교가 건물만 갖고 되는가? 가르치는 교사들이 필요했다. 신흥무관학교 졸업생들은 우선 독립군으로 나갔지만 일정 숫자는 이런 민족학교의 교사로 파견됐다. 경신참변庚申慘變[9] 때 왜놈들이 학교를 습격해 그 학교에 교사로 근무하는 신흥무관학교 졸업생 일곱 명을 한꺼번에 몰살시킨 일이 있었다. 그때 희생된 이의 비석 일곱 기가 지금도 나란히 남아 있어 찾는 이들에게 큰 슬픔을 준다.

만주 일대에서는 일본군의 사주를 받은 만주 관헌이 우리 활동을 계속 방해하고 또 조금이라도 트집이 잡히면 연행하는 일이 비일비재했다.

8　『李會榮綜合材料』 참조. 遼寧省 新賓滿族自治縣 縣志辦公室 1999년 9월 1일 제공.

9　경신참변은 경신년인 1920년 봉오동과 청산리에서 독립군에 대패한 일본군이 재무장해 그해 10월부터 만주 일대 한국 동포들을 상대로 대대적인 학살전을 벌인 일을 가리킨다. 이때 희생된 우리 동포가 3,469명에 이르렀다.

1910년대 중반에 이르러 신흥무관학교의 운영이 점점 어려워지는 가운데, 영석장이 마지막까지 자금을 계속 투자하고 서울에서 우당장이 부단히 자금을 보태어 어려운 중에서도 학교를 지켰다. 이곳을 찾는 젊은이들도 늘어났다.

당시 서울에서 우당장의 활동을 가장 많이 후원한 사람은 사실 나의 큰 오빠 조남승이었다. 조남승도 1916년 중국에 다녀온 뒤로 중국에서의 독립운동에 많은 기대를 걸었다. 그리하여 수시로 태황제께 중국에서의 독립운동 사정, 우당장의 서울에서의 모금 상황 등을 은밀하게 보고하곤 했다. 그러면 태황제께서도 숨겨놓은 자금을 내주기도 했고, 제3자를 주선해 주기도 했다. 역시 태황제의 힘은 여전히 컸다. 우당장이 직접 접촉하다 거절당한 사람들도 태황제의 뜻이라면 몰래 자금을 제공하곤 했기 때문이다.

제3부

중국에서 보낸 나날들

01

북경, 나의 첫 망명지

1919년 양력으로 1월 21일. 고종 황제께서 승하하셔서서 모든 국민이 슬픔에 잠겼다. 독살설이 유력하게 퍼지면서 슬픔이 분노로 바뀌어 갔다.

이런 국민적 감정을 읽은 천도교 수장 손병희孫秉熙는 국민대회를 소집하라고 격고문을 발표했고, 이 격고문을 받아 읽은 전국의 천도교도들은 속속 상경했다.

제1차 세계대전 강화회의와 고종의 인산

그 무렵 일본에 유학하던 학생들 사이에서는 1918년 1월 제1차 세계대전의 종전에 즈음하여 발표된 월슨 미국 대통령의 평화원칙 14개조에 따라 '이제 약소국 독립의 기회가 오리라'는 막연한 기대가 퍼져 있었다. '세계정세가 이런 평화 분위기를 타고 나가면 조선 독립도 가능하다'는 낙관론이 우리 사회 구석구석에 퍼지고 있었다.

그래서인가? '제1차 세계대전의 전후戰後 문제를 협의하는 파리강화회의에 우리 대표도 파견해야 한다'는 주장이 힘을 받았다. 그러나 정부가 없으니 자연히 중국 상해를 중심으로 급조한 '신한청년당' 대표 자격으로 외국어에 능통한 김규식金奎植[1]이 파리로 파견됐다.

정세 판단에 민감한 학생들은 이 기회에 조선 독립의 의지를 세계에 밝히고 세계 여론에 호소해야 한다고 생각했던 것 같다. 특히 일본 도쿄에 있던 유학생들은 이를 행동에 옮길 실행 위원으로 최팔용 등 여덟 명[2]을 선발해 조선청년독립단을 조직하고, 그중 한 명인 이광수가 독립선언서의 기초를 맡았다.

1919년 2월 8일, 도쿄의 기독교청년회관에 모인 600여 명의 한인 유학생들은 독립선언서를 발표하고 일본 정부와 도쿄 주재 외국 공관에 일제히 선언서를 보냈다. 한인 학생들의 기습적인 행동에 일본 당국은 경악했다.

이 학생들은 거사 직전 송계백과 최근우崔謹愚 두 사람을 국내에 보내 주요 인사들과 협의하고 필요한 자금도 얻어오도록 했다. 두 사람은 우선 스승인 중앙학교 현상윤玄相允을 찾아갔다. 이들을 만나 설명을 듣고 독립선언서 초안을 본 현상윤은 깜짝 놀랐다. 즉시 교장인 송진우宋鎭禹에게 보고했고, 송진우는 보성학교 교장 최린崔麟에게 이 사실을 알렸다.

마침 천도교의 묵암 이종일黙庵 李鍾一은 손병희의 격고문을 보고 상경한 천도교도들을 조직해 가고 있었다.

"고종 황제께서 일본에 의해 독살당하셨다. 이것은 무엇보다도 대한인의 울분을 터뜨리게 하는 일대 요건이 아닐 수 없다."[3]

---

1 김규식은 일찍이 미국인 선교사 언더우드의 도움으로 관립 영어학교에서 수학한 후 성적이 우수해 미국 로녹대에 유학했다. 1904년 귀국해 경신·배재 학교 교사로 일하고, YMCA와 새문안교회에서도 활동했다. 파리로 파견되는 시점에는 중국 산동성의 앤더스 마이어 회사에 근무 중이었다.

2 당시의 도쿄 유학생 대표 여덟 명은 최팔용(崔八鏞, 와세다 대학), 서춘(徐椿, 도쿄 고등사범학교), 백관수(白寬洙, 세이소쿠 영어학교), 이종근(李琮根, 도요 대학), 송계백(宋繼白, 와세다 대학), 김도연(金度演, 게이오 대학), 이광수(李光洙, 와세다 대학), 김철수(金喆壽, 게이오 대학) 등이었다.

이렇게 천도교도들이 고종 황제의 갑작스러운 승하에 분노하고 있을 때, 손병희는 도쿄 유학생들의 독립선언을 손에 넣었다.

"일제의 수도에서 젊은 학생들이 궐기했는데 우리가 가만히 있을 수 있나?"

천도교도들의 궐기를 촉구했다.

독립선언 대표 규합의 막전막후

그래서 최린은 개신교의 이승훈과 접촉해 전국적인 독립선언의 필요성을 역설하면서 종교인이 나설 것을 제안했다. 이렇게 흥분되고 긴박한 분위기 속에서 우당장은 자신이 몸담았던 상동교회를 중심으로 이 운동에 불을 붙이려 했지만 상동교회에서는 신민회의 투쟁 정신이 사라져 버린 상황이었다. 1914년 전덕기 목사 서거 이후 상동청년학원은 폐쇄되었고, 그 학교를 지키던 김진호 목사도 배재학교 교사로 자리를 옮겼다.

그럼에도 우당장은 상동교회 시절 동지였던 이필주 목사에게서 독립선언 준비 소식을 전해 듣고 불교계의 만해 한용운과 연결되도록 도왔다. 우당장은 부지런히 오세창吳世昌을 비롯해 이상재, 유진태, 안곽安廓 등과 아침저녁으로 만나 대책을 밀의했다. 이들은 모두 황제의 망명을 은밀히 돕던 분들이었다. 이제 망명을 추진하던 황제는 세상을 떠났지만 독립 선언과 그에 뒤따른 임시정부 수립이라는 보다 구체적인 운동이 각지에서 일어났다.

독립선언의 '얼굴'로 나선 천도교의 손병희와 기독교의 이승훈은 국민

3　묵암 이종일은 3·1 독립선언 33인 민족 대표의 한 분으로 당시 천도교 인쇄소 보성사를 운영하고 있었다. 그는 독립선언서를 책임지고 인쇄했다. 그가 남긴 『묵암 비망록』의 1919년 1월 22일 기록 참조.

눈높이에 적당했다. 하지만 나머지는 아직 고만고만한 중간층에 불과했다. 그래서 최남선, 송진우, 최린 등은 거물급 인사들의 호응이 필요하다고 판단하고 직접 설득에 나섰다. 대표적으로 박영효, 한규설, 윤용구, 김윤식 등을 찾았다. 박영효와 김윤식은 작위를 받은 자여서 먼저 접근했으나 거부당했다. 그래서 작위를 거부한 한규설이나 윤용구는 호응하겠거니 예상했지만, 처음엔 응할 듯하기도 하다가 막판에 모두 "이제 조용히 살다 가겠다"며 나서기를 고사했다.

막판에 손병희는 친일 거두 이완용을 설득하고자 직접 나섰다. 주변에선 그를 포섭하려다 역으로 정보만 누설된다고 만류했다. 하지만 손병희는 "이완용이 그 정도 소인은 아니다"고 단언하며 그의 조카뻘 되는 천도교도 이회구李會九를 대동하고 찾아갔다. 그러나 이완용은 단호하게 "이제 새삼스레 독립선언에 가담할 수 없다"고 거절했다. 손병희가 전하는 말에 따르면, 이완용은 거기 보태어 "독립선언이 실현되어 나라를 찾는다면 나는 사람들에게 맞아 죽을 것이오. 그렇게 죽게 되면 다행한 일 아니오?"라고 했다는 것이다. 정말 그런 말을 했는지는 알 수 없다. 그가 독립선언 이후 경고문을 발표하긴 했지만 당시의 접촉 사실을 일본인에게 고해바치지 않은 것만은 분명하다. 그는 끝내 이중적이었다.

이처럼 독립선언의 준비는 은밀하게 진행됐다. 거사일은 당초 고종의 장례일인 3월 3일로 정해졌지만 그것은 예의가 아니라는 의견이 받아들여져 3월 1일로 앞당겨졌다. 3월 2일은 일요일이라 하루 더 당긴 것이었다.

거사일 직전 국내에서 떠난 우당장

이런 결정을 보고 우당장은 큰아드님 규룡을 대동하고 현순 목사와 함께 2월 24일 중국 북경으로 재차 망명했다. 떠나시기 전 시어머님에게 나머지

가사를 신속히 정리하고 우리 내외와 함께 뒤따라 북경으로 오라 하셨다.

"황제 인산 날 큰 소란이 있을 것이야. 단단히 대비하고 빠른 시일 안에 북경으로 와야 한다."

그 무렵 아버지도 금강산으로 가시지 않고 무슨 생각인지 원서동 집에서 홀로 침묵하고 계셨다. 오빠들도 아버지 곁을 떠나지 않았다. 나는 인산 날 큰 인파가 몰릴 것이라고는 생각했지만 3월 1일 독립선언을 한다는 사실은 알지 못했다. 오빠들은 인산을 앞두고 부산하게 움직이고 있었다.

을사늑약 이후 14년 강압 통치에 대한 저항심, 우리 임금을 우리가 섬기지 못해 독살에 이르게 했다는 여한과 분노가 국민을 각성시켰다. 그런 항일 정신이 응축되어 함성으로 터져 나왔지만 국민적 궐기가 그토록 전국적으로 장기간 확산될 것이라고는 누구도 미처 예상하지 못했다.

"대한독립 만세!"

2,000만 민족이 일제히 거대한 함성으로 하나 되어 만세를 외쳤다. 그 소리가 천지를 진동시켰다. 서울 장안이 떠나갈 듯했다. 독립선언을 준비한 민족 대표들도 만세 소리가 요원의 불길처럼 이렇게 전국으로 확산되리라 상상하지 못했던 것 같다. 나도 3월 1일 이후 어느 시점엔가 독립선언서를 구해 읽을 수 있었다.

"오등吾等은 자兹에 아我 조선朝鮮의 독립국獨立國임과 조선인朝鮮人의 자주민自主民임을 선언宣言하노라."

아버지, 한성정부에 가담하다

머칠이 지난 3월 6~7일경으로 기억된다. 아버지에게 한남수韓南洙라는 분과 또 한 분이 동행해 찾아왔다. 사랑에서 설왕설래했는데 비밀리에 임시정부를 결성하는 일에 아버지께서 나서달라는 요청이었다. 그분들이 말하는 사항을 배석했던 큰오빠가 기록해 놓아 나중에 자세한 내막을 알 수 있었다. 한남수가 갖고 온 문서에 따르면, 전국 13도 대표가 비밀리에 모여 국민대회를 열고 이른바 '한성정부' 조직 등을 결의했다는 것이었다.

아, 조선 민족은 지난번 손병희 씨 등 33인을 대표로 하여 정의와 인도에 기본한 조선독립을 선언한지라. 여기에 그 선언의 권위를 존중하며, 독립의 기초를 공고케 하며, 인도 필연의 요구에 따르기 위하여 전민족의 일치된 동작으로 대소단결과 각 지방대표를 통합하여 본회를 조직하고 이를 세계에 선포하노라. 조선 건국 4252년 4월 국민대회 13도 대표.

국민대회는 이렇게 선포하면서 임시정부 각원까지 결정해서 기록했는데 모두 해외에 있는 인사들이었다. 국내는 총독부가 강점하고 있어 정부 운영을 부득이 해외 인사들에게 맡기기로 했다는 것이다. 집정관총재 이승만, 국무총리처장 이동휘를 비롯하여 나의 시숙 이시영은 재무총장으로 되어 있었다. 그리고 재무부 차장은 아버지를 찾아온 한남수 자신이 맡았다고 했다.

아버지를 찾아온 이유는 각원 외에 평정관 제도를 두었는데 한성정부의 권위를 인정받기 위한 유력 인사들로 구성했고 아버지의 성함을 그중 첫 번째로 올려놓았다.

조정구, 박은식, 현상건, 한남수(평정관을 겸직), 손진형, 신채호, 장양필, 현순, 손정도, 정한식, 김진용, 이규풍, 박경종, 박찬익, 이범윤, 이규갑, 이해 ….

평정관 가운데 세간에 알려진 분은 아버지와 박은식, 현상건, 신채호, 이범윤, 이규갑 정도였다. 3·1 독립선언 때 마지막까지 민족 대표로 한규설,

김윤식, 박영효 등 고위 인사들을 모시려 했듯이 여기 한성정부에서도 정통성과 대표성을 위해 저명인사를 모시려 했던 것 같다.

아버지는 한남수가 내민 문서에 도장을 찍었다. 태황제는 세상을 떠나고, 일제가 앞세운 현 황제(순종)는 일본의 괴뢰일 수밖에 없었다. 이제 조선 왕조는 끝난 것이나 다름없었고, 아버지에게 남은 과업은 나라의 독립을 되찾는 일 이외엔 없었다. 독립 이후 어떤 나라로 갈지는 한성임시정부에 맡길 수밖에 없었다. 이런 각오 아래 독립운동에 나서기로 한 것이었다.

아버지는 한남수가 다녀간 직후 큰오빠에게 중국으로 망명하겠다는 결심을 말씀하셨다. 한성정부에 조선의 원로로서 참여하겠다는 의사를 밝혔으니 앞으로 틀림없이 일제의 마수가 뻗칠 것이라고 보고, 그들이 노구를 구속하거나 취조하기 전에 몸을 피하는 것이 좋겠다는 판단으로 망명을 결심하셨던 것 같다. 큰오빠는 이에 따라 급히 준비 작업에 들어갔다.

아버지의 결심을 듣고 나도 마음이 한결 가벼워졌다. 사실 시어머니와 시집 식구들 따라 남편 주명과 함께 북경으로 가기 위해 준비하고 있었는데 마음속으로 '이제 나 혼자 외롭게 타향살이를 하게 되었구나!' 불안했던 게 사실이다. 그러던 차에 아버지께서 오빠들과 함께 망명길에 오른다니 얼마나 다행스러운 일인가?

드디어 북경 생활 시작

1919년 3월 16일(음력 2월 15일) 나는 남편을 따라나섰다. 시어머니와 처녀티가 완연한 시누이 규숙, 그리고 소년 시동생 규호를 데리고 서울역을 피해 용산으로 갔다. 그리고 기차에 올라 자리를 잡았다. 창밖의 풍경을 보며 '아름다운 강산을 두고 간다. 과연 이 강산을 다시 볼 수 있을까?' 하는 생각에 눈물이 앞을 가렸다. 남편 주명은 이미 여러 번 왕래한 여행길이었

▲ 북경 시절의 조계진.

기 때문인지 전혀 불안해하지 않았다. 오히려 나의 어깨를 두드리며 한마디 했다.

"중국도 살 만한 곳이야!"

그 후 아버지도 부랴부랴 큰오빠 가족만 데리고 서울을 떠나셨다. 그분들은 먼저 하남성 개봉開封에 큰오빠가 오래전에 정해놓은 거처로 갔다.

우리는 북경역에 도착했다. 시형인 규룡과 학생 몇이 나와서 우리를 영접했다. 마차에 짐을 싣고 인력거에 나누어 타고 시내로 들어갔다. 나는 북경의 풍경에 매료되었다.

'여기가 그 유명한 연경燕京이로구나 …!'

북경의 합달문哈達門 근처 허름한 집에 당도했다. 성암 이광星巖 李光 선생의 부인이 우리를 반갑게 맞았다. 성암 선생은 시아버님 우당장을 모시고 상해로 가셨다고 하면서 집 안에 방 다섯 개가 있다고 말했다. 북경의 주택은 침대 놓고 사는 구조이기 때문에 방에서 다른 가족과 동거하기는 어려웠다. 그래서 하나는 시아버님 내외분, 하나는 성암 선생이 사용하시고, 시형인 규룡 내외와 우리 내외가 하나씩 사용하고, 나머지 작은방은 시누이와 시동생이 사용하도록 배려했다.

성암 선생은 주명의 은사였다. 상동교회 부설 공옥학교와 신흥무관학교에서 연거푸 그분의 훈도를 받았다. 그 부인은 충청북도 분이신데 체격은 작지만 부지런하고 살림에 빈틈이 없었다. 당시 시형 규룡은 만주 통화현

▶ 1920년대 초 북경 시절의 이회영과 가족. 왼쪽부터 아들 규창(1913년생)과 딸 규숙(1910년생), 이회영 품 안의 아기는 딸 현숙(1921년생)과 손녀 학진(1920년생), 오른쪽은 이시영의 둘째 아들 규열(1905년생).

에 부인과 딸 종온鐘溫, 종완鐘琬을 남겨두고 귀국했다가 다른 부인 송동댁과 함께 북경에 와 살고 있었다.

송동댁, 나는 그분의 이름과 내력을 알지 못한다. 나이는 나보다 한두 살 위였지만 성격이 서글서글해 우리는 금세 친해졌다. 그분은 내가 타향살이의 외로움을 잊고 중국 생활을 하도록 인도해 준 고마운 분이었다. 나는 살림도 제대로 배우지 못했고, 손에 물 묻히고 밥 짓는 일도 처음 해본 일이었다. 그런 점에서 합달문 집은 나에게 부엌살림을 가르쳐준 첫 번째 집이라고나 할까?

한편 시숙부인 성재 이시영은 아들 규봉 내외와 함께 근처 서직문西直門 밖 남전장南前場에 살고 계셨다. 시종형인 규봉은 그때도 건강이 좋지 않아 동서인 정씨 부인이 수시로 약을 달여 드렸다.

큰딸 학진을 낳고 …

4월 말경, 상해에서 시아버님 우당장, 성재장, 이동녕 선생, 청사 조성환晴簑 曺成煥, 성암 선생 등 일행이 들이닥쳤다. 모두 상해에서 대한민국임시정부를 수립하고 돌아오는 길이었다. 이분들은 모두 근처에 살고 계셨지만 식사는 합달문 우리 집에 모여서 하셨다. 큰살림이 되었다. 밥을 한꺼번에 20명분을 지어야 충당할 수 있었다. 밥은 그렇다 치고 반찬이 문제였다. 나는 모든 게 서툴렀지만 송동댁은 능란했다. 큰살림을 해본 솜씨였다.

얼마 후 개봉에 가셨던 아버지도 북경으로 오셨다. 거처는 방이 10여 개나 딸린 서성 금사방가 향가원西城 錦仕坊街 香家園 11호였다. 그 집은 아마 황제가 망명하면 모시려고 얻었던 집인 것 같았다. 뜰에 화원이 있는 훌륭한 집이었다. 아버지께서 큰오빠 내외와 조카를 데리고 그 집을 거처로 정하셨다. 나는 고단한 몸을 풀고자 할 때면 이 친정집을 간혹 방문해 며칠씩 묵었다. 거기에 가야 기를 펴고 휴식을 취하며 잠도 제대로 잘 수 있었다.

큰오빠는 우당장과 의기가 통했다. 큰오빠가 주선해 우리 시댁도 합달문 집에서 친정 근처 금사방가 이안정二眼井으로 이사했다. 큰오빠가 나를 생각해 근방으로 오도록 배려한 것 같았다. 이안정 집은 방의 여유가 있고 넓어서 국내에서 오는 동지들을 맞기에 충분했다. 또 이 집에 온 후 나에게 태기가 있었다. 그만큼 이안정 집은 내게도 많은 추억을 남겼다.

1920년 여름 나는 낮잠이 들어 인사불성 자고 있었는데 송동댁이 먹을 갈아 붓으로 내 가슴에 "내외분이 참으로 의가 좋으니 아이 이름을 학진鶴珍[4]으로 하시오"라고 썼다. 깨어보니 내 가슴에 온통 먹글씨가 쓰여 있어 우리 두 사람이 깔깔거리고 웃던 기억이 난다. 그해 11월 나는 첫딸을 낳았다. 우리는 송동댁 제안에 따라 큰딸 이름을 학진으로 정했다. 학진은 갓 낳았을 때부터 참으로 귀엽고 착한 딸이었다. 손님이 들끓어 집안일이 산적했

---

4 '학진(鶴珍)'은 '규학(圭鶴)'과 '계진(季珍)' 두 이름에서 한 자씩 가져와 조합한 것이었다.

▶ 1920년 10월, 북경의 향가원 집에서 조정구 대감.

을 때에는 젖먹이를 업고 일할 수밖에 없었지만 칭얼거리지 않고 나를 이해하는 것 같아 정을 흠뻑 준 딸이었다.

둘째 딸 을진, 그리고 미국행 좌절

1919년 북경으로 아버지 모시고 망명했을 때 큰오빠 조남승은 북경의 여러 독립운동가들과 3·1 독립선언 이후 각지에 설립된 임시정부들을 조율하는 일에 바빴던 것 같다. 큰오빠의 성격은 매사에 적극적이었다. 가장 존경하던 고종 황제가 승하한 뒤 나라가 어느 방향으로 갈지 고민하며 동분서주했다. 가정일을 돌보지 않았다. 나를 끔찍이 위하면서도 따뜻한 마음을 전하지 않고 무뚝뚝해서 나는 항상 섭섭했다. 매일 독립운동 조직 사업에만 열중했다. 오빠에겐 아직 자금이 얼마간 남아 있어 그런 조직에 필요한 뒷받침을 하는 것 아닌가 추측됐다.

아버지와 큰오빠 공히 고종 황제의 승하로 조선 왕조가 더 이상 존재하지 않는다는 생각은 하면서도 그 이후 대안을 찾지 못하고 계셨다. 아버지께서 한성임시정부에 참여했지만 중국에선 그 정부의 흔적을 찾지 못했다. 그래서 평소 관심을 쏟던 유불선儒佛仙 자료를 북경에 오니 쉽게 얻을 수 있

▲ 1919년 3월 북경 망명 직후 향가원의 조정구 대감 거처에서. 오른쪽부터 조계진, 조남승의 부인 이윤규, 조남승의 딸 조정완.

어 독서로 위안을 얻으셨다. 그러던 중 나중에 북경으로 오신 석주 이상룡 선생이 연세가 비슷하고 학식도 높으셔서 그와 교유하셨다. 그나마 교통이 불편해 자주 왕래하지 못하는 것을 안타까워하셨다.

1922년 나는 둘째 딸을 낳았다. 이름을 을진乙珍으로 지었다. 어느새 아이 둘이나 딸린 대가족이 되었다. 그때 미국에 가 있던 셋째 오빠 남복에게서 편지가 왔다. 오빠는 내가 북경으로 나가면 북경대학에서 공부하게 될 것으로 생각했던 것 같다. 왜냐하면 내가 경성여고보 시절부터 공부를 더 하고 싶다고 밝혀서 오빠는 미국으로 떠나기 전부터 나를 배려해 "너는 공부를 더 해야 한다"고 말하곤 했다.

"여기 와서 보니 별세상이다. 네가 대학 가고 싶어서 북경까지 갔는데 대학은커녕 아무것도 이루지 못한다는 소식 들으니 안타깝다. 나에게로 오라. 주명이와 같이 오면 내가 보살펴 줄 테니 여기서 같이 살자."

나를 사랑하는 오빠의 간곡한 편지였다. 나는 남편 주명에게 편지를 보여주면서 미국 가서 공부를 더 하자고 제안했다. 주명도 흔쾌히 동의했고 그날부터 영어를 배우러 다녔다. 북경 집 유리창에 김이 서리면 매일 아침 남편은 배운 영어로 낙서했다.

"This is a boy. Good morning, gentleman!"

어느 날 남편은 시아버지 우당장에게 미국 가는 계획을 진언했다. 예상대로 일언지하에 거부됐다.

"여기서 나를 도와 항일 투쟁을 해야지, 미국 가서 일신상 안일만 도모할 것이냐?"

핀잔만 받았다. 그리고 미국행 꿈은 좌절되고 말았다. 지금도 그때 느낀 좌절감을 생각하면 가슴이 메는 것 같다.

02

우당장, 아나키즘을 선택하다

우당장은 삼한갑족 출신이다. 그래서 독립운동을 하면서도 내내 보황파保皇派가 아니냐는 비판을 많이 들었다. 우당장이 보황파라는 비판은 1919년 고종이 승하하기 전까지는 일리 있는 지적이다. 우당장의 출신 배경은 조선 왕조 내내 충성스러운 사대부 가문이었기 때문에 보황적 성격에서 벗어나기 어려웠던 것도 사실이다. 더욱이 임금에게 직보하던 별입시를 겸직한 처지여서 고종 황제의 충실한 신하의 길에 서 있었다. 그렇지만 우당장 자신의 신념은 조선 왕조의 중심 이론, 즉 성리학에서 벗어나 이단시 되던 양명학에 깊이 영향을 받고 있었던 것도 사실이다.

양명학에 심취한 우당장, 마침내 보황파를 떠나다

우당장의 조모는 영일 정씨 가문[1]으로 조선조 양명학의 태두 정제두鄭齊斗(1649~1736년) 일가와 그리 멀지 않았다. 그래서 양명학을 배척하던 당시 분위기와 달리 우당의 가문에선 일찍부터 이를 무조건 이단시하지 않았다.

---

[1] 할아버지 이계선(李啓善, 1812~1854년)의 부인으로 영일 정씨 정문승(鄭文升) 판서의 딸이다.

우당장에겐 기존 질서를 혁파하려는 기질이 있었다. 성리학의 공식대로 하늘이 내린 최고의 관직을 선택하기보다 세상을 더 넓게 보고 싶어 했다. 실제 실사구시 정신 그대로 사농공상식 사고에서 벗어나 개풍 삼포농장을 경영해 새 국가 건설에 이바지하고자 했던 것도 당시로서는 혁신이었다. 우당장은 양명학뿐 아니라 개화사상도 거부하지 않았다.

이미 말한 대로 서울 저동의 이웃에 사는 이상설, 아우 이시영, 이동녕, 여조현(일명 여준), 이강연 등과 어울려 변화하는 시대에 대한 학습과 외국 문물에 대한 연구를 게을리하지 않았다.

그럼에도 불구하고 사실 우당장은 1910년 말 중국으로 망명하고 이상룡과 더불어 경학사를 조직할 때만 해도 보황적인 생각에서 크게 벗어나지 않았다. 다만 보황적이면서도 광범한 인사들이 정치에 참여하는 가운데 정책이 결정되기를 열망했다. 하지만 1919년 대한제국의 상징적 존재이던 광무황제가 승하하자 이제 왕조 시대는 완전히 끝났다고 결론지었다. 다음은 당연히 국민주권 시대라는 시각에서 어떤 체제가 시대의 진운에 맞는지 고민했다.

우당장은 '1917년 대동단결선언'이나 '3·1독립선언'의 정신은 분명히 국민주권과 민족자결의 정신이라고 동의했다. 당시 우당뿐만 아니었다. 1919년 대한민국임시정부 수립을 계기로 조선의 혁명가들은 모두가 민주공화제로 의견을 결집한 게 사실이다. 누구도 왕정복고를 꿈꾸지 않았고, 그런 생각을 시대가 허용하지도 않았다.

그런데도 상해에서 임시정부를 수립하는 과정 내내 우당이 보황파 또는 복벽파復辟派라는 오해가 그치지 않았다. 특히 지역 대립이 심각해지면서 동지들 간에 기호파畿湖派는 무조건 보황파로 분류하기도 했다. 기호 사람들이 조선 왕조에서 관직에 많이 기용되고 서북이나 함경도 사람들이 소외되어 그에 따른 지역감정이 첨예화된 것은 사실이다. 비단 상해에서뿐 아니다. 연해주에서 이상설 같은 출중한 지도자도 그런 지역감정의 덫에 걸려 시련을 겪었다.

우당장, 임시정부 수립에 참여

우리 가족이 북경으로 망명하던 1919년 3월은 국내에서 연일 자주 독립의 함성이 천지를 진동시킬 때였다. 3월 초 연해주에서 북경으로 들어온 여운형은 우당·성재 형제분을 찾아와서 임시정부 수립의 필요성을 역설했다.

"지금 파리강화회의에 우리 대표가 참석했지만 개인 자격에 불과합니다. 독립선언의 후속 작업으로 임시정부를 세워 그분들이 정부 대표로 당당하게 일제와 맞서 싸우도록 해야 합니다. 그건 우리 민족이 독립 의지를 구체적으로 실현하는 길이기도 합니다. 서울에선 벌써 지하에 임시정부를 세웠습니다. 상해에서 존경하는 예관(신규식) 선생이 신한청년당을 만들었고, 지금 정부 수립을 위해 세계 각지의 동포들이 상해로 모여들고 있습니다. 선생님께서도 가셔야 합니다."

그는 항상 그렇듯 열정 넘치는 일꾼답게 임시정부 수립의 필요성을 역설했다. 우당은 아우 성재와 깊은 논의 끝에 3월 상해로 가셨다. 그리고 초대 임시의정원에 참여하셨다.

초대 의정원은 각 지역대표 29분으로 구성되었는데 그중에서 우당은 이미 53세로 가장 연로했다. 신민회 동지인 51세의 이동녕과 이시영도 노장 축에 속했다. 가장 젊은 이는 당시 일본 와세다 대학을 갓 졸업한 26세 청년 신석우였다. 형제가 함께 참석한 분으로 우당과 성재 형제, 여운형과 여운홍 형제가 있어서 이채로웠다.

이런 노-장-청의 조화는 우당의 눈에 좋게 보였다. 그러나 그가 상해에 도착하자마자 또 하나 눈에 들어오는 것이 있었다. 생각보다 지역감정이 심각했다. 정식 정부도 수립되지 않았는데 벌써 자리다툼이 벌어지고, 편 가르기에 지역감정이 도사리고 있었다. 많은 분들이 우당에게 찾아와 임시 정부 수반으로 나서기를 권고했지만 우당은 무슨 자리든 이름 올리기를 한 사코 고사했다.

"지금 민주 공화정 정부가 정식 수립되기 전 아니오? 그래서 임시정부인 데 자리가 왜 중요하오? 지금은 왜놈과 어떤 방식으로 싸울지를 논의할 때 입니다. 파리강화회의에서 무슨 일이 벌어지고 있습니까? 우리나라는 존 재조차 보이지 않은데 감투가 무슨 필요가 있어요? 왜놈들과 어떻게 싸울 지, 국제적으로 어느 우방과 함께 싸울 것인지 관심을 집중할 때입니다."

우당장은 이런 지역감정 대립과 감투싸움에 진저리를 쳤다.

여러 임시정부 통합에 앞장선 안창호

여러 형태의 독립선언이 세계 곳곳에서 나오면서 그곳마다 비슷한 내용 의 임시정부들이 선포되고 있었다. 대표적으로 나의 아버지께서 참여하 신 한성정부, 연해주에서 수립된 대한국민의회, 그리고 상해에서 수립된 대 한민국임시정부 등…. 이런 각각의 임시정부는 정통성을 과시하기 위해 모두 북경에 망명 온 인사들을 포섭하느라 혼선이 일어났다.

그런 임시정부 수립 과정에서 이승만 박사의 존재는 지도자로 돋보였 다. 민족자결주의를 제창한 윌슨 미국 대통령이 대학총장 시절 그에게 박 사학위를 주어 돈독한 사제 관계라는 소문이 퍼졌다. 그렇게 미국 대통령 과 특수 관계이고 특유의 외교적 수완을 갖고 있다는 소문으로 이승만이란 인물은 관심을 모았다. 각지의 임시정부마다 그를 '총리' 내지 '집정관 총재' 로 추대했다. 그때만 해도 아직 우리나라에서 '대통령'이라는 용어가 나오기 전이었다.

도산 안창호는 1919년 5월 임시정부가 출범한 직후 상해에 도착했다. 그가 상해에 오자 서북 사람들은 그를 중심으로 뭉치기 시작했다. 서북 사람들에겐 배타적 성향도 있었다. '나라를 망하게 한 사람들은 이제 그만 …'이라는 여음餘音이 남았다. 아마 기호지방 사람들을 두고 한 말 같았다. 그러나 안창호 선생 자신은 그런 작은 생각을 하지 않았다. 그는 기회 있을 때마다 민족의 단합을 강조했다.

함경도 쪽 사람들은 또 다른 성향이었다. 조선 왕조로부터의 소외감은 서북 사람들이나 마찬가지였지만 러시아의 영향을 받아서인지 볼셰비키 혁명 이후엔 공산주의 추종자들이 많았다.

이런 분위기에서 자연히 임시정부 초기에 기호파畿湖派라 일컫는 사람들도 자위적으로 뭉치게 되었고, 그들의 출신 지역은 서울·경기 지역에 국한되지 않고 경상도·전라도·충청도와 황해도에까지 미쳤다. 이들은 민족주의적 성향이 강했고 대부분 대종교大倧敎라는 '국조 단군' 숭배사상을 중심으로 뭉쳤다.

각지에 생겨난 임시정부를 통합하는 데 장애되는 요인이 적지 않았지만, 다행히 안창호라는 큰 지도자가 이를 주도하여 '통합임시정부'를 구성했다. 통합을 실현하는 데 중요하게 작용한 것은 한성정부였다. 국내에서 국민적 기반 위에 수립되었다는 점이 크게 작용했고, 한성정부에 정통성을 둔다는 전제하에 각료는 한성정부의 각원을 그대로 계승하고, 정부의 위치는 교통과 통신이 원활한 상해로 한다는 데 합의했다. 이에 따라 한성정부의 각원들이 그대로 임명되어 1919년 9월 11일 통합임시정부가 출범했다. 다만 한성정부의 수반인 '집정관총재'의 명칭을 '대통령'으로 바꾸었을 뿐이다. 한성정부에서 노동국총판이었던 안창호는 그대로 노동국총판을 맡았다.

임시정부 내 파쟁으로 실망한 우당장

초기 임시정부는 그 뒤에도 감투싸움으로 심하게 어지러웠다. 시아버지 우당장을 수행해 상해에 갔다 온 남편 주명도 상해에서 임정 수립 전후에 벌어진 일들에 대해 내내 불만을 토했다.

첫째, 왕정이 민주 공화정으로 넘어오면서 이제 막 대한민국임시정부가 수립된 것이었는데, 그 임시정부가 들어서자마자 여기에 참여한 사람들 간의 자리다툼으로 인해 좀처럼 안정과 단결을 유지하기 어려웠다. 임시정부는 아직 주권 행사를 제대로 할 수 없는 상태였음에도 불구하고 권력욕으로 편이 갈린 것이었다.

"지금은 임시정부 시대에 불과합니다. 여러분은 지금 임시정부가 할 일이 아니라 정식 정부가 수립된 이후에 논의해야 할 과제를 놓고 갑론을박하고 있어요. 지금은 일제와 싸워 주권을 탈환하고 정식 정부가 들어서도록 하는 게 일차적 과제이니, 나머지 문제는 그 후에 논의해도 충분합니다."

우당이 아무리 설득해도 그들의 귀에 들리지 않았던 것 같았다. 벌써 총리, 외무총장, 군무총장 자리를 누가 차지하느냐를 놓고 편이 갈렸다. 그래서 우당은 "당초 임시정부라 하지 말고 대일 항쟁 본부 같은 조직을 만들었어야 했는데 잘못 출발했다"고 후회했다.

둘째, 임시정부가 지역감정과 이념 갈등으로 뒤범벅되어 내분 상태에 있었다. 이를테면 헌법 격인 임시헌장 제8조 "구황실을 우대한다"는 조항을 놓고 심각하게 대립했다. 기호파는 "3·1 독립선언이 전 국민적 힘을 받은 것은 고종 임금 승하의 분노로 인한 것"이라면서 이런 조항이 국민을 단결시키는 데 도움이 된다고 주장했지만 서북파나 진보적 성향을 가진 사람들은 왕정이 끝난 마당에 무슨 우대냐고 반발했다. 이념 갈등은 러시아혁명의 영향이 컸다.

셋째, 독립운동 방략으로도 갈렸다. 1919년 초기에는 심각하지 않았으나 점차 안창호의 '민족개량주의적 방략'과 우당과 신채호의 '무장투쟁론'이 갈등을 빚었다. 또한 대일 항전 방식을 놓고서도 이승만의 '외교 위주 전략'과 박용만의 '무장투쟁론'이 갈렸다.

우당은 이런 파쟁으로 갈려 싸우는 사이에 대일 항전 역량은 소진될 것이고, 더욱이 그런 틈새에서 일본의 이간 책동이나 밀정에 의한 파괴가 일어난다고 보고 개탄해 마지않았다. 그 후에 벌어진 일들을 보면 우당의 예측이 들어맞았다.

일본은 벌써 임시정부의 갈등을 간파하고 분열 공작에 착수했다. 일본인 목사 기무라木村淸次가 여운형이 기독교인임을 알고 접근했다. 그리고 일본 정부 척식부拓殖部의 고가古賀 장관 이름으로 여운형을 일본으로 초청했다. 여운형은 잘 아는 바와 같이 무엇에든 나서기 좋아하는 소영웅주의적 성향이 없지 않았다. 이런 기회를 마다할 이유가 없었다. 그가 일본에 가겠다고 밝히자 이동휘 총리가 대번에 불가하다고 제동을 걸었다. 그러나 여운형은 만류를 뿌리치고 1919년 11월 일본으로 가서 1개월간 도쿄 제국호텔에 머물면서 조선의 독립을 역설했다. 이로 말미암아 임시정부는 발칵 뒤집혔다. 이동휘, 신채호, 한위건 등 강경파는 여운형을 규탄했고, 안창호와 이광수는 옹호했다.

공산당도 분열의 원인

이념 갈등도 심각했다. 이동휘 총리는 한인사회당(1921년 5월 고려공산당으로 개칭)을 창당하고 임시정부 인사들을 포섭했다. 공산주의가 무엇인지도 모르는 가운데 "평등한 나라를 만든다", "식민주의를 타도하고 일본 제국주의에 대항하여 싸운다"는 말만 듣고 공산당 입당 문서에 서명한 분들도 많았다. 조완구, 신채호, 안병찬安秉瓚, 이춘숙李春塾, 조동호趙東祜, 최창식崔昌植, 선우혁鮮于爀, 윤기섭尹琦燮, 김두봉金枓奉 등[2]이 그런 유혹에 넘어갔다. 러시아 공산당에서 파견한 포타포프의 민족해방운동을 원조한다는 말만 믿고 임시정부 내각은 1920년 1월 여운형, 한형권韓馨權, 안공근安恭根 등을 모스크바에 특사로 파견하기로 결정했다. 결정적 순간에 이동휘 총리는 은 밀히 자파 한형권만 보내서 200만 루블 가운데 우선 60만 루블을 수령해 이 중 20만 루블은 모스크바에 맡기고 40만 루블만 수령해 왔다. 그 뒤 이 돈이 정확하게 임시정부에 전달되지 않고 고려공산당, 그중에서도 김립金立이 개인적으로 착복했다는 소문이 돌았다. 그 결과 이동휘는 총리직에서 물러 났고 임정은 분열되었다. 분열의 책임을 물어 김립은 임정 경무국장 김구 가 보낸 오면직, 노종균의 손에 처단되고 고려공산당은 지리멸렬되었다. 임정 수립 후 첫 외국 원조를 제대로 집행하지 않고 파벌이 망친 결과였다.

고려공산당의 문제는 여기서 그치지 않았다. 당시 역사를 보면 우리 독립운동사에서 가장 슬프고 개탄할 일이 벌어졌다. 이른바 자유시참변을 말한다. 이 참변으로 신흥무관학교에서 길러낸 알토란 같은 우수한 독립군 간부들이 다수 희생됐다.

1919년 5월 우당장은 임시정부에 실망해서 북경으로 돌아온 뒤 여러 가지 방략을 찾고자 분주했다. 그간 우당에게 국제 정세에 대해 가장 많은 아이디어를 준 분은 보재 이상설이었다. 그러나 아쉽게도 그는 임정 수립 이전인 1917년 돌아가셨다. 우당장은 많은 신진 젊은이에게서 국제 정세 정보를 얻고자 노력했다. 러시아혁명 이후 상황을 파악하기 위해 모스크바에

---

2   변은진·전병무 편역, 「18. 의견서(경기도 경찰부, 1929.7.29.)」, 『여운형의 항일독립운동 재판기록』(몽양기념관, 2021), 110쪽, https://mongyang-archives.org/items/show/1302.

갔다 돌아온 조소앙과 조남승을 찾아 실황을 직접 듣기도 했다. 그러나 유감스럽게도 모두 실망했다는 소리뿐이었다.

"러시아는 인민이 해방된 것이 아니라 더 무서운 폭력인 공산당이 지배하는 사회가 되었어요. 더욱이 볼셰비키는 세계혁명을 주도한다고 말만 앞세우고 실제는 제국주의 일본에 꼼짝 못 하면서 오히려 우리 독립운동을 탄압하고 무장 투쟁 역량을 약화시키려 합니다."

이런 말을 듣고 우당은 러시아혁명에 대해 불신하게 되었다.

"결국 공산주의 혁명이론은 노동자·농민의 정부를 수립해 평등한 세상을 만든다고 선동하는 데는 훌륭할지 모르지만 한 나라를 현실적으로 통치하는 방략이나 구체적 정책으로 보면 실현되기 어려운 이론이다. 평등 사회를 억지로 채택하려다 보면 강제와 폭력으로 인민을 속박할 수밖에 없는데 그러면 인민은 혁명으로 더 불행한 삶을 살아야 하는 것 아닌가?"

"공산주의란, 이론으로는 그럴싸하지만 실제로는 이루기 어려운 공론이다."

우당은 이렇게 단정했다. 그리고 무엇이 대안이 될 수 있을지 고민했다.

"혁명 과정에서 인간의 자유와 평등이 신장된다고 주장하지만 혁명으로 새 나라가 세워지면 구체적인 실현 방법에서도 자유와 평등이 이루어져야 하고, 인민의 삶에서도 자유와 평등이 실존하도록 해야 옳은 이론 아닌가?"

"혁명 과정에서 혁명전위당이 자유와 평등을 억압한 이후, 장차 새로운 사회가 건설되면 그때 완전한 자유와 평등을 보장한다는 말은 양두구육羊頭狗肉이다."

민족개량주의는 해법이 아니다

우당이 그다음으로 만난 사람은 북경에 온 안창호였다. 그의 실력양성론에 근거한 민족개량주의 노선을 놓고 많은 논의가 있었다.

이에 대한 우당의 생각은 단순하고 분명했다. 자주독립을 찾는 투쟁이 화급한데 언제 민족을 교육하고, 사람다운 사람으로 의식을 바꾸고, 행동을 교정해서 민족을 개량한다는 말인가? 그러지 않아도 왜놈 총독부가 교육칙어를 만들어 우리 국민을 속박하는 것을 '민족 개량'이라고 내세우는 마당인데 이들이 강변하는 바를 우리가 무슨 수로 아니라고 하겠는가? '일본의 민족개량'과 '우리의 개량주의'가 다른 것이라고 말싸움을 할 수는 없지 않은가?

결국 민족개량주의로는 우리가 왜놈 통치를 부정하기 어렵게 된다. 그뿐 아니라 왜놈들이 한민족은 미개하다고 하면서 민족 개량이란 이름으로 우리 민족을 지배하는 현실을 받아들여야 하는 꼴이 되고 말 것이다. 자칫 일본제국주의에 투항하자는 말처럼 사태가 꼬여도 변명조차 할 수 없게 된다. 우당은 적극 반대했다.

제1차 세계대전 이후 '일본의 발언권' 강화

제1차 세계대전 이후의 세계정세 또한 매우 혼란스러웠다. 윌슨 미국 대통령이 민족자결주의 원칙을 주창해 일시 억압받은 나라들에 마치 복음처럼 들리긴 했지만 아직 제국주의를 청산하지 않은 강대국들이 엄존해 실제 민족해방이나 민족자결이 이뤄지기는 어려웠다.

그뿐 아니라 일본은 제1차 세계대전 전승국의 일원이 되어 발언권이 강화된 데에다 증강된 군사력을 과시하고 있어 강대국들이 오히려 일본의 눈치를 보는 지경이었다. 그래서 윤치호는 임시정부에서 파리강화회의 대표를 파견하는 문제에 대해 "헤이그 만국평화회의 때와 마찬가지로 회의 참석조차 어렵고 일본의 한국 지배 문제는 의제로 채택되지도 않을 것"이라고 지적했다. 사실 일본의 국제적 발언권은 강화되었고 그런 위세 속에서 한국의 독립 호소란 사사건건 저지됐다. 윌슨의 민족자결주의는 대학 강단 또는 언론에서나 언급되는 정도였다.

또 하나 코미디는 제1차 세계대전 이후 세계질서의 주도자로 부상한 미국이 자기 나라 의회의 거부로 국제연맹의 일원이 되지 못한 점이었다. 그에 반해 소비에트 러시아는 볼세비키 혁명이 성공한 뒤 전 세계 피압박민족 회의를 소집해 제국주의에 반대한다고 결의했지만 혁명 직후 소비에트 러시아 자체의 경제 침체로 국제적인 반제국주의 전선을 넓히지 못했다. 기껏해야 코민테른을 앞세워 각국의 노농정부 수립에 약간의 원조를 하는 정도였다.

창조파-개조파 분열, 그리고 '북경 그룹'

20세기 초, 당시의 세상은 이렇게 자유와 평등을 동시에 이루는 뚜렷한 방략을 찾지 못해 몸살을 앓고 있었다. 자유와 평등은 상치되는 것인가? 자유가 신장되면 권력을 선점한 자가 유리한 존재가 되므로 필연적으로 평등은 깨진다. 이에 반해 평등을 유지하려면 분배를 평균적으로 만들어야 할 터인데 당과 정부의 권력으로 일정 수준 자유를 억제해야 한다. 자유와 평등 모두를 만족시키는 방안은 정말 없는 것인가?

우당이 임시정부에 대한 실망과 함께 이런 고민을 떠안고 있던 당시, 북경에는 우당과 고민을 서로 털어놓고 나누는 지식인 그룹이 있었다. 김창숙, 신채호, 박은식, 박용만, 김동삼 등이었다. 그렇다고 이들이 여러 사안에 모두 의견이 일치했던 것은 아니었다. 이들 간에도 의견이 엇갈렸다. 특히 임시정부의 진로에 관해서 그랬다.

연해주와 북만주에 기반을 둔 분들은 임시정부를 다시 세워야 한다는

'창조파'였고, 나머지는 안창호, 여운형 등과 같이 현존 임시정부를 개조하자는 '개조파'였다. 그러나 창조파나 개조파 모두 임시정부가 직접 독립쟁취에 나서지 않고 외교를 통한 독립 청원이나 하는 '외교론'에는 모두 반대했다. "국제 사회에서 일본의 발언권이 점차 강화되고 있는데 외교가 통하겠느냐?"는 것이었다. 그래서 1921년 북경에서 김창숙, 박은식, 원세훈元世勳 등 15인이 「우리 동포에게 고함」이란 성명을 통해 임시정부의 외교 노선에 반대하고 무장 독립 투쟁을 주장했다.

이어 해외의 군사적 역량을 통합해 무장 투쟁을 끝까지 수행하자는 뜻에서 '군사통일회'를 조직하자는 논의도 활발했다. 주로 신채호같이 뜨거운 지식인을 비롯해 신숙, 박용만 등이 이런 주장을 폈다. 사실 나의 오빠 조남승도 같은 생각이었다. 하지만 러시아, 중국 등 세계 각지의 무장 세력을 한 용광로에 넣어 통합하는 일이란 좀처럼 쉬운 일이 아니었다.

특히 사람의 능력을 평가하는 데에 날카로운 시각을 갖고 있던 김창숙은 신숙이나 박용만이 능력이나 인격 면에서 무장 투쟁을 지도할 만한 지도력을 갖추지 못한 인물들이라고 봤다. 그는 우당에게도 뜻은 좋지만 이에 필요한 자금이나 인적 요소, 그리고 국제 연대가 과연 가능하겠는지 묻고, 이런 세 가지 조건이 모두 부족하므로 군사통일회는 어렵겠다는 판단을 전하기도 했다. 그러면서 지금은 의열단같이 개별적인 항일 투쟁을 부단히 전개해 일본 정부를 피로하게 만들고, 우리의 독립 의지를 널리 알려 국제적 호응과 지지를 얻는 게 선결 과제라고 말했다.

진정한 자유·평등의 사회 이룩하려면

이런 시기에 우당은 일본에서 유학하고 북경으로 진출한 젊은이들을 만나게 되었다. 모두 20~30대 청년들로 이을규·이정규 형제, 유자명, 정화암[3] 등 아나키즘[4]에 심취해 있던 신진 세력이었다. 이들은 우당장을 찾아와 열심히 아나키즘에 대해 설명했다. 당시는 아나키즘을 모두 '무정부주의'라고 표현해 아나키즘의 본뜻이 제대로 전달되기 어려웠다. 사실 용어부터 정확해야 했을 터인데 …. 미숙했다.

"독립운동은 이제 단순히 일본의 압제로부터 나라를 되찾는 데에 머무는 게 아니라 새 나라를 통해 인간의 기본적 권리인 자유와 평등을 실현하고 인간을 해방하는 목표까지 달성해야 합니다. 나라만 되찾으면 무엇 합니까? 외세가 물러난 뒤 또 다른 외세가 침략하든가, 아니면 찾는 나라 안에서 폭력적인 정치가 민중을 억압하면 나라를 찾으나 마나이겠죠."

이들의 설명을 들은 우당은 내심 자신이 그간 고민한 바를 이들이 대변해 주는 것 같아 만족했다.

"지금 세상 돌아가는 것을 보면 자네들 주장이 많은 것을 함축하고 있네. 왜들 저렇게 독립운동 과정에서 아직 존재하지도 않는 권력, 일본에 다 빼앗긴 권력을 놓고 싸우나? 나는 그 많은 젊은 용사들이 파쟁으로 정열과 시간을 허비하는 것을 보고 개탄하고 있네."

이렇게 말할 때 우당의 표정은 매우 어두웠다.

3　이을규(李乙奎, 1894~1972년), 이정규(李丁奎, 1897~1984년), 유자명(柳子明, 1891~ 1985년), 정화암(鄭華岩, 1896~1981년) 등은 이회영(1867~1932년)보다 한 세대 아래 아들뻘 젊은이들이었지만 우당은 이를 가리지 않았다.

4　'무정부주의'란 말은 1902년 일본 도쿄 대학 재학생인 게무야마 센타로(煙山專太郎)가 『근대 무정부주의』란 책에서 아나키즘을 그렇게 번역, 소개한 것이 시작이었다. 사실 무정부주의라는 말은 독립운동 단계에서도 많은 혼란을 야기했다. 다시 정확하게 정의하면 "상호부조 가치와 자치(自治)에 의한 자유로운 사회 건설을 지향한다는 뜻에서 '자유공동체주의'라고 할 수 있겠다. 아나키스트로서 대한민국임시정부에 참여한 단주 유림(丹洲 柳林, 1894~1961년)의 설명을 참고할 필요가 있다.

"일본의 총독부가 되든, 다시 왕정이 되든, 아니면 공화정이 되든 권력의 속성은 그 자체로 억압과 폭력을 수반하게 됩니다."

"우리는 조선 왕정도 겪었고, 일본의 폭압적인 총독부 체제도 현재 경험하고 있습니다. 또 러시아 혁명으로 일어난 사태도 지켜보았습니다. 모두가 일당一黨이 권력을 쟁취해 행사하는 데에만 주력할 뿐, 진정한 인민의 자유나 평등한 삶의 문제는 등한히 하고 있습니다."

우당은 이들의 지적에 공감하면서도 의문을 제기했다.

"그렇다면 자네들이 말하는 새로운 정치 체제란 무엇인가?"

"저희는 러시아의 사회개혁론자인 바쿠닌과 크로포트킨의 이론을 설명 드리고자 합니다. 유럽에서 사회주의 인터내셔널이 결성되어 1864년 첫 회의가 열렸을 때 한쪽에 공산주의를 주창하는 카를 마르크스와 엥겔스가 있고, 다른 쪽에 바쿠닌이 있었습니다. 마르크스는 공산당을 조직해 인민의 평등한 삶을 실현한다고 했고, 바쿠닌은 공산당이 생기면 또 다른 지배 구조가 생겨서 인민을 억압하게 된다고 반대했습니다. 바쿠닌은 인민들이 스스로 자유롭게 선택하는 공동체를 조성해 나가야 한다고 주장했던 것입니다. 그 토론이 결국 싸움으로 발전하자 바쿠닌은 인터내셔널에서 탈퇴했습니다."

우당은 이날 사회주의 인터내셔널에 대한 설명을 처음 들었다. 그는 심각하게 경청했다.

"공산주의자들이 사회주의 인터내셔널의 주도권을 잡았습니다. 그들은 마르크스의 유물론과 레닌의 실천적 이론을 합쳐져 마르크스-레닌주의로 무장했고, 자본주의가 가장 낙후한 러시아에서 혁명을 성공시켜 권력을 쟁취했습니다. 그러나 결국 공산당이 지배하는 국가로 변모해 가고 있습니다. 인민의 처지에서 볼 때 억압받는 피지배 현상은 마찬가지입니다. 그래서 우리는 '인간의 자유와 해방을 목표로 독립 투쟁을 하면서 그 과정과 결과는 같다'는 대전제 아래 항일 투쟁을 하자는 것입니다."

우당은 젊은이들의 이상에 불타는 설명에 크게 감명받았다.

"내가 근자에 독립운동의 결과로 어떤 나라를 건설해야 하는지 고민하고 있었는데 자네들이 더 많은 문제를 나에게 제시하고 있구먼…. 원래 왕양명 선생의 가르침을 보면 인간이 자기의 선택으로 정치 체제를 결정해야지 무조건 국가권력을 다시 찾으면 그 권력이 바로 인간 해방이라고 단정할 수 있겠나?"

"내가 고민해 온 바를 잘 정리해 주었네!"

우당은 그동안 무조건 공화정만 되면 인민이 행복해진다는 전제를 부정하는 가운데 임시정부 내의 권력 투쟁에 실망하고 다시 무장투쟁론을 모색하고 있었지만 여기서도 뚜렷한 방안을 마련하지 못하던 상황인데, 이날 젊은이들에게서 작은 희망을 얻게 되었다.

당시 북경의 중국 젊은이들 중에도 각성한 신지식인, 신자유인들이 많았다. 더욱이 한국에서 일어난 3·1 독립선언이 큰 파장을 일으켜 5·4 문화운동이 일어나기 시작했다. 일본의 21개조 강제 요구를 중국의 반동정부가 받아들이자 학생들이 북경대학을 중심으로 거세게 항의하는 저항운동이 일어났던 것이다.

그 운동의 중심에는 당시 북경대학 교수 루쉰魯迅(1881~1936년)도 있었다. 그는 많은 대학생들에게 존경받고 있었다. 그는 『아Q정전阿Q正傳』이라는 소설을 통해 중국 민중이 혁명에 가담하는 모습을 그렸다. '아Q'라는 다소 모자라는 듯한 평범한 중국인이 '혁명이란 것도 괜찮구나' 하고 생각했다. 아Q는 혁명 과정에서 "이런 빌어먹을 놈들! 죽여버리자. 더러운 놈들, 미운 놈들을 …. 나도 혁명당에 투신해야지!" 신바람이 나서 혁명에 투신한

▶ 이회영이 이정규의 안내에 따라 북경대학으로 노신 교수를 찾아가 만나는 장면을 그린 상상화. 중국화가 진육전(陳毓田)의 작품이다. 왼쪽부터 노신, 이회영, 이정규.

결과 나중에 혁명의 반동에 의해 자기 자신이 가장 먼저 죽게 되는 희극적 비극이 그 내용이었다.

우당은 이 소설을 읽고 감명을 받았다. 독립운동이란 혁명운동이다. 혁명가들이 혁명의 목표나 자기 개조를 분명히 해야지 혁명으로 사회를 개조한다면서 다시 폭력적 반동이 무엇인지도 모르고 따라가다가는 혁명의 목표가 변질되면서 그 폭력적 반동으로 자기도 희생된다는 얘기다. 우당은 물론 신채호, 김창숙 모두 이런 혁명의 허구에 공감했다. 이분들은 지금까지 살아온 과정에서 혁명이 반혁명으로 변질될 수 있는 가능성을 일찍이 깨달은 선각자들이었다.

1922년경 우당은 이정규의 안내로 북경대학에서 중국문학사를 가르치던 루쉰 교수를 만났다. 그때 그는 막 40대로 접어든 나이였고, 우당보다 10여 년 연하였다. 두 사람은 격의 없이 토론했다. 루쉰은 일본 유학 시절 한국인이 일본 제국주의 군경들의 총칼에 피 흘리는 모습을 보며 노예 생활에 허덕이고 있는 조선 민중의 고통을 알게 되었노라고 말했다. 그 자리에

참석했던 모든 이들은 한국과 중국의 항일 투쟁이 투쟁 그 자체로 끝나서는
안 되고, 투쟁 과정도 자유롭고, 투쟁 이후에도 자유로운 삶을 보장하는 공
동체를 이루어야 한다는 점에 공감했다.

루쉰은 자기 작품을 소개하는 가운데 "자기와 의견이 다른 사람이 나타
나면 반드시 다수로써 소수를 억압하면서 대중정치라는 구실을 붙이는데,
그 압제는 오히려 폭군보다 심하다"고 열변을 토하며 지적했다.

"민중을 위한다는 혁명이 민중을 배신하는 현실을 꼭 기억해야 합니다."

그는 재삼재사 강조했다.

우당은 루쉰과의 만남 이후 그 내용을 두고두고 다시 설명하여 주명도
루쉰의 신소설, 특히 해학적인 단편을 열심히 읽고 재미있어 하던 기억이
새롭다. 우당장은 그 뒤 이을규 형제에게 진심으로 말했다.

"내가 아나키즘에 공감한 것은 여러 동지의 말을 듣고 내 마음이 변한
것이 아니네. 나의 지나온 삶에서 고민해 온 바도 돌아보고, 특히 독립혁명
을 한다는 사람들이 진실성이 없음을 개탄하고 있었네. 그 시점에 동지들
이 나에게 제시한 아나키즘(그때는 '무정부주의'라고 말했다)을 통해 혁명의 모
순도 지적하고 혁명의 최종 목표를 잘 정리하여 주었기에 나도 이해하게
되었네."

이을규는 그 후 우당장의 사상이 "각금시이작비覺今是而昨非가 아니었다"
고 했다.[5] 어제까지 생각지 못했던 바를 오늘 비로소 각성하게 된 것이 아니
라 어제까지 스스로 고민한 사실을 오늘에서야 자각했다는 뜻이다.

우당은 3·1 독립선언 이후 임시정부 수립과 독립 투쟁 과정을 겪으면서

5　이을규, 『시야 김종진 선생전』(1963, 비매품), 42쪽. 우당과 김종진의 대화 중에 이
　　표현이 등장한다. 이 책은 비매품으로 출간됐으며, 근래 김종진의 후손이 재출간을
　　준비 중이다.

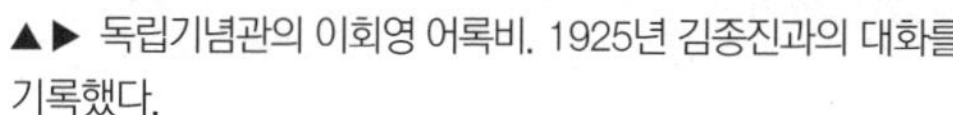

▲▶ 독립기념관의 이회영 어록비. 1925년 김종진과의 대화를 기록했다.

배신도 당하고 가장 가까운 동지 보재가 허탈하게 죽는 모습 등을 보았고 독립 투쟁 전선이 무너지는 사태도 많이 경험했다. 그런 고통을 가슴에 새기면서 세월을 잊기 위해 난蘭을 치고, 퉁소를 부는가 하면, 틈만 나면 전각篆刻을 하든가 작은 공작工作에 정신을 쏟았다. 그런 작업을 하는 때는 집중하느라 식음을 전폐하기도 했다. 그렇다고 고민이 해결되지도 않았고 명치 끝에 맺힌 체증이 풀리지도 않았다. 그런데 이제 이을규·정규 형제, 그리고 단재 신채호 등과 함께 자유의지로 독립 투쟁의 길로 나아가겠다고 생각을 정리하자 막혔던 것이 뚫리고 마음이 한결 편안해졌다.

그간 고민해 온 인간 해방의 문제와 아나키즘이 설명하는 자유의 개념이 맞아떨어진 결과였다. 우당장은 그 뒤로 "내가 수년 만에 참다운 사상과 독립운동 방략에 대해 동지들과 공감을 이루게 되니 무한히 기쁘다"고 말했다.

1925년 11월 우당장은 운남강무학교를 나온 젊은 김종진金宗鎭(1901~1931년)을 북만으로 파견하기 전날 저녁을 같이했다. 김종진도 이을규 형제와 더불어 여러 날 함께 지내면서 새로운 세상을 본 것처럼 확신에 차 있었다. 우당장은 자식뻘 되는 김종진이 떠나는 석별의 만찬 자리인데 그 자리에서조차 토론을 멈추지 않았다. 우당장은 결론지어 말했다.

"한 민족의 독립운동은 그 민족의 해방과 자유의 탈환이므로 우리도 자유의사와 자유 결의에 의한 조직적 운동으로서 하는 것이다. 자네가 지금 적진에 들어가는 길이 스스로 선택한 것이라면 이 임무를 완수하게!"

우당장은 그 뒤에도 기회가 있을 때마다 아나키즘의 이상을 힘주어 말하곤 했다.

"자유와 평등의 사회 원리와 민족자결 원칙에 의하여 독립된 한민족의 내부 구조도 반드시 이 원리가 그대로 적용되어야 한다."

"권력의 집중을 피하고, 분권적 지방자치체의 연합으로서 중앙 정치 기구를 구성하며, 경제 건설에 있어서는 재산의 사회성에 비추어 일체의 재산은 사회적 자유 평등의 원리에 모순이 없도록 민주적인 관리 운영의 합리화를 꾀하여야 한다. 그리고 교육은 물론 사회 전체의 부담으로 실시하여야 할 것이다."

우당장의 이 말씀은 지금 독립기념관 뜰에 어록비로 새겨져 있다.

03

북경에서의 고난

북경 서직문 근처의 이안정 우리 집은 규모가 비교적 컸다. 그 집에서 나는 아이 둘을 낳고 시집살이하느라 참으로 고된 나날을 보내야 했다. 매일 몰려오는 손님들로 인해 하루해가 어떻게 뜨고 지는지 모를 지경이었다. 그럼에도 인간 관계를 중시하는 우당장은 오는 손님을 사절하는 일이 없었다.

북경 독립운동가들의 거점

대한민국임시정부를 수립하고 그해 4월 말 상해에서 북경으로 돌아오신 우당장을 따라 임정 창립의 주역이셨던 석오 이동녕 선생, 시숙부 성재장, 그리고 나의 당숙 우천 조완구는 우리 집에 기숙하다시피 하셨다. 1921년 남파 박찬익南坡 朴贊翊(1884~1949년) 선생까지 와서 근 반년 우리 집에 묵으면서 우당장에게 다시 상해로 가서 임정에 함께하시자고 설득했다. 우당장은 끝내 거절했고 이동녕, 이시영, 조완구 세 분은 다음 해 상해로 가셨다.

그 뒤에도 우리 집은 북경 독립운동의 기지처럼 사람들이 몰려들었다. 당시 우당가를 찾은 손님들은 그 수를 이루 다 셀 수가 없다. 동료인 백암 박은식, 김규식, 이천민李天民, 신채호, 김창숙, 박용만, 한세량韓世良, 권태연權台然, 김원봉金元鳳, 박숭병朴崇秉, 한진산韓震山, 송호성宋虎聲, 소완규蘇完奎, 성준용成駿用, 홍남표洪南杓, 어수갑魚洙甲, 유석현劉錫鉉, 이광李光, 임경호林敬鎬,

▲ 1920년 북경 시절, 조계진의 부군 이규학(왼쪽)과 큰오빠 조남승(오른쪽). 뒤쪽의 청년은 누구인지 분명하지 않다.

이정열李定烈, 조소앙, 윤기섭尹琦燮, 유우근柳友瑾(유자명), 이을규, 이정규, 정화암, 김종진, 고운흥高雲興 등 …. 이분들은 오시면 대개 하루씩 묵거나 아니면 점심, 저녁까지 들고 가셨다.

이안정 집에 살 때만 해도 매일같이 몰려오는 손님들 치다꺼리 살림할 정도의 여유는 있었다. 그 때문에 객지에서 기숙할 곳 없는 고국 사람들이 찾아와 며칠씩 묵어갔고, 중국 내의 타지로 가려 해도 일단 우당가를 들러서 가는 것이 정식 코스처럼 되었다. 그래서 유석현은 "북경에서 우당 집 밥을 먹어보지 않은 사람은 독립운동가가 아니다"고 말하기도 했다.

이렇게 동지들이 몰려오는 가운데 큰살림을 해온 시아버지 우당장은 돈이 얼마나 귀한지 몰랐다. 돈이란 쓰면 생기는 것처럼 생각하신 것 같다. 북경의 큰살림을 뒷받침해 준 분들은 대부분 국내의 비밀조직 신민회 동지들이었다. 이득년, 홍증식, 유진태, 윤복영, 김진호, 정인보, 변영태, 이관직

등이 모금해서 비밀리에 보내왔는데 이런 전달책 가운데 한 분이 임경호林
敬鎬였다. 임경호는 매년 적어도 2회씩 자금을 전달하곤 했고, 또 누구를 데
리고 오기도 했다. 그중엔 이름이 밝혀지지 않은 재력가들이 많았다. 어떤
때는 우당장이 이분들을 상해까지 안내하라 하셔서 주명이 그들을 안내해
상해로 간 적도 여러 차례 있었다. 상해의 이동녕이나 아우 이시영을 통해
임시정부에도 비밀리에 자금을 제공했던 것이다.

신채호-박자혜의 행복한 신혼

북경 시절에는 아름다운 이야기도 있었다. 신채호(1880~1936년)는 당시
독신으로 부지런히 고구려 옛 강토를 답사하기도 하고, 북경대학에 가서
이삼일간 잠적해 역사 자료 읽기에 열중하기도 했다. 그는 말 그대로 천재
적인 학자였다. 말수도 적고 여러 사람이 모여 토의하거나 객담을 나눌 때
도 혼자 떨어져 책을 읽곤 했다.

지식의 흡수력과 소화 능력이 비상했다. 하룻밤 사이에 한 뭉치의 원고
를 써서 어딘가 보내기도 했다. 어느 날 글을 쓰다 밤늦게 곤히 잠들었는데
방에 빗물이 새는 바람에 작성한 원고들이 모두 물에 젖어 못 쓰게 되었다.
마감을 코앞에 두고 난감했지만 그는 마치 요즘 컴퓨터에 입력된 자료 찾아
내듯 머릿속 원고를 줄줄이 풀어 금세 복원했다고 한다.

그 무렵 북경의 우리 집에는 여성 유학생들도 와서 저녁을 먹고 가곤 했
다. 그 가운데 박자혜朴慈惠(1895~1943년)란 분이 있었다. 그는 소녀 시절에
경운궁의 궁녀 후보로 합격한 분이었다. 그는 매우 우수하고 당찬 여성이
었다. 경술국치(1910년) 이후 궁녀 되기를 포기하고 숙명고녀 기예과를 졸
업한 뒤 조산원 자격을 얻어 조선총독부 의무과에서 잠시 근무했었다. 그
러나 기미년 만세운동에 가담한 뒤 총독부를 사직하고 이곳 북경으로 망명

온 것이었다.

그는 나보다 2년 연상이었지만 나를 참으로 다정하게 대해 주었다. 그는 나와 거의 같은 시기에 북경 생활을 시작했지만 성격이 용감하고 적극적이어서 서투른 나를 많이 도와주었다. 어느 날 시어머니가 박자혜에 대해 나에게 묻는 것이었다. 나는 "참으로 훌륭한 조선 여성"이라고 답했다. 그런데 신채호와 결혼하도록 중매함이 어떠냐고 재차 묻는 것 아닌가. 이 질문은 약간 당혹스러웠다. 객지에서 생활력이 전혀 없는 홀아비 천재와 결혼해서 과연 제대로 살 수 있을까? 걱정스러웠다. 시어머님 말씀이 북경에서 조산원을 개업하면 생활이 가능하지 않겠느냐는 것이었다. 그 말에 주저할 수가 없어 나도 찬동하고 말았다.

1920년 말 신채호와 박자혜는 결혼했다. 신채호 내외는 결혼 후 북신교北新橋 영정문永定門 내의 관음사觀音寺 근방에 방을 얻어 신혼살림에 들어갔다. 신채호는 결혼 전 독신 시절에 중국 두루마기(중국어로 남포장삼藍布長衫)만 입고 다녔는데 앞가슴 부위는 항상 음식물 흘린 흔적으로 반들반들했다. 그런데 결혼한 뒤로는 중국옷을 입어도 단정했고, 옷의 앞부분도 깨끗해 "역시 남자는 가정을 이뤄야 해!"라는 말을 들었다.

신채호 부부는 1년여 행복한 신혼생활을 했다. 경제적으로는 곤궁했지만 박 여사가 부지런하여 근근이 생활을 이어나갔다. 신채호는 생활비라는 관념 자체가 없는 역사학자요 혁명가였다. 그러나 박 여사가 아기를 임신한 후로는 만삭의 몸으로 가정생활 자체가 곤궁해졌다. 살림을 이어가도록 때로 우리 집에서 지원하기도 했지만 도저히 지탱하기 어려웠고, 아기 산월이 가까워지면서 불가피하게 박 여사는 귀국하게 되었다.

'자유와 평등의 원칙' 아래 항일 투쟁

그렇게 부인이 귀국하고 얼마 지나지 않은 1923년 1월, 의열단원 유자명이 신채호에게 단원들을 훈련하고 대외적으로 의열단의 존재를 내보이는 데 필요한 선언문을 써달라고 의뢰했다. 그 후 며칠 사이에 「조선혁명선언」이 탄생했다. 우당장과 동지들은 이를 받아 읽고는 감탄했다.

"역시 단재는 천재야! 명문 중의 명문인걸 …."

의열단[1]은 약산 김원봉, 윤세주 같은 신흥무관학교를 졸업한 신흥학우단원들이 중심이 되어 조직한 무장 투쟁 조직이었다. 이들의 의열 투쟁으로 세상이 놀란 적이 한두 번이 아니었다.

여기에 발맞추어 다물단多勿團도 조직되었다. '다물'이란 말 자체가 '고토故土를 회복한다'는 뜻이었다.[2] 다물단의 선언문과 강령도 신채호의 작품으로서 천하 명문이었지만 아쉽게도 지금 남아 있지 않다. 의열단과 다물단은 그 인적 구성이나 투쟁 방법, 주장하는 바가 모두 아나키즘에 근거한 것

---

1 의열단은 1919년 11월 10일 중국 길림(吉林)에서 김원봉(金元鳳), 윤세주(尹世胄), 이성우(李成宇), 곽경(郭敬), 강세우(姜世宇), 한봉근(韓鳳根), 한봉인(韓鳳仁), 김상윤(金相潤), 신철휴(申喆休), 배동선(裵東宣), 서상락(徐相洛) 등이 결성한 의열 단체다. 모두 신흥학우단 소속이었다.

2 다물단선언이 기록으로 남아 있지 않지만 이규학의 회고에 의하면, 아나키즘의 이론 그대로 "자연의 섭리를 사회이론[상호부조론(相互扶助論)]으로 발전시킨 것"이라고 한다. 즉, △ 자연의 섭리는 인간이란 태초부터 자유로운 존재이므로 실존적 자유란 타에 의존하여 자신을 찾는 것이 아니라 독립된 주체가 되어야 진정한 자유의지를 찾을 수 있으며, △ 인간이 자유로울 때 자작자급하는 삶도 달성되고 인류와 더불어 공존공영이 가능하게 되고 △ 이 같은 자유와 평등에 의한 인간 해방의 사회성을 기초로 구 생활을 변혁하면서 전 세계 약소민족의 해방운동을 위해 공동 투쟁해 나가자는 것이 다물단의 정신이었다고 한다.

이었다. 그래서 의열단과 다물단에는 중앙 조직이 없었다. 모두가 일원으로서 참여하는 방식이었다. 최근에 소개된 다물단 활동은 일면뿐이었다. 또 다른 몇몇 사람이 모여 다물 정신을 받들고 행동에 나서면 그게 다물단이었다. 북경의 다물단에는 심산 김창숙 같은 유림 선비도 참여했고, 우리 집에서는 남편 주명도 그 일원이었다. 특히 활동력이 강한 시숙부 이호영이나 시동생 규준(이석영의 장남)도 다물단 행동가였다.

나중에 이런 조직들이 '남화한인연맹'으로 세상에 알려졌지만, 그 행동 조직으로는 '흑색공포단'이 별도로 있었다. 일본 관헌들도 무서워 떨던 강력한 의열 투쟁 조직이었다. 아나키스트들이 왜 이렇게 극단적인 테러 행동으로 돌아섰을까? 일본 제국주의의 비열한 군부 폭압 통치에 저항하는 마지막 수단으로 무기를 들지 않을 수 없었기 때문이다.

하지만 아나키스트들은 그렇게 투쟁하는 중에도 자유와 평등의 원칙을 무시하지 않았다. 이게 공산당과 다른 점이었다. 중앙의 명령 체계가 없고 각 단위에서 결정하고 집행하기 때문에 전략적인 강약이나 완급의 고려가 없는 것은 약점이었다. 스스로 필요한 임무를 결정하고 이에 따라 회원들이 모여서 논의했고 계획을 결정했다. 누구는 지령하고 누구는 그 지령을 따르는 그런 조직이 아니었다.

의열단의 대표는 의백義伯이라고 불렸다. 약산 김원봉이 의백이었다. 그러나 그는 지휘하고 명령하는 그런 사령관이 아니었다. 연락 기구의 총무 격인 위치였다. 그러나 일제는 의백을 사령관으로 알았던 모양이다. 이 때문에 김원봉 의백의 현상금을 크게 높였던 것 같다. 그러나 그것은 착각이었다. 김원봉 개인을 제거하면 의열단 활동이 주춤할 것이라는 판단 자체가 오산이었다. 요즘의 역사 기술에도 상당히 잘못된 부분이 많다. 마치 군부대 같은 의열단 조직이 있었던 것처럼 묘사하기도 하는데 이는 모르는 소리다. 모두가 자유의사로 모이고, 임무를 공동으로 논의하며, 수행했다. 모두가 평등한 입장에서 참여한다는 뜻이었다. 심지어 제비뽑기로 행동할 사람을 결정하기도 했다.

이들의 활약상은 여러 가지가 있었다. 1920년 8월 박재혁朴載赫(1895~1921년) 의사가 부산경찰서를 폭파한 사건을 비롯해 1920년 12월 최수봉崔壽鳳(1894~1921년) 의사의 밀양경찰서 폭탄 투척 사건, 1921년 9월 김익상金益相(1895~1925년) 의사가 조선총독부 청사에 폭탄을 던진 사건 등이 그것이었다. 그러나 이 사건들은 전혀 서로 연관되어 있지 않았다. 1922년 3월에는 김익상, 이종암, 오성륜 의사 등이 상해 황포탄 부두에서 일본 육군대장 다나카 기이치田中義一를 암살하려다 체포됐다.

이렇게 끈질기게 대일 항쟁이 계속되는 가운데 "도대체 이런 테러 단체는 어떤 집단인가?"라며 일본의 군경 수사관들이 사령부를 찾고자 혈안이 됐지만 끝내 그 정체를 알지 못했다. 계속된 의열 활동은 모두 자발적 참여였기 때문이다. 일본 측 수사 당국은 긴장하면서도 종적을 찾지 못해 애가 탔다.

투쟁은 계속됐다. 1923년 1월 김상옥金相玉(1890~1923년) 의사가 단독으로 일본 군경과 총격전을 벌였고, 1924년 1월 김지섭金祉燮(1885~1928년) 의사가 도쿄의 궁성 정문 앞 이중교에서 폭탄을 던졌다. 1924년 6월 김병현, 김광추, 박희광 의사 등이 친일파 정갑주와 가족을 사살했다. 1926년 12월 나석주羅錫疇(1892~1926년) 의사가 동양척식주식회사와 조선식산은행을 습격했다. 이렇게 매년 적어도 한 건 이상 총독부 관서 등 일제 기구에 폭탄을 투척하거나 정부 요인 또는 밀정을 암살했다. 피 끓는 의사들이 스스로 결정하여 동지들과 결의하면 그것이 행동으로 옮겨지곤 했던 것이다.

대한민국임시정부는 1920년대 후반으로 넘어오면서 침체 국면에 들어섰다. 해외에서 들어오던 후원금도 끊기고 방향을 상실했다. 외교 노선, 민족개량주의 노선, 무장 투쟁 노선 등 여러 방략이 논의되었지만 무엇이 중심 정책인지 불분명했다. 1927년 이동녕, 이시영, 조완구 등이 위기의 임정을 살리기 위해 연부역강한 김구를 임시정부 수장으로 추대했다. 김구는 퇴조 일로에 있던 임정을 다시 일으키기 위해 고심했다. 그리고 아나키스트들의 용감한 의열 투쟁을 보고 답을 얻었다. 김구는 공개적인 임정 기구와는 별도로 지하조직인 '한인애국단'을 조직했다. 아나키스트들의 활동에서 자극받은 결과였다.

돈줄 마르고 … 동지들 간에 틈 생기고 …

임정과 아나키스트들의 의열 투쟁은 일본 수사 당국의 가장 큰 골칫거리였다. 그들은 '고등계'라는 정보 및 수사 전문 조직을 따로 두었다. 일명 특고경찰特高警察이었는데 사상범만 전문으로 감시하고 수사하는 기구였다. 이들의 활동이 활발해지면서 국내의 감시망이 점점 치밀해졌다. 임시정부의 연통제는 이미 마비되었고 돈줄도 대부분 특고 경찰의 수사망에 걸려들었다. 그러다 보니 자금 마련은 더욱 어려워졌고, 설사 다소간 자금이 마련되더라도 송금은 꿈도 꿀 수 없었다. 그저 인편으로 일부 전달할 수 있었을 뿐이다.

이렇게 독립운동 자금줄이 말라가자 여러 조직 내에서 협력의 끈이 이완되고 자금을 놓고 균열상이 나타나기도 했다. 이동휘가 레닌에게 받은 돈을 김립이란 자가 사적으로 사용했다는 혐의로 암살되었고, 이승만이 하와이 교민에게 받은 성금을 동의 없이 사용한 일이 탄핵의 사유가 되었다. 북경에서 우당도 돈 때문에 봉변을 당했다.

국내에서 자금을 조달해 오던 임경호 동지가 하루는 이정열李定烈이라는 분을 대동해 왔다. 그분은 꽤 자금의 여유가 있어 우당장에게도 상당한 지원을 했고, 직접 상해까지 가서 성재장, 이동녕 선생에게도 자금을 제공하고 돌아갔다. 그런데 그 뒤에 시비가 벌어졌다. 조성환, 성주식, 이천민 등은 왜 자기들에게는 자금을 제공하지 않았느냐고 임경호에게 달려들어 시비를 걸었고 끝내 폭행하는 사태까지 벌어졌다. 폭행당한 임경호는 우당장에게 항의했다.

"저는 선생님을 아버지처럼 존경해서 국내에서 자금을 모으고, 일본 놈들 감시를 피해 그 자금을 선생님께 갖다드려서 동지들 모두의 활동에 도움이 되도록 했는데, 오늘 이렇게 억울하게 모욕을 당하니 이제 저는 북경에 발을 끊겠습니다."

그 뒤로 임경호 라인이 끊겼다. 국내 감시가 심해진 것도 사실이었고, 우당장의 돈 씀씀이가 헤픈 것도 사실이었지만 자금 획득을 위한 동지들 간의 아귀다툼에서 오는 조직 내 갈등의 여파도 컸다. 우당장에게 지원되는 국내 자금이 점차 말라가자 자연히 북경의 우당가에 찾아오던 동지들의 발길도 뜸해졌다. 그럼에도 우당장은 쓰다 달다 말이 없는 분이셨다. 나는 때때로 친정 오빠에게 가서 사정하여 자금을 갖고 오긴 했지만 그것도 한두 번이지 계속 지원받기는 어려웠다.

시어머님이 할 수 없이 생활을 줄이자고 하여 이안정 집에서 신채호가 사는 관음사 근방 호고호동好鼓胡同에 작은 집을 얻어 이사했다. 그 집은 한국식으로 사랑채가 있어서 시아버님 우당장은 거기 유했고, 안채에는 나와 송동댁, 그리고 시누이, 시동생이 살았다. 살림도 처음에는 쌀밥을 먹다가 점점 어려워져 나중에는 짜더우미雜斗米로 밥이나 죽을 지어 가족들에게 제공했다. 나는 몸 둘 바를 모르게 되었다. 그런데도 우당장은 동지들을 계속 집으로 불러들였다. 사랑채에는 이을규·정규 형제가 머물고 있었고, 유학생 한기악韓基岳(1898~1941년)이 근방에 하숙하고 있었다.

그러는 가운데 나에게 불행이 닥쳐왔다. 나를 끔찍이 아끼고 사랑해 준 둘째 오빠 조남익이 1924년 10월 28일 서울에서 지병으로 돌아가셨다. 지연芝衍(1910년생), 방연芳衍(1916년생) 두 아들을 남기셨다. 아버지는 차남의 죽음을 유난히 슬퍼하셨다. 특히 두 손주가 마음에 걸려 노심초사하셨다.

나도 사실은 둘째 오빠가 돌아가셔서 슬픈 마음을 가눌 길이 없었다. 그분은 내가 어머니 없이 성장했다고 유난히 나를 동정하고 사랑했다. 마음이 착한 이 오빠는 어떤 때는 나를 보고 몰래 눈물을 흘리곤 했다. 내가 아쉬우면 구원을 요청할 만큼 나를 보살펴 준 분이기도 했다. 요사이 내가 북경에서 고생한다는 말을 듣고 틈틈이 돈을 몰래 보내주셨다. 나는 그 돈을 저축했다가 시집에 급한 일이 생기면 내놓아 살림에 보태고 내 용돈으로도 제법 넉넉히 썼다. 하늘이 무심하여 이제 그런 다정한 오빠마저 나에게서 빼앗아 갔구나 생각하니 눈물이 앞을 가렸다. 오빠가 없는 세상에서 나의 고달픔은 더해갔다.

김달하 암살의 앞과 뒤

호고호동의 작은 집에 살 때 큰일이 벌어졌다. 북경에는 국내외에 기반이 탄탄한 김달하金達河라는 분이 자리 잡고 있었다. 그는 고향이 평북이지만 일찍이 학문에 눈을 뜨고 친일 거두 평안감사 민병석閔丙奭에게 발탁되어 공직을 맡게 되었다. 워낙 한문에 능하고 유능하여 중앙 무대까지 진출했다. 그는 과거도 보지 않았는데 의친왕의 스승이 되었다고 뻐겼다. 실제 스승이 되었는지는 확실치 않지만 ….

1913년 북경으로 건너온 그는 당시 중국의 큰 정치인 단기서段祺瑞 정부에 들어가 시종무관부侍從武官府의 부관副官이란 직에 있다고 했지만 서류상의 직분이었던 것 같다. 단기서는 친일적 인물로 소문이 나 있었다. 총리 재직 시, 일본에 굴욕적인 21개조 합의를 해주어 중국 민중이 배척하는 친일 인사였다. 김 씨가 그런 정부와 가깝다는 사실도 동포들 사회에서 거슬리는 일이었다. 하지만 그는 북경에서 유학儒學의 대가로 알려져 있었고, 서울

▶ 1924년경 북경 시절의 이회영과 교유하던 지인들. 앞줄 왼쪽부터 김창숙, 철도청 소속의 중국 관리, 이회영. 뒷줄 왼쪽부터 송영직, 김달하.

에서 이상재, 김활란 등 명사들이 회의차 북경에 오면 그의 집에 머물렀다. 김달하는 일찍 결혼하여 아들 여럿을 두었고, 북경 시절에는 24세 연하인 김애란金愛蘭과 재혼해 두 딸을 두고 있었다. 김애란은 김활란金活蘭(1899~1970년) 이화대학교 전 총장의 언니다.

하여튼 북경의 한인 사회에서 김달하는 큰 인물이었다. 학문적으로나 사회적으로 드물게 보는 명사였다. 자연히 우당, 심산, 단재 등과도 교유했고 중국의 주요 인사들 중에서도 그와 트고 지내는 인물이 많았다. 김달하 내외는 우당장에게 특별히 친절했고 항상 존경하는 태도였다. 시어머님도 가끔 초대되어 그 집에 가셨고, 맛있는 반찬 등 선물을 잔뜩 보내오기도 했다.

그러던 1925년 3월 말경 김달하가 암살당했다는 보도가 신문에 크게 실렸다. 아무런 정보가 없는 상황에서 시어머님은 "참으로 안됐다"고 하면서 문상도 가고 장례식에도 가셨다. 그런데 이상한 소문이 계속 뒤를 이었다. 김달하란 사람의 정체는 무엇이며 왜 암살당했을까?

내가 친정에 가서 큰오빠에게 들은 이야기는 김달하가 일본공사관과 긴밀한 관계를 유지하면서 고급 밀정 노릇을 하다 한국 혁명가들 손에 처단되었다는 짤막한 소식뿐이었다. 며칠 후 조금 더 자세한 상황을 알게 되었다. 김달하는 일본공사관의 요구에 따라 북경에 있는 독립운동가들을 회유해 국내로 들여보내는 공작을 했다는 것이다. 회유 대상 가운데 가장 큰 어른은 우당장이었고, 심산 김창숙도 대상이었다고 했다.

'아하, 그래서 그 사람이 우리 시아버님이나 시어머님을 가까이하고자 했던 것이로군 ….'

내막을 짐작하게 되었다. 며칠 후 더 상세한 진상이 밝혀졌다. 김달하가 김창숙을 만나서 국내로 돌아가면 성균관 부관장 자리를 밀어주겠다고 회유하다가 본색이 드러났다는 얘기였다. 심산은 김달하가 그런 제의를 하자마자 "네가 밀정이라는 소문을 일찍이 들었는데 과연 틀리지 않았군"이라고 벌떡 일어나 그를 꾸짖었다는 것이다. "소봉小峰(김달하의 호) 선생, 빨리 귀국하시오. 이게 내가 마지막 정의情誼로 충고하는 것이오. 그렇지 않으면 누구 손에 죽을지 모를 것이오"라고 경고했다고 한다.

그때 김달하는 겁도 없이 응수했다.

"이 북경 천지에서 너희가 어떻게 나한테 손을 대 …."

그런 오만한 자세로 버티다가 당했다는 것이다. 심산은 그 뒤 막둥이 시삼촌 이호영李護榮을 불러 김달하와의 사이에 있었던 이야기, 우당장을 회유하려 했다는 이야기 등을 상세히 일러주었다고 한다.

"그자가 우리 형님까지 회유하려 했다고요?"

이호영이 흥분해서 씩씩거리며 벌떡 일어났다. 김창숙은 한마디 덧붙였다.

"그자는 일본공사관에서도 보호하고 있는 인물이야. 신중히 처리하게!"

이호영 시숙부는 즉시 다물단 동지들을 소집했다. 그중에는 남편 주명과 규준도 포함되어 있었다. 이런 일들은 모두 내가 전혀 모르는 세계에서 벌어진 일이라 얼마 후 상해에서 남편에게 들어서 알게 된 사실이었다.

1925년 4월이었던가 …. 내가 솜옷을 벗은 뒤였다고 기억한다. 김달하가 암살됐다는 소문과 동시에 남편 주명은 규준과 함께 어디론가 사라졌다. 사전에 한마디 상의도 없이 종적을 감춘 것이다. 그래도 착한 다섯 살짜리 큰딸 학진은 지각이 멀쩡했다. "아빠는 멀리 안 갔을 거야!"라면서 나를 위로했다.

이어 김달하 암살이 다물단 소행이라는 소식이 전해졌다. 큰오빠는 급히 나를 오라 하여 "사태가 심상치 않다"고 일러주면서 주명의 근황을 물었다. 나도 아연 긴장했다. "학진 아범이 요새 며칠째 집에 안 들어왔다"고 답하면서 나도 문득 남편이 사라진 일이 이 사건과 관련이 있을 것 같은 막연한 예감이 들었다.

아니나 다를까, 얼마 후 북경의 관헌들이 들이닥쳤다. 공안국에서 나왔다는 소리만 들었다. 집 안을 샅샅이 수색했다. 우당장을 앉혀놓고 무엇인가 묻는데 우당장은 중국말에 서툴렀다. 북경에서는 복건성福建省에서 왔기 때문에 의사소통이 안 되는 양 처신하고 있었다. 그런데 갑자기 이정규 청년이 나타나 통역을 하는 것 아닌가? 나는 가슴이 철렁 내려앉고 겁이 났다. 그런데 그는 어제까지 머리카락을 목 밑까지 내려오도록 기르고 수염도 깎지 않은 모습이었는데 어느 틈에 이발하고 말끔히 양복으로 차려입은 단정한 신사 차림으로 나타난 것이었다. 그는 나에게 알은척하지 말라고 눈짓을 하며 우당장의 방으로 들어갔다. 한참 있으려니 그 방에서 웃음소리가 들리고 "하오好, 하오" 하는 소리도 들렸다.

공안원들이 몇 가지 기록만 들고 나가는 모습이 보였다. 그러나 그들은 이미 시누이 규숙을 그가 다니는 숭자崇慈학교에서 연행해 간 상황이었다. 나는 이 사건의 시말을 알 수 없었지만 사건을 주동한 사람들이 호영 숙부와 규준과 남편 주명 등 다물단원들이라는 것만은 눈치로 알고 있었다. 머릿속이 복잡했다. 우당장도 모르는 가운데 벌어진 일이기 때문인지 시어머님도 시누이 걱정만 했지 자세한 설명이 없으셨다.

두 딸의 죽음

공안원들이 들락거리자 집주인이 불안하다며 집을 내놓으라고 요구했다. 조금 말미를 달라고 사정했지만 막무가내였다. 또 이사를 해야 할 형편이 되었다. 당장 갈 곳이 없어서 소경창 호동小經廠 胡同에 있는 시삼촌 이호영의 집으로 합솔했다. 집도 작고 내가 두 아이를 데리고 거처하기가 매우 불편했다. 나는 시어머님께 양해를 구하고 오빠 집으로 갔다. 모든 시집 살림은 송동댁에게 맡겼는데 사건은 터지고 일손이 모자라는 것이 사실이었다. 친정에 편안하게 묵고 있은 지 얼마 지나지 않아 시어머니로부터 즉시 와서 일을 도우라는 명이 떨어졌다. 오빠는 내가 시집으로 다시 가야 한다는 소식에 버럭 화를 냈다.

"지금 밖 공기가 험악하고 주명이도 없는데 가서 무얼 하게 …."

나는 올케에게 이사 간 집이 협소해서 도저히 아이 둘을 데리고 갈 수 없으니 맡아달라고 부탁했지만 아이들은 엄마 따라가겠다고 보챘다. 눈물이 나서 도저히 아이들을 떼어놓을 수가 없었다. 그래서 두 딸을 데리고 시집으로 돌아왔다.

온 지 사흘이나 되었을까? 학진이가 밤새 열이 올랐다. 찬 수건으로 몸을 식혀도 열이 내리지 않았다. 침대가 하나밖에 없어 학진이를 안쪽에 누이고 살피는데 내가 누운 옆자리의 을진이가 "제에이姉!"라고 언니를 부르며 나를 타고 넘어가 언니와 얼굴을 비볐다. 그날부터 을진이도 열이 올랐다. 그때까지도 북경에 무서운 디프테리아가 유행하는지 몰랐다. 가장 먼저 세 살짜리 어린 시동생이 앓았는데 감기로만 알고 있었다. 그게 시초였다. 나는 얼마나 당황했던지 을진이를 업고 병원을 찾아갔다. 의사의 표정이 심각했다. 다시 집으로 달려오니 학진이가 사경을 헤매고 있었다.

황급해서 오빠에게 도움을 청하고자 연락했다. 오빠가 당도했을 때 이미 두 아이는 숨을 거두기 직전이었다. 오빠는 나와 두 아이를 데리고 병원으로 갔지만 졸지에 두 아이를 다 잃었다. 나는 앞이 캄캄했다. 나도 졸도를 했는지 한동안 정신이 없었다. 나중에 송동댁이 전해주기를, 오빠가 나의 시어머니에게 "왜 시집으로 오라 해서 두 아이를 죽게 했습니까?"라고 버럭 소리를 지르고 홱 나가버렸다고 했다.

아이 둘의 시신을 앞에 두고서도 나는 그들이 숨을 거두었다는 사실을 도저히 믿을 수 없었다. 착한 학진이는 당장이라도 일어나 '엄마, 울지 마! 나 여기 있지 않아!' 말을 할 것 같았다. 얼마인가 시간이 지나자 한기악 학생이 검역국 사람을 데리고 왔다. 하얀 가운을 입은 사람들이 아이들 시신을 흰 홑이불에 둘둘 말아 마차에 실었다. 학진이와 을진이, 애지중지 기른 내 딸들을 짐짝처럼 싣고 떠나는 모습을 보고 "내가 저 애들을 죽였구나! 착한 애들을 내가 돌보지 못해 떠나보내는구나!" 후회가 이루 말로 다할 수 없이 날카롭게 가슴을 찔렀다.

그날 이후 나는 살고 싶지 않았다. 큰오빠가 나를 데려다 자기 집에 있으라 했는데 나는 방에 가만히 있을 수가 없었다. 며칠 전까지 학진이와 을진이가 있던 그 방 그대로였다. 방에 있는 모든 것이 그 애들 손에 닿은 것 같아서 나는 나의 얼굴을 거기에 대고 비볐다.

"학진아, 을진아! 정말 보고 싶구나."

나는 침대에 쓰러져 한없이 울었다. 몇 시간을 꿈꾸듯이 잠을 잤다. 아버지께서 걱정이 되어 조용히 내 방에 들어오셨나 보다. 가만히 내 침대 곁에 앉아 몇 시간을 보내신 듯했다. 말씀이 없이 엄하신 아버지가 이렇게 내 옆에 와 계신 것은 생전 처음이었다. 내가 눈을 뜨고 일어나려 하니 내 손목을 잡아 제지하시며 그대로 누워 있으라고 하셨다.

"아버지, 이제 더 이상 살고 싶지 않아요. 애들이 갔는데 어미가 저세상 따라가서 보살펴 주고 싶어요, 아버지 …."

아버지 품에 안겨서 정말 오열했다.

"마음을 굳게 잡아야 한다. 오늘만 있는 것은 아니야, 아가!"

아버지의 굵은 목소리가 나를 가라앉혀 주었다. 생전 처음 아버지에게 안겼고, 아버지의 말씀에 산산조각 났던 나의 마음이 제자리를 찾아 약간 진정되는 듯했다.

그 후 며칠 더 침대에 자리보전하고 누워 있었고, 아버지는 하루도 빠짐없이 나를 보살펴 주셨다. 내가 식음을 전폐하면 아버지도 음식을 들지 않으셨다. 내가 죽을 먹기 시작하자 아버지도 따라 죽을 드셨다. 나는 여태 무섭기만 했던 아버지의 사랑을 처음 피부로 느꼈다. 내가 정신이 들자 아버지는 불경의 말씀을 들려주셨다.

"원래 인생은 공수래공수거空手來空手去라고 하지 않든. 그 아이들은 이제 어미에게 빈손을 남기고 갔다. 착한 애들이야. 극락으로 갔을 거야. 그 애들을 위해서도 굳세게 살아야지."

나를 위로하는 말씀이었지만 그때는 제대로 깨닫지 못했다.

"이 애비도 네 오래비가 먼저 가서 그렇게 서운할 수가 없구나 …. 빈손으로 가는 거야. 나도 빈손이 되었다."

아버지도 둘째 오빠가 먼저 세상을 떠난 사실을 가슴에 담고 혼자 괴로워하며 지내셨구나. 그제야 모든 부모가 나와 같은 고통을 겪고 있다는 사실을 깨달았다.

아버지와 함께 귀국 … 출가도 생각하고 …

그날 이후 나는 나의 슬픔도 슬픔이지만 아버지를 위로해 드리고 싶었다. 나는 아버지 곁을 떠나지 않았다. 과묵하신 아버지께서 말문이 열렸는지 나에게 지나온 당신의 일생을 모두 말씀하셨다. 오빠 내외도 신기하게 생각하고 모녀의 정겨운 대화를 부러운 듯 문밖에서 지켜보았다.

아버지께서는 특히 대원군과 고종 황제의 틈바구니에서 괴로우셨던 이야기, 부대부인께서 자상하게 사위인 아버지를 위해 마음을 써주신 이야기, 그리고 그분이 괴로워하던 이야기, 그래서 나의 어머니도 일찍 돌아가신 이야기 등 끝이 없었다. 당시 녹음기가 있어 녹음했더라면 어느 역사책에도 나오지 않는 생생한 이야기가 되었으련만 …. 그저 나의 기억에 남은 일부가 이 책 전반부에 아버지의 삶으로 정리되었다.

며칠 후 아버지는 귀국하시겠다면서 오빠에게 채비를 차리라고 하셨다. 서울에 남은 손주들이 걱정된다며 귀국을 서두르셨다. 아버지께서 귀국하시겠다는 의향을 들으면서 나도 정신이 번쩍 났다. 아버지 없는 북경에 나도 남아 있고 싶지 않았다. 내가 사랑하는 두 딸을 저세상으로 보내고 북경에 남는다니 '그건 아니다'라고 생각했다. 그래서 아버지를 따라 귀국하겠다고 오빠에게 간곡하게 부탁했다.

"그래도 여기서 주명이를 기다려야 하지 않겠니?"

오빠는 만류했다.

"아니에요. 이제 그이는 혁명 사업에 전념하고, 나는 내 갈 길을 가야겠어요."

"그건 아니다. 독립운동이 가정과 별개로 있는 건 아니야!"

"그래도 내가 짐 되는 것 같아서 여기는 일단 떠나고 싶어요."

1925년 5월 25일 북경에서 기차로 출발한 뒤 안동을 경유해 26일 새벽 6시에 서울역에 도착했다. 비가 부슬부슬 내려 날씨조차 을씨년스러웠다. 지연 형제가 이왕직 사람들과 함께 역으로 마중 나왔다. 우리는 원서동 삼촌(조경구) 댁으로 일단 들어갔다.

하늘인들 어찌 무심하며 신명인들 어찌 모르랴. 지난 이십육 일은 아침부터 몹시 퍼붓던 궂은비를 맞는 사람들은 범상한 비인 줄 알았으리라만은 아픈 가슴에 쓰린 생각을 가지고 멀리 중국 북경으로부터 고국 서울로 돌아오는 한국말년韓國末年의 지사 중 한 사람인 조정구(66) 씨의 옷깃을 적신 비인 줄이야 누가 알았으랴?[3]

나도 7년 만에 돌아온 서울, 강산이 많이 변했음을 직감했다. 며칠 쉬면서 장차 무엇을 해야 할까 망설이고 있었다. 남직 사촌오빠가 은근히 나에게 물었다.

"그래, 북경에서 얼마나 고초가 많았느냐? 이제 마음을 잡고 무엇이든 해야지? 만약 필요하면 학교 선생 자리라도 내가 주선하마."

"아니에요. 아버지께서 금강산 반야암으로 가시면 나도 따라가기로 작심했어요."

"무엇이? 불가로 출가한다고? 안 된다. 그것은 일시적으로 결심해서 될 일이 아니야."

펄쩍 뛰었다. 그래서인지, 아버지는 금강산으로 다시 가시지 않는다고 했다. 잠시 사릉 선영에 들러 조상들께 고유告由하고, 서울에서 손주들 돌보시기로 계획을 정했다.

총독부에서 사람을 보내 아버지의 안부를 묻는다고 했다. 그러나 그건 괜한 이야기고 사실은 눈엣가시처럼 여겨 감시하는 것이었다. 그때도 나는 마음을 정하지 못해 무엇을 해도 허탈한 생각뿐이었다. 아버지와는 "죽은 아이들 생각은 그만하겠다"고 약속한 바 있어 되도록 지키려 했지만, 불현

---

3 《동아일보》, 1925년 5월 30일 자.

듯 "지금 착한 애들은 어디로 갔지?" 생각이 나면 미칠 것 같았다.

서울에 도착한 지 석 달쯤 지났을까. 상해에서 주명이 인편으로 편지를 보내왔다. 사전에 알리지 못하고 피신한 것을 사과하면서 아이들이 모두 죽은 것을 비탄스럽게 생각한다고 했다. 나는 그 말에 원망이 불현듯 일어나 편지를 구겨서 내팽개쳤다.

"비탄스럽다고? 내 마음, 이 고통을 알기나 하나? 말로만 비탄?"

화가 치밀었다. 얼마 후 다시 편지를 주워 펴보면서 다시 읽었다. "상해 생활이 외롭고 고통스럽다. 다시 상해에서 재출발하자"는 제안으로 편지의 끝을 맺었다. 나는 재출발할 마음이 없었다.

아버지의 순종 알현

아버지는 귀국 이후 이왕직을 통해 순종 황제를 알현하겠다고 신청했지만 감감소식이었다. 할 수 없이 몇 달 지나서 직접 이왕직 장관 이재극을 찾아가셨다. 그리고 순종 황제 알현을 다시 정중하게 요청했다.

"그간 옥체가 불편하셔서 마련하지 못했습니다. 대감께서 귀국하신 사항은 보고드렸으니 알고는 계실 겁니다. 조금 기다리십시오. 그간 북경에 계시는 동안 걱정들을 많이 했죠. 전하께서도 말씀은 안 하셨지만 대감의 조속 귀국을 바라셨습니다."

이재극 장관이 정중하게, 그리고 단호하게 아버지께서 반일 행동 하신 것을 염두에 두고 지적하는 말로 이해됐다.

'이자들이 내가 북경에 있을 때의 일로 황제 알현을 미루고 있었군.'

아버지께서는 속으로 불만이었지만 내색하지 않았다.

"황제의 옥체를 잘 보전하는 일이 우선이죠. 하회를 기다리겠습니다."

어색한 대담이 끝나고 귀가하셨다. 그 후 연말이 되어서야 알현 통지가 왔다. 아버지께서는 그날 아침 일찍부터 어떤 옷을 입고 알현할까 마음을 쓰셨는데 정작 이왕직에선 관복이 아닌 평상복 차림으로 들라는 전갈이 다시 왔다. 이제 황제가 신하를 만나는 것도 아니고, 또 아버지도 공직에 있는 게 아니라는 뜻이었을 것이다. 그날 아버지는 한복에 갓을 쓰고 가셨다. 몇 시간 후에 귀가하셔서 이렇게 말씀하셨다.

"폐하의 용안은 매우 건강하시지만, 나를 보시는데 웃음 가운데 어두운 그림자가 엿보이더라. 오죽하겠느냐. 그게 감옥살이지 …. 새해 들어 다시 배견拜見하라 하시더라."

알현하고도 다른 말씀은 하시지 않았다. 사실은 기록할 준비를 하고 다시 오라는 뜻이 있었다고 나중에 알았다. 1926년 새해 들어 아버지께서 창덕궁으로 또 한 번 가셨다. 황제를 알현하신 뒤 귀가하셔서 밤늦도록 사랑에서 무엇인가 바쁘게 쓰고 계셨다.

'새출발', 그리고 임무

며칠 후 상해에서 다시 서신이 왔다. 발송 일자는 1월 3일인데 편지가 도착한 날은 10일이었다. 보통은 사흘 만에 우송되는데 왜 이렇게 편지가 늦게 도착했는지 의아했다. 사연인즉, 상해에 있는 전차공사에 취직이 되어 이제 생계가 해결되었고 작은 셋집도 얻었다는 소식, 그리고 간절히 새출발하자는 호소가 가득했다. 편지를 받고 아버지께 고했다.

"주명에게서 상해로 오라는 서신이 두 번째 왔습니다. 소녀가 어찌하면 좋겠습니까?"

"잘됐구나. 내 그러지 않아도 주명에게서 연락이 있을 거라 믿고 있었다. 그런데 두 번씩이나 편지를 보냈다고? 가야지, 가려무나."

아버지의 표정이 밝아지셨다.

“소녀는 아버지를 평생 모시려 했습니다. 아버지께서 어디를 가셔도 따라갈 각오였습니다.”

아버지께서 나의 말을 정말 기쁘게 받아주셨다.

“고마운 생각이다. 허나, 네 인생은 따로 있어. 나야 이제 죽을 날만 기다리는 거야.”

아버지께서 나에게 즉시 상해로 가라고 하셨지만 나는 아버지 곁을 지켜드려야 한다는 생각에 떠날 채비를 하지 않았다. 아버지를 비롯해 둘째 올케와 조카들이 언제 떠나느냐고 조심스럽게 물었지만 나는 아버지를 좀 더 모신다는 일념에서 1개월 넘게 지체했다. 그런 어느 날 아버지께서 나를 부르셨다.

“왜 상해로 갈 채비를 안 하느냐?”

“네, 가야죠. 그래도 아버지를 좀 더 모시고 싶어서요.”

“아니다. 곧 가야 한다. 너에게는 특별히 할 일이 있다.”

나는 의아했다.

“아버님 제가 서둘러 상해로 가야 할 일이 있나요?”

아버지는 눈을 감고 창문 밖을 내다보면서 단호하게 말했다.

“네가 가서 주명에게 꼭 전해야 할 일이 있다.”

나는 그 순간, 슬픔에 젖어 세월을 보내고 있는 나를 상해로 보내서 다시 항일 운동을 하라시는 분부임을 알 수 있었다.

그날부터 상해행 배편을 예약하고 바쁘게 여행 준비를 했다. 상해의 주명에게는 1926년 2월 5일이라는 상해 도착 일자와 배편을 알리는 전보도 보냈다. 이제 갈 날이 다가왔다. 아버지께 하직을 고하는 날, 아버지께서 조용히 나를 불렀다.

“아가, 이리 가까이 온!”

사랑방에 들어가자 윗목의 나를 가까이 오라 하시며 나의 손을 잡았다.

그때 생전 처음 아버지 눈에 이슬이 맺힌 것을 보았다. 나도 참지 못해 아버지 무릎에 얼굴을 묻고 실컷 울었다.

"아가, 이제 내 말을 들어라. 이 서신을 주명에게 전해라. 중요한 서신이니 몸에 지니고 누구에게도 알려선 안 된다. 그리고 여기 네가 상해에 가서 당장 쓸 돈을 얼마간 마련했다."

주명에게 전하라는 약간 두툼한 서신 하나와 돈이 든 봉투 하나를 나에게 주셨다.

"아버님, 소녀가 없더라도 옥체 건안하옵시기를 ….."

눈물이 앞을 가려 더 이상 말을 이을 수 없었다. 아버지가 주신 봉투를 치마폭에 감춘 채 사랑에서 물러나 내 방으로 돌아온 뒤 또다시 실컷 울었다. 이게 내가 마지막으로 뵙는 아버지의 모습일 줄은 미처 몰랐다. 나는 아버지가 주신 편지를 저고리 안섶 속에 넣고 꿰맸다. 그리고 만반의 준비를 모두 끝냈다.

다음 날 새벽 나는 아버지께서 깨시지 않도록 살금살금 집을 나와 사촌 오빠 남직의 안내로 인력거를 타고 서울역으로 간 뒤 기차로 인천까지 함께 갔다. 긴장한 가운데 출국 수속을 마치고 배에 올랐다. 남직 오빠에게 마음에서 우러나오는 인사를 했다.

"어려울 때면 늘 오빠가 나를 도와주서서 진심으로 감사드립니다."

고동을 울리며 배가 천천히 인천항을 빠져나갔다. 나는 1등 칸에 편안하게 자리 잡고 앉아 풍파 속의 지난 1년을 돌이켜 회고했다. 그리고 죽은 두 아이의 생각도 ….

04

상해에서 새출발!

배는 출발 하루 뒤인 1926년 2월 5일 상해항에 도착했다. 남편 주명이 양복 차림으로 나와 있었다. 언뜻 그의 웃는 얼굴을 보니 북경 시절과는 많이 달라졌고 성장한 것처럼 느껴졌다. 가장으로서 책임을 지겠다는 그의 말처럼 믿음도 들었다.

인력거 두 대에 짐을 나눠 싣고 달려갔는데 '상해라는 도시가 이렇게 크구나' 하고 놀랐다. 여기에서 이제 어떻게 살아가야 할지 막막하다는 생각에 잠시 현기증이 나기도 했다.

상해 '애인리 12호'에서 다시 맞은 신혼

인력거는 허름한 농당弄堂(상해의 연립주택 구역) 안으로 들어가 한 집 앞에 섰다. 임시정부 요인들이 많이 사는 프랑스 조계 가운데 복조로福照路[1] 애인리愛仁里의 12호가 주명이 미리 얻어놓은 집이었다. 애인리 농당은 모두 60가호로 구성된 주택단지였다. 각 집은 2층 구조로서 각 층에는 주방이

---

1 프랑스 조계의 도로명은 대부분 프랑스 인사들의 이름을 한자로 음역하여 만들어졌다. 예컨대, '복조로(福照路)'도 제1차 세계대전 때 연합군 총사령관으로 활약한 프랑스 육군 원수 페르디낭 포슈(Ferdinand Foch, 1873~1929년)의 이름에서 왔다.

딸린 다섯 개의 방이 있었다. 주명은 익숙하게 열쇠로 문을 열고 2층으로 올라가 구석의 방으로 나를 안내했다. 사전에 얻어두었음에도 세간은 변변히 구비되지 않았다. 그저 침대 한 채, 밥상 한 개, 의자 네 개가 놓인 썰렁한 방이었다. 북경의 주택보다 나중에 지었기 때문인지 사생활이 보장되는 독립 공간이기는 했다.

이제 여기서 신혼 생활을 다시 시작하게 되었구나, 직감했다. 방에 들어서고 짐을 내려놓자 주명이 나를 포옹했다.

"이제부터 지난날의 일을 다 잊고 새로 시작하자. 당신이 있으면 무엇이든 다 해결될 거야. 나는 믿어!"

그날부터 나는 부엌살림 도구를 사고 음식도 장만했다. 즐거운 신혼살림이 시작됐다. 나는 환경이 완전히 달라진 가운데 새살림을 준비하느라 지나온 시절과 잃어버린 아이들 생각을 거의 잊을 만큼 분주했다. 그때 주명은 상해의 한국 젊은이들과 함께 영국계 전차공사에 인스펙터(검표원)로 취직해 있었다. 북경 시대와는 전혀 달리 복장도 양복에 와이셔츠, 그리고 가죽구두를 신은 아주 단정한 하이칼라 젊은이 차림이었다. 월급도 제법 많이 받고 있어서인지 모든 행동에 여유가 있었다.

며칠 밤을 두고 주명은 나에게 두 아이가 불행하게 죽은 정황을 듣고 그도 울었다. 그리고 나에게 진실로 사과했다. 우리는 새출발을 다짐했다. 이제는 누구도 우리의 결혼 생활을 침해할 수 없다는 점을 재삼 맹세했다. 학진, 을진 두 아이는 우리의 결혼 생활을 공고히 하는 데 밑거름이 되어주었다. 정말 착한 우리 딸들은 곁에 없지만 우리 내외를 튼튼히 묶는 줄이나 다름없었다.

순종 황제의 유조를 전하다

도착한 날 밤늦게 아버지께서 전해준 편지 뭉텅이를 저고리 안섶을 뜯어내어 주명에게 건넸다. 그 편지에 아버지는 사위에게 보내는 긴 사연을 담으셨다. 작은 글씨를 한문과 한글을 섞어 붓으로 쓴 것이었는데 대강의 내용은 이런 것으로 기억된다.

첫째, 너희들의 결혼 인생도 나라를 잃는 바람에 본의 아니게 많은 고통을 겪었구나. 하지만 그런 고통이 너희들만의 것은 아니다. 2,000만 동포가 모두 당한 고통이라고 생각하라. 그러니 절대로 실망하지 말고 새로운 인생을 출발하라. 이 아비는 비록 너희의 새로운 삶을 못 보더라도 항상 너희 곁에 있다고 생각하여라(이 대목을 읽을 때 나는 새삼스럽게 아버지의 따뜻한 손길을 느끼면서 왈칵 눈물을 쏟았다).

둘째, 여기 중요한 문건을 하나 보낸다. 이 문건은 내가 지난 연초에 황제를 알현했을 때 황제께서 나에게 받아쓰라 하여 내가 그대로 받아 적은 것이다. 이게 대한제국 마지막 황제가 남긴 유조遺詔(임금의 유언)라고 생각하여라. 그 내용은 황제께서 일본에 나라를 강탈당한 사연을 자세히 기록한 것이다.

셋째, 이 유조를 당장 반포하기는 어려울 것이다. 황제께서 왜놈들 감시하에 유수幽囚처럼 살고 계신 마당에 이것이 대외적으로 알려지면 황제께서 얼마나 혹독한 보복을 당할 것인지 상상해 보라. 그러니 비밀리에 가지고 있다가 황제가 붕어하면 즉시 공개하여라.

넷째, 발표하는 방법은 주명이 직접 임시정부 요인들, 특히 성재(이시영)나 우천(조완구)과 의논하여 대외적으로 성과 있게 마련해야 한다. 이게 일본이 조선을 강제로 점령하고 병합한 행위가 불법이고, 만국공법에 어긋남을 대외에 알리는 마지막 황제의 뜻임을 강조해야 한다.

이어서 첨부된 문서를 읽어보았다. 주로 한문으로 쓰였고 한글로 토를 단 유조였다. 아버지의 친필로 된 이 국한문 혼용체의 원문을 그대로 옮기면 이렇다.

一命僅存之予는 爲破棄併合認準事 詔하노니 日裏年併合之認準은 强隣이 與逆臣輩로 自爲之自宣布之요 皆非予之所爲也라 惟幽閉我하며 脅制我하야 使不得明白言非予爲也하니 古今에 寧有是理리오 予ㅣ 苟活不死 今十七年矣라 爲宗社之罪人하고 爲二千萬生民之罪人하니 一息이 未泯하면 不能暫忘이라 困於幽囚하야 無出言之自由하야 至於今日이러니 今 一病深重하니 曾不得一言而死면 予ㅣ 死不瞑目호리라 今 予ㅣ 托卿하노니 卿其以此詔로 宣布中外하야 使吾最愛最敬之吾民으로 曉然之併合之非予所爲면 前所謂認準과 讓國詔勅은 自將破棄니라 咨爾有衆아 努力光復하라 予魂魄이 尙歸佑汝하리라 詔付趙鼎九.

이 내용을 현대어로 옮기면 다음과 같다.

한 목숨을 겨우 보존한 나는 병합 인준의 사건을 파기하기 위하여 조칙하노니, 지난날의 병합 인준은 강린(强隣, 일본)이 역신의 무리와 더불어 제멋대로 해서 제멋대로 선포한 것이요 다 나의 한 바가 아니라. 오직 나를 유폐하고 나를 협박하여 나로 하여금 명백히 말할 수 없게 한 것으로 내가 한 것이 아니니 고금에 어찌 이런 도리가 있으리오. 내가 구차히 살며 죽지 못한 지가 지금에 17년이라. 종사에 죄인이 되고 2,000만 생민(生民)에게 죄인이 되었으니 한 목숨이 꺼지지 않는 한 잠시도 이를 잊을 수 없는지라. 깊은 곳에 갇힌 몸이 되어 말할 자유가 없이 오늘에 이르렀는데, 이제 한 병이 위중하니 한마디 말을 하지 않고 죽으면 내가 죽어서도 눈을 감지 못하리라. 지금 내가 경(조정구)에게 위탁하노니, 경은 이 조칙을 중외에 선포하여 내가 가장 사랑하고 가장 존경하는 나의 백성으로 하여금 병합이 내가 한 일이 아님을 분명히 알게 하면 이전의 소위 (병합) 인준과 나라 선양(讓國)의 조칙은 장차 스스로 파기될 것이리라. 여러분이여 노력하여 광복하라. 나의 혼백이 명명한 가운데 여러분을 도우리라. 조정구에게 조칙을 내리다.

요컨대, 이 유조의 취지는 역신의 무리가 순종을 유폐하고 억제하여 제멋대로 병합을 인준하고, 선포한 것이고, 따라서 병합 인준이 불법인즉, 자연히 파기된다는 것이었다. 주명은 장인이 보낸 문서를 다 읽고, 한참 생각하다가 한마디 했다.

"황제께서 아직 생존해 계시고, 또 장인어른도 서울에 계시는데 지금 당장 이를 대외에 발표하면 서울에서 무슨 변고가 벌어질지 모르니 이를 당분간 그대로 두고, 적기를 기다려야 되지 않겠소?"

나도 그의 생각이 옳다고 생각했다. 다만 이 유조를 오래 두면 나중에 진부를 분간하기 어려워지므로 일단 어른들께 보고하되, 발표 시기만은 기다리는 게 좋겠다고 생각했다. 이런저런 얘기를 하느라 우리 내외는 밤을 새우다시피 했다.

"천추에 죄인으로 남지 않기 위하여"

다음 날 나는 주명과 함께 시숙 성재장께 상해에 도착했음을 보고할 겸 황제의 유조 문제도 상의하기 위해 뵈러 갔다. 당시 시아버님 우당장은 천진에 머물러 계셨고, 시집 어른으로는 성재장이 이웃 오덕리五德里에 방 하나를 얻어 학교 다니는 규홍圭鴻 아드님과 자취하고 계셨다. 그 자리에서 남편 주명은 삼촌께 황제의 유조가 장인어른(나의 아버지)을 통해 작성되어 나를 통해 전달된 경위와 그 내용 등 자초지종을 설명했다.

"나도 황제께서 자의로 병합 조약을 체결하지 않았다고 일찍부터 짐작했다. 이완용, 송병준, 윤덕영 무리들의 짓이지. 특히 윤덕영은 윤비의 숙부가 아닌가? 아우 윤택영을 시켜서 그 딸 윤비가 치마 속에 감춘 옥새를 뺏어다 찍었다는 소문이 자자했지 …. 그런데 황제께서 마지막으로 유조를 남기신 거군. 당연하지. 천추에 죄인으로 남게 될 텐데. 그대로 세상을 하직하면 모든 죄행을 뒤집어쓰게 될 터이니 말이다."

성재장은 혀를 끌끌 찼다.

"이 유조를 지금 발표하긴 어렵지 않겠습니까?"

"그렇다. 조금 시기를 기다리자. 헌데, 이걸 지금 정부에 보고할 수도 없겠다. 왜냐하면 이 정부 안에 밀정들이 많이 침투해 있어. 잘못 입만 뻥긋하면 그대로 새어 나간다. 그리고 지금 임시정부 형편이 이를 처리할 능력이 없다. 그러니 좀 더 기다렸다가 어떤 수단으로 발표해야 할지 강구하고 그 시기에 맞게 발표하도록 하자. 그때까지 이를 잘 보관하여라."

당시 임시정부의 사정은 어떠했나? 1925년 3월 초대 대통령 이승만에 대한 탄핵안이 가결되어 지도력이 상실된 시기였다. 후임으로 67세 고령의 역사학자 박은식 선생이 대통령으로 추대됐지만 그는 임시 헌장 개정까지만 잠정적인 정부 수반이었을 뿐, 임시 헌장이 내각책임제로 개정되자 즉시 물러났다. 그리고 그분은 그해 11월 세상을 떠나셨다.

이어 임시정부는 간도에 머물러 계신 이상룡 선생을 개정된 헌법에 의거해 국무령으로 선출했다. 말하자면 내각책임제 정부의 수반으로 모신 것이다. 하지만 이 노인이 어렵사리 상해까지 와서 9월 국무령에 취임했지만 한계가 있었다. 모두가 그분을 존경하면서도 내각 구성에 나서기를 고사했기 때문이다. 심지어 김동삼金東三, 오동진吳東振, 김좌진金佐鎭 등 그분과 함께 항일 투쟁을 전개해 온 분들까지 임정 내각에 참여하기를 고사했다. 내각 구성이 지지부진하자 화가 나신 이상룡 선생은 12월 사표를 던지고 다시 만주로 돌아갔다.

그 후에도 안창호를 국무령으로 선출했지만 미국에 있으면서 취임조차 하지 않았다. 그래서 할 수 없이 최창식 의정원 의장의 국무령 대행 체제로 가다가 1926년 7월 어렵게 홍진洪震 선생이 국무령으로 선출되어 간신히 내각을 구성하고 수습된 시기, 말하자면 임정이 겨우 연명할 때였다.

이런 시기(1926년 2월)에 내가 황제의 유조를 지니고 상해에 도착한 것이다. 그러니 황제의 유조를 처리하기란 불가능했다. 임시정부가 갈피를 못 잡고 있고 상해에는 밀정들이 곳곳에서 암약하고 있어 자칫 국내에 생존해 계신 순종 황제나 나의 아버님에게 바로 보복이 가해질 수 있는 상황이었다.

아버지와 황제 별세로 기회 생겨

우리 내외는 기회를 기다렸다. 뜻밖에 3월 30일 아버지의 부음이 전해져 왔다. 깜짝 놀랐다. 내가 떠나온 지 겨우 한 달여 만에 이토록 황망히 돌아가시다니 ···. 그런데 나는 아버지 장례를 위해 다시 귀국할 형편이 못 되었다.

"아! 내가 아버지께 큰 죄를 짓는구나!" 하는 안타까움에 눈물이 났다. 내가 떠나올 때 아버지께서 유난히 슬퍼하시던 모습을 생각하면 아마 무엇을 예견하셨던 것 같기도 했다.

아버지께서 돌아가시고 나서 얼마 후인 4월 26일, 이번에는 순종 황제께서 승하하셨다. 1개월 사이에 두 분이 마치 계획이나 한 듯이 저세상으로 가셨다. 그러자 성재장께서 즉시 황제의 유조를 처리하자 하셨다. 우천 조완구 재무총장과 의논하셨다. 그분은 아버지와 육촌 간이고 나의 재당숙이시다.

"우천! 종형인 월파月波(나의 아버지의 아호) 선생이 황제의 유조를 받아서

▲ 미국에서 발행되는 《신한민보》 1926년 7월 8일 자에 크게 보도된 융희황제의 유조. 조정구 대감의 친필 이미지가 소개되었고, 그 내용이 활자화되어 있다.

전해왔어요.”

우천은 어리둥절해하며 주명이 드리는 유조를 신기한 듯 봉투의 앞뒷면부터 훑어보고 본문을 꺼내 읽기 시작했다. 그분은 나의 아버지의 필적을 감정이라도 하듯 세밀하게 뜯어보신 뒤 입을 열었다.

“월파 형님이 마지막으로 큰일을 하셨네요. 역사에 남을 일입니다.”

우천장은 유조를 한 번 더 읽은 뒤에야 성재장에게 넘겼다.

“이걸 여기 《독립신문》에 보내서 그대로 보도해서 되겠습니까?”

“나도 여러 날 생각해 봤는데 지금 임시정부나 《독립신문》이 이런 대사를 처리하기는 역부족인 상황 같아요. 그러니 미국에 보내서 먼저 보도하도록 하죠. 그래야 국제적으로 확산될 수도 있을 겁니다. 미국에서 보도하면 그걸 이곳 《독립신문》에서 받아 다시 보도하는 것이 훨씬 효과가 크지 않겠습니까?"

"장두철[2] 군이 일간 도산 선생 뵈러 미국에 간다는 말을 들었는데 제가 장 군을 만나 의논해 보지요"

성재는 한참 생각하더니 "그편이 좋겠군. 내가 도산에게 편지를 쓰겠네"라고 하셨다.

그 후 성재장과 우천장, 그리고 석오 이동녕 선생까지 논의가 진행된 후 성재장이 자세한 상황을 알리는 편지를 작성했다. 국제적인 반향을 불러일으키기 위해서라도 미국에서 먼저 보도해 파문이 일어나면 상해 《독립신문》에 이를 받아서 보도하자는 요지였다.

"그게 좋겠습니다."

이렇게 해서 순종 황제가 남긴 유조는 그해 6월 10일 황제 장례식을 치른 뒤 미국 샌프란시스코에서 한국 교민들이 발행하는 《신한민보新韓民報》 1926년 7월 8일 자에 대서특필되었다.

이 보도를 통해 그동안 끊임없이 문제 제기 되어온 한일 강제 병합의 경위가 보다 분명해졌고, 이를 계기로 세계 각지의 동포들도 일본의 침략 근성에 다시 한번 치를 떨었다. 황제의 유조는 일본이 아무리 한국의 황실을 말살하려 해도 굴하지 않는다는 증거를 보여준 것이었다. 물론 일본 측은 즉각 이 유조는 조정구가 만든 허구일 뿐이라고 반박했지만 그걸 믿는 사람은 없었다.

다른 각도에서 보자면, 이로써 세계 여론이 한국의 강제 병합에 다시금

---

2 장두철(張斗徹)은 그 무렵 중국 상해에 '반도무역공사'(1939년 자본금 5만 원)라는 회사를 차리고 무역업을 하던 동포다. 그는 영어에 유창하고 사업을 하는 중에도 대한민국임시정부를 지원했다. 그는 미국과 유럽의 거래처로 수시로 여행했다. 손과지(孫科志),『상해한인사회사: 1910~1945』(한울엠플러스, 2012) 참조.

관심을 갖게 하는 데에 약간 효과는 있었지만 어른들이 기대한 만큼의 큰 뉴스로 다뤄지지는 않았다.

"영친왕을 아시나요?"

내가 상해에 도착하면서 이 일을 이면에서 도왔다는 소문이 퍼지자 상해의 한인 사회가 우리 내외를 주목하기도 했다. 그런가 하면 내가 황실과 연결되어 있다는 점에서 경원하는 사람도 있었다. 조선 황실이 나라를 제대로 유지하지 못했다는 이유로 황실을 거부하는 사람들은 황제의 마지막 절규도 그 가치를 인정하지 않았다.

이 유조의 가치를 제대로 이해하고 평가해 주는 분은 김의한金毅漢 내외였다. 그때 이미 그분의 선친 동농 김가진 선생은 서거하신 뒤여서 내가 뵙지 못했다. 하지만 동농 선생은 대한제국에서 농상공부 대신, 법부대신 등 고관을 지내신 분이라 그분의 가족들도 황실의 사정을 잘 알고 있었다. 더욱이 동농 선생은 일제로부터 작위를 받기도 했지만 비밀리에 항일 단체 대동단을 결성하고, 이강 공을 상해로 망명시켜 항일 운동을 전개하고자 추진했던 분이다. 그 가족들은 일본의 간악한 수단으로 대한제국이 멸망한 이면의 역사를 꿰뚫고 계신 터라 자연히 그 아드님 내외분도 순종 황제의 유조가 진실이라 굳게 신뢰했다.

이미 말한 바와 같이 당시 임시정부는 마비 상태에 있었다. 얼마 지나지 않아 홍진마저 사임하고 만주로 떠나자 석오와 성재장은 더 이상 임정의 위기를 그대로 놓아둘 수 없다는 판단 아래 1926년 12월 10일 서열이 미치지 못하는 백범 김구를 발탁해 국무령으로 추대했다. 내각도 세대교체 해서 비교적 젊은 인사들이 등장하도록 했다. 차제에 체질 개선을 이룬 셈이었다. 백범은 일찍부터 치하포 사건에서 보듯이 대일 의열 투쟁에 익숙했다.

임정에 참여해서도 경무국장으로 일제 밀정을 잡아 처단하는 등 강력한 리더십을 발휘했다.

1927년 새해에 들어서면서 백범은 새 내각의 국무령으로서 무엇인가 실력을 보여주어야 했다. 마침 일본에서 황실의 여성 방자方子와 결혼한 영친왕이 세계여행 길에 우선 상해에 기착한다는 정보를 백범이 입수했다. 백범은 어느 날 우리 내외를 불렀다. 나는 사실 이때 백범이란 분을 처음 뵈었다. 얼굴은 크고 굴곡이 있었고 안색은 거무튀튀했다. 안경 너머로 나를 보는 그 시선은 맹수와 같이 날카로웠다. 표정 하나하나가 나를 긴장시켰다.

"지난해에 상해에 도착하셨다죠?"

"네 ….."

"황제의 유조도 갖고 왔다는 말을 들었어요."

"네 ….."

"그런데 … 영친왕을 아시나요?"

"어렸을 적에 엄비 전하께서 여러 번 궁에 들라 해서 같이 지냈습니다."

"동갑이신가요?"

"네 ….."

백범은 한동안 무엇인가 골똘히 생각하다가 마침내 입을 열었다.

"영친왕을 지금 만나도 서로 알아볼 수 있겠죠?"

"… 글쎄요. 만난 지 근 20년이나 되어서 …. 만나서 시간을 두고 서로 기억을 더듬으면 알아볼 수는 있겠습니다."

백범은 또 한동안 무얼 생각하다가 불쑥 말을 꺼냈다.

"사실은 영친왕이 곧 상해를 들른다는 말이 있어요. 이 사실도 비밀입니다. 그런데 그분이 알아볼 사람이 없습니다. 사실 영친왕이 일본인 여성과 결혼하기 전, 약혼까지 한 여성이 지금 이곳에 와 있긴 하지만 영친왕이 그분을 알긴 어려울 겁니다. 그래서 영친왕이 상해에 머무는 동안 조 여사가 직접 뵙고 대화하면 어떨까 생각했어요.”

백범은 동의를 구하듯 남편 주명에게 눈짓을 했다.

“영친왕이 언제 상해에 옵니까?”

주명이 물었다.

“확실한 날짜는 모르겠는데 곧 세계 여행을 떠나서 여기에 이삼일 체류한다는 정보가 있네.”

“중요한 기회인데 저희도 할 일이 있으면 한몫해야죠.”

백범은 그동안 북경의 다물단이 벌였던 일들을 알고 있는 듯 주명에게 신뢰를 표했다.

“자세한 사항은 더 지켜봐야 하겠지만 꼭 만나서 할 일이 있을 걸세. 오늘은 여기까지 의논하고 돌아가게. 오늘 일은 절대 비밀이야. 나를 만난 사실도 없는 일일세. 알겠나?”

백범은 먼저 일어섰다. 긴 청색 중국 두루마기 속으로 무엇이 감춰져 있는지 두툼해 보였다. 우리는 인사하고 집으로 돌아왔다.

며칠 후 남편이 백범의 측근에게 불려 갔다가 밤중이 되어 돌아왔다. 피곤해 녹초가 된 듯했다. 들어서자마자 “내일 아침 의논하자”고 하더니 바로 잠에 곯아떨어졌다. 아침 5시에 나를 깨웠다. 그리고 영친왕이 상해에 도착해 호텔에 들어가면 할 일들을 대강 말해주었다.

“쉽지 않겠지만 우선 영친왕이 찬동해야 상해로 망명시킬 수 있을 거야. 더욱이 일본 여성과 결혼한 몸이니 단독 행동은 안 할 거고. 일본 여인이 반대하면 좌절될 수도 있어 ….”

그제야 계획의 대강을 알 수 있었다. 1919년 이강 공을 해외로 망명시키려다 실패한 공작을 다시 재현해 이번에는 영친왕을 망명시키려는 의도임을 알게 되었다. 남편 주명은 지난해 7월 미국에서 보도된 순종 황제의 유조 기사를 다시 정리했다. 영친왕을 설득하는 데에 우선 이 기사를 이용하자는 것이었다.

얼마 동안 기다렸다. 백범에게서 아무런 소식이 없었다. 상해 주재 일본 영사관은 연일 분주했다. 영사관 근방에는 사복형사들의 왕래가 부쩍 많아진 것 같았다.

1927년 5월 영친왕 내외가 드디어 하코네마루箱根丸를 타고 세계여행 길에 올랐다. 그달 30일 상해에 도착했는데도 배에서 내린다는 뉴스가 없었다. 숙소는 상해항에 정박한 군함이라고 했다. 상해 관광은 배에서 내려서 하는 것이 아니라 배 위에서 망원경으로 상해의 겉모양만 보고 끝났다. 영친왕이 배에서 내리면 무슨 불상사가 생길지 모른다는 판단에서 일본 당국이 아예 영친왕의 하선을 중단시킨 결과였다.[3] 백범의 계획은 수포로 돌아갔다.

나는 오히려 홀가분한 기분이었다. 사실 영친왕을 만나 설득하기도 쉬운 일이 아니겠지만, 옆에서 일본 여인 방자가 방해할 것은 불문가지였다. 그러면 결국 물리력으로 그를 호텔에서 끌고 가야 할 터인데 영화에서처럼 그 일이 쉽게 이루어질까? 이 일로 나는 어떻게 될까? 남편 주명은 자기가 그 대열에 함께 들어가 어떤 일이 벌어지더라도 나를 일본인 손에 넘어가지

---

3 김을한이 쓴 『영친왕』(페이퍼로드, 2010)에 그 속사정이 자세히 언급되어 있다. 영친왕의 세계 여행과 상해 기착을 처음부터 반대한 사람은 시노다 이왕직 차관이었고, 거기에 친일파인 한창수 이왕직 장관이 가세했다. 그럼에도 영친왕은 자신의 고집으로 여행길에 올랐다. 그때 임시정부에 잠입한 밀정들이 김구의 계획을 낱낱이 일본 측에 보고했고, 일본 측은 종로경찰서 고등계 주임 미와(三輪)까지 이 여행에 동행하도록 했다. 5월 30일 기선 하코네마루로 상해항에 도착한 영친왕은 마중 나온 일본 함대사령관 아라키 사다오(荒木貞夫) 소장과 야다 시치타로(矢田七太郎) 총영사를 만났다. 이들은 입수한 정보를 설명하면서 영친왕의 상륙을 금지시켰고, 여객선에서 군함으로 옮겨 가 하룻밤을 보내도록 엄격하게 행동을 통제했다.

않도록 할 것이니 걱정 말라고 다짐했지만 큰 모험인 것만은 분명했다.

이런 정황을 예측한 일본 측이 영친왕을 군함에서 한 발짝도 밖으로 나가지 못하게 하고서 상해를 떠났다. 나는 영친왕을 만나지 못했지만 이런 기회가 서로 원수처럼 처신해야 하는 연극으로 발전하지 않아서 마음이 가벼웠다.

다시 찾은 일상의 행복

나는 다시 일상으로 돌아왔다. 주명은 회사 일로 바빴고 나는 살림하느라 정신이 없었다. 그사이에 내 몸속에 새 생명이 꿈틀거림을 느꼈다. 학진이와 을진이가 다시 오는 거라고 생각했다.

그해 1927년 7월 27일 나는 다시 딸 정현丁賢을 낳았다. 북경에서 5년 전 을진乙珍을 낳았으니 십간十干의 순서에 따르면 병丙을 써야 하겠으나 이는 거르고 정丁으로 넘어가 학진鶴珍이처럼 현명한 아기이리라는 생각으로 남편과 합의하여 정현이라고 이름 지었다.

생소한 상해에서 출산하게 되어 나는 마음속으로 겁이 난 것이 사실이었다. 그러나 북경에서도 아기를 낳았는데 무슨 일이 있겠는가 하는 마음도 없지 않았다. 하지만 북경에서는 노련한 송동댁이 옆에서 도왔는데 상해에서는 과연 누가 돕겠는가? 사실 그동안 김의한의 부인 정정화鄭靖和(1900~1991년)[4] 여사와 친해졌다. 그는 나보다 세 살 아래였지만 세상 물정에 밝았

---

4 정정화 여사는 1991년 돌아가시기까지 조계진 여사와 교유했다. 곱고 청순한 모습을 끝까지 유지한 분이고, 『장강일기(長江日記)』를 써서 상해로부터 중경까지 임시정부의 대장정을 기록으로 남겼다. 시아버지 동농 김가진 선생의 망명과 대동단의 활동을 돕기 위해 삼엄한 국내에도 여러 차례 드나들며 임무를 수행한 맹렬 여성 독립

고 판단력도 빨랐다. 특히 일찍이 1920년 시아버지 동농 김가진 선생을 모시기 위해 망명길에 오른 터라 상해 사정에 훤했다. 그가 상해에 있는 산파를 소개해 주었고, 또 직접 산파 조수가 되어 나는 정현을 순산할 수 있었다.

아기가 태어나니 자연히 집 안에 훈훈한 생기가 돌았다. 남편이 말한 새 출발의 첫 신호로 아기가 태어난 것이다. 주명도 일찍 퇴근해 가사를 도왔고, 우리는 행복했다. 이런 행복을 누가 또 앗아갈까 근거 없는 불안이 있을 정도였다. 나는 태생적으로 다산형 몸인가 보다. 산후조리도 변변히 안 했는데 불과 일주일여 만에 거뜬하게 일어나 남편 출근 준비와 부엌일을 할 수 있었고, 모유도 풍부하여 아이 기르는 데에 그다지 힘들지 않았다.

1927년, 당시 상해에는 약 1,000명 가까운 교민이 있었다. 대개 프랑스 조계에 살고 있었다. 아마 영일동맹으로 영국은 완전히 일본 편이라 독립운동가를 보는 족족 잡아 일본영사관에 넘기곤 했다. 일본영사관에는 지하에 간이 유치장이 있었고, 영사관 직원 가운데 고등계 형사들이 외교관 신분으로 주재하고 있어 이들이 불법적으로 사법경찰관 행세를 했다. 그래서 독립운동가들은 아예 영국-미국의 공동조계 쪽으로 넘어가려 하지 않았고 프랑스 조계 내에 옹기종기 모여 살았다. 하지만 일본영사관에 협조하는 밀정이나 끄나풀들은 상해의 어디든 대로를 활보했다. 일본의 영향이 미치는 공동조계는 경제활동을 하기에 용이했고 물자도 풍부했다.

프랑스 조계에 사는 교민들은 근근이 생활을 이어갈 뿐 큰 사업 하는 사람이 없었다. 기껏해야 김붕준金朋濬같이 하비로霞飛路에 사진관을 내서 약간 여유가 있게 생활하는 정도였고, 정화암과 백정기는 아이스크림 장사로

운동가이다. 1929년 그가 첫아들을 낳을 때에는 조계진 여사가 정성껏 산파역을 해서 그때 태어난 아들 후동(厚東)[나중에 자동(滋東)으로 개명]을 자신의 아들이나 조카처럼 예뻐했다.

용돈을 벌었다. 서병규徐秉奎라는 사람은 일찍이 영국 세관에 근무하다 상해 중심지 북사천로北四川路에 지성공사志成公司라는 무역회사를 차려 돈을 많이 벌긴 했다. 김규식 박사가 1년 500달러만 임시정부에 기부해 달라고 요구했지만 면전에서 거절당했다. 그런 사람은 사실 국가나 정부가 자기에게 필요하지 않고 자기 재간으로 인생을 살 수 있다고 생각하는 부류였다. 대단히 이기적이었다. 이스라엘의 로스차일드처럼 세계적 금융 왕이 되었어도 조국의 재건에 자기 재산을 바치는 사람들과는 근본이 달랐다.

하지만 더 악질도 있었다. 아예 일본영사관의 밀정 노릇을 하면서 그들의 힘을 배경으로 마약 장사를 하는 사람, 고국에서 철없는 여성들을 꼬여서 상해로 데려와 그들의 정조를 팔아 장사하는 사람도 여럿 있었다. 이런 악질 가운데 평소 우리가 존경하는 분들의 이름도 오르내려 우리가 얼마나 놀라고 실망했는지 모른다. 물론 그분들은 사는 법도 자체가 우리와 달라 해방 이후에도 언제 그랬냐 싶게 항일 운동을 했다고 뻐기며 이를 기반으로 정계에 진출하고 사업도 크게 늘려가기도 했다. 우리를 돕는 중국인들에게서 노골적으로 "왜놈보다 그 앞에서 설치는 조선 놈이 더 밉다"는 욕설을 들을 때면 한없이 부끄러웠다.

1927~1928년경 상해의 임시정부는 분열되고 일본 밀정들이 날뛰는 매우 어려운 상황이었지만 나는 소가정을 이루어 평범한 삶을 살았다. 나는 처음 내 살림을 꾸미는 가운데 경제적으로 넉넉하지는 않지만 남편과 아기를 위해 사는 행복을 처음으로 누렸다. 하루하루가 생소한 상해였지만 불편하지 않았다. 정현이가 태어나면서 북경에서 가엾게 세상을 하직한 아이들을 잊을 때가 많았다. 그럴 때면 나 스스로 정현보다 불쌍하게 죽은 학진, 을진을 잊어선 안 된다고 다짐했다. 그 아이들이 얼마나 어미를 따랐었는지 생각하면서 지금도 이 행복이 나에겐 복에 겨운 것 아닌가 자성의 시간을 갖곤 했다.

05

내가 아는 우당장의 마지막 날들

1926년 상해에 온 이후에 나는 비로소 안정된 신혼생활을 누릴 수 있었다. 내 인생에서 남편과 함께한, 가장 행복했던 시기였다. 남편은 전차공사에 다니며 40원 전후의 월급을 받았다. 그 회사에 인스펙터로는 중국인, 벨라루스(당시 '백계白系 러시아'라고 했다) 망명객, 인도인, 한국인 등 모두 160명 가량이 있었는데 그중 한국인은 40명 정도였다. 한국인이 가장 충실히 일한다는 평판을 들었다.

인스펙터란 차표를 점검하는 사람이다. 승객이 차표를 사서 전차에 타면 일일이 찾아서 구멍을 뚫어 다시 사용할 수 없게 하는 일을 했다. 중국인 차장들은 차표를 받아 넣었다가 나중에 되파는 사례가 왕왕 있었다. 그러나 한국인을 인스펙터로 기용하면 그런 뒷거래가 없어서 회사 수입이 올랐다. 회사 경영인들은 한국인 인스펙터들의 월급을 올려주고 우대했다.

월급 40원 중에 10원은 임시정부에 세금으로 내고 나머지로 살았다. 나중에 월급이 50원까지 올랐는데 둘째 댁 어른 이석영 내외분이 도착해서 10원을 생활비로 드리고도 충분히 생활할 수 있었다.

규준의 죽음과 온숙의 결혼

1928년 무렵 규준圭駿 내외가 아버지 이석영 내외분을 모시고 아우 규서圭瑞까지 포함해 봉천奉天(현재의 심양瀋陽)에서 상해로 이사해 왔다. 규준은 원래 행동가이고 동지와의 교유 범위도 넓어 일정한 직업은 없지만 늘 분주했다. 그해 6월 말경, 규준은 16~17세 되는 딸 온숙을 데리고 나를 찾아왔다.

"형수님, 부탁이 있어서 왔습니다."

규준은 주명과 동갑이지만 생일이 3개월 정도 늦어 형님이라면서도 친구처럼 가깝게 지냈고, 나를 부를 때는 놀리는 듯한 말투지만 깍듯이 형수님이라고 했다.

"제 일찍이 둔 딸 온숙이에요. 애야, 인사드려라!"

"안녕하세요, 숙모님!"

광대뼈가 약간 튀어나왔지만 예쁘장한 처녀였다. 규준은 말을 이었다.

"저희 내외가 석가장石家莊에 볼 일이 있어서 가는데 한 달쯤 걸릴 거예요. 형수님이 저 애를 좀 가르치고 데리고 있어주시면 제가 홀가분하게 갔다 오겠습니다."

"그러면 할아버지는 누가 모셔요?"

"규서가 있으니까 부모님 모시게 두고, 저 애는 지금 회사에 나가고 있어요. 그래서 할아버지와 있기 싫대요. 자유롭게 있고 싶대요. 그래서 형수님에게 데리고 왔습니다."

그때 이석영 어른은 해소병이 호전되지 않아 매일 콜록콜록 기침이 심했다. 국내로 들어가 치료를 받아야 할 형편이었다.

"그렇게 하죠. 온숙아! 아저씨 집에 있어도 좋겠냐? 돌잽이 정현이가 있으니까 좀 봐주렴. 괜찮겠지?"

"네 …."

창고로 쓰는 뒷방에 공간을 마련해 그가 거처하도록 침대를 놓아주었다. 한 달이 지났다. 규준에 대해 흉측한 소식이 들렸다. 왜놈의 정탐꾼이 있는 데를 찾아 들어가 봉변을 당했다는 것이다. 그러면 내외가 같이 갔는데 부인은 어떻게 되었나? 같이 당했다는 소식이 들리는가 하면, 혼란스러운 총격전 상황에서 규준은 죽고 부인은 납치됐다는 소식도 들려 헷갈렸다.

"온숙아! 아빠와 엄마가 봉변을 당했나 보다."

"네, 저도 들었어요."

벌써 소식을 들었는지 의외로 차분했다. 규준의 행방에 대해 의문이 풀리지 않았다. 저녁 무렵 돌아온 남편 주명에게 물었다.

"틀림없이 왜놈에게 당했다는 거야. 그 이상은 아직 파악 못 했어. 거긴 왜놈들 판이거든. 동지들이 접근하기 어려워서 상세한 상황을 알려면 시간이 좀 걸리겠네."

얼마 후 규준은 현장에서 죽고. 부인은 행방불명됐다는 소식이 전해졌다. 으레 이런 일이 벌어지면 예나 지금이나 가짜뉴스가 판을 친다.

"부인이 왜놈과 한편이 되어 규준을 그곳에 끌고 가서 처단했는데, 그 후에 부인을 한국으로 빼돌렸다는 거야 …."

영석장은 이런 소식들을 전해 들으면서 병세가 더 악화됐다. 그렇지만 온숙은 부모님이 불행을 당했는데도 태연했다.

"원래 아빠, 엄마가 매일 싸웠어요 …."

규준은 1912년, 불과 열일곱 살의 나이에 통화현에서 여인을 만나 동거하게 되었다. 그래서 열여덟 살에 낳은 아이가 첫딸 온숙이다. 규준은 워낙 성격이 활달하고 용기가 있어 우당장도 그 조카를 아꼈다. 그런 성격의 규준에게 단란한 가정이란 성립되기 어려웠을 것이다. 그는 이미 1920년 국내에 들어갔다가 체포되어 옥살이도 했다. 굴곡 많은 인생이었다.

1929년 새해 들어서도 규준의 소식은 더 없었다. 온숙은 아침이면 직장에 나갔고, 저녁은 거의 집에서 먹지 않았다. 그러던 어느 날 나에게 정중히 말했다.

"숙모님! 직장에서 알게 된 한국 청년과 교제해 왔는데 그쪽에서 결혼하자고 해요. 어쨌으면 좋겠어요?"

갑자기 나온 질문이라 당황스러웠다. 전혀 준비도 없었고, 앞으로 어떻게 살아가겠다는 계획도 듣지 못했다.

"좋은 일이다. 아저씨 들어오시거든 의논해 보자. 그런데 신랑 될 사람은 누구냐, 상해 바닥 사는 사람이면 대강 아는데 말이다."

"최경섭崔景燮이라는 사람인데 황해도 연백이 고향이래요. 저보다 나이가 7~8세 위고요. 일찍이 상해에 와서 공부하고 홍콩의 영국 회사에 다녀요."

홍콩에서 취직한 청년이어서인지 이름이 생소했다. 주명이 귀가해 식사한 뒤 나는 온숙의 이야기를 풀어놓았다. 주명이 온숙을 불러 더 자세히 묻더니 신랑감을 만나보기로 했다.

최경섭이란 젊은이는 일견 침착하고 똑똑하고 신뢰할 만했다. 겉보기에 생활력도 강하고 영어를 잘했다. 그리하여 급속히 혼담이 이루어졌다. 남편은 최 군을 데리고 둘째 어른에게도 가서 사실대로 고했다. 영석장은 큰아들이 사라진 이후, 급속히 노쇠해지셨다. 모든 일에 의욕을 잃고 일체를 우리 내외에게 맡겼다.

1929년 상해, 모두 바쁘게 살아가고 있지만 결혼식을 위해서는 여러 가지를 준비해야 했다. 나와 주명은 골똘히 생각하다가 도산 안창호 선생에게 주례를 청하기로 했다. 당시 도산은 미국에서 상해로 건너와서 홍사단을 중심으로 청년들에게 희망과 용기를 주고 있었다.

주명은 영국 조계 모이명로牟爾明路 빈홍리賓興里 301호에 있는 홍사단 원동위원회 사무실로 찾아갔다. 마침 도산이 손님들과 환담 중이어서 잠시 대기실에 앉았다. 그때 무료해서 담배를 한 개비 꺼내 막 불을 붙이려는 순간 비서인지 직원인지 하는 사람이 주명의 어깨를 툭툭 쳤다. 담배 피우지 말라고 손짓했다.

"아! 여기가 금연 장소입니까?"

그는 대답 대신 손짓으로 맞은편 벽을 가리켰다. 그쪽에는 도산 선생의 반신 사진이 걸려 있었다. 그는 퉁명스럽게 한마디 던졌다.

"감히 선생님 앞에서 담배는 안 됩니다."

주명은 당황했다. 불붙이려던 담배와 성냥을 주머니에 넣고 그 사람을 응시했다. 말도 않고 서류만 보며 다른 설명이 없었다. 주명은 그의 태도가 몹시 오만해 보였다. '시건방진 놈이로군! 이 자들이 도산 선생을 우상숭배하고 있군!' 불쾌한 마음에 그대로 일어나 집으로 돌아왔다. 다음 날 도산이 사람을 보내 주명을 불렀다. 어제 일을 들은 것 같았다.

"어제 결례했네. 긴하게 누구와 의논하느라 자네와의 약속 시간을 어겼네."

"아닙니다. 제가 부담을 드리는 것 같아서 돌아왔습니다."

"나를 만나려던 용건은 무엇이었나?"

"아, 네. 제가 규준의 딸을 맡아 기르고 있는데. 시집을 가게 되었습니다. 그래서 선생님께 어렵지만 주례를 부탁드리려고 했습니다."

"규준에게 그런 과년한 딸이 있었나?"

"네. 열여덟인데요. 좋은 신랑감이 생겼습니다."

신랑의 소개서를 도산 선생께 드렸다. 그는 한참 읽더니 바로 응낙했다.

"내가 주례를 해야지. 새 가정 꾸미는 젊은이들을 위해 축복해 주어야지!"

도산에겐 이런 리더십이 있었다. 그를 에워싼 소인배들과는 다른, 넓은 마음이 있었다. 도산은 그해 연말 분위기가 물씬 나던 12월 7일, 최경섭-이온숙 결혼의 주례를 섰을 뿐 아니라 두둑한 축혼금까지 주었다. 이들은 결혼식 후 홍콩에서 신혼생활을 한다고 떠났다. 얼마 후 귀국했다는 소문이 들렸다.

온숙을 떠나보낸 후 나는 한숨 놓았다고 생각했다. 결혼 예식이 부담을 주었다기보다 부모의 행방이 묘연한 상황에서 그를 결혼시키는 일 자체가 부담이었다. 아무리 잘해도 자칫 원망 들을 수 있는 것이 인간사 아닌가? 그의 결혼 생활이 순탄해야지, 그렇지 않으면 그 책임까지 지게 될 수도 있었다.

첫아들과 우당장의 상해 생활

그런 시기에 나는 아기를 또 가졌고, 다음 해인 1930년 8월, 내 생애 첫아들을 보았다. 세상에 이렇게 기쁠 수가 없었다. 주명도 나 이상으로 기뻐했다. 그는 아기의 작명은 북경에 계신 시아버지 분부를 따라야 한다고 전보를 치는 등 수선을 떨었다.

아니나 다를까, 우당장도 크게 기뻐하시면서 이름을 붓으로 써서 편지로 부쳐 보내셨다, '이종무李鐘懋'라고. 사실 '힘쓸 무懋' 자는 나도 생소한 글자였다. 아기가 그렇게 이름을 얻은 날, 주명은 친구들에게 아들 자랑하느라 못 먹는 술을 강권에 못 이겨 조금 마셨고, 결국 사고를 냈다. 음주 운전하다가 걸렸다. 그래서 회사 징계위에 회부되었다. 술이라곤 맥주 한 모금도 못 마시는데 음주 운전이라니 …. 1개월 정직이었다. 그는 내 눈치 보느라 슬슬 피했다.

징계가 풀려 다시 회사로 나간 지 일주일 되는 10월 말, 우당장이 시동생 규호와 함께 상해로 오셨다. 우당장은 도착하자마자 맏상주를 제일 먼저 찾았다. 아기를 안고 어찌나 좋아하시는지 만사를 잊으셨다. 내가 한마디 했다.

"둘째 아버님이 기다리시고 계시는데요!"

그러자 우당장은 "아! 참!" 하고 일어나셨다. 나는 아기를 들쳐 업고 아우님 오시기만 학수고대하시는 둘째 어른 댁으로 우당장을 모시고 갔다. 형제분이 오랜만에 만나 얼싸안고 눈물을 흘리는 광경을 보고 나도 눈물이 났다. 시아버님이 도착했다는 소식을 들은 성재장까지 와서 삼 형제가 해후 해 방에서 도란도란 시간 가는 줄 모르고 몇 시간 말씀들을 나누셨다. 나는 아기를 업은 채 그 댁 좁은 부엌에서 시아버지 삼 형제의 저녁밥 짓느라 바빴다. 저녁상을 차려드리니 삼 형제분이 둘러앉아 맛있게 드시는 것을 보고 나도 덩달아 즐거웠다.

우당장께서 거처할 장소로는 내가 사는 애인리 정자간亭子間에 방을 얻었다. 나는 이미 새로 침구랑 침대보랑 잠옷까지 일체를 새로 준비해 두었다. 그리고 시아버지와 시동생, 두 분의 식사는 우리 집에서 해결하기로 했다.

우당장은 무료하게 시간 보내는 일이 없는 분이셨다. 잠시 쉴 때도 전각篆刻을 하든가, 난蘭이라도 쳐야 했다. 그 어른의 통소洞簫 실력도 전문가 경지였다. 과거 북경에서도 달 밝은 밤에 우당장이 통소를 불면 그 슬픈 음정에 눈물이 절로 났었다. 이번에도 북경에서 오실 때 옷은 챙기지 않아도 그런 도구는 짐 보따리에 잘 싸가지고 와서 바로 작업에 들어가셨다. 이처럼 우당장은 공사 간에, 또 대소사를 막론하고 일감이 떨어지는 일이 결코 없는 어른이셨다.

아나키스트들의 활발한 움직임

우당장이 상해에 도착하면서 가장 신바람 난 것은 아나키스트들이었다. 동지들이 하나둘씩 우당장이 유하고 계신 애인리 정자간에 모이기 시작했다. 나는 불편이 없도록 식사와 차 준비에 여념이 없었다. 더욱이 동지들이 오면 우당장은 즉각 아기를 업고 오라는 분부를 내리셨다. 손주 자랑하고 싶어서였다. 그 긴장된 지하공작을 논의하는 자리에서도 손주를 손수 안고 동지들에게 보여주면 웃음꽃이 피곤 했다.

당시 상황은 어떠했나? 우당장의 젊은 동지들은 만주에서 큰 타격을 입고 속속 상해로 모여들고 있었다. 만보산 사건이라 하여 한·중 두 민족이 일본의 간계에 넘어가 서로 싸우는 바람에 그 틈바구니에서 독립운동가들의 입지가 좁아졌다. 거기에 더해 일본이 1931년 9·18 사변을 일으켜 만주 각지를 점령하는 바람에 우리 독립운동의 동지들이 활동 거점을 잃었다. 그 과정에서 우당장이 가장 아끼던 김종진이 만주에서 희생되었고, 이을규는 체포됐다. 그 밖의 정화암, 백정기, 유기석, 원심창, 김성수(일명 김지강金芝江), 엄형순, 이강훈 등이 상해로 모여들었다. 그리하여 상해에 있던 김광주金光洲, 박기성朴基成, 이용준(일명 천리방千里放)[1], 유산방劉山芳 등 남화한인연맹 동지들과 함께 숙의를 거듭하며 새 사업을 모색하게 되었다.

아나키스트들은 자유의지로 모였지만 그 활동 범위는 매우 넓고 강고했다. 중국 측과도 부단히 교류해 온 유자명을 중심으로 중국 국민당의 고관들이면서 사실상 아나키스트라 해도 과언이 아닌 인사들, 이를테면 이석증李石曾, 오치휘吳稚暉 등의 협력을 받아 새로운 항일 투쟁의 계획을 추진하려던 상황이었다.

당시 상해의 독립운동가들은 대개 세 그룹으로 나뉘어 있었다. 가장 중심이 된 그룹은 뭐니 뭐니 해도 임시정부였다. 그렇지만 투쟁 면에서 가장 앞선 것은 아나키스트 그룹이었다. 그리고 이 둘과는 완전히 다른 위치에

---

1 우당장은 동지들의 가명을 모두 지어주었다. 오면직은 양여주(楊汝舟), 이용준은 천리방(千里放), 박기성은 구양군(毆陽軍) 등이었다.

공산주의자들이 있었다. 아나키스트들은 항상 "지금은 계급 모순보다 민족 모순이 먼저"라고 했지만, 이에 대해 공산주의자들은 겉으론 시인하면서도 속마음은 그렇지 않았다. 아나키스트들은 "지금은 민족 모순을 우선시해야 한다"는 입장에서 임정 측과 공동 전선을 펴면서 동시에 항일 투쟁 면에서 경쟁 관계에 있었다.

사실 그동안 임시정부가 내부 분열로 진통을 겪고 있을 때, 아나키스트들은 대일 투쟁에 열중했다. 우당장은 당시 두 가지 방향을 역설했다. 하나는 아나키즘의 이상사회를 모델로 하는 이상촌을 시범적으로 건설해 보자는 것이었고, 다른 하나는 일본 제국주의에 맞서 강경한 의열 투쟁(암살, 폭파 등)을 폄으로써 한·중 두 민족의 반일 의식과 사기를 높이자는 것이었다.

사실 장개석의 국민당 정부는 그동안 일제와 맞서 싸우는 것을 회피해왔다. 실력이 부족한 마당에 일본에 대항해 싸우면 중국 측 희생만 커진다는 타산에서 연거푸 후퇴했던 것이다. 그로 인해 일제는 만주사변을 일으켜 동삼성을 장악했고 그 여세를 몰아 중국 전 국토를 야금야금 점령해 갔다. 상해도 점령되기 일보 직전이었다.

그래서 한국의 아나키스트들은 중국과 연대해 강력한 항일 투쟁을 전개하는 것이 한국의 독립뿐 아니라 중국 측에 일본의 침략 야욕에 대한 경종을 울리는 데에도 도움이 된다고 보았다. 이런 취지에서 1930년 4월 유기석柳基石과 유자명이 주동해 프랑스 조계 김신부로 신신리金神父路 新新里에 거점을 정하고 동지들을 모아 '남화한인청년연맹南華韓人靑年聯盟'을 결성했다. 시아버님 우당장과 시동생 이규호는 그 연맹을 기반으로 열심히 활동했다. 남화한인청년연맹은 그해 10월경 한·중·일 아나키스트들이 연대하는 항일구국연맹抗日救國聯盟을 조직했고, 이미 말한 바와 같이 그 행동 단체로 '흑색공포단黑色恐怖團'이라는 별도 조직을 구성해 상해, 천진, 남경에서 강경 투쟁을 전개했다.

이에 자극받은 김구도 임시정부가 침체에서 벗어나려면 의열 투쟁으로 방향을 잡아야 하겠다고 결심하기에 이르렀다. 물론 이승만의 구미위원회와 안창호의 흥사단 계열에서는 "의열 투쟁은 결국 테러 활동이라고 국제 사회에서 비판받게 된다. 국제 공론에 반하는 이런 폭력 투쟁은 세계 여론을 악화시킨다"면서 반대했다. 하지만 김구 입장에서는 새롭게 리더십을 강화하기 위해서라도 투쟁을 과시하는 짓 외에는 달리 길이 없었다. 결국 김구는 한인애국단을 암암리에 조직해 아나키스트들의 흑색공포단과 더불어 왜놈 상층부를 테러함으로써 침체된 투쟁 전선에 활기를 불어넣었다. 1930년 전후에 이 두 단체는 서로 협력하며 경쟁하는 양대 세력이 되었다.

마침내 홍구공원 의거

1932년, 우리 가정은 나름대로 안정되어 갔지만 주변 상황은 점점 불안해졌다. 나는 아들딸을 잘 건사하는 일을 포함해 가정의 안정이 무엇보다 중요했다. 더구나 나는 또 임신한 몸이 되었다. 상해에 와서 세 번째 아이였다. 나는 북경에서 두 아이를 잃었던 트라우마 때문에 주위가 불안하면 또 자식을 잃을까 봐 안절부절못했다.

그사이에 일본은 노골적으로 중국 침략에 열을 올렸다. 1월 중국인이 일본 승려를 구타했다는 이유로 패싸움이 벌어졌다. 얼마 후 일본인을 보호한다는 구실로 일본군이 상륙해 상해 공동 조계까지 진입했고, 공세를 더욱 강화해 상해시 전체를 점령했다. 지휘관도 강골의 시라카와 요시노리白川義則 대장으로 교체됐다. 구실만 있으면 전면전으로 확전할 태세였다. 장개석은 19군에 일본과 충돌하지 말라는 명령을 내렸다. 그리고 일본에 무릎 꿇는 협정에 조인했다. 상해 시민들 사이에서는 무력한 국민당 정부를 규탄하는 소리가 높아갔다.

중국의 대일 자세와 관련해 여론은 악화될 대로 악화되고 불만 댕기면 금세 터질 형세였다. 항일구국연맹을 중심으로 중국과 한국의 항일 투사들이 협력해 일본을 타격하자는 계획이 논의됐다. 특히 중국의 소문난 아나키스트 왕아초[2]가 직접 나서서 한국 아나키스트들에게 대일 항전의 경비를 마련해 주었고 무기도 조달했다.

그 와중에 김구는 한인애국단을 대외적으로 알리는 대모험을 감행했다. 한인애국단 소속이라 자칭하는 이봉창李奉昌 의사가 도쿄 황궁으로 들어가는 입구 사쿠라다문櫻田門 앞에서 일본의 지존 소화昭和 천황의 마차를 향해 수류탄을 던지는 사건이 터졌다. 천황은 피해를 입지 않았지만 일본은 적지 않게 놀랐다.

중국인들도 한국 젊은이의 용기에 덩달아 사기가 올라갔다. 백범은 중국의 대일 항전 의지를 더욱 북돋우기 위해 다시 한번 일본군에 타격을 가하는 계획을 구상했다. 마침 4월 29일 상해 홍구공원에서 천황의 생일을 축하하는 천장절 행사가 일본군의 승리를 과시하는 대대적인 축하식을 겸해 열린다는 정보가 입수됐다. 한인애국단은 윤봉길尹奉吉 의사를 행사장의 일본인 틈에 침투시켰다.

***

2 왕아초(王亞樵)는 1889년 중국 안휘성(安徽省) 합비(合肥) 출신으로 상해에서 부두당(斧頭黨)을 조직해 테러로 명성을 날렸다. 그의 수하는 수천 명이나 되었고, 상해노공총회(上海勞工總會)를 장악해 군벌계 제섭원(齊燮元)이 임명한 송호(淞滬) 경찰서장 서국량(徐國良)을 암살해 일약 유명해졌다. 이처럼 한때 폭력적 아나키스트로 유명해 장개석이 황포군관학교에서 양성한 호종남(胡宗南), 대립(戴笠), 호포(胡抱) 등도 왕아초를 '큰형님'으로 모셨다. 우당장이 왕아초를 알게 된 것은 과거 신흥무관학교를 졸업하고 황포군관학교를 나온 김훈[金勛, 일명 양녕(楊寧)]의 소개를 통해서였다. 나이는 무려 20년 이상 차이 났지만 우당장은 왕아초를 중국에서 보기 드문 솔직하고 용기 있는 투사로 존중했다.

이때 아나키스트들의 남화한인청년연맹도 일본군에 타격을 가하고자 고심했다. 홍구공원과 그리 멀지 않은 날비덕로辣斐德路 담배 가게 위층에 방을 얻어 '상해청년항일동맹' 이름으로 '항일 투쟁'을 고취하는 전단 작업부터 했다. 그리고 천장절에 시라카와 대장을 저격하는 공작을 준비했다. 이들은 왕아초와 협의 아래 행동하기로 했다. 사전 회의에 열 명이 참석했다. 열혈 청년 백정기와 이용준이 서로 나서겠다 하여 추첨했다. 그 결과 백정기가 임무 수행자로 당첨됐다. 그에겐 즉시 권총이 주어졌다. 왕아초는 천장절 행사장에 들어가는 입장권을 얻으려 백방으로 노력했다. 그러나 일본 측의 삼엄한 보안 조치로 입장권을 얻기가 어려웠다.

그렇게 왕아초와 백정기가 홍구공원 입장권을 얻지 못해 발을 구르고 있을 때, 한인애국단은 보기 좋게 거사를 성공시켰다. 윤봉길 의사가 폭탄을 던져 시라카와 대장은 중상 후 사망, 우에다 겐키치植田謙吉 중장, 노무라 기치사부로野村吉三郎 해군중장, 시게미쓰 마모루重光葵 총영사 등은 중상, 가와바타 데이지河端貞次 교민 회장 즉사 ···. 일대 사변이 일어났다.

일본군은 즉각 대대적인 한국 교민 수색 작전에 들어갔다. 김구는 사전에 임정 선배들, 즉 이동녕, 이시영, 조완구, 조성환 등은 피신토록 했다. 남편 주명은 아우 규호와 함께 우당장을 모시고 유자명이 있는 입달학원立達學院으로 향했다. 다른 아나키스트들도 사후 대책을 숙의하기 위해 그곳에 모여들었다.

일본의 헌병과 경찰이 한 덩어리가 되어 한국 교민들 집을 샅샅이 수색했다. 당시 프랑스 조계를 관할하는 프랑스 정부 파견 공무국에는 엄항섭嚴恒燮과 옥성빈玉成彬 두 사람이 취직해 있었다. 엄항섭은 임정에 계속 정보를 제공해 사전에 일본 기관들의 움직임을 파악할 수 있도록 했다. 일본 경찰이 애국지사를 체포하려 할 때에도 사전에 알려주어 피신하도록 했다. 윤봉길 의사의 거사가 있던 날도 일본의 수배령이 내려지자 그는 공무국에 사표를 내고 김구와 함께 피신했다. 하지만 옥성빈은 외려 일본 측에 임정 요인들의 동향을 알려주었다. 피신하라는 전갈을 늦게 받은 안창호는 이유필의 집에 갔다가 체포됐다.

상해의 임시정부 인사들은 그동안 프랑스 조계 안에서 비교적 안전할 수 있었다. 그러나 이 사건 이후 흥분한 일본 측은 국제적으로 분할 관리해 온 조계의 경계조차 무시하고 강제로 진입해 애국지사뿐 아니라 일본에 협조하지 않은 한국 교민들까지 대거 체포했다. 그중에는 심사를 거쳐 방면된 사람도 있지만 일부는 국내로 강제 귀환됐다.

우리 집은 졸지에 가장인 주명이 우당장을 모시고 피신했고, 직장도 그만두게 되었다. 나와 가장 가깝게 지낸 김의한 내외도 아들 후동이를 데리고 피난 대열과 함께 애인리를 떠났다. 많은 가족들이 짐을 싸서 항주로, 남경으로 제각기 이동했지만 나는 만삭의 몸이었다. 거기에 어린아이도 둘 달려 있었다. 꼼짝없이 상해에 묶여 있을 수밖에 없었다.

북경 시대 김달하 암살 사건 때의 트라우마가 뇌리를 찔러 왔다. '이번에 그런 변고가 또 생기면 어떻게 하나?' 불안감이 몰려왔다. 여섯 살 딸 정현, 세 살 아들 종무를 꼭 껴안고 죽어도 같이 죽는다는 각오로 집에 남았다. 다행히 우리 동네 중국인들이 우리 가족을 잘 숨겨주었다.

얼마 후 백범은 "윤봉길 거사는 김구와 한인애국단이 전개한 애국 활동이다"라는 성명을 냈다. 관련 없는 교민들은 괴롭히지 말라는 내용이었다. 이제 일본 수사관들은 백범을 잡으려고 고액의 현상금을 내걸고 공개 수배했다. 그러는 사이에 백범은 미국인 목사의 도움으로 상해를 빠져나가 종적을 감추었다.

우당장의 결심

1932년 7월 상해의 더위는 기승을 부리고, 윤봉길 사건의 긴장이 채 풀리지 않은 상황에서 나는 세 번째 아이를 낳았다. 그날은 주명이 마침 집에 돌아와 있는 때였다. 나를 도울 만한 사람은 모두 애인리에서 떠났다. 복통이 시작되자 주명은 나를 병원으로 데려가 의사에게 맡겼다. 나도 안심이 되었다. 병원에서 또 아들을 낳았다. 이 아들의 이름도 시아버님께 맡기고 싶었지만 피신 중에 연락하기가 어려웠다. 주명이 나에게 말했다.

"이제 아이를 더 낳으면 옛날 같지 않아서 우리의 삶이 어려워질 터이니 아들 둘, 딸 하나로 만족합시다."

"그게 어디 우리 마음대로 되나?"

나는 빙긋 웃으며 독백하듯 말했다. 더 이상 아이를 낳지 않는다는 다짐으로 이름에 '멀 원遠' 자를 넣기로 우리 내외는 합의했다.

"이 아기를 끝으로 종소리를 멀리 보낸다. 아이는 더 이상 없다는 뜻이야!"

주명은 그럴듯한 해설을 덧붙였다.

그 시기에 중국 국민당의 이석증과 오치휘는 윤봉길 의거를 계기로 중국의 대일 항전 의식이 고조되었다는 판단 아래 한·중 양국의 새로운 공동 전선 방안을 제시했다. 만주사변으로 중국군이 철퇴해 진공 상태가 된 동삼성에서 유격전을 펴고 있는 중국 측 항일연군과 한국의 저항 세력 간에 협조 체계를 강화하자는 것이었다. 이런 큰 사업을 임시정부가 아니라 아나키스트 측에 제안한 것 자체가 우당장의 관심을 끌었다. 임시정부는 윤봉길 의거로 뿔뿔이 흩어져 협조를 구할 연줄이 없었던 것도 사실이다.

중국 측 요청을 검토하고 대책을 마련하기 위해 아나키스트들이 유자명의 입달학원 거점에 다시 모였다. 논의의 초점은 자연 동삼성에 누구를 파견할 것이냐는 문제였다. 혈기 왕성한 동지들이 서로 가겠다고 나섰다. 이 때 우당장이 동지들을 강력히 설득했다.

"이번엔 추첨하지 말게나. 나에게 이 임무를 맡겨주기 바라네. 나는 그동안 젊은 동지들을 사지로 보내 많이 희생시켰네. 이제 내 나이 예순여섯, 살 만큼 살았네. 마지막 임무를 수행하다 죽어도 여한이 없네. 다행히 그곳 지하에서 투쟁하고 있는 양세봉梁世奉 장군은 내 익히 알고, 또 중국의 당취오唐聚五 군과 연합해 관동군과 최후의 일전을 하게 된다면 얼마나 영광스러운 일인가? 나는 그곳 동지들과도 잘 지내왔고, 장기준莊麒俊 동지가 내 사위가 되어 활동하고 있으니 힘을 보탤 수 있을 걸세."

모두 우당의 발언을 경청했다. 숨 쉬는 소리조차 들리지 않았다. 한참 뒤에 유자명이 어렵사리 입을 열었다.

"그러면 우당 선생께 이번 임무 수행을 맡깁시다."

아무도 이의를 제기할 수 없었다. 그날 우당장의 말씀 가운데 어록으로 남은 대목은 이렇다.

"세상에 태어나서 누구나 자기가 바라는 목적이 있네. 이 목적을 달성한다면 그보다 더한 행복은 없을 것이네. 그 목적을 달성하기 위해 그 자리에서 죽는다 해도 이 또한 행복이 아닌가? 남의 눈에는 불행일 수 있겠지만 죽을 곳을 찾는 것을 행복으로 여겨왔네. 내 나이 이미 예순을 넘어 일흔을 바라보고 있네. 이대로 늙어가는 것을 기다린다면 청년 동지들에게 부담이 되고 방해물이 될 뿐이야. 이것은 내가 가장 부끄러워하는 바요, 동지들에게 면목이 없는 일이네."

우당장이 임무를 수행한다는 사실을 밤에 몰래 귀가한 주명이 알려주었다. 나는 다음 날 정자간으로 가서 우당장이 남기고 간 물건들을 대충 정리했다. 입던 옷은 깨끗이 빨아 다시 입달학원으로 보냈다. 우당장이 계시는 동안 무료한 시간에 판 전각 등은 모두 한데 모아서 그 어른이 직접 만드신

▲ 우당이 상해에서 직접 제작한 전각 보관용 나무 상자와 그 내용물.

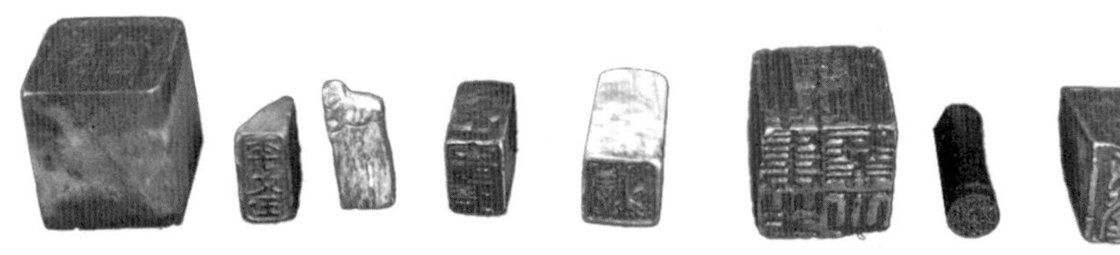

▲ 우당의 유품인 전각 작품들.

나무 상자에 담아놓았다.

잘 알려진 것과 같이 우당장은 전각 작품뿐만 아니라 그것들을 담을 상자도 직접 판재를 다듬어 아주 단단한 모양새로 아귀를 맞춰 짜맞춘 뒤 뚜껑에 자신의 경구까지 각자刻字해 놓으셨다. 뚜껑 밖에는 '진실함이 속마음에 있는 사람은 정신 밖으로 발동된다. 이것이 진실함이 귀중한 까닭이다'라는 글귀가, 뚜껑 안에는 '진실은 정성이 지극한 것이다'라는 글귀가 각각 한문으로 새겨져 있었다.[3] 그 솜씨가 예사롭지 않았고, 그 내용이 우당장의

---

3   인장함 뚜껑 바깥 면의 글귀는 '眞在內者神動於外是所以貴眞也'이고, 뚜껑 안쪽 면의

면모를 고스란히 보여주는 것이었다.

천려일실

10월 초 여행 준비를 마친 우당장은 둘째 형님을 찾아갔다. 원래 이런 임무는 누구에게도 발설하지 않는 것이 철칙이었다. 나도 눈치로 시아버님 떠날 채비를 차려드렸지 무엇을 위해, 어디로 가며, 누구와 일을 도모하는지 전혀 알지 못했고, 알려 하지도 않았다. 아나키스트들의 투쟁 전선에선 비밀 유지가 생명이었다. 그런데 천려일실千慮一失! 우당장도 철칙을 지키다 마지막 한 수를 놓쳤다. 형님에게 인사 없이 그대로 떠날 수가 없었던 것이다.

그 형님이 어떤 형님인가? 아우의 말이라면 무엇이든 따르는 분이셨다. 그 많던 재산도 아우의 진언 하나로 결심하여 처분했고, 그 돈을 일가족과 동지들의 망명 활동에 모두 쓸어 넣었다. 아우가 서울에서 왜놈에게 잠시 붙잡혔을 때 만주에서 "내 아우가 고생하는데 밥은 무슨 밥?"이라며 식음을 전폐하신 분이다. 이렇듯 아우를 생각하는 형님에게 하직하지 않고 갈 수는 없었다. 그래서 조직의 철칙을 어기고 형님을 찾아뵈었다.

"형님! 제가 이번에 다시 동삼성에 들어갑니다."

"위험한 그곳을 왜 또 가려는가?"

"제가 가야 풀릴 일이 있습니다. 험지로 들어가는데 혹시나 형님 못 뵈올 것 같아 인사드립니다."

"자네가 하는 일이라면 무슨 계책이 있겠지. 허나, 이제 나도 늙었네. 아우를 마지막 보는 것 같아 마음이 언짢네."

글귀는 '眞者精誠之至也'이다. 모두 『장자』에서 따온 구절이다.

"꼭 살아 돌아오겠습니다. 그간이라도 옥체 건안하옵시기를 …."

무엇을 예견했는지 우당장은 일어나 형님께 큰절을 올렸다. 평소에 없던 일이었다. 우당장이 다녀간 뒤 둘째 댁 어른은 며칠 동안 식사도 제대로 못 할 정도로 슬퍼하셨다. 당시 슬하에는 애지중지하는 막내아들 규서圭瑞(자는 태공太公)를 데리고 있었다. 태공은 슬퍼하는 아버지 눈치만 살필 뿐 그 이유를 물을 수가 없었다.

태공은 둘째 어른이 환갑 가까운 연세에 만주 망명지에서 얻은 귀한 아들이었다. 그래서 금이야 옥이야 기른 자식인데 과보호로 일찍부터 빗나갔다. 태공은 유혹의 도시, 환락의 도시 상해에 오자 마음이 들떴다. 가까운 친구로는 같은 독립운동 가문에서 성장한 연충렬延忠烈이 있었다. 두 사람은 상해한인청년당에도 함께 가담해 독립운동 전선에서 싸우자고 결의한 사이였다. 그러던 어느 날, 태공은 환락가에 드나들다 성병에 걸렸다. 남성이 결혼 전에 이렇게 되면 심리적으로 불안해지는 법. 집에 들어가 내놓고 의논할 사람도 없었다. 의논할 상대는 오로지 연충렬뿐이었다.

"연형! 어떻게 하면 좋지? 가래톳이 서고, 걸어 다니기도 불편한데 무슨 방법이 없을까?"

"가만있어 봐! 해결책을 찾아보자구 …. 우선 병원에 가서 진단부터 받아보자."

두 사람은 북사천로北四川路 중심가의 병원을 찾아갔다. 의사는 살핀 뒤 놀리는 표정으로 판정을 내렸다.

"요새 유행하는 지독한 병의 초기입니다. 지금 근치하지 않으면 점점 썩어들어가 나중에는 도려내야 합니다."

태공은 덜컥 겁이 났다. 그곳을 도려내면 어떻게 되나? 이제 남자구실을 못 하게 되나? 온갖 생각이 머릿속을 스쳤다. 전후좌우 가리지 않고 "의사 선생님! 살려 주십시오!" 빌었다. 그럴수록 의사는 느긋하게 처방했다.

"병이 악질이어서 매주 한 번 이상 몇 주 와야 할 거요, 오늘 우선 주사 한 대 맞고 가시오!"

태공은 허겁지겁 주사실로 따라 들어가면서도 의사의 소매를 놓지 않았다. 진찰료도, 주사비도 모두 연충렬이 내주었다. 병원에서 나온 태공은 풀이 팍 죽었다. 그날부터 태공은 연충렬이 하자는 대로 따라다녔다. 매일 치료비를 받아 쓰면서 모든 것을 그에게 의존했다. 자기 집의 돌아가는 사정도 보고했다.

"어제 무슨 일 있었어?"

"응, 넷째 삼촌이 다녀갔지, 어버지에게 인사한다고. 만주로 가신다고 했어."

"만주로? 거긴 일본 놈 판인데, 왜 가신대?"

"모르지. 무슨 큰일이 있나 봐. 다녀가신 후부터 아버지는 진지도 거르고 걱정하고 계서."

연충렬은 그의 뒤에 용돈을 대주는 물주가 있는 것 같았다. 돈 씀씀이에 여유가 있었다. 태공의 병원비를 모두 대납해 주었다.

"연형! 어디서 돈이 생겼어?"

"매형과 누나가 피신하면서 돈을 넉넉히 주고 당분간 연락하지 말라고 했어."

연충렬의 누나는 연미당延薇堂이라는 여걸이고, 매형은 프랑스 조계 공무국에 다니는 엄항섭 바로 그분이었다. 그때 엄항섭-연미당 내외는 임시정부 요인들을 모시고 상해를 떠나 피난길에 올랐었다.

체포, 고문, 서거 …

이런 배경에 누가 의심할 수 있었을까? 그 틈새로 밀정이 끼어든 것이다.

▲ 우당 선생 체포 무렵의 대련.

▲ 우당 선생 체포 시기 일본 경찰의
상선 조사 장면.

더구나 윤봉길 의사의 대의거 이후 일본영사관에 파견 나온 고등계 형사들
은 눈에 불을 켜고 독립운동 가문의 움직임을 일거수일투족 감시하고 있었
다. 그날로 우당장의 행적을 쫓는 일본의 기관원과 밀정들에게 비상이 걸
렸다. 만주로 접근하는 항구와 기차역에 감시의 눈길이 쫙 깔렸다.

그렇다고 한번 세운 결심을 포기할 우당장이 아니었다. 11월 초, 모든 준
비를 마쳤다. 아들 규호와 함께 황포강 부두로 나갔다. 사실 주명도 아버님
의 출발 편이나 정확한 시간을 몰랐다. 검은 중국 두루마기와 중국인 모자
에 목도리를 하고 신발까지 중국식 편의화로 갈아 신은 우당장은 상해발 대
련행 영국 여객선 남창호南昌號에 올랐다.[4] 영락없는 중국 중산층 노인이

1등도, 3등 선실도 아닌 2등 칸으로 들어가 구석 자리를 잡았다.

대련항에는 동북인민혁명군에서 파견한 김소묵金小黙, 김효삼金孝三, 양정봉梁貞鳳, 문화준文華俊 등 동지들이 영접차 나와 있었다. 그런데 갑자기 분위기가 이상해졌다. 정·사복 기관원들이 부산하게 왕래하며 무엇인가 연락하고 있었다. 항구에 배가 닿자 선실에 들어가 승객들에게 빨리 하선하라고 다그쳤다. 승객들이 다 빠져 나가자 선실 구석에 서서 남은 한 노인을 에워싸더니 연행하는 것이었다.

"이거, 이상이 생겼군!"

"저 노인이 이회영 선생 아닌가?"

"맞아, 저분을 기다렸다가 체포한 걸 보면 사전에 왜놈들이 정보를 알고 있었군."

수사 기관원들이 노인을 수상 경찰서로 연행하는 것이었다.

"두 사람은 여기서 계속 동향을 감시하게! 우리 둘은 빨리 가서 본부에 보고해야겠네."

거무튀튀한 얼굴의 김소묵이 말했다. 그는 동북인민혁명군에서 파견한 간부들이 있는 비밀 장소로 가서 상황을 보고했다. 모두 모여서 사후 대책을 논의하느라 분주했다. 명령이 떨어졌다. 가능하면 오늘 야반에 수상 경찰서를 습격해 이회영 선생을 탈옥시키라는 지시였다. 그 순간 항구에서 감시하던 두 사람이 헐레벌떡 도착했다.

"일당들이 이회영 선생을 차에 태우고 여순감옥 쪽으로 갔습니다."

수상 경찰서 습격 계획도 수포로 돌아갔다. 여순형무소 내의 협조자를 통해 알아봤다. 우선 우당이 미결수이므로 3층 옥사에 가두었고, 북경 일본

4　우당장이 남창호로 상해에서 출발한 날짜는 11월 5일설과 8일설로 엇갈린다.

▲ 당시의 신문 《중앙일보》 1932년 11월 21일 자에 실린 우당 서거 기사. 우당을 '이면지도자'라고 표현했다.

대사관에 보고한 결과 독립운동 관계 전문 고등계 형사 후쿠다福田를 여순감옥으로 급히 파견한다고 했다. 아마 고등계 형사가 오면 본격적인 심문에 들어갈 것이라는 정보였다.

"여순감옥도 잠입해 이회영 선생을 탈취해 보면 어떻겠느냐?"는 의견도 있었지만 김소묵이 막았다.

"거기는 달라. 간수의 숫자도 100명이 넘고 중화기도 있는데 … 불가능하지."

그게 불가능하다면 이대로 보고만 있는단 말인가. 일동은 발만 동동 굴렀다.

16일 밤에서 17일 새벽으로 이어지는 시간에 무엇인가 이상 징후가 보였다. 여순감옥에 경찰차가 들락날락했고 조금 있으려니 검은 마차가 도착하는 등 부산한 움직임이었다. 형무소와 내통하고 있던 소식통으로부터 이회영 선생이 자결했다는 소식이 들렸다.

"지독한 고문으로 돌아가시자 자결했다고 꾸미는 수작이겠지."

"설령 자결했다 해도 얼마나 고문이 혹독했으면 스스로 자결하셨겠나? 같은 얘기야 ….''

규숙의 안타까움, 그리고 운구와 안장

얼마 후 검은 마차가 형무소를 떠나 다시 수상 경찰서로 갔다. 경찰 측에서 신경新京(지금의 장춘)에 있는 딸 규숙에게 전보를 쳤다. 즉시 대련 수상 경찰서로 오라는 통보였다. 이런 정보를 알아낸 김효삼도 즉시 규숙과 사위 장기준에게 전보로 상황을 알렸다.

다음 날 규숙이 대련에 도착했다. 동지들은 대련역에서 규숙과 접촉했다. "일본 경찰이 무엇이라 억압하면 기자들을 불러서 말한다 하시오."

귓속말로 재빨리 전했다. 규숙은 어이가 없는 듯 그들을 힐끗 쳐다보았다.

이내 정복 경찰과 형사들이 몰려와서 규숙을 에워쌌다. 그러더니 그를 수상경찰서로 데려가서 유치장 한 곳에 이불보가 씌워진 우당장의 주검을 보여주었다. 하얀 시트로 온몸을 감싸서 얼굴만 보였다. 숨을 거둔 아버지의 얼굴에는 푸른 기운이 돌았고 눈을 뜨고 계셨다. 꼭 앞을 응시하며 "이놈들!" 소리치다 돌아가신 듯했다고 한다.

'내가 평생 존경해 온 우리 아버지, 아! 저런 모습으로 계시다니 ….' 규숙은 눈물이 왈칵 솟고 심장이 뛰어 주저앉고 말았다. 형사 놈들은 "아버님이 맞아요? 이회영 맞죠?" 계속 추궁하고 재촉했다. 규숙이 "밖에 기자들이 있으니 그들과 같이 확인하겠다"고 했지만, 일제 경찰은 "여기는 경찰서 유치장이라 외부 인사는 출입 금지"라며 말을 잘랐다.

규숙이 조금 떨어진 의자로 옮겨 앉아 이를 어떻게 수습하나 곰곰이 생각하는데. 한 형사가 종이를 들고 왔다.

"아버지가 틀림없으면 여기에 이름을 쓰고 지장을 찍어주시오."

확인하고 서류에 지장을 찍으라고 재촉했다. 규숙은 더 이상 아버지를 볼 용기가 나지 않아 시트로 얼굴을 덮어 가리고 말았다.

나중에 생각해 보니, '그때 아버지 얼굴뿐 아니라 시신도 확인했더라면

▲ 우당의 시신을 화장했던 대련 수상경찰서의 지정 화장장.

고문 흔적을 발견할 수 있었을 터인데…'라고 후회가 됐다. 시신이 부패하기 전에 빨리 처리해야 한다고 저들이 서둘기에 그대로 따랐던 것인데, '이렇게 엄동설한에, 그것도 안치실에서 시신이 쉽게 부패할 리 없을 터인데 이놈들이 나를 속였구나!' 정신 차렸을 때는 이미 모든 일은 끝난 뒤였다.

시신은 이미 화장장으로 옮겨갔다. 그리고 얼마 후 대기실로 목함에 담긴 골분만 규숙에게 전해졌다. 그리고 아버지의 유품이 든 트렁크를 전해주었다. 열어보니 몇 가지 옷, 내복 등 여행용 물품들만 있었다.

"여기에 지장을 찍으시오."

유골과 유류품을 인수했다는 확인서였다. 독촉이 빗발치듯 했다. 규숙은 나중에 이렇게 회고했다.

"나는 그처럼 위대했던 아버님이란 존재가 이제 저기 보이는 보잘것없는 골분함에 담겨 있다고 생각하니 너무 허무하고 억울했다."

규숙은 경찰들이 유골함과 유품 트렁크를 들어주는 가운데 경찰서 문을 나섰다. 경찰관 한 명이 규숙을 근처 여관까지 안내했다. 규숙은 여관에 들어서자 피로와 슬픔에 그대로 쓰러졌다. 얼마 후 누가 방문을 흔들었다. 역에서 잠시 옆으로 스치며 말을 전했던 젊은이들이었다. 규숙이 보기에 그들이 호의를 가진 사람들인 것 같기는 했지만 아직 신원을 알지 못했다.

"댁들은 뉘시오?"

"우리는 이회영 선생님을 모시러 대련항에서 대기하던 동지들입니다."

▲ 여순감옥의 지금 모습. 위의 큰 사진 두 장은 지금의 감옥 안팎 모습이고, 아래 작은 사진은 당시 감옥 내의 고문 시설을 재현해 놓은 것이다.

그들의 정체를 파악하고 나서야 규숙은 경찰서에서 있던 일을 대충 설명했다. 그들 가운데 밖의 동정을 살피던 사람이 들어와 수근거리자 부리나케 다시 연락하겠다며 사라졌다. 밖에 경찰이 도착해 본격적으로 규숙의 동정을 살피는 것 같았다. 규숙은 다시 옷을 입은 채 침대에서 잠이 들었다.

다음 날 다시 정·사복 경찰이 여관으로 와서 심문했다. 신경에 누구와 사느냐, 생활은 어떻게 하느냐, 사전에 아버님이 오신다는 연락을 받았느냐 등등 꼬치꼬치 묻고 조서를 작성한 뒤 역시 지장을 찍으라 했다. 그런 절차가 끝난 뒤 다음 날인가 저녁 무렵 안내하던 경찰이 와서 규숙을 깨우고 역으로 데려가 신경까지 가는 기차표를 주었다.

신경에 도착한 규숙은 남편 장기준과 그간의 모든 일을 돌이켜 보며 의논했다. 그리고 신경까지 따라온 동지들에게 다시 한번 상황을 설명한 뒤 우체국으로 가서 서울로 전보를 쳤다. 다음 날 규룡이 서울에서 신경에 도착해 장기준·규숙 내외와 앞으로의 일들을 논의했다. 서울과는 전보로 소통했다.

11월 28일, 일제 경찰은 유해를 서울로는 절대로 운구하지 못한다고 시어머니께 통보했다. 할 수 없이 이득년, 유진태 동지가 선영이 있는 장단으로 가서 역 근처에서 창고를 빌려 영결식을 갖기로 하고 준비를 서둘렀다.

시어머니는 그다음 날 장단 큰댁으로 내려가 자리 잡았다. 그분도 아직 무엇이 이런 불행을 초래했는지 꿈만 같고 어안이 벙벙한 채였다.

12월 1일, 신경역에서 규숙과 장기준은 유해를 모시고 기차 편으로 고국을 향해 출발했다. 평양역에 도착해 잠시 정차했을 때 임시정부 초대 의정원 의원이던 신석우, 과거 고종 망명 계획 때 우당장을 따랐던 홍증식(그는 조선공산당 창립 멤버이면서 언론계에서 활동하고 있었다), 그리고 박돈서 등 세 분이 기차에 올랐다. 그들은 유해를 동행 봉송하기 위해 평양까지 온 것이었다. 기차는 종착역 서울에 이르기 전에 장단에 잠시 정차했고 유골을 모

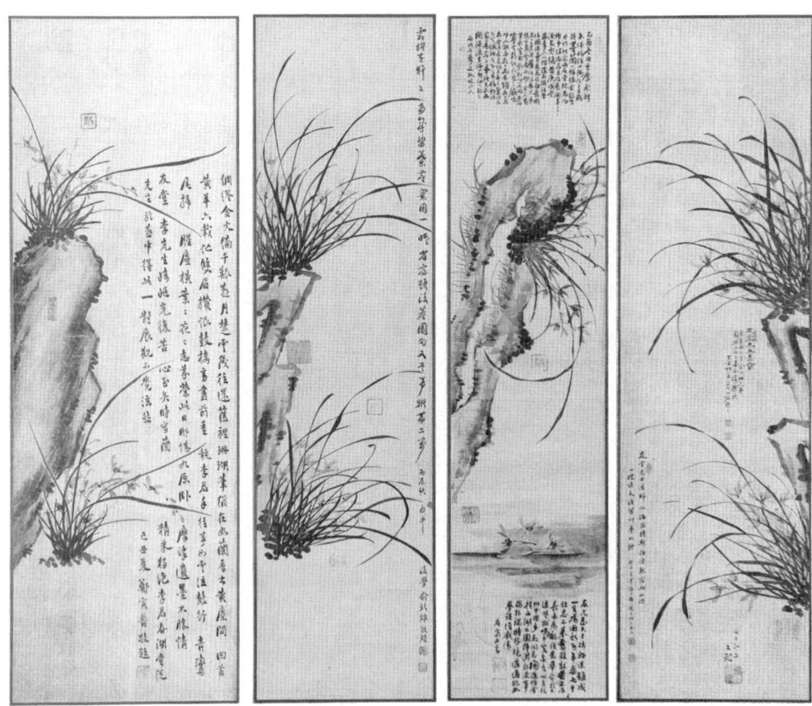

▲ 우당이 남긴 난초 그림들. 그는 평소 난을 즐겨 그리고 지인들에게 많이 나눠주기도 했으나 현존하는 것으로 확인된 그림은 네다섯 점에 불과하다.

신 일행은 여기서 모두 내렸다. 장단역에는 이정규, 여운형, 장덕수, 김현국, 소완규와 유창환 등 동아일보 기자들, 서승효 등 조선일보 기자들이 나와 있었다.

일제의 정·사복 경찰들은 장단역에서 시어머니 등 가족들과 동지들에게 영결식을 빨리 마치고 안장하도록 재촉했다. 영결식도 하는 둥 마는 둥 서둘러 진행했다. 영결식장에는 추모객보다 경찰의 수가 많았다. 묘소는 우당장이 과거 삼포농원을 건립했던 터 근처의 윗자리에 잡았다. 풍덕군 중면 좌후리豊德郡 中面 左後里에 골분을 백항아리에 담아 매장했다. 매장까지 확인하고서야 경찰은 철수했다.

일생을 나라의 자주독립과 자유·평등한 공동체 사회를 이룩하고자 피나는 투쟁으로 살아오신 나의 시아버님 우당 이회영 선생의 한평생은 이처럼 슬프고 억울하게 막을 내렸다. 나는 상해에서 이 소식을 듣고 그렇게 모든 것을 바쳐 멈춤 없이 투쟁해 오신 그분께서 이제야말로 영원한 안식을 찾았다고 생각했다. 그러나 그 많은 일을 하신 그분의 최후가 너무 허무하고 외로웠다. 돌아가신 그분은 평소 이런 게 아나키스트의 길이라고 생각하셨을지도 모르겠다.

제4부

계속되는 삶,
마침내 광복을 보다

01

비바람 속에서도 생명은 태어나고

우당장의 장례로 모든 일이 끝난 게 아니었다. 중국과 만주 일대에서 활동하던 우당장의 동지들은 일제 경찰이 어떻게 사전에 정보를 입수해 우당장을 그토록 정확하게 체포할 수 있었는지 따져보지 않을 수 없었다. 그것은 조직의 미래를 위해서도 불가피한 일이었다.

밀정 색출

상해에서 우당장이 동삼성행을 결정할 때 참여했던 동지들은 유자명, 정화암, 백정기, 엄형순, 김성수, 그리고 우당장의 아드님 규호 도련님이었다. 이들은 정보가 누설되어 일본이 감지한 것에 분개하면서 내부에 밀정이 잠입해 있다고 단정했다. 그렇다면 누구일까? 가장 먼저 의혹의 선상에 오른 것이 하필이면 우당장을 가장 가까이서 모신 규호 도련님이었다.

"부자 사이에도 밀정이 침투할 수 있어. 입증되면 처단해야 돼!"

"규호는 이제 겨우 스무 살이고, 그동안 우리를 위해 얼마나 충실한 일꾼이었나? 너무 단정하지 말고 시간을 두고 관찰하세."

가장 강력하게 의구심을 제시한 사람은 정화암이었고, 유보적인 의견을 낸 사람은 유자명이었다. 유자명은 오랫동안 규호를 데리고 공부도 시켰고, 취직도 시켜본 사람이었다. 그때마다 유자명에게 와서 일거일동을 보고했고, 충실했다. 도저히 배신자로 보이지 않았다. 유자명이 규호를 불렀다.

"아버님의 임무 수행에 차질이 난 것, 정보가 누설된 것 자네도 알고 있 겠지? 그 경위를 조사하지 않으면 언제고 우리가 또 왜놈들에게 역습당할 지 모를 일이야. 그러니 자네와 나, 둘이서 은밀히 밀정의 끄나풀을 찾아내 야겠네."

"아버님의 여정을 알 만한 사람이 없는데 왜 일이 꼬였는지 저도 원인을 찾고 있었습니다."

얼마 후 정화암이 자기를 의심한다는 말을 듣고 흥분한 규호는 우리 집 으로 달려와 나를 보자마자 극단적인 표현까지 써가며 울면서 자기의 억울 함을 토로했다.

"정화암이 나를 의심한다는데 …. 내 그놈을 죽이고 말 거요. 형수님, 맡 겼던 권총을 내주시오."

"도련님, 오늘은 이만 저녁 먹고 가세요. 그리고 가방은 집에 두지 않고 딴 데 감추었는데 앞으로 찾을 생각일랑 마세요. 정 필요하면 형님과 의논 하고 찾아가세요."

나는 덜컥 겁이 났다. 그는 얼마 전까지 아버님 호신한다며 권총을 감추 고 다니다 우당장 떠난 이후 그 권총을 옷가지에 둘둘 말아 헌 가방에 넣어 나한테 맡겼다. 나는 누구도 알 수 없는 곳에 가방을 감춰두었는데 그것을 내주면 틀림없이 사고가 날 것 같았다. 그날 규호는 화를 못 삭여 이를 북북 갈면서 흥분했다. 평소 나를 잘 따랐기에 간신히 진정시킬 수 있었다.

"나도 아버님 비명횡사하신 것에 화가 나 있어요. 내 그 밀정 놈을 꼭 찾 고 말 겁니다. 그런 연후에 정화암 놈도 내 앞에 무릎을 꿇도록 할 거예요."

규호는 정화암의 문란한 생활 등을 언급하며 온갖 욕을 퍼붓다 침소인 정 자간으로 돌아갔다. 그렇게 해서 규호는 아버지의 원수를 찾느라 모든 일을 중지하고 부지런히 다녔다. 드디어 우당장이 마지막으로 형님을 찾아뵈었다는 사실을 알게 되었다. 정보가 누설되었다면 이 틈새밖에 없다고 보았다. 그는 태공(규서)을 찾아갔다. 한 살 터울이라 평소 친구처럼 지냈다.

"요새 청년단 잘 돌아가나?"

태공과 연충렬이 가담해 활동하고 있는 청년단에 대해 물었다.

"지난 4월 윤의사 작탄炸彈 거사 이후 뜸했는데, 일거리를 찾아 다시 활동해야지 ….'"

태공이 하는 행동, 모든 것에 의심이 갔다. 특히 그는 숙부인 우당장의 죽음에 대해 전혀 슬퍼하는 기색이 없고 언급조차 피했다. 숙부님이 어떻게 돌아가셨는지 물을 만도 한데 전혀 무관심해 보였다. 슬퍼하는 자기를 위로하는 말 한마디 없었다. 그 부분부터 의심이 갔다. 그래서 규호는 자주 둘째 백부 댁에 들러 밥도 해 먹고 태공과 계속 대화를 나누었다.

규호는 이런 사실들을 형님처럼 따르는 흑생공포단 엄형순에게 일일이 알렸다. 엄형순도 정보 누설의 혐의는 그들밖에 없다고 결론을 내리고 규호에게 계속 미끼를 주라고 권유했다. 규호는 둘째아버지 앞에서 차도 마시고 밥도 같이 먹는 가운데 간혹 태공에게 의견을 제시했다.

"윤봉길 거사 후 날뛰던 일본 놈들이 한풀 꺾였나? 요새는 검문검색도 많이 풀렸네. 백범 선생이 무엇을 또 계획하는지 유자명 선생께 연락이 왔네. 유능한 청년들 좀 찾으라고 ….'"

태공의 눈이 그 순간 반짝 빛났다.

"무슨 대사가 또 있을까?"

"독립 투쟁을 중단해서는 안 되지. 그간 백범 선생은 계획이 서면 아버지와 많이 의논했는데. 이제 아버지가 안 계시니깐 유자명 선생과 의논하게 되었나 봐 ….'"

"그게 무슨 계획인지 말 않던가?"

태공이 바짝 다가선다.

"한인애국단이 무엇을 꾸미는데 청년 투사를 찾나 봐."

태공은 그 말에 반응을 나타냈다.

"우리가 나서야지. 청년단이 나서는 게 어떻겠나?"

"아냐, 여러 사람이 의논하면 또 정보가 샐 거야. 혼자만 알고 있어. 유자명 선생이 무슨 생각을 하면 다시 의논하자고."

태공이 바짝 흥미를 보이자 규호는 한 발 뒤로 늦추었다. 저녁 드시던 둘째 백부님은 그들의 대화를 듣고 한마디 하셨다.

"조심들 해라. 절대 경거망동하지 말아라. 태공이나 규호, 너희들은 앞길이 구만리다. 공부하고 또 할 일이 많다. 우리 집안은 애국 사업을 솔선해야 하지만 집안 문제도 생각해야 한다. 태공아, 너는 네 형의 소식 들었지. 왜놈들은 우리 집 씨를 말리려 할 게야."

영석장 어른은 지난 1928년 석가장으로 떠난 뒤 소식이 끊긴 큰아들 규준을 생각하고 하신 말씀이다. 하지만 태공은 아버지가 너무 늙으셔서 잔소리한다고 투덜거렸다. 규호는 "우리도 신중하게 행동하자"고 태공을 타일렀다. 그리고 헤어졌다. 이런 규호의 태도를 보고 태공은 더욱 확신했다.

며칠 후 태공에게서 만나자는 연락이 왔다. 규호는 그를 찾아갔다.

"우리도 각오가 됐어. 왜놈들과 일전할 거야. 내가 연충렬과 의논했더니 대뜸 호응하는 거야. 더욱이 백범 선생의 계획이라면 당연히 우리가 나서야지. 그렇게 합의했어."

규호는 이들을 더욱 당기고자 또 한 발을 뺐다.

"일전에 유자명 선생께 넌지시 물었더니 자금이 부족해서 중국 측과 의논 중이라고 하시네. 시간이 좀 걸릴 거야."

규호는 거짓말로 이들을 더욱 몸달게 했다. 태공이 연충렬과 의논했다면서 서두는 자세를 보면 그의 뒤에 또 다른 누가 있는지 의심을 살 만했다.

며칠 후 엄형순이 알려왔다. 이들을 유도해서 그날 저녁 6시경 입달학원으로 데리고 오라는 것이었다. 단지 규호에게 목적지가 입달학원이라는 말은 절대로 하지 말라고 했다. 규호는 즉시 태공과 연충렬에게 연락해 5시에 중간 지점에서 만나자고 했다. 중간 지점에 그들이 당도하기 전 규호는 먼저 가서 주위를 살폈다. 미행하는 사람이 있는지 확인하기 위해서다. 안전하다고 확인하고 점포에 들어가 물건 사는 것처럼 이것저것 살폈다. 5시 정각 두 사람이 나타났다. 서로 눈짓하며 버스를 탔다. 그리고 입달학원 근방에서 내려 목적지까지 걸어갔다. 주변이 조용했다. 마중 나온 엄형순이 환영한다고 말한 뒤 악수하고 방으로 들어갔다. 엄형순이 자리를 잡고 그들에게 앉으라 하고 규호에게는 눈짓으로 나가라고 일렀다. 규호는 일어나 슬그머니 방에서 나와 다시 애인리 정자간으로 돌아왔다.

그 뒤 어떻게 처리되었는지는 규호도 상세히 모른다. 다음 날 규호가 백정기 선생에게 갔더니 엄형순과 두 분이 계셨다. 엄형순은 대사를 치르고 나면 말이 더 없고 과묵해지는 습관이 있었다. 규호는 그 순간 어젯밤 모든 게 끝났음을 직감했다. 엄형순이 자리를 비우자 백정기는 친절하게 규호에게 진상을 말해주었다.

"어제 밝혀졌네. 우당 선생이 만주에 들어가는 여정을 규서가 연충렬에게 발설했고, 연충렬이 또 상부선에 정보를 제공했다는 사실을 알아냈네."

"그러면 그놈들 어떻게 됐습니까?"

규호가 흥분해서 물었다. 백정기는 침착하게 어젯밤 그들의 자백과 그 이후의 처리 과정을 상세히 설명했고, 증거는 하나도 남기지 않았다는 말까지 덧붙였다. 규호는 두 사람의 최후를 다시 생각하기조차 싫었고 기억에서 지우고 싶었다. 하지만 숙제가 남아 있었다.

"선생님들이 말하는 그들의 상부선은 누구인가요. 제가 처리하겠습니다."

"알 필요 없네. 우리가 처단할 걸세. 자네는 오늘 일어난 사실을 일절 발설하지 말게. 형님에게도 말할 필요 없네. 알겠나?"

백정기는 단호했다. 규호는 불만이지만 "네" 하고 다시 땅 밑으로 시선을 돌렸다. 태공이 사라진 후 둘째 댁 어른은 무엇을 느끼셨는지 규호를 불렀다.

"태공이 어디로 갔느냐?"

"저는 잘 모르겠는데요."

어른께서는 무엇인가 불안감을 느끼셨는지 재차 물으셨다.

"모른다고? 그날 너를 따라서 무슨 공작을 한다고 갔는데?"

"아닙니다. 그날 저는 학교에 가서 태공을 만나지 못했습니다."

"아니다. 분명히 네가 오란다고 해서 나갔다."

"저는 모르는 일입니다."

규호는 속으로 떨리는 마음을 진정하면서 답을 했지만 둘째 어른은 이미 규호가 자기를 속인다는 사실을 간파한 것 같았다. 규호를 엄히 꾸짖었다.

"태공을 찾아와라. 네가 가서 찾아와라."

규호는 애인리 집에 있는 나를 찾아와 밥을 달라고 해서 상을 차려주었는데 급히 먹었다. 그리고 벌떡 일어나 머뭇거렸다. 평소와 달리 말을 삼가는 표정으로 두리번거리다가 말을 꺼냈다.

"형수님, 며칠 어디 다녀오겠습니다. 노자가 필요한데 돈 좀 꾸어주세요."

나는 돈 10원을 옷장에서 꺼내 주면서 "그냥 쓰세요. 그리고 멀리 가지 마시고 내일 와서 형님하고 저녁 같이 드시든가 …"라고 말했다. 규호는 돈을 주머니에 넣으면서 나를 응시했다. 시동생의 그런 살의 어린 시선을 나는 처음 느꼈다. 그러고는 시선을 돌리고 앞의 잔에 따라 놓은 냉수를 벌컥거리며 들이켜더니 두말 않고 문밖으로 뛰쳐나갔다.

얼마 후 나는 둘째 댁 어른에게 식료품을 사 가지고 갔다. 그러나 며칠째 식사를 하지 않은 노인께서 나를 보자마자 말했다.

"우리 태공이 없어졌다. 하나 남은 자식이 또 없어졌다 …."

그러면서 눈물을 흘리셨다.

"규호는 알 텐데 말하지 않는다. 무슨 변고가 있는 거야!"

나도 그분을 어떻게 위로해야 할지 몰라 서성거리다 돌아왔다.

규서가 사라진 1933년, 둘째 어른은 이미 77세의 노인이신데 한층 더 늙으신 것 같았다. 귀하게 기른 막내아들을 잃은 뒤 식음을 전폐하다시피 지내다 다음 해 2월 16일 아이배로亞爾培路(프랑스어로 알베거리Albert Rue) 허름한 다락방에서 생애를 마치셨다. 조선조 말 다섯 손가락 안에 드는 부자라고 소문났던 이석영 어른, 이렇게 쓸쓸하게 가시다니 ….

항주에 계신 성재 어른은 상해에 오지 못하고 홀로 대성통곡했다 한다. 피난 신세의 임시정부는 쪼들린 예산에도 장례 비용으로 큰돈을 보내왔다. 상해의 각계에서도 부의금을 후히 내주어서 장례는 잘 치렀다. 모든 행사는 성재 어른의 명에 따라 신혼의 규흥 시동생(성재 어른의 둘째 아들)이 주관했다. 다만 묘지는 급해서인지 홍교 묘지의 C급으로 정했다. 3년마다 연장이 필요한 묘지였다. 3년 후 쫓기는 살림에 묘지 사용 연장 신청을 놓치는 바람에 오늘날까지 유해를 찾지 못했다.

우당장의 순국 이후, 일제와 투쟁을 계속하려면 진영 내에서 암약하는 밀정부터 처단하지 않으면 안 된다는 의견이 지배적이었다. 아나키스트의 흑색공포단과 김구의 한인애국단이 머리를 맞대고 심사숙고한 결과 '서간단鋤奸團'이라는 이름으로 힘을 합쳐 밀정을 처단하기로 했다. '간奸'이란 중국말로 스파이를 뜻했다.[1] 우리 독립운동 진영에 스며든 간자들에게 철퇴를 가하는 것이 서간단이 할 일이었다. 이들의 활동으로 그 뒤 밀정으로 지

---

[1] 통상 『손자병법』의 「용간(用間)」 편을 인용하여 스파이를 간자(間者)라고 하지만, 중국 공안 기관이나 우리 독립운동가들은 간자(奸子)라는 더 부정적인 표현을 사용했다.

목된 몇몇 인사가 처단된 것으로 알고 있다.

수술차 서울로 … '내가 죽으면 안 된다'

이런 살벌한 분위기에서 남편 주명은 밤낮 가리지 않고 밖으로 돌다가 잠깐 집에 들렀다 또 발길을 끊었고, 다시 며칠 있다가 언제 나타났는지 잠시 들르곤 했다. 사실 나는 북경에서 아이들을 잃은 일로 거의 노이로제에 걸려 있었다. 주명이 집을 비우면 나도 초조해졌다. 잠도 오지 않아 기다리다 지치면 그대로 의자에서 자고 …. 이런 생활로 몸에 이상이 생겼다. 식욕도 없고, 피로가 겹쳐서 자리에서 일어나기조차 어려웠다. 며칠째 무엇인가 나를 엄습하는 듯했다.

참다못해 애인리에 사는 한인 가족 김동준 씨 부인과 의논했다.

"빨리 병원에 가보세요!"

충고를 들었다. 그래도 며칠 참고 있는데 김씨 부인이 나를 찾아와 손을 잡고 중국인 부인병원으로 데려갔다. 그는 나보다 중국어가 훨씬 유창했다. 의사가 친절하게 엑스레이도 찍고 상세히 검진하면서 계속 고개를 갸우뚱했다. 며칠 후에 결과를 알려준다기에 이삼일 후 다시 김씨 부인을 앞세워서 갔다.

"자궁에 종양이 생겼는데 큰 수술을 해야 합니다."

진단 결과를 담담하게 알려주었다. 그 순간 나는 '이제 아이들을 두고 내가 죽는구나!' 눈앞이 캄캄해졌다. 저 아이들을 어떻게 …. 절망감밖에 다른 생각이 없었다. 맥이 빠져 터덜거리며 집에 도착했다. 남편에게는 말할 엄두가 나지 않았다. 그에게 말해봤자 고민만 더 커질 뿐 대책 없기는 마찬가지였다.

친정에서 나를 보살펴 주던 아버지와 둘째 오빠 모두 돌아가신 지 오래

됐고, 큰오빠 조남승도 1932년 일경에게 체포돼 징역 3년 6개월의 집행유예로 칩거하던 중 지난해(1933년) 6월 별세했다. 이제 고국에 남은 친정 식구는 조카들뿐이었다. 문득 사촌오빠 조남직이 떠올랐다. 급히 편지를 썼다. 나의 사정과 도와달라는 청으로 편지를 가득 채웠다. 속달로 부쳤다. 일주일도 안 되어 회신이 왔다. "지체 말고 서울로 오라"는 것이었고 우편환으로 노자와 용돈까지 보내주었다. 일찍부터 남직 오빠는 나를 끔찍이 위해 주었는데 이번에도 나를 구원해 주었다.

나는 며칠간 준비에 들어갔다. 아이들을 모두 데려가기는 무리여서 두 돌잡이 종원만 데려가기로 하고 정현과 종무 남매는 두고 가면서 식품과 환절기에 입을 옷을 넉넉히 장만했다. 두 남매에 대해서는 남편에게 단단히 건사하도록 일러놓았다. 그렇지만 남편도 감시받고 있는 몸이라 애인리의 이웃 김씨 부인에게도 봐달라고 부탁했다.

상해에 일가친척이라고는 두 집이 있었다. 한 집은 시아버님 육 형제의 맏이인 이건영 옹의 아들인 이규훈李圭勳 씨 댁이었다. 규훈 씨는 남편 주명과 동갑이고 만주로 망명할 때 동반한 사촌 시동생이다. 규훈 씨 부인은 나의 이모부 한양 조씨 조경호 대감의 손녀다. 그래서 친정으로 따지면 내가 5촌 고모 격이다. 하지만 일단 우리 집으로 시집와서 사촌의 부인이 되어 나는 그에게 "나를 아주머니로 부르지 말고 형님으로 부르라"고 했다. 그 댁은 나보다 먼저 상해로 와서 자리 잡았다. 부지런하고 생활력이 강한 규훈 씨는 벌써 살림이 안정되었다. 아들 종서鐘序(1925~1950년), 종육鐘毓(1930~2023년) 두 형제를 두었다.

또 한 댁은 성재장의 차남으로 이규홍李圭鴻(1913~1953, 광복 후 이규열李圭悅로 개명) 시동생 댁이었다. 규홍 씨는 바로 전해인 1933년 서울에 가서 결혼식을 올리고 신부 서차희徐且喜 여사와 함께 상해로 와서 신혼 생활을 시작했다. 나는 두 집 동서들에게도 두고 떠나는 남매를 틈틈이 잘 보살펴 달라고 부탁했다.

1934년 9월 초 나는 상해를 떠나 서울로 갔다. 아이 남매를 두고 가는 것이 눈에 밟혔지만 내가 죽으면 안 된다는 마음 하나만 단단히 잡고, 눈을 질끈 감고 떠났다. 인천에 도착하니 항구에 남직 사촌오빠와 남중南重 육촌 동생이 마중 나왔다. 그들과 함께 서울의 북촌 가회동 남직 오빠네로 들어 갔다.

다음 날부터 경성제대 병원에서 진찰받았다. 자궁에 종양, 즉 괴塊가 생 겼다는 진단 그대로였다. 조직검사를 한 결과 다행히 암은 아니었다. 치료 방법으로 의사는 두 가지 방안을 제시했다. 자궁을 모두 들어내면서 괴를 함께 제거하면 치료 방법은 수월하고 위험도 적다는 것이고, 자궁을 그대 로 둔 채 괴만 제거하면 시간도 걸리고 완전 치료도 어려울 뿐 아니라 환자 의 건강도 문제가 된다는 것이었다. 남직 오빠의 부인인 나의 올케는 경성 여고보 1년 선배 이내인李乃仁 여사였다. 그는 나에게 위험도가 적은 쪽을 선택하는 게 좋겠다고 넌지시 권했다. 하지만 자궁을 몽땅 들어내면 이제 더 이상 임신은 불가능하다는 것이 마음에 걸렸다.

나는 의사에게 생각할 시간을 달라고 했다. 그리고 고민했다. 의사 말대 로 치료가 쉽고 안전한 방법으로 가면 아이는 영영 더 낳지 못하고 2남1녀 로 만족해야 했다. 하지만 나는 불안했다. 세상일 언제 어떻게 될지 알 수 없지 않은가? 북경에서 두 아이 잃을 때 누가 예측이나 했나? 골똘히 생각 했다. 결론을 내릴 수가 없었다. 밤에 잠이 들었는데 비몽사몽간에 돌아가 신 아버지가 나타나 나에게 일렀다.

"치료하는 데 시간이 걸리더라도 참고 견뎌서 아이를 계속 낳아야 한다. 그게 너의 희망이다. 아마 주명도 이를 바랄 것이다."

화들짝 놀라 깨었는데 진땀이 내 잠옷을 적셨다. '돌아가신 뒤 꿈속에서 도 뵙지 못하던 아버지께서 급히 현몽해 나에게 장래 일을 일러주셨구나 ….'

결심했다. 다음 날 나는 의사를 찾아가 단호하게 말했다.

"치료가 어렵더라도 괴만 제거해 주십시오."

의외로 의사는 표정이 맑아지면서 입가에 웃음을 머금고 "사실 나도 그렇게 권하고 싶었어요. 좋은 아이를 많이 낳아야 나라도 부강해지지요"라고 말하는 게 아닌가? 그 순간 그 의사가 독립운동의 시작은 우수한 다음 세대를 키우는 것이라는 진리를 나에게 간접적으로 전하는 것으로 들렸다. 그 말을 듣고 나는 새삼스럽게 나의 결심이 옳았고, 아버지께서 꿈에 나를 도왔다는 생각에 새로운 각오를 가슴에 새겼다.

그날 운현궁의 외숙모님으로부터 다음 날 궁으로 들라는 전갈이 왔다. 사실 조선조 왕실은 나의 어머니의 친정이긴 했지만 나는 그들과 교분을 나누고 싶지 않았다. 더욱이 순종 황제까지 서세하신 뒤에는 누구도 인사하기는커녕 만나기조차 싫었다. 윤 대비가 창덕궁에 있지만 나는 그때까지 한두 번 면대했을까 전혀 접근하지 않았다. 왜냐하면 우리 아버지는 그 윤씨 일가를 가장 증오하고 사갈시했기 때문이다. 평소에도 "윤덕영, 윤택영 놈들은 이완용보다 더한 악질들!"이라고 하셨다. 그러니 윤택영의 딸 윤 대비를 내가 곱게 볼 리 없었다.

그래서 나는 오래전부터 운현궁만 외가로 느껴왔다. 그러나 내가 결혼한 뒤에는 세태가 많이 변해서 운현궁에도 그다지 정이 없었다. 하지만 나에게 아주 친근한 외숙모님이 한 분 계셨다. 나의 큰 외삼촌 이희李熹 공(1845~1912년)은 무능호인이었다. 그래서 외조부 흥선대원군이 둘째 아들을 옥좌에 앉힌 것이 아닌가 생각한다. 이희 공은 앞서 말한 대로 이재면李載冕이 본명이고, 나라를 일본에 빼앗긴 뒤 이희李熹 공으로 개명하고 왕족 대우를 받았지만 떳떳치 못했다.

그는 첫 부인 풍산 홍씨와 결혼해 유명한 말썽꾼 이준용(1870~1917년)을 외아들로 두었다. 이준용은 평생 고종 황제의 후계자로 임금 되는 야심을 가져 여러 번 역모에 걸렸던 인물이다. 대원군이 아끼는 손자이다 보니 그러고도 사형은 면하고 추방되어 대개 일본에서 세월을 보냈다. 나의 아버지는 고종 임금을 배반한 이준용을 미워했다. 이준용은 남양 홍씨를 부인으로 맞았으나 1894년 상처하고, 다시 광산 김씨 부인(1878~1965년)과 재혼했다. 하지만 나는 그분들과 별로 왕래하지 않았다. 외사촌 이준용부터 우리 집에선 탐탁지 않게 여기는데 그의 부인과 교유할 이유가 없었다.

그런데 이희 공은 1887년 첫 부인 풍산 홍씨와 사별하고 바로 재혼하지 않았다. 고종 황제께서 을미왜변(1895년)을 당해 어수선하던 시기라 재혼을 미루었다. 다시 몇 년 후인 1901년 여주 이씨(1883~1978년)를 부인으로 맞았다. 그런데 외숙 이희 공은 그때 56세였고, 새로 맞은 외숙모(1883~ 1978년)는 18세여서 장안의 화제가 되었다. 새로 결혼해 오신 외숙모는 전실 아들인 이준용보다 13세 연하였고, 며느리 김씨보다도 5세 연하였다. 그래서 그분은 결혼해서 운현궁에 들어가서도 고립되어 있는 처지였다.

나는 어려서부터 이런 외숙모님이 가엽다고 여겨 그분께 예의를 갖추었다. 운현궁에 가면 그 숙모를 자주 찾아뵈었고, 무슨 화제든지 그분과 대화가 통했다. 숙모님도 일찍 어머니 없이 자란 나를 동정해 무엇이든 지원해주려고 애를 쓰셨다. 특히 내가 여고보 다닐 때 자주 그분을 찾아서 의논했고, 내가 결혼할 때는 전적으로 나서서 모든 준비를 손수 보아주셨다.

그런 숙모님이 오라는 뜻은 나를 도와주실 마음일 것이라고 짐작했다. 운현궁에 갔더니 반갑게 맞아주셨다. 8년 만에 다시 만난 것이다. 고생스러운 독립운동, 상해 생활, 아이를 벌써 셋이나 봤다는 나의 신세타령으로 날이 저물었다. 헤어질 무렵 숙모님이 한마디 했다.

"이왕직에서 병 치료 비용 전액을 지출토록 했으니 다른 걱정일랑 일절 하지 말아라."

나는 일본에 대한 저항으로 일관한 아버지와 오빠, 그리고 해외에서 독립운동에 열심인 나의 시댁 등의 이유로 이왕직에서 도와줄 것이라고는 전혀 기대하지 않았다. 그런데 이렇게 전액을 지원한다는 친절한 말씀을 듣고 필시 숙모님의 배려로 가능했을 것이라고 짐작했다. 나는 얼마나 숙모님이 고마웠는지 인사보다 눈물부터 나왔다.

"숙모님께서 계셔서 제가 인생을 이어가게 되었습니다."

그분 품에 안겨 실컷 울었다. 수술비를 걱정하지 않게 되었다는 것은 당시 나의 처지에서는 그 이상의 은덕이 없었다.

또다시 외숙모의 도움을 받다

수술을 성공적으로 마치고 입원실로 들어가자 그 시간부터 상해에 두고 온 남매 생각에 좀처럼 잠이 오지 않았다. 의사의 말은 "잘 먹고 잘 자야 빨리 회복된다"는 것이었는데 나의 삶은 정반대였다. 밥이 들어와도 '아이들은 지금 무엇을 먹고 있나?' 생각에 밥이 넘어가지 않았다. 사촌 올케인 이내인 여사가 병문안 와서 "빨리 회복돼야 아이들에게 빨리 돌아간다"고 한마디 한 것이 효과가 있었다. 그날부터 건강 회복에 열을 올렸다.

퇴원해서도 회복에 주력했다. 그때는 페니실린 같은 항생제가 나오기 전이라 가회동 남직 오빠 집에서 요강에 유황을 조금 넣어서 태우고, 요강을 타고 앉아 그 연기를 환부에 쪼이는 치료법이 있었다. 이것이 괴를 떼어낸 자리가 덧나지 않고 회복하는 데 도움이 되었다. 약 2주 후 다시 대학병원을 찾아 진찰한 결과, 경과가 좋다는 통보를 받았다. 이제 상해로 돌아갈 준비를 서둘렀다.

하지만 상해로 돌아가면 직장 잃은 남편과 아이들을 내가 책임지고 어떻게 살아가야 하나? 또 다른 걱정이 큰 파도로 몰려왔다. 나의 고민을 이해하고 함께 걱정해 주는 분은 남직 오빠밖에 없지만 그도 생활이 여유 있는 편은 아니었다. 그가 묘수 하나를 냈다.

"어렵겠지만 어떻게 해서든 여기서 돈을 좀 마련한 뒤 상해 가서 집을 사라. 그 집을 세놓아서 생활비를 마련하는 게 좋겠다. 그런 뜻으로 가능한 돈을 모아보자."

귀가 솔깃했다. 그 방법이 좋지만 돈 모으기가 쉽지 않을 것 같아 고민만 더했다. 염치없지만 다시 운현궁 외숙모님을 찾아가 호소하는 길밖에 없었다. 큰마음 먹고 운현궁으로 갔다.

"숙모님! 제가 입이 떨어지지 않지만 염치 불구하고 호소드립니다. 상해에 가도 생활이 막막합니다. 그렇다고 친정 오빠들도 다 돌아갔고, 호소할 데가 없어 찾아왔습니다."

숙모님은 일찍부터 물리가 트인 분이시라 정색하고 나의 호소를 경청하셨다.

"그러지 않아도 네가 걱정할 것 같아서 나도 며칠 생각하고 이왕직 장관에게 청을 해볼까 생각했는데 장관이 일본인이고 차관은 이완용 대감의 아들이라 병원비 정도는 해결했지만 그 이상 사정을 말해도 응할 것 같지 않아서 걱정하고 있었다."

그때 이왕직 장관은 일본인 시노다 지사쿠篠田治策라는 일본 궁내성에서 파견한 관리였고, 차관은 이완용의 아들 이항구李恒九였다. 그들은 운현궁에서 자금이 필요하다는 요청이라면 들어주겠지만 그 용처가 조정구 대감의 딸이라면 고개를 가로저을 것이 분명했다. 더욱이 상해에서 살기 위한 방편이라면 단호하게 거절할 것이었다. 이런 사정을 꿰뚫고 있는 숙모님이라 일찍부터 나를 걱정해 준 것이었다.

"내가 많지는 않지만 다소 마련한 돈이 있다. 그것이라도 네게 주마."

내 기억으로 숙모님께서 그때 돈으로 3,000원을 마련해 주셨다. 상해 가서 허름한 집을 마련하려면 빠듯한 정도였다고 기억된다. 얼마나 숙모님이

▲ 가운뎃줄 중앙이 1934~1935년 무렵 신병 치료차 귀국해 있던 때 핼쑥한 모습의 조계진
이다. 조계진과의 관계에서 설명하자면, 앞줄 왼쪽부터 당숙 조완구의 차녀 조규온, 사촌오
빠 조남직의 딸 조증완, 둘째 오빠 조남익의 아들 조방연, 가운뎃줄 왼쪽부터 숙모(조경구의
부인), 서매 조우란, 조계진, 숙부 조경구, 당숙 조완구의 장녀 조갑온, 뒷줄은 왼쪽부터 사촌
오빠 조남직, 조남직의 부인(이내인), 둘째 오빠 조남익의 큰아들 조지연.

고맙고 마음속으로 기뻤는지 눈물이 또 왈칵 쏟아졌다. 숙모님 치마폭에 얼굴을 묻고 한없이 울었다.

이제 떠날 날만 기다리는데 마음이 급했다. 남직 오빠도 일가들을 찾아다니며 돈을 추렴해 얼마간 마련해 주었다. 그 돈으로 상해에서 1년은 넉넉히 살아갈 만했다. 하지만 또 마음에 걸리는 부분이 있었다. 시어머님이 막내 시누이 현숙賢淑과 시동생 규석圭石(해방 후 규동圭東으로 개명)을 데리고 서울에서 고생하며 살고 있었다. 그대로 훌쩍 떠날 수가 없었다. 그래서 시어머님을 뵙고 내가 고생하며 모은 돈 가운데 100원을 드려 나의 책무를 하고자 했다. 시어머님도 내가 죽을병으로 서울 와서 수술하고 회복된 것을 다행으로 여기면서도 몹시 미안하게 생각하셨다.

"내가 염치가 없구나. 병원비 보태지는 못할망정 돈을 얻어 쓰게 되니 참으로 면구스럽다."

떠나기 전 의사에게서 여행해도 무방하다는 판정을 받았다. 서울 온 지 반년 만이지만 10년은 된 것 같았고, 상해에 두고 온 남매가 걱정되어 마음이 급했다. 드디어 1935년 2월 중순, 아직 추위가 가시지 않았지만 화창한 날이었다. 남중이 인천까지 동행해 주어 배를 탔다.

"누님! 오래 건강해야 좋은 세상 봅니다."

"그래, 너도 건강하고 장가가서 좋은 가정 이룩해라."

인천 부두에서 배는 떠나고 남중이 오랫동안 배를 지켜보고 있었다.

다시 상해 … '우당 밀고'의 최종 배후를 찾아서

다음 날 상해에 도착했다. 부두에 내리자 남편 주명이 냉큼 앞에 섰는데 몰라볼 정도로 수척하고 꾀죄죄해서 깜짝 놀랐다. 대뜸 "아이들은?" 외마디처럼 물었다.

"잘 있으니 걱정 마!"

"당신 모습을 보니 아이들 걱정이 안 되겠어요?"

"이야기가 길어 …. 하여간 왜놈들 등쌀에 집에도 오래 머물지 못했지."

애인리 집에 도착해 보니 아이들이 밥상에 앉아 밥을 퍼먹는데 몰골이 꼭 거지들처럼 얼굴은 씻지 않아 새까맣고 입속으로 밥을 퍼 넣는데 입속에 하얀 이만 드러나 보였다. 그래도 정현이가 누이라고 동생에게 연신 반찬을 떠 주다가 엄마를 보고는 동생과 함께 달려왔다. 이런 꼴을 보고 눈물을 억제할 길이 없었다. 남매를 부둥켜안고 얼마나 울었는지 모른다.

"나 이제 죽어도 너희들 떼어놓고 어디도 가지 않겠다."

울음을 섞어서 다짐했다. 주명은 혹시 자기를 원망하는 것 아닌가 여기고 겸연쩍어서 옆에 서 있다가 휙 밖으로 나가버렸다.

그날부터 아이들 씻기고 새 옷 사서 갈아입히고 사람 꼴로 되돌아오게 하는 데 꽤 시간이 걸렸다. 김씨 부인도 반갑게 찾아왔다. 동서들도 찾아와서 서울 소식을 들으려 했다. 하지만 나는 무엇보다 이제 새로운 삶을 설계하느라 바빴다. 서울에서 마련한 돈이 떨어지기 전에 프랑스 조계에 살 집을 구하고자 동분서주했다.

그런데 또 큰일이 벌어졌다. 내가 상해에 도착한 지 한 달 만인 1935년 3월 25일, 시동생 규호가 왜놈 영사관에 붙잡혔다. 시아버님이 대련으로 가신다는 정보가 누설되어 체포돼 돌아가신 일은 이미 언급한 바 있다. 그리고 그 정보는 규서가 누설했고, 친구 연충렬이 그 정보를 누군가에게 보고했으며 그로부터 충분한 돈을 받아 규서의 치료비 등에 썼다는데 도대체 그 상부선이 누구냐는 문제가 남아 있었다. 흑색공포단원들이 규서와 연충렬을 붙잡아 와서 마지막 자백을 들었을 때 떠오른 인물이 상해교민회장 이용로李容魯였다. 규호가 정화암을 찾아가 격분해서 항의할 때 화암은 규호에게 말했다.

"네가 정 아버지께서 불의에 돌아가신 원수를 갚겠다면 내가 너에게 말하겠다. 이용로 회장이 연충렬의 상부선이다. 그가 일본 측과 거래하는 한간韓奸이다. 그를 제거해야 한다. 엄형순 동지가 이 임무를 맡기로 했는데 네가 엄 동지를 도와서 행동하라."

"이용로 회장이 밀정이라고? 세상에 믿을 놈 없군."

그날부터 규호는 이 임무에 몰두했다. 감시도 하고, 그가 교민회를 운영하는 동정도 살폈다. 이용로는 평안도 출신이고, 도산 선생의 측근으로 알려져 있었다. 그렇다면 그는 흥사단에 침투한 고등 밀정일 것이다. 어쩌면 도산 선생이 체포된 배후에도 그런 놈들의 작용이 있었던 게 아닌지 의심이 갔다. 이용로는 평소 매우 조심스럽게 처신하여 교민회 사무실에서 사람을 만났고, 자기가 믿는 몇몇 동향 사람 이외의 단독 대면은 절대 피했다. 그리고 윤봉길 의사 거사가 이뤄진 홍구공원 인근 건물에 교민회 간판을 걸었고, 그 3층이 살림집이었다. 그 근방은 정시에 중국 경찰이 순찰을 돌고, 일본계 형사들이 수시로 왕래하는 치안이 삼엄한 거리였다.

규호가 정보를 수집한 결과 이용로가 근래 접촉한 인사는 흥사단원들뿐이었다. 상해에서 만년필 상점을 열어 돈을 잘 버는 임득산林得山과 광동 출신 여인과 동거하는 유복한 김정학金鼎學 외에는 그에게 접근조차 하기 어려웠다.

1935년 3월 어느 날, 규호가 우리 집으로 형님을 찾아왔다. 나도 동석했다. 그는 주저하다가 작별하러 왔다고 했다.

"도련님, 무슨 일이 생겼어요?"

내가 물었다.

규호는 당시 20대 청년으로 몹시 담대했고, 말수가 적었다. 내가 시집올 때부터 나를 많이 따랐다. 나도 그 시동생이라면 때로 용돈도 주었고, 틈틈이 털실로 스웨터를 짜서 입혔다. 그도 형수의 호의를 행복하게 여겼다.

“내가 드디어 아버지 원수를 갚게 될 것 같습니다.”

“원수가 누군데요? 태공 도련님도 그 때문에 희생되지 않았어요?”

“태공이 원수도 함께 갚아야죠.”

그는 남편 주명과 같이 저녁을 맛있게 먹고 일어나면서도 끝끝내 그 불구대천의 원수가 누군지 말하지 않고 나에게 맡긴 가방 보따리만 찾아갔다.

“형님, 형수님! 이제 일이 잘되면 만나서 좋은 이야기 해드릴게요. 건강하세요.”

그리고 떠났다. 가는 길에 다섯째 댁 규홍 시동생 집에도 들러서 그 집에 기숙하고 계시는 둘째 댁 백모님께도 인사하고 “태공이 원수 갚아드리겠다”고 다짐했다고 나중에 전해 들었다.

1935년 3월 25일 새벽, 규호 시동생과 흑색공포단 엄형순 전사戰士 두 사람은 이용로 집에 가서 초인종을 누르고 임득산의 심부름으로 온 김정학이라고 말했다. 문이 열리자 바로 들어가 침대에 누운 이용로를 엄형순이 사살했다. 졸지에 일어난 일이고 치밀한 계획으로 처단에 5분도 채 걸리지 않았다. 이렇게 잘 짜인 계획으로 추진된 일에도 허점이 있었다. 3층에서 내려오는 길에 2층 부엌에서 일하던 중국 여인이 식칼을 휘둘러 엄형순의 머리를 치는 바람에 규호가 총을 쏴서 간신히 빠져나오기는 했다. 엄 선생의 머리에서 피가 걷잡을 수 없이 흘러 규호는 자기 겉옷을 벗어 엄 선생의 머리를 덮고 현장을 떠났지만 경찰이 총소리를 듣고 달려오는 바람에 결국 체포됐다. 이런 자세한 내막은 남화한인청년연맹에서 사후 대책을 논의하는 과정에서 주명이 듣고 와서 나에게 전해주었다.

엄형순과 이규호 두 사람은 중국 경찰에 체포됐지만 처음엔 엄형순만 한국인임이 드러나 상해 일본 헌병대로 인계됐다. 규호 시동생은 중국인이라고 밝혔고 ‘소산嘯山’이라는 중국 이름을 쓰고 있어서 그의 신원 파악에 상당한 시간이 걸렸다. 규호는 그동안 흑색공포단의 일원으로 그야말로 의열 투쟁의 열렬한 전사였다. 나는 장가도 안 간 그가 극형을 받게 될 것 같다는 소식을 듣고 눈물이 났다. 자세한 신원을 조사하면서 규호 시동생은 1933년 3월에도 상해 주재 일본 공사 아리요시 아키라有吉明의 암살을 기도했다는 사실이 확인되고 말았다. 그때 백정기白貞基, 이강훈李康勳, 원심창元心昌 세 분은 잡히고 시동생은 자동차를 운전했기 때문에 그분들을 내려놓고 자동차를 주차하러 갔다가 계획이 차질 난 것을 알고 간신히 피할 수 있었다. 이 사건을 이른바 육삼정六三亭 사건이라고 하는데 자동차 운전했던 청년 '이소산李嘯山'이 아직 체포되지 않아 수배 대상이었던 것이다.

육삼정 사건, 비록 성공은 못했지만 흑색공포단이 윤봉길 의거 이후에도 대담하게 대일본 의열 투쟁을 계속한다 하여 상해 교민 사회에선 아나키스트 투사들에 대한 찬사가 자자했다. 그 공포단에서 우리 시동생은 동지들 가운데 막내이면서도 가장 투쟁력이 커서 용명을 날렸다. 그런데 이번에 엄형순 동지를 살리려다 붙잡혔고, 육삼정 사건 때의 수배령으로 인해 정체가 드러난 것이었다. 규호 시동생의 신분이 밝혀지자 상해의 일본 형사들에게 비상이 걸렸다. 애인리 정자간을 샅샅이 수색해 갔고, 남편 주명도 수배되어 집을 비우고 피신했다.

시아버님이 불행을 당한 것을 비롯해 나의 시집은 불행의 연속이었다. 나는 그런 불행이 남편에게도 닥칠 것 같아 불안한 나날을 보냈다. 왜 나의 시집 식구들은 모두 항일 투쟁을 위해 태어난 불나방들처럼 그 불길 속으로 계속 뛰어드는지 원망스럽기도 했다.

시동생이 붙잡힌 날 주명은 서울의 시어머님께 전보로 우선 알리고 자초지종을 편지로 써서 보냈다. 하지만 서울엔들 대책이 있을 리 없었다. 시동생은 운이 좋으면 사형은 면할지 모르지만 장기수로 감옥에서 긴 일생을 보내야 할 것이 틀림없었다. 이런 생각에 눈물이 멈추지 않았다.

'절망 속에서 피는 한 송이 들꽃'

사건이 어느 정도 가라앉자 나는 다시 살 집을 구하러 여기저기 뛰어다
녔다. 마침내 프랑스 조계 포석로 포석리蒲石路 蒲石里(지금의 장락로長樂路
682농弄) 7호에 집이 났다. 세 집이 연결된 연립주택의 막다른 7호 집이었
다. 각 층마다 방 2개가 있는 3층 집이고 2층에만 뒤에 다락방이 더 있었다.
화장실은 따로 없고, 중국식 마통馬桶으로 뒷일을 해결하는 삼류 주택이었
지만 내 형편으로는 적당했다. 나의 복안은 우리 가족은 한 개 층 방 두 개만
쓰고 나머지는 중국인에게 세를 놓아 그 돈으로 생활한다는 것이었다.

계약한 뒤 주인이 세입자들을 다 내보내는 데 약 1년이 걸렸다. 그동안
우리는 매일 일본 형사가 순찰하는 애인리에서 더 이상 살 수가 없어 임시
로 합동로 정명리哈同路 正明里로 이사했다. 그곳은 애인리보다 훨씬 불편했
지만 우선 왜놈들 감시의 눈초리에서 벗어날 수 있으며, 또 장차 내가 집을
갖는다는 희망에 부풀어 불편한 줄 모르고 살았다.

그러는 사이에 내가 또 아이를 가졌다. 집도 정리하지 못했고, 자궁 내의
괴를 떼어낸 자리가 겨우 아물어 요양이 필요한 시기였는데 그 자리에 아기
가 들어섰다니 기가 막힐 일이었다.

거의 같은 때에 다섯째 댁 동서 서차희 여사와 큰댁 조완순 여사도 임신했
다. 그 두 댁에서는 모두가 경사라며 보약을 먹어야 한다고 우대하고, 모임
에 가면 상도 따로 차려주었지만 나는 임신 사실조차 숨겨야 했다. 자궁치료
를 받자마자 또 임신했다는 게 얼마나 부끄러운 일인가? 게다가 없는 살림에
네 번째 아이를 낳는 것 자체가 무리였다. 나는 입덧하느라 장국밥이 먹고
싶어도 코 막고 참아야 했다. 그런데 아기는 무럭무럭 잘 자라고 있었다.

그런 불안한 날의 연속인데도 무정한 세월은 빨리 지나 1936년 병자년이
되었다. 3월에 규홍 시동생댁이 먼저 딸을 순산했다. 항주에 계신 숙부 성재장

▲ 1943년 중국 소주(蘇州)에서 망명 생활할 당시의 이규학(오른쪽). 왼쪽 인물은 이름을 잊었지만 이규학의 중국인 아나키스트 동지다.

이 종순鐘舜으로 이름 지어 보냈다. 여자 몸이지만 충무공 이순신李舜臣처럼 용감하라고 당부하셨다. 그 후 한 달이 못 되어 내가 아들을 낳았다. 역시 항주에 기별하니 종찬鐘贊으로 이름을 지어 보내셨다. 고려 명장 강감찬姜邯贊을 생각하고 장차 명장이 되라는 뜻이 담긴 이름이었다.

그런데 그 애는 태어나서부터 머리가 유난히 컸다. 백일도 되지 않아 비만아가 되어 이웃의 중국 여인이 "두쾌두 아꾸大快頭 阿哥"라고 불렀다. 배 안에 있을 때 먹고 싶은 것 제대로 못 먹고 태어났는데 머리통도 크고 비만하여 우량아 소리를 듣다니 아마 나의 모유가 그 애에게 큰 영양을 준 것 같았다. 그러자면 '내가 잘 먹어야지 …' 스스로 다짐했다. 얼마 있어 큰댁 조완순 여사도 아들을 낳았다. 다 병자생이었지만 단연 우리 아들이 인기였고 모두가 부러워했다.

그런데 더 황당한 것은 항주로, 소주로 피신하면서 살다가 모처럼 귀가한 남편이 그날 해산비解産費를 마련해 왔다는 사실이었다. 동지들이 "부인이 해산한다는데 돈을 모아주자"고 했단다. 그리고 한 달 있다가 우리는 포석로 집으로 이사했다. 아주 작은 여유지만 상해에서 처음으로 내 집을 마련한 행복감에 발 뻗고 잠을 잤다.

상해의 곤궁한 생활 속에서도 이 아이가 태어나면서 그래도 작은 행복이 연거푸 오는 것을 보고 나는 '이 아이가 복뎅이인가? 나에게도 행복이 오다니!' 절망 속에서도 한 송이 들꽃을 본 것처럼 기뻤다.

▲ 이종찬 부부의 2001년 상해 합동로 정명리의 생가 방문.

▲ 상해 포석로 옛집 앞에서 이종찬의 가족사진.

02

포석로 집에서의 새 생활

상해특별시 법조계 포석로 포석리 7호上海特別市 法租界 蒲石路 蒲石里 七號. 이게 당시 우리 집 주소다. 이 집은 내 집, 내가 소유한 나의 집이었다. 이제는 집주인 눈치 안 보고, 때만 되면 집 옮길 걱정도 할 필요 없는 나의 집이었다. 중국 땅에 망명 와서 집을 산다는 것은 꿈도 꾸지 못했다. 그런데 결혼 17년 만에, 그것도 상해에 내 집을 마련했다니 꿈같은 이야기였다. 얼마나 대견하고 행복한가?

포석로에 '나의 집'을 마련하다

우리 집은 비록 화장실 시설이 불비해 중국의 마통을 쓰고 매일 아침 그 마통을 들고 나가 하루 종일 가족들이 처리한 오물을 내가 버리고 닦아야 했지만 행복했다. 이런 노래가 상해에서 유행해 나도 아침이면 흥얼거렸다.

糞車是 我們的 報曉鷄	분뇨차는 우리들 아침을 알리는 꼬꼬닭이다
多少的 聲音 跟走他去	모든 소리가 분뇨차를 따라가네
前門 呌 賣米, 後門 呌 賣菜	앞문에는 쌀 사시오 소리, 뒷문에는 채소 사시오 소리

▲ 1936년 포석로 집으로 이사한 뒤 이규학·조계진 부부와 1녀 3남 일가족.

▲ 포석로 시절. 큰딸 정현과 3남 종찬.

▲ 포석로 시절. 막내딸 보원을 포함한 5남매.

우리 집은 연립주택이지만 그래도 3층 집이었다. 2층 방 하나는 중국인 정방배丁芳培 씨 내외에게 세를 주었다. 정 씨는 은행원으로서 정시에 출근하고 정시에 퇴근하는 성실한 샐러리맨이고, 부인은 서글서글한 살림꾼이었다. 내외는 금슬도 좋았다. 우리 집에 입주해 얼마 있다가 혜분慧粉이라는 통통한 딸을 순산했다. 2층 뒷방에는 한국인 서양요리사 김동훈金東勳 씨 세들었는데 부인은 전족纏足을 한 중국인 부인이었고, 역시 아내阿乃라는 딸을 낳았다. 부인은 전족한 발 때문에 걸을 때 뒤뚱거렸지만 마음씨는 넓었다. 그는 내 남편 주명이 숨어 다니는 것을 이해하고 많이 협조해 주었다. 때때로 그가 취직한 식당에서 부식을 많이 가져와 우리 가족을 풍족하게 해주었다. 나는 포석로 집으로 이사 온 지 얼마 안 되어 또 임신했다. 그리고 막내딸 보원寶媛을 낳았다. 그래서 이 집은 딸 낳는 집으로 소문이 났다.

우리 가족은 3층의 두 방을 차지하고 살았다. 1층도 세가 나가야 할 터인데 좀처럼 세가 들지 않았다. 세를 받아야 겨우 생활할 수 있는 처지에서 초조했다. 그 무렵 우리 정현이가 천주교 성당에 열심히 다녀 하루는 그 성당의 프랑스 신부가 가정방문을 왔다. 우리 집을 둘러보더니 당분간 무슨 글을 쓰는데 1층을 사용하겠다고 했다. 그래서 책상을 들여놓고 글도 쓰고, 때로는 동네 어린이들을 모아놓고 동화를 들려주는가 하면 성경도 풀어서 설명하곤 했다.

그 신부의 원래 이름은 내가 알지 못했지만 중국말로 '두杜 신부'라고 불렀던 기억이 난다. 얼굴 전체가 검은 수염으로 가려졌고 중국어가 유창했다. 지금 생각해 보니 그게 중국 민중 속으로 들어가 선교하는 방법이었던 것 같다. 많은 어린이가 우리 집 1층에 몰려들어 그의 설교를 열심히 들었다. 동화를 이야기할 때 아이들은 깔깔대고 웃었다. 성경을 가르치는데 줄거리는 예수 그리스도의 일생에 관한 이야기였다. 내가 듣기에도 재미있었다. 내 딸 정현은 완전히 빠져서 두 신부를 보좌하는 데 열중했다. 그는 수업을 마치면 아이들에게 맛있는 프랑스 사탕을 나눠 주곤 했다.

두 신부는 우리 집을 많이 도와주었다. 우선 정현을 수녀예비학교인 효명曉明학교에 입학시켜 주었고 그 학교에서 월요일부터 금요일까지 일하며 기숙사 생활을 하도록 배려했다. 천주교 세례도 받았고 율리아나Juliana라고 불렀다. 나는 우선 정현이가 종교적으로 아주 단정한 생활을 하게 된 것이 교육상 좋았고, 학교 월사금도 안 내고, 기숙사에 있게 되어 식구 한 사람 덜게 되어 다행스럽게 생각했다.

두 신부는 정현만 배려한 것이 아니라 큰아들 종무도 유명한 가톨릭계 성방제학교聖芳濟學校, St. Francis Xavier College에 입학시켜 주었다. 그 학교는 8학년제였는데 졸업하면 바로 영국의 옥스퍼드나 케임브리지 대학으로 진학이 가능하다고 하여 중국인 유력 자제들이 몰려드는 학교였다. 종무도 충실한 천주교인으로 세례받고 요한 베르크만스John Berchmans라는 세례명을 얻었다. 그뿐 아니라 종원도 나중에 성방제학교 진학을 전제로 예비학교에 입학했다.

두 신부의 선교 덕분에 우리 가족은 모두 천주교 신자가 되었고 그분은 우리 집 살림에도 관심을 갖고 도와주었다. 구호품을 보내주는가 하면 식품으로 밀가루나 쌀도 보내주곤 했다. 나는 고마움을 갚을 길이 없어 털실로 장갑을 짜주든가, 그가 편하게 신을 수 있는 중국식 실내화를 만들어드리곤 했다.

주명, 고문으로 청력 상실

그사이 남편 주명도 긴장이 풀렸는지 집에 와서 시간을 많이 보냈다. 그러던 어느 날 우리 동네를 순찰하던 일본 헌병에게 붙들렸다. 나는 동네 사람들이 전하는 소리에 깜짝 놀라 공동 조계에 있는 일본영사관으로 쫓아갔다. 면회는커녕 한 발짝도 문 안에 들어서지 못하도록 정문 보초가 막았다. 사정해도 전혀 통하지 않았다. 아이들이 걱정돼 일단 집으로 돌아왔다.

다음 날에도 소식이 없었다. 사흘째 되는 날 한국 교포로 의사 개업한 유일평劉一平 선생 병원에 주명이 와 있다는 연락을 받았다. 부리나케 종원만 데리고 쫓아갔다. 얼굴은 퉁퉁 부었고 온몸에 멍이 든 남편이 병상에 누운 것을 보고 너무 놀라 울음도, 탄식도 나오지 않았다. 멍하니 서서 볼 수밖에 없었다. 남편은 영사관 지하실에서 살인적인 집단폭력을 당했다고 했다. 일본 형사가 일본 나막신으로 뺨을 때려 얼굴이 알아볼 수 없을 정도로 부었다.

유 박사 말씀은 시급한 치료는 했고, 완쾌되려면 시간이 걸리겠지만 생명에는 지장이 없다고 했다. 다행스러웠다. 하지만 걷지를 못해 다시 병원에 이삼일 더 묵고 집에 돌아왔다. 집에 와서도 끙끙거리며 앓아누웠다. 골병이 든 것이다. 남편 주명이 말을 못 하다가 약간 차도가 생기자 당시 사정을 설명했다.

"집으로 들어오는데 칼 찬 헌병이 오라 하더니 다짜고짜 영사관 지하실로 연행해서 고등계 형사들에게 넘기지 않겠어. 그 지하실에 그렇게 큰 취조실과 감방이 있는 줄 몰랐어. 형사는 묻지도 않고 종이를 내놓더니 상해에 있는 동안 무엇을 했는지 무조건 쓰라는 거야. 대충 써서 냈더니 '이거 다 거짓말이야!' '후테이센진不逞鮮人은 맞아야 정신 차려!'라면서 작심하고 몽둥이로 패는데 죽는 줄 알았어요. 그리고 또 쓰라는 거야. 아버지에 대해서, 아우에 대해서, 그간 무얼 했는지 …. 아버지는 돌아가신 지 10년이나 됐고, 아우도 붙들려 귀국한 지 칠팔 년이 되어서 알 수 없다 했더니 또 패는 거야. 책상에 마주 앉은 놈은 신고 있던 일본 나막신을 벗어 뺨을 후려갈기는데 그만 까무러쳤더니 냉수를 퍼붓고 감방 시멘트 바닥에 던져놓더라구."

주명의 말을 듣는 나의 고통 또한 이만저만이 아니었다. 사흘째 되는 날

집으로 가라기에 '그나마 다행이다' 생각하고 나왔는데, 치료부터 받아야겠다 싶어 인력거를 불러 타고 겨우 유 박사 병원으로 갔다는 것이다. 주명은 그로부터 한 달은 집안 병상에서 지냈다. 가장 고통스러운 것은 귀에 이상이 온 것이었다. 유 박사의 소개로 중국인 이비인후과 의사의 진단을 받았는데 고막이 터졌다고 했다.

그 후 주명은 일본 헌병이나 경찰만 보면 소스라치게 놀라는 트라우마를 갖게 됐다. 어느 날 1층 헛간에서 함께 막내 보원의 목욕을 시키고 있었는데, 주명은 문틈으로 일본 헌병의 군화와 허리에 찬 칼끝을 보자마자 2층으로 뛰어올라 중국인 정씨 부인에게 아래층에 내려가 도와달라는 말을 남기고 담을 넘어 옆집으로 도망했다. 문을 두드리던 헌병이 불같이 화를 내고 문을 발로 차고 야단을 쳤다. 정씨 부인은 급히 내려와 문을 열어주었다.

"방금 여기 사람이 있었는데 어디로 도망했어?"

불호령이 떨어졌다. 정씨 부인은 침착하게 답했다.

"내가 여기 있었는데요."

"아니, 여기 있던 사람이 2층으로 올라가는 그림자를 봤는데도!"

"그게 바로 접니다."

"그러면 왜 당신은 2층으로 피했소?"

"아! 내가 어린애 목욕시키고 있었는데 당신들이 찾아온 것 같아서 양말 신으러 올라갔다 왔습니다. 알다시피 중국 여인은 외간 남자에게 절대로 발을 보이지 않습니다. 그래서 양말 신으러 2층에 올라갔다 온 거예요."

일본 헌병은 고개를 갸우뚱하면서 의심했지만 정씨 부인의 단호한 변명을 듣고 물러갔다.

상해에도 '교육 문제'가 있다

1943년, 상해는 완전히 일본군이 점령하고 조계도 사실상 없어졌다. 일본군 헌병과 형사도 수시로 우리 집을 찾아와 여기저기 뒤져보곤 했다. 나는 그래도 여고 시절에 배운 일본말이 살아나서 통역 없이 대화할 수 있었다.

"애들은 어디 다니죠?"

"네, 천주교 신자라서 성당 학교엘 다닙니다."

"왜 일본말을 안 가르치는 거요?"

"기왕에 학교에서 영어 배우던 것을 중단할 수 없어서 계속 천주교 학교엘 나가죠."

못마땅한 표정을 짓고 돌아갔다. 다음 날 영사관의 장학관으로부터 오라는 통보가 왔다. 나는 또 '시끄럽게 되는구나' 생각하고 지정된 시간에 영사관으로 찾아갔다.

"큰딸은 수녀 교육 시킨다 했고, 아들 둘도 모두 천주교 학교에 다닌다고 했죠?"

"네, 그렇습니다."

"그러면 막내 아이는 어떤 학교에 다니나요?"

"이제 막 중국 학교 1학년에 입학해서 한문 공부를 시작했습니다."

장학관은 고개를 끄덕이면서 서류를 하나 내놓는다.

"일본의 유명 학교 분교를 상해에 개설키로 했습니다. 대일본제국 정부가 예산을 내려서 우수 학생을 양성하기 위한 영재학교입니다. 보장할 터이니 거기 보내시는 게 어떻겠습니까?"

그 순간 나는 문득 영친왕이 일본에 유학 아닌 인질 신세가 되었던 생각이 났다.

"집에 가서 생각해 보겠습니다."

"아이를 대일본제국의 일등 영재로 만들고 장래도 보장합니다. 잘 생각해 보시기 바랍니다."

그는 강력하게 권했지만 나는 아무 말도 않고 돌아왔다. 주명과 의논했다. 말이 채 끝나기도 전에 펄펄 뛰었다. 다음 날부터 여기저기 알아봤다. 주변에 친한 분들이 나에게 충고했다. 중국 학교에 보내면서 일본 우등학교에는 보내지 못한다고 변명하기 어려우니 다소 성에 차지는 않지만 일단 한국 교민 학교로 전학시키라는 조언을 해주었다. 다시 영사관으로 장학관을 찾아갔다. 말이 떨어지지 않았지만 용기를 냈다.

"전번에 좋은 제안을 하셨는데, 곰곰이 생각해 보니 아이의 능력도 우수한 학생들에게 미치지 못하고, 한국말도 서투르고 더구나 일본말은 전혀 못하는 아이의 수준으로 봐서 일단 교민 학교로 전학시키기로 했습니다."

장학관은 무섭게 나를 응시했다.

"하여튼 교민 학교도 내가 관할하니 일단 잘됐습니다. 앞으로 아이의 수학 능력을 나도 잘 관찰해 보겠습니다. 대일본제국 일등 국민으로 교육시키자는 내 제안이 혹 아이에게 유익하다고 생각하면 언제든 다시 찾아오시기 바랍니다."

그는 일본인 교사 출신이라 다소 이해심이 있었던 것 같다. 그래서 나는 겨우 양해를 구했다 싶어서 집으로 돌아왔다. 그런데 또 고민이 생겼다. 종찬이가 교민 학교로 옮기기 싫다는 것이었다. 그 이유가 분명했다.

"왜 형들은 다 영어 학교엘 가는데 나만 교민 학교에 가야 돼요? 나도 중국 학교에서 열심히 공부하다가 나중에 성방제학교로 가고 싶은데 왜 안 돼요?"

이제 일곱 살밖에 안 된 아이가 차분하게 항변하는데 내가 답을 찾기 어려웠다. 아무리 달래도 고집을 꺾지 않았다. 나는 그만 그를 붙잡고 울면서 호소했다.

"너도 보지 않았느냐? 영사관에서 오면 으레 아이들을 외국 학교에 보냈

▲ 어린 시절의 이종찬.

다고 시비하지 않더냐? 너 하나 그들의 요구를 회피하기 위해 교민 학교에 가라 하는데 너까지 이 에미 심정을 몰라주면 어떻게 하냐?"

정말 내가 엉엉 울다시피 말해서 종찬이도 따라 울며 엄마 말을 듣겠다고 받아들였다. 그리하여 억지로 교민 학교에 보내게 됐다. 그 후 영사관에서 순시 나오면 나는 종찬이가 배우는 책만 책상에 올려놓고 종무, 종원의 영어로 된 교과서는 감춰서 보이지 않게 했다.

'적과의 동거'

그런데 또 고민이 생겼다. 일본영사관 교민 담당 영사라는 사람이 찾아왔다. 포석로 집 1층을 자기들이 지정하는 교민에게 세를 주라는 것이었다.

"그분들이 도대체 누굽니까?"

"경성에서 오신 일가족인데 살 집을 구하지 못해서 소개하는 겁니다. 집세도 좋은 조건으로 낼 겁니다."

나는 받아들이지 않을 수 없었다. 약 일주일 후 평안도 사투리를 심하게 쓰는 히라가와白川라는 40대 부부가 노모를 모시고 들이닥쳤다. 영사관 주선으로 왔노라면서 1층을 모두 차지했다. 다음 날 1층을 지나면서 힐끗 보니 벽에 대형 일장기를 걸어놓았다. 그 깃발이 얼마나 큰지 벽면 전체를 덮었다. 나는 기가 차서 할 말을 잃었다. 나는 일장기만 보면 알레르기 반응이 일어 치가 떨리는데 저렇게 큰 깃발을 우리 집 벽면에 걸어놓다니 ···. '골수 친일파 놈 가족을 우리 집으로 보냈군!'이라고 생각하며 영사관에 무슨 의도가 있는 것으로 짐작했다. 그 가족이 1층을 차지한 후 달라진 것이 있었다.

하나는 일본영사관에서 주기적으로 우리 집을 점검해 왔는데 이런 감시가 뚝 끊긴 것이다. 다른 하나는 중국인들이 1층 히라가와 댁을 계속 방문해 거기서 머물다 가곤 했다는 점이다.

히라가와 부인은 고향이 충청도라는데 위압적인 그 집 분위기와 달리 상냥하고 친절한 여인이었다. 그는 폭군 같은 남편 아래 노예처럼 살고 있어서 나와 조금 가까워지자 때때로 자기 신세타령을 했다. 자기는 남편과 정은 없으나 그가 없으면 자기 친정까지 몰락하기 때문에 얽매여 산다는 얘기였다.

시간이 지나면서 히라가와의 정체가 차츰 파악됐다. 일본영사관은 수족처럼 부리는 이 가족을 들여놓고 우리 집 동정을 살피도록 한 게 틀림없었다. 히라가와 네가 우리 집에 세 들면서 주명은 아예 소주蘇州로 나가 있었다. 소주에는 남화한인연맹의 거점이 있었다. 중국 내지의 동지들과 통신이 되는 곳으로, 엄격하게 숨겨진 거점이었다. 곁에는 중국인 상점이 있고, 그곳을 중심으로 동지들과 연락망이 형성돼 있었다. 자금이 부족해 생활 조건은 최악이었지만 그 대신 그곳엔 최신 정보가 전달되곤 했다. 정확한 전쟁 정보도 파악할 수 있었고, 그것을 전단이나 신문으로 만들어 각지에 배포하곤 했다. 게다가 소주에는 이탈리아의 베네치아 같은 수상 도시로서 수로와 육로가 거미줄처럼 얽혀 있어 일본군이 좀처럼 파고들기 어려운 지형이었다.

그 전에는 주명이 이곳에 머물다가도 일주일에 한 번씩 집에 와서 영양 보충도 하고 옷도 갈아입고 갔지만 히라가와네가 1층을 차지한 뒤에는 비정기적으로 내가 창가에 특별한 색깔의 옷을 걸어놓으면 그 신호로 밤중에 들어와 자고 새벽에 이웃집을 통해 사라지곤 했다.

히라가와네에 중국인이 몰려오는 까닭은 무엇일까? 종찬이를 그 집 부인이 매우 귀여워해 몇 시간씩 놀러 가서 사탕이나 과자도 얻어먹곤 했다.

어느 날 종찬이가 그 집에 드나드는 중국인의 흉내를 내는 게 아닌가. 마약의 일종인 '모르히네(모르핀)' 흰 가루를 담뱃갑의 은박지 위에 올려놓고 성냥불로 그 밑을 데우면 흰 연기가 생긴다. 그러면 성냥갑 껍데기를 연통처럼 입에 물고 연기를 빨아들이는 것이 마약 복용의 행태였다. 종찬이 그 흉내를 내서 나를 놀라게 했다. 그래서 나는 히라가와네가 마약 장사 하는 것을 알게 되었다. 중국인 고객들은 대부분 마약을 사서 갖고 갔지만 그 집 노모가 묵는 뒷방에서 마약을 흡입하고 몇 시간씩 환영 속을 헤매다가 가는 경우도 있었던 것이다.

그러나 중국의 관헌이 마약 거래를 엄격히 취체하고 감시할 터인데 왜 이 집에 대해서는 아무 소리가 없을까? 일본영사관과 군부에서 암암리에 보장받은 마약 장사임이 분명했다. 말하자면 예외적인 공인 마약상이라고나 할까? 그 값으로 우리 집을 감시하고 밀정 노릇 하는 것으로 짐작됐다. 일본영사관으로서는 나쁠 게 없었다. 감시하는 데 들어갈 비용도 절약하고 중국 내에 숨은 독립운동가 동향을 살피며 때때로 마약 장사로 번 돈 일부도 특별 세금으로 챙길 수 있으니 일거양득이 아니라 이건 삼득이었다.

나는 그 집의 노모나 히라가와와 직접 면대하지 않기만을 바랐다. 어쩌다 문간에서 마주치기도 했지만 그저 간단히 인사하며 지나치곤 했다. 그들은 남편에 대해 가끔 물었고, 그때마다 답변이 조금 궁했다. 그러나 그 집 부인과 친해진 뒤에는 그것도 더 이상 캐묻지 않았다.

문제는 조금 엉뚱한 데에서 터졌다. 포석리 농당弄堂(독립된 주택가)에는 김인숙金仁淑이라는, 외국 회사에 취직해서 다니는 오피스 레이디가 한 사람 있었다. 황해도 출신인데 대학을 나와 영어를 잘해서 동네일도 잘 돌봐주는, 그야말로 탐나는 여인이었다. 자기 오빠 식구랑 같이 살다가 따로 독립해서 독신으로 살고 있었다. 김 여인은 나를 친어머니 대하듯 존경했고, 우리는 모녀같이 정을 나누었다. 그는 은근히 황해도 출신 안중근 의사나 이승만 박사, 김구 선생을 존경한다는 말을 얼핏 하면서도 말을 아꼈다. 그래서 나는 그를 애국심도 가진, 재색을 겸비한 여인으로 보고 좋아했다.

그런데 히라가와의 아우란 자가 이 여인에게 반한 것이다. 남자는 전형적으로 돈으로 위세를 부리는 타입이었다. 머리는 항상 포마드를 발라서 넘기고, 최신 유행의 정장을 입으면서 현란한 넥타이를 매고 뻐기는 스타일이었다. 교양과 인격이 속으로 꽉 찬 김인숙과는 정반대였다. 그자가 접근하려 해도 김인숙의 냉담으로 근처에도 가보지 못했다. 그가 자기 형수를 앞세워 나를 찾아왔다. 과일과 과자가 한 짐이나 되는 선물 보따리를 들고 왔다.

"아주머니, 부탁이 있습니다. 김인숙 씨에게 저를 좀 소개해 주세요."

동생 히라가와가 애원하듯이 말했다. 그 형수가 말을 보탰다.

"사실 우리 시동생이 상사병에 걸릴 정도예요. 무슨 일이라도 날 것 같아요."

듣자 하니 나에겐 끔찍한 부탁이었다.

"인숙이는 나도 상해에서 처음 만난 사이죠. 내 딸 같은 처녀지만 나도 어려워할 정도로 완벽한 여성입니다. 자기 판단이 분명해서 내가 말한다고 성사될 것 같지 않군요."

"하여간 만나게만 해주시면 됩니다."

궁해서 나온 이야기였다. 전혀 딴 세상에서 살아온 사람인데 만난들 무슨 효과가 있겠는가? 하도 집요하게 졸라서 일단 말은 건네보겠다고 했다.

저녁에 밥상을 잘 차리고 김인숙이 좋아하는 김치찌개까지 마련해서 그를 불렀다. 아이들이랑 같이 저녁 먹고 히라가와가 갖고 온 과일까지 후식으로 먹으면서 넌지시 낮에 들은 제안을 했다. 예측대로였다.

"그들은 저와 살아온 방식도, 생각도 다른데 그들과 대화할 이유가 있겠어요?"

단호한 거절이었다. 그리고 한 가지 사실을 덧붙였다.

"그 사나이가 밤이면 저의 집 앞에서 서성거리고, 어떤 때는 추근거리기까지 해서 제가 위협을 느끼고 있습니다. 그래서 지금 다른 곳을 찾아서 이사할 생각이었습니다."

며칠 후 과연 김인숙은 자기 오빠의 집 근처로 이사했다. 그 뒤 동생 히라가와가 상사병 걸린 환자처럼 멍한 표정으로 지나다니는 꼴을 간혹 볼 수 있었다.

종무의 모험

그러는 사이 우리 집에 큰일이 일어났다. 큰아들 종무가 갑자기 사라졌다. 평소 늦게 들어오는 일은 종종 있었지만 외박은 없었다. 그런데 아침에 보니 어젯밤 귀가하지 않았다. 책상에 못 보던 봉투가 있어서 열어보았다. 내용인즉 이랬다.

"어머니! 좋은 친구들을 만나 항일 전선에 참여하고자 떠납니다. 어머니에게 말하면 결코 보내주지 않을 것 같아서 저 혼자 결정하고 떠납니다. 일본이 패망하는 날 다시 뵙겠습니다."

나는 깜짝 놀랐다. 종무는 조숙했지만 열여섯 살에 불과했고, 아직 험한 세상을 모르고 살아왔는데 항일 전선이라니 이게 무슨 말인가? 동네에 나갔더니 농당 안에서 난리가 났다. 금세 상황이 파악됐다. 종무와 그의 친구 두세 명이 한꺼번에 사라진 것이다. 알고 보니 농당문 옆에 노대창老大昌이라는 잡화점이 있는데 그 가게 문간에서 식용유를 팔던 엽葉씨 성姓의 청년이 일으킨 사달이었다. 장삼長衫 차림으로 언제나 책을 끼고 열심히 읽는 성실한 청년이었다. 평소 그의 앞을 지나노라면 미소 지으며 인사하곤 했다. 그 청년을 농당 내 부인들 모두가 신뢰했다. 집에 전기가 나가든가 수도가 안 나오면 그가 소매 걷어붙이고 수리해 주었다. 또 아낙네들 중에는 문맹이 많아서 그가 공문이나 편지를 대독·대필해 주다 보니 어려운 일만 생기면 주민들이 수시로 그를 찾곤 했다. 그 청년이 종무 일행을 데리고 사라졌다는 것 아닌가?

'내가 또 자식을 잃는구나!' 하는 악몽이 엄습했다. 상황을 알고 나서 그 자리에 주저앉고 말았다. 주명은 없고 홀로 이 위기를 해결해야 했다. 며칠을 침대에서 지내다시피 했다. 종원, 종찬을 학교 보낸 뒤 보원은 혼자 놀라 하고 이불을 쓰고 드러누웠다.

그런지 한 달이나 되었을까? 종무가 거지꼴로 나타났다. 거의 실신한 상태로 집에 들어와 쓰러졌다. 뜨거운 물을 데워 헛간에서 목욕하도록 하고 밥도 지어 주고는 아무것도 묻지 않았다. 정신을 차린 후 종무는 나의 눈치를 보며 드디어 고백했다. 엽씨 청년이 평소 잘해주고 말동무도 해주었는데 어느 날 팔로군에 입대해 모택동 동지를 만나지 않겠느냐고 말을 꺼냈다. 사실, 모택동이란 이름은 당시 입에 올리는 것 자체가 금기였다. 그의 설명은 이랬다.

"중국 국민당은 일본과 상대가 되지 않는다. 전투다운 전투가 한 번도 없었다. 그러나 팔로군은 꾸준히 항일 전선에서 승리를 거듭하고 있다. 너희는 지금 팔로군이 찾고 있는 애국 청년들이다. 팔로군에 입대하면 모택동 동지가 너희를 격려할 것이고, 참전하면 응당 우대할 것이다. 이 기회에 인민을 위해 복무하자."

"나는 조선 사람인데요."

종무가 말하자 청년은 "조선 사람이라 더 좋다. 항일전투에서 승리하면 조선의 독립도 찾을 수 있다. 조선의 청년은 더 우대한다. 더욱이 너는 영어도 능통하고 조선말도 할 수 있어서 더욱 귀중하다"고 열을 올렸다는 것이다. 종무가 혹할 만했다.

그래서 종무와 일행은 그를 따라 내지로 들어갔다. 밤이면 걷고 낮에는 헛간이나 숲속에서 자면서 몇백 리를 걷다가 어느 날 기습을 받았다. 일본군과 중국군이 교전하는 현장에서 양쪽으로부터 공격을 받았다. 일행은 도망쳐 나오느라 뿔뿔이 헤어졌다. 종무는 국민당 군대에 붙잡혀 감옥으로 보내졌다. 영어가 능통해 미군이 마침 중국군 부대를 시찰하는 틈에 그 미군에게 자기소개를 해 겨우 풀려났다. 그래서 다시 상해로 걸어서 돌아왔다는 것이다.

이런 일로 종무는 몇 달 학업을 중단했다. 누군가 학교로 데리고 가서 다시 중단된 학업을 계속하도록 학교 측과 교섭해야 했는데 나설 만한 사람이 없었다. 주명이 밤에 찾아왔으나 내놓고 활동하기 어려웠다. 그래서 차일피일 시간만 지나고 있었다.

원자탄의 위력

1945년 봄의 어느 날, 주명이 밤에 몰래 들어와 미군이 유구琉球 왕국 지역으로 진출해 충승沖繩(오키나와)에서 전투를 벌이고 있다는 소식을 전했다. 그리고 다시 6월 어느 날, 이번에는 일본영사관에서 전갈이 왔다. 상해 경마장에 모이라는 얘기였다. 나는 종찬만 데리고 히라가와 부인과 동행해 모임에 갔다. 격추된 미군 전투기 잔해를 전시하면서 일본의 군부는 강건하다는 선전을 요란하게 했다. 그런데 선전하는 말을 들어보니, 미군이 3월 도쿄 폭격할 때 격추된 전투기란다.

"3월에 벌써 도쿄를 폭격했는데 6월에 와서야 상해에서 전시하는 것이로군 …."

나는 히라가와 부인에게 그 점을 지적하면서 3월에 도쿄가 폭격당했다면 지금쯤은 어디까지 미군이 공습하고 있을까 생각해 보았다. 일본의 선

전 행사는 나 같은 반일 감정이 있는 사람에겐 먹혀들지 않을뿐더러 오히려
그 이면을 생각하게 만들었다.

7월 접어들며 일본영사관의 활동도 소극적이 되었다. 주명이 집에 오는
날이 늘었다. 전황이 그만큼 연합군에 유리하게 돌아가고 있다는 방증이었
다. 8월 10일경이었다. 미국이 일본에 신형 무기 '원자작탄原子炸彈'(중국식 용
어)을 터트려 일본이 손든다는 소문이 확 퍼졌다. '원자'는 중국 상해 지역의
발음으로 '뇌쯔'여서 단추라는 말과 같았다. 소문이 퍼지기를, 폭탄의 크기
가 겨우 단추만 한데 그 피해 범위는 한 개 도시를 날려버릴 정도로 넓다는
것이었다.

"와! 단추만 한 폭탄이 어떻게 그런 위력을 가지지?"

모두 놀랐다.

그러던 어느 날 동남아인처럼 깡마르고 체격이 나약해 보이는 분이 찾아
왔다. 주명은 황급히 그를 모시고 2층 뒷방으로 들어갔다. 내가 차를 갖고
들어간즉 그분이 일어나 인사하는데 북경 시절 만났던 정화암 씨였다. 그
간 고생을 많이 해서인지 수척해 보였다. 주명이 청력에 문제가 있어서 두
사람은 열심히 종이를 가운데 놓고 써가며 필담 대화를 이어갔다. 나는 방
에서 나와 3층으로 올라오는 층계 위 칸에 걸터앉아 아래쪽을 감시했다. 혹
시 일본 형사가 미행해서 들이닥치든가 또는 1층 히라가와 집에서 무엇인
가 염탐하려고 움직이면 뒷방에서 밀담을 나누는 두 사람에게 대피 신호를
주기 위해서였다.

약 한 시간이나 지났을까. 뒷방에서 나온 정 씨는 나에게 인사도 하는 둥
마는 둥 바람처럼 층계를 내려가 사라졌다. 다시 방에 들어가니 주명이 빙
그레 웃었다.

03

귀국을 기다리는 사람들

주명의 얼굴이 전례 없이 밝았다. 그리고 정화암 씨로부터 들은 얘기를 나에게 설명했다.

"여보 이제 왜놈들이 손을 들게 되었나 보오. 미국이 '뇌쯔쪼대原子炸彈'를 퍼부어 더 이상 전쟁하기 어렵게 되었다는 소식을 전하기 위해 정 동지가 다녀간 거요."

그러면서 입에 검지를 대며 "아직 누구에게도 말하지 마오"라고 당부하더니 주명은 일어나 종무 형제가 있는 방으로 들어갔다. 마침 아이들이 모두 있었다. 그들에게 "이제 우리도 고향에 가게 될 것 같다"고 한마디 남기고 주명도 어느 틈에 층계를 내려가 사라졌다. 아이들은 아빠가 한 말이 무슨 뜻이냐고 나에게 물었다.

"아! 이제 전쟁이 끝나면 우리도 고향집에 갈 수 있다는 뜻이란다."

아이들은 저마다 중국 상해와 한국 서울을 비교해서 서로 묻고 답하며 법석을 떨었다.

"이제 우리도 고향으로 돌아간다"

그렇게 하고서 이삼일이 지났다. 드디어 농당 안에서 주민들이 몰려나와 함성을 지르고 소란스러웠다. 우리 집 종무는 벌써 뛰어나가 그들과 함께 시위 군중의 일원이 되었다. 나는 천천히 문밖으로 나가 그 감격스러운 광경을 지켜봤다.

"전쟁이 끝났다!"

"일본이 패했다. 일본이 항복했다!"

언제 준비했는지 중국인들이 경축날 으레 쓰는 폭죽을 터뜨렸다. 군중이 농당 밖으로 몰려 나갔다. 나는 돌아서서 다시 집으로 들어오는데 1층이 썰렁함을 느꼈다. 히라가와네가 온데간데없이 사라졌다. 가장 눈에 띄던 커다란 일장기가 어느 틈엔지 사라졌고 흰 벽만 남았다. 그 집의 장롱 서랍이 여기저기 열린 가운데 부엌살림은 그대로 있었다. 어느 틈에 귀중품만 챙겨 도망간 모양이었다.

저녁 무렵 소주에 있던 주명이 집으로 왔다. 우리 가족은 이제 모두 재생한 것처럼 함께 모여 살게 되었다. 다음 날부터 소문에 빠른 분들이 찾아왔다. 나는 우선 1층에 남은 산더미 같은 히라가와네 쓰레기를 몽땅 치우고 손님들이 앉아 대화할 수 있도록 의자와 탁자를 배열했다. 상해에 우국지사가 그리 많았던가? 찾아오는 손님들로 인해 우리 집은 연일 잔칫집 같았다.

"중경에서 소식 없었습니까? 임시정부 요인들이 곧 귀국하시게 될 것 같은데 말입니다."

우리 집이 임시정부의 연락처라도 되었나? 하기야 시숙부 이시영 법무총장, 나의 당숙 조완구 재무총장이 계시니 임시정부의 소식 들으러 사람들이 몰려오는 것이 당연했다.

약 2주쯤 지났을까? 중경에서 임시정부 소속 광복군 경위대장 이백건李白健이라는 청년이 카키색 군복에 가죽점퍼를 입고 찾아왔다. 이분은 중국 군관학교 출신이고 경주 이씨였다. 원래 이름은 이규학으로 주명의 이름과 같았다. 중경에서 시숙부 이시영 옹을 뵈었을 때 그 어른께서 이름이 중복되니 개명하라고 하여 이백건으로 바꿨다고 자기소개를 했다. 그러면서 중경에서 이시영 옹을 모시고 찍은 사진 등을 내놓았다.

"제가 선발대로 온 겁니다. 중경의 요인들이 내달쯤 상해에 들러서 귀국하게 될 겁니다."

그리고 주명에게 필담으로 여러 가지 정황을 설명했다. 나는 그에게 여기 규훈 씨, 규홍 씨 두 가족이 더 있으니 며칠 후 일가들을 모이게 하겠다고 이르고 그를 보냈다.

종전 직후 상해는 대단히 어수선했고, 교민 사회는 크게 변하지 않았다. 왜놈들이 상해를 점령했던 시기에 무엇을 했는지 몰라도 떵떵거리고 살던 사람들은 여전히 생활에 여유가 있고 윤택했다. 그들이 주동이 되어 교민 단체가 새로 조직되었다. 몇몇은 주명에게 찾아와 교민회 참여를 권유했지만 주명은 일절 그들의 요구에 응하지 않았다.

"세상이 바뀌었는데도 저 사람들 여전히 우쭐대는 걸 보니 진짜로 바뀌려면 아직 멀었군."

주명은 혀를 끌끌 찼다. 얼마 후 약산 김원봉이 보낸 이소민李蘇民이라는 광복군 간부 한 사람이 또 주명을 찾아왔다.

"약산 선생이 찾아뵈오라고 하여 왔습니다."

약산은 신흥무관학교 출신이고 의열단 의백을 지낸 무장 투쟁가였다. 주명과 동년배라 북경과 상해 시대에 우정을 나누었다. 그럼에도 그는 임정에 대해 항상 비판적이었다. 그래서 시숙부 성재보다는 우리 시아버님 우당을 더 존경했다.

"약산이 건강하시다니 반갑소이다. 약산이 광복군에 가담한 것은 참 잘한 일입니다. 그런데 광복군은 군 편성 그대로 유지하면서 귀국하게 됩니까?"

"약산 선생은 가장 중요한 군무부장을 맡게 되었고, 거기다 휘하 동지들을 모두 제1지대에 편성해서 사실상 광복군의 중심이 되었습니다. 이제 광복군이 국내에 개선하는 날을 저희도 준비하고 있습니다."

주명은 대단히 만족했다. 광복군이 군복을 입은 채 태극기를 앞세우고 보무 당당하게 국내에 개선하는 모습을 상상하며 참으로 기뻐했다. 기록영화에서 프랑스 임시정부의 드골 장군이 파리 개선문으로 입성하는 광경을 보았던 사실을 설명하며 이런 모습과 똑같이 우리 광복군도 서울 남대문으로 개선한다면 얼마나 좋겠는가 힘주어 말했다.

얼마 후 이백건은 한구漢口에서 일가 한 분을 더 데리고 왔다. 그의 이름은 이백영李白影, 얼굴은 가무잡잡하면서 이목구비가 준수했다. 체구는 작달막하고, 주로 검은색 계통의 양복과 코트를 입었다. 이름은 '백영'인데 옷 입는 것은 정반대라고 내가 첫인상으로 느낀 바를 말해 모두 함께 웃었다. 그는 몸치장서부터 시계나 액세서리가 모두 명품이어서 경제적으로 풍족한 인상이었다. 왜놈 치하에서 한구는 비교적 통제를 덜 받은 지역이라 그곳 교민으로 돈을 많이 번 사람 중의 하나인 것 같았다. 그의 말로는 학창 시절 신문 배달을 했는데 자전거를 타고 가면서 신문을 던지면 웬만한 집 2층까지 그대로 배달할 수 있을 정도로 숙련되었었다고 자랑했다. 그만큼 고생하며 사업을 일궜노라며 해방 조국에 자기의 재산을 헌납하고 싶다고 했다. 그는 나를 형수님이라 부르며 무엇인가 계속 생필품을 많이 사 와서 부담스러웠다.

매일의 축제, 그리고 정현의 첫사랑

이백건은 우리 집에 드나들면서 김인숙을 알게 되었다. 그처럼 까다롭고 냉정한 인숙도 이백건의 군복 입은 모습, 애국적인 언사에 반한 것인지 둘은 어느새 친해졌다. 틈틈이 아베크를 하려고 이백건이 우리 집에 오는 횟수도 늘어났다. 때때로 동료 광복군 이하유李何有, 서상열徐相烈, 신창현申昌鉉 등 젊은 용사들과 함께 와서 술병을 내놓고 내가 만든 안주와 비빔밥을

먹고 거나하게 취하면 노래를 부르고 춤들을 추었다. 술주정이지만 의미가
있었다.

　　우리는 한국 독립군 조국을 찾는 용사로다
　　나가 나가 압록강 건너 백두산 넘어가자

　　진주 우리나라 지옥이 되어 모두 도탄에서 헤매고 있다
　　동포는 기다린다 어서 가자 고향에
　　등잔 밑에 우는 형제가 있다 원수한테 밟힌 꽃포기 있다
　　동포는 기다린다 어서 가자 조국에

　　우리는 한국광복군 조국을 찾는 용사로다
　　나가 나가 압록강 건너 백두산 넘어가자

　　마지막 대목에 가면 모두가 얼싸안고 울면서 노래를 불렀다. 나도 모르
는 사이에 그들과 어깨동무로 얼싸안고 같이 눈물을 흘렸다. 젊은 광복군
용사들이 자기들 고향집으로 빨리 가고 싶은 열망이 바로 그들의 함성에 가
까운 노래 속에 담겨 있었다. 아마 이런 추억은 독립 전선에서 내가 본 가장
아름다웠던 장면 중의 하나가 아니었나 회고된다.
　　그런 과정에서 나에게 고민이 생겼다. 광복군, 그중에서 서 모 씨가 은근
히 우리 집 큰딸 정현을 눈여겨보았던 모양이다. 그리고 나에게도 모정 같
은 것을 느낀 듯했다. 그는 여러 번 집에 찾아왔다. 정현도 그가 오면 옷을
갈아입고 신경을 썼다. 어떤 때는 어디서 났는지 루주도 입술에 칠했다. 그
러다 그만 주명의 눈에 띄어 야단이 났다.
　　"안 된다. 근거도 모르는 놈이 내 딸을 넘보다니 … . 안 돼!"

나도 불안하긴 했지만 이게 이성 간의 문제인데 과연 부모가 강제할 수 있겠나 생각했다. 서 군은 전라남도 순천 출신인데 학병으로 중국에 끌려와 탈출한 후 광복군에 입대했다. 그는 군인으로 끝날 사람은 아니다. 그래도 지금은 광복군의 일원으로 부대를 따라 움직여야 할 사람이다. 지금은 독립된 존재가 아니고, 게다가 배경을 알지도 못하는 그에게 당장 딸을 맡길 수는 없다. 사랑만으로 될 일이 아니라는 얘기였다. 우리는 귀국을 앞두고 있고, 이 시점에서 정현이 우리 가족을 떠나게 할 수는 없었다. 그리고 서 군도 부대를 떠날 형편이 아니었다.

주명은 그런저런 사정을 들어 정현을 야단쳤다. 정현은 아빠에게 말대꾸하곤 뒷방으로 들어가 이불을 쓰고 누웠다. 이제 내가 나서야 할 때가 되었다. 나는 조용히 뒷방으로 찾아가 정현을 일으켜 세우고 진지하게 모녀 간 대화를 나눴다.

"네 심정은 안다. 서 군과 몰래 만난 사실도 엄마는 알고 있다. 하지만 지금은 아니다. 너는 이제 우리 가족으로서 귀국해야 할 몸이고, 그는 광복군 소속으로 부대 따라 이동해야 한다. 애인을 데리고 갈 수는 없지 않느냐? 결국 우리 가족은 떠나고, 그는 부대 따라 떠나고, 너 혼자 남게 될 터인데 그러면 어떻게 되겠느냐? 이건 사랑의 문제가 아니라 현실의 문제다. 일단 귀국하자. 그리고 서울 가서 그를 다시 만나기로 하자."

정현도 납득이 되는 듯했다.

"내가 서 군을 불러 이런 사정을 설명하고 서울에서 다시 재회하도록 하마."

"아니에요. 제가 직접 말하겠어요."

"그래, 그게 더 좋겠다."

얼마 후 서 군이 귀국했다는 소식을 들었다. 아마 서운했던지 찾아오지도 않은 채 떠났다. 그 후 2~3주나 됐을까? 정현은 서 군의 편지를 받았다.

그리고 펑펑 울었다. 그 후에도 몇 차례 편지를 받은 것 같다. 그러나 아무에게도 더 이상 서 군 이야기를 하지 않고 혼자 마음에 새긴 것 같았다.

혼란 속에서도 '정상 사회'를 꿈꾸며

얼마 있으려니 이번엔 김원봉의 선발대로 온 이소민이 중국 당국에 체포됐다는 소식이 들렸다. 그는 중국에 진주한 일본군 부대에서 한국 국적 장병들을 불러내 광복군으로 편성하는 일을 하고 있었다. 이 부대를 운영하려면 재정이 필요했다. 상해의 부유한 교민들로부터 그 자금을 갹출하려 했는데, 그만 그중 한 사람이 중국 당국에 고발한 것이었다. 일본으로부터는 해방됐지만, 친일분자의 재산일지라도 협박해 돈을 징수하는 것은 범죄라는 것이었다.

하여튼 상해 교민 사회는 혼란을 면치 못했다. 일제 때 영사관의 비호를 받으며 부정한 방법으로 돈을 모은 무리가 아직 교민 사회에서 판을 치고 있어 잡음이 많았다. 춘래불사춘春來不似春, 봄은 왔는데 정녕 봄답지 않았다. 교민 가운데 그래도 양심적으로 살아왔다는 두 분, 박영철朴榮喆과 구익균具益均이 몰래 중국의 임시 수도 중경에 머물고 있는 임시정부로 찾아가 상해 교민 사회의 실정을 고해바쳤다.

그래서인가, 광복군 제3지대장 김학규金學奎 장군이 상해로 왔다. 그리고 교민회를 재조직하라고 요구했다. 그분이 광명대희원光明大戱院 극장에서 연설할 때 나도 주명과 함께 갔다. 김 장군은 신흥무관학교 출신으로 주명과도 잘 알았다. 평안도 분이고 날카로운 이론가였다. 신흥학교 졸업 후 독립군 초급 지휘관으로 시작해 만주 지역에서 무장 투쟁으로 공을 세운 분이었다.

"임시정부가 우리의 대표입니다. 여러분은 대한민국임시정부의 국민으로 당당하게 행동해야 합니다. 그리고 이제 우리나라로 돌아가서는 여러분이 새 나라 건설에 선구자가 되어야 합니다. 그러므로 상해, 이곳에서부터 단결해야 합니다.”

그는 말미에 한마디 경고를 빼놓지 않았다.

“일제 쪽에 빌붙어 떳떳치 못한 삶을 살아온 사람은 자기들 소행을 스스로 생각하고 자중해야 한다.”

얼마 후 교민회를 재편한다는 소식이 들렸다. 비교적 양심적인 분들이 주동하면서 주명에게도 참여를 요구했다. 주명은 “내가 귀가 어두워 정상적인 활동을 못 한다”고 사양했지만 이름이라도 올리라고 하여 소극적으로 참여하게 되었다.

이렇게 교민회가 정상화되자 과거 임시정부가 운영하던 인성학교도 다시 문을 열었다. 그 학교에서 한글을 가르쳤다. 우리 집 아이들도 모두 등록하여, 다니던 학교에 정규 수업이 없는 토요일이면 인성학교로 가서 하루 종일 한글을 배우고 「애국가」, 「3·1독립운동가」 등 노래도 익혔다.

1945년 8월 상해의 풍경은 이랬다. 혼란 속에서도 올바르게 살아온 사람들이 서서히 주역으로 등장해 정상적인 사회로 이행해 가는 모습을 보며 우리나라도 이렇게 정상적인 사회로 발전할 것이라고 굳게 믿었다. ‘그런 세상을 만드는 게 피 흘려 싸운 독립투사들의 이상 아니었겠나’ 홀로 생각하며 희망에 부풀어 상해를 떠날 준비에 바쁜 나날을 보냈다.

04

드디어 귀국

1945년 8월 전쟁이 끝나 해방되는 즈음부터 주명은 엄청나게 바빴다. 무엇보다도 중경에서 상해를 거쳐 귀국할 임정 요인들의 귀국 채비에 여념이 없었기 때문이다.

어느 날 이백건 경위대장이 우리 집에 찾아와 중경에 계신 요인들의 귀국에 필요한 사항들을 전달했다. 특히 그분들의 의복이 변변치 않다는 사정도 설명했다. 모두 중국옷을 입어왔고 양복은 김구 주석만 겨우 단벌 신사로 갖고 있는 정도라고 했다. 그렇다고 한국에서 한복을 맞춰 보낼 처지도 아니었다. 그래서 상해에서 양복을 마련해서 중경으로 보내드리면 좋겠다고 권했던 것이다. 백건은 어느 틈에 그분들의 몸 치수까지 대략 확인해서 전해왔다. 옷 장만은 결국 주명의 몫이 되었다.

임정 요인들과 13년 만에 상해에서 상봉

주명은 상해 교민들 가운데 이런 부탁을 하기에 원형묵元亨黙 씨가 적격이라고 생각했다. 사실 상해에서 경제적으로 상위에 있으면서 일본 측과 거래하지 않고 자립해 돈 번 사람, 말하자면 청부淸富를 쌓은 사람은 거의 없었다. 일본영사관과 거래하거나 마약이나 매음에 손을 담근 사람들이 대부분이었다. 일본군 점령지를 쫓아다니며 군수품을 조달한 사람도 많았다.

그들은 대부분 중국 사람들을 반협박해 부를 축적한 족속들이었다. 이런 족속이 아니면서 중경 요인들에게 떳떳하게 기부할 수 있는 사람이어야 한다는 것이 주명의 생각이었다.

그런 기준으로 볼 때 정식 무역을 통해 돈을 번 사람은 원형묵 회장이 유일하다고 할 수 있었다. 영어에 능통하고 수양이 된 인격자인 그분은 뜨내기 사업가가 아니라 영국의 전통을 이어받은 국제사업가였다. 일제하에서도 그는 상해와 홍콩을

▲ 광복 후 원형묵에게 보낸 김구의 기념사진.

중심으로 정상적으로 사업을 일으킨 기업가였다. 이렇게 국제적인 사업가 반열에 오른 사람은 일제도 함부로 대하지 못했다. 주명이 그분을 안 지는 오래됐지만 혹시나 일제하에서 그분에게 피해를 줄 것 같아 의식적으로 연락을 피했고 먼발치에서 그분의 사업이 차근차근 성장해 나가는 과정을 지켜보았다. 해방되어서야 그분과 연락하여 상호 우정을 나누었다.

주명은 원 씨를 찾아가 중경에 머물고 계신 요인들 가운데 김구 주석, 이시영 법무총장, 조완구 재무총장 등 세 분에게 양복 일습을 보내고자 한다는 취지를 설명했다. 그분은 주명의 요청을 흔쾌히 수락했을뿐더러 이런 일은 당연히 자기가 할 일이라고 반겼다. 원 씨는 세 분의 치수에 맞게 영국의 세비로Savile Row에서 맞춰온 양복, 흰 셔츠, 외투, 중절모, 목도리에서 양말까지 일습 세 벌을 마련해서 보내왔다. 백범 선생의 것은 체격에 맞게 제

▲ 상해비행장에서 이시영 선생(가운데 모자 쓰고 지팡이 짚은 이)이 일가친척들과 함께 걸어 나가고 있다.

▲ 상해비행장에서 임정 요인들을 영접하는 상해의 가족들. 앞줄 중앙이 아홉 살 소년 이종찬이고, 조계진은 앞줄 오른쪽의 모자 쓴 소년 뒤에 얼굴이 반만 나와 있다. 김구 선생과 그 왼쪽의 조완구 선생, 조계진의 왼쪽에 눈물을 닦고 있는 이시영 선생 등 세 분은 모두 이규학이 마련해 보낸 양복을 입고 이 비행장에 내렸다.

▲ 상해비행장에서 백범 김구 선생을 모시고 가는 이규학(백범 선생의 왼쪽).

▲ 1945년 귀국 길에 상해에 기착한 조완구 선생을 영접하고 기념사진을 남긴 조계진·이규학의 가족.

법 큰 것이고, 성재와 우천 어른 것은 작은 양복이라 한눈에 구별되었다. 세 벌만 해도 큰 트렁크 여러 개가 필요했다. 이를 조심스럽게 이백건이 광복군 연락 편으로 중경에 보냈다.

10월 말, 드디어 임정 요인들이 귀국행의 기착지로 상해에 온다는 소식이 왔다. 나는 그날 들고 나갈 태극기를 준비하느라 밤새 재봉틀에 매달려 흰 감에 태극과 건곤감리乾坤坎離 사괘를 붙이는 데에 시간을 보냈다. 태극 주위의 사괘 순서가 틀려서 애를 먹었다.

11월 5일, 이렇게 준비한 태극기를 들고 우리 가족은 비행장으로 갔다. 백건이 비행기 트랩 앞에 가족들이 나란히 설 수 있게 배려해 주었다. 드디어 비행기 문이 열리고 장대한 백범 선생이 먼저 내렸고, 뒤이어 이시영 옹이 내렸다. 주변은 교민들로 꽉 차 있었다.

"만세!"

함성이 절로 터져 나왔다. 이시영 옹은 아드님과 조카 가족들을 보자 눈물을 흘렸다. 나는 그 순간 무엇보다도 세 분이 입은 양복이 주명이 정성스럽게 마련해 보낸 것임을 확인하고 기뻤다.

상해 비행장에서 누군가 간단한 도착 성명을 낭독했고, 각기 자동차에 나눠 타고 집으로 돌아오는데 상해에 이렇게 많은 교민이 살고 있었는지 나도 미처 몰랐다. 교민들이 연도에 늘어서서 일제히 태극기를 흔드는 것 아닌가? 언제 저 사람들이 그 많은 태극기를 모두 준비했을까?

백범 선생은 어느 틈에 광복군 경위대에서 모시고 갔고, 우리는 성재와 우천 두 분이 묵으시는 상해반점上海飯店으로 갔다. 이백건이 파견한 광복군 경위대가 벌써 호텔 문을 지키고 있었다. 성재장의 방에는 아드님 규홍 가족과 조카인 규훈 가족이 있었고 우리 내외는 인사만 하고 우천장이 유하는 방으로 갔다.

"그래 그동안 얼마나 고생이 많았느냐?"

그제야 우천 당숙이 물었다.

"저희들 고생이야 다 하는 것이지만 숙부님이야말로 가족도 없이 고생이 많으셨습니다."

우천장은 내 말에 답이 없이 한동안 눈을 감고 있더니 다시 내 얼굴을 응시했다. 그리고 한마디 했다.

"모진 삶을 살았어. 나야 결심하고 살았지만 네 숙모는 정말 고생하다 갔다. 아들 잃고 허망하게 갔을 거야. 이제 서울 가면 규은圭恩(둘째 딸, 1911~2004년)이만 남아 있겠지."

우천장은 큰오빠와 생일이 비슷해 나는 당숙으로만 여기지 않고 오빠처럼 대했다. 원래 대쪽 같은 성격이라 고고하게 살아온 우천장에게도 감정이 남아 있었는지 눈에 이슬이 맺었다.

그분은 북간도로 갈 때 북촌 집에 노모님과 부인, 그리고 삼 남매를 놔둔 채 아무 생활 대책도 강구해 주지 않고 훌쩍 떠났다. 무책임한 분이셨다. 숙모님은 3년을 기다리다 아무 소식이 없자 무작정 삼 남매를 이끌고 우천이 있다는 북간도 용정엘 갔다. 거기서 남편을 만났지만 무심하기는 마찬가지였다. 독립운동을 위해 오로지 대종교 활동에만 매달릴 뿐 생활 대책이 없었다. 그러다 아들 남규南圭(1898~1917년)를 잃고 말았다. 숙모님은 1924년 친정아버지 홍순목洪淳穆 선생이 위독하다는 소식을 듣고 급히 친정인 충북 괴산으로 돌아왔다. 그 후 다시 만주로 가지 못하고 친정에서 눌러 지내다가 영감 우천장과 재회하지 못한 채 별세하고 말았다.

얼핏 1932년 상해를 떠나기 전 부인, 아들 다 잃고도 카랑카랑한 목소리로 임시정부 회의 때마다 기염을 토하던 모습을 생각하면 새삼스럽게 우천 조완구란 양반, 도대체 무엇 때문에 저렇게 일생을 사실까 하는 생각이 들곤 했다. 나라의 자주독립을 위해, 아니면 임시정부를 지키기 위해? 마르고 지친 얼굴에 수염이 길게 나서 입을 가렸다.

우천장이 상해에 계시는 동안 나는 극진히 모셨다. 그분도 생전 처음 일가붙이가 자기를 따뜻하게 모시는 것을 느껴서인지 그답지 않게 나의 살림에 대해 묻곤 했다. 때로는 용돈이 생겼는지 나에게 어색하지 않게 쓰라고 주셨다. 때로는 과자와 사탕을 한 보따리씩 우리 아이들에게 보내주셔서 "우천 할아버지가 최고!"라며 아이들이 따랐다.

"이놈들아! 너희 성재 할아버지가 나보다 키가 약간 작아. 그런데 그분이 담근 김치가 맛이 좋아서, 내가 그 맛에 밥을 잘 먹곤 했어. 하하!"

중경서 홀아비 생활을 하던 두 노인이 자취하며 밥해 먹던 이야기를 했다. 요리는 우천장보다 성재장이 잘했다며 칭찬하고 웃곤 하셨다. 대쪽 같은 어른 두 분이 난형난제라고 할까 똑같이 주변머리가 없었다. 일생 융통성 없이 옳다고 생각하는 일만 하고 사신 것이다.

환국 비행기 … '주명 동승'은 불발

한 가지 특기할 일은, 김구 주석은 상해반점(호텔)에서 하루인가 이틀 묵으시다 상해의 유력자들이 따로 마련한 정안사로靜安寺路 근처의 큰 저택으로 옮겨 가셨다는 점이다. 자연히 뵙기가 어려워졌다. 그만큼 주석이란 위치로 인해 우리와 거리감이 생겼다. 사실 1932년 윤봉길 대의거가 있기 전 우리가 애인리에 살 때만 해도 김구 선생은 수시로 독립운동 동지들의 부인네들과 만나 우리가 해드리는 음식을 함께 나누기도 했고 우리 애로 사항을 들어주기도 했다. 당시 젊은 남편들이 모여 마작을 하거나 술을 과하게 들 때 우리가 김구 선생께 몰려가서 불평하면 그분이 마치 학교의 훈육주임같이 단장을 들고 쫓아가 "이놈들!" 하고 호령했다. 그러면 젊은이들이 슬슬 피하며 도망치던 일도 있었다. 왜놈이나 밀정들에게는 김구 선생이 공포의 대상이었지만 우리 젊은 부인네들에겐 동네의 구수한 아저씨 같은 존재였다.

그런데 이제 주석으로 상해에서 뵙는 김구 선생은 옛 모습이 없어지고 엄격한 주변 인물들 사이에서 상좌에 앉은 존재가 되었다. 임시정부의 주석이라는 권위와 몸가짐이 우리로 하여금 범접하기 어렵게 했다. 나는 불현듯 혁명이란 인간애로 시작하지만 그 끝은 새로 굳어진 관료적 틀로 인해 권위에 갇히는 것인가 하는 생각이 들었다.

11월 17일, 이날은 1905년 을사늑약이 강제로 체결되어 대일 항쟁이 사실상 시작된 날로 꼽힌다. 임시정부에서는 이날을 '순국선열 추모의 날'로 정한 바 있다. 임정 요인들이 귀국하기 위해 잠시 들른 상해에서 이날을 맞게 되자 교민회에서 큰 행사를 마련했다. 북사천로北四川路의 대광명대회원 大光明大戲院에서 추모 행사가 열렸고, 더불어 임시정부의 당면정책 14개 조항이 발표됐다. 김구 주석은 정책 발표의 배경을 설명했다.

"미국 대통령 나사복羅斯福(중국식 발음으로 루스벨트)이가 영국 수상 구길 됴吉(중국식 발음으로 처칠)이를 만나서 한국의 독립을 우선적으로 보장한다는 약속을 하였습니다."

굵고 강철 같은 음성으로 말하는데 어느 누구도 발음이 틀렸다고 감히 말하지 못할 정도의 위엄이 있었다. 아마 카이로 선언을 설명하느라 양국의 국가 원수 이름을 거명했던 것 같다. 나라의 독립은 물론 새로운 정부가 들어서서 금시발복今時發福할 것처럼 우리는 느꼈다. 모두 이제 임시정부가 귀국하면 '임시'를 떼고 정식 정부로 출범할 것이라 믿어 의심치 않았다.

이런 분위기 속에서 김구 주석과 성재장, 우천장을 비롯한 요인들은 11월 5일 상해에 도착하여 2주 남짓 머문 후 11월 23일 상해를 떠나 미 군용기 편으로 귀국했다.

상해에서 귀국할 때 공개적으로 발표되지는 않았지만, 실무 부장들이 먼저 1진으로 귀국하고 나중에 김구 주석과 함께 연로한 분들이 귀국하는 방안이 논의되다가 중간에 방침이 바뀌었다. 김구 주석, 김규식 부주석, 원로 이시영 옹 등이 먼저 가게 되었다. 1진으로 귀국하는 일행에는 비서, 의사, 경호원까지 포함되어 한 팀이 되었다.

그래도 자리가 약간 남았는데 우사 김규식 박사는 미군 측에 직접 교섭하여 아드님 김진동 씨를 승객 명단Passenger List에 끼워 넣었다. 그런데 성재 장과 우천장 두 분은 얼마나 융통성이 없는지 내 남편 주명을 두 분 보증하에 서울로 동행하기로 계획을 세워놓고서도 그 명단에 끼워 넣지 못했다. 나는 만약 주명이 먼저 가면 서울에서 살 집 등을 사전 준비할 것이라고 기대했으나 헛일이 되고 말았다.

귀국하는 1진과 2진이 바뀌었다고 벌써 요인들 사이에 불화가 생겼다. 더욱이 2진은 서울로 직행하지 못하고 기후 관계로 전라북도 군산비행장에 내려서 군용 차량 편으로 유성까지 와서 1박 했다. 도로 사정도 좋지 않고 노인들이 털털거리며 오느라 고생했다. 자연히 불평하는 소리가 더 커졌다.

로피와의 작별

우리 가족은 상해에 남아 귀국할 날만 기다리며 고국에서 들려오는 소식에 귀를 세웠다. 상해교민회가 미군 측과 열심히 교섭한 결과 일본의 식량을 실어 나르던 큰 수송선을 개조한 난민선으로 동포들을 귀국시킨다는 소식이 들렸다. 상해에 남은 우리 세 가정, 즉 규훈 씨 댁, 규홍 씨 댁, 그리고 우리 집은 서로 정보를 교환하며 귀국선 편을 기다렸다.

1945년 연말에야 교민회에서 연락이 왔다. 이듬해 5월 출발하게 되니 그 기간에 모든 가사를 정리하라는 통지였다. 나는 부랴부랴 포석로 집을 팔기 위해 중국인 중개인에게 부탁했다. 그리고 가구들도 있는 대로 헐값에 팔거나 가까운 중국인에게 넘겨주었다. 그런데 당장 문제가 생겼다. 2층에 세든 중국인 정씨네가 이사하기 어렵겠다고 호소해 왔다. 집을 완전히 비우지 못하고 넘겨야 하는 상황이 된 것이다. 그들은 우리 가족을 보호하기 위해 수년간 애쓴 가족이다. 우리가 매정하게 나가라 하기도 딱한 입장이었다. 그런데 어느 날 은행원인 정 씨가 동료 몇 사람과 공동으로 이 집을 인수하겠다고 제안해 왔다. 얼마나 다행한 일인가? 정씨네는 이사하지 않아서 좋고, 우리는 쉽게 집을 팔아서 좋고 …. 누이 좋고 매부 좋은 격이었다.

당시 우리 집에서는 로피Lophy라는 예쁜 점박이 개를 한 마리 기르고 있었다. 김인숙이 기르던 것을 그가 귀국하며 우리에게 주고 갔다. 영리해서 우리가 헤어진다는 것을 느꼈던지 슬퍼하는 기색이 완연했다. 우리 집에 헌 가구를 사러 오는 사람이 원만하면 로피도 잠자코 있었다. 그런데 우리에게 불쾌하게 대하는 사람이 있어 내가 혼잣말로 "몹쓸 사람이군!" 말만 떨어지면 로피가 그에게 달려들곤 했다. 그러다 어떤 사람은 층계에서 구르기도 했다.

더 이상 로피와 함께 있기 어렵게 되었다. 그래서 먼 홍구 쪽 종무의 친구 집에 로피를 보냈다. 그런데 어느 날 로피가 밤에 찾아와 문 앞에서 우는 것이었다. 우리 집 아이들이 쫓아나가 문을 열어 안으로 들인 뒤 더러워진 로피를 목욕시키고 다시 며칠 함께 지냈다. 떠나기 전날 저녁 나는 로피에게 간곡하게 말했다.

"이제 우리가 너와 헤어질 수밖에 없다. 제발 그 집에 가서 새 주인을 잘 섬겨다오."

나는 사정을 했다. 그리고 다시 홍구에 있는 종무 친구 집으로 보냈다. 그리고 다음 날 우리는 떠났다. 아마 로피는 또 찾아왔을 것이고, 그 뒤 다시 홍구로 돌아갔는지는 소식을 듣지 못했다. 나는 마음속에 로피와의 정을 오랫동안 품고 살았다.

서울에는 포목이 귀하다고 하여 중국의 광목을 필疋로 사다가 몇 겹씩 접어 식구마다 배낭을 꾸렸다. 가볍고 튼튼한 버드나무 고리짝에도 필요한 물품을 넣은 뒤 딱지에 남직 오빠네 주소로 써서 붙였다. 그리고 아들 삼 형제는 새롭게 점퍼 차림의 옷을 맞추었고 당시 유행하는 홍콩제 농구화를 사 신겼다. 그리고 항해 기간에 당장 먹을 간이 식품으로 빵과 통조림을 사서 챙겼다. 마치 등산하는 여행객 같은 차림이었다.

귀국선에서

1946년 5월 6일. 우리 가족은 상해 부두로 나가 검은색 큰 배의 층층다리를 따라 위로 올라갔다. 갑판에서 다시 아래쪽 선실을 보니 이는 여객선이 아니라 큰 공간이 휑하니 뚫린 화물선이었다. 우리 가족은 급조한 층계로 내려가 넓은 공간의 한 귀퉁이에 배낭으로 담을 쌓아서 그 안에 잠자리를 마련했다. 나는 대단히 불편함을 느껴 실망했지만 모두가 당하는 고통이었다. 그 화물선에 약 500명의 동포가 타고 떠나는 것 같았다.

가장 불편한 것은 식사와 화장실 문제였다. 식사는 배에서 제공해 주는 묵은 쌀밥인데 백반白飯이 아니라 황반黃飯이었다. 밥에서 곰팡이 냄새가 물씬 날 정도로 오래 묵힌 쌀로 지은 것이었다. 반찬은 단무지 몇 쪽뿐이었다. 아이들이 밥 먹기를 거부했다. 나는 이런 사정을 몰랐다. 그래서 고추장이나 장조림도 준비하지 않고 빵과 과자, 사탕류만 챙겨왔다. 다행히 이웃에서 간장과 고추장을 조금 나눠주어서 밥이 겨우 입으로 넘어갔다. 하지만 아이들은 갖고 온 빵으로 몇 끼 먹고 버티었다.

배에서도 우리 가족을 알아보는 분들이 있었다. 상해에서 사업하던 윤 씨였는데 나중에 알고 보니 윤복영 선생 댁이나 윤보선 대통령댁과 가까운 해평 윤씨 집안이었다. 그분들은 일찍부터 정보를 알아서였는지 식료품을 많이 갖고 있었다. 우리 집 아이들이 그 댁 신세를 많이 졌다.

배가 사흘 만에 부산항에 도착했다. 아이들은 상해 출신이라 이날 산을 처음 봤다. 갑판에 나가 하루 종일 부산 근방의 산과 들을 보고 즐거워했다. 그런데 하선 명령이 나오지 않았다. 웬일일까? 알아보니 우리 배에 호열자(콜레라) 환자가 발생했다는 것이었다. 아니나 다를까, 작은 배가 와서 시체 한 구를 실어 갔다. 그날부터 배에 소독약을 뿌리고 위생 조치를 하는데 그 지독한 냄새로 버티기 어려웠다. 나는 혹시나 우리 집 아이들이 호열자에 전염되지 않을까 걱정되어 물 마시는 것부터 음식 먹는 것까지 모두 조심시키느라 정신을 쏟았다.

어려운 선상 생활 중에 즐거운 시간도 있었다. 학병으로 끌려갔다 해방 후 광복군에 편성돼 이 배편으로 귀국하는 청년들이 있었다. 그들은 모두 견장, 계급장이 떨어진 군복을 입고 있었다. 그런데 이들이 연극을 공연한다는 것이었다. 어떻게 지니고 있었는지 아코디언도 있었고, 나팔도 여러 개 있었다. 선실 한 귀퉁이에 가설무대를 설치하고 연극을 했다. 젊은이들이 극본까지 손수 썼는데 사랑의 신파극이었다. 무대 장치도 그들이 종이로 만든 엉성한 배경이었지만 어찌나 연기를 잘하는지 한 시간 이상 재미있는 연극을 관람했다.

스토리는 사랑하는 젊은 대학생 남녀가 일제의 전시 동원으로 각각 학병과 정신대로 끌려가는 과정을 생생하게 묘사했다. 일제강점기에 나라가 불행해 사랑이 허물어지는 상황에서 다시 사랑의 위대함이 살아난다는 희망적 비극이었다.

연극 중에서 예쁘장한 청년이 여장을 하고 열연하는 모습에 관중이 모두 놀랐다. 극중에서 "물어보자 물어봐 삼천궁녀 간 곳 어디냐?"라는 노래를 항일 의식을 고취하는 가사로 바꿔서 주인공 남녀가 불렀다. 그 애절한 장면을 잊을 수 없다. 연극 끝머리엔 출연진이 모두 나와 귀국선 노래를 선창했다. 그러자 승객들도 모두 일어나 따라 불렀다.

나는 참으로 놀랐다. 언제 이 노래를 모든 사람이 익혀서 이처럼 거대한

합창을 이룰 수 있었을까? 노래는 이렇게 인간을 단합시키고 괴로움을 극복케 하는 것임을 새삼 알게 되었다.

그날 이후 나는 헌 군복을 입고 있는 학병들을 새롭게 보았다. 그들은 솔선수범하여 하선만을 기다리는 우리를 위해 봉사했다. 노인들에게 식수도 갖다주고, 아이들에게 동요도 가르치며, 부녀자들의 애로도 함께 해결해주는 친절함에 나는 인간은 근본적으로 사회적 동물이요, 상호부조론이 살아 있음을 다시 깨달았다. 아마 이런 인간의 고등 품성이 있기에 남편 주명을 비롯한 가족과 부모, 형제자매들이 모두 아나키스트가 지향하는 자유 공동사회를 꿈꾸고 이를 위해 투쟁했다는 생각도 들었다.

미군, DDT 세례로 귀국 환영?

상해를 떠난 지 사흘 만에 부산에 도착했지만 다시 일주일을 기다려서야 하선할 수 있었다. 꼭 열흘이 걸린 셈이었다. 한 가족씩 차례로 배와 항구를 잇는 선교船橋로 내려갔다. 내리자마자 미군 천막을 통과해야 했는데, 천막 안에서는 미군이 마스크로 입을 가리고 흰 가운을 입은 채 승객 한 사람씩 옷 속으로 DDT 흰 가루를 쏘아댔다. 모두 흰 가루 폭탄을 맞은 채 다음 천막으로 이동했다. 그 천막에서는 가족들 숫자대로 고향까지 가는 여비를 지급했다.

우리 가족은 부산역에서 서울 가는 기차를 탔다. 이윽고 기차가 칙칙폭폭 떠났다. 드디어 내 나라 내 강산의 풍경을 만끽하면서 기차가 서행하는 가운데 우리 가족은 행복했다. 아이들은 산이 신기했고 굴속으로 들어가면 "와!" 하고 함성을 질렀다. 부산역에서 승차할 때는 객차 통로에 여유가 있을 정도로 승객이 적당했는데 웬걸, 대구를 지나자 기차가 만원을 이루었고, 대전까지 오자 자리를 잡지 못한 채 서거나 의자 팔걸이에 엉거주춤 걸친 승객들로 초만원이 되었다. 아이들이 배가 고프다고 하여 김밥, 떡, 과일, 군밤, 보리차 등을 행상으로부터 창문으로 겨우 사서 먹을 수 있었다.

하지만 승객이 꽉 차다 보니 운신이나 이동은 불가능했다. 자연히 용변이 문제였다. 부산서 아침 10시 출발해서 역마다 손님을 태우고 서울까지 오는 완행열차다 보니 무려 10시간이 걸렸다. 종무와 종원은 창으로 기어 내려가 역사에서 용변을 보았지만 종찬은 내리지 못해 참았던 용변을 창문에서 하의를 내리고 해결했다. 그 창문으로 종원이 기어오르느라 상의 앞자락이 똥 범벅이 되었다. 할 수 없이 꼭 싸서 배낭에 처넣고 다른 옷을 꺼내 갈아입혔다.

이런 난리 속에 밤 8시 서울역에 도착했다. 주명과 큰아들 종무가 달려가 마차꾼을 불렀다. 역사에서 오래 기다린 끝에 화물칸에서 짐을 찾아 마차에 싣고 나서는데 남대문이 보였다. 어찌나 반가운지 한동안 서서 아이들에게 이곳이 서울의 관문 남대문임을 알려주었다.

우리 가족은 남대문 근처의 한 여관을 찾아가 방을 잡고 당장 오물 묻은 옷을 빨면서 아이들은 모두 목욕하도록 했다. 한밤중이라 배고프다는 아이들을 위해 여관에 밥을 차려달라고 할 수는 없었다. 근처 남대문시장에 마침 불이 켜진 떡집이 있어 간신히 떡을 사 와서 아이들에게 먹이고 재웠다. 이런저런 일을 치르느라 사실상 뜬눈으로 고국에서의 첫 밤을 새웠다.

이튿날 아침 주명이 일찍 나갔다. 오전 10시경 남직 오빠와 함께 왔다. 오빠를 보자 왈칵 눈물이 쏟아졌다. 반갑기도 했고 무엇보다 '이제 살았다' 하는 안도감 때문이었을 것이다.

검은 자동차 두 대에 짐을 실은 뒤 우리 일곱 식구가 나누어 타고 돈암동의 오빠네로 가서 사랑채를 점령했다. 나의 삼촌 조경구趙經九 선생 내외가 반갑게 맞아주었고, 점심을 차려 먹은 뒤에는 외출했다 돌아오는 올케 이내인 여사와도 반갑게 만났다. 1934년 치료차 귀국했다 다시 상해로 갔으니 12년 만의 만남이었다. 남직 오빠도 시집간 전실 딸 증완曾琬, 후실 이내인 여사가 낳은 딸 화연花衍(1925년생), 그리고 삼 형제 광연光衍(1928년생), 중연重衍(1930년생), 웅연雄衍(1934년생) 등을 모두 불러 소개했다.

그중에서 증완은 권희창權熙昌이란 분과 결혼했는데 그는 당시 신한공사 중역이었다. 조선조의 거유 문순공文純公 수암 권상하遂庵 權尙夏의 후손으로 부친은 독립운동가 권명상權命相 선생이셨다. 부친이 독립운동하느라 아들을 돌보지 못해 어렵게 성장했다. 그러나 권희창은 담대하여 총독부 정무총감의 출근길을 막고서 공부시켜 달라고 호소해 일본 유학을 떠나 삼고三高를 거쳐 교토 제국대학 농학과를 졸업했다. 그리고 동양척식주식회사에 입사했다가 해방되어 동척이 신한공사로 바뀌자 그 임원이 되었다. 그의 주선으로 정현이는 곧 신한공사에 취직했다. 당시는 애국지사 후손으로 당연하다 싶었지만 지금 생각하면 큰 혜택을 본 것이었다.

요령부득의 국내 정착 과정

서울 도착 다음 날, 나는 주명과 함께 낙원동에 큰 집을 빌려 유하시는 시숙부 성재장을 찾아 귀국 인사를 했다. 그 댁에는 셋째 이철영 시숙부님 가족이 북에서 월남해 그 댁 삼 형제 가족과 상해에서 귀국한 규훈 가족 등이 모두 모여 살아 복잡했다. 나는 친정 덕분에 그런 신세를 지지 않은 게 다행스러웠다.

나는 그날 이후 운현궁으로 외숙모님도 찾아 인사했다. 10년 전 그분 덕분에 나는 상해에서 포석로 집을 장만하고 굶지 않고 살아온 것을 늘 다행스럽게 생각하고 있었다.

"이제 무사히 귀국했으니 참으로 다행한 일이다."

"숙모님 덕으로 잘 지내고 왔습니다."

"애국 운동 한 가족에게는 무슨 배려가 있느냐?"

"애국지사 가족이 하나둘입니까, 배려가 있을 수 없죠. 더구나 미군정이고 우리 정부도 아니지 않습니까?"

"그러면 내가 이왕직에 이르마. 윤 대비마마(순정효황후, 1894~1966년)에겐 인사했느냐?"

"아직 안 했습니다."

그분에겐 앞으로도 인사할 의향이 없었지만, 그 말을 입 밖에 내지는 않았다.

"윤 대비마마의 오빠가 지금 이왕직 장관으로 계셔서 하는 말이다."

나는 외숙모의 말을 들으면서 속으로는 '윤씨 일족이 아직도 판을 치나?' 의아하게 생각했다. 그런 속마음도 모르고 외숙모는 설명을 계속했다. "윤홍섭尹弘燮[1]이라는 분이다. 그분도 독립운동했다는데 한번 찾아가 보라"고 말씀하셨다. 그러나 나는 그렇게 하겠다고 대답하고서도 그에게 찾아가 구차스럽게 구황실 재산 가운데 가옥 하나를 할양받을 의향이 별로 없었다. 이런 성격이 나의 약점이라고 할 수도 있었다.

우리 가족은 남직 오빠네에서 보름 정도 있다가 창덕궁 앞의 와룡동에 있던 주명의 친구 서병조徐丙祚 선생 댁의 별채를 얻어 새살림을 시작했다. 1946년 미군정하의 경제가 피폐하고 모든 게 부족한 상황에서 새살림은 참으로 어려웠다. 다행히도 정현이 취직하여 월급을 받는 것이 큰 보탬이 되었다. 그해 여름을 다 지날 무렵 서병조 선생이 자기의 소실이 살던 창신동 작은

---

1 윤홍섭은 윤택영의 아들이자 윤 대비의 오빠였다. 신익희와 함께 일본 유학을 했으며 그에게 학비를 보조해 준 사이이기도 했다. 나중에 도미 유학해 박사학위를 받았다. 해방 이후 한국민주당에 입당했고 영어에 능통하여 미군정 시절에 구황실재산관리청 장관을 지냈다.

집이 있으니 그리 가서 당분간 지내라고 호의를 베풀어 겨우 숨통이 트였다.

창신동으로 이사하면서 주명은 큰아들 종무를 백낙준 연희대 총장에게 데리고 갔다. 종무가 상해에서 성방제학교에 다녔다고 하자 백 총장은 영어로 종무와 몇 마디 대화하더니 바로 영문과로 입학시켰다. 그리고 종원은 주명이 인촌 선생을 찾아가 중앙중학교에 입학시킬 수 있었다. 종찬은 동네의 창신국민학교에 입학했다. 이제 아이들의 학업 문제는 해결되었다.

그사이에 구황실재산관리청의 배려로 규훈 씨네는 이화동 궁재산의 문간채를 얻어 새살림을 시작했다. 규훈 씨 댁이 조완순趙完順이고, 내 이모부 조경호(흥선대원군의 큰사위)의 손녀였기 때문에 차례가 온 것이라고 했다. 나는 요청하지 않았으나 관리청에서 연락이 왔다. 박동궁礡洞宮2의 별채를 나에게 배려하겠다는 것이었다. 주명과 같이 가서 보니 작은 기와집이었다. 서울의 중심 지역이어서 작지만 그런 대로 만족하고 이사할 준비를 했다.

그런데 얼마 후 관리청에서 다시 연락이 왔다. 누하동에 옛 마구馬具 보관하던 작은 집이 있는데 그곳으로 바뀌었다는 것이다. 가서 보고 나는 실망했다. 이는 집이라기보다 마구간 같았다. 그래서 알아본즉, 윤홍섭 장관이 박동 집을 자기 아우에게 빼돌리고 누하동으로 바꿔치기했다는 것이었다. 나는 입주하기를 거부했다. 그리고 운현궁 외숙모를 찾아가 항의했다.

"나라를 망하게 한 장본인들이 아직도 황실 재산을 자기들 것처럼 마음대로 해도 됩니까?"

외숙모님이 나에게 참으라며 다시 조정했다. 그리고 나에게 공덕동3에

---

2 종로구 수송동과 조계사 사이에 박동(礡洞)이라는 지역이 있었고, 그곳에 있던 왕실 가옥을 가리킨다.
3 당시 주소는 마포구 염리동(鹽里洞)이었다.

대원위 대감의 별저가 있는데 그리로 가라고 했다. 다시 주명과 함께 전차를 타고 걷고 해서 공덕리 별저를 찾아갔다. 능묘가 있었고, 그 앞에 큰 궁궐 같은 집을 보고 너무 과분하다고 생각했다.[4] 별저 옆에는 연못이 있어 연꽃이 만발했고 그 향내가 진동하여 그렇게 좋을 수가 없었다. 별저에 들어서니 아래채는 관리인들이 살고 있지만 본채 아소당我笑堂은 운현궁의 노안당老安堂이나 다름없었다. 방도 여러 개 있었다. 숙모님이 나를 위해 특별히 배려한 집이었다.

하지만 이 대원군 별저는 우리 소유가 될 수 있는 것이 아니었다. 그것은 일시 들어가 사는 집이었을 뿐이다. 당초 이왕직에서 배려했던 집은 자기 소유로 될 수 있는 집이었는데 그런 사정도 모르고 대원군 별저로 갔던 것이다. 그만큼 사회 물정에 어두웠다.

공덕리 대원군 별저의 '대가족' 생활

대원군 별저로 가기로 결정되자 당시 집이 없던 일가들이 모두 그곳에서 함께 살며 "생계를 같이하자"고 요청하고 나섰다. 우선 시어머님, 시동생 규창-규동 형제와 함께 살기로 했다. 어느 날 처음 보는 시누이 규남圭南 가족도 나타났다. 고희준高熙俊과 결혼하여 딸 둘에 아들 다섯을 둔 대가족인데 집이 없다는 것이었다. 우리 가족이 방 세 개, 시어머님이 방 세 개, 시누이 대가족이 방 세 개를 차지하게 되었다. 그런데 시어머님은 부친 이덕규李惪珪 선생이 계셔서 그 노인을 모셔야 된다고 하여 다시 방 하나를 더 차지하셨다.

---

4 대원군 별저의 규모가 얼마나 컸던지 그곳은 그 후 동도중학교에 팔려 학교 부지가 되었다.

▲ 서울 마포구 공덕리의 과거 대원군 별저.

이렇게 우리 집은 시어머님과 시동생·시누이들과 함께 큰살림을 하게 되었다. 큰 시동생 규창은 어렸을 때부터 나를 따라서 귀여워했는데 상해에서 왜놈 밀정 이용로를 처단하고 체포되어 1935년부터 해방 때까지 꼬박 10년을 옥살이했다. 또 작은시동생은 아버지 우당장을 뵐 기회가 없었다. 그는 해방 후 시어머님을 모시고 길림성 신경新京(지금의 장춘長春)에서 귀국했다. 완전히 대가족이었다.

그러는 사이에 대한민국 정부가 수립되었다. 규창 시동생은 감찰위원회 조사관으로 임명됐고, 규동 시동생은 시아버님의 아나키스트 동지 김남해 씨가 경영하는 보옥장寶玉藏이라는 귀금속점에 취업해 일하면서 성균관대학에 다녔다. 수입에 비해 지출이 많기는 했지만 근근이 생활은 꾸려나갈 수 있었다.

그러던 차에 1947년 규창 시동생의 결혼일이 결정됐다. 그는 일제 형무소에서 독립운동가 무기징역수 정이형鄭伊衡(1879~1956년) 선생을 만나 그를 극진히 모셨다. 당시 정 선생은 슬하에 딸 문경文卿을 두었는데 그 딸이 매달 광주형무소로 면회 오는 것을 유일한 낙으로 살았다.

정이형 선생은 삭막한 감방 안에서 자신을 극진히 모시는 규창에게 기약 없는 언약을 했다.

"만약 좋은 세상이 되면 자네를 사위 삼겠네."

언제 일제가 패망할지, 언제 새로운 세상이 될지 전혀 기약할 수 없는 때였지만 정 선생의 딸이 면회를 다녀가면 정 선생도 행복했고 규창도 덩달아 신이 나곤 했다.

마침내 해방이 되었다. 규창 도련님은 정이형 선생께 약속을 지키라고 채근하지 않았지만 정 선생은 약속대로 규창과 딸의 결혼을 허락했다. 그래서 1947년 공덕리 대원군 별저의 대청마루에서 혼례식이 거행됐다. 피로연도 별저의 넓은 방에서 넉넉하고 호사스럽게 치렀다. 모두 부러워했다. 결혼 후 얼마 있다가 규창은 감찰위원회 관사를 얻어 분가했다.

우리 가족은 상해에서 갖고 온 돈과 정현이 신한공사에서 받는 월급으로 살았다. 주명은 매일 바쁘지만 살림살이엔 무능하고 무관심했다. 자연히 살림은 늘 달랑달랑 부족하고 불안했다. 그러던 어느 날 시어머님은 나를 불러 살림을 따로 하자고 요구했다. 내가 얻은 집에 살면서 살림은 따로 하자는 제의에 솔직히 당황하고 불쾌했다. 부득이 공덕리 별저에서 따로 부엌을 쓰다가 시어머님도 규창의 관사로 합솔해 나갔다.

고高 씨에게 시집간 시누이도 부녀가 취직되어 나름대로 잘 살아가고 있었다. 우리 가족만 고립된 격이었다. 여기에 또 일이 생겼다. 연희대학에 들어간 종무가 말썽이었다. 해방 정국의 학생들은 공부는 제쳐두고 정치운동 하느라 부산했다. 고대에서는 이철승李哲承이 우두머리가 된 전국학생총연맹을 중심으로 움직였고, 연대에서는 박갑득朴甲得이 우두머리가 되어 전국건설학생연맹을 조직해 자웅을 겨루었다. 종무는 학생운동에 정신이 팔려 못 먹는 술까지 마시며 학생운동으로 나날을 보냈다. 어떤 날은 얼굴에 피가 낭자하여 들어왔고, 어떤 날은 옷이 마구 찢겨서 들어왔다. 좌우 학생들 간의 충돌 때문이었을 것이다. 불안해서 좀처럼 마음을 가라앉힐 수가 없었다.

종무의 군 입대

나는 당시 헌병사령관이던 장흥張興 장군을 찾아갔다. 장 장군은 1930년대 상해 시절에 중국군 장교였고, 부인 김순경과 결혼할 때에는 우리와 애인리 한 동리에서 살았다. 김순경은 나와 자매처럼 가까워서 결혼을 앞두고 여러 가지 애로 사항을 의논한 처지였다. 1932년 윤봉길 대의거 이후 그는 상해를 떠나 장 장군과 함께 중국군 가족으로서 옮겨 가며 살았다. 그 내외를 다시 만난 것은 해방 직후였다. 당시 장흥은 중국군 헌병 소좌로 한구漢口에 주둔해 있었다.

1948년 정부 수립 이후 장흥은 중국군 경력이 인정되어 대한민국 육군대령으로 임관했다. 우리 육군은 처음엔 군기병이라는 소규모 군경찰 병력만 두었으나 중국군 헌병 경력을 가진 장 장군이 부임하여 헌병사령부를 창설하게 되었고, 그는 준장으로 진급해 초대 헌병사령관이 되었다. 1949년 1월 서울 용산에 헌병학교도 생겼다. 바로 그 시점에 내가 장 장군을 찾아갔다.

"우리 아들이 연희대학에 다니는데 공부는 안 하고 매일 학생운동 한답시고 길거리를 헤매고 다닙니다. 장 장군이 이 아이를 맡아서 좀 훈육해서 사람 좀 만들어주세요."

"종무가 벌써 대학생이 됐나요?"

"네, 이제 갓 스물이지만 상해에서 가톨릭계 성방제학교를 다녀서 영어는 잘해요. 그래서 연희대학으로 편입했죠."

"잘됐습니다. 내가 헌병학교를 창설했지만 지금 모든 게 부족해요. 미군 도움받아 교재도 만들어야 하는데 영어 하는 사람이 부족해요. 잘됐습니다. 헌병학교에 입교시키죠. 거기서 미국헌병학교 교관들과 함께 통역도 하고 교육도 받고, 그래서 초급 장교가 되면 사령부에 데려다 미군과 연락 업무도 시키지요. 나도 영어 하는 부관을 두게 되니 잘됐습니다."

그 말을 듣고 나는 뛸 듯이 기뻤다. 장 장군 내외에게 감사 인사를 하고 돌아와 종무를 불러 당장 헌병학교 입교 준비를 하라고 일렀다. 그도 동의하여 우리 모자는 귀국 후 처음으로 장래를 기약하는 시간을 보냈다. 1949년 3월 군복을 입고 입교하는 종무를 떠나보내고 나는 한숨 돌렸다.

05

해방 정국과 우리 집

미처 못다 한 이야기가 있어 시간을 조금만 거슬러 올라가자. 1945년 11월 김구 선생을 비롯한 임시정부 요인들이 상해를 떠나 귀국한 뒤 대단히 섭섭한 소식이 따라왔다. 그때로부터 해방 정국의 이야기를 내가 이해하는 대로 조금 요약해 설명한다.

임정 요인들은 상해에 머무는 동안 고국에 도착해서 제일성으로 무엇부터 말해야 할지 며칠씩 고심했다. 서로 의논도 하고 도상 연습도 했던 것 같다. 그런데 막상 비행기가 1945년 11월 23일 오후 4시경, 고국의 김포비행장에 도착하는 순간, 창밖을 내다보니 적막했다. 미군용 차량과 비행기만 보일 뿐 인적은 찾아볼 수 없었다는 것이다.

설 땅 없는 임시정부

"이 사람들이 우리의 환국還國 소식을 국민에게 알리지 않았군!"

김구 주석뿐 아니라 노구에 함께 온 성재장, 우사 김규식 모두 똑같이 당혹스러워했다. 몇 주 전 상해 공항이 환영 인파로 인산인해를 이루던 풍경과는 너무 대조적이었다.

미군정 당국은 의식적으로 임정의 존재를 국민에게 알리지 않았던 것이다. '졸렬하군!' 임정 요인들은 허탈한 심정으로 서울 시내로 들어섰다. 김구 주석을 위해 친일 금광왕 최창학崔昌學이 자기 소유의 집 죽첨장竹添莊[1]을 내놓았다. 일단 요인들은 이날 오후 5시 반쯤 이 집으로 모였다. 그리고 일부는 충무로 한미호텔에 방을 배정받아 옮겨갔다.

그날 오후 6시 미군정 사령관 하지 장군이 짧게 라디오로 성명을 발표했다.

오늘 오후 김구 선생 일행 15명이 서울에 도착하였습니다. 오랫동안 망명하셨던 애국자 김구 선생은 개인 자격으로 서울에 돌아온 것입니다.

'대한민국임시정부'란 말은 한마디도 없었다. 이들은 '김구 선생 일행'이었을 뿐이다. 그러면서 '개인 자격'을 강조했다. 언론도 이 성명을 듣고서야 임정 요인들의 환국 소식을 알았다. 죽첨장(나중에 경교장으로 개명)으로 이승만 박사가 방문했고, 신문 기자들이 몰려들어 요인 한 사람씩 붙잡고 감상을 물었다. 그날 요인들의 소감에는 특별하달 게 없었다. 시숙 이시영 옹의 감상도 그랬다.

"36년 만에 고국에 돌아오니 오직 감개무량합니다. 특별히 감상이라든지 의견은 앞으로 차츰 이야기할 기회가 있을 터이니 오늘은 이만 양해해주기 바랍니다."

모두 조심하며 말을 아꼈다. 왜 의견이 없겠는가? 분단 조국에 대한 의

---

1 '죽첨장(竹添莊)'은 일제강점기 금광왕 최창학(崔昌學, 1891~1959년)이 금광 개발로 갑부가 된 뒤 지은 집이다. 지금의 서대문 사거리 일대와 충정로 지역이 갑신정변 당시 일본 공사 다케조에 신이치로(竹添進一郎)의 이름을 따서 일제강점기에 '죽첨정(竹添町)'이 되었고, 최창학의 집이 그 구역에 있어 '죽첨장'으로 불렸다. 광복 후엔 이 지역에 있는 다리 이름 '경교(京橋)'를 따서 '경교장(京橋莊)'으로 바뀌었다.

▲ 임시정부 요인들이 제1진과 제2진으로 나뉘어 귀국한 뒤 1945년 12월 6일 경교장에 모두 함께 모여 귀국 기념사진을 남겼다.

견, 미군정이 일본총독부 대신 들어선 데 대한 의견, 임시정부가 완전히 무시되고 '개인 자격'으로 환국할 수밖에 없었던 상황에 대한 의견 등 말할 것은 이루 다 셀 수 없었지만 이들은 말할 입장이 아니었다.

임정 요인들이 중국의 중경을 떠날 때 미군 측은 '개인 자격'의 귀국임을 유난히 강조했고 서약서까지 쓰라고 강요했다. 임정의 존재는 이제부터 없는 것으로 하자는 말이었다. 그 흉악한 일제하에서도 임정이 중심이 되어 대일 항쟁을 했는데 이제부터 임정이란 존재가 없다니 …. 그런데 서약서 안 쓰면 비행기를 내주지 않는다니 …. 이런 모욕을 받고 군용기 좌석을 겨우 얻어 환국했다는 사실을 나도 사후에야 알았다. 미군은 30여 년 일본에 항거해 싸운 분들에게 최소한의 예의조차 베풀지 않았다. 해방됐다지만 독립운동은 아무 효과도 없고 미국에 의탁해야 살아갈 수 있는 세상이 된 것이었다. 미군이 한반도 절반을 점령하고 군정청이 정부 역할을 하는 마당에 그들에게 임시정부의 존재는 거추장스러울 뿐이었다.

38도선 이남을 점령한 미군은 한국에 대해 아무것도 알지 못했다. 미국 정부도 《내셔널 지오그래픽National Geographic》 잡지에 올라 있는 지도를 보고 38선을 그을 정도로 한국에 대해 무지했다. 그런 판에 임시정부의 존재를 알 리는 더욱 없었다. 야전에서 군사작전만 지휘해 온 하지 장군이 특히 그랬다.

임시정부 요인들은 이렇게 생각지도 않은 38선이 그어져 남북으로 갈라진 조국에 온 것이다. 이북은 소련군 점령하에 있어서 김구 주석은 황해도 선산에 성묘조차 갈 길이 없었다.

"이건 해방된 나라도 아니고, 독립된 나라도 전혀 아니군 ….."

"미국에서 이승만 박사가 얄타 밀약으로 일본 대신 한국을 분단시켰다고 폭로하셨는데 그게 사실이야 ….."

미소 양군이 점령한 것도 슬픈데 민심도 양쪽 군대의 비위를 맞추듯 이념적으로 갈렸다. 북쪽은 완전히 공산당 치하로 바뀌어가고 있었다. 처음엔 고당 조만식古堂 曺晩植처럼 일생을 변절하지 않고 꿋꿋이 일제와 싸운 분들이 나라를 바로 세우려 준비했었다. 하지만 어느 틈에 그분은 소련군에 의해 밀려나고 공산당이 앞세운 김일성 판이 되어가고 있었다.

그런가 하면, 남쪽에서는 여운형이 건국준비위원회를 조직해 일제로부터 정권을 인수한다고 분주했다. 하지만 미군이 들어오면서 그의 존재는 완전히 무시됐다. 일제 총독부하에서도 그는 신문사 사장으로 편치 않은 생활을 했는데, 해방 직전 총독부는 그를 이용코자 했다. 전쟁이 일본의 패전으로 끝나면 자칫 조선의 일본인들이 피해를 볼까 봐 그에게 치안 수습을 의뢰했다. 여운형은 이를 호기라 생각하고 단숨에 건국준비위원회(건준)를 전국적으로 조직했다. 이어 미군이 진주하기 전에 조선인민공화국(인공)을 세워 이를 기정사실화하려 했다.

그러나 미국이 그리 어수룩한가? 미군은 일본군으로부터 정식 항복을 받을 때까지 치안을 일본군에 맡긴다고 발표했다. 그날로 일본은 여운형과의 약속을 어기고, 모든 정치 활동을 중지시켰다. 여운형은 일본 측에, 또 미군 측에 이중으로 배신을 당한 셈이었다.

끓어오른 반탁운동 … "지금이 기회다!"

남북에 진주한 미소 양군 모두에 대해 임정 요인들은 못마땅해했다. 한반도에서 일본이 물러나면 카이로 선언에 따라 한국의 독립이 최우선적으로 이뤄져야 마땅했다. 그러나 현실은 미군과 소련군이 '일본군의 무장을 해제한다'는 구실로 상륙해 점령군 역할을 톡톡히 했다. 원래 독립이란 멀고도 험한 것임을 모르는 바 아니었다. 어쩌면 다시 독립운동을 전개해야 자주적 민족 역량으로 조국의 분단을 막고 통일 정부를 세울 수 있지 않을까 생각하기도 했다.

그러던 차에, 1945년 12월 27일 모스크바에서 미국, 영국, 소련 세 나라 외무장관이 모여 한국을 즉각 독립시키지 않고 최소 5년간 신탁통치 하는 방안에 합의했다는 보도가 나왔다. 일순 자주독립은 물거품이 되고 국민 모두가 절망의 나락으로 굴러떨어지는 심정이었다.

최초 보도는 《동아일보》였다. 1945년 12월 27일 자에 "소련은 신탁통치 주장, 소련의 구실은 38선 분할점령, 미국은 즉시독립 주장"이라고 보도했다. 한국 언론 역사상 가장 큰 오보 가운데 하나였지만 당시엔 아무도 정확한 사정을 몰랐다. 상해에서 이 소식을 들은 우리는 혼란스러웠고, 서울에 도착하여 임정을 새롭게 꾸미려는 김구 주석은 피가 끓었다. 전후좌우 가리지 않고 '이것이 기회다!'라는 판단으로 전 국민적 반탁운동을 일으켜 일거에 정권을 접수하고자 시도했다.

12월 28일 김구는 즉각 '탁치 반대 국민총동원령'을 내렸다. 상당수 국민이 이에 따랐다. 다음 날부터 전국이 철시하고 거의 모든 직장인이 출근하지 않았다. 경찰관까지 동조했다. 미군은 비상령을 내렸다. 이런 상황에서 박헌영의 공산당도 처음엔 '신탁통치 반대' 대열에 섰다.

상황이 가파르게 전개되던 12월 29일, 오보로 전국을 흥분의 도가니로 만든 《동아일보》의 사장 송진우가 "신문 기사만 보고 정책 결정하는 것은 위험하니 모스크바의 정식 결의 내용을 문서로 받아보고 '탁치 반대'를 결정해도 늦지 않다"고 신중론을 제안했다. 문제가 된 신문사의 사장이 신문 보도만 믿지 말라니 얼마나 신중한 충언인가? 그러나 반탁운동이 막 끓어오르는 흥분된 상황에서는 합리적인 신중론이 설득력을 갖기는커녕 신탁통치 관철을 위한 '시간 끌기용 더듬수'라는 오해를 받게 되었다. 한민당 대표이기도 한 송진우는 그다음 날 새벽에 암살당했다. 이성을 잃은 짓이자, 해방 정국에서 큰 역할을 할 지도자를 한순간에 희생시킨 폭거였다.

주명은 상해에서 송진우가 암살됐다는 소식을 전해 듣고 크게 개탄했다. 우리 가족이 중국 망명 중일 때, 고인은 말없이 많은 도움을 베풀었다. 그런 인정도 가슴에 남아 있었겠지만 그보다는 일제에서 해방된 판에 첫 번째 정치 테러가 하필 송진우를 겨냥했다니 너무 잔혹하다는 것이었다. 주명은 누구를 겨냥한 것인지는 알 수 없으나 이렇게 중얼거렸다.

"경거망동한 놈들의 짓이로군 …."

1946년 새해 첫날 조선공산당은 반탁 대열에서 한 발 뺐다. "탁치 문제는 국제 정세를 면밀히 분석하고 민족통일전선을 공고히 하면서 신중하게 전개하자"고 운을 뗐다. 2일에는 노골적으로 "연합국 3국이 우의적 협력으로 신탁통치에 합의했는데 이를 위임통치라 왜곡하고 연합국에 적대하며 대중을 기만하는 김구 일파의 반탁운동은 극히 위험한 결과를 초래할 것"이라고 칼끝을 분명히 임정 측에 겨눴다. 그리고 찬탁으로 돌아서면서 김구에게 모든 책임을 뒤집어씌웠다.

백범이 환국 이후 임시정부 판공실장으로 기용한 신현상申鉉商(1905~1950년)이라는 강직한 투사가 있었다. 우당장도 생전에 크게 신뢰한 젊은이였다. 1930년 아나키스트 독립운동을 돕기 위한 호서은행 사건[2]으로 일본 경찰에 체포돼 옥살이했던 분이다. 해방 후 갓 환국한 김구가 국내 사정에 어두울 것을 감안해 심산 김창숙이 그를 판공실장으로 천거했다. 새해 1월 신현상은 경교장에 진을 치고 있는 지지 학생들 가운데 가장 열성적이고 기지가 있는 연대생 최중하崔重夏를 불러 북한에 갔다 오라고 명했다.

"지금은 신탁통치를 반대하는 전 국민적 운동이 필요한 때 아닌가? 그런데 공산당이 '찬탁'으로 하루아침에 표변했다. 그러니 '반탁'에 북한 지역의 적극 호응이 있어야 한다. 최 동지가 38선 너머 평양에 가서 조만식 선생을 찾아뵙고 김구 주석의 밀서를 전달해야겠네."

"제가요? 이런 중요한 일을 저에게 맡기시니 감사합니다. 평양 지리에 밝고 조만식 선생과도 인연이 있는 북한 출신 동지가 있습니다. 동행해서 다녀오겠습니다."

최중하 일행은 단숨에 38선 넘어 평양에 가서 조만식에게 밀서를 전달했다. 조만식은 그날로 신탁통치 반대 성명을 냈다. 이로 인해 조선민주당 당수직에서 밀려나 소련군에 연금까지 되었다. 조만식을 제거한 후 소련군은 2월 8일 북조선 임시인민위원회를 결성하고 김일성이란 앞잡이를 그 위원장으로 선임했다. 임시위원회는 말이 '임시'이지 사실상 북한 전역을 총괄하는 중앙행정기관이었다. 분단 상황에서 북쪽은 벌써 단독정부 수립 작

2　1930년 2월 신현상(申鉉商)과 최석영(崔錫榮)이 양곡 거래 조건으로 호서은행 본점과 지점에서 15회에 걸쳐 자금을 꺼내 무정부주의 운동 자금으로 쓰다 일본 경찰에 체포된 사건이다.

업에 들어선 것이나 다름없었다. 소련은 직접 군정 통치를 하지 않고 임시 인민위원회를 앞세우는 간접통치 방식으로 북한을 지배했다.

이에 반해 남한에서는 미군이 군정청을 세우고 직접 통치했다. 외견상 소련이 미국보다 식민통치 청산에 앞장선 인상을 주었다. 그리고 미군정이 신탁통치를 강행하는 것으로 보였다. 남한 지역의 탁치반대운동이 외세에 대한 저항으로 보였다. 그러나 북한에서는 어림없는 소리였다. 소련군의 철권통치로 탁치반대운동은 전면 금지되었다.

우리 가족 귀국 무렵의 정치 상황

이렇게 어지러운 시기인 1946년 5월, 우리 가족이 귀국했던 것이다. 어수선한 해방 정국에서 어떤 방향이 옳은지 알기도 어려웠다. 모든 게 어리 벙벙했다. 내가 상해에서 생각한 정치는 아주 단순한 것이었다. 대한민국 임시정부가 귀국하면 '임시' 두 자가 빠지고 바로 '정식' 정부로 바뀔 것으로만 생각했다. 그런데 귀국해 보니 그게 아니었다. 일본은 물러갔지만 그 자리에 미군이 들어서서 임정은 맥도 못 추는 존재가 되어 있었다. 게다가 국민과 정국은 사상적으로 심각하게 분열되어 있었다.

나와 주명은 가장 먼저 낙원동으로 성재장께 인사를 갔고, 또 충무로 한 미호텔에 묵고 있는 나의 당숙 우천장께도 인사차 갔다. 하지만 사정을 살펴보니 그분들은 국정을 책임지기는커녕 겉돌고 있었다. 경교장에도 인사차 갔더니 김구 주석 이하 요인들이 분주하게 회합을 하고 있긴 했지만 그역시 책임 있는 위치에 있지 않았다. 벌써 김구 주석과 노선을 달리한 약산 김원봉, 장건상, 성주식 같은 분들은 발길을 끊었다고 했다. 그동안 신탁통치 문제로 임시정부마저 서로 감정이 날카로워져 갈라선 것이었다. 이렇게 정국 돌아가는 꼴을 본 주명과 나는 상해에서 가졌던 모든 희망이 일시에 사라지는 것 같았다.

돈암동 남직 오빠네에서 신세 지고 있을 때, 이웃 유석 조병옥維石 趙炳玉 댁은 유난히 활력을 보였다. 군정청 경무부장이 보통 자리는 아니었던 모양이다. 들락날락하는 사람들이 많았다. 미국에 유학해 영어에 능통하고 군정청과 통해야 새 권력을 잡는 것이 분명했다.

해외에서 귀국한 김구 주석의 한국독립당(한독당)보다는 미군정에 적극 협조하는 한국민주당(한민당)이 주류 정치를 주름잡아가고 있었다. 미군정은 조병옥을 경무부장에, 영국에 유학했다는 장택상張澤相3을 경찰 고위직에 임명했다. 해방 정국에서 가장 힘 있는 두 사람이었다. 이들은 당장 치안을 유지한다는 이유로 경험 있는 일제 경찰들을 그대로 기용했다. 사실 독립운동가를 가장 많이 괴롭힌 일제 특고경찰 노덕술盧德述을 특별 채용한 사람도 장택상이었다. 솔직히 장택상은 그 부친 때부터 친일파가 아니었나?

"일제하에서 국민들을 괴롭힌 친일 경찰들을 왜 그대로 쓰느냐?"고 항의하는 우국지사들에게 조병옥은 이렇게 설명했다.

"그들은 Pro Jap이 아니라 Pro Job입니다."

미국 유학파다운 말장난이었는데, 그들이 '친일親日' 한 것이 아니라 '친업親業', 즉 호구지책으로 일제 경찰 노릇을 했다는 변명이었다.

1946년 7월 6일의 일이었다. 우리 가족이 귀국한 지 얼마 안 되어, 김구

---

3 장택상은 경북 칠곡 출신으로, 그의 부친 장승원(張承遠)은 애국지사 박상진(朴尙鎭, 1884~1921년)의 손에 죽을 정도로 친일적인 인물이었다. 장택상은 이승만 초대 내각에서 내무부 장관으로 기용될 것을 기대했으나 군정 시절 수도경찰청장으로 악명을 떨치는 바람에 이 대통령은 그를 외무부 장관으로 기용했다. 그 후 제1공화국 때 국회 부의장으로 있으면서 발췌개헌으로 이승만 장기 집권을 도왔고 총리까지 올랐다. 가계상의 원한 때문인지 임정 요인들에게 적의를 갖고 있었다.

주석의 특별 명령으로 일본에서 처형된 윤봉길, 이봉창, 백정기 3의사의 유해가 일본에서 봉송되어 왔다. 재일교포들이 정성 들여 찾아낸 유해들이 서울로 옮겨졌는데 종로의 태고사太古寺(현 조계사)에서 국민장이 거행됐다. 대한민국임시정부가 주최하는 큰 행사였다. 주명과 나도 아이들을 데리고 식장으로 갔다. 우리 가족은 단하 맨 앞자리에 자리 잡았다.

그런데 여운형 선생이 단상이 아니라 단하의 한구석에 앉아 있었다. 나와 주명은 그에게 가서 인사드리고 단상으로 올라가시라고 권했는데도 그분은 "여기가 편하고 좋아요"라며 한사코 사양했다. 그때 나는 이분이 임정 요인들과 어울리기를 꺼린다는 느낌을 받았다.[4] 그때만 해도 반탁 정국에서 김구 주석의 정치적 입지는 절정에 있는 듯했다. 여운형이 권력 정상의 김구를 좋아하지 않는 것은 이해할 수 있었다.

정읍 발언의 맥락과 파장

그 무렵이던 1946년 2월 8일, 북한에서는 임시인민위원회 주도로 토지 개혁이 단행됐다. 본격적인 소련식 사회주의 방식인 '무상몰수 무상분배'라고 했다. 이를 기화로 북한에 땅마지기라도 갖고 있던 사람들은 모두 땅

4　여운형이 단상에 오르기를 사양한 것은 임정 요인들과의 불화 때문은 아니었다. 그가 1946년 초 북한을 방문해 소련군 로마넨코 장군을 만났는데 그는 여운형에게 이렇게 주문했다. "당신이 이승만이나 김구와 함께 앉아 있는 것은 어울리지 않습니다. 왜냐하면 그들은 인민들 사이에서 인기가 없기 때문입니다. 그들은 당신에게 낮은 의자를 권하면서 자신들은 안락의자에 앉기를 원합니다. 당신은 조선 인민들이 지지하는 다른 민주주의적인 인사들과 동일한 대열에 있어야 하며 당신들의 나라를 '미국의 상품'으로 인도하는 자들과 함께해서는 안 됩니다." 이정식, 『여운형: 시대와 사상을 초월한 융화주의자』(서울대학교출판부, 2008), 615쪽.

을 빼앗겼다. 그리고 '악질 지주'라는 이름으로 철퇴가 가해지자 이들은 이를 피해서 줄지어 남한으로 내려왔다.

당시 북한은 이미 단독정부라도 수립된 것처럼 임시인민위원회의 권한으로 사회주의 경제정책의 기본인 '토지개혁'과 '산업국유화' 조치까지 단행했다. 사실 정부가 수립되기도 전에 소련 주둔군의 입장에서 이런 국가의 기본 정책을 시행할 수는 없는 일이었다. 여운형은 북한 측 집권 세력에게 통일 정부가 수립될 때 오히려 문제를 복잡하게 할 수도 있다는 점을 지적하며 중단을 요구했지만 묵살됐다. 북한은 분명히 일방적으로 북한 전역을 사회주의 소비에트화하는 작업을 서둘러 추진했던 것이다.

이를 보다 못한 이승만 박사가 지방 순회 중이던 1946년 6월 3일 전북 정읍에서 강연을 했다.

"이제 우리는 … 통일 정부를 고대하나 여의케 되지 않으니 남방만이라도 임시정부 혹은 위원회 같은 것을 조직하여 38이북에서 소련을 철퇴하도록 세계 공론에 호소하여야 합니다."

이승만 박사의 이 발언은 38선 이북에서 임시인민위원회 이름으로 벌어지는 권력 행사를 의식해 남한에도 정부를 세우든가 아니면 북한과 비슷한 위원회를 조직해야겠다는 것이었다. 북한의 소비에트화 작업을 배후에서 조종하는 소련군의 월권을 규탄하는 제안이기도 했다. 이승만은 이런 언명을 미군정 당국이 찬성할 것이라고 기대하지 않았다. 일종의 간보기 탐색이었고, 치고 빠지는 발언이었다. 그런데 좌익 측은 이승만의 발언이 미국과 짜고 한반도 분열을 책동하는 음모라고 보았고, 그에 대해 '단정 수립을 주장하는 민족분열주의자'라고 비난했다. 이승만의 '정읍 발언'은 역사책에도 한반도를 분열시킨 원죄처럼 기록되어 있다.

하여튼 모스크바 삼상회의의 합의 사항인 신탁통치를 실현하기 위한 미소공동위원회는 전혀 진척이 없고 남북이 각각 단독정부 수립을 향해 가고 있는 것이 분명했다. 신탁통치안은 사실상 물 건너간 것과 다름없었다. 더욱이 북한에서는 노골적으로 단독정부 수립 작업이 진행되고 있었다. 미군정 측에서 볼 때에도 이대로 가다가는 남북이 영구 분단되는데 그 책임을 미군정이 지게 되었다. 이런 우려에서 하지 장군의 정치 보좌진들은 남북 대화는 아닐지라도 좌우로 갈라진 정치지도자들이 모여서 합작 대화는 할 필요가 있겠다고 생각했다.

이래서 여운형과 김규식을 중심으로 이른바 중간파들의 좌우합작운동이 시작됐다. 하지만 우파도, 좌파도 이를 환영하지 않았다. 이승만과 김구는 군정청이 뒷받침하니 노골적으로 반대하진 않았지만 시큰둥했고, 박헌영은 여운형이 미국에 이용당하고 있다고 노골적으로 비난했다.

좌우합작으로 여러 가지 변화가 생겼다. 우선 임정 측에서 김규식을 필두로 김붕준, 최동오崔東旿 등이 이탈했다. 김구는 점점 고립되어 갔다. 미군정 당국은 좌우합작을 후원하고 있었지만 그것은 어디까지나 이를 신탁통치로 가는 미소공위 틀 속에 넣기 위한 전초 단계로 보았기 때문이다. 하지만 김규식이나 여운형의 생각은 달랐다. 그들은 좌우합작이 성공하면 그 결과를 놓고 북에 있는 김일성·김두봉과도 협상을 벌여 통일 정부 수립으로 가고자 했다. 이렇듯 모두가 동상이몽으로 이루어진 좌우합작이 제대로 갈 리 없었다.

한편 이승만 박사는 국제 정세 파악에서는 가장 앞선 분이었다. 그는 이미 동유럽권에 '철의 장막'이 처졌다는 처칠 영국 수상의 연설을 중시했다. 냉전 시대가 온다고 보았다. 동유럽 여러 나라가 민주 정부를 수립한다면서 실제로는 공산화되는 현상을 보고 긴장했다. 한국에서도 섣불리 통일 정부 찾다가 소련의 배후 조종 아래 공산화의 길로 떨어질 수 있다고 판단했다. 그래서 미군정이 밀고 있는 좌우합작론은 어리석은 짓이라고 단정하면서, 한반도의 적화 방지를 위해 미국에 가서 조야 인사들을 직접 설득하기로 결심했다. 물론 미군정 측이 이를 탐탁하게 여길 리 없었다.

그래서 그는 "1945년 말의 모스크바 3개국 합의는 성사되기 어렵다"고도 주장했다. 또 "한국민 90%가 반대하는 신탁통치를 실행하는 것은 불가능하다"는 점을 강조했다. "이제 남은 것은 더 이상 북의 공산화 작업을 막기 위해서라도 남쪽에서도 정부 수립을 서둘러야 한다"는 것이 미국을 설득하는 논리였다.

한편 북쪽에서는 소련군의 지령으로 세 개 정당을 합쳐 북조선로동당(북로당)으로 공산 계열을 단일화했다. 그리고 남쪽에서도 박헌영과 여운형이 힘을 모아 합당하라고 지시했다. 하지만 여운형은 박헌영에게 정치적으로 밀렸다. 그럴 수밖에 없는 것이 박헌영은 진짜 공산주의자이고 여운형은 진보적 민족주의자였기 때문이다. 그러나 소련군과 김일성의 요구로 여운형도 할 수 없이 합당에 동의해 남조선로동당(남로당)이 되었지만 박헌영이 주도권을 잡았다. 그 결과 여운형은 막판에 합당에 협력하지 않고 뛰쳐나가 근로인민당을 새로 창당했다.

이런 사태에 대해 주명은 "여운형은 어리석은 분이야!"라며 혀를 끌끌 찼다. 왜냐하면 남쪽 공산당을 장악한 박헌영과 대결하기 위해 그가 계속 무리수를 두어왔기 때문이다. 특히 소련이 자신을 불신한다는 점을 알면서도 김일성에게 신임을 얻고자 두 딸을 북에 인질로 보낸 것을 나는 여성으로서, 또 자녀를 기르는 어머니로서 도저히 이해할 수 없었다. 아무리 정치가 중요해도 자녀들이 희망하는 외국 유학을 포기시키고 그들의 인생을 부모의 정치 수단으로 삼아 김일성에게 보내다니 …. 얼마 후 남쪽에서 남로당은 불법화됐고, 박헌영은 월북했다.

이에 대해 여운형은 이렇게 변명했다고 한다.

"딸들이 미국 유학을 희망했지만 장덕수가 미국 유학 가서 사람 버렸듯이 우리 딸들도 그렇게 될까 봐 북으로 가서 공부하라고 한 것이요."

좌우합작운동 실패와 여운형의 암살

1947년 우리가 창신동에 살 때의 일이다. 그런데 유난히 종원이 아침저녁으로 분주했다. 이웃집에 하숙하는 대학생, 본명은 모르나 일본 이름으로 '모리森'라고 불리는 청년과 죽이 맞아 돌아다녔다. 어느 날은 아예 집에 들어오지 않고 모리와 몇몇 학생이 모여 신문 뭉치를 놓고 큰 붓으로 무엇인가 쓰느라 밤을 새운다고 했다. 아침에 일어나 보니 동네 어귀마다 신문지에 먹글씨로 쓴 방이 붙었다. "미소공위美蘇共委 성공 만세!", "소련 대표 공위참석 축하!" 등 국한문 혼용의 표어들이었다. 분명히 종원의 글씨체였다. 이를 본 주명은 화가 났다.

"공부는 안 하고 벌써 사상에 물들어 이용당하고 있구나!"

주명은 탄식조로 말했다. 그러나 그는 귀가 어두워 아들과 토론이 어려웠다. 규창 시동생에게 종원을 좀 설득해 보라고 부탁했다.

"미소공위를 단순하게 보지 마라. 미·소가 합의하면 우리나라가 통일된다고 하는데 그렇게 간단치 않다."

"그래도 우선 두 강대국이 합의해야 남북의 지도자도 대화할 수 있는 것 아닙니까?"

"그렇다고 우리나라가 당장 통일되는 게 아니고 4대국 신탁통치를 받는 수모를 당하게 된다."

"지금 미소공위를 거부하면 남북이 각각 정부를 세우고 결국 영구 분단되는 거죠. 이는 막아야 하는 것 아닌가요?"

이쯤 되면 삼촌이 어린 종원에게 토론에서 밀리는 형국이었다. 눈치 보던 주명이 끼어들었다.

"나는 어쨌든 공산당 천하가 되는 건 원치 않아. 이북은 벌써 공산당 판이 되었고, 이제 남은 건 이남인데 미소공위에서 논의되는 의제는 이남을 공산화하자는 수작이야. 이건 절대 막아야 해.”

“여운형-김규식 두 분의 합작운동이 결국 중간파로 가자는 것 아닙니까? 공산화도 아니고 그렇다고 친일파들이 우글거리는 한민당이 말하는 우익도 아닌 중간 세상을 만들자는 것으로 저는 알고 있어요. 그 길을 찬동해야죠.”

“좌우가 아닌 중용으로 가자는 것, 이론적으로는 가능할지 모르지만 현실적으론 이뤄지지 않는 꿈같은 소리야. 그건 공산당이 상투적으로 내세우는 통일전선이야.”

하지만 종원의 고집을 꺾지 못했다. 오히려 종원의 주장에 혀를 내둘렀다. 언제 저렇게 확고한 이론으로 무장했을까? 나는 신기해하면서 모리 청년의 의식화 능력도 대단하다고 생각했다.

그해 7월, 결국 좌우합작운동이 중단됐다. 혜화동 로터리에서 여운형 선생이 암살범의 총격에 쓰러진 것이다. 나는 전국을 휘젓고 다니며 독립과 통일에 노력을 아끼지 않던 여운형 선생이 가엽다고 생각했다. 해방되었다고 모두 기뻐했지만 이런 혼란을 예상이나 했을까? 그러는 사이에 벌써 민족 지도자 두 분이 분별없는 청년들의 총탄에 쓰러진 것이다.

주명도 큰 충격을 받은 것 같았다. 그리고 문득 말했다.

“성재 어른은 연세도 많지만 사실은 이런 꼴 안 보려고 정계를 떠나시겠다는 거였어.”

과연 성재장은 임시정부 국무위원 직위에서도 물러났고 반탁 대열에서 이승만과 김구 두 사람이 주동이 된 대한독립촉성국민회(독촉) 위원장직을 맡았다가 그것마저 내려놓았다.

주명은 여운형의 서거 후 그를 이렇게 평했다.

“몽양은 결단코 공산주의자가 아니야! 공산당이란 구조에 묶여 사실 분도 아니었어.”

"그분은 일생 동안 진보적 민족주의자로서 이상을 실현하고자 일을 벌였지만 아무것도 성취하지 못하고 자신과 가족만 풍비박산 냈습니다. 일생을 바쁘게 살다 가신 분이죠."

하지만 나는 주명의 말에 한 가지 더 붙였다.

"그런데도 몽양 선생은 유일하게 우당장의 고달픈 삶을 이해하는 분이셨어요. 그뿐 아니라 거침없는 우당장의 삶을 닮으려는 면도 있었어요. 임시정부가 필요하다고 처음에 주장했으면서도 그 틀에 갇히지 않고 틀 밖으로 나가 행동하는 것도 두 분이 같았어요."

'UN 감시하 총선거 실시안'의 대두

1947년 광복절이었다. 해방 2주년이었다. 일제의 지긋지긋한 압제를 생각하면 이날이 축제여야 할 터인데 광복절 기념식이 두 동강이 났다. 우익은 서울운동장에서, 좌익은 남산공원에서 따로 기념식을 열었다. 서울운동장은 서북청년단이 문을 지키고, 남산공원은 공산 계열의 이른바 민애청이 지켰다. 나는 저렇게 좌우로 갈려 으르렁거리다 시가행진으로 들어가면 폭력으로 싸움판이 벌어지지 않을까 걱정했다.

제2차 세계대전 시기에 루스벨트 대통령은 스탈린을 과도하게 신임했다. 그래서 무리한 약속을 했다. 얄타 밀약으로 소련은 북한을 점령할 수 있었다. 그러나 그가 갑작스럽게 서거(1945년 4월 12일)하고 트루먼 부통령이 정권을 맡았다. 트루먼은 달랐다. 모두가 그를 촌뜨기로 봤지만 그에겐 혜안이 있었다. 처음부터 스탈린을 불신했다.

중국에서 국공내전이 공산당 쪽으로 유리하게 확대되고, 동유럽권에서는 소련의 배후 작용으로 민주 정부가 차례로 붕괴되면서 공산 정권이 들어서는 상황에서 트루먼 대통령은 1947년 3월 이른바 트루먼 독트린[5]을 발표해 소련의 팽창 정책을 적극적으로 저지하고 나섰다.

그 연장선상에서 미국은 더 이상 미소공위의 합의로 신탁통치 과정을 거쳐 한국에 통일 정부를 수립하는 일이 불가능함을 알게 되었다. 대안으로 한국 문제를 국제연합UN으로 넘기기로 했다. 한반도에서도 미국이 결국 빈손으로 물러나 결과적으로 공산 정권이 들어서는 것 아닐까 하는 우려의 결과였다. 일종의 골육지책이라고 할 수 있었다.

좌우합작과 미소공위가 파탄 나고 중국의 국공내전 기류도 바뀌던 1947년 중반, 이북은 이미 정치·경제적으로 이질적인 사회로 바뀌어가고 있었다. 그 사회에는 공산주의자와 친공지지자들만 남았다. 친일 반민족행위자들을 축출한다는 명분 아래 마음에 들지 않는 지주, 자본가, 자산가 등을 포함해 양심적 우익 인사들까지 모조리 내쫓았다. 이렇게 사회 구조를 일당 독재식으로 변화시킨 결과 사실상 통일 정부는 불가능해졌다. 모든 자유 시민이 축출되고 광적인 공산 독재사회가 다 되었는데 통일이 되겠는가? 북한은 이미 단독정부(단정)를 수립한 것과 다름없었다. 그리고 자유선거가 아니라 흑백선거로 실질적 정부인 인민위원회를 수립했다. 그럼에도 북측은 '단독정부 수립 반대'를 선전 구호로 외치고 있었다. 이런 위장전술을 가장 잘 꿰뚫어 보는 정치인이 이승만 박사였다. 그래서 이북의 공산주의자들은 이승만에 대해 집중적으로 '단정을 주장하는 분열주의자'라고 공격했다.

당시 UN은 미국의 절대적인 영향력 아래 있었다. 이승만도 한국 문제를 UN에 넘기는 것이 가장 현명한 방안이라며 지지했다. 그리하여 미국이 UN

---

5 트루먼 독트린은 1947년 3월 12일 트루먼 미국 대통령이 의회에서 선언한 미국 외교 정책에 관한 원칙이다. 그는 공산주의 폭동으로 위협받고 있던 그리스 정부와 지중해에서 소련의 팽창으로 압력을 받고 있던 터키(현 튀르키예)에 대해 즉각적인 경제·군사 원조를 제공할 것을 선언했다.

총회에 제출한 안이 바로 'UN 감시하에 남북한 총선거로 정부를 수립하자'
는 것이었다. 예상한 대로 소련은 이에 반대했다. 미소 주둔군을 먼저 철수
하고 남북 대표에게 통일 정부 수립 문제를 일임하자고 반대 제안을 했다.
'선先정부수립·후後외국군철수'의 미국안과 '선외국군철수·후정부수립'
의 소련 안이 대립한 것이었다. 1947년 11월 14일 UN 총회의 표결 결과 미
국 안이 찬성 43표, 반대 6표, 기권 4표로 채택됐다. 후속 조치로는 1948년
3월 31일 이내에 UN 한국임시위원단UNTCOK: United Nations Temporary Commission
on Korea을 결성하고, 이 위원단의 감시 아래 한국 총선거를 실시할 것을 결
의했다.

이 위원단은 한국에 와서 1948년 1월 12일 서울 덕수궁에서 첫 총회를
열고 임무에 착수했다. 1월 24일 위원단은 북한을 방문하고자 했으나 소련
군의 거부로 실패했다. UN 총회는 다시 "선거 가능한 지역에 한해서" 선거
를 실시하라고 결정했다.

백범과 성재, 'UN 감시하 총선거안'에 이견

UN 감시하 총선거안이 현실화되면서 정치사회 전반에 큰 소용돌이가
몰려왔다. 우선 우리 집은 성재장 어른을 중심으로 이 방안을 지지했다.

그 이유는 첫째, 미·소 양군은 일본의 무장해제 목적으로 진주했지만 실제로
주둔군이 되어 통치했다. 미·소 양군은 신생 정부 탄생의 희망을 주기는커녕
오히려 한반도를 냉전의 최전선으로 만들어 남북 대결 양상을 조성했다. 이
대결과 혼란의 끝이 도대체 어디인지 알 수 없다. 빨리 정부를 세워 우리의
운명은 우리가 결정해야 한다.

둘째, 38선 이북에는 벌써 공산 정권이 들어섰다. 이제 남은 건 이남 지역

인데 '단정' 논란 자체가 어불성설이다. 이북엔 이미 단정이 세워져 있는데 새 삼스럽게 무슨 단정 시비가 있을 수 있는가? 빨리 정통성 있는 정부를 세워 이북 사회가 공산 정권의 늪에 빠져 빈사 상태로 들어가기 전에 통일 정부로 그들을 살려내는 것이 정상적인 길이다.

셋째, 김구, 조소앙, 조완구 중심의 임시정부는 그간 신탁통치를 가장 강력하게 반대했다. 그렇다면 신탁통치 없는 자주독립 정부를 '즉각' 세우자는 주장으로 가는 것이 온당했다. 특히 좌우합작운동이 이미 실패로 끝나고, 좌파는 이북에 인민위원회라는 준정부기구를 출범시킨 상황이므로 남쪽에 '즉각' 우파 정부가 세워지는 것은 전혀 이상한 일이 아니었다. 게다가 정통성이 부족한 한민당은 아직도 '임정 봉대'를 내세우고 있지 않은가? 김구 주석이 하루빨리 임정 내부를 정리한 뒤 정국의 주도권을 잡고 정부 수립의 합의 절차를 밟아야 한다.

그런데 백범의 생각이 점점 모호해져 갔다. 그는 미군과의 관계가 틀어지면서 '외군 철수 후 정부 수립' 쪽에 한 발을 넣었고, 다른 한편 이승만의 '조기 정부 수립'에도 미온적이나마 찬동하고 있었다. 그런가 하면 백범은 신탁통치를 반대하면서 단독정부 수립에도 소극적이었다. 앞뒤가 맞지 않았다.

아마 미군이 있으면 계속 영어 하는 친일파들에게 주도권을 빼앗기고 끌려 다니게 된다고 본 모양이었다. 그동안 그는 중경 시절 개인 자격의 귀국을 강요한 미군 측과 거리를 두고 있었으며, 반탁 투쟁 과정에서 미군정과 완전히 틀어져 적대적 입장까지 가게 되었다.

그렇다 해도 반탁만 내세우고 정부 수립에 아무 대안도 제시하지 못하는 것은 문제가 있었다. 이 때문에 임정 내의 많은 요인들이 실망해 이탈한 것이다. 이처럼 반탁과 정부 수립의 관계가 애매해지면서 임정 자체가 정치 세력으로서 방향을 잃어가고 있었다. 그래서 주명은 "백범 선생이 반탁의 주도권을 잡고 이남 세력들을 규합해 정부 수립에 나서야 한다"고 주장하곤 했다.

김구와 달리 성재장은 유엔 감시하 정부수립안에 적극 찬동했다. 이런 시국선언을 발표했다.

> 국제 정견의 차이와 각처 그 소망의 불협不協으로 일치점을 얻기 어렵다. 약소민족을 부식扶植한다는 신호를 잘 지켜왔다면 미소공위가 2년 전에 한국 문제를 해결했을 것이다. 금번에도 소련이 시종 거부한다면 우리는 다 죽어가는 동포를 그대로 볼 것인가? 유엔단UN團이 이 기회를 잃고 돌아간 뒤에 이런 회합이 다시 있을까? 우리의 주권을 세워놓고 동포 구제와 군정 철폐의 긴급성을 문제 삼아 재남在南 이천만 대중의 멸절을 만회함에 급선急先 착수하는 것이 현실에 적합한 조처라고 본다.[6]

성재장의 주장은 일목요연했다. 하지만 김구나 중도 우파에 속한 김규식은 아직도 '단정 수립이 민족 분열을 영구화하는 길로 들어서는 것'이라는 명분으로 고심하고 있었다. 김규식은 단정을 수립하더라도 '우선' 이북과 대화하여 통일 정부 수립을 위한 타협을 해봐야 한다고 계속 주장하고 있었다. 이북의 공산주의자들이 통일 정부 수립을 거절하면 그때는 단정 수립에 나서겠다고 했다. 너무 안이하고 이상적이었다.

성재장은 김규식의 주장에 대해서는 찬동하지 않으면서도 이해는 했다.

---

[6] 박창화, 「1948년 1월 1일 총선거에 대한 성명서」, 『성재 이시영 소전(小傳)』(을유문화사, 1984), 100쪽.

하지만 김구는 이것도 저것도 아닌 가운데 헤매고 있었다. 성재장은 이런 말을 한 적이 있다.

"1940년 석오(이동녕)가 기강에서 서거한 이후 임시정부는 백범이 주석이 되어 항일 투쟁을 지도하게 되었다. 하지만 석오가 있을 때는 매사 원로들과 의논하더니 석오가 없는 판이 되자 백범은 독주했다."

"백범은 중경 시대에는 미국과 합동 작전으로 긴밀히 협력했지만 해방이후 줄곧 미국과 대립했다. 미국이 임정을 불신한 것은 사실이다. 미군은 임정 측 인사들에게 개인 자격이라고 내세우면서 정치 활동을 제약했다. 그러면 그럴수록 대정치인답게 미군 장교들을 구슬려 가야 할 터인데 정반대로 미군정과 대립했다. 이 틈에 이승만이 반탁 정국의 주도권을 장악했고, 한민당은 임정 봉대를 명분으로 내세우면서도 미군정과 딱 붙어서 경찰권을 장악했다. 특히 경찰 총수 직위에 있는 조병옥과 장택상은 친일 경찰을 그대로 유지했다. 권력은 그들에게 차츰 넘어갔다. 날이 갈수록 김구주석은 고립되고 국민적 지지는 떨어지고 있었다."

"백범은 이제 내 말도 쓴소리로 치부하고 중요하게 듣지 않는다. 백범을 충실히 따르는 지당대신至當大臣[7] 조완구, 엄항섭 같은 분들, 아부하는 족속과 광적인 청년 지지 세력, 광신자 그룹들로 둘러싸여 있다. 이들은 임정을 찾아온 여운형이나 김성수, 조병옥, 장택상 등의 출입을 제한하고 모욕했으며, 여차하면 폭력 행사도 불사했다. 누가 이들을 제어할까?"

성재장은 그런 광신 그룹의 무책임한 행동을 김구도 제어하기 어렵게 될 것으로 우려하면서 임시의정원이 발전해 결성된 국민의회의 요직에서 사임

---

7 한마디로 '예스맨(Yes Man)'이라는 뜻이다. 윗분이 지엄하게 말씀하면 이의조차 제기하지 못하는 아첨꾼을 가리킨다.

▲ 환국 이후 김구와 이시영이 함께 찍은 몇 안 되는 사진들 가운데 하나.

했다. 사실 김구 주석에 대한 불만이 컸다. 너무 단견이고, 목표도 전략도 없다고 보았다. 단순히 탁치 반대와 임정 세력을 동원해 정권 장악하는 일에만 의욕이 앞설 뿐, 나머지는 그때그때 즉흥적으로 결정하는 것으로 보였다.

광적인 지지자들이 주변에 진을 치고 있고 그들의 주장에 따르면 해답이 나오지 않는 법이다. 김구는 그런 방향으로 끌려가고 있었다.

실망한 성재장은 1947년 9월 임정 국무위원직에서도 물러났다. 이렇게 성명을 발표했다.

그러나 금회今回에 소위 43차 의회가 진정한 혁명자의 집단으로 개편치도 않았고, 특히 국무위원회의 결재와 지시도 없이 상임위원회에서 권리를 남용하여 기幾 개인이 자의자상自意自想대로 제반 사항을 결정하였다.[8]

　김구 주석과 측근들이 국무회의 보고나 결의도 없이 일방적으로 밀고 나가는 데 대해 잘못을 지적한 것이었다.

　그러면서 성재장은 여러 차례 김구에게 'UN 감시하 총선거안'을 받아들일 것을 충정으로 설득했다. 김구는 드디어 이런 설득을 받아들이는 듯했

8　《동아일보》, 1947년 9월 26일 자 보도.

다. 장고 끝에 드디어 'UN 감시하 총선거 방안'에 찬성하는 쪽으로 기울어졌다고 성재는 봤다.

1947년 11월 30일 김구는 이화장으로 이승만 박사를 찾아갔다. 그 자리에서 이승만은 그간 소원했던 임정의 법통을 지지한다고 새삼스럽게 다짐했다. 그리고 김구는 이승만의 UN 감시하 총선거안에 찬동했다. 극적인 합의였다.

"소련의 방해로 인해 남한에서만 선거를 실시하더라도 총선거 방식으로 정부를 수립한다면 결코 단독정부가 아니다"라고 백범은 기자에게 설명했다. 이는 확실한 '단정 수립 찬성론'이었다. 성재장도 대만족이었다. 그뿐 아니라 김구는 그동안 한독당이 주축이 되어 중도파 정당과 통일 공작을 벌여오던 정당협의회 활동까지 중단했다. 말하자면 '단정 반대 통일 정부 수립' 방안에서 발을 뺀 것이었다. 심지어 한독당 안에서 김구의 갑작스러운 노선 전환에 항의하는 당 간부를 출당시킬 정도로 적극적이었다.

장덕수 암살로 수렁에 빠진 김구

그런데 1947년 12월 2일, 뜻하지 않게 장덕수 암살 사건이 터졌다. 김구를 미워하는 수도경찰청장 장택상은 기회를 만난 듯 배후를 철저히 가리겠다고 큰소리쳤다. 과거 송진우와 여운형 암살 사건의 경우, 모두 우리 사법기관에서 사건을 취급했었다. 그런데 장택상은 무슨 생각인지 이번에는 모든 수사 진행 상황을 미군정청 검사들에게 보고했다.

장택상 밑에서 하수인처럼 활동하는 일제 고등계 출신 노덕술은 노골적으로 "이건 김구 짓이야" 단정적으로 말했다. 기자들이 "수사도 끝나지 않았는데 어떻게 그렇게 말할 수 있느냐?" 질문했다.

"보시오, 이봉창이나 윤봉길 사건과 수법이 같지 않소."

　기자들은 노덕술이 이봉창이나 윤봉길 의사를 마치 테러분자처럼 말하는 데에 놀랐다. 더욱이 민완 수사관답지 않게 결론을 먼저 내고 그에 맞춰 수사하는 듯한 그의 발언을 듣고 "고등계 짓이 또 나왔군" 불평하지 않을 수 없었다.

　경찰은 범인들을 모두 경교장 패거리로 몰아가고 있었다. 장택상은 사건이 결론도 나기 전에 김구의 소행인 것처럼 노골적으로 미군정 측에 중간중간에 보고해 사건을 확대시켰다. 해방 정국에서 독립운동가에게 가장 많은 해독을 끼친 사람은 단연 장택상을 꼽지 않을 수 없었다.

　이 사건은 여러 면에서 의아심을 들게 한다. 해방 직후 장덕수와 한민당은 여운형의 건준에 대항하기 위해 임정봉대론을 내세웠지만 송진우 암살 이후 김구와 임정 세력에 대해 호의적이지 않았다. 김구 측도 그동안 한민당과 신탁통치 반대 노선을 함께해 오긴 했지만 근자에 이르러 한민당이 점차 미군정 측의 비위를 맞추는 듯한 태도로 바뀌어서 진정으로 반탁 쪽에서 있는지 의심하고 있었다.

　그러던 차에 지난 7월 장덕수와 한민당이 미소공위를 지지한다는 성명을 발표해 이승만과 김구의 반탁 전선에 찬물을 끼얹는 격이 되었다. 이승만과 김구는 모두 황해도 출신으로 장덕수를 고향 후배로 아끼던 터였다. 그래서 두 사람 다 장덕수를 '발칙하다'고 생각했던 게 사실이다. 그러나 이승만은 공개적으로는 그렇게 말하지 않았다. 하지만 김구는 장덕수를 불러 꾸짖었다. 장덕수도 가만있지 않고 말대꾸해 고성이 오갔다. 이를 계기로 한민당과 한독당의 합당론도 김성수가 찬성했음에도 불구하고 장덕수의 반대로 깨졌다. 경교장의 강력한 김구 지지자들은 장덕수를 외세 의존적이라고 공격했다.

　상황은 다시 한번 전환되어 장덕수가 협조하려고 나선 미소공위는 결렬되고, 이승만과 한민당은 방향을 틀어 'UN 감시하 총선거'를 추진하는 방향으로 가고 있었다. 늦게나마 김구도 그 방향으로 서서히 선회하고 있었다.

이런 정치 상황에서 김구가 장덕수를 암살할 이유는 없었다. 또 냉정하게 볼 때, 장덕수는 암살할 만큼 비중 있는 인물도 아니었다. 그는 어떤 인물이었나?

장덕수가 독립운동 초기부터 해방 전후에 걸쳐 인기 있는 책사였음은 틀림없었다. 많은 여인이 반할 정도의 풍모라는 세평도 있었다. 인물, 언변, 지식, 임기응변 등에서 따를 자가 없을 정도였다. 하지만 그가 재능은 출중할지 모르나 덕이 그에 못 미친다는 평가가 늘 붙어 다녔다.

그는 황해도 재령의 빈한한 집안에서 태어났다. 고향 연고로 일찍부터 이승만과 김구의 사랑을 받았다. 더욱이 일본 유학 중에 김성수와 송진우를 만났기에 학창 생활도 쪼들리지는 않았다. 당시 도쿄 유학생들이 너나없이 신문화운동에 심취할 때 그는 단연 두각을 나타냈다. 그래서 일제로부터 혹독한 감시도 받고 구속도 당했다. 하지만 그의 재능이 널리 알려져 여운형이 일본 정계 초청으로 일본에 갈 때 그를 통역으로 지목해 구속이 해제되고 동반하는 일도 있었다.

여운형과 그런 동지적 관계였지만 나중에 장덕수가 13년 동안 미국에 유학해 석·박사 학위를 받고 귀국한 뒤 그를 만나본 여운형은 "미국 유학해서 장덕수는 사람 버렸다"고 혹평했다. 이유는 일제 말 그가 친일 활동에 적극 가담했기 때문이다. 해방되자 그는 미국에 장기 유학한 실력을 바탕으로 미군정청에 가장 가까운 인사로 꼽혔다. 그는 임정 인사 중 일본 유학파 조소앙, 신익희 등과 친구로 지냈지만 친일 전력과 유난스러운 친미 행동으로 관계는 그다지 원활치 않았다. 여운형의 건준은 장덕수의 한민당을 노골적으로 적대시했다.

송진우가 1945년 말 불의에 암살되면서 김성수는 그를 한민당 정치부장으로 중용했다. 그는 단연 미군정과의 친화력을 바탕으로 정계의 중심인물이 되었다. 하여간 세인은 그를 지도자라기보다는 책사로 보았다. 그 정도의 인물인데 왜 암살했는지 의문이 풀리지 않는다.

"우리 보스가 이승만과 한민당 잔꾀에 넘어가 총선거에 합의한 거 아니야?"

"지방에서 들리는 소문은 총선거는 치르나 마나라는군. 일제에 빌붙어 호강한 놈들이 또 그놈들 세상을 만든다는 거야!"

"매일 한민당 장덕수는 지방의 돈 있는 놈들을 서울로 불러올린다는구먼!"

'UN 감시하 선거론'에 대한 백범의 찬성 입장을 두고 경교장 주변의 지지자들은 처음부터 불신했다. 결국 한민당의 술수에 넘어갔다는 게 대세였다. 가장 불만을 품은 사람은 다혈질 강경파 김석황과 그의 그룹이었다.

"일본이 물러가니 장덕수 같은 놈이 미국 놈에 빌붙어 또 제 세상 만들고 있단 말이야."

모든 증오의 표적이 되었다.

"반동의 원흉 장덕수, 그놈은 더러운 판에 꼭 끼어든단 말이야, 그놈이 주석에게도 덤벼든 놈 아니야? 제거해야 할 인물이야."

젊은이들은 우국지사처럼 분개했다.

정치지도자인 이승만 박사와 김구 주석은 극적으로 'UN 감시하의 정부수립'안에 합의했다. 우국 청년지사들의 불만을 거대한 정치인들은 계산하지 않았다. 그러나 열렬 지지자들 가운데 김구 주석이 또 이용당하고 있다는 의구심이 높아가면서, 이런 음모는 필시 장덕수의 작품일 것이라는 추론이 힘을 얻었다. 그 결말은 우리가 다 아는 대로다. 흥분해서 암살 행동에 나서는 어리석은 무리들 ⋯. 그 사건의 파장이 어디까지 미칠지 알지도 못한 우국 청년들 ⋯. 거기에 현직 경찰까지 한패가 되었으니 ⋯.

세상 물정에 다소라도 관심 있는 사람이라면 장덕수의 암살은 그의 친일·친미 노선, 그리고 약삭빠른 처세 때문이라는 이유 외에 달리 찾을 길이 없다. 그러나 세상일은 참으로 예상하기 힘든 것. 장덕수 암살 배후 조사로 인해 김구 주석은 다시 단정 반대로 완전히 돌아섰다.

장택상이 '김구의 단정 참여' 막은 셈

장덕수 암살 사건은 장택상에겐 호기였다. 그는 처음부터 임정 세력을 적대시해 온 터! 그의 아비 장승원이 박상진, 우재룡 등 대한광복회의 손에 처단된 것을 일생의 원한으로 생각해 왔다. 그는 경찰 2,500명을 풀어 경교장을 집중적으로 파헤치라고 엄명을 내렸다.

'김구가 드디어 걸려들었군.' 마치 김구가 장덕수를 처단하도록 유도하고, 그 함정에 김구가 걸려들었다는 듯 회심의 미소를 지었다. 그러나 김구가 어렵사리 다가갔던 'UN 감시하 총선거' 방안에서 다시 돌아섬으로써 얼마나 많은 희생과 대가를 치렀는지 순박한 김구도 몰랐고 이런 시나리오를 꾸민 장택상 같은 정치꾼은 더더욱 계산하지 못했다.

범인 중 한 사람이 경찰복을 입었고, 이용한 총기가 카빈 소총이었다는 단서 등을 근거로 수사 범위가 좁혀지다 종로경찰서 박광옥(23세)이 우선 검거됐다. 이어 공범 연세대생 배희범(26세) 그리고 김석황(36세)이 잡혔다. 김석황은 경교장에 근거를 둔 한독당 중앙위원이었는데 당시 백범의 국민의회 정무위원이면서 동원부장이었으니 바로 장택상이 벼르던 먹잇감이었다.

장택상의 의도대로 김구가 표적이 되었다. 유명한 고문 기술자 노덕술이 수사를 맡으면서 범인들에게 가장 혹독한 고문이 자행됐다. 배후의 종착점으로 김구를 연결시키는 게 그들의 목표였다. 인간의 인내심으론 감내하기 힘든 일제 고등계의 온갖 고문 수법이 동원됐다.

암살 사건으로 구속된 연대생 최중하는 범인 가운데 선두로 내세워졌다. 그의 어머니가 나를 찾아와 눈물로 호소했다.

"우리 중하가 혹독한 고문으로 반죽음이 되었다고 하네요. 이제 사내구실도 못하게 심한 고문을 했다는데 … 어찌 우리 애 좀 살려주시오."

최중하의 어머니는 운현궁에도 왕래하고, 성재장에게 음식은 물론이고 철 되면 속옷 같은 생활 비품까지 챙겨주는 여걸이었다. 천주교회에도 충실한 교인으로 활약이 많았다. 노기남 대주교와도 가까웠다. 나와도 친해져 집안 사정 이야기를 나누곤 했다.

"장택상이 아주 벼르고 주리를 틀어서 어떻게든 이번 사건이 김구 선생이 시킨 것이라는 결론을 얻으려고 지독하게 고문을 한다는군요."

눈물을 흘렸다. 나도 당장 대책이 없지만 무슨 좋은 기회가 있을까 곰곰 생각했다.

김구도 어처구니없기는 마찬가지였던 것 같다. 김석황은 분명히 한독당원이지만 나머지는 대부분 경교장에 진을 치고 있던 열광적인 지지 청년들이었다. 특히 장덕수를 쏘았다는 박광옥 경찰관은 알지도 못하는 청년인데 누구의 지시를 받고 행동한 것인지 김구조차 알 길이 없었다. 그러나 암살 사건은 연일 대서특필되는 가운데 군정청의 군 검찰에게만 상세하게 보고되고 있었다. 조병옥 경무부장과 장택상 수도경찰청장은 수사 결과를 언론에 흘리면서도 공개적인 자리에선 "사건의 배후가 어마어마해서 수사가 끝날 때까지 말해줄 수 없다"는 식으로 계속 호기심을 유발했다. 그 호기심의 끝은 늘 김구와 한독당이었다. 그리고 미군정의 재판은 3심이 아니라 단심제였다는 점도 중요했다. 한 차례 재판의 결과가 김구와 한독당 측에 불리하게 나올 경우 이를 바로 잡을 기회가 원천적으로 없다는 얘기였다.

장택상은 특히 한독당의 김석황을 미워했다.[9] 그래서 그가 암살을 주도한 주범인 것처럼 수사 방향을 맞추고, 이 암살이 경교장에서 모의한 것처럼 꾸미는 데에 수사력을 모았다. 12월 초 사건이 확연히 김구를 겨냥하고 들자 김구는 이승만을 찾아가 수습을 부탁하지 않을 수 없었다.

"장덕수 군과 그 형제[10]는 우리가 모두 잘 알지 않습니까? 암살 사건은 뜻 밖이어서 나도 충격이 큽니다. 왜 이 사건이 일어났는지 도무지 이해가 안 됩니다. 실은 우남 선배와 합의해 UN 감시하 총선거에 임하기로 한 마당에 장 군이 암살되어 나에겐 정치적으로 큰 손실입니다. 우남 선배께서 진상을 알아보고 사건을 올바로 수습해 주시기 바랍니다."

"장 군은 우리 고향 후배 아닌가요. 똑똑하고 미군정에서도 알아주는 사람인데 무슨 악감정이 있었는지 그를 제거하는 건 나도 이해가 안 됩니다."

김구가 수사 표적이 된 상황에서 문제 해결의 키는 이승만밖에 없었다. 김구는 이승만을 거의 매일 찾아갔다. 12월 13일에는 유엔한국위원단 방한을 환영하는 위원회의 결성에도 참여했다. 12월 14일 이화장을 방문해 장시간 요담했다. 17일 오전에도 이화장을 방문했다. 20, 21일에도 잇달아 방문했지만 해결의 실마리는 잡히지 않았다. 미군정 검찰은 한국 경찰의 수사 기록 이외에 어느 것도 믿으려 하지 않았다. 문제가 꼬인 것은 미군정

---

9   장택상이 김석황을 미워하는 데에는 뒷이야기가 있었다. 김구 주석이 1945년 11월 23일 귀국하고, 그다음 날 김성수, 송진우, 백관수, 조병옥, 김준연, 장택상, 허정 등이 경교장을 찾아갔다. 영하 16~17도 날씨에 김석황은 그들을 기다리라 해놓고 약 3시간 추운 날씨에 밖에서 떨게 한 뒤에야 나와서 안내했다는 구원이 있었다. 그때 허정은 김구 면담을 그만두고 돌아가자고 역정을 내기도 했다. 장병혜·장병초 엮음, 『장택상의 대한민국 건국과 나: 창랑 장택상 일대기』(창랑장택상기념사업회, 1992), 120~122쪽 참조.

10 장덕수의 형 장덕준(1891~1920년)은 《동아일보》 기자로서 독립운동을 도왔고, 1921년 10월 《동아일보》 정간 기간 중 만주 혼춘에서 조선인 동족들이 일본군에게 학살되고 있다는 소식을 듣고 이를 취재하기 위해 현장을 찾았다가 조선총독부 밀정이 쏜 총에 절명한 것으로 알려졌다. 취재 현장에서 순직한 첫 한국 언론인으로 꼽힌다.

청이 김구를 확신범으로 여기고 있었다는 점이었다. 이에 측근들은 김구가 이 외통수에서 벗어나려면 판을 뒤집는 수밖에 없다면서 극단적인 처방을 진언했다. 22일 백범은 유엔위원단 방한을 앞두고 성명서를 발표했다.

우리는 미구에 입국할 유엔위원단을 충심으로 환영하는 동시에 그들로 하여금 우리에 대한 정당한 인식을 가지고 우리가 원하는 자주독립의 통일 정부를 수립하는 임무를 완수하도록 최선을 다하여야 할 것이다. 우리가 원하는 바도 자주통일 정부요, 그들이 우리를 위하여 수립하여 주겠다는 정부도 남북 총선거에 의한 자주독립의 통일 정부다. 그러므로 우리는 여하한 경우에든지 단독정부는 절대 반대할 것이다.

이 성명은 단독정부에 '절대 반대한다'고, 기왕에 자신이 펼쳐가던 판을 완전히 뒤집는 이야기였다. 성명이 발표되기 직전 이승만이 김구에게 답을 보냈다. 요지는 "암살 사건의 배후는 김구"라고 단정한 장택상 경찰보고서 내용을 미군정청이 백범에게 직접 확인할 필요가 있다는 것이었다. 이 때문에 백범이 재판정에 출두해야 하는데 한국의 최고 지도자이다 보니 피의자는 아니더라도 참고인으로서 출석은 불가피하다고 알리는 것이었다.

그때 장택상이 독자적으로 정국의 분위기를 조사한 결과, 한민당이 아무리 선거 전략을 잘 세워도 한독당에 비해 열세라는 것이었다. 그래서 장택상은 임정 세력이 단독정부에 반대해 선거에 불참하는 게 한민당에 유리하다고 판단했다. 그런 상황인데 김구의 측근들은 우매하게도 장택상의 수에 넘어가 계속 '단독정부 수립'에 참여하는 것을 반대한다고 성명했다.

그래서 미군정의 조사 방침에 김구가 크게 실망하는 사이에 UN 감시하 총선거안에 대한 김구의 찬성 결단도 흔들렸다. 처음부터 단정론 참여 자체를 반대한 임정 측 인사, 특히 엄항섭을 중심으로 한 참모들이 백범에게

판을 엎자고 한 진언이 결정적이었다. 엄항섭은 똑똑한 척했지만, 백범에게 외통수로 가는 길을 안내한 격이다.

"주석님! 결국 이승만과 한민당의 함정에 빠진 격이 됐습니다. 그들은 주석님을 끌어들여 총선거를 치르도록 하면서 막상 선거를 하게 되면 지방마다 한독당이 우세할 것이라 판단하고 이 기회에 우리에게 병 주고 약 주는 양면 술책을 펴고 있었습니다."

"지금 양심적인 지도자들, 이를테면 김창숙, 유림, 홍명희 등은 모두 단독정부가 통일을 막는 길이라며 여전히 반대하고 있습니다. 우사 김규식 선생도 동조하고 있습니다."

단정을 수립하는 총선거에 반대하라고 강력하게 김구를 압박했다. 김구는 이런 충간忠諫에 포위되었다. 당장 귀에 크게 들리는 소리는 왕왕 대세 판단에 혼선을 일으킨다. 당시 백범이 그런 상황에 놓여 있었다.

주명은 백범의 진퇴양난 상황을 성재장 댁 측근 인사들에게서 들었다. 하지만 경주 이씨 정치평론가 이종갑 같은 현실 정치에 민감한 정세 분석가들은 백범이 이런 경찰과 군정 당국의 탄압 속에서도 꿋꿋이 총선거에 임해 당당히 다수를 차지해야 한다고 주장했다. 만약 정부 수립 작업에서 벗어나면 '태양계에서 벗어난 유성'처럼 고립된다고 충고했다. 하지만 경교장의 공기는 이런 충고와는 다른 방향으로 백범을 인도하고 있었다.

백범 쪽 사람만 그런 것이 아니었다. 김규식 쪽도 마찬가지였고, 조소앙 쪽에서도 비서와 추종자들 모두가 "이승만은 지금 한민당만 의지하고 정치한다"고 일제히 지적하고 있었다. 그들은 모두 '단정 반대, 남북의 자주적 통일 정부 수립'이라는 큰 명분에 사로잡혀 있었다. 주명이 그들과 다른 소리를 하면 고개를 돌리고 들은 체도 하지 않았다.

"북의 김일성은 이미 소련이 배후에서 코치하는 대로 실제 단정을 수립하고 있어요."

주명이 말하면 백범의 측근들은 즉각 반발했다.

"북한이 지금 단정을 준비하는지는 모르지만 일단 통일 정부 수립을 주장하면 그들이 이를 어떻게 반대하나?"

한 발짝 더 나아가, 이른바 양심적 인사들 중에서 홍명희, 이극로 등은 이미 좌익에 넘어가 있었다. 그들은 북한은 비판하지 않고 오로지 남측 이승만과 한민당의 단정론만 비난하고 있었다. 민족진영 중도 우파에 속하는 분들, 즉 김규식, 최동오, 김붕준 등도 '단정 반대' 공동성명을 준비하고 있었다.

1948년 1월 26일 백범은 삼청동으로 김규식을 방문해 긴 시간 요담했다. 그리고 2월 10일 드디어 유명한 「삼천만 동포에게 읍고泣告함」이란 최후 성명을 발표했다.

나는 통일된 조국을 건설하려다가 삼팔선을 베고 쓰러질지언정 일신에 구차한 안일을 취하여 단독정부를 세우는 데는 협력하지 아니하겠다.

최후통첩이었다. 백범은 그 후 남북 협상의 길로 들어섰다. 백범의 측근들은 순진하게 백범이 평양에 가서 백연 김두봉[11]을 만나면 옛정을 생각해서 대화가 가능하다고 판단했다. 그러나 평양에선 김구, 김규식을 지도자로 생각하기는커녕 자기들 편으로 투항한 인사로 보았다. 김일성, 김두봉과 4김 회담을 기대했던 김구, 김규식은 빈손으로 돌아왔다. 북한은 4김 회담을 부인하고 전 조선 정당 및 사회단체 연석회의라는 물타기식 군중 집회

---

11 백범과 김두봉은 상해 시절부터 가까운 사이였다. 백범이 1924년 상처했을 때 김두봉은 '최준례 묻엄'이라는 유명한 비문을 써주었다.

를 열어 김구를 그중 한 사람으로 대우했다. 결국 칠십 노구의 김구와 김규식은 정치적으로 이용만 당하고 아무것도 쥔 것 없이 빈손으로 서울로 귀환했다. 나중에 북한은 김구와 김규식을 남쪽에서 북으로 투항하려는 인사처럼 선전전에 이용했다. 주명은 임정 지도자들의 순진한, 심지어 한심하기까지 한 판단에 실망하고 개탄했다.

임정 세력의 몰락

돌이켜 생각해 볼 때, 남북 협상은 북한의 전략이었다. 북한은 속으로는 단독정부를 준비하면서 겉으로는 '단독정부 반대', '통일 정부 수립'을 명분으로 내세웠다. 이상만 좇던 김구, 김규식이 그 술수에 희생된 것이다. 김창숙과 유림도 단정 수립에는 반대했지만 남북 협상에는 가담하지 않았다. 소련군이 있는 한 북한 측과의 진솔한 대화는 기대할 수 없다고 보았기 때문이다.

여기서 가장 아쉬운 점은, 남북 협상이 북한의 기만극임을 알았고 북한이 4김회담에서 어떤 가능성도 협의하기를 거부했음에도 불구하고, 김구·김규식이 귀환한 뒤 계속 대한민국 정부 수립에 협조하지 않았다는 사실이다. 만약 김구·김규식 양 김 씨가 5·10 제헌의회 선거를 거부하지 않고 참여했다면 우리 역사는 많이 달라졌을 것이다. 두 분의 불참은 독립운동 세력 전반의 몰락으로 이어졌고, 이는 대단히 아쉬운 역사의 고빗길이 되고 말았다.

06

대한민국 정부 수립과 계속되는 고난

1948년 8월 15일, 마침내 오랫동안 기다리던 대한민국 정부가 수립됐다. 그동안 나라는 있었지만 정부가 없었다. 중국에 망명해 있는 동안에는 임시정부가 있었지만, 귀국 후에는 미군정이 임정을 인정하지 않은 채 남한을 통치했다. 이제 비로소 우리 정부가 수립된 것이다. 새 정부에선 시숙부이신 이시영 옹이 초대 부통령으로 당선됐다. 모두들 우리 집에 몰려와 마치 큰 권세나 잡은 것

▲ 부통령 시절의 이시영.

처럼 축하하는데 사실 우리는 아무것도 달라진 것이 없어 어리둥절했다.

심지어 상해에서 동고동락하던 많은 동지들은 이 정부 수립에 참여하지 않았다. 불참파들은 단독정부가 영구 분단을 초래한다며 성재의 길을 옹호하는 남편 주명에게 핀잔을 주기도 했다. 우리 집은 그렇게 평소 가깝던 사람들로부터 소외당하는 일도 있었다.

남북협상론의 귀결, 김구의 오판

우선 임시정부의 김구 주석이 단정 수립에 반대하며 제헌 총선을 눈앞에 두고 북한의 김일성, 김두봉과 회담하기 위해 북행을 했다. 나의 당숙인 우천 조완구도 김구 주석과 같은 노선으로 북한엘 다녀왔다. 그분은 벽초 홍명희의 고모부인데 두 사람이 함께 북행했다가 벽초는 평양에 남고 우천 혼자서 귀환했다. 그 밖의 김규식, 조소앙, 그리고 우리 집과 가까운 김의한, 엄항섭 등 임정 요인들 상당수가 북행길을 다녀왔다. 그러나 그분들은 남북 협상에 좋은 결과를 남기지 못하고 역사의 뒤안길로 사라지고 말았다.

주명이 북경 시대부터 존경하던 심산 김창숙 선생, 그리고 아나키스트 동지였던 단주 유림 같은 분들도 단정 수립을 반대했다. 그러나 그분들은 북한과 남북 협상 자체도 거부해 북행은 하지 않았다. 이유는 소련이 북한의 배후에서 작용하고 있기 때문에 협상이 어렵다고 예견했던 것이다. 남북한이 각각 정부를 수립하면 영구히 분단된다는 명분론에 기울긴 했지만 현실적으로 현명하게 처신했다.

그처럼 명분론에 사로잡힌 남북 협상, 그 결과는 어떻게 되었나? 북한에 보기 좋게 이용당했다. 북한에 진주한 소련군은 이미 김일성을 앞세워 북한에서 단독정부 세우는 작업을 착착 준비하고 있었다. 성재장을 중심으로 한 우리 시댁은 "소련이 배후에 있는 한 공산당과 협상은 무의미하다"며 남북 협상 자체를 반대했다. 그리고 우선 유엔 감시하에 대한민국 정부부터 수립하자는 이승만 박사의 주장을 지지했다.

이승만 정부 수립에 참여한 우리 집은 처음엔 독립운동 진영에서 수세에 몰렸다. 걸핏하면 통일 정부에 반대하는 한민당 편을 드느냐는 비난에 응수할 길이 없었다. 그러나 남북 협상이 북한의 기만에 불과했다는 사실이 밝혀지면서 주명은 "성재장의 선택이 옳지 않았느냐?"고 반박할 수 있었다. 그뿐 아니라 신익희, 지청천, 이범석 등이 남북 협상에 반대해 매일 성재장 주변에 모여 정국 상황을 논의했다. 그분들은 모두 새 정부에 참여해 국회의장, 국무총리 등 요직에 기용됐다.

노회한 이승만 대통령은 내각제를 주장하는 한민당의 의도를 알아채고 마지막 순간 내각제를 보기 좋게 물리치고 대통령중심제 권력 구조로 헌법을 바꿨다. 그래서 초기의 우리 헌법은 대통령제이면서도 국무총리가 있는 기형적인 모양새이긴 했다. 그러나 이승만 대통령은 거기에 그치지 않고, 초대 내각에 한민당을 일부만 기용했다. 내무장관을 바라는 장택상을 외무로 보내고, 조병옥은 아예 입각시키지 않고 나중에 유엔 특사로 임명했다. 임정계 인사들은 이승만이 한민당의 포로가 되었다고 비판했지만 이제 한민당이 이승만의 도구에 불과하다는 사실이 분명해졌다.

제헌국회의 구성을 보면 국민이 참으로 현명했다는 생각을 하게 된다. 국민들에게 선거 경험이 전무한 가운데 토착 세력이 돈과 조직을 장악한 상황에서 치러진 선거였지만 한민당은 29석에 불과했다. 한독당이 선거 참여를 거부해 당명을 사용하지 못했으므로 무소속으로 출마한 분들이 103석을 차지했고, 이승만 대통령의 직속 독립촉성국민회(독촉)가 48석이었다. 그 외에 지청천 장군의 대동청년당이 9석, 이범석 장군의 조선민족청년단이 6석을 얻었다. 이렇게 보면 임정 세력이 참여했다면 절대적으로 과반수를 차지했으리라 생각된다. 현장 정치에 어두운 임정계 지도자들은 명분에 얽매어 있을 뿐 국민의 마음을 읽지 못했던 것이다.

주명은 임정 세력이 기회를 잃고 몰락의 길로 들어선 데 대해, 그리고 이승만 대통령을 돕는 극소수 인력만 정부에 들어가게 된 데 대해 비판적인 입장이었다. 숙부인 성재장이 초대 부통령으로 추대된 것이 그나마 임정 명맥을 유지할 수 있게 했다고 자위했다. 주명은 이렇게 말했다.

"한민당이 대거 당선될 줄 알았겠지요. 처음 선거지만 국민이 그리 어리석지 않았어요. 민심이 천심입니다. 장덕수 다음에 김성수 씨가 지방에서 유지들을 불러올리고 정치 자금을 제공했어도 어림없었습니다. 내가 사는 마포 지역에서도 무소속 김상돈金相敦 씨가 당선됐어요. 그분은 선거운동 과정에서 여러 번 나를 찾아왔습다.”

한독당이 5·10 제헌의원 선거를 보이콧해 버리는 바람에 우리와 동고동락하던 분들의 이름은 국회의원 명단에 없었다. 참으로 아쉬웠다. 대한민국임시정부가 대한민국으로 진출하지 않고, 일부만 들어오고 나머지는 정치 일선에서 물러나게 된 현실이 안타까웠다. 중국에서 그처럼 부풀었던 꿈들이 해방 정국에서 모두 깨지고 말았다. 원래 혁명은 투쟁하는 사람 따로, 정권을 누리는 사람 따로 있나 보다.

1948년 8월 15일. 정부가 수립되자 소련 군정과 김일성은 북한 지역에서 남한 지역으로 송전되던 전기를 끊었다. 국민들은 당혹스러워했다. 공장에도 제한 송전을 할 수밖에 없었고, 우리는 밤에 남포불로 어둠을 밝혔다. ‘빈 손’으로 끝난 남북 협상에서 북한 측이 마지막 약속으로 남았던 송전마저 중단한 것은 김구·김규식 측을 한층 더 난처하게 했다.

백범과의 마지막 만남

전기가 끊어져 밤은 깜깜했지만 대한민국 정부가 수립됐다는 기쁨에 서울 전체가 축제 분위기로 들떠 있었다. 나는 문득 경교장에 외롭게 계시는 백범 선생이 궁금했다. 그래서 찾아뵙기로 했다. 주명은 성재 노선을 따르기에 직접 뵙기가 겸연쩍다고 해서 나 혼자 나섰다. 경교장 2층 방에서 선생이 나를 반갑게 맞아주셨다.

“선생님 건강하신 용안을 뵈니 그래도 마음이 풀리고 앞으로도 건안하옵시기 바랍니다.”

"아! 정말 반갑군. 어떤가, 규학 군은 귀가 잘 안 들려 요새도 고생하나?"

"아주 어렵습니다. 일일이 큰 소리로 말하든가, 아니면 필담을 해야 합니다."

"그런 게 다 왜놈들에게 당한 거지. 그래, 성재 선생은 자주 찾아뵙는가?"

"네, 자주 찾아뵙습니다."

그리고 대화가 잠시 끊어졌다. 그분은 시선을 나에게 두면서도 대화를 이어갈 소재를 찾는지 잠시 머뭇거리셨다.

"오랜만에 만났으니 내 책을 하나 선물해야겠군."

일어나서 책상 위에 쌓인 저서 『백범일지』 한 권을 앞에 놓더니 필묵함을 열어 먹을 가신다. 그리고 붓에 찍어서 머릿장에 휴정대사의 글귀를 하나 정성껏 써주셨다.

나는 책을 받고 "이렇게 귀하게 써주신 이 책을 평생 지니고 읽겠습니다"라고 인사했다. 그분은 필묵함을 닫더니 갑자기 "자녀가 몇인가?" 물으셨다. "아들 셋, 딸 둘을 두었습니다"라고 답하고는 아이들 학교 다니는 상황을 말씀드렸다.

그분은 "3남 2녀라 …"라고 되뇌시더니 "그래도 아이들을 제대로 공부시켰네. 그런데도 많은 이들이 자녀 교육 문제로 애를 먹고 있어요"라면서 말씀을 이어가셨다.

"내가 북한에 가서 그쪽 사정을 주의 깊게 봤지. 경제가 좋아지거나 국민들 살림살이가 나아진 것 같지는 않아. 그런데 한 가지는 부러웠네."

나는 이 어른이 무엇을 말하려나 궁금했다. 그래서 귀를 기울였다.

"혁명유자녀 학교를 세웠더군. 독립운동하느라 애들 돌봐줄 수 있었겠나. 그런 유자녀들을 모두 모아서 특별 교육 과정으로 미처 배우지 못한 부분을 집중해서 가르치고 있더군. 잘한 일이야. 나도 기회가 있으면 그런 학교를 세우고 싶었네. 그런 기회가 오겠지?"

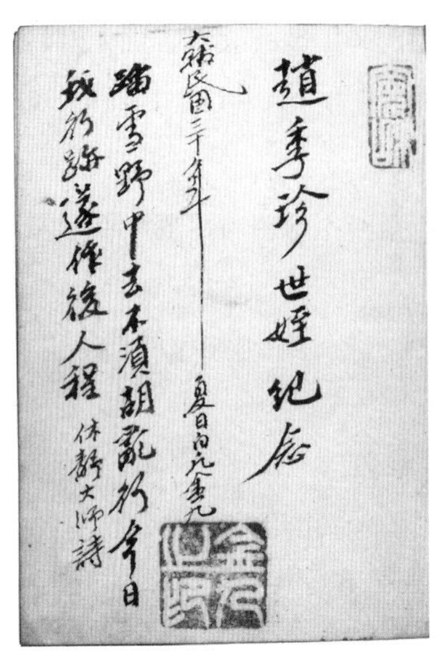

▲ 백범 선생은 1948년 대한민국 정부 수립 직후의 어느 여름날 경교장을 방문한 조계진에게 『백범일지』의 첫 장에 이렇게 휴정대사의 시를 직접 휘호해 주었다. "踏雪野中去不須胡亂行今日我行跡遂作後人程(눈 쌓인 들판을 가더라도 함부로 걷지 말라. 오늘의 내 발자국이 후손들의 길이 된다)." 조계진은 이 책을 귀중하게 여겨 한국전쟁 중에도 잘 보관하는가 하면 피난길에서도 늘 곁에 두고 읽곤 했다.

이 말을 듣는 순간 '이 어른은 독립운동을 중심에 놓고 모든 것을 생각하시는구나!'라는 생각이 들어 새삼 고마움을 느꼈다. 나는 선생을 모시고 몇 시간 더 대화를 나누고 싶었지만 방문객들이 또 있어 바삐 인사한 뒤 『백범일지』를 가슴에 안고 집으로 돌아왔다.

그 후 얼마 안 있어 백범 선생이 암살당했다는 비보를 들었다. 그 순간 그분을 마지막 뵙던 순간이 떠올랐다. 건장하고 우람한 산 같은 그분의 모습이 내 눈에 어른거려 눈물이 절로 났다. 주명도 "해방된 조국에서 이럴 수가 …" 말을 잇지 못했다.

주명과 나는 즉시 경교장으로 갔다. 경교장에 마련된 빈소에 들어서서 영정을 보니 지난번 뵈올 때 그대로 웃고 계셨다. 그토록 잘 웃고 말씀도 잘하시던 어른이 이제 영정의 사진으로 내 앞에 있다니 …. 눈물이 앞을 가렸고 인생의 무상함이 가슴 속에 엄습했다. 나는 통곡하면서 절규했다.

'어떻게 해방된 조국 대한민국에서 국군이 총을 쏘아 선생을 돌아가시게 한단 말입니까? 차라리 왜놈이 쏜 총에 돌아가셨더라면 억울하고 원통하지나 않겠습니다.'

불과 그분이 4년 전 환국할 무렵, 상해 공항에서 인산인해의 환영객 속에 중절모를 쓰고 나타나신 그분의 위용이 내 눈에 환영처럼 보이고 민중의 함성이 내 귀에 들리는 듯했다. 그러나 새삼 눈뜨고 돌아보니 태극기 흔들고 만세 외치던 인파는 없고 무서운 정적만 남아 있었다. 독립을 위해 그리 애쓰시던 어른이 해방된 조국 국군의 총에 맞아 돌아가셨다는 이런 비통한 사실, 내가 이를 어떻게 헤아릴 수 있단 말인가? '너무한다. 너희들 너무한다.' 이런 비탄을 가슴에 담고 망연자실할 뿐이었다.

남편의 일장춘몽

임시정부 요인들은 정부 수립 할 시기에 잘못 판단하여 참여하지 않음으로써 정치적으로 몰락의 길로 가고 말았다. 백범 선생의 희생도 그 결과 중의 하나였다. 해외 독립운동 세력은 모두 사회의 주류가 되지 못한 채 다시 저항 세력으로 남았다. 그런 가운데 우리 집은 시숙부님이 초대 부통령이 되어서 얼마간 애국지사 가족으로 우대받았지만 그 시간도 그리 길지 않았다. 정부 수립 이후 서서히 내리막길이었다. 물론 경제적으로도 어려웠다.

정부가 수립되어 마침 초대 농림부 장관에 정치적으로 공산주의를 청산하고 제헌의원으로 당선된 죽산 조봉암竹山 曺奉岩이 임명되었다. 그분은 주명보다 2~3년 연하였지만 상해 시절부터 잘 아는 사이였다. 죽산은 일본 유학 시절 한때 아나키스트 조직인 흑도회黑濤會 회원이기도 했다. 그래서 상해 시절 공산주의 활동을 하면서도 주명과는 자주 만나 정국을 논의하는 사이였다. 이런 관계를 잘 아는 우리 경주 이씨 일족인 이세영李世榮이란 분이 주명을 찾아와서 농림부 소관인 제주의 적산 주정공장을 하나 불하받아 운영해 보자고 제안했다. 주명은 이세영과 함께 사업을 위해 죽산을 찾아갔다. 그리고 청을 드렸다. 죽산은 긍정적이었다.

"제주에 그런 사업이 있는지 미처 파악하지 못했지만 독립운동하셨던 분들이 무엇인가 새 정부하에서 좋은 일거리를 찾아 제시하면 내 이를 적극적으로 검토해서 돕고 싶습니다."

주명은 그날부터 바쁘게 사업을 위해 시간을 보냈다. 공덕동 넓은 집에는 당초 대가족이 함께 살자며 몰려왔지만 그들은 취직하고 먹고살 만하니다 떠나갔다. 상해에서 포석로 집 팔아서 갖고 온 약간의 돈도 바닥났고 생계는 정현이 신한공사에 취직해서 월급받은 돈으로 간신이 꾸려나갔다. 그래서 주명이 비록 귀가 잘 들리지 않았지만 이세영과 함께 사업을 한다니 생활비라도 벌어오면 다행이라 생각했다.

허나, 세상일이 생각대로 그리 간단치 않았다. 죽산은 농지 개혁 등 많은 공적을 세웠지만 얼마 안 가 토지를 빼앗긴 지주 중심의 정당 한민당의 공격을 받아 장관직에서 물러났다. 주명은 사업을 시작한 지 얼마 안 되어 그 많은 애로 사항들을 직접 해결하느라 제주에서 많은 시간을 보냈다. 제주로 가는 길은 당시 배편밖에 없던 시절이었다. 주명은 또다시 객지 살림을 하는 격이 되었다.

헌병사령관 교체 틈바구니의 큰아들

그 무렵 큰아들 종무의 상황은 조금 더 복잡했다. 1949년 6월 종무는 헌병학교에서 교육받고 막 임관하면서 헌병사령관실 부관으로 가려던 시점이었다. 바로 그때 백범이 암살되면서 군의 분위기와 환경도 달라졌다.

백범이 암살되던 6월 26일은 마침 일요일이라 장흥 헌병사령관이 성묘차 선영인 경기도 고양에 갔다가 사건 보고를 받고 급거 사령부로 출근했다. 장 장군이 사령부로 들어서며 보니 안두희를 연행해 온 헌병들이 그를 영창에 가두지 않고 버젓이 2층에 모셔놓고 설렁탕을 먹이고 있었다. 화가 치민 장 장군이 "저놈을 영창에 가두지 않고 이게 무슨 짓이야?" 호령했다. 안두희는 즉시 영창에 갇혔다.

그 뒤의 일은 더 가관이었다. 국방장관 신성모, 육군참모총장 채병덕, 특무대장 김창룡 등 일당이 이승만 대통령에게 허위 보고를 했다. 장흥 장군이 한독당 비밀 당원이라 그에게 수사를 맡기면 무슨 일이 일어날지 모른다는 보고였다. 대통령이 "그러면 후임은 누가 좋으냐?"고 묻자 이들은 전봉덕 부사령관을 천거해 바로 사령관이 경질됐다. 전봉덕은 일제 경찰관 최고 간부직에 있던 골수 친일파였다. 해방되어 모두 기뻤던 날, 그는 일제의 패망이 원통해 울었다는 말이 있을 정도다. 그런 자가 헌병 부사령관이 된 과정도 신기했다. 이범석 국방장관의 천거로 장흥 장군이 헌병사령관에 취임하던 순간 채병덕이 조건부로 전봉덕 대령을 부사령관으로 둘 것을 장 장군에게 요구해 임명됐다. 유사시 전봉덕을 대안으로 삼으려는 채병덕 시나리오에 의한 인사였다.[1]

전봉덕이 사령관이 되었으니 백범 암살 사건 수사는 사전 시나리오대로 진행할 것이고 흐지부지될 것이 뻔했지만 나는 그 틈에 종무의 앞날이 걱정되었다. 며칠 후 나의 걱정이 현실이 되었다. 장 장군이 경질되자 그가 추천했다는 이유로 종무의 헌병학교 교육도 중단되고 졸업이 2, 3주 남은 시점에 퇴교시킨다는 소식이 전해졌다. 나는 이를 부통령인 시숙부 성재장께 알렸다. 그는 즉시 신성모 국방장관을 불렀다.

"내 손주를 왜 들먹이느냐?"

산성모는 중경 시대에 해운회사 선장으로 광복군 근처에 얼쩡거리던 인물로, 밀정설도 있었다. 그는 권력 잡은 사람에게 아첨 떠는 데 출중했다. 이범석 장군 덕에 국방부 장관이 되었지만 그 뒤에는 일본군 출신 채병덕

---

[1] 백범 암살 음모의 배후와 전봉덕이 사령관 된 이후 벌어진 수사 조작 쇼 등은 최근 발간된 장흥 장군의 회고록에 잘 소개되어 있다. 장흥, 『(전격 교체된 대한민국 초대 헌병사령관) 장흥 자서전』(한울엠플러스, 2025) 참조.

부류와 어울렸다.

부통령의 한마디에 찔끔하여 돌아간 신성모는 종무를 퇴교 처분하지는 않았다. 그러나 임관과 동시에 사령부 근무가 아니라 강원도 일선의 6사단 헌병대로 발령했다.

주명은 종무에게 타일렀다.

"부통령 할아버지 덕분에 임관됐지만 앞으로 또 무슨 트집을 잡을지 모르니 절대 말조심하고 남보다 한층 충실하게 근무해야 한다."

일제로부터 해방되어 이제 기 펴고 살 줄 알았는데 또다시 일제 잔재에게 감시당하는 신세가 되었다. 그래도 우리 집은 부통령댁 가족이라 직접적인 피해는 피할 수 있었다. 하지만 종무는 모든 게 서투른 가운데 일선 사단으로 부임해서 내 마음은 영 편치 않았다.

둘째 아들이 얻어맞은 값

그런 슬픈 시간이 지나가던 중에, 공덕동 대원군 별저가 매각된다는 전갈을 구황실재산관리처에서 받았다. 나는 급히 운현궁에 가서 숙모님을 뵙고 알아봤으나 이제 운현궁도 그 건에 대해 별로 발언권이 없었다. 어느 날 김주익金周益이라는 함경도 부자가 이 별저 일대를 매입했음을 알게 되었다. 그 일대 토지까지 다 사서 대단지 한옥 마을을 건설하는 계획을 추진한다고 들었다. 별저에 입주했던 우리 가족은 쫓겨나게 됐다.

얼마 후 퇴출 통고가 왔고, 그와 동시에 별저 대문에 '일성이준열사기념사업회' 간판이 걸렸다. '일성一醒'은 이준 선생의 호였다. 사업 추진을 위해 함경도 사업가들이 동향인 '이준열사기념사업'을 명분으로 내세운 것으로 추측됐다. 이준 열사야말로 헤이그 특사로 순국하신 분이니 우리 시집과는 불가분의 관계가 있는 분 아니던가? 나는 둘째 종원을 데리고 그 사무실을 찾아갔다.

“이 사업이 이준 열사를 기념하기 위한 사업인가요?”

책상에 거만하게 앉아서 찾아간 우리 모자를 본체만체하는 중간 관리자쯤 되는 사람에게 물었다. 그는 귀찮다는 표정으로 일어나지도 않은 채 “그래서요?”라고 되물었다.

“아니, 혹시 이준 열사 가족분이라도 계신가 해서 찾아왔습니다.”

“가족은 여기 안 계셔요.”

나는 다시 음성을 가다듬고 말했다.

“사실 우리 집은 이준 열사와 독립운동을 같이 해온 터라 사정을 좀 말씀드리고자 왔습니다.”

“말씀하세요.”

그가 퉁명하게 받았다. 이런 태도에 성질 급한 종원이 벌써 눈살을 찌푸렸다.

“저희가 여기 살고 있는데, 아무 대책도 없이 당장 나가라고 해서 찾아왔습니다. 더욱이 이준 열사를 위한 사업이라면 우리 같은 가족도 배려해 주십사 말씀드리러 온 겁니다.”

“그런 건 우리가 알 바 아니고요. 우리도 비싼 돈 내고 이 일대를 사서 사업하고 있어요.”

퉁명스럽게 답했다. 마침내 종원이가 입을 열었다.

“돈 주고 산 것을 알고 있습니다. 그런데 이준 열사는 나라를 위해 희생하신 분이니 그런 마음으로 우리 같은 애국지사 후손 가족을 고려해 달라고 진정하기 위해 왔습니다.”

종원의 말이 떨어지는 순간 그의 양미간이 구겨졌다.

“학생! 누구에게 가르치려는 거요?”

나는 종원을 꾹꾹 찌르면서 “아니 그런 말씀이 아니라 …”고 했지만 말도 채 끝나기도 전에 고함이 터졌다.

"학생! 그 태도가 무어야? 어른에게 훈계하는 거야?"

종원도 지지 않고 언성을 높였다.

"아니, 왜 고함을 지르고 야단이셔. 당신, 우리 어머니에게 그런 태도로 ….."

"당신? 이놈 봐라! 누구보고 당신이라고 하는 거야!"

대번에 종원이 멱살 잡히고 손찌검을 당했다. 종원도 가만있지 않았다. 주먹싸움이 벌어졌다. 그쪽은 조수까지 나서서 종원을 두들겨 팼다. 종원은 코피가 터지고 옷이 피로 범벅이 됐다. 그러던 차에 순경이 달려왔다. 다짜고짜 종원을 마포경찰서로 연행해 갔다.

졸지에 벌어진 일이라 나는 어이가 없었다. 주명은 제주도에 가 있고 대책이 없었다. 부득불 청운동 부통령 관저로 갔다. 그리고 눈물이 나서 종원이 연행된 경위를 겨우 설명했다. 성재장도 화가 나서서 경호실장 임태순 경감을 불렀다. 즉시 가서 종원을 데려오라 명했다. 임 경감은 노련한 경찰이었다. 어떻게 했는지 모르나 그날 마포서장과 기념사업회 대표라는 김주익이 동행해서 부통령 관저로 사과차 달려왔다. 성재장이 엄하게 꾸짖었다. 이준 열사 기념사업을 하려면 그분의 희생정신부터 배워야지 이렇게 백성을 괴롭히면서 무슨 기념사업을 하느냐고 나무랐다. 그리고 경찰서장에게 "왜 사실을 알아보지도 않고 힘없는 백성부터 잡아 가두느냐? 이게 왜정 때 하던 버릇 고치지 않은 증좌 아니냐?"고 꾸짖었다.

그런 사고가 있고 나서 이준열사기념사업회는 정신을 차렸는가? 대원군 별장에 살고 있던 우리 집은 당분간 다른 거처가 생길 때까지 새로 지은 한옥에 살도록 배려했다. 그 덕분에 덩달아 시누이네 고씨 가족도 주택 문제가 당분간 해결됐다.

종원의 맷값으로 겨우 당분간의 거처가 생겼다니 비참한 이야기였다. 어쨌든 그 집에 살면서 큰아들 종무는 6사단으로 떠났고, 종원은 중앙고등학교에 다녔고, 셋째 종찬은 창신국민학교를 졸업하고 경기중학교에 합격했다.

그리고 그 집에서 6·25 전쟁이 나서 헌병 장교 가족이라는 이유로 인민군에게 안방을 차압당하고 건넌방에서 한 가족이 겨우 연명했다. 하지만 이 집의 소유자 격인 김주익 대표란 분도 인민군에게 끌려가고 한옥 개발 산업은 중단되었다. 6·25 전쟁 직후까지 우리는 계속 그 집에 살았으니 족히 2년은 신세를 진 셈이었다.

07

내가 겪은 6·25

종무는 헌병 장교로 나름대로 충실하게 근무하면서 일요일마다 서울 집에 와서 영양 보충도 하고 내의도 갈아입고는 했다. 이렇게 규칙적인 생활을 하는 것을 나는 다행으로 생각했다.

1950년 6월 25일도 일요일이라 종무는 어김없이 집에 왔다. 그 무렵 종무는 컬럼비아 유성기를 하나 사 와서 몇 장 되지도 않는 레코드판을 틀어 감상하며 책을 읽는 게 낙이었다. 그 곡들 중에는 미국의 오페레타 〈메리 위도Merry Widow〉 주제곡도 있었는데 상해 시절에 많이 듣던 왈츠곡이라 내 귀에도 익숙했다.

종무의 귀대, 성재장의 위기 탈출

종무는 그날도 레코드를 틀고 즐기다가 갑자기 거리에 방송 소리가 요란한 걸 들었다.

"국군 장병은 모두 귀대하시오! 비상 명령입니다."

확성기를 장치한 트럭이 길거리를 달리며 이런 방송을 해대고 있었다. 종무는 소스라치게 놀라 거리로 뛰쳐나가더니 방송 내용을 확인하고 들어왔다. 급히 원주로 귀대해야겠다고 옷을 갈아입었다. 나도 급한 마음에 부엌에 들어가 그가 좋아하는 볶음밥을 먹고 가도록 준비했다. 종무는 먹는 둥 마는 둥 하고 바로 떠났다.

나도 궁금해서 거리로 나가 봤다. 군인들을 태운 트럭들이 급히 이동하고 있었다. 거리에는 신문지에 급하게 휘갈겨 쓴 방이 붙었다.

"북한 괴뢰군이 오늘 아침 38선을 침공하였으나 용맹한 우리 국군이 즉시 반격하고 있다. 시민들은 안심하라."

"황해도 연백 지역에 북한 괴뢰군이 침범했지만 우리 국군이 즉시 반격하여 해주 점령을 목전에 두고 있다. 시민들은 안심하라."

나는 세상 물정 잘 모르는 주부이고 더구나 군이나 전쟁에 대해서는 아는 바가 전혀 없었다. 그런데 구절마다 "시민들은 안심하라"고 유난스럽게 강조하는 것이 무엇인가 시태의 심각성을 말하는 것 같았다. "안심하라"는 말이 오히려 불안감을 주었다.

얼마 전에도 인민군이 개성을 공격해 왔을 때 우리 용감한 국군이 반격해 적을 섬멸한 뒤 10용사가 장렬히 전사했다는 소식도 있었지만 그때는 이렇게 긴장되지 않았다. 지금은 아들 종무가 비상이라고 떠났기 때문에 이토록 불안한 것인가? 상황을 좀 알아야겠다 싶어 청운동 부통령댁을 찾아갔다. 웬 카이저수염에 신사복을 입은 분이 부통령 서재에서 막 나오는 참이었다.

"각하께서 저보고 빨리 귀대하라시는데 저는 이런 사태가 벌어질 줄 진즉 알았어요. 일전에 전선이 위태롭다 보고드리지 않았습니까? 이제 일이 벌어지니 우왕좌왕하는 겁니다. 그러나 지금 책임 있는 자들이 저를 싫어하고 저를 부르지도 않는데 어떻게 귀대합니까?"

성재장은 웃음 띤 얼굴로 배웅하면서 "장군은 명이 있어야 부대로 가는 게 아니야, 전쟁이 나면 먼저 찾아가야지." 다시 한번 다독거리듯 말했다. 그러자 그도 구두를 신으면서 "오늘 각하께서 저에게 어렵게 말씀하셨으니 저는 그 명대로 육군 본부로 가겠습니다. 잘잘못은 나중에 따지겠습니다." 말한 뒤 인사하고는 휙 떠났다. 규열 시동생에게 저분이 누구냐고 물었다.

“유명한 김석원 장군 아닙니까? 채병덕 참모총장하고 틀어져서 은퇴하고 자기가 세운 학교에 머물고 있는데 아버님이 불렀죠. 지금 국가 존망지추存亡之秋다. 빨리 나서라고 말입니다.”

그제야 내가 느낀 불안이 예사로운 것이 아니고, 나라 전체에 전쟁이 벌어지고 있다는 사실을 알게 되었다.

이승만 대통령은 벌써 남쪽 어디론가 피신했고, 국회는 ‘서울 사수’ 결의를 했다. 이런 혼란 속에 국민은 정부 처분만 바라보고 있었다. 6월 27일 밤, 무교동 성재장의 둘째 아들 규열 씨 댁으로 일가들이 모였다. 누가 모이라고 한 것은 아니지만 이심전심 사태의 심각성을 느끼고 집안의 가장 큰 어른 성재장의 결심을 따르겠다는 생각에 자연스럽게 모이게 되었다. 부통령 성재장은 인민군이 서울을 점령하더라도 시민들과 생사를 함께하며 서울에 남겠다고 하셨다.

“임진란 때 선조가 백성을 팽개치고 몽진하자 격분한 백성들이 경복궁에 불을 질렀다. 지금 대통령은 사라지고 국민들은 부통령인 나를 보고 있지 않나? 나는 일생 백성들을 배반하지 않았다. 그러니 국민들과 서울에 머물러 있겠다. 너희는 피난하려면 하고 스스로 결정하라.”

이렇게 말씀하시고 안방으로 들어가셨다. 주명은 이 말을 듣고 귀가하여 말했다.

“부통령 어른께서 서울을 사수하시는데 우리가 어디로 가겠느냐? 모두 서울에 남자!”

나는 사실 수원에 있는 주명의 누님 댁으로 일시 피난할까 생각했으나 단념했다.

다음 날 종원과 종찬 형제가 무교동에 남아 계실 성재 할아버지를 뵙고자 갔지만 집이 텅 비었다. 경호 경찰들도 종적을 감췄고 비서관으로 있던 이규석李圭碩 씨가 남아서 28일 새벽에 일어난 일을 전했다.

새벽 2시쯤 비가 억수로 쏟아지고 천장에 물이 새서 방 안이 온통 물바다가 되었다. 그때 수원에 살고 계신 성재장의 유일한 노우老友 홍 선생이 전화를 걸어와 잠시 오시도록 권유했다. 그래서 일시 비를 피해 수원으로 가셨는데 성재장의 차가 한강을 건너자마자 철교가 폭파되었다. 아슬아슬하게 위기를 넘긴 것이었다.

그 뒤 들은 이야기를 정리하면, 부통령 성재장은 도강은 했지만 경무대나 국방부로부터 아무런 안내나 상황 설명을 듣지 못한 가운데 정처 없이 홍 선생 댁으로 갔다가 그 댁과 함께 전라도를 돌아 부산 동래로 피난하게 되었다. 그게 당시 대한민국 정부의 현실이었다.

성재장은 개전 전후의 일들을 개탄하셨다. 당시 일군, 만군 출신이 주류를 이루고 있던 국군 지휘부는 전쟁에 대비한 훈련은커녕 "명령만 내리면 해주에서 아침 먹고, 평양에서 점심 먹고, 신의주에서 저녁 먹는다"는 꿈같은 이야기나 하는 무능하고 부패한 집단이라고 꾸짖으셨다. 이승만 대통령은 이런 사정도 모르고 신성모, 채병덕 같은 무리들의 아첨하는 말만 듣고 오히려 이들을 꾸짖는 부통령을 섭섭히 생각하셨다.

다행인 것은 이승만 대통령이 일본 도쿄의 맥아더 장군과 긴밀히 소통할 수 있다는 점이었다. 임시 수도 대전에서, 대구에서, 나중엔 부산에서 도쿄 맥아더 사령부와 직접 통화해서 사태를 진전시키는 데에 결정적인 역할을 했다. 그 결과 유엔에서 미국을 중심으로 군대를 파견해 북의 남침을 막고 인천상륙작전으로 김일성의 야욕을 분쇄할 수 있었던 것이다.

우여곡절 끝에 다시 모인 가족

나와 주명이 전쟁의 실상을 알게 된 것은 당시 현역 군인이던 종무가 나중에 설명해 준 데 따른 것이었다.

북한은 서울만 점령하면 대한민국 정부는 붕괴되고 인민군과 남조선 민중이 한 덩어리가 되어 쉽게 통일이 될 것으로 판단했다. 그런데 6월 28일 서울을 점령한 뒤 인민군이 아무리 기다려도 경상도에서, 전라도에서, 지리산에서 봉기한다는 소식이 없었다. 오히려 그 지방 청장년들이 자원입대해 국군이 재편성되고 미군이 개입할 수 있는 시간을 벌어주었을 뿐이다.

그렇게 6월 30일까지 사흘을 서울에서 허비하고서 북한군은 비로소 한강 도하 작전을 감행했다. 그 사흘 동안 한강 이남에선 김홍일 장군이 지휘하여 시흥의 육군보병학교에 국군 사령부를 두고 한강방위선을 구축했다. 동두천, 의정부에서 패퇴한 국군 장병들 중에는 뿔뿔이 헤어져 제각기 한강을 건넌 뒤 이 사령부를 찾아온 장병이 상당수 있었다.

김홍일 장군은 우선 그 자신이 전투복을 입지 않았다. 그리고 식당을 크게 차려서 찾아온 장병들이 우선 배불리 먹도록 배려했다. 패잔병들은 심리적으로 불안하다는 사실을 간파하고 평상복 차림으로 그들을 맞아 안심시켰다. 또 식당에서 마음껏 식사할 수 있다는 사실을 통해 그들에게 국군이 건재함을 표시한 것이다. 그렇게 하고선 부대를 재편성하고, 한강방어선을 구축했다.

이때 맥아더 장군이 직접 전선으로 날아와서 전황을 살폈다. 그는 패잔병들이 전투 능력을 상실한 상태일 것으로 예상했는데 의외로 일선 장병들의 사기가 높은 것에 감동했다. 이 정도로 적과 싸우겠다는 의지가 있으면 반격이 가능하겠다고 판단했다. 그는 도쿄로 돌아가 우선 미군 1개 대대 정도를 상륙시켰다. 이게 '스미스 부대'라고 전사戰史에는 기록되어 있다. 맥아더 장군의 계산으로는, 북한은 미군이 개입하지 않을 것으로 내다보고 남침을 감행했을 터이니 미군의 상륙 사실은 저들의 전쟁 의지를 꺾는 데에 기여하리라는 것이었다.

아무튼 북한군은 서울을 점령했다는 승리감에 도취해 사흘을 허송한 뒤

7월 1일에야 도강 작전을 서둘렀다. 한강에서 민간 배를 징발해 도강하려 했으나 국군의 완강한 저항에 부딪쳐 도강 작전에 또 사흘을 지체했다. 이럭저럭 근 일주일을 서울과 한강에서 발목이 잡혀 있을 때 상륙한 미군은 오산 근방까지 진출했다.

북한군은 오산에서 미군 스미스 부대와 처음으로 접전을 벌였다. 그사이에 UN 안보리에서는 북한의 남침을 규탄하고 7월 7일 UN군 사령부를 출범시키는 역사적인 결의안을 채택했다. 이제 전쟁은 북한군과 국군의 전쟁이 아니었다. 미군을 포함한 UN군의 개입으로 국제전이 되었다. 미군 개입을 가장 걱정한 스탈린과 모택동이 김일성의 오판에 발을 굴렀다.

북한군이 서울을 점령한 뒤 우리 집은 수난을 겪었다. 종원이는 서울이 점령된 직후 학교에 갔다가 의용군으로 끌려갔으나 용케도 탈출해 집으로 돌아왔다. 탈출병은 잡히면 총살한다는 말이 공공연히 돌았다. 나는 빨리 수원 고모 댁으로 가라고 했지만 한강을 나룻배로 도강하려면 도강증이 필요했다.

당시 서울시인민위원회에는 홍중식 씨가 인민위원으로 있었다. 주명은 공산당원에게 부탁해 봤자 허사라고 고집을 부렸지만 나의 간곡한 권유로 홍 씨를 찾아갔다. 다행히 그는, 앞에서 1910년대 말 고종 망명 계획을 소개할 때 설명한 바와 같이, 우당장에게 신임을 받고 그 행동 대원으로 일선에서 활약한 옛 인연을 잊지 않고 있었다. 그의 주선으로 마포인민위원장 명의의 양면 괘지 같은 종이에 쓴 여행증명서를 발급받았다. 종원은 이를 휴대하고 다음 날 바로 피신할 수 있었다.

6·25 직후 근 3개월 동안 우리 가족은 완전히 고립되었다. 독립운동 가족이라는 배려는 눈곱만큼도 없고 오로지 국군 헌병 장교의 가족이라고 해서 내무서원과 완장 찬 밀정 같은 협조자들이 우리 집에 몰려와서 안방에 중요한 가구들을 몰아넣고 문에 딱지를 붙인 뒤 건드리지 말도록 경고하고 돌아갔다. 우리는 해방된 조국에서 다시 '반동분자 가족'이 되었다. 지옥 같

▲ 1951년 6월 무렵, 경북 영주에 주둔하던 종무(뒷줄 가운데, 당시 대위), 종원(오른쪽), 종찬(앞줄) 삼 형제의 모습이다.

은 감시를 받고 3개월을 버티었다.

미군이 인천으로 상륙한다는 근거 없는 소문이 8월부터 우리에게 일루의 희망을 주었다. 그러나 모두들 유언비어라고 믿지 않았다. 그런데 9월 15일, 인천에 상륙 작전이 드디어 감행되었다. 20일이 되니 포성이 마포 근방까지 들렸다.

"이번에는 진짜 미군이 상륙한 모양이구나!"

희망을 가졌다. 그리고 9월 28일, 서울이 수복되었다. 그때 취재 중이던 경향신문 박성환 종군기자를 알게 되어 나는 맨발로 뛰어가 부통령댁과 종무의 소식을 물었다.

"내 아들이 6사단 헌병대에 있었어요. 혹시 내 아들 소식 들었나요?"

박 기자는 한참 생각을 더듬다가 말했다.

"혹시 부통령 손자분 아닌가요? 부상을 입어서 부산 육군병원에 입원했

▲ 1952년 대구 피난 시절의 가족사진. 앞줄 왼쪽부터 차녀 보원, 이규학·조계진 부부, 3남 종찬(경기중 3학년)이고, 뒷줄 왼쪽부터 장남 종무(육군 대위) 부부, 장녀 정현, 차남 종원(서울대 물리학과 1학년).

다가 부통령 관저로 갔다는 소문을 들었습니다."

"크게 부상당한 건가요?"

"자세한 상황 잘 모르겠습니다. 확인해서 알려드리죠."

아무튼 부상 여부는 차치하고 일단 부통령 관저로 갔다니 안심이었다. 종무는 항상 적극적으로 나서는 성질이라 걱정되었다.

한 달쯤 지났을까. 부통령 이시영 옹이 환도했다. 종무는 헌병사령부로 발령이 나서 중위 계급장을 달고 집에 왔다. 지프에 미군의 C레이션 전투 식량을 여러 상자 싣고 와서 온 가족이 다시 모였다. 미군의 깡통 식량으로 잔치를 했다. 3개월간 인민군 치하에서 고생했지만 나는 다시 가족이 모여 함께 저녁 먹는 행복한 시간을 맞게 되었다.

작은 이야기들 속에 담긴 큰 뜻

글을 마무리하면서 돌이켜 생각해 보니, 너무 나의 넋두리 같은 이야기에 치중한 것 아닌가 싶다. 사실 나의 삶은 한국의 독립 투쟁, 그 장엄한 역사의 뒷길이었는데 그런 맥락을 보다 충실하고 상세하게 설명하지 못한 것 같다. 그런 방대한 역사를 모두 담기에는 나의 시각이 많이 좁았다. 그건 애당초 나의 능력으로 벅찬 일이기도 했다.

그저 기억이 허용하는 범위 안의 역사의 뒤안길 정도에서 이야기를 마무리하려 한다. 그 밖에도 여러 가지 곡절이 없지 않았지만 그런 것들은 대개 누구나 겪는 그런 이야기들이라고 생각하고, 나는 독립운동과 직간접적으로 맥락이 닿는 범위까지만 이야기한 것이다.

&

처음에는 폭풍우를 만나 혼탁한 대하가 흘러가는 데 일엽편주一葉片舟의 이야기가 무슨 도움이 될까 생각했다. 하지만 지금까지의 우리 독립운동사는 거창한 투쟁의 역사만 서술했을 뿐, 그 틈바구니에서 한 여성이 어떻게 소녀 시대의 꿈을 상실했고, 처절한 환경에서 가정을 지키는 가운데 투사들을 내조했으며, 2세들을 다음 세대의 주역으로 번듯하게 길러내느라 희생한 삶의 구체적인 이야기들에 너무 소홀했다. 나는 이런 이야기를 세상에 내놓고 싶었다.

실로 한국의 여성은 독립 전선에서 사는 일 자체가 위대했다. 그동안 나의 시어머님이 쓰신 『서간도 시종기』가 있었고, 독립운동 전선에서 우리 가문과 가까웠던 허은 여사의 『아직도 내 귀엔 서간도 바람 소리가』, 아들 자동滋東이가 도와주어서 나온 정정화 여사의 『장강일기』와 같은 글들이 있었다.

그러나 그뿐이었다. 더 많은 고통의 이야기들이 있음에도 불구하고 기회가 없어서, 글 쓸 만한 여유조차 없어서, 아니 그보다는 '여필종부인데 넋두리 글은 왜 쓰느냐?'는 잘못된 관념으로 인해 미처 써 내려가지 못한 수많은 고달픈 이야기들이 있을 것이다.

그러나 나는 감히 말하겠다. 감춰지고 가슴에 응고된 이야기들을 이제는 풀어내자고, 내 손으로 쓰지 못하고 생애를 끝내도 나의 자식들 손에서라도 재생시키자고. 나의 경우, 그런 재생의 작업은 독립운동의 연장이었다. 그렇지만 앞에 나선 이들을 도드라져 보이게 만들어준 여성들의 뒷일이 어찌 독립운동에 한정되겠는가. 그 모든 이야기가 역사의 한 토막들 아니겠는가. 그런 '나의 이야기'를 직접, 혹은 자식들의 손으로 쓰는 운동이라도 생기면 좋겠다.

나는 생애 끝부분 20여 년이 막내아들 종찬이 덕으로 편안한 삶이 되었음에도 그 과정에서 무엇 하나 정리해 남기지 못했었다. 세월을 허송한 것이다. 그런데 이 막내가 나의 삶의 편린들을 주워 모으고 이어 붙여 이렇게 한 편의 글로 정리해 주니 얼마나 다행한 일인가.

이 이야기가 세상에 나옴으로써 나도 역사의 방관자가 아니라 참여자가 된 셈이다. 많은 여성들이 이런 참여자의 길로 들어서면 좋겠다.

∞

나의 삶은 20세기 들어 일제의 침탈과 그에 따른 우리 민족의 좌절에서 시작되었다. 나는 이 나라가 역사의 변곡점에서 기울어가는 풍경과 그 과정에서 국민이 허덕이는 모습을 내가 속한 친정과 시가의 배경으로 인해 구체적으로 지켜볼 수 있었다.

다만, 혁명 가문과 결혼함으로써 내가 개인적으로 원하던 '작은 가정'을 이루는 일은 처음부터 이룰 수 없는 꿈이 되고 말았다. 그뿐인가. 낯선 이국 땅에서 대륙의 모진 바람과 함께 굴곡진 삶을 살아야 했다. 그 격동의 시간에 나는 자식도 잃고 삶을 포기할 만큼 절망하기도 했다.

그렇지만 그 절망의 구렁텅이에서 나를 건져준 분은 뜻밖에도 친정아버지 조정구 대감이었다. 평소에는 엄격하고 대화하기조차 어려운 과묵한 분이셨지만 나의 절망을 어루만지고 나의 슬픔을 위로하는 힘이 되셨다. 나는 그때까지도 따듯한 부정父情이라는 게 있는 줄 알지 못했다. 그러나 아버지는 내가 슬픔의 나락에 떨어졌을 때 나를 건져주셨고, 나는 그 품에 흠뻑 빠져듦으로써 다시 소생할 수 있었다.

나는 지금도 아버지의 따뜻한 사랑만 있으면 아무리 험악한 세상이라도 견뎌내고 재생할 수 있으리라 자신한다. 이게 아버지가 나에게 남기신 마지막 사랑이자 부정이었다.

∞

나의 시아버지는 풍운아였다. 그분에겐 일생을 통해 가족도 재물도 명예도 중요하지 않았다. 그분은 독특하게도 무소유無所有를 당연하게 여겼고 불가능을 희망으로 생각하고 싸운 숨겨진 혁명 지도자였다. 그분은 자식보다 동지를 더 귀하게 생각했다. 임무를 수행하기 위해 딸들에게 폭탄을 지니고 얼어붙은 북만北滿의 들판을 건너게 했다. 그리고 당신 자신도 유유히 위험 지대로 들어가다가 일제 군경에게 잡혀 생을 마감했다. 아마도 그분에게는 '죽어도 죽지 않는다'는 신념이 있었던 것 같다. 그래서 나는 지금도 그분이 우리 곁에 썩지 않고 영원한 존재로 계시다고 착각할 때가 많다.

시아버지는 이렇게 말씀하시곤 했다.

"우리는 일제 침략 본질을 상대하여 싸우는 것이지 일본과 싸우는 것이 아니다. 일제의 폭력적 권력자들에 대항해 싸운 것이지 결단코 일본 인민을 원수로 생각하지 않는다. 그래서 일본인이라고 해도 일본 제국주의를 반대한다면 동지가 될 수 있다."

이런 주장을 하실 때면 나는 시아버지 우당장이야말로 진정한 평화주의자라고 생각했다. 그분은 항상 무엇인가 골똘히 생각한 뒤 행동하는 분이셨다. 마지막으로 떠나실 때 나를 불러 말씀하셨다.

"내가 떠나면 이 방에 있는 모든 것을 태워 없애라."

나는 그분의 명을 거슬러서라도, 그 남은 것들을 숨기고 감춰서라도 민족의 자산으로 지니고 살아야 했는데 안타깝게도 그렇게 하지 못했다. 쉽게 타지 않은 전각이나 나무상자는 그래도 두었지만, 그 밖에 그리다 남겨 둔 난화蘭畵, 서류 뭉치, 몇 장 되지도 않는 사진들 …. 몽땅 아궁이에 넣어 불살랐다. 지금 생각하면 그 조각 하나하나가 모두 남겼어야 할 아까운 자료들이었는데, 이제 와서 어찌하랴.

⁂

나같이 작은 가정 꾸미는 것을 행복으로 생각하는 사람에게 시아버지의 삶은 도저히 이해하기 어려운 것이었다. 무엇 하나 일치점을 찾기 어려웠다. 때론 그분을 원망했다. 스스로 고생을 사서 한 것은 물론이고 가족 모두를 힘들게 한 분이라고, 그러나 나의 남편 주명의 생각은 전혀 달랐다. 그에게 부친은 신과 같은 존재였다. 신을 섬기듯 아버지를 존경했다.

이런 부조화가 우리 가정의 기저에 깔려 있었다. 그래서 나는 나의 자식들도 성인이 되면 모두 풍운아 기질을 발휘하지 않을까 걱정했다. 분명히 유전은 있었다. 크든 작든 우리 자식들은 모두 불의를 참지 못하는 풍운아 기질을 갖고 있었다. 그 때문인가? 모두가 순탄치 않은 결혼 생활을 했다.

다행히 막내아들이 어려서부터 좋아한 여학생이 있어 서로 우정과 사랑을 넘나들더니 끝내 가정을 이루었다. 그 며느리로 인해 나는 내가 바라던 작은 가정을 이루었고, 우리 집은 다시금 정상적인 궤도에 접어들었다. 내 며느리 윤장순은 우리 집의 기둥이다.

⁖

늦게 본 나의 막내아들 종찬이 나를 위해 많은 숙제를 풀어주었다. 평소 말씀이 없으면서도 흠뻑 정을 주신 아버지께 아무 보답도 하지 못한 채 우리 부녀는 헤어졌다. 그게 나의 아픔이었다. 그런데 나의 아들이 그런 심정을 알아차리고 귀중한 비석을 세워 묘지를 빛나게 해주었다. 그리고 아버지께서 이루신 많은 공적을 끌어 모아 건국훈장이 추서되도록 노력해 주었다.

내 아들은 그것으로도 모자란다고 생각했는지 나의 부모님 두 분을 대전 국립현충원으로 모시고자 백방으로 뛰고 있다. 아마 사후에라도 우리 부녀를 만나게 해주려는 배려인 것 같다. 나는 이 세상을 떠나서야 아들 덕에 효녀가 되는 것 같다.

이제 나는 무한히 행복하다. 그래서 이 기록을 남겨 그 행복을 사회에 공유하고자 한다.

조계진趙季珍 여사 연보

* '음력'이라고 별도로 표기하지 않은 모든 일자는 양력이다.

1897년 6월 22일 (음력 5월 23일)	서울 종로구 묘동에서 풍양 조씨 조정구 대감(1860~1926년)과 흥선 대원군의 딸 정경부인 완산 이씨(1861~1898년) 사이의 4남 1녀 중 막내로 출생. 호적의 이름은 조악이(趙岳伊).
1899년 2월 6일	어머니 완산 이씨 별세.
1907년 가을	동갑내기 영친왕과 낙선재에서 만남.
1909년	승동소학교 3학년에 편입.
1911년 4월	경성여자고등보통학교 부속 경성여자보통학교 입학.
1914년 3월	경성여자고등보통학교 부속 경성여자보통학교 졸업.
1914년 4월	경성여자고등보통학교(3년제) 본과 입학. 학적부의 주소는 '경성부 중부 묘동 1통 8호(돈의동 44)'.
1915년 9월 30일	할머니 대구 서씨 별세.
1917년 3월	경성여자고등보통학교 제7회 졸업.
1917년 동짓달(음력)	우당 이회영 선생의 셋째 아들 이규학(1896년생)과 결혼.
1919년 3월 16일	중국 북경으로 망명. 그 직후 아버지 조정구 대감과 큰오빠 조남승 가족도 중국으로 망명, 개봉 거쳐 북경에 정착.
1920년 11월	첫째 딸 이학진 출산.
1922년	둘째 딸 이을진 출산. 미국 유학 좌절.
1924년 10월 28일	둘째 오빠 조남익 별세.
1925년 4월	첫째 딸 이학진과 둘째 딸 이을진, 디프테리아로 사망.

1925년	5월 25일	아버지 조정구 대감과 함께 귀국.
1926년	2월 5일	'순종의 유조'를 갖고 중국 상해 도착.
1926년	3월 30일	아버지 조정구 대감 별세.
1927년	7월 27일	다시 첫째 딸 이정현 출산.
1930년	8월 1일	큰아들 이종무 출산.
1932년	7월 20일	둘째 아들 이종원 출산.
1932년	11월 17일	시아버지 우당 이회영 선생, 중국 여순감옥에서 순국.
1933년	6월 25일	큰오빠 조남승 별세.
1934년	9월 초	신병 치료차 귀국. 경성제대 부속병원에서 자궁 종양 제거 수술.
1935년	2월 중순	중국 상해로 귀환.
1936년	4월 29일	셋째 아들 이종찬 출생.
1938년	3월 29일	둘째 딸 이보원 출산.
1942년		부군 이규학 선생, 일본 헌병의 고문으로 청력 상실.
1946년	5월 6일	중국 상해에서 귀국선 출발. 부산 거쳐 서울역에 열흘 만에 도착. 그 뒤 서울 공덕리의 옛 대원군 별저에 거주.
1973년	12월 3일	부군 이규학 선생 별세.
1996년	12월 21일	서울 종로구 신교동 자택에서 별세.
2025년	6월	자서전(子敍傳) 출간.

지은이_ **이종찬**(李鐘贊)

1936년 독립운동가들의 망명지이자 대한민국임시정부의 발상지인 중국 상해의 프랑스 조계에서 이규학·조계진의 셋째 아들로 태어났다. 부모가 독립운동가였을 뿐 아니라 친가와 외가가 모두 우리 독립운동사에서 일정한 역할을 했다.

광복 이후 귀국해서는 서울창신초등학교(제32회), 경기중·고교(제52회), 육군사관학교(제16기)를 졸업했다. 군문에서 육군 소령으로 예편했고, 주영대사관 참사관, 국가안전기획부 기획조정실장을 거쳐 제11~14대 국회의원(서울 종로)을 역임했다.

그 뒤 1997년 대통령 선거에서 이 나라 헌정사상 첫 여야 간 정권 교체를 이루는 데에 일익을 맡았다. 김대중 대통령직 인수위원장, 국가정보원장 등의 직책을 수행했다.

20년에 걸친 정치 활동을 마감한 뒤에는 회고록 등 각종 저술 활동을 통해 우리 역사의 광정과 현실 정치의 개혁을 역설해 왔으며, 2018년부터 2021년까지 국립대한민국임시정부기념관 건립위원장직을 맡아 이 기념관이 의미 있는 장소로 지어지도록 진력했다. 2023년 민족에 대한 마지막 봉사라는 마음가짐으로 광복회장에 취임했다.

회고록 『숲은 고요하지 않다』(2015년)을 비롯해 『세계로 가는 길목을 잡아라』(2002년), 『개혁과 온건주의』(1987년) 등 다수의 저서를 출간했다. 필생의 작업으로 '아들이 쓰는 어머니의 자서전(子敍傳)'을 기획해 수년간 집필해 왔으며, 그 결실로 이 책 『나, 조계진』을 세상에 내놓는다.

구한말부터 대한민국에 이르는 이 대하 실록에서 한 여인과 한 가족의 이야기를 넘어 우리가 함께 만들어온 근현대사와 앞으로 다시 함께 일구어가야 할 우리 공동체 미래의 모습을 찾아보자는 것이 미수(米壽)를 넘긴 지은이의 생각이다.

아들이 기록한 어머니의 회고록

나, 조계진

ⓒ 이종찬, 2025

지은이 이종찬 | 펴낸이 김종수 | 펴낸곳 한울엠플러스(주) | 편집 최진희

초판 1쇄 발행 2025년 6월 22일 | 초판 2쇄 발행 2025년 8월 15일

주소 10881 경기도 파주시 광인사길 153 한울시소빌딩 3층 | 전화 031-955-0655 | 팩스 031-955-0656
홈페이지 www.hanulmplus.kr | 등록 제406-2015-000143호

Printed in Korea.
ISBN 978-89-460-8385-1 03810(양장) | 978-89-460-8386-8 03810(무선)

* 책값은 겉표지에 표시되어 있습니다.
* 무선 제본 책을 교재로 사용하려면 본사로 연락해 주시기 바랍니다.